HEYNE <

Das Buch

Eigentlich will die junge Wissenschaftlerin Jenna Morrison mit ihrem Verlobten, dem brillanten Physiker Nathan Wexler, gerade auf seine neueste Entdeckung anstoßen, als eine Gruppe vermummter Männer das Haus stürmt und die beiden entführt. Dann überschlagen sich die Ereignisse: Nathan wird erschossen, und Jenna, die in allerletzter Sekunde entkommen kann, ist plötzlich auf sich alleine gestellt. Verzweifelt heuert sie den gewieften Privatdetektiv Aaron Blake an, um herauszufinden, was hinter dem Angriff steckt. Schnell stellt sich heraus, dass des Rätsels Lösung in Nathans Aufzeichnungen zu finden ist. Aufzeichnungen, die die Naturgesetzte revolutionieren könnten. Doch auch Jennas Feinde sind hinter den Daten her und die haben Verbindungen bis in die höchsten Kreise der Regierung. Es beginnt ein knallharter Kampf um Leben und Tod ...

Atemberaubend, fesselnd und visionär – *Split Second* ist ein Science-Thriller, der seinesgleichen sucht.

Der Autor

Douglas E. Richards studierte Molekularbiologie und war viele Jahre in der Biotechnologie als Führungskraft tätig. Er verfasste eine Vielzahl populärwissenschaftlicher Artikel u. a. für den *National Geographic* und die BBC. Seine Science-Thriller landen regelmäßig auf der *New York Times*-Bestsellerliste. Er lebt mit seiner Familie in San Diego, California.

Mehr über Douglas E. Richards und seinen Roman erfahren Sie auf:

diezukunft.de

DOUGLAS E. RICHARDS

SPLIT SECOND

ZURÜCK IN DER ZEIT

THRILLER

Aus dem Amerikanischen übersetzt
von Maike Hallman

WILHELM HEYNE VERLAG
MÜNCHEN

Titel der amerikanischen Originalausgabe
SPLIT SECOND

Der Verlag weist ausdrücklich darauf hin, dass im Text enthaltene externe Links vom Verlag nur bis zum Zeitpunkt der Buchveröffentlichung eingesehen werden konnten. Auf spätere Veränderungen hat der Verlag keinerlei Einfluss. Eine Haftung des Verlags ist daher ausgeschlossen.

MIX
Papier aus verantwortungsvollen Quellen
FSC® C014496
FSC
www.fsc.org

Verlagsgruppe Random House FSC® N001967

Deutsche Erstausgabe 06/2018
Redaktion: Catherine Beck

Printed in Germany
Umschlaggestaltung: DAS ILLUSTRAT, München, unter Verwendung eines Motivs von silver tiger / Shutterstock
Satz: Schaber Datentechnik, Austria
Druck und Bindung: GGP Media GmbH, Pößneck

ISBN 978-3-453-31926-4

www.diezukunft.de

ERSTER TEIL

DURCHBRUCH

SEKUNDENBRUCHTEIL (Substantiv):

1: Bruchteil einer Sekunde

2: Eine verschwindend geringe Zeiteinheit

»Die Vergangenheit kann sich nicht der Vergangenheit entsinnen. Die Zukunft kann nicht die Zukunft hervorbringen. Die Schneide eben dieses Augenblicks, des Hier und Jetzt, ist nie weniger als die Totalität alles Seienden.«

ROBERT PIRSIG

1

Jenna Morrison gab ihrer Schwester Amber einen Abschiedskuss, ohne auf das Gebrüll der kleinen Sophia zu achten. Sie war vollständig in eine Babydecke eingewickelt, sodass man ihre Gegenwart durch bloßes Hinsehen nicht bestätigen konnte, fast als wäre sie in ein baumwollweiches, mintgrünes schwarzes Loch gefallen. Die Decke vermochte Sophias ohrenbetäubendes Kreischen – von der Evolution verfeinert, bis es über alle Maßen nervtötend war und man es unmöglich ignorieren konnte – kein Stück zu dämpfen.

Amber klopfte Sophia behutsam auf den Rücken, hielt sie dicht am Körper und hoffte, dass der Grund für den Höllenlärm nur ein verklemmtes Bäuerchen war. Hilflos warf sie ihrer Schwester einen um Entschuldigung heischenden Blick zu. Das Baby hätte kein schlechteres Timing haben können.

»Danke, dass du gekommen bist, Jen«, sagte sie. »Du hast mir das Leben gerettet.«

»Spinnst du?«, fragte Jenna ein bisschen lauter als sonst, um das Gebrüll ihrer Nichte zu übertönen. »Um nichts auf der Welt hätte ich das verpassen wollen. Ich musste dich unbedingt sehen. Sophia kennenlernen. Ganz zu schweigen davon, mir meine persönliche Babydröhnung abzuholen. Ich sollte *dir* danken.«

»Du bist echt die Beste«, sagte Amber. Ihr war die Betrübnis über den Aufbruch ihrer Schwester an der Nasenspitze anzusehen, ebenso wie ihre wachsende Panik.

Aber wer hätte ihr das vorwerfen können? Mit zwanzig Mutter zu werden war das eine, aber etwas ganz anderes war es, wenn der Vater zwei Monate nach der Geburt verschwand. Das hätte jeden fertiggemacht, stabile Psyche hin oder her.

Als Jenna erfahren hatte, dass Amber das Kind ganz allein großziehen musste, war sie so schnell wie möglich aus San Diego aufgebrochen, um ihr mit Sophia zu helfen und sie moralisch zu unterstützen, wenigstens für eine Woche. Alles in allem war es ganz gut gelaufen, und sie war überzeugt, dass ihre Schwester allmählich ihre emotionale Stabilität wiedererlangte, auch wenn es natürlich Monate oder gar Jahre dauern konnte, bis sie sich wieder ganz erholt hatte.

Aber es war wirklich ermutigend, dass Amber nicht nur keinerlei Anzeichen einer postnatalen Depression zeigte, sondern sogar eine dieser Mütter war, die von Innen heraus zu leuchten schienen, in der Mutterschaft schwelgten und schier ertranken in wohligen Oxytocin-Fluten, ausgelöst von den unermüdlichen Versuchen des Babys, ihr die Brustwarzen vom Leib zu nuckeln.

Jenna wäre gern länger geblieben, aber sie steckte gerade mitten in ihrer Doktorarbeit über Genetik und musste in ihr eigenes Leben zurück. Und zurück zu Nathan Wexler, ihrem Verlobten.

»Pass auf dich auf«, sagte Jenna ernst. »Und denk dran, lass dich von *nichts* runterziehen. Jeder hat mal einen schlechten Tag. Aber vor dir liegt ein tolles Leben. Ich weiß es. Sophia hat ja keine Ahnung, was für ein Glück sie hat.«

Amber nickte, und in einem Augenwinkel erschien eine Träne. Jenna küsste die mintgrüne Decke, drückte die Lippen so fest darauf, dass das brüllende Baby die Berührung am Hinterkopf spürte. Dann stieg sie ohne ein weiteres Wort ins wartende Taxi und setzte sich auf die Rückbank.

Auf der Fahrt nach O'Hare dachte sie über das Leben nach. Was ihrer Schwester passiert war, hätte sie niemandem gewünscht, aber es war nicht zu leugnen, dass Babys entzückend waren, und viele Frauen packten es auch als alleinerziehende Mütter ganz bravourös. Und Jenna war überrascht von der Entdeckung, was für ein ausgeprägter Mutterinstinkt in ihr selbst geschlummert und nur auf den Anblick eines Babys gewartet hatte.

Wann würden sie und Nathan eine Familie gründen? Und wie viele Kinder würden sie wohl haben?

Nathan Wexler war ein brillanter Physiker und Mathematiker, und auch wenn sie ihm nicht mal annähernd das Wasser reichen konnte – wer konnte das schon? –, galt auch sie allgemein als begabt. Auf sie beide wartete, soweit sich so etwas vorhersagen ließ, ein von anspruchsvoller, befriedigender Arbeit erfülltes Leben.

Sie waren sich einig, dass sie irgendwann mal Kinder wollten, aber bisher hatten sie nur theoretisch darüber gesprochen. Natürlich hatten sie noch viel Zeit. Nathan war zwar schon neunundzwanzig, sie selbst aber erst sechsundzwanzig. Nur ... würden sie wohl *jemals* beschließen, dass jetzt die richtige Zeit wäre? Inmitten ihrer Karrieren und anderer geistiger Herausforderungen, die am Ende womöglich die ganze Welt verändern würden – etwas, das vor allem bei Nathan nicht unwahrscheinlich war.

Immerhin hatten sie es immer noch nicht geschafft zu heiraten. Sie lebten jetzt seit achtzehn Monaten zusammen und betrachteten einander als Mann und Frau, aber Jennas Bereitschaft, Zeit von ihren anderen Leidenschaften abzuziehen, um das Ganze richtig offiziell zu machen, war verschwindend gering. Und auch eine rasche Hochzeit in Vegas kam nicht infrage, denn das hätte ihnen Nathans Familie niemals verziehen.

Also mussten sie einen Veranstaltungsort aussuchen. Das Ganze durchplanen. Gäste einladen.

Sie erschauerte. Lieber hätte sie sich auf einen Hügel voller Feuerameisen gesetzt.

Jenna fragte sich, wie lange sie und Nathan noch brauchen würden, bis sie sich gegenseitig das Jawort gaben. Und wenn sie es aus Zeitgründen nicht mal hinbekamen zu heiraten, würden sie es dann jemals schaffen, eine Familie zu gründen? Möglicherweise nicht.

Erst vor einem Jahr hatten sie und Nathan *Idiocracy* gesehen, einen alten Film, den sie urkomisch und oft auf geniale Art bissig gefunden hatten, aber er hatte bei ihnen auch einen Nerv getroffen: Die Grundprämisse des Films war, dass die Entwicklung der Menschheit nicht auf Großartigkeit zusteuerte, sondern auf Idiotie.

Und diese These wurde sehr nachdrücklich vermittelt. Ein Erzähler wies darauf hin, dass einstmals die natürliche Selektion dafür gesorgt hatte, dass die Stärksten, Klügsten oder Schnellsten am ehesten überlebten. Aber in der menschlichen Gesellschaft, in der es keine Raubtiere mehr gab, die die Herde ausdünnten, belohnte die Evolution nicht mehr Intelligenz, sondern bevorzugte schlicht diejenigen, die sich am meisten vermehrten.

Anschließend zeigte der Film lauter ungebildete Vollidioten, die alles flachlegten, was sich bewegte, einschließlich diverser Verwandter, und die es offenbar für den großartigsten Sport der Welt hielten, bei der leisesten Provokation Stühle nacheinander zu werfen. Sie vermehrten sich völlig unbekümmert wie sexsüchtige Karnickel.

Weshalb? Weil sie sonst nichts mit ihrer Zeit anzufangen wussten. Weil sie impulsgesteuert waren und zu dämlich, um zu begreifen, welchen Sinn Verhütung haben sollte. Und weil staatliche Finanzspritzen und Lebensmittelmarken immer großzügiger ausfielen, je mehr Kinder sie hatten.

Diese Szenen standen im scharfen Kontrast zu einem anderen Handlungsstrang, in dem zwei recht zimperliche, hochintelligente Spezialisten übers Kinderkriegen diskutierten. Beide waren sich einig, dass es sich um eine wichtige Entscheidung handelte und sie auf den richtigen Zeitpunkt warten sollten, denn ein Kind zu bekommen, sollte man keineswegs überstürzen. Am Ende starben sie kinderlos.

Die Moral: Die dämlichen Triebgesteuerten waren vielleicht nicht in der Lage, einen Beruf auszuüben oder Algebra zu begreifen, aber ganz sicher wussten sie, wie man einander flachlegte – und sich wie verrückt reproduzierte.

Der Film spielte viele Generationen in der Zukunft, nachdem diese umgekehrte Evolution bereits unvermeidlich zu einer Gesellschaft geführt hatte, die größtenteils aus Idioten bestand.

Eine Komödie, ja, aber während in Fachkreisen noch darüber diskutiert wurde, ob etwas dran sei, fiel es Jenna schwer, sich seiner inneren Logik zu entziehen.

Sie selbst war brillant, im Gegensatz zu ihrer weniger brillanten und erheblich stärker impulsgesteuerten Schwester. Sie fragte sich, wie viele Kinder Amber wohl haben würde. Und ob sie selbst und ihr supergenialer Mann *überhaupt* welche bekommen würden.

Auf dem Lindbergh-Flughafen in San Diego wurde Jenna von einem strahlenden, aber müden Nathan Wexler begrüßt, der genauso aussah wie während ihrer Skype-Telefonate der vergangenen Woche – als wäre er allergisch gegen Schlaf.

Nach einer langen Umarmung und als das Laufband endlich ihr Gepäck hergegeben hatte – der Flughafen war dafür bekannt, dass man lange auf seine Koffer warten musste –, fuhr Wexler sie nach Hause zu ihrem kleinen Mietshaus in La Jolla. An der *University of California* in San Diego war er mit Abstand der jüngste Lehrstuhlinhaber am Fachbereich Physik und hatte schon jetzt bahnbrechende Arbeiten in unterschiedlichen Teilgebieten der Physik und Mathematik geleistet.

Auf dem Weg löcherte Wexler sie mit Fragen über den Besuch bei ihrer Schwester, wollte wissen, wie sie Ambers Zustand einschätzte, obwohl sie sich darüber auch schon bei ihren täglichen Telefonaten unterhalten hatten. Als sie zu Hause ankamen, zauberte er eine Flasche teuren Rotwein hervor, dazu zwei elegante, übergroße Kelche aus Kristallglas. Mit funkelnden Augen schenkte er ein. »Willkommen zurück«, sagte er.

Jenna war beeindruckt. Bei ihnen brauchte es normalerweise einen größeren Anlass, damit sie mal nicht aus Plastikbechern tranken. Sie trugen alte Jeans und T-Shirt, denn sie fanden beide, dass Bequemlichkeit wichtiger war als Eleganz, und im Kontrast zu ihrer Aufmachung wirkten die noblen Gläser unpassend vornehm.

Es war kurz vor Mitternacht, und sie war erschöpft. In wenigen Minuten würde aus Sonntagnacht ganz offiziell Montagmorgen werden; in Chicago allerdings war es schon vor Stunden so weit gewesen, und ihr Körper war noch darauf eingestellt. Nathan kam ihr sogar noch erschöpfter vor, aber trotzdem umgab ihn eine Aura leuchtenden Triumphs, so als hätte er gerade im Lotto gewonnen.

Seit sie zusammenlebten, waren sie noch nie so lange am Stück getrennt gewesen; vielleicht hatte ihm das mehr zu schaffen gemacht als erwartet. »Du weißt aber, dass du mich nicht betrunken machen musst, um mit mir zu tun, was immer du willst, oder?«, fragte sie, und ihre Mundwinkel hoben sich zu einem ironischen Lächeln.

Worauf wartete er noch? Eigentlich hätten sie einander längst die Kleider vom Leib reißen sollen. Manchmal führte Erschöpfung – vor allem geistige – zu grandiosem Sex. Je gründlicher das Hirn ausgeschaltet wurde und primitiven Urinstinkten das Feld überließ, desto besser.

»Gut zu wissen.« Er erwiderte ihr Lächeln. »Aber ich habe nicht vor, dich betrunken zu machen. Ginge es mir darum, hätte ich dir das Übliche eingeschenkt – du weißt schon, aus dem großen Weinkarton im Kühlschrank.«

»Japp. Letzte Woche war ein ausgezeichnetes Jahr«, antwortete sie grinsend.

»Ich bin sicher, dir ist aufgefallen, dass der hier aus einer richtigen Flasche kommt. Mit einem richtigen Korken aus, du weißt schon, Kork.«

»Bemerkenswert«, sagte sie und zog die Augenbrauen hoch. »Hast du mich so sehr vermisst?«

»Natürlich hab ich dich vermisst«, sagte Wexler. »Aber ich gestehe, das hier hat einen anderen Grund.« Er machte eine Pause. »Das errätst du nie im Leben.«

»Du hast eine gewaltige Gehaltserhöhung bekommen?«, fragte Jenna.

»Nein, ich habe nicht gemeint, dass du *raten* sollst. Ich meinte, und zwar wortwörtlich, dass du tausend Jahre alt werden könntest und es trotzdem niemals erraten würdest.«

Jenna lachte. Er war ein bisschen schrullig, aber weit weniger, als man in Anbetracht seines Verstands hätte erwarten können. Und er war witzig und liebevoll und hatte ein so blitzschnelles Auffassungsvermögen, dass ihr davon manchmal ganz schwindelig wurde.

Sie hatte dumme Männer immer verabscheut. Aber als sie Nathan kennengelernt hatte, war auf einmal *sie* die Langsame gewesen, trotz der Tatsache, dass sie auf der High School die Abschlussrede gehalten hatte und ihre Ergebnisse im SAT-Test nahezu perfekt gewesen waren. Mit ihm zu diskutieren war atemberaubend.

Aber für ihn war es schwierig, allen anderen so weit voraus zu sein. Selbst die klügsten Köpfe der Physik an der Uni konnten nicht mit ihm mithalten. Und wenn schon brillante Leute im Vergleich zu ihm langsam dachten – wie viel Geduld musste ihn dann der Umgang mit durchschnittlichen Menschen kosten?

Jenna war überzeugt, dass die geistige Stimulation durch einen Geistesriesen es wert war, dafür einige Schrullen in Kauf zu nehmen. Das gehörte einfach dazu. Sie hatte mal einen Film über Stephen Hawking gesehen und darüber, wie seine Frau nicht nur mit den Schrullen eines superintelligenten Mannes klarkommen musste, sondern auch damit, dass dieser Mann vollständig gelähmt war. Nun, abgesehen von seinem Penis jedenfalls, denn sie hatten drei Kinder miteinander, auch wenn Jenna sich nicht besonders gern bildlich vorstellte, wie sie das wohl bewerkstelligt hatten.

Die Situation der Hawkings war tausendmal schwieriger als alles, womit *sie* sich je konfrontiert gesehen hatte. Nathan war nur modeblind, geistesabwesend und nahm manchmal alles zu wörtlich. Ziemlich regelmäßig führte er murmelnd Selbstgespräche und vergaß oft, wo er seine Sachen hingelegt hatte, weil sein brillanter Geist nicht immer mit dem alltäglichen Kleinkram zurechtkam. All das fand sie inzwischen liebenswert an ihm.

»Okay, wenn ich es also niemals erraten könnte, dann sag es mir doch einfach.« Sie hob ihr Glas.

»Ich dachte schon, du würdest nie fragen«, antwortete er grinsend. »An dem Tag, als du abgereist bist, hatte ich eine Eingebung, und seitdem arbeite ich rund um die Uhr daran. Es ist wirklich verblüffend. Ich bin da über ein paar esoterische Berechnungen gestolpert, aus denen nie jemand irgendeinen konkreten Nutzen ableiten konnte, und ganz plötzlich hat mich eine Erkenntnis getroffen und zu einem wirklich bemerkenswerten Schluss geführt.«

»Wie bemerkenswert?«

»*Du-trinkst-gerade-Wein-aus-einer-Flasche*-bemerkenswert. Vielleicht sogar *Nobelpreis*-bemerkenswert. Ich habe das Ganze noch nicht auf Praxistauglichkeit überprüft, aber zumindest theoretisch könnte es ein echter Durchbruch sein. Etwas Gewaltiges. Ich will damit nicht sagen, es wäre dieselbe Liga wie die Relativitätstheorie, aber andererseits lässt sich das nicht feststellen, ehe ich es nicht genauer ausgearbeitet habe. Und selbst wenn es sich nicht ansatzweise als so bedeutsam erweisen sollte, glaube ich, dass es für die Welt ebenso überraschend sein wird wie damals, als Einstein seine Theorien vorgestellt hat. Und vielleicht genauso revolutionär.«

»Und daran hast du die ganze Woche gearbeitet?«

Er nickte.

Das erklärte seinen offensichtlichen Schlafmangel. Wenn ihn eine große Idee am Wickel hatte, arbeitete er ohne Unterbrechung, bis er schließlich vor Erschöpfung zusammenbrach. »Wieso hast du beim Skypen nie was davon erzählt?«

»Na ja, du stecktest mitten in einer Krisensituation, und ich wollte, dass du dich in dieser Woche ganz auf dich und deine Schwester konzentrieren kannst. Außerdem war ich nicht ganz sicher, ob ich nicht einfach nur halluziniere. Bin ich immer noch nicht ganz.«

»Du machst mich fertig. Erzählst du mir, worauf du da gestoßen bist?«

Wexler lächelte. »Ich weiß nicht«, neckte er sie. »Vielleicht sollte ich warten, bis ich mir meiner Sache vollkommen sicher bin. Ich muss die Berechnungen und logischen Schlüsse noch auf Herz und Nieren prüfen und es den besten Leuten vorlegen, die ich kenne, um ganz sicher zu sein, dass ich mich damit nicht blamiere. Kann sein, dass ich irgendwas Wichtiges übersehen habe.«

»Uns ist aber beiden klar, dass *das* ziemlich unwahrscheinlich ist.«

»Ich weiß dein Vertrauen zu schätzen«, sagte Wexler verlegen. »Aber in diesem Fall stellt die Komplexität von Mathematik und Logik alles in den Schatten, woran ich mich bisher versucht habe. Dagegen wirkt die Stringtheorie so einfach wie schlichte Addition. Ich habe schon an Dan Walsh geschrieben und ihm mitgeteilt, was ich entdeckt zu haben glaube, und ihn gebeten, sich ein bisschen Zeit freizuschaufeln, damit er auch einen Blick darauf werfen und die Richtigkeit meiner Berechnungen überprüfen kann.«

Dan Walsh war Physiker an der nahen UCLA und seit Jahren ein enger Freund Nathan Wexlers.

»Okay«, sagte Jenna. »Das ist ja alles ganz süß, Nathan. Gefällt mir, wie du den Spannungsbogen aufziehst. Aber jetzt reicht's. Mich hält es kaum noch auf dem Stuhl. Ernsthaft.« Sie stellte ihren Weinkelch auf dem Beistelltisch ab. »Also sag schon. Spuck's aus. Ich stoße nicht mit dir auf eine bahnbrechende Entdeckung an, ohne den allergeringsten Schimmer zu haben, worum es dabei überhaupt geht.«

Wexler tippte aufs Display seines Handys, und aus dem Lautsprecher ertönte ein Trommelwirbel.

»Nicht dein Ernst!« Jenna lachte. Anscheinend beschränkten sich seine Vorbereitungen nicht auf den Wein. »Ich wusste ja nicht, dass du so einen ausgeprägten Sinn für Dramatik hast.«

»Du weißt eine ganze Menge nicht über mich«, antwortete er breit grinsend, untermalt vom Trommelwirbel, der in Dauerschleife lief.

Die Haustür flog auf, und drei Männer stürzten über die Schwelle in ihr kleines Zuhause, als wäre der Trommelwirbel ihr Stichwort gewesen.

Ganz kurz glaubte Jenna, sie seien Teil der Show, aber etwas an ihnen, ihr Aussehen, ihr Ernst, passte nicht dazu, und sie hatte sofort das Gefühl, dass diese Männer hochgefährlich waren. Und Nathans Reaktion – ihm blieb der Mund offen stehen, die Augen quollen ihm fast aus den Höhlen – machte ihr dann endgültig klar, dass *er* diese Leute nicht eingeladen hatte.

Sie wusste nicht, wer diese Männer waren und warum sie ihr Haus stürmten, aber eins war sicher – sie wussten genau, was sie taten. Sie hatten nicht nur vollkommen lautlos das Schloss geknackt, sondern es auch noch irgendwie geschafft, den Alarm auszuschalten.

Was zum Teufel ging hier vor?

Stumm standen die Männer da und warteten, bis die beiden Wissenschaftler ihren plötzlichen Auftritt verdaut hatten.

»Wer sind Sie?«, flüsterte Nathan Wexler den drei Eindringlingen zu. »Und was wollen Sie hier?«

2

Jenna wusste sofort, dass die Männer nicht hier waren, um sie auszurauben. Ein so gutes Team würde sich weit lohnendere Ziele suchen, eine Villa oder ein Kunstmuseum vielleicht, aber ganz sicher nicht dieses kleine Mietshaus.

»Dr. Wexler«, sagte der Größte der drei und nickte Nathan zu. »Miss Morrison. Bitte verzeihen Sie unser Eindringen. Aber ich fürchte, Sie müssen uns begleiten. Wenn Sie kooperieren«, fuhr er fort, »verspreche ich Ihnen, dass Ihnen nichts zustößt.«

Seine beiden Gefährten, ein kleiner, stämmiger Schwarzer und ein blasser, blonder Mann, der aussah, als hätte er deutsche Wurzeln, blieben stumm und wachsam.

»Wer sind Sie?«, wiederholte Wexler. »Und warum sind Sie hier?«

»Es geht um Ihre jüngste Entdeckung. Ich muss Sie zu jemandem bringen, der sich mit Ihnen darüber unterhalten möchte.«

»Woher um alles in der Welt wissen Sie, was für neue Entdeckungen ich eventuell gemacht habe?«

»Wissen Sie, meine Anweisungen lassen mir wenig Spielraum. Ich habe Ihnen bereits mehr gesagt, als ich eigentlich sollte. Meine Aufgabe ist es, Sie zu holen, so schonend wie möglich, aber mit der Bitte, keine Fragen zu stellen, bis Sie meinen Boss kennenlernen. Dafür, mit Ihnen zu diskutieren, werde ich nicht bezahlt.«

»Und wenn wir uns weigern?«, fragte Jenna.

Der Mann schüttelte den Kopf, und seine Kollegen behielten ihre gelassenen, aber recht abgebrüht wirkenden Mienen bei. »Ich fürchte, ein Nein können wir nicht akzeptieren.«

Jennas Verstand arbeitete fieberhaft. Der Mann hatte weder eine direkte Drohung ausgestoßen noch eine Waffe gezogen. Andererseits war das auch nicht nötig. Sie bezweifelte nicht, dass jeder dieser drei Männer mit ihr und Nathan fertigwerden konnte, selbst wenn er allein und unbewaffnet wäre und sie beide Maschinenpistolen hätten.

Auf was war Nathan da gestoßen? Wie hatten sie so schnell davon erfahren? Außerdem hatte Nathan gesagt, seine Entdeckung sei vor allem als Theorie relevant, ihr praktischer Nutzen aber fraglich. Weshalb also dieses große Interesse?

»Wir brechen gleich auf«, sagte der Anführer des Trupps. »Ich bitte noch mal um Verzeihung, aber vorher müssen wir uns kurz um ein paar Kleinigkeiten kümmern.«

Er nickte seinen beiden Kollegen zu, die loslegten und offenbar Anweisungen folgten, die sie zuvor erhalten hatten. Der Blonde ging zu Wexlers Computer und zückte einen kleinen Schraubendreher. In weniger als einer Minute hatte er den Rechner fachmännisch zerlegt und die Festplatte herausgeholt.

Sein Kollege durchsuchte das Haus und kehrte ein paar Minuten später mit Wexlers Laptop zurück. »Ich habe es überprüft, er hat wirklich nur einen Desktopcomputer und einen Laptop«, erstattete er Bericht. »Und ich habe unsere Wanzen entfernt.«

Der hochgewachsene Mann nickte. Jenna spürte ihren Herzschlag am Hals pulsieren. Die hatten sie verwanzt? Seit wann? Und warum?

Ging es hier um Nathans neue Entdeckung? Er hatte ihr erst vor wenigen Minuten davon erzählt. Undenkbar, dass diese Männer allein deshalb so einen Einsatz starteten. Die unausweichliche Schlussfolgerung: Neben den Wanzen mussten sie auch Nathans Telefon und den Computer überwacht haben. Nathan hatte ihr erzählt, dass er vor Kurzem Dan Walsh in einer E-Mail von seiner Entdeckung berichtet hatte. Das musste der Anstoß für diesen Überfall gewesen sein.

Der hochgewachsene Mann hob ein Handy ans Ohr. Es schwebte kein 3D-Bild vor ihm in der Luft, also beschränkte er das Telefonat absichtlich auf Audioübertragung. »Ich gehe davon aus, dass alles kopiert wurde, was Dr. Wexler über seinen Account in die Cloud hochgeladen hat, korrekt?«, fragte er ins Telefon.

Er lauschte der Antwort, es schien eine Bestätigung zu sein. »Bestens. Dann kann der Account jetzt gelöscht werden«, befahl er und beendete das Telefonat.

Er drehte sich zu den beiden Wissenschaftlern um. »Ich fürchte, ich muss Sie um Ihre Handys bitten«, sagte er und streckte die Hand aus.

Jenna warf Nathan einen Blick zu. Er atmete tief durch und nickte, reichte dem hochgewachsenen Wortführer sein Handy, und Jenna tat es ihm gleich. Als das erledigt war, deutete der Mann auf die Haustür, ohne Jennas Laptop, der sich immer noch in ihrem Handgepäck befand, auch nur mit einer Silbe zu erwähnen. Aus irgendeinem Grund war sie sicher, dass diese Männer von dem Laptop wussten, aber für ihre Arbeit interessierten sie sich nicht.

»Ich würde mich sehr freuen, wenn wir höflich miteinander umgehen könnten«, sagte der Hochgewachsene, der bei dem Trupp eindeutig den Ton angab. »Kann ich mich darauf verlassen, dass Sie beide nicht schreien oder auf andere Art versuchen, Aufmerksamkeit auf sich zu ziehen? Es würde Ihnen nicht weiterhelfen, und ich bin sicher, dass Sie es bevorzugen, nicht geknebelt zu werden. Wir sind verschwunden, ehe irgendwer sich einmischen oder die Polizei rufen kann.« Er zuckte mit den Schultern. »Und ehrlich gesagt – selbst wenn jemand es täte, das würde auch nichts ändern.«

Er sagte das mit solcher Selbstverständlichkeit, dass Jenna nicht anders konnte, als ihm zu glauben.

3

Der Nachthimmel über La Jolla war wie üblich wolkenlos, und unter normalen Umständen wären die funkelnden Sterne ein beeindruckender Anblick gewesen. Aber angesichts ihrer Lage kämpfte Jenna darum, ruhig zu bleiben und so nüchtern und leidenschaftslos zu beobachten, wie sie nur konnte.

Dank der ständigen Adrenalinstöße war sie körperlich und mental erschöpft und zugleich im Zustand höchster Wachsamkeit. Zu fünft umrundeten sie den Wohnblock und hielten vor einem Sattelschlepper an. Für ein Fahrzeug mit achtzehn Rädern war er vergleichsweise klein, aber trotzdem, er hatte *achtzehn Räder* und wirkte in diesem Wohnviertel wie ein gestrandeter Wal. Er beherrschte die Straße wie einer der seltenen Umzugswagen, die alle Jubeljahre mal auftauchten.

Als wäre die Nacht nicht sowieso schon völlig surreal, schmückten die in blauen Buchstaben aufgeklebten Worte *Hostess Cake* die Flanke des Trucks. Mehrere rote Herzen umringten das Firmenlogo, und der gesamte Wagen war mit Abbildungen von Cupcakes, Ho-Ho-Kuchen und Twinkies verziert. Zwar war es eine mondlose Nacht, aber das Sternenlicht reichte gerade eben aus, um die Verzierungen zu erkennen, und das Nummernschild, das sie sich merkte.

Auf dem Fahrersitz saß bereits jemand und wartete auf die Rückkehr seiner drei Kollegen. Der Laderaum war offen und spärlich beleuchtet, und man führte sie die Rampe hinauf.

Drinnen saßen an die Wand gelehnt drei weitere Männer, sie und ihre Kollegen nickten einander zu.

Wexler wandte sich an den kurzen, untersetzten Mann an seiner Seite und zog eine Braue hoch. »Sicher, dass Sie genug Leute dabeihaben?«, fragte er sarkastisch.

»Ja, es ist völlig übertrieben«, erwiderte der Mann schulterzuckend. »Geb ich zu. Aber nehmen Sie es als Kompliment, Dr. Wexler. Als Beweis dafür, wie wichtig Sie für uns sind.« Der Untersetzte, offenbar der Zweite in der Rangfolge, bedeutete ihnen, sich gegenüber von seinen drei Kollegen hinzusetzen. Sie gehorchten. Er stellte Wexlers Festplatte und den Laptop neben ihm ab, und er und sein blonder Kumpan setzten sich zu ihren Kollegen, ebenfalls den beiden Gefangenen gegenüber. Kurz darauf erwachte der Motor brüllend zum Leben, und das riesige Fahrzeug setzte sich in Bewegung und machte sich auf seine geheimnisvolle Reise.

An der Rückseite des fensterlosen Aufliegers hatte man irgendwelche schwere Ausrüstung aufgestapelt und festgezurrt, und neben jedem ihrer Entführer stand je ein großer Nylon-Seesack. Jenna hatte keinen Schimmer, was in diesen Taschen sein mochte, aber es war bestimmt keine Ladung Ho-Hos oder Twinkies, da zumindest war sie ganz sicher. Vermutlich irgendwelche Waffen, auch wenn bisher noch keiner der Entführer eine auf sie gerichtet hatte, wodurch der Anschein gewahrt wurde, sie würden freiwillig kooperieren.

Jenna musterte den Untersetzten und zwang sich zu einem Lächeln. »Bestimmt können Sie uns doch *irgendwas* sagen. Ich habe verstanden, dass Ihr Boss die Diskussion mit Dr. Wexler selbst führen will. Aber was schadet es, wenn Sie uns sagen, wohin wir fahren? Ich meine, wir sind immerhin trotz allem amerikanische Staatsbürger, und Sie gehören zum Militär, stimmt's?«

Lächelnd schüttelte der Mann den Kopf. »Netter Versuch. Sie können annehmen, was immer Ihnen beliebt, ich kann Ihnen nicht mehr verraten. Aber entspannen Sie sich. Ihnen wird nichts passieren, und in wenigen Stunden bekommen Sie Ihre Antworten.«

Jenna runzelte die Stirn, aber dann wurde ihr klar: Ganz nutzlos war ihr Vorstoß nicht gewesen. Immerhin wussten sie jetzt, dass diese Reise im Laderaum eines Sattelschleppers nicht allzu lang dauern würde.

Der Truck arbeitete sich über jede Menge Kurven aus dem Wohngebiet heraus. Nach zehn Minuten beschleunigte er, sie mussten eine Autobahnauffahrt erreicht haben, und keine Stunde später fuhren sie bergauf. Obwohl es rings um San Diego zahlreiche Berge und Gebirge gab, war nach zwanzig Minuten stetigem Aufwärtsfahren klar, wo sie sich befanden. Nur ein Berg in näherer Umgebung war so hoch: Palomar.

Das Naturschutzgebiet Palomar Mountain lag nur etwa sechzig Meilen nordöstlich von San Diego, aber einen Berg mit fast tausendneunhundert Metern Höhe hinaufzufahren brauchte seine Zeit, die Fahrt konnte durchaus anderthalb bis zwei Stunden dauern. Die Gegend war dicht bewaldet, lauter Eichen und zahllose Nadelbäume wie Kiefern, Zedern und Tannen, außerdem jede Menge Farne.

Die bekannteste Sehenswürdigkeit befand sich in Gipfelnähe: das Palomar-Observatorium, wo sich das Hale-Teleskop befand, das jahrzehntelang als das wichtigste Teleskop der ganzen Welt gegolten hatte.

Nachdem sie weitere fünf Minuten in gemäßigtem Tempo der gewundenen Straße gefolgt waren, stieg der Fahrer ruckartig auf die Bremse, und sie wurden einen guten Meter Richtung Fahrerkabine geschleudert, hielten sich an den an der Wand befestigten Schlaufen fest und kämpften um ihr Gleichgewicht.

»Planänderung«, sagte eine körperlose, hörbar angespannte Männerstimme; zweifellos der Fahrer, der über irgendwelche Lautsprecher mit ihnen sprach. »Der vorausfahrende Wagen hat anderthalb Kilometer weiter vorne ein gegnerisches Team ausgemacht, das dort auf der Lauer liegt. Sie versuchen, sie aufzuhalten, während wir den Berg wieder runterfahren. Nicht auszuschließen, dass sich ein weiteres Team an unsere Fersen geheftet hat, bereitet euch also auf einen Kampf vor. Wir rufen Verstärkung.«

Im Innern des Trailers brach hektische Aktivität aus. Die Männer förderten kompakte Maschinenpistolen aus ihren Nylontaschen und mehrere Magazine in der Größe von Zigarettenschachteln zutage. Ein paar stießen Bemerkungen hervor, unterschiedliche Variationen von »Was zum Henker?«. Sie wirkten alle äußerst angespannt, und der Truck setzte sich rückwärts wieder in Bewegung, raste gefährlich schnell die schmale Straße entlang, die sich bergabwärts schlängelte. Die Fahrgäste im Innern klammerten sich mit aller Kraft an die Schlaufen, aber trotzdem wurden sie heftig herumgeschleudert.

»Was ist los?«, wollte Jenna wissen, nicht mehr in der Lage, sich zu beherrschen; es war eher ein Aufschrei als eine Frage.

»Weiß nicht«, sagte der Wortführer, noch immer mit den Vorbereitungen auf was auch immer beschäftigt. »Wir wissen, dass es einen Gegenspieler gibt. Aber es ist unmöglich, dass er über diese Operation hier Bescheid weiß. Unmöglich«, wiederholte er bestürzt. »Das hier sollte ein Routineeinsatz sein. Ein Spaziergang. Unsere Mannstärke und das Aufklärungsfahrzeug waren eine reine Vorsichtsmaßnahme, Standardvorgehen. Wir haben nicht mit Schwierigkeiten gerechnet.«

»Das ist ja sehr beruhigend«, brummte Wexler, der sich auf ihrer rasenden Abwärtsfahrt an dieselbe Schlaufe klammerte wie Jenna.

Dann, von einem Augenblick zum nächsten, verwandelte sich ihr kleiner Abschnitt des Palomar State Park in ein *Kriegsgebiet*.

Wieder stieg der Fahrer hart auf die Bremse; Jenna, die darum kämpfte, sich festzuhalten, hätte es fast die Schulter ausgerenkt. Es herrschte grauenhafter Lärm, Explosionen und hämmernde Schüsse. Die heftige Bremsung war zu viel für ihren *Hostess*-Lieferwagen, er geriet ins Schleudern. Krachend stürzte der Auflieger auf die Seite und trudelte von der Straße weg, riss sich vom Fahrzeug los und schlitterte einen steilen Abhang hinunter.

Im Innern flogen Körper in alle Richtungen, und die hinten festgezurrte Ausrüstung löste sich und kollidierte unkontrolliert mit den Fahrgästen. Zehn, fünfzehn Sekunden später krachte der Anhänger in eine gleichmäßig angeordnete Baumreihe und kam wieder zum Halten, im Fünfundvierzig-Grad-Winkel auf der Seite liegend.

Bereits bei ihrer Rutschpartie waren die Lichter im Innern schlagartig erloschen, und sie waren in vollkommener Dunkelheit umhergeschleudert worden, so als hätte man sie gemeinsam mit lauter schweren Gegenständen in einen gewaltigen Trockner gesteckt.

Ringsum waren noch immer Schüsse zu hören. Einer ihrer Entführer aktivierte ein Knicklicht, und zwei andere folgten rasch seinem Beispiel. Das schwache Licht reichte Jenna, um eine erste Bilanz zu ziehen. Sie hatte eine Handvoll kleinerer Schnitte und Abschürfungen davongetragen, war aber im Großen und Ganzen unversehrt. Zwei ihrer Entführer waren bewusstlos, und danach zu schließen, wie viel Blut aus ihren Kopfverletzungen quoll, waren sie höchstwahrscheinlich sogar tot.

Und Nathan hatte sich beide Beine gebrochen!

Er war am Leben, aber irgendetwas Schweres war mit unfassbarer Wucht gegen seinen Unterleib geprallt. Er stöhnte vor Schmerz, die Beine waren grotesk abgewinkelt. Aus dem rechten Schienbein ragte ein gesplitterter Knochen, die Wunde blutete stark.

Sie glitt zu ihm hinüber und schob die Hände unter seinen Kopf, hob ihn ein wenig an. Tränen rannen ihr übers Gesicht. Noch immer hallte der Lärm von Maschinenpistolen durch den Trailer.

»Wie schlimm ist es?«, fragte Nathan, seine Stimme war schwach und undeutlich.

Jenna war froh, dass er klug genug war, nicht selbst den Zustand seiner Beine zu begutachten, bei dem Anblick hätte er womöglich einen Schock erlitten. »Nicht so schlimm«, log sie unter Tränen. »Nichts, was ein paar gute Ärzte nicht wieder hinbekommen würden«, fügte sie hinzu und zwang sich zu einem Lächeln.

Sie musste dafür sorgen, dass er so ruhig blieb wie nur möglich. Dass er nicht den Mut verlor.

Während sie mit ihm redete, hatten die drei verbliebenen Entführer, allesamt mehr oder weniger unversehrt, hochmoderne Nachtsichtbrillen aufgesetzt, die mit Sicherheit ebenfalls aus ihren Seesäcken stammten. »McFadden, du kommst mit«, sagte einer von ihnen und huschte zur Trailertür, gefolgt von einem anderen, der McFadden sein musste.

Die Tür war eigentlich dazu gedacht, nach oben zu gleiten, aber im gekenterten Trailer mussten sie sie von links nach rechts aufstemmen. »Simkin«, bellte der Mann, der jetzt das Sagen hatte, während er und McFadden gemeinsam die Tür aufzwangen, »du bleibst hier und passt auf unsere Gäste auf. Und vergiss nicht, was hier auf dem Spiel steht«, fügte er grimmig hinzu.

Im selben Augenblick, als die beiden Männer den Trailer verließen, ertönte eine weitere Salve, ganz nah, und Jenna war sicher, dass dort draußen jemand lauerte und die beiden erwischt hatte.

Nur wenige Sekunden darauf erklang eine Stimme. »Simkin. Ich will Ihnen nur Dr. Wexler abnehmen. Sie müssen nicht sterben. Legen Sie ihre Waffen auf den Boden, und ich lasse Sie in Ruhe.«

Simkin antwortete nicht, aber sein Blick huschte fiebrig über das Durcheinander. Im nächsten Augenblick hatte er gefunden, wonach er suchte, nämlich Wexlers Festplatte und den Laptop, und er jagte mehrere Kugeln hinein, sodass nicht einmal der beste forensische Computerexperte der Welt noch irgendetwas Nützliches daraus würde retten können.

Als sie die Schüsse hörten, kamen die Männer von draußen herein und eröffneten das Feuer auf ihn.

Aber statt zurückzuschießen, tat Simkin etwas Unerwartetes. Etwas *Undenkbares*.

Während die Kugeln in ihn einschlugen, streckte er eine Hand aus und riss Jenna beiseite, schleuderte sie von dem Mann weg, den sie liebte, und im gleichen Atemzug richtete er mit der anderen Hand die Pistole auf Nathans Kopf.

Dann, als seine letzte Handlung auf Erden, ehe er starb, jagte der Mann namens Simkin eine Salve in das geniale Hirn Dr. Wexlers und löschte damit einen der größten Geister aus, die es in der Geschichte der Menschheit je gegeben hatte.

4

Jenna Morrison hörte einen markerschütternden Schrei, und gleich darauf wurde ihr klar, dass er aus ihrem eigenen Mund kam.

Die zwei Eindringlinge kamen hinter der glatten Trailerwand hervor. Dann standen sie dort, wo Jenna eben noch gewesen war, und betrachteten das Massaker.

Simkin und Nathan Wexler waren beide tot. Nathans Kopf war nur noch ein blutiger Brei, nicht mehr zu erkennen; er hatte sich in einen Torso mit blutigen, zerschmetterten Beinen verwandelt. Alles war mit karmesinroter Flüssigkeit bespritzt, überall sammelte es sich unter dem unerbittlichen Einfluss der Schwerkraft zu Pfützen.

»Gottverdammt noch mal«, schrie einer der beiden auf, er klang fast ebenso erschüttert wie Jenna, die sich nur deshalb nicht übergeben hatte, weil ihr Magen völlig leer war. *»Scheiße!«*

»Jenna, kommen Sie mit«, sagte einer der Männer zu ihr. »Ich beschütze Sie.«

Ihr Blick ging ins Leere, und sie gab nicht zu erkennen, ob sie ihn überhaupt gehört hatte.

»Jenna, kommen Sie! *Jenna*«, wiederholte er ihren Namen zum dritten Mal. »Kommen Sie zu sich!«

Seine Worte ergaben für sie keinen Sinn. Sie fühlte sich taub, wie gelähmt, und es kam ihr vor, als würden alle Geräusche durch eine kilometerdicke Watteschicht dringen, selbst das unaufhörliche Rattern der Waffen, die dort draußen im Wald immer noch abgefeuert wurden. Ihr Verstand und ihre Psyche waren nicht in der Lage, Nathans plötzlichen und barbarischen Tod zu erfassen.

Erst heute Morgen war sie bei Schwester und Nichte in Chicago gewesen. Vor wenigen Stunden noch gemeinsam mit Nathan in ihrem gemütlichen Haus in La Jolla.

Und jetzt?

Jetzt befand sie sich in den tiefsten Eingeweiden der *Hölle*. Mitten im Kriegsgebiet. Das wunderschöne kalifornische Naturschutzgebiet hätte sich ebenso gut in Afghanistan befinden können, oder im Iran.

Nathan war tot! Einfach so. Ihre große Liebe. Sein gewaltiger Verstand war über das gesamte Innenleben eines *Kuchentrucks* verspritzt worden. Wie war das nur möglich?

Nur sehr verzögert drang in ihr Bewusstsein, dass ihre Umgebung einen grünlichen Schimmer angenommen hatte. Der Mann, der mit ihr geredet hatte, hatte ihr ebenfalls eine Nachtsichtbrille aufgesetzt. Sie hatte es nicht einmal mitbekommen.

»Jenna, kommen Sie«, versuchte er es noch mal. »Gottverdammt.« Er schlug ihr ins Gesicht, fest. »*Kommen Sie!* Es bringt Dr. Wexler nicht zurück, wenn Sie ebenfalls getötet werden.« Er schlug sie noch mal.

Diesmal endlich spürte sie den Schmerz und kehrte in die Gegenwart zurück. Auf einmal drang sein letzter Satz tief in ihr wiedererwachendes Bewusstsein.

Er hatte *recht*. Sie konnte Nathan nicht zurückbringen. Aber sie konnte herausfinden, worum es überhaupt ging und weshalb das alles geschehen war. Sie konnte *irgendwie* dafür sorgen, dass die Verantwortlichen dafür in der Hölle schmorten.

»Ich heiße Andy«, sagte ihr Retter, der ihr in die Augen geblickt und bemerkt hatte, dass seine Ohrfeigen sie aus dem Abgrund gerissen hatten. »Andy Cavnar. Ich bringe Sie vor diesen Scheißkerlen in Sicherheit. Aber Sie müssen mitkommen.«

Sie duldete, dass er sie mit sich zum Ausgang zog, und jetzt, da ihre Augen wieder richtig fokussierten, war sie überrascht, wie lebendig die neongrüne Welt durch das Nachtsichtgerät wirkte.

Sie stiegen aus dem Truck, Cavnars Partner im Schlepptau. Vage drang das lärmende Peitschen von Hubschrauberrotoren in ihr Bewusstsein, das durch die kühle Nachtluft dröhnte. Kurz darauf wurde ihr klar, dass das betreffende Luftfahrzeug direkt über den Baumwipfeln schwebte, keine fünfundzwanzig Meter entfernt. Sie sah es verblüffend deutlich.

Cavnar zerrte sie vom Trailer weg, aber sie befanden sich noch immer auf ungleichmäßigem, sehr schräg abfallendem Untergrund, und Jenna klappte zusammen, überwältigt von einem plötzlichen Schwindelanfall.

Ein Schwindelanfall, der ihr das Leben rettete.

Aus dem Hubschrauber wurden Seile herabgelassen, an denen vier Männer heruntherglitten, sie eröffneten noch im Fallen das Feuer. Kugeln durchsiebten auf Brusthöhe den Bereich, wo Jenna eben noch gewesen war. Einen ihrer beiden Begleiter zerriss es regelrecht in zwei Hälften, während sie selbst auf den kalten, mit Kiefernzapfen übersäten Waldboden stürzte, und neben ihr brach auch Andy Cavnar zusammen, eine Kugel im Bein.

Noch ehe die vier Männer von oben den Boden erreichten, wurden sie von hinten unter Feuer genommen, was Cavnar eine Atempause verschaffte und Jenna die paar Sekunden, die sie brauchte, um zu sich zu kommen und das Gleichgewicht wiederzufinden.

Cavnar schoss auf die vier Männer, die sich jetzt unversehens im Kreuzfeuer wiederfanden, über ihnen kamen bereits vier weitere Männer herunter. Kurz hielt er inne und drückte Jenna die kompakte Maschinenpistole seines Partners in die Hand. »Los!«, befahl er. »Laufen Sie!«

Jenna atmete tief durch und umklammerte die Waffe. Kroch geduckt los, vorangetrieben von Adrenalin und einem Überlebensinstinkt, der ausgeprägter war, als sie sich selbst zugetraut hätte. Halb rannte, halb schlitterte sie den bewaldeten Hang hinunter, während Cavnar sich wieder in die Schießerei einmischte.

Immer wieder warf sie einen Blick über die Schulter. Inzwischen ertönten nur noch vereinzelt Schüsse; die beiden Trupps hatten einander nahezu ausgelöscht, keiner stand mehr aufrecht. Einer der Sterbenden hatte es geschafft, eine Kugel in den Hubschrauber zu jagen, der Heli hustete schwarzen Rauch aus und musste beidrehen, damit er nicht in die Baumwipfel stürzte und sich in einen Feuerball verwandelte.

Nachdem Jenna eine halbe Ewigkeit lang den Abhang hinuntergerannt war, erreichte sie einen tiefer gelegenen Abschnitt der gewundenen Straße, auf der sie in den Hinterhalt geraten waren. Überall sausten Fledermäuse umher, das Nachtsichtgerät enthüllte Jenna ihr sonst so geheimes Leben. Normalerweise wäre sie durchgedreht vor Angst, aber nach dem, was sie gerade hinter sich hatte, war kein Adrenalin mehr übrig, um sich vor diesen Nachtgeschöpfen zu fürchten, die sich bestimmt von Insekten ernährten und den Kontakt zu Menschen sorgfältig mieden. Jedenfalls hoffte sie das.

Nachdem sie gut zwanzig Minuten lang über den Asphalt gelaufen war, tauchten plötzlich Scheinwerfer über ihr auf. Ohne nachzudenken, schloss sie die Augen, hastete zur Straßenmitte und baute sich dort auf, den rechten Arm nach vorn gestreckt, mit der Handfläche zum sich nähernden Wagen. Wenn der Fahrer oder die Fahrerin gerade halbwegs aufpasste, würde er oder sie anhalten. Wenn nicht, war es aus mit ihr.

Aber der Fahrer sah sie rechtzeitig und brachte den Wagen ruckartig zum Stehen.

Sie zerrte sich das Nachtsichtgerät vom Kopf und rannte zur Fahrerseite. Der dickliche Mann war erst Anfang dreißig, aber sein Haar wurde bereits schütter. Sie richtete ihre Maschinenpistole auf ihn und schob sämtliche Schuldgefühle beiseite. »Aussteigen!«, befahl sie laut genug, dass er sie auch durch das geschlossene Fenster hörte.

Voll ungläubigem Entsetzen starrte er sie an, aber die Maschinenpistole in ihrer Hand war unzweifelhafte Realität, ebenso wie die Schnitte und das Blut, mit dem sie von Kopf bis Fuß verziert war.

»Sofort!«, schrie Jenna, als er immer noch zögerte, vor Angst wie gelähmt. Ein Teil ihres Verstands blieb vollkommen distanziert und stellte nüchtern fest, wie schnell doch der Überlebenswille eine zivilisierte Wissenschaftlerin wie sie in eine Barbarin verwandelte. Es war bemerkenswert. Und erschreckend.

Mit erhobenen Händen taumelte der Mann aus dem Wagen.

»Ihnen passiert nichts«, sagte sie so ruhig, wie sie konnte. »Aber ich muss mir Ihr Auto ausborgen. Es geht um Leben und Tod. Ob Sie es glauben oder nicht, ich bin ein Opfer, keine Täterin.«

Der Mann schien ihr nicht zu glauben, aber er sagte nichts. Vermutlich betete er gerade um sein Leben, dachte sie, selbst wenn er womöglich eben noch Atheist gewesen war.

»Geben Sie mir Ihr Handy«, sagte Jenna.

Er reichte es ihr, und sie steckte es in eine der vorderen Taschen ihrer Jeans.

»Ich kann nicht riskieren, dass Sie jetzt die Polizei rufen«, erklärte sie ihm. »Aber ich verspreche Ihnen, dass Ihnen nichts geschieht. In drei oder vier Stunden rufe ich jemanden aus Ihrem Adressbuch an und sage ihm, wo Sie sind und wo ich Ihren Wagen abgestellt habe. Wie gesagt, ich muss ihn mir nur ausborgen.« Sie reichte ihm das Nachtsichtgerät. »Hier«, sagte sie. »Benutzen Sie bis zum Sonnenaufgang das hier.«

Sie war froh, dass sie den armen Kerl nicht in völliger Dunkelheit zurücklassen musste. Es war immerhin ein *bisschen* besser als nichts.

Sie fragte sich, ob zu dieser frühen Stunde noch andere Autos vorbeikommen würden, und wenn ja, ob der enteignete Fahrer es ihr nachmachen und einen davon anhalten würde. Sie bezweifelte es. Hier und jetzt wollte er nichts weiter, als bis zur Morgendämmerung den Kopf unten zu halten und dann zu überlegen, was zu tun war. Er war nicht annähernd so verzweifelt wie sie.

In die Scheinwerfer eines heranrasenden Wagens zu starren und zu hoffen, dass er anhielt, war nichts für Leute mit schwachen Nerven.

Sie hieß den Mann mit dem schütteren Haar und dem Nachtsichtgerät in der Hand zehn Schritte zurücktreten, ehe sie in den Wagen stieg und Sitz und Rückspiegel einstellte. Sie ließ das Fenster ein paar Zentimeter herunter. »Das Ganze tut mir wirklich sehr, sehr leid«, sagte sie. »Aber ich verspreche Ihnen, Sie bekommen Ihr Auto bald zurück.«

Und mit diesen Worten schloss Jenna Morrison das Fenster, gab Gas und schoss in die Dunkelheit davon.

5

Jenna konzentrierte sich darauf, den Berg so schnell runterzukommen, wie es die Gesetze der Physik und die schmale, gewundene Straße erlaubten. Wenigstens erforderte das ihre gesamte Konzentration und ließ ihr weniger Zeit, über ihre Situation nachzudenken oder sich mit den grauenhaften Bildern von Nathan zu beschäftigen, der mit zertrümmerten Beinen dalag, den Kopf nahezu von den Schultern gerissen.

Natürlich hatte sie in Filmen schon zahllose Feuergefechte gesehen – wer nicht? –, aber zu ihrer Überraschung stellte sie fest, dass das Blutvergießen in Filmen nicht annähernd an das unfassbare Massaker herankam, das in Wirklichkeit stattfand. Kaliber und Durchschlagskraft moderner Waffen rissen die Getroffenen förmlich auseinander, was in Filmen nicht entsprechend rüberkam. Dankenswerterweise.

Obwohl sie all ihre Aufmerksamkeit darauf konzentrieren musste, nicht zum zweiten Mal binnen einer Stunde von der Straße zu fliegen, brach sie mehrfach in Tränen aus, noch ehe sie den Fuß des Bergs erreichte.

Endlich, unter Aufbietung der allerletzten Reste ihres Willens, der heute bis weit über seine Belastungsgrenze hinaus strapaziert worden war, schaffte sie es, Nathan aus ihren Gedanken zu verbannen und sich auf das akute Problem zu konzentrieren.

Wer waren die Männer, die den *Hostess*-Truck überfallen hatten? Hatten sie versucht, Nathan und sie zu retten?

Auf den ersten Blick schien es so. Simkin hatte nicht wild um sich geschossen, sondern genau gezielt. Andy Cavnar hingegen hatte versucht, sie zu beschützen. Hatte mitten in einem Schusswechsel innegehalten, um dafür zu sorgen, dass sie sich in Sicherheit bringen konnte.

Also was nun? Sollte sie sich an die Polizei wenden? An das Heimatschutzministerium? Die Presse?

An alle zugleich?

Vielleicht. Aber zuerst das Wichtigste – sie musste zurück nach Hause. Denn einer Sache war sie sich ganz sicher: Das alles war wegen Nathans Entdeckung passiert. Simkin hatte die Daten auf Nathans Computern lieber vernichtet, als sie in die Hände eines anderen fallen zu lassen. Und dann hatte er auch den Schöpfer dieser Daten vernichtet, mit der gleichen Gründlichkeit.

Zuvor hatten sie sämtliche Dateien aus Nathans Cloud gezogen und anschließend auch seinen Account gelöscht.

Sie waren sich ihrer Sache sehr sicher gewesen. Aber was sie nicht wussten: Nathan würde so etwas Wichtiges niemals in der Cloud speichern. Es war eine seiner Marotten. Er war ein bisschen paranoid. Er hatte immer als Senkrechtstarter gegolten, als Genie. Als regelrechtes Wunderkind. Und jetzt, mit neunundzwanzig, war er kein Kind mehr, aber noch immer war er seinem Alter voraus, sein Erfolg rief viele Neider auf den Plan. Und die meisten Wissenschaftler seines Fachgebiets waren ausgezeichnete Hacker. Also war er das Risiko mit der Cloud nicht eingegangen. Er hatte jeden Abend ein Backup seiner wichtigsten Daten erstellt – nur nicht im Cyberspace, wie die meisten es taten.

Jenna hatte diese Vorsichtsmaßnahme immer als einen seiner Spleens abgetan, aber offenbar war er umsichtiger gewesen, als ihr klar gewesen war.

Jeden Arbeitsschritt, den Nathan als bedeutsam erachtete, und insbesondere alles, was er für bahnbrechend hielt, hatte er lokal gesichert und mit einem Passwort versehen. Routinemäßig hatte er eine Kopie auf seinem Desktoprechner gespeichert und ein weiteres Backup woanders, nämlich auf einem USB-Stick, der im

Haus versteckt war. Ein teures, WLAN-fähiges Modell, damit Nathan ihn nicht immer extra in den Rechner stecken musste. Dieser Stick fungierte sozusagen als private Cloud außerhalb der Cloud. Eine bequeme Lösung, ganz ohne dass er dafür auf den Cyberspace zurückgreifen musste.

Er hatte den Stick so programmiert, dass alle Daten gelöscht wurden, wenn jemand dreimal hintereinander ein falsches Passwort eingab. Selbst Jenna kannte das Passwort nicht. Leider, vermutete sie, würde jemand mit dem nötigen Kleingeld und der entsprechenden Entschlossenheit wohl Wege finden, um Nathans Sicherungen zu umgehen.

Das würde sie nicht riskieren. Nicht nach allem, was gerade geschehen war. Also stand als erster Punkt auf ihrer Liste, den Stick aus dem Versteck zu bergen. Später könnte sie ihn Spezialisten übergeben, die ebenfalls einen Weg finden würden, an die Daten zu kommen, und dann würde sie herausfinden, was daran so wichtig war – was Nathans Leben beendet und ihr eigenes zerstört hatte. Sie würde nicht ruhen, bis sie es wusste.

Kalifornien war noch immer in Dunkelheit getaucht, als sie ihr Haus erreichte – ihr *gemeinsames* Haus, vor wenigen Stunden noch der Ort, an dem sie freudig Wiedersehen gefeiert hatten, war jetzt nur noch eine schmerzliche Erinnerung an alles, was sie verloren hatte.

Sie ging ins Schlafzimmer und kämpfte wieder mit den Tränen. Auf Nathans Kommode stand ein Spielzeug, das man Newtonpendel nannte. Der nach dem unvergleichlichen Physiker benannte Apparat bestand aus fünf schimmernden Silberkugeln, die zwischen zwei Stangen herabhingen. Ein Physiker-Lieblingsstück, das den Impuls- und Energieerhaltungssatz illustrierte. Wenn man am einen Ende die Kugel anhob und wieder losließ, traf sie mit einem typischen Klicklaut auf die anderen Kugeln und gab ihre Energie an sie weiter, bis sie die letzte Kugel erreichte und sie hochschwingen ließ. Dann schwang diese zweite Kugel zurück, und das Ganze wiederholte sich in umgekehrter Richtung. Es ging so weiter, bis nach etlichen Wiederholungen schließlich Wärme und Reibung das Energiesystem zum Erliegen brachten.

Nathan hatte den Apparat so umgebaut, dass der Sockel einen USB-Stick aufnehmen konnte. Behutsam entfernte Jenna den kleinen Stick, er war kaum so groß wie ihr Daumen. Man hätte sie mittlerweile noch kleiner bauen können, aber je kleiner ein Objekt war, desto leichter ging es verloren, also hatte sich inzwischen diese Größe als Standard etabliert.

Rasch verließ Jenna das Schlafzimmer, tief in Gedanken verloren, und überlegte, was sie als Nächstes tun sollte. Aber nach zwei Schritten ins Wohnzimmer hinein blieb sie abrupt stehen und keuchte erschrocken auf.

Dort an der Haustür stand jemand und wartete geduldig auf ihre Rückkehr aus dem Schlafzimmer. Es war kein Polizist. Wie die anderen Eindringlinge in dieser Nacht war er schlank und verströmte eine Aura tödlicher Professionalität.

Entweder hatten die Eindringlinge von vorhin jemanden abgestellt, der das Haus bewachte, und er hatte sie kommen sehen. Oder einer der beiden Gegner in diesem Kampf war so geistesgegenwärtig gewesen, jemanden herzuschicken, nachdem feststand, dass sie entkommen war, nur für den Fall, dass sie zurückkehrte.

Wie die ersten drei Eindringlinge verschwendete auch dieser Mann keine Zeit damit, sie mit einer Waffe zu bedrohen. Beim Anblick des USB-Sticks in ihrer Hand riss er begeistert die Augen auf.

»Bingo«, sagte er fröhlich. »Geduld zahlt sich eben doch aus.«

»Was wollen Sie von mir?«, schrie Jenna, und die besonnene Ruhe, die sie mit solcher Mühe aufrechterhalten hatte, zersprang in tausend Stücke. *»Lassen Sie mich in Ruhe!«*

»Ich will nur den USB-Stick. Geben Sie ihn mir. Sobald ich sicher weiß, dass ich auf die Daten zugreifen kann, können Sie gehen. Ist er passwortgeschützt?«

Jenna nickte und atmete tief durch, kämpfte gegen Zorn und Trauer an; widerstreitende Gefühle, die sie in die Knie zu zwingen drohten.

»Kennen Sie das Passwort?«

Jenna blinzelte rasch, als hätte sie die Frage nicht verstanden.

»Ob Sie das Passwort kennen«, herrschte der Eindringling sie ungeduldig an.

»Natürlich«, log sie. Ihr Verstand funktionierte wieder ... keine Sekunde zu früh.

Er streckte die Hand aus. »Her mit dem Stick. Und dem Passwort. Ich verspreche Ihnen, dass Sie dann Ihre Ruhe haben. Für immer.«

Einige Sekunden lang antwortete sie nicht und suchte fieberhaft nach einem Ausweg.

»Das ist das beste Angebot, das Sie bekommen werden, glauben Sie mir.«

Plötzlich hatte Jenna eine Idee. Es war ein verzweifelter Plan, ja, aber sie *war* nun einmal verzweifelt, und vermutlich war es ihre einzige Chance.

»Warum um alles in der Welt sollte ich Ihnen vertrauen?«, fragte sie und erkaufte sich mit dieser Ablenkung ein paar Sekunden.

Ehe der Eindringling antworten konnte, trat sie zum Tisch und schnappte sich den großen Weinkelch, den sie vor Stunden dort abgestellt hatte, kurz bevor Nathan einen Trommelwirbel abgespielt hatte. Ihre letzte schöne Erinnerung, ehe sie durch alle neun Höllenkreise geschleift worden war.

»Zurück!«, schrie sie und hielt den USB-Stick über den See aus roter Flüssigkeit, so dicht, dass er ihn fast berührte. »Wenn ich ihn da reintauche, sind die Daten hinüber. Das ist die letzte Kopie, und der einzige Mann, der weiß, was sich auf dem Stick befindet, ist tot.«

Das Gesicht des Eindringlings spiegelte seine Panik wider, als er das Objekt seiner Begierde gefährlich dicht über dem eleganten Kristallglas schweben sah.

Jenna sah in seinen Augen, dass ihm seine Lage vollkommen klar war. Er war übel ausmanövriert worden. Er hatte beschlossen, es sich leicht zu machen und von ihr das Passwort in Erfahrung zu bringen, statt sie einfach zu erschießen und den Stick an sich zu nehmen. Aber jetzt war er am Arsch. Sie hatte ihre eigene kleine Totmannschaltung geschaffen: Wenn er sie jetzt erschoss, fiel der Stick in den Wein, und die Daten wurden vernichtet.

In Wahrheit war sie sich da allerdings nicht ganz sicher. Soweit sie wusste, war das Ding wasserdicht. Aber selbst wenn – würde es auch *Alkohol* überleben? Sie wusste es nicht, und zum Glück schien der Eindringling ihren Semi-Bluff nicht zu hinterfragen.

»Waffe weg, und werfen Sie Ihre Wagenschlüssel her«, verlangte sie, um ihren momentanen Vorteil auszunutzen. »Sofort! Oder ich lasse das Ding fallen.« Sie deutete mit einem Nicken auf den kleinen Stick in ihrer rechten Hand. Ihre Linke, mit der sie den großen Weinkelch festhielt, zitterte ein wenig, und der Mann befürchtete sicher, dass der Wein hochspritzen und den Stick ruinieren könnte.

»Ich tu es«, warnte sie ihn.

»Hören Sie, geben Sie mir einfach den Stick«, sagte der Eindringling so ruhig wie möglich. »Wenn Sie ihn zerstören«, fügte er hinzu und zog die Oberlippe hoch, als würde er knurren, »töte ich Sie. Das versichere ich Ihnen.« Er hob die Waffe und richtete sie auf ihren Kopf, wie um seine Worte zu unterstreichen. »Aber wenn sie mir den Stick geben«, fuhr er so zuvorkommend wie möglich fort, »dann lasse ich Sie gehen. Ich tu Ihnen nichts. Versprochen.«

»*Ihr* Versprechen bedeutet mir gar nichts«, zischte Jenna durch zusammengebissene Zähne. »Nach allem, was ich heute Nacht erlebt habe, bin ich sicher, dass Sie mich sofort töten, sobald Sie das Ding haben. Also habe ich absolut nichts mehr zu verlieren.« Sie zog die Brauen hoch. »Können Sie das auch von sich behaupten?«

Der Mann wirkte unsicher.

Jennas Miene versteinerte noch mehr. »Sie haben dreißig Sekunden, um mir Ihre Schlüssel und die Waffe rüberzuwerfen. Wenn Sie das nicht tun, vernichte ich das, was Sie haben wollen, und dann können Sie Ihrem Boss ja gern erklären, was passiert ist.«

Seiner unglücklichen Miene entnahm sie, dass sie ihn hatte. Und er wandte keinen Augenblick lang den Blick von ihren Händen ab, die noch immer so sehr zitterten, dass er jede Sekunde einen Unfall befürchten musste.

»Jetzt sind es nur noch zwanzig Sekunden«, teilte sie ihm mit. »Ich mache es wirklich, auch wenn mir klar ist, dass Sie mich dann töten. Glauben Sie etwa, das macht mir *Angst*? Meine große Liebe wurde eben vor meinen Augen ermordet. Ich habe heute Nacht *alles* verloren! Eigentlich habe ich keinen Grund, um überhaupt weiterzuleben. Ich hoffe fast, dass Sie nicht tun, worum ich Sie bitte, damit ich diesen Stick vernichten kann und Sie mich von meinem Elend erlösen.«

Jenna sagte es mit so viel Überzeugungskraft, dass sie selbst nicht ganz sicher war, inwieweit es wirklich ein Bluff war und nicht die schlichte Wahrheit.

Sie wartete noch einen Augenblick. »Zehn«, sagte sie dann sachlich. »Neun. Acht. Sieben ...«

»Stopp!«, sagte der Mann mit angstverzerrtem Gesicht. »Sagen wir, ich lasse Sie gehen. Woher weiß ich denn, dass Sie nicht doch die Daten vernichten, sobald Sie hier raus sind?«

»Das wissen Sie nicht«, sagte Jenna. »Sie müssen wohl einfach auf mein Wort vertrauen.«

»*Geben* Sie mir denn Ihr Wort darauf?«

Jenna nickte. »Tu ich. Ich will ebenso gern wissen wie Sie, was auf dem Stick gespeichert ist. Sie verlieren also diese Runde. Sie geben mir Ihren Wagenschlüssel und Ihre Waffe und lassen mich gehen. Aber die Information, hinter der Sie her sind, überlebt. Und wenn man bedenkt, wie findig Sie und ihre Verbrecherbande anscheinend sind, werden Sie mich ja sicher wieder einfangen und mir den Stick abnehmen, richtig?«

»Interessanter Vorschlag. Aber wenn ich Sie jetzt wirklich gehen lassen soll, müssen Sie mir noch eins versprechen. Bitte behalten Sie alles, was Sie eventuell auf diesem Stick finden, unter Verschluss. Sie dürfen nicht zulassen, dass es bekannt wird.«

»Weshalb nicht?«

»Halten Sie von mir, was immer Sie wollen, aber in diesem einen Punkt vertrauen Sie mir: Es wäre für *alle* übel. Und ich glaube ohnehin, dass nur die wenigsten Menschen verstehen dürften, worum es eigentlich geht. Trotzdem, behandeln Sie diese Informationen mit größtmöglicher Vorsicht, selbst wenn Sie keine Ahnung haben, was das alles bedeutet. Ganz so, als wäre es eine supereinfache Bauanleitung für eine Wasserstoffbombe.«

Jenna riss die Augen auf. »Geht es um einen hochgefährlichen Sprengstoff?«

Er schüttelte den Kopf. »Nein. Nichts dergleichen. Aber vertrauen Sie mir, es wäre *schlimm*, wenn es an die Öffentlichkeit dringt. Glauben Sie mir das?«

Sie sah ihm eindringlich in die Augen, und aus irgendeinem Grund glaubte sie ihm tatsächlich. Womöglich wurde jetzt das Bild ein bisschen klarer. Beide Gruppen wollten Nathans Entdeckung für sich haben, aber sie würden *alles* tun, damit niemand sonst sie in die Finger bekam.

»Sagen Sie mir, was sich auf diesem Stick befindet«, verlangte sie.

Er schüttelte den Kopf. »Das kann ich nicht. Ich darf Ihnen keine Informationen geben. Eigentlich nicht einmal das, was ich Ihnen bereits erzählt habe. Das habe ich nur getan, weil Sie mich hier in eine Zwangslage gebracht haben und ich mich schnell entscheiden musste. Also versprechen Sie mir, dass Sie den Stick nicht zerstören und seinen Inhalt auf jeden Fall für sich behalten werden, und ich lasse Sie gehen. Setzen Sie mich weiter unter Druck, und ich zerstöre die Daten selbst.«

»Okay. Ich glaube Ihnen. Was immer sich hier auf dem Stick befindet, ist gefährlich, und ich werde vorsichtig sein. Ich werde die Daten behandeln, als würde es sich um die Bauanleitung für eine Bombe handeln. Wie Sie gesagt haben.«

Und das würde sie wirklich tun, begriff sie. Wenigstens so lange, bis sie genau wusste, was eigentlich los war. Dann würde sie selbst entscheiden, ob diese Entdeckung besser im vollkommenen Dunkel oder im hellsten Sonnenschein aufgehoben war.

Jenna stand viereinhalb Meter von ihm entfernt. Wortlos und ohne näher zu kommen warf er ihr vorsichtig Pistole und Schlüssel hin. Sie landeten ein Stück vor ihr auf dem weichen, cremefarbenen Teppich.

»Jetzt Ihr Handy«, sagte sie, als ihr klar wurde, dass sie es ihm nicht lassen konnte.

Wut zeichnete sich in seiner Miene ab, aber er warf ihr auch das Handy hin.

»Jetzt gehen Sie in den Kleiderschrank und schließen Sie die Tür, während ich das alles aufsammle«, befahl sie.

Ungläubig schüttelte er den Kopf und bedachte sie mit einem Blick, der Blei hätte schmelzen können. Offensichtlich war er es nicht gewohnt, dass ihn jemand herumkommandierte, der ihm unter normalen Umständen nichts hätte anhaben können. Die Situation war lächerlich, aber sie hatte keine Zeit, um zu würdigen, wie absurd es war, dass sie sich gerade einen ruchlosen Killer vom Hals hielt und ihn in ihren Sklaven verwandelte, und das nur mit einem Glas Wein bewaffnet.

»Schrank!«, wiederholte sie, und nachdem er sie noch einen Moment lang angestarrt hatte, tat er endlich, was sie sagte.

Jenna sammelte Waffe, Handy und Schlüssel ein und steckte alles in die Taschen.

»In der Küche gibt es eine Tür zur Garage«, rief sie laut genug, damit er sie im Schrank hören konnte. »Wir treffen uns dort in einer Minute. Wenn Sie in zwei Minuten nicht da sind, vernichte ich die Daten und fahre weg.«

Sie fand ihre Handtasche und schnappte sich ihr Portemonnaie. Dann hastete sie zur Garage und öffnete den leeren Kofferraum ihres viertürigen weißen Sedan, ein 2001 Acura Integra, mit dem Nathan sie erst vor wenigen Stunden vom Flughafen abgeholt hatte. Er mochte ja uralt sein, aber er hatte einen rundum generalüberholten Motor, und sie hatten ihn für einen Apfel und ein Ei bekommen. Und am allerbesten: Er stammte aus einer Zeit, als von innen zu betätigende Kofferraum-Öffner noch nicht Standard gewesen waren.

Als ihr ungeladener Gast in die Garage kam, kniete sie so weit vom Kofferraum entfernt wie möglich am Boden. Das Weinglas stand vor ihr, der USB-Stick schwebte dicht darüber.

»Steigen Sie in den Kofferraum und schließen Sie ihn von innen«, befahl sie ihm.

»Auf gar keinen Fall! Sie sind wohl verrückt geworden!«

»Ich glaube nicht. Denn ich habe jetzt Ihre Waffe. Also tun Sie, was ich Ihnen sage, sonst vernichte ich nicht nur die Daten, sondern durchlöchere Sie wie ein Sieb. Ich schieße seit meinem achten Lebensjahr«, log sie. »Mein Vater war Polizist.«

»Beten Sie darum, dass ich nicht derjenige bin, der Sie findet«, schäumte er, ehe er in den Kofferraum des Acura kletterte. Sobald er drin war, streckte er einen Arm nach oben und schloss die Klappe. Endlich hörte sie ein Klicken, das ihr verriet, dass das Schloss eingerastet war.

Jenna rannte nach draußen zu dem Wagen, den sie am Mount Palomar gestohlen hatte. Der Acura diente als Gefängnis, und selbst wenn es nicht so gewesen wäre, fühlte sie sich sicherer mit einem Wagen, den zumindest derzeit noch niemand mit ihr in Verbindung bringen würde.

Sie setzte sich auf den Fahrersitz, steckte den USB-Stick in die Tasche und kippte den Wein in einem Zug hinunter. Kurz wünschte sie sich, sie hätte die ganze Flasche dabei, um ihre blank liegenden Nerven zu beruhigen und ihre Sorgen darin zu ertränken.

6

Lee Cargill hatte blutunterlaufene Augen und war stinksauer. Mehr als stinksauer. Er kochte. Er *raste* förmlich vor Wut.

In dem höhlenartigen Raum, in dem überall schweres Arbeitsgerät stand, lief er auf und ab. Das Ganze war Teil einer geräumigen Anlage, die das *Army Corps of Engineers* während der Erbauung des Hale-Teleskops im Jahr 1935 unter dem Gipfel des Mount Palomar ausgehoben hatte, mitsamt Konferenzräumen und Unterkünften. Weil es zeitgleich mit dem Hale-Observatorium errichtet worden war, waren die Bauarbeiten weitestgehend unbemerkt geblieben.

Gottverdammt! Cargill schäumte vor Wut.

Er liebte die Palomar-Anlage. Die Lage am malerischen Gipfel war herrlich. Nicht nur, dass die Anlage selbst weitläufig und gut geplant war, nachts waren er und seine Leute oft draußen und schwelgten in der frischen Luft und im Anblick eines Himmels voll verblüffend hell leuchtender Sterne, die der Grund dafür waren, dass genau hier das einst berühmteste Teleskop der Welt errichtet worden war.

Aber jetzt war alles im Arsch. »Geh zum Teufel, Edgar Knight«, brüllte er den leeren Raum an.

Während Cargills Schrei noch von den Wänden widerhallte, kam sein stellvertretender Befehlshaber herein, mit ebenso finsterer Miene wie er selbst. »Das dritte Team hat gerade Bericht erstattet«, sagte er.

»Und?«, schnauzte ihn Cargill ungeduldig an.

»Fast alle sind tot. Auf beiden Seiten. Sämtliche Mitglieder unseres Extraktionsteams wurden getötet. Und auch alle, die wir auf ihren Hilferuf hin als Verstärkung geschickt haben. Nur der Hubschrauberpilot hat überlebt, aber sein Heli hat heftig Schaden genommen. Zum Glück hat er es geschafft, ihn da noch rauszumanövrieren. Kannst du dir vorstellen, was für einen unfassbaren Ärger wir am Hals gehabt hätten, wenn das verdammte Ding abgeschmiert wäre?«

»Haben wir doch schon«, erwiderte Cargill heftig. »Aber ja, dann wäre es noch schlimmer gekommen.« Er hielt inne. »Es steht fest, dass niemand sonst überlebt hat?«

»Wir halten es für möglich, dass Jenna Morrison es geschafft hat, aber das ist nicht sicher. Manche der Leichen waren fast nicht zu identifizieren.«

»*Wirklich?*«, brüllte Cargill. »Sie war die einzige Frau, richtig? Das ist doch ein verdammt deutliches Erkennungsmerkmal, oder etwa nicht?«

Joe Allen schluckte schwer. »Bis jetzt wurde keine weibliche Leiche gefunden«, sagte er. »Sie könnte noch leben, oder sie ist tot, wurde aber noch nicht gefunden. Vielleicht wurde sie verletzt, konnte aber noch ein Stück abhauen. Wir durchkämmen derzeit den Wald.«

»Wurde schon jemand von der Gegenseite identifiziert?«

»Noch nicht.«

»Woher wissen wir dann, dass *alle* Gegner getötet wurden?«

»Wir haben Zahlen der gegnerischen Teams, und die gefundenen Leichen passen dazu.«

»Aber wer weiß, ob sich nicht irgendwer in der Hitze des Gefechts verzählt hat. Also können wir nicht ausschließen, dass jemand entkommen ist. Und wir können nicht ausschließen, dass sie Jenna Morrison haben.«

»Schon, aber das würde ihnen nichts nützen. Nathan Wexler und seine gesamte Arbeit sind verloren. Man könnte Albert Einsteins Frau verhören, solange man nur will, aber irgendwelche neuen Einsichten zur Relativitätstheorie würden dabei nicht rumkommen.«

»Danke für die Aufklärung, Joe. Das wusste ich ja noch gar nicht. So verdammt dumm bin ich.« Aufgebracht schüttelte er den Kopf. »Dahinter steckt doch auf jeden Fall Edgar Knight. Es *kann* nicht anders sein. Wenn ich daran denke, dass ich dieses Arschloch mal als Freund betrachtet habe! Kann's kaum erwarten, meinen nächsten Bericht an den Präsidenten zu schicken. Wir haben gute Männer verloren. Unersetzliche Männer. Knight hätte eigentlich gar nichts von dieser Basis wissen dürfen. Er hat sich von uns losgesagt, ehe wir unser Quartier hierherverlegt haben, und ich weiß, dass er keinen Schimmer hatte, dass diese Anlage überhaupt existiert. Das war nämlich einer der Gründe, weshalb ich mich für diesen Standort entschieden habe.«

»Wir haben einen Maulwurf. Das ist die einzige Erklärung.«

»Ohne Scheiß«, sagte Cargill. »Irgendwer muss von Anfang an mit dabei gewesen sein. Hat abgewartet. Knight wusste, wo wir sind, aber ihm war klar, dass ein direkter Angriff auf die Anlage mit Sicherheit schiefgeht. Er muss beschlossen haben, sein Pulver nicht unnötig zu verschießen, sich an unsere deutlich besseren Quellen dranzuhängen und abzuwarten, bis wir etwas entdecken, das alles auf den Kopf stellt.«

Allen nickte. »Was wir getan haben.«

»Wir haben Wexler überwacht«, sagte Cargill angewidert, »und Knight hat *uns* überwacht.« Mit loderndem Blick wandte er sich ab. »Also kann ich jetzt niemandem mehr trauen, richtig? Woher weiß ich denn, dass *du* nicht für Edgar Knight arbeitest, gottverdammt noch mal?«

»Na komm schon, Lee. Wir kennen einander schon so lange. Du kennst mich. Du weißt, dass es nicht so ist.«

Cargills Miene wurde weicher. »Das weiß ich, Joe. Das tu ich. Ich bin nur völlig fertig. Und ich dachte, ich würde unsere Leute alle gut kennen. Aber offensichtlich tu ich das nicht.«

»Also, was jetzt?«

»Wir müssen evakuieren und einen neuen Standort finden. Diese Basis hier sollte uneinnehmbar sein, und sich unbemerkt zu nähern ist schwierig, also dürften wir nicht in unmittelbarer Gefahr sein. Aber ich werde Edgar Knight nie wieder unterschätzen.« Cargill verzog das Gesicht. »Unsere erste Priorität sollte allerdings sein, den Mann – oder die Männer – ausfindig zu machen, die unsere Organisation infiltriert haben. Vorher wäre es völlig sinnlos, das Hauptquartier zu verlegen oder die Verlegung auch nur zu planen.«

7

Jenna fuhr zur Highschool von La Jolla und parkte inmitten des Minotaurus-Labyrinths aus Gebäuden und Außenanlagen. Es stand nur eine Handvoll anderer Fahrzeuge da, die aus ihr unbekannten Gründen über Nacht hier zurückgelassen worden waren. Es war kurz nach vier Uhr morgens.

Sie schaltete die Scheinwerfer aus, schloss die Augen und versuchte, sich irgendeinen Plan abzuringen. Aber ihr Verstand spielte nicht mit.

Schon als sie gegen Mitternacht zu Hause angekommen war, war sie erschöpft gewesen – in Chicago war es zu dieser Zeit zwei Uhr morgens gewesen –, und inzwischen war sie seit fast vierundzwanzig Stunden auf den Beinen. Ihr Körper hatte in den letzten Stunden literweise Adrenalin produziert, aber langsam verpuffte der Effekt, und sie legte eine waschechte Bruchlandung hin.

Sie sank so tief in den Fahrersitz, als würde sie hineinschmelzen; kämpfte verzweifelt darum, wach zu bleiben, fiel dann aber doch bald in unruhigen Schlaf. Keine Stunde später riss sie die Augen wieder auf und schüttelte heftig den Kopf, um richtig wach zu werden.

Aber selbst dieses kurze Nickerchen war ein Segen gewesen, und sie fühlte sich wieder in der Lage, wach zu bleiben und sich zu konzentrieren. Auch ohne Spiegel war ihr klar, dass sie aussah, als käme sie direkt aus dem Kriegsgebiet, was ja auch stimmte: voller Schnitte, Prellungen und Blut, das meiste davon nicht ihr eigenes.

Also, was jetzt?

Denk nach!, befahl sie sich selbst.

Was sollte sie tun?

Sie beschloss, erst mal eine Bestandsaufnahme durchzuführen. Das einzig Nützliche, was sich in ihrem Portemonnaie fand, waren zwei Zwanziger, eine Bankkarte und eine Kreditkarte, aber sie entschied, dass sie es nicht riskieren konnte, die Kreditkarte zu benutzen, ehe sie nicht wusste, womit sie es zu tun hatte.

Ihr eigenes Handy war konfisziert worden, aber dafür besaß sie jetzt zwei andere; eins davon gehörte dem moppeligen Fahrer vom Mount Palomar, das andere dem Mann, den sie in den Kofferraum ihres Wagens gesperrt hatte.

Und sie hatte zwei Schusswaffen. Ein kompaktes Maschinengewehr und eine halb automatische Pistole.

Als Erstes, beschloss sie, musste sie sich mehr Geld beschaffen. Sie fuhr zur nächsten Bank und hob fünfhundert Dollar von ihrem Konto ab, das Maximum pro Transaktion. Dann machte sie an einer Vierundzwanzig-Stunden-Tankstelle den Tank voll und kehrte danach zum Schulparkplatz zurück, um weiterzuplanen.

Inzwischen war es fast halb sechs. In weniger als einer Stunde würde die Sonne aufgehen. Wie lange würde es wohl noch dauern, bis der Besitzer des Wagens, mit dem sie gerade unterwegs war, es schaffte, sein Fahrzeug als gestohlen zu melden?

Sollte sie ihm zuvorkommen und selbst zur Polizei gehen? Nathans und ihre Entführer hatten nicht so gewirkt, als mache ihnen der Gedanke an die Polizei größere Sorgen. Der Wortführer des Trupps hatte es sogar genauso gesagt, und sie hatte ihm geglaubt.

Hatten diese Männer also die Polizei in der Tasche?

Sie konnte es nicht ausschließen. Wer auch immer ihre Entführer gewesen sein mochten, sie verfügten mit an Sicherheit grenzender Wahrscheinlichkeit über großen Einfluss – oder zumindest galt das für denjenigen, für den sie arbeiteten. Vielleicht sogar auf *legalem* Wege. Vielleicht war es die Sorte Leute, die direkten Einfluss auf die Polizei nehmen konnte.

Zur Polizei zu gehen spielte ihnen also womöglich direkt in die Hände. Sie stellte sich vor, wie sie auf dem Revier saß und ein freundlicher Beamter sie kurz allein ließ, angeblich, um ihr einen Kaffee zu holen, während er in Wirklichkeit ihre Entführer benachrichtigte und ihnen sagte, dass die Frau, nach der sie suchten, wie vorausgesehen eingetroffen war.

Sie erschauerte.

Und selbst wenn die Polizei nicht mit drinsteckte und auch nicht unter dem Einfluss einer der beiden Gruppen stand … sollte sie wirklich mit einem *gestohlenen* Wagen zur Wache fahren?

Und wenn sie es tat, was würde sie dort dann sagen?

Wenn sie ihnen die Wahrheit erzählte, würden die sie für durchgeknallt halten. Nie im Leben würden sie ihr diese Geschichte abkaufen.

Und das aus gutem Grund. Sie glaubte es ja selbst nicht. Und sie war *dabei gewesen.*

Sie könnte die Waffen und Handys präsentieren, die sie an sich genommen hatte, aber das sah vielleicht nur noch mehr danach aus, als wäre sie eine geistesgestörte Irre. Es *konnte* klappen, aber ebenso gut nach hinten losgehen. Und zwar übel.

Was also würde passieren, wenn sie die Wahrheit sagte, wenn sie ihre und Nathans Entführung und die anschließenden Ereignisse beschrieb? Wenn man sie nicht wirklich ernst nahm, kamen sie nicht umhin, früher oder später ihr Haus zu überprüfen. Und dort würden sie einen Mann in ihrem Kofferraum vorfinden, der mit Sicherheit behauptete, dass eine Verrückte ihn überfallen hatte. Oder sie fanden, falls er entkommen war, ein leeres Haus vor, in dem es keinerlei Spuren eines gewaltsamen Eindringens gab und wo keine Wertgegenstände fehlten bis auf den zerlegten Computer. Keine Spuren eines Kampfs. Und keine Spur von Nathan.

Und was dann? Sie würden ihr sagen, sie könne eine Vermisstenanzeige aufgeben. Und dass sie, wenn er nicht binnen achtundvierzig Stunden oder so wieder auftauchte, nach ihm suchen würden.

Ihr fielen noch andere mögliche Entwicklungen ein. Vielleicht würde man das Blutvergießen von Palomar entdecken, aber selbst dann wäre Nathan nicht identifizierbar, und bei seiner Leiche würde man weder sein Handy noch sein Portemonnaie finden, um die Identifizierung doch noch zu ermöglichen. Falls man den *Hostess*-Truck fand, würde sich rasch das FBI einmischen und die lokale Polizei aus dem Rennen nehmen.

Und wenn die Sache vom Mount Palomar publik wurde – wie lange würde es wohl dauern, bis der von ihr überfallene Fahrer sich meldete und sie als Irre beschrieb, die ihn mit einer Maschinenpistole bedroht hatte? Himmel, wenn das passierte, konnte es sein, dass sie am Ende als *Hauptverdächtige* für den Mord an Nathan dastand – wenn die zuständigen Behörden denn irgendwann endlich herausfanden, dass er tot war.

Während dieser ganzen Zeit wären der Kofferraum-Mann und seine Kollegen hinter ihr her. Und ihre Identität und ihren Aufenthaltsort könnte man über den Polizeicomputer herausfinden. Sie traute der Polizei nicht zu, sie zu beschützen.

Im besten Fall würde tagelang nichts passieren.

Im schlimmsten flog ihr alles um die Ohren.

Die Polizei war also definitiv keine Option. Und je länger sie darüber nachdachte, desto klarer wurde ihr, dass sie nicht einmal eine brauchbare Option wären, wenn sie mit ihren Befürchtungen falschlag und sie ihr sofort glaubten und zu helfen versuchten.

Weil das hier eine Nummer zu groß für sie war. Zur Polizei zu gehen wäre, als ob sie sich darauf verließe, dass ein Golden-Retriever-Welpe sie vor einem Rudel Wölfe beschützte.

An wen konnte sie sich dann wenden?

Nach einigen Minuten Grübelei hatte sie eine Idee. Keine großartige, aber unter diesen Umständen kam ihr jede, die keine völlige Katastrophe war, regelrecht genial vor.

Sie würde einen Privatdetektiv anheuern. Den allerhärtesten Kerl, den sie nur finden konnte. Die Leute, die hinter ihr her waren, hatten vermutlich ihre Quellen bei der Polizei, hatten sie womöglich auf sie angesetzt und drehten die ganze Sache genauso hin, wie es ihnen passte.

Aber einen Privatdetektiv würden sie nicht auf dem Radar haben. Viel sicherer. Viel anonymer.

In La Jolla konnte sie allerdings nicht bleiben. Das wäre, als würde sie laut nach Ärger schreien.

Schlagartig begriff sie, wohin sie sich wenden und was sie tun musste.

Wenn sie schon nicht sofort an die Daten auf dem Stick herankam, so musste sie doch wenigstens herausfinden, worum es bei Nathans Entdeckung überhaupt ging. Er hatte nur mit einem einzigen Menschen darüber geredet: Dan Walsh. In der E-Mail, die vermutlich die ganze Lawine überhaupt erst losgetreten hatte.

Aber sie musste sich persönlich mit Dan treffen. Sein Telefon und der Computer waren bestimmt verwanzt. Sie musste in Erfahrung bringen, was er wusste, und ihn vor der Gefahr warnen, in der er möglicherweise schwebte.

Sie beschloss, zuallererst einen Privatdetektiv zu engagieren. Einen, der in L. A. arbeitete und damit näher am UCLA-Campus und Nathans Physikerkollegen.

Dreißig Minuten lang durchsuchte sie hektisch das Internet, sichtete Dutzende Detekteien, bis sie endlich auf einen Mann stieß, der ihr ideal für diese Aufgabe erschien. Er hieß Aaron Blake, und sie durchstöberte weitere fünf Minuten lang seine Homepage.

Er war hochdekorierter ehemaliger Army-Ranger, Fünfundsiebzigstes Regiment, und hatte im Jemen, in Somalia und im Irak bei mehreren Anti-Terror-Einsätzen gedient. Jenna googelte nach dem Fünfundsiebzigsten Regiment und stellte fest, dass es sich um eine mit unterschiedlichsten Spezialmissionen betraute Eliteeinheit handelte, stationiert in Fort Benning in Georgia.

Beeindruckend, um es bescheiden auszudrücken.

Vor erst drei Monaten hatte Blake die Army verlassen und in L. A. als Privatdetektiv angefangen. Jenna fand eine Auflistung seiner Qualifikationen – imposant, aber am wichtigsten war für sie, dass er mit Feuergefechten vertraut war und Erfahrung damit hatte, auch in Extremsituationen einen kühlen Kopf zu bewahren, eine Situation, die angesichts der letzten sechs Stunden nur allzu wahrscheinlich war.

Einen besseren Kandidaten konnte sie nicht finden. Vielleicht wandte sich das Schicksal langsam zu ihren Gunsten.

Endlich mit einem Plan im Hinterkopf, atmete Jenna Morrison tief durch, startete den Motor ihres gestohlenen Wagens und fuhr los, um einen gewissen ehemaligen Army-Ranger persönlich aufzusuchen.

Jetzt musste sie ihn nur noch dazu bringen, ihr zu glauben.

8

Aaron Blake trommelte mit den Fingern der Linken auf seinem Schreibtisch herum, während er im Internet Tutorials darüber las, wie er seine Detektei bekannter machen konnte, wie man effektiv die Social-Media-Kanäle benutzte, dazu zehn Tipps für die Suchmaschinenoptimierung, damit sein Name möglichst weit oben in der Liste auftauchte, wenn jemand nach einem Privatdetektiv in L. A. suchte.

Er hatte ein Gespür für die Detektivarbeit, das hatte er in seiner Militärvergangenheit immer wieder unter Beweis gestellt. Schon in der Schule war er ein guter Schüler gewesen, und auf seine Befähigung zum logischen Denken war er besonders stolz. Er hatte ein Talent dafür, die richtigen Fragen zu stellen. Dafür, selbst aus dürftigen Informationen komplexe Sachverhalte korrekt zu rekonstruieren. Eine gute Beobachtungsgabe. Seine Waffenbrüder hatten sich diesbezüglich vor Lob fast überschlagen.

Aber es reichte nicht, ein guter Detektiv zu sein, um ein erfolgreiches Detektivbüro zu führen. Nicht, wenn niemand wusste, dass man überhaupt existierte. Und bis er sich einen guten Ruf erarbeitet hatte, würde das auch so bleiben. Nur erforderte das leider keine detektivische Fähigkeiten, sondern Geschäftssinn und Öffentlichkeitsarbeit.

Wenn man der beste Schachspieler der Welt war, dann wurde man irgendwann als solcher bekannt. Klar, am Anfang musste man an lauter unbedeutenden Turnieren teilnehmen, aber wenn man einen Gegner nach dem anderen schlug, landete man irgendwann ganz oben.

Aber man konnte der beste Schriftsteller der Welt sein, der beste Buchhalter oder auch der beste Privatdetektiv, und trotzdem sein Leben lang erfolglos vor sich hinkrebsen, wenn man nicht wusste, wie man sich verkaufte. Wenn es doch nur auch unter Privatdetektiven Turniere gäbe, auf denen sich jene, die diese Kunst praktizierten, miteinander messen und sich ihrer Erfolge rühmen konnten.

Aber da das nun mal nicht möglich war, würde es womöglich lange dauern, bis seine Privatdetektei so richtig in Schwung kam, das war Blake bewusst. Also hatte er sich sein Büro vorerst in seinem Apartment eingerichtet, das insgesamt nicht viel größer war, als ein richtiges Büro es sein sollte. Und obwohl nichts so sehr nach Bedeutungslosigkeit roch, nach Versagen, als dazu gezwungen zu sein, in derselben kleinen Wohnung zu arbeiten und zu schlafen – irgendwo musste er ja anfangen. Und wenigstens lag die Wohnanlage in einer anständigen Gegend und war gut gepflegt, auf einem von teuren, aber herrlichen Königspalmen gesäumten Grundstück, mit mehreren Pools und einem großen Springbrunnen in der Nähe des Eingangstors.

Zudem hatte er das Glück, dass sein Lebenslauf für sich sprach, was ihm den Einstieg sehr erleichterte, weil er nicht darauf angewiesen war, überhaupt erst mal Erfolge vorzuweisen. Er zählte darauf, dass ihn sein beruflicher Hintergrund und auch die Ergebnisse seiner Arbeit im Geschäft halten würden, bis er in ein richtiges Büro umziehen konnte.

Bisher waren all seine Klienten Männer und Frauen gewesen, die ihre Ehepartner bei einer Affäre erwischen wollten – oder im laufenden Scheidungsverfahren herauszufinden suchten, ob der andere Geld auf irgendwelchen Offshore-Konten in Sicherheit gebracht hatte.

Affären waren nicht nur langweilige und voyeuristische Routinefälle, sie waren außerdem ein schmerzliches Klischee. Gelegentlich hatte er zwar auch mal einen interessanteren Fall gehabt, aber leider sehr selten.

Einmal war einem betuchten Vorstädter ein Erbstück gestohlen worden, das zwar nicht allzu viel wert gewesen war, ihm persönlich aber viel bedeutete. Als sich abzeichnete, dass die Polizei nichts unternehmen würde, hatte er Blake einen Haufen Geld gezahlt, um zu ermitteln und den Dieb festzusetzen. Und das hatte Blake getan – es war ein detektivisches Glanzstück gewesen, das selbst Sherlock Holmes beeindruckt hätte.

Blake konnte nur hoffen, dass mit wachsendem gutem Ruf auch die Zahl der interessanten Fälle spürbar ansteigen würde. Und er hatte es endlich geschafft, ein paar Termine bei Anwaltskanzleien in der Nähe zu bekommen, die im Rahmen bestimmter Fälle öfter Ermittlungsaufträge zu vergeben hatten. Er bot seine Dienste versuchsweise erst einmal unentgeltlich an und war zuversichtlich, dass es sich letzten Endes auszahlen würde, wenn die Anwälte feststellten, dass er wirklich so gut war, wie er sagte.

Aber er war dringend darauf angewiesen, dass das bald geschah. Nicht wegen des Geldes, sondern weil er nichts mehr hasste als Nichtstun und Langeweile. Beim Militär war er zum Adrenalinjunkie geworden. Er war kein Sadist. Und er verabscheute es, wenn er jemanden töten musste. Aber wenn er einen Menschen töten musste, um Hunderte zu retten, dann war Blake in der Lage, seinen Frieden damit zu machen.

Und auch wenn er es hasste, jemanden zu töten – jemanden zu jagen, zu kämpfen, in einem Kampf auf Leben und Tod Fähigkeiten und Verstand an seinem Gegner zu messen, das war die ultimative Herausforderung. Und damit der ultimative Rausch.

Wenn es ums eigene Leben ging, war übermenschliche Konzentration und Leistung erforderlich. Es erinnerte ihn fast an den Wilden Westen, wo man einen Revolverhelden niemals unterschätzen durfte, ganz gleich, welchen Eindruck er erweckte, denn jeder noch lebende Revolverheld hatte sich schon mal als der Beste in einem Kampf erwiesen.

Ernest Hemingway hatte mal gesagt: »Keine Jagd ist so wie die auf Menschen, und die, die lange genug Menschen gejagt haben, die Spaß daran hatten, interessieren sich nie wieder für etwas anderes.«

Blake war bewusst gewesen, dass er immer mehr nach diesem berühmten Zitat lebte, und betrachtete das als Warnsignal. Er fürchtete, dass der Rausch zu mächtig, dass er danach süchtig wurde. Er hatte befürchtet, dass er sich dem Punkt ohne Wiederkehr näherte. Dass er niemals in der Lage sein würde, ein normales Leben zu führen, immer höhere Risiken eingehen würde, um seine Dosis Adrenalin zu bekommen, was unvermeidlich mit seinem frühen Tod enden musste.

Aber die Angst davor, die Kontrolle zu verlieren, war nur ein verstärkender Faktor gewesen bei seiner Entscheidung, das Militär zu verlassen. Den Ausschlag hatte seine zunehmende Frustration der Politik wegen gegeben, die Tatsache, dass viele im Westen nichts begriffen. Jedenfalls war das der indirekte Auslöser.

Der *direkte* Auslöser war der Tod seiner beiden engsten Freunde gewesen. Er hatte sie sterben sehen. Ihr Tod war vollkommen unnötig gewesen.

Sein Team war von den Befehlshabern in Washington, D.C. auf einen absolut sinnlosen Einsatz geschickt worden, und die Einsatzbefehle hatten sie derart eingeschränkt, dass der Trupp regelrecht gelähmt gewesen war, Fehlschläge und Verluste nahezu unausweichlich waren. Seine verlorenen Freunde waren seine Waffenbrüder gewesen. Er war bereit gewesen, für sie zu sterben, ebenso wie umgekehrt. Sie hatten einander so nahe gestanden, wie es nur bei Menschen möglich ist, die zusammen im Krieg gewesen waren.

Es war nicht allein die niederschmetternde Trauer um sie gewesen, die ihn endlich dazu bewogen hatte, den Hut zu nehmen.

Sondern auch die Vergeblichkeit dieses ganzen Unterfangens.

Wie viele Männer hatte Amerika im Kampf gegen die barbarischen islamistischen Horden verloren, nur damit Politiker, die nichts von Militärstrategie und auch wenig von Weltpolitik verstanden, den eben erst gewonnenen Vorsprung wieder verspielten? Wie oft hatten Politiker, die nur wegen ihres Charismas und ihrer innenpolitischen Kompetenz ins Amt gewählt worden waren, tragische Fehlentscheidungen getroffen, *vermeidbare* tragische Fehlentscheidungen, und die Soldaten auf dem Feld im Stich gelassen, weil sie ihr Fähnchen stets nach dem derzeit wehenden politischen Wind richteten?

Sein Blut im Namen des Vaterlands zu vergießen war das eine. Aber sein Blut zu vergießen, nur um dann launenhaften Entscheidungen folgend hart erkämpften Boden wieder aufzugeben und ein Vakuum zu hinterlassen, das am Ende alles noch viel schlimmer machte, das war etwas anderes.

Es machte Blake richtig krank.

Den Kopf in den Sand zu stecken und die Wirklichkeit zu leugnen ließ das Problem nicht verschwinden. Und es war zum Aus-der-Haut-Fahren, wie häufig sich die zivilisierte Welt von Barbaren ohne ethische oder moralische Grundsätze an der Nase herumführen ließ. Von Leuten, die *alles* tun würden, um ihr Ziel zu erreichen. Wirklich *alles*. Ein menschliches Leben hatte für sie keine Bedeutung, und nichts, ganz egal, wie barbarisch oder verabscheuungswürdig, war für sie undenkbar, einschließlich Genozid.

Viele Leute im Westen, mitfühlend, aber fehlgeleitet, überschlugen sich förmlich vor lauter Entschlossenheit, die Extremisten zu verstehen, sich in sie hineinzuversetzen.

Aber eine derart tollwütige, kranke Ideologie war nicht zu verstehen. Wer verstand denn eine Frau, die einem Kind eine Bombe umschnallte und es damit auf einen dicht bevölkerten Platz schickte?

Diese Extremisten waren durch eine kranke, blinde, hasserfüllte Ideologie einer Gehirnwäsche unterzogen worden. Manche im Westen machten Armut dafür verantwortlich, glaubten, dass Amerika irgendwie dafür verantwortlich war, weil das Land so viele Ressourcen an sich raffte. Aber viele der Extremisten waren wohlhabend, so wie es beispielsweise auch Bin Laden gewesen war. Und weltweit lebten mehrere Hundert Millionen Menschen im Elend, ohne dass sie deshalb Köpfe absägten und andere lebendig verbrannten.

Aber während der Westen oftmals die Motive dieser Extremisten nicht verstand, begriffen die Extremisten ihrerseits nur allzu gut, wie der Westen tickte. Sie fanden ihn schwach. Naiv. Dumm. Über die Medien leicht zu manipulieren.

Also suchten ihre Scharfschützen Deckung hinter Frauen und Kindern, nutzten sie als lebende Schilde und schossen reihenweise gegnerische Soldaten ab. Und das war kein gelegentliches Phänomen, sondern eine verbreitete Strategie. Richard Kemp, britischer Kommandant in Afghanistan, hatte in einem offiziellen Bericht geschrieben: »Dass die Schützen der Taliban bei Angriffen auf die NATO Frauen als Deckung benutzen, ist inzwischen so normal geworden, dass man es eigentlich kaum noch erwähnen muss.«

Wenn ein amerikanischer Soldat zu viel Anstand im Leib hatte, um durch diese hilflosen menschlichen Schilde zu schießen, war er tot. Wenn er sich selbst verteidigte und einen Zivilisten tötete, ging es in aller Welt durch die Nachrichten, als weiteres Beispiel für die Grausamkeit amerikanischer Soldaten, während man zugleich sein Mitgefühl für die Notlage der armen Freiheitskämpfer beteuerte, in deren Heimatland sie vordrangen.

Das hieß nicht, dass nicht einige amerikanische Soldaten Sadisten waren. Manche waren es in der Tat. Das war nicht zu leugnen. Und das hieß auch nicht, dass keine Fehler gemacht wurden, dass es keine Gräueltaten auf amerikanischer Seite gab. Es wurden auch unschuldige Zivilisten getötet, und jeder dieser Vorfälle war grauenhaft.

Aber wenn jemand so tat, als hätte das seine Ursache im System, als wären die Streitkräfte des Westens keinen Deut besser oder gar noch schlimmer als die skrupellosen Extremisten, oder auch die Behauptung, der Westen sei selbst schuld – das alles brachte Blakes Blut zum Kochen. Die amerikanischen Truppen unternahmen oft große Anstrengungen und riskierten das eigene Leben, um Opfer in der Zivilbevölkerung zu vermeiden. Wohingegen es die Mission der Extremisten war, so viele Menschen zu töten wie irgend möglich, Millionen, wenn es nach ihnen ginge.

Dennoch glaubten manche Leute, dass des einen Terrorist des anderen Freiheitskämpfer sei, selbst wenn es um so verabscheuungswürdige Gruppierungen wie die Taliban ging. Genau jene Taliban, die mutwillig Buddha-Skulpturen zerstört hatten, die in eine Felsklippe gehauen waren. Genau jene Taliban, von deren routinemäßigen Massakern unter Zivilisten die UNO regelmäßig berichtete.

Und diejenigen, die sich in Amerika mit Nachdruck für Frauenrechte stark machten, brachten es irgendwie fertig, die Gräueltaten der Taliban an deren eigenen Frauen zu übersehen. Sie behandelten sie als ihr Eigentum, verboten ihnen, ihre Gesichter zu zeigen, sich ohne männliche Begleitung in der Öffentlichkeit blicken zu lassen. Und richteten junge Mädchen hin, weil sie das unverzeihliche Verbrechen begangen hatten, eine Schule zu besuchen.

Ja, nichts war nur schwarz und weiß. Ja, in jeder größeren Gruppe fand man sowohl gute als auch üble Menschen. Aber wenn jemand das, was der Westen tat, mit dem gleichsetzte, was die Terroristen taten, dann wurde Blake regelrecht blind vor Zorn.

Also hatte er das alles hinter sich gelassen. Um bei Verstand zu bleiben. Und am Leben. Um seine Sucht nach Adrenalin in den

Griff zu bekommen. Um nach einem Weg zu suchen, sich lebendig zu fühlen, auch wenn es nicht ständig um Leben und Tod ging. Um niemals wieder seine Brüder sterben zu sehen.

Und um nicht mehr die Befehle von Politikern ausführen zu müssen, die den Extremismus nicht als die verabscheuungswürdige Ideologie betrachteten, die er war.

Blake hatte also beschlossen, dass es an der Zeit für eine Kursänderung war. Und auch wenn er dabei nicht unbedingt im Sinn gehabt hatte, untreuen Ehegatten hinterherzuspionieren, war es vielleicht trotzdem gut für ihn – wie ein kalter Entzug, so schmerzhaft er auch war, für einen Junkie notwendig war, um den ganzen Dreck aus dem System zu kriegen.

Aaron Blake stieß einen tiefen Seufzer aus und wischte seine Gedanken beiseite, um weiterzupauken, wie man ein erfolgreiches Unternehmen führte. Aber genau in diesem Moment teilte ihm seine Persönliche Digitale Assistentin Myla mit angenehmer Stimme mit, dass sich eine Frau seiner Tür näherte.

Er sah auf die Uhr. Es war kurz vor acht am Morgen.

Interessant.

Er betrachtete die sich nähernde Frau auf seinem Bildschirm, und ihm wurde klar, dass es hier nicht um einen untreuen Ehemann ging. Eher um einen *prügelnden* Ehemann. So wie die junge Frau aussah, hatte ihr Gatte ganz schön zugelangt.

So traurig, sogar tragisch es war, vermutlich würde er nicht viel für sie tun können. Wahrscheinlich war das eher ein Fall für die Polizei, dachte er, auch wenn er sich selbst ermahnte, nicht vorschnell zu urteilen.

Vielleicht war ja mehr an der Sache dran, als der Augenschein vermuten ließ.

Er sah zu, wie die Frau auf dem Bildschirm tief durchatmete und dann den Klingelknopf drückte.

9

»Gott sei Dank sind Sie da«, sagte die Besucherin, als Blake die Tür öffnete. »Es tut mir leid, dass ich Sie noch vor Ihrer Bürozeit störe.«

»Das muss Ihnen nicht leidtun«, antwortete er mit freundlichem Lächeln und bedeutete ihr einzutreten. »Ich bin Frühaufsteher. Und in meinem Berufsfeld gibt es keine festen Bürozeiten. Außerdem«, er betrachtete sie demonstrativ von Kopf bis Fuß, »sehen Sie nicht aus, als könnten Sie sich im Augenblick viel Geduld leisten.«

Mit einer Handbewegung forderte er sie auf, auf einem der Stühle vor seinem gläsernen Schreibtisch Platz zu nehmen; er hatte sich für Glas entschieden, weil es den Raum größer wirken ließ, was bitter nötig war. Er hatte alles getan, um sein Wohnzimmer büromäßiger erscheinen zu lassen, nicht allzu sehr wie eine Wohnung, und es gab weder ein Sofa noch vergleichbare Möbel, auch keinen Fernseher. Zwei Türen führten zu Küche und Badezimmer, und das war auch schon alles.

»Ich heiße Jenna«, sagte die Frau und streckte ihm die Hand entgegen. »Jenna Morrison.«

»Schön, Sie kennenzulernen.« Er schüttelte ihr die Hand. »Aaron Blake.«

Sie hatte kurzes braunes Haar und Augen in derselben Farbe. Sie war eher unscheinbar als wirklich hübsch, aber sie schien fit zu sein und hatte einen perfekten Teint. Sie musste in ihren Zwanzigern sein, und auch in Jeans und T-Shirt und lädiert, wie sie war, hatte sie etwas Anziehendes an sich. Er schätzte sie auf etwa eins vierundsechzig, nur sechs Zentimeter kleiner als er mit seiner nicht gerade beeindruckenden Körpergröße.

»Was kann ich für Sie tun, Miss Morrison?«, fragte er.

»Jenna.«

»Jenna«, korrigierte er sich.

Sie atmete tief durch, und er war sicher, dass sie gerade überlegte, wo sie anfangen sollte. »Ich habe es zwar sehr eilig, aber es ist wichtig, dass Sie mir glauben und mich nicht für verrückt halten. Deshalb erzähle ich es Ihnen Schritt für Schritt.«

Er nickte. »Legen Sie los.«

»Ich bin mit einem der genialsten Köpfe unserer Zeit verlobt und lebe mit ihm zusammen. Ein Physiker an der UCSD, sein Name ist Nathan Wexler, und er hat auf seinem Fachgebiet bereits bahnbrechende Arbeit geleistet.« Sie hielt inne. »Ehe ich weiterrede, möchte ich, dass Sie überprüfen, was ich gerade gesagt habe. Lesen Sie über Nathan nach. Rufen Sie die Website der UCSD auf. Sehen Sie auf seiner Facebook-Seite nach, wo Sie uns gemeinsam auf Fotos sehen und wo steht, dass wir verlobt sind und zusammenleben.«

Blake lächelte sie freundlich an. »Das ist nicht nötig. Ich bin bereit, einfach auf Ihr Wort zu vertrauen.«

Sie schüttelte den Kopf. »Nein. Es ist mir wichtig, dass Sie das tun. Meine Geschichte wird verrückt klingen, und ich will, dass Sie meine Referenzen prüfen, ehe ich weiterspreche.«

Fasziniert erwiderte Blake ihren Blick.

Sie wartete schweigend, während er im Internet ihre Informationen überprüfte.

»Okay«, sagte er wenige Minuten später. »Ich sehe es als bestätigt an, dass Sie Jenna Morrison sind und in einer Beziehung mit Nathan Wexler leben. Außerdem ist offensichtlich, dass es sich bei Dr. Wexler um ein Genie handelt. Erzählen Sie mir, was los ist.«

Seine Besucherin erzählte, dass sie eine Woche lang bei ihrer Schwester in Chicago gewesen war und ihr Verlobter während dieser Zeit einen großen Durchbruch erzielt hatte, sie aber noch nicht wusste, worum es dabei überhaupt ging. Und dann erzählte sie weiter, und er unterbrach sie hin und wieder mit Nachfragen, aber die meiste Zeit hörte er nur zu.

Blake befand, dass Jenna Morrison recht gehabt hatte: Ihre Geschichte klang *wirklich* lächerlich. Aber sie erzählte sehr präzise und sicher. Und ihre Intelligenz und Vernunft waren unübersehbar.

Allerdings konnten kriminelle Psychopathen brillant und außerordentlich überzeugend sein. Waren in der Lage, ein dichtes Netz aus farbenfrohen Lügen zu spinnen.

Nur war die Geschichte dieses Mädchens *zu* farbenfroh. Wenn sie Nathan Wexler ermordet hatte, weshalb sollte sie dann alles derart kompliziert machen und Details erfinden, die nur allzu leicht zu widerlegen waren?

»Am Anfang Ihres Berichts«, sagte Blake, als sie fertig war, »haben Sie gesagt, Sie würden mit Nathan Wexler zusammenleben. Gegenwartsform. Wenn er, wie Sie sagten, tot ist, weshalb haben Sie dann nicht in der Vergangenheit gesprochen?«

»Ich wollte nicht, dass Sie irgendwelche Vorannahmen treffen. Wenn Sie von Anfang an gewusst hätten, dass er tot ist, hätten Sie alles, was ich sage, in einem anderen Licht gesehen. Das wollte ich nicht.«

Blake nickte. Eine sehr kluge Überlegung. »Und Sie haben nicht die leiseste Ahnung, was er möglicherweise entdeckt haben könnte?«

»Nein. Aber wie gesagt, es gibt jemanden, der es wissen müsste, zumindest ansatzweise.«

»Dr. Dan Walsh von der UCLA?«

»Genau. Und wir müssen es irgendwie schaffen, ihn vor der Gefahr zu warnen, in der er schwebt. Falls er denn überhaupt noch am Leben ist.«

Blake musterte aufmerksam ihr Gesicht.

»Wie sieht es aus?« Zum ersten Mal klang sie ungeduldig. »Glauben Sie mir? Helfen Sie mir?«

Sein Instinkt sagte ihm mit Nachdruck, dass Jenna Morrison etwas Besonderes war. Manche Leute brachen unter Druck zusammen, während andere darauf mit der Transformation zu einem kampfgestählten Diamanten reagierten. Er war ganz sicher, dass dieses Mädchen zu den Letzteren gehörte.

Auch wenn er ab und zu tiefen Schmerz in ihren Augen sah, wirkte sie nicht wie eine geprügelte Ehefrau. In ihr steckte Feuer. Eine leichtfüßige, unangestrengte Intelligenz. Selbstbewusstsein und Tüchtigkeit. Für jemanden, der gerade etwas so Schlimmes hinter sich hatte, war das wirklich beeindruckend.

»Ihre Geschichte klingt eindeutig völlig absurd«, sagte er. »Aber das wissen Sie ja schon. Und Sie geben mir keinen Anlass, an Ihrer Glaubwürdigkeit zu zweifeln.« Nachdenklich rieb er sich das Kinn. »Sie sagten, Sie hätten die Handys der beiden Männer an sich genommen. Darf ich sie sehen?«

Jenna schüttelte den Kopf. »Nein. Ich habe sie in San Diego weggeworfen. Beim Losfahren ist mir aufgegangen, dass man sie womöglich benutzen könnte, um mich aufzuspüren. Dem armen Kerl auf Mount Palomar hatte ich zwar versprochen, ich würde einen seiner Freunde anrufen und ihm sagen, wo er seinen Wagen findet, aber dann bin ich zu dem Schluss gekommen, dass ich das nicht tun kann. Jedenfalls jetzt noch nicht.«

»Eine weise Entscheidung«, sagte Blake mit aufrichtiger Bewunderung. Ihr Vorgehen war von Anfang bis Ende vernünftig. Zwar war jeder Schritt für sich genommen nicht weiter bemerkenswert, im Rückblick sogar naheliegend, aber seiner Erfahrung nach wären nur die wenigsten Zivilisten geistesgegenwärtig genug gewesen, in einer derartigen Lage so unbeirrt genau die richtigen Entscheidungen zu treffen.

»Was ist mit den Waffen, die Sie, wie Sie sagten, äh ... in Ihren Besitz gebracht haben?«, fragte er. Wenn sie auch die weggeworfen hatte, warf das einen erheblichen Schatten des Zweifels auf ihre Geschichte. »Könnte ich mir die vielleicht mal ansehen?«

»Natürlich«, gab sie ohne Zögern zurück. »Sie sind in meinem Kofferraum. Also, Sie wissen schon, im Kofferraum des Wagens, mit dem ich hergekommen bin.«

»Sie wissen aber wirklich, wie man einen Kofferraum richtig benutzt«, sagte Blake trocken. »Die meisten Frauen transportieren darin nur Einkäufe oder ihr Gepäck. Nur wenige Frauen wissen, wie gut er sich für die Unterbringung von Waffen oder gefährlichen Einbrechern eignet.«

Jenna lächelte, zum ersten Mal seit Nathans Tod, und führte Blake zu ihrem Wagen, den sie auf einem Besucherparkplatz in der Nähe seiner Wohnung abgestellt hatte. Sie öffnete den Kofferraum.

Blake erkannte die Maschinenpistole darin sofort – eine MP5, wie man sie bei den US-Spezialeinsatztrupps gern verwendete. Interessant. Nicht gerade eine Waffe, wie Jenna Morrison sie so einfach selbst hätte besorgen können. Nathan Wexler zu ermorden wäre einfacher gewesen, als eine solche Waffe zu ergattern. Auch die halb automatische Pistole wurde gern vom US-Militär benutzt.

Er schlug den Kofferraum wieder zu.

»Überprüfen Sie das Nummernschild«, sagte sie. »Sie werden feststellen, dass der Wagen weder auf Jenna Morrison noch auf Nathan Wexler zugelassen ist. Und mit Sicherheit dürfte er bald als gestohlen gemeldet werden.«

Blake nickte. Das hatte er ohnehin vorgehabt. Er fotografierte das Nummernschild mit dem Handy und bat sie zurück in seine Wohnung.

»Wie gesagt«, griff er das Gespräch wieder auf, sobald sie auf ihren Plätzen saßen, sie vor dem Schreibtisch, er dahinter, »Sie haben mir keinen Anlass gegeben, an Ihrer Glaubwürdigkeit zu zweifeln. Dafür aber, angesichts der Waffen, die Sie mir gezeigt haben, jeden Grund, Ihnen zu glauben. Was heißt, dass Dr. Walsh in Schwierigkeiten stecken könnte, ganz wie Sie es gesagt haben.«

Wieder rieb er sich das Kinn, diesmal für mehrere lange Sekunden. »Myla«, sagte er schließlich zu seiner digitalen Assistentin, »wie sind heute die Bürozeiten im Bereich Physik an der UCLA?«

»Acht Uhr dreißig bis siebzehn Uhr«, antwortete die weibliche Computerstimme.

Blake warf einen Blick auf die Uhr. Es war acht Uhr vierzig. Er wandte sich an Jenna. »Ich rufe ihn an. Um sicherzugehen, dass er ... nun ja, dass er noch lebt.«

»Müssen wir nicht davon ausgehen, dass sein Telefon abgehört wird?«, fragte Jenna.

»Doch. Aber machen Sie sich deshalb keine Sorgen, ich plaudere nichts aus. Ich lasse das Gespräch über Lautsprecher laufen, aber sagen Sie nichts. Falls irgendwer mithört, will ich nicht, dass er Ihre Stimme erkennt.«

Er ließ Myla die Nummer wählen, und nach dem zweiten Läuten wurde abgehoben. »Fachbereich Physik«, sagte eine fröhliche Frauenstimme.

»Ich möchte bitte Dan Walsh sprechen.«

»Wen darf ich ihm denn melden?«

»Sagen Sie ihm, Randi Schatz ist am Apparat. Und es ist *außerordentlich* wichtig.«

Keine Minute darauf hob jemand ab. »Dan Walsh«, sagte eine männliche Stimme.

Ist er das?, formte Blake lautlos mit den Lippen.

Jenna nickte.

»Hallo, Dr. Walsh. Mein Name ist Randi Schatz. Ich bin Erfinder, und ich habe eine Software entwickelt, mit der sich die Rechenwege der höheren Mathematik erheblich vereinfachen lassen. Ich würde gern einen Termin mit Ihnen vereinbaren und es Ihnen vorführen.«

»Danke, kein Interesse«, sagte Walsh kurz angebunden und legte auf.

Blake nahm es ihm nicht krumm. Niemand wurde gern von irgendeinem Typen behelligt, der ihn mit Falschinformationen ans Telefon lockte, vor allem so früh am Morgen. Aber Blake hatte keine andere Wahl gehabt. Wenn die Leitung abgehört wurde, musste der Anruf so echt wie möglich wirken. Hätte er aufgelegt, sobald klar war, dass Walsh am Leben und an seinem Arbeitsplatz war, wäre das jedem Lauscher höchst verdächtig erschienen.

»Gut gemacht«, sagte Jenna. »Sie sind eingestellt«, fügte sie dann hinzu – nicht dass das je infrage gestanden hätte, aber offensichtlich war das ihre Art, ihm zu sagen, dass seine bisher gezeigten Fähigkeiten sie überzeugten. »Es ist eine große Erleichterung, dass Dan am Leben ist. Aber wir müssen ihn warnen, damit es auch so bleibt.«

»Da bin ich ganz Ihrer Meinung. Aber ich glaube nicht, dass er sich im Augenblick in großer Gefahr befindet. Wir gehen bislang davon aus, dass diese Leute wissen, dass Nathan Walsh eine E-Mail mit einer Zusammenfassung seiner Entdeckung geschickt hat. Wenn das schon ausgereicht hätte, damit sie bei Walsh ähnlich aktiv werden, wie es bei Nathan, dann wäre das bereits passiert. Leute, wie Sie sie mir beschrieben haben, machen keine halben Sachen. Womit ich nicht sagen will, dass sie ihn nicht beobachten lassen. Aber wir dürften noch nicht unter Zeitdruck stehen.«

»Okay«, sagte Jenna. »Das leuchtet mir ein.« Sie schwieg eine Weile, dann seufzte sie. »Ich sollte Ihnen besser gleich sagen, dass ich Ihnen im Augenblick nicht viel zahlen kann. Momentan habe ich nur fünfhundert Dollar dabei. Aber ich habe mehr als genug Geld gespart. Und Nathan hatte eine Lebensversicherung im Wert von über einer Million.« Bei dem Gedanken daran, dass er in der Blüte seines Lebens ausgelöscht worden war, binnen eines einzigen, unfassbaren Augenblicks, wurden ihre Augen feucht.

»Seine Eltern hatten ihm dazu geraten«, erklärte sie, ihre Stimme kaum mehr als ein Flüstern. »Angesichts seines Alters und seiner Gesundheit hat es ihn nur zweiundzwanzig Dollar im Monat gekostet.«

Blake wartete, bis sie die Tränen weggeblinzelt hatte.

»Ich frage also nicht nach Ihrem Stundensatz«, fuhr sie fort, ihre Stimme war wieder kräftiger. »Was immer es kostet, ich bezahle es.«

»In Ordnung«, sagte Blake, der wusste: Wenn sich ihre Geschichte als wahr erwies, würde er notfalls *sie* dafür bezahlen, den Fall übernehmen zu dürfen. Ein Fall, der so bedeutend zu werden verhieß, war eine Herausforderung. Würde sein Blut so richtig in Wallung bringen. Und er musste keinen Geschäftsmann dabei filmen, wie er seine Sekretärin flachlegte.

»Aber um sicherzugehen, dass wir da auf demselben Stand sind, Jenna: Welches Ziel wollen Sie mit diesen Ermittlungen erreichen?«

Sie antwortete ohne jedes Zögern: »Ich will herausfinden, wer diese Männer sind und weshalb Nathan für sie so wichtig war. Was Nathan entdeckt hat. Dafür sorgen, dass die Leute, die dafür verantwortlich sind, dafür *bestraft* werden.« Ihre Stimme klang bitter, ihre Augen loderten. »Dafür sorgen, dass Dan Walsh weiterhin in Sicherheit ist. Und dass ich überlebe und nicht wegen schwerem Autodiebstahl ins Gefängnis gehe.«

»Ausgezeichnet«, sagte Blake. »Sie haben einen sehr klaren Blick für die richtigen Prioritäten.«

Er sah ihr tief in die braunen Augen und nickte ihr beruhigend zu. »Und Sie haben sich an den richtigen Mann gewandt. Ich verspreche Ihnen, dass ich der Sache auf den Grund gehe. Und wenn es das Letzte ist, was ich jemals tue.«

10

Das laute, schrille Klingeln des Weckers schaffte es nach einer Minute vergeblicher Bemühung endlich, Jenna aus dem tiefsten Schlaf ihres Lebens zu wecken. Sie brachte es fertig, mit der Hand draufzuschlagen und ihn auszuschalten, immer noch desorientiert, und Schmerz durchzuckte ihren ausgeruhten Körper. Es dauerte ein paar Sekunden, bis sie sich an die gestrige Nacht erinnerte, aber die zahlreichen Schürfwunden und Prellungen, die sich jetzt deutlich bemerkbar machten, halfen ihrer Erinnerung auf die Sprünge.

Sie hatte den Wecker auf zwölf Uhr mittags gestellt, hatte also fast genau drei Stunden Schlaf bekommen, und sie fühlte sich besser erholt als erwartet.

Einige Minuten versank sie in Entsetzen und Trauer wegen Nathans brutalem Tod, bis sie es endlich fertigbrachte, den Gedanken zu verbannen. Wenn das alles vorbei war, würde sie richtig trauern, aber hier und jetzt konnte sie sich den Luxus einer schweren Depression und geistigen Lähmung nicht leisten.

Nachdem sie am Morgen Aaron Blake ihre Geschichte erzählt hatte, war sie mental und körperlich so ausgelaugt gewesen, als wäre sie Kopf voran gegen eine Mauer gerannt. Bei dem einstündigen Nickerchen auf dem Parkplatz hatte sie genügend Energie regeneriert, um sich zusammenzureißen und sich auf den Weg zu Blake zu machen, aber dann hatte die Erschöpfung sie mit voller Wucht wieder eingeholt. Freundlicherweise hatte Blake ihr sein Bett angeboten, während er selbst weiterarbeiten wollte.

Also hatte sie rasch geduscht und einen blauen Bademantel übergezogen, den er ihr geliehen hatte. Er war ihr zu groß, aber er erfüllte seinen Zweck. Dann hatte Blake gesagt, er müsse ohnehin noch eine Ladung Wäsche waschen und könne ihre Jeans und das Oberteil mit in die Maschine werfen; beides hatte ebenso dringend eine Reinigung nötig gehabt wie sie selbst.

Was Aaron Blake betraf, hatte sie ein ausgezeichnetes Gefühl. Er hatte ihr versichert, sie habe sich an den richtigen Mann gewandt, und ihr Bauchgefühl sagte ihr, dass das stimmte. Er schien klug und tüchtig zu sein. Besser noch, er kam ihr ausgesprochen vernünftig vor, hatte die richtigen Fragen gestellt und die richtigen Schlüsse daraus gezogen.

Eigentlich sah er aus wie ein ganz normaler Typ. Die Männer, die in ihr Haus gekommen waren, hatten respekteinflößender gewirkt, aber Blakes Reputation sprach für sich.

Er war eher klein, vielleicht eins siebzig, maximal eins dreiundsiebzig, und er mochte ja auf drahtige Weise stark sein, aber eigentlich hatte sie einen Typen erwartet, dessen Muskeln fast sein Hemd sprengten, und dazu die intensive Aura eines Kriegsveteranen, der mehr Tote gesehen hatte als der Sensenmann persönlich. Stattdessen war er schlank und beweglich, wirkte freundlich und entspannt und ungefähr so bedrohlich wie ein Steuerberater.

Als sie aus dem kleinen Schlafzimmer kam, saß Blake an seinem Schreibtisch und betrachtete den Monitor.

»Wie kommen Sie voran?«, fragte sie hoffnungsvoll.

Er warf ihr einen eigenartigen Blick zu, den sie nicht deuten konnte, aber dann kam es ihr vor, als würde er sie mustern, als sähe er sie zum ersten Mal und versuche, sie einzuschätzen. Sie hatte geglaubt, das habe er bereits bei ihrem Gespräch zu Anfang getan, aber vielleicht irrte sie sich auch.

»Ich weiß nicht recht«, sagte er zögernd und winkte sie heran. »Setzen Sie sich doch.«

Jenna ließ sich auf dem Stuhl vor seinem Schreibtisch nieder und sah Blake fragend an.

»Ich habe ein paar Routineüberprüfungen vorgenommen«, fing er an. »Einfach nur, um die Standard-Checkliste abzuarbeiten. Zum Beispiel habe ich bei der UCSD angerufen, um mir bestätigen zu lassen, dass Nathan heute nicht zur Arbeit erschienen ist.«

»Natürlich ist er nicht zur Arbeit erschienen. Er wurde *ermordet*. Haben Sie nur so getan, als ob Sie mir glauben?«

»Nein. Ich glaube Ihnen. Aber Ermittlungsarbeit besteht nun mal nicht nur aus genialen Deduktionen á la Sherlock Holmes und intuitiven Geistesblitzen. Es gehört auch eine Menge routinemäßiger Beinarbeit und ein gründlicher Datencheck dazu. Es ist wichtig, niemals irgendetwas unbesehen einfach hinzunehmen.«

»Okay«, sagte sie, nicht ganz besänftigt. »Es ist Ihr Fachgebiet. Sie haben sich also einen Augenblick Zeit genommen und sich bestätigen lassen, dass Nathan nicht im Büro war.«

»Stimmt«, sagte Blake. »Bei dieser Gelegenheit habe ich jedoch erfahren, dass er heute Morgen um halb acht eine E-Mail an mehrere Kollegen des Fachbereichs geschickt und sie darüber informiert hat, dass er ein paar Wochen nicht kommen werde. Anscheinend gibt es da ein familiäres Problem, um das er sich kümmern muss.«

Jenna schüttelte den Kopf. »Unmöglich! Ganz offensichtlich stammte diese Mail nicht von ihm. Ihnen ist doch klar, dass, wer auch immer uns letzte Nacht entführt hat, auch diese Mail geschrieben hat. Die müssen sich gedacht haben, warum mehr Aufmerksamkeit erregen als unbedingt nötig? Besser, wenn keiner von Nathans Tod erfährt.«

Blake nickte. »Ich habe mein Erstaunen zum Ausdruck gebracht und gefragt, ob sie ganz sicher seien, dass die Mail von Nathan stammt und es sich nicht um einen Streich handelt. Die Frau, mit der ich telefoniert habe, hat sich die Mail noch mal angesehen und gesagt, sie stamme definitiv von ihm. Sie wurde über seine Mailadresse verschickt, und Anrede und Abschiedsgruß seien typisch Nathan.«

»Was genau gar nichts zu bedeuten hat. Diese Typen haben seinen Mailverkehr überwacht, also kennen sie seinen Stil gut genug, um ihn zu imitieren.«

»Ja. Das ist sehr wahr. Ich sage ja nicht, dass ich daraus irgendwelche eindeutigen Schlüsse ziehe. Ich berichte nur, was ich erfahren habe.«

»Weiter«, sagte Jenna.

»Ich habe das Autokennzeichen des *Hostess*-Trucks überprüft, das Sie mir gegeben haben. Entweder haben Sie sich falsch erinnert, oder das Nummernschild war gefälscht. Wie dem auch sei, diese Nummer existiert nicht.«

Blake machte eine kurze Pause, damit sie das sacken lassen konnte. Dann fuhr er fort: »In meiner Zeit beim Militär habe ich Kontakte zu einigen hochrangigen Mitarbeitern des Nachrichtendienstes knüpfen können. Ich habe also eine Freundin von mir, Sylvia Tagert, darum gebeten, einige Hebel in Bewegung zu setzen und mir die Aufnahmen von einem Dutzend Kameras in Ihrer Nachbarschaft zu besorgen. Material von letzter Nacht zwischen elf und halb eins.«

Jenna wusste, was jetzt kam. »Und auf keiner dieser Aufnahmen ist auch nur der kleinste *Hostess*-Truck zu sehen, richtig?«

Blake nickte.

»Also haben wir es mit wirklich herausragenden Leuten zu tun. Das wussten wir bereits. Und sie räumen hinter sich auf. Ich vermute mal, in unserer digitalen Welt ist es kein großer Aufwand, die Daten von Überwachungskameras zu manipulieren, vorausgesetzt, man ist in der Position, darauf zuzugreifen.« Sie machte eine Pause. »Aber es sieht immer mehr danach aus, als hätte ich mir meine Geschichte nur ausgedacht, stimmt's? Also, was jetzt? Ändern Sie Ihre Meinung? Halten Sie mich jetzt doch für verrückt?«

Blake schüttelte den Kopf. »Nein. Ich denke dasselbe wie Sie – dass es zeigt, womit wir es hier zu tun haben. Natürlich würde ich lügen, wenn ich behaupten würde, dass die Wahrscheinlichkeit, dass Sie mich anschwindeln, dadurch geringer wird. Aber was daran faszinierend ist – vorausgesetzt, Ihre Geschichte stimmt in jedem Detail –, ist, was diese Entwicklung über die Gerissenheit und Tüchtigkeit der involvierten Organisationen aussagt. Wenn Sie nicht entkommen wären, hätte niemand Nathan vermisst. Und wenn Sie zwar entkommen wären, aber es nicht geschafft hätten, auf der Flucht eine MP5 in Ihren Besitz zu bringen, würde niemand Ihnen Ihre Geschichte abkaufen.«

Mit der Buchstabenfolge MP hätte Jenna normalerweise nichts anzufangen gewusst, aber so schloss sie, dass es sich um eine Abkürzung für *Maschinenpistole* handeln dürfte. »Gutes Argument«, sagte sie. »Die Männer, die hinter mir her waren, wussten nicht, dass ich die Waffe habe. Und als ich zu unserem Haus gefahren bin, um Nathans USB-Stick zu holen, habe ich beide Waffen im Wagen gelassen. Im Rückblick hätte ich mal besser die verdammte MP mitgenommen.«

»Schon mal geschossen?«

Jenna schüttelte den Kopf.

»Dann sind Sie sehr viel besser damit gefahren, Ihren Gegner mit einem Glas Wein in Schach zu halten.«

»Wenn die gewusst hätten, dass ich diese MP5 habe, dann hätten sie garantiert einen Einfall gehabt, wie sie mich in Misskredit bringen können. Vielleicht hätte es eine Anzeige gegeben, dass eine Frau, deren Beschreibung zu mir passt, irgendwo eingebrochen ist und dort so eine Waffe gestohlen hat. Um dafür zu sorgen, dass jeder, an den ich mich wenden könnte, mir misstraut.«

»Da ist noch etwas«, sagte Blake mit gerunzelter Stirn. »Nachdem Sie sich schlafen gelegt haben, habe ich bei der Polizei angerufen. Ich habe ihnen gesagt, ich sei Privatdetektiv, und mir sei das Gerücht zu Ohren gekommen, dass nach einer gewissen Jenna Morrison gesucht wird. Ich habe gesagt, dass ich glaube, Sie eventuell gesehen zu haben.«

Jenna kniff die Augen zusammen. »Dass man nach mir sucht?«

»Sie haben mir erzählt, dass Sie zu mir gekommen sind, statt zur Polizei zu gehen, weil Sie befürchten, dass die Leute, die Sie jagen, eventuell die Polizei in der Tasche haben. Ich dachte mir, diese Idee ist ein kleines Experiment wert. Mein Anruf war nichts weiter als ein Schuss ins Blaue. Ich hatte keinen Grund anzunehmen, dass man wirklich nach Ihnen fahndet. Aber der Polizist, mit dem ich telefoniert habe, war *sehr* interessiert an dem, was ich zu sagen hatte, und hat meine Annahme nicht korrigiert.«

»Scheiße!«, sagte Jenna. »Also suchen die jetzt in L. A. nach mir?«

»Nein. Ich habe vom Handy aus angerufen und dafür gesorgt, dass der Anruf nicht zurückverfolgt werden kann, und ich habe gesagt, ich würde von San Diego aus anrufen – wo man Sie ohnehin vermutet. Aber da ist noch eine Sache. Ich habe ihnen gesagt, ich hätte Sie in dem gestohlenen Wagen gesehen, worauf der Polizist fragte: in welchem gestohlenen Wagen?«

»Na großartig«, sagte sie ironisch und schüttelte angewidert den Kopf. »Also sind sie hinter mir her, obwohl es dafür überhaupt keinen dienstlichen Grund gibt.«

»Ganz genau. Was nahelegt, dass Sie recht hatten. Wer auch immer hinter Ihnen her ist, benutzt die Polizei wie eine Schachfigur.«

Jenna wurde wieder schlecht. Das alles war so ... teuflisch verzwickt und übel. Sie hatte recht gehabt. Wenn sie sich an die Polizei gewandt hätte, dann wäre sie jetzt in der Gewalt dieser Leute, die hinter ihr her waren. Und wenn Andy Cavnar ihr nicht auf Mount Palomar eine Maschinenpistole gegeben hätte, würde jeder annehmen, sie sei eine tobende Irre.

»Ich sollte Ihnen vielleicht noch sagen«, fuhr Blake fort, »dass ich vor einer Stunde rausgegangen bin und eine Stoffhaube für Ihren Wagen gekauft habe. Eine, die alles verdeckt, Marke, Modell, Farbe und Nummernschilder. Ich habe meinen Wagen an der Straße geparkt und Ihren auf meinem Parkplatz, und dann habe ich Ihren Wagen unter der Haube versteckt.«

Jenna war beeindruckt. Das war eine schlichte, aber effektive Strategie, um dafür zu sorgen, dass die Polizei den gestohlenen Wagen nicht identifizierte. »Danke, Aaron«, sagte sie aufrichtig.

»Gern. Der Wagen ist die einzige Verbindung zu Ihnen. Wenn die Leute, die hinter Ihnen her sind, Wind davon bekommen, werden sie alle Register ziehen, um ihn zu finden.«

Nachdenklich legte Jenna den Kopf schief. »Apropos Wagen – sollten wir nicht eventuell so schnell wie möglich bei mir zu Hause vorbeifahren? Wenn dieser Typ immer noch im Kofferraum ist, könnten Sie ihn verhören. Herausfinden, was er weiß.«

»Der Zug war vermutlich schon abgefahren, noch ehe Sie bei mir eingetroffen sind«, sagte Blake. »Der Bursche, den Sie da überrumpelt haben, gehört zu einem Team. Wenn er sich nicht zur verabredeten Zeit zurückgemeldet hat oder der Leiter seines Teams ihn nicht erreichen konnte, haben die sicherlich jemanden zu Ihrem Haus geschickt, um nach dem Rechten zu sehen. Also dürfte er sich schon längst nicht mehr in Ihrem Kofferraum befinden, und mittlerweile haben die bestimmt so viele Kameras rings um Ihr Haus aufgebaut, dass selbst ein Geist nicht mehr ungesehen hineinkäme.«

»Ich habe es echt versaut, oder?«, fragte sie kläglich. »Ich hätte ihn dazu zwingen sollen, mir zu sagen, was er weiß, als ich die Gelegenheit hatte.«

»Auf gar keinen Fall. Sie waren völlig verängstigt, Sie hatten keine Waffe und keinerlei Kampferfahrung, und außerdem hatten Sie alle Hände voll damit zu tun, sich mit einem Bluff einen professionellen Killer vom Hals zu halten. Sie wussten nicht, was genau gespielt wird und ob nicht eventuell weitere Leute aus seinem Team dazukommen. Und Sie haben ihm geglaubt, als er Ihnen sagte, dass er Ihnen nichts weiter verraten werde und bereits mehr gesagt habe, als er dürfe. Sie gehen zu hart mit sich ins Gericht. Allein dass Ihnen etwas eingefallen ist, um den Spieß umzudrehen, war schon genial.«

»Danke«, flüsterte Jenna, aber was er sagte, half ihr kein Stück. Nathan war tot, und sie hatte ihre beste Gelegenheit, die Wahrheit herauszufinden, verspielt. Vielleicht ihre *einzige* Gelegenheit.

»Und was jetzt?«, fragte sie, das Gesicht noch immer voller Abscheu vor sich selbst verzogen.

»Ich würde gern zum Mount Palomar fahren. Mir den Schauplatz ansehen und Hinweise sammeln. Mal sehen, wie gut diese Jungs wirklich darin sind, hinter sich aufzuräumen.«

Instinktiv scheute sie davor zurück, den gestrigen Weg noch einmal zurückzulegen, dorthin zurückzukehren, wo Nathan gestorben war, aber sie riss sich zusammen. Natürlich mussten sie genau das tun. Welcher Detektiv würde einen Fall annehmen, ohne den Tatort unter die Lupe zu nehmen?

»Okay«, sagte sie leise. »Dann also Mount Palomar.«

»Ehe Sie zustimmen, sollte ich noch erwähnen, dass es sicherer wäre, wenn ich allein gehe und Sie hierbleiben. Ich habe mir nur gedacht: Wir wollen das Ganze so schnell wie möglich angehen, und wenn wir gemeinsam fahren, hätten wir Gelegenheit, uns besser kennenzulernen und den Fall zu besprechen. Aber wenn Sie das Risiko lieber nicht eingehen möchten, dann verstehe ich das. Sind Sie sich *sicher*, dass Sie mitkommen wollen?«

Jenna hätte am liebsten den Ausweg genommen, den Blake ihr anbot, aber sie gab sich alle Mühe, stattdessen ihre Trauer in etwas Nützlicheres umzuwandeln: Hass. Eine Umwandlung, die fast sofort gelang. »Ich hatte doch sicher erwähnt, dass diese Arschlöcher meine große Liebe ermordet haben, richtig?«, erwiderte sie mit dumpfem Knurren und einem Gesichtsausdruck, der selbst den härtesten Kerl eingeschüchtert hätte.

Ein Mundwinkel Blakes hob sich ganz leicht, nur der Hauch eines Lächelns. »Das nehme ich mal als Ja«, sagte er schlicht.

Demonstrativ musterte er sie noch mal von oben bis unten. »Aber bevor wir auch nur einen Fuß vor die Tür setzen, müssen wir uns um Ihr Aussehen kümmern. Dort drüben hält die gesamte Polizei nach Ihnen Ausschau. Also habe ich, als ich die Haube für Ihren Wagen besorgt habe, auch noch eine lange blonde Perücke mitgebracht.« Mit diesen Worten hob er eine glänzende weiße Papiertüte hoch und stellte sie auf seinen Schreibtisch. Unten auf der Tüte war das Wort »Macy's« aufgedruckt, darüber ein riesiger roter Stern. »Ich hatte Glück«, fügte er hinzu. »Man sagte mir, dass nur drei Filialen in diesem Staat die Dinger überhaupt im Sortiment haben.«

Jennas gequälte Miene legte die Vermutung nah, dass das Wort »Glück« nicht unbedingt das war, was sie selbst gewählt hätte. »Von was für einer Länge reden wir denn hier?«, fragte sie misstrauisch.

»Etwa Rückenmitte.«

Jenna stöhnte auf, sagte aber ansonsten nichts dazu.

»Ich habe mir schon gedacht, dass es Ihnen nicht gefallen wird«, gab Blake zu, »aber so müssen Sie Ihr Haar nicht färben und trotzdem nicht immer in Deckung gehen, wenn irgendwo ein Polizist auftaucht.« Er machte eine Pause. »Gehe ich richtig in der Annahme, dass Sie kein großer Fan von Make-up oder Schmuck sind? Oder war Ihr Erscheinungsbild, als Sie bei mir eingetroffen sind, eher untypisch für Sie?«

»Nein, Sie haben ganz recht«, sagte Jenna. Sie hatte zwar Ohrlöcher, trug aber fast nie Ohrringe. »Mein Verlobungsring ist normalerweise der einzige Schmuck, den ich trage, und meistens benutze ich wenig Make-up oder gar keins.«

»Also machen wir jetzt genau das Gegenteil. Den Ring tragen Sie nicht. Lassen Sie ihn hier oder stecken Sie ihn in die Tasche.

Und ich habe Ihnen große Kreolen für die Ohren gekauft.« Er deutete mit einem Nicken auf die Papiertüte. »Außerdem leuchtend blauen Lidschatten. Ich möchte, dass Sie ihn benutzen – und zwar großzügig.«

»Na herrlich«, sagte Jenna und verdrehte die Augen. »Das wird ja immer besser. Nur gut, dass wir keine Zeit haben, um mir auch noch die Brüste machen zu lassen«, fügte sie trocken hinzu.

Blake lachte. »Eine letzte Sache wäre da noch, um die ich mich während meiner ... Besorgungen gekümmert habe«, erklärte er dann, jetzt wieder ernst. »Ich habe einen Laden ausfindig gemacht, wo sie dieselben USB-Sticks verkaufen wie den von Nathan. Ich habe drei Stück gekauft. Auf jedem davon habe ich große Dateien gespeichert, damit es nicht wirkt, als wären sie leer, und sie dann so gründlich mit Passwörtern geschützt, wie ich nur konnte.«

»Ganz ausgezeichnet«, sagte Jenna bewundernd, und ihre Laune besserte sich schlagartig. Dieser Mann schien an alles zu denken. Vielleicht hätte er, wenn sie nur noch etwas länger geschlafen hätte, schon den ganzen Fall gelöst, ehe sie aufwachte.

Blake wühlte eine Weile in der Schreibtischschublade herum und förderte einen Stift zutage. Er zog die Kappe ab und entblößte eine kleine, feine blaue Spitze. »Das hier gehört in meinem Metier zur Standardausrüstung«, erklärte er. »Die Tinte ist nur bei UV-Licht sichtbar. Und sie ist wasserfest und so gut wie nicht abzubekommen. Markieren Sie damit Nathans USB-Stick, damit wir ihn von den anderen unterscheiden können.« Er reichte ihr den Stift.

Jenna zog den Stick aus der Tasche und malte sorgfältig ein X auf eine Seite. Blake zückte aus einer anderen Schublade eine UV-Taschenlampe. Es war ein blauer Metallzylinder, kaum größer als eine Münzrolle, und er richtete den Lichtstrahl auf den USB-Stick. Sofort wurde das zuvor unsichtbare X sichtbar.

»Ich verstecke also den richtigen Stick und stecke stattdessen einen von den falschen in meine Tasche, ja?«

»Genau. Es ist sehr unwahrscheinlich, dass Sie den falschen Stick jemals brauchen werden«, sagte Blake, »aber man weiß ja nie.«

»Warum haben Sie drei Stück gekauft?«

»Einen für Sie. Einen für mich. Und einen verstecke ich hier in der Wohnung.«

Jenna dachte einen Augenblick darüber nach. »Für den Fall, dass jemand uns beide miteinander in Verbindung bringt und Ihre Wohnung durchsucht, richtig?«

»Ja. Wenn ein tollwütiger Hund unbedingt einen Knochen haben will, ist es sicherer, ihm einen zu geben. Es ist äußerst unwahrscheinlich, dass es dazu kommen wird. Aber warum nicht?«

»Ich bin ganz Ihrer Meinung«, sagte Jenna. Sie hielt sich Nathans USB-Stick vors Gesicht. »Wo soll ich denn den echten am besten verstecken?«

»Ich weiß es nicht. Das müssen Sie selbst entscheiden. Es muss nicht jetzt sofort sein, aber wenn Sie so weit sind, dann lasse ich Sie allein, bis Sie mit dem Verstecken fertig sind.«

Jenna schüttelte den Kopf. »Nein. Ich möchte, dass Sie Bescheid wissen. Ich will nicht riskieren, dass der Welt Nathans Entdeckung verloren geht, falls mir etwas zustößt.«

Blake nickte. »Das ist ein kluger Gedanke. Aber wollen Sie mir wirklich in einer so wichtigen Angelegenheit vertrauen?«

»Allein dass Sie mich das fragen, beweist mir, dass dieses Vertrauen gerechtfertigt ist«, sagte sie.

Ihr war klar, dass sie Aaron Blake möglicherweise falsch einschätzte, aber sie hatte ein so gutes Gefühl bei ihm, dass sie dieses Risiko als verschwindend gering einschätzte. Angesichts der jüngsten Ereignisse war es jedenfalls erheblich wahrscheinlicher, dass jemand sie umbringen würde, und sie würde nicht zulassen, dass Nathans Entdeckung mit ihr starb.

»Stellen Sie sich vor, es wäre *Ihr* USB-Stick«, fuhr sie fort. »Wo würden Sie ihn verstecken?«

»Gar nicht«, sagte er. »Noch nicht. Erst mal würde ich versuchen herauszufinden, was darauf gespeichert ist.«

»Und Sie wissen, wie das geht?«

»Ich nicht. Aber ein Freund von mir. Mehr als nur irgendein Freund. Er heißt Greg Soyer. Wir haben bis vor drei Jahren gemeinsam gedient. Ich weiß nicht, ob Sie nachvollziehen können, wie sehr es Menschen zusammenschweißt, gemeinsam durch die Hölle zu gehen. Freundschaft, die weit über Freundschaft hinausgeht. Er hat mir während eines Anti-Terror-Einsatzes einmal den Arsch gerettet, und ich seinen zweimal. Ich muss wohl nicht sagen, dass ich ihm jederzeit mein Leben anvertrauen würde.«

»Okay«, sagte Jenna. »Gekauft. Wenn Sie ihm vertrauen, dann vertraue ich ihm auch. Und Sie sind sicher, dass er an Nathans Daten herankommt?«

»Auf jeden Fall. Er hat dem Militär schon vor Jahren den Rücken gekehrt, aber mit einem Computer kann er besser umgehen als jeder andere, den ich kenne. Und er spricht fließend Arabisch.«

»Das ist sicher nützlich.«

»Sehr. Auf den ersten Blick würden Sie niemals erraten, dass er einen militärischen Werdegang hat. Wirkt wie der netteste, harmloseste Typ der Welt. Ein blonder, blauäugiger Bengel, aufgewachsen in einer der nicht ganz so üblen Gegenden Billings in Montana. Doppelter Princeton-Universitätsabschluss, einen in Informatik, einen in Nahoststudien.«

»Prima«, sagte Jenna. »Bisher war ich in der Defensive. Aber mit der Hilfe Ihres Freundes kann ich vielleicht zur Offensive übergehen. Wie nehmen wir mit ihm Kontakt auf?«

»Er lebt in Orange County, also kommen wir auf dem Weg zum Mount Palomar quasi bei ihm vorbei.«

»Wann wollten Sie aufbrechen?«

»Jetzt gleich. Wir sollten keine Zeit verschwenden. Ich glaube wie gesagt nicht, dass Dan Walsh in unmittelbarer Gefahr schwebt, aber früher oder später müssen wir in Erfahrung bringen, was er weiß. Nach dem Besuch bei Greg und nachdem wir uns die Gegend angesehen haben, wo Sie gestern in diesen Hinterhalt geraten sind, sollten wir als Nächstes Kontakt zu Walsh aufnehmen. Während Sie geschlafen haben, habe ich herausgefunden, dass er montags ein Abendseminar hält, und ich habe mir etwas ausgedacht, wie wir ihn klammheimlich dort weglocken können, ohne dass jemand etwas mitbekommt. Wenn ich irgendwann morgen vor sieben Uhr abends an der UCLA bin, bleibt dafür genug Zeit. Am besten fahren wir jetzt gleich los, dann haben wir ein Zeitpolster von einigen Stunden – man weiß ja vorher nie, was alles passiert.«

Jenna erhob sich. »Ich bin so weit, wenn Sie so weit sind.«

Sie griff nach der Papiertüte von *Macy's* und schnitt eine Grimasse, als befänden sich darin die Hinterlassenschaften eines großen Hundes. »Ich mache mich dann unterwegs mal, hm ... hübsch«, sagte sie und verdrehte wieder die Augen.

»Sehr gut«, sagte Blake und machte sich auf den kurzen Weg in die Küche, wo er eine Schachtel mit Müsliriegeln aus der Speisekammer nahm. »Und wenn Sie sich dann in Ihr Halloweenkostüm geschmissen haben«, fügte er mit breitem Grinsen hinzu und winkte ihr mit der Schachtel zu, »spendier ich das Frühstück.«

11

»In ein paar Minuten sind wir bei Greg«, verkündete Blake, während sie an einer roten Ampel auf Grün warteten.

Jenna sah sich um. Seit mehreren Kilometern fuhren sie an einer vielfältigen Mischung aus Autowerkstätten, spezialisierten Boutiquen, kleinen Restaurants und gelegentlich auch Möbelhäusern vorbei, und die Dichte der Läden schien noch immer nicht abzunehmen.

Sie zog die Brauen hoch. »Betreibt Ihr Freund vielleicht ein Polstermöbelgeschäft? Das hier sieht eher nach einem Viertel aus, in dem man Möbel kauft, als nach einem, wo man wohnt.«

»Könnte man meinen, hm?«, antwortete Blake. »Sehen Sie die Einkaufsstraße da vorn?«

Jenna reckte den Hals und nickte.

»Von hier aus kann man es nicht sehen, aber direkt dahinter liegt ein Canyon und begrenzt das bebaute Gebiet. Ein Stück bergauf, oberhalb des Canyons«, er deutete mit einem Nicken nach vorne links, »gibt es einige ziemlich einsam liegende Häuser. Sie sind alt und eher klein. Hundertvierzig bis hundertsiebzig Quadratmeter Wohnfläche, im Ranch-Stil erbaut.«

»Das bedeutet, sie haben nur ein Stockwerk, oder?«

»Genau. Das hier ist, wie Sie richtig bemerkt haben, kein Wohngebiet, aber diese Handvoll Häuser wurde ins Viertel integriert. Greg ist in Montana aufgewachsen. Er liebt Südkalifornien, aber er verabscheut es, wie überlaufen der Staat ist. In Montana gibt es nichts bis auf Weite, hier und da eine Ranch und Häuser mit gewaltigen Anbauflächen ringsum. In Orange County dagegen kann man problemlos zwei Millionen für ein kleines Schachtelhäuschen mit handtuchgroßem Garten ausgeben, von allen Seiten so dicht von den Nachbarn eingekesselt, dass man hört, wie sie sich am Hintern kratzen, als wären sie im selben Zimmer.«

Jenna zog eine Grimasse. »Wow, auf *das* Kopfkino hätte ich gut verzichten könnte.«

»Tut mir leid«, sagte er belustigt. »Greg hat also eins der wenigen halbwegs abgelegenen Häuser hier in Südkalifornien gefunden, das er auch bezahlen konnte und das ein bisschen Aussicht bietet – wenigstens auf einen Canyon. Das Haus ist alt und nicht offen und weitläufig wie modernere Gebäude, und besonders hell ist es auch nicht. Aber die Einrichtung ist modern und die Küche riesig. Außerdem hat er sich noch ein Büro angebaut, größer als das Schlafzimmer, mitsamt einer Glasschiebetür, sodass er jede Menge Licht hat und jederzeit nach draußen gehen und die Natur genießen kann, wenn ihm nach einer Pause ist.«

Während ihrer Unterhaltung war Blake von der Hauptstraße abgebogen und fuhr jetzt den Hügel hinauf, auf den er zuvor gezeigt hatte; eine schmale, gewundene Pflasterstraße führte zum Haus seines Freunds. Ein paar Minuten später waren sie da und stiegen aus dem Wagen.

Wie Blake bereits angedeutet hatte, war Soyers Haus klein, dunkel und altmodisch. Und so reizvoll Abgeschiedenheit auch manchmal sein mochte, nach Jennas Meinung wirkte es ein bisschen unheimlich, wie die Behausung eines griesgrämigen alten Einsiedlers oder einer Familie irgendwo in den Appalachen, vor deren Haus ein rostiger, schrottreifer Pick-up stand. Der Vorgarten hier bestand allerdings aus einem ausgedehnten, gut gepflegten dunkelgrünen Rasen, und in der Einfahrt parkte Soyers weißer Mercedes.

Sie klingelten, und fast augenblicklich wurde die Tür aufgerissen.

»Aaron!«, sagte Greg Soyer fröhlich und schüttelte seinem Freund die Hand; es endete in einer herzlichen Bärenumarmung.

»Wie lange ist es her, drei Wochen?«, fragte Blake, während Soyer seine beiden Gäste hereinwinkte.

Auch diesmal erwies sich Blakes Beschreibung als sehr treffend. Innen war das Haus heller, als man es von außen für möglich gehalten hätte, die hellen Möbel und der Kalksteinboden standen in deutlichem Gegensatz zur finsteren, bedrückenden Außenansicht.

»Ich weiß nur«, sagte Soyer, »dass es *zu* lange her ist.«

Der Computerspezialist wandte sich an Jenna. »Bitte sagen Sie mir, dass Sie mit diesem Mann ausgehen.«

Sie schüttelte den Kopf und versuchte, sich Stress und Trauer nicht anmerken zu lassen. »Tut mir leid, aber ich fürchte nein.«

Blake wirkte ein bisschen verlegen. »Der gute Greg ist ganz wild darauf, mich zu verkuppeln, damit wir zu viert ausgehen können«, erklärte er. Langsam breitete sich ein Lächeln auf seinem Gesicht aus. Er musterte seinen Freund und zog eine Braue hoch. »Du hast mir ja noch gar nicht erzählt, dass Alisa bei dir eingezogen ist.«

»Ach ja? Wie kommst du denn darauf?«

»Willst du mich auf den Arm nehmen?« Blake deutete auf den schmalen Durchgang zum Wohnzimmer. »Man muss kein Privatdetektiv sein, um draufzukommen. Entweder hat dein Sofa gerade einen ganzen Wurf Kissen geboren, oder es wohnt eine Frau bei dir.«

»Erwischt«, gab Soyer mit breitem Grinsen zu. Er wandte sich zu Jenna um. »Aber ich war unhöflich.« Er streckte ihr die Hand entgegen. »Greg Soyer«, stellte er sich vor.

Jenna schüttelte die gereichte Hand und öffnete gerade den Mund, um zu antworten, da kam Blake ihr zuvor: »Sie ist eine Klientin«, erklärte er. »Lass uns aus Anonymitätsgründen mal behaupten, sie hieße Jane Smith.«

Soyer verdrehte die Augen. »Freut mich, Sie kennenzulernen, Jane«, sagte er.

»Ganz meinerseits«, antwortete sie liebenswürdig und berührte unwillkürlich einen der türkisfarbenen großen Ringe in ihren Ohren, die offenbar vorhatten, ihr Ohrläppchen bis zum Boden lang zu ziehen, so wie es auch die schwere blonde Perücke mit ihrem Kopf versuchte. Tatsächlich hätte Blake keine bessere Tarnung für sie besorgen können. Sogar sie selbst erkannte sich nicht in der aufgetakelten Blondine im Spiegel – eine Person, von der sie hoffte, sie schon bald nie wiedersehen zu müssen.

»Möchtet ihr beiden etwas trinken?«, fragte ihr Gastgeber.

»Danke, Greg«, sagte Blake. »Eine Flasche Wasser wäre herrlich. Aber ich fürchte, wir können nur kurz bleiben. Ich nehme an, Alisa ist auf der Arbeit?«

Soyer nickte.

»Ich überfalle dich ungern so aus dem Nichts, aber ich hatte meine Gründe dafür, nicht vorher anzurufen.«

»Ist immer schön, dich zu sehen, ganz egal, unter welchen Umständen«, sagte Soyer und ging ihnen durchs Wohnzimmer voran und durch eine schmale Tür, die in die Küche führte. Auf der gegenüberliegenden Seite stand eine weitere kleine Tür offen und gestattete den Blick auf ein Esszimmer mit einem eleganten Tisch aus Marmor und Glas. Auch wenn sie anders als die meisten modernen Küchen keine Fenster hatte, so war sie doch ungewöhnlich groß und mit hochmodernen Möbeln und Gerätschaften ausgestattet. »Woher wusstest du, dass ich zu Hause bin?«

»Wusste ich nicht«, antwortete Blake. »Aber da du dem Militär nur den Rücken gekehrt hast, um Berater zu werden und den ganzen Tag im Schlafanzug rumzusitzen und am Computer rumzuspielen. Wo solltest du also sonst sein?«

»Ha! Und darin irrst du, Aaron. Manchmal tausche ich nämlich meinen Schlafanzug gegen eine Badehose und arbeite am Pool.«

Blake lachte. »Tja, wenn du das tun wolltest, dann würdest du da wohnen, wo *ich* wohne, und nicht hier draußen in deiner Hinterwäldlerhütte.«

»Dir ist klar, dass ich für das Ding hier fast achthunderttausend Dollar hingeblättert habe, oder?«

»Das zeigt nur, dass man in Südkalifornien als Penner auf ganz anderem Niveau lebt als woanders.«

Soyer lachte. »Was kann ich denn eigentlich für dich tun, Aaron?«, fragte er herzlich und reichte seinem Freund eine Flasche Wasser und Jenna den zuckerfreien Pfirsich-Eistee, den sie sich ausgesucht hatte.

»Jane hat einen passwortgeschützten USB-Stick dabei«, sagte Blake. »Wir brauchen Hilfe, um an die Daten heranzukommen. Aber wir dürfen unter gar keinen Umständen riskieren, dass die Datei dabei beschädigt wird.«

»Da sie sich Jane Smith nennt, nehme ich mal an, dass es dir lieber ist, wenn ich nicht sehe, was genau darauf ist, stimmt's?«

»Du weißt, dass ich dir jederzeit mein Leben anvertrauen würde«, sagte Blake. »Aber ich schätze, es wäre alles in allem besser, wenn du es nicht wüsstest.« Er wurde sehr ernst. »Bevor du dich dazu bereit erklärst, muss ich dir noch sagen, dass eine Spezialeinheit hinter dem Stick her ist. Sie würden ohne jedes Zögern töten, um an die Daten heranzukommen. Wenn ich irgendetwas Nützliches wüsste, zum Beispiel, wer diese Männer sind oder was sich möglicherweise auf dem Stick befindet, würde ich es dir sagen. Aber jetzt weißt du ebenso viel wie ich.«

Soyer dachte darüber nach. »Deshalb also hast du weder angerufen noch eine Nachricht geschickt. Damit es keine frischen elektronischen Spuren einer Verbindung zwischen uns gibt.«

Blake nickte.

»Was meinst du, wie groß diese Sache ist?«

»Nach allem, was ich weiß, was nur sehr wenig ist, also rein nach Bauchgefühl: riesengroß. Gewaltig. Der Stick wäre auch schon ein ganz schön heißes Eisen, wenn darauf beispielsweise Finanzdaten irgendwelcher Mafiosi gespeichert wären, aber so eine Information würde höchstens ein paar Gangster aus dem

Spiel nehmen. Ich glaube, das hier ist viel größer. Vom Ausmaß einer komplizierten Vertuschungsaktion innerhalb der Regierung, die Tausende Leute betrifft. Vielleicht sogar noch mehr. Und nein, ich glaube nicht, dass es um eine Vertuschungsaktion geht, ich versuche nur, dir das Ausmaß dieser Angelegenheit zu beschreiben.«

»Wie könnte ich dann Nein sagen?«, fragte Soyer.

»Ganz leicht. Das hier ist nicht dein Problem. Du hast deinen Dienst an deinem Land und deinen Mitmenschen schon zur Genüge abgeleistet. Wenn du uns hierbei lieber nicht helfen möchtest, würde ich deshalb nicht den allerkleinsten Funken weniger von dir halten.«

»Verstanden. Aber ich bin dabei. Ich werde vorsichtig sein, nur zur Sicherheit. Also sag mir ganz genau, was ich tun soll.«

»Optimalerweise: Du knackst den Stick, findest die Datei und sicherst sie mit diesem Passwort.« Blake reichte Soyer einen Zettel mit einem Passwort, das er und Jenna sich eingeprägt hatten. »Dafür wäre ich dir sehr dankbar.«

Jenna holte den markierten Stick heraus und gab ihn Soyer. »Sind Sie sicher, dass Sie das schaffen?«, fragte sie. »Wenn man dreimal ein falsches Passwort eingibt, werden die Daten gelöscht, es gibt also keinen Spielraum, um herumzuraten.«

»Ich sehe es mir mal an«, sagte Soyer.

Er ging voran in ein geräumiges Arbeitszimmer, das sich in einem Anbau hinten am Haus befand, und setzte sich an seinen Hightech-Computer. Behutsam steckte er den Stick in einen USB-Port, dann gab er mithilfe von Maus, Tastatur und Touchscreen etwas ein, so schnell, dass man mit bloßem Auge nicht hinterherkam. Als er endlich innehielt, war der Bildschirm voll mit etwas, das wie unverständliches Kauderwelsch aussah.

Fast eine Minute lang betrachtete er die Wörter und Symbole, dann drehte er sich zu Jenna um. »Das bekomme ich hin«, sagte er überzeugt. »Ganz sicher. Alles in allem ist das nicht besonders sicher. Ungefähr so wie ein Bolzenschloss an der Haustür. Den durchschnittlichen Kriminellen mag es aufhalten, aber keinen Profi.«

»Großartig«, antwortete Jenna. »Nath… äh, also die Person, von der die Verschlüsselung stammt, hat nicht damit gerechnet, dass der Stick jemals gefunden wird. Ich war überrascht, dass er ihn überhaupt mit einem Passwort versehen hat. Ich weiß, dass seine Festplatte erheblich besser gesichert war.«

»Tja, unser Glück, nicht wahr? Dafür brauche ich keine Minute. Aber wenn Sie das Risiko, dass die Daten beschädigt werden, auf null reduzieren wollen, dann muss ich trotzdem den langen Umweg nehmen. Als Erstes muss ich mich reinhacken und die Datei mit einer Sicherung versehen, die jedem Befehl, die Daten zu löschen, standhält. So kann ich ganz nach Lust und Laune mit dem Passwort herumprobieren, ohne befürchten zu müssen, dass den Daten etwas passiert. Und so sind sie auch dann sicher, wenn es irgendwelche versteckten Fallen gibt oder ich einen Fehler mache.«

»Danke, Greg«, sagte Blake. Er holte tief Luft. »Dafür schulde ich dir einen Gefallen.«

»Mindestens einen«, antwortete Soyer mit einem vergnügten Funkeln in den Augen.

Jenna achtete nicht auf ihr Geplänkel, sondern starrte gedankenversunken ins Leere. Ihr Gewissen machte ihr zu schaffen. Sie war selbstsüchtig gewesen. Bis Blake das Thema auf den Tisch gebracht hatte, war ihr gar nicht so richtig klar gewesen, in welche Gefahr sie Soyer brachten. Dieser USB-Stick konnte sich durchaus als eine Art Büchse der Pandora erweisen. Womöglich würden Tod und Zerstörung seinen Weg pflastern. Unaufhaltsam. Unvermeidlich.

Sie musste dafür sorgen, dass möglichst wenige Unschuldige dieser Gefahr ausgesetzt wurden. Sie hatte die Seuche bereits verbreitet, indem sie sich an Blake gewandt hatte. Das Problem war, dass sie und Blake allein nicht die nötigen Kenntnisse besaßen, um an die Daten heranzukommen. Wenn sie also in Erfahrung bringen wollten, was sich auf dem Stick befand, mussten sie noch jemanden mit hineinziehen.

Wenigstens war Soyer hervorragend ausgebildet, und Blake hatte weiter gedacht als sie und darauf geachtet, möglichst wenig Spuren zu hinterlassen, die auf seinen Freund hindeuteten.

Gab es irgendetwas, das sie tun konnten, um für Soyers Sicherheit zu sorgen? Für die Sicherheit aller drei inzwischen involvierten Parteien?

Fast sofort kam ihr die Antwort in den Sinn. Wenn ihr Hirn auf Hochtouren gelaufen wäre, hätte sie schon längst daran gedacht. Es war ganz offensichtlich, welches Druckmittel sie in der Hand hatte, und es dürfte in Hinblick auf sämtliche Beteiligten hochgradig effektiv sein. Das einzige Druckmittel, das dafür sorgen konnte, dass sie womöglich am Leben blieben.

Sie richtete die Aufmerksamkeit wieder auf die beiden Männer, gerade rechtzeitig, um zu hören, wie sich Blake für ihre Eile entschuldigte. Er machte sich auf den Weg zur Tür und winkte ihr zu, sie solle ihm folgen.

»Warten Sie«, sagte sie und sah die beiden an. »Eine Sache noch. Die Männer, die hinter dieser Datei her sind, würden alles tun, um sie in die Hände zu bekommen. Was uns alle in große Gefahr bringt. Aber ich bin ziemlich sicher, dass sie zudem alles täten, damit niemand *anders* die Daten bekommt.«

Die beiden Männer wechselten einen Blick. »Reden Sie weiter«, sagte Blake.

»Ich glaube, dass die Drohung, die Informationen publik zu machen, großen Eindruck auf sie machen dürfte. Vielleicht so viel Eindruck, dass sie uns am Leben lassen, selbst wenn sie uns erwischen.«

Blake wirkte beeindruckt. »Sie könnten recht haben«, sagte er. »Greg, sobald du dich durchgewühlt und die Datei frei geschaufelt hast, könntest du doch vermutlich eine Totmannschaltung einbauen, stimmt's? So, dass jeder von uns einmal pro Woche einen Code eingeben muss, weil sonst das, was auch immer auf diesem Stick gespeichert sein mag, über die ganze Welt verbreitet wird. Vielleicht als unkontrollierte Pop-ups, die vorwiegend an die Presse und die Physik-Fachbereiche diverser Universitäten gehen.«

»Kein Ding.«

Mit nachdenklichem Gesicht kaute Jenna auf ihrer Unterlippe. »Nein. Wer auch immer hinter dieser Information her ist, hat womöglich einen guten Grund dafür, dass er nicht will, dass die Öffentlichkeit davon erfährt. Das können wir also nicht tun, nicht, bevor wir mehr darüber wissen.«

Sie wandte sich wieder an den milchgesichtigen Computerexperten. »Machen Sie es doch ganz genau so, nur ohne die Totmannschaltung. Laden Sie die Datei also in die Cloud hoch, so gut geschützt, wie es nur geht, und stellen Sie alles so ein, dass die Informationen jederzeit weiträumig verteilt werden können. Aber nur, wenn wir *aktiv* dafür sorgen.«

»Genauso machen wir es«, sagte Soyer.

»Und wenn wir in Schwierigkeiten geraten«, sagte Jenna, »können wir ja immer noch behaupten, es gäbe eine Totmannschaltung. So ein Bluff kostet uns ja nichts.«

»Ich weiß nicht, wer Sie in Wirklichkeit sind, Jane«, sagte Soyer bewundernd, »aber Sie gefallen mir.«

12

»Ihr Freund scheint ein feiner Kerl zu sein«, sagte Jenna, als sie wieder auf dem Highway unterwegs waren, auf direktem Weg zum Mount Palomar.

»Danke. Und tut mir leid, dass er versucht hat, uns zu verkuppeln. Es macht ihm zu schaffen, dass ich mich nicht öfter mit Frauen verabrede. Er hält das für ungesund.« Er lächelte verlegen. »Kann natürlich sein, dass er damit recht hat«, gab er dann zu. »Aber momentan will ich meine ganze Energie in den Aufbau einer gut laufenden Detektei stecken.«

»Warum haben Sie eigentlich beim Militär aufgehört?«, fragte Jenna. »Und beantworten Sie das nicht, wenn Sie nicht wollen. Es ist eine sehr persönliche Frage.«

Blake antwortete, ließ seine Bitterkeit aber nicht durchscheinen. Er sagte nur, dass seine Vorgesetzten oft unschlüssig und uneins gewesen seien, dass die Terroristen noch sehr viel übler waren, als Zivilisten es sich vorstellen konnten, und dass er seine zwei engsten Freunde verloren hatte. Ein paar Minuten lang beschrieb er einige seiner Erlebnisse, ganz nüchtern und allgemein, und Fertigkeiten, die er sich dabei angeeignet hatte, damit sie seine Fähigkeiten besser einschätzen konnte.

Nach zehn Minuten erklärte er, dass er jetzt genug über sich selbst geredet habe und es an der Zeit sei, dass er mehr über den Fall erfuhr.

Jenna fasste knapp ihre eigene Hintergrundgeschichte zusammen.

»Es fällt mir immer noch schwer, mir vorzustellen, dass Sie erst sechsundzwanzig sind«, sagte er, als sie geendet hatte. »Sie kommen mir zu ausgebufft vor für eine Sechsundzwanzigjährige.«

»Das höre ich öfter.« Sie seufzte. »Nicht das mit der Ausgebufftheit, aber das mit meinem Alter«

»Na, an Ihrem Äußeren kann es nicht liegen, denn älter *aussehen* tun Sie nicht.«

»Danke«, sagte sie. »Das war's jedenfalls im Wesentlichen. Den Großteil meiner Zeit verbringe ich auf dem UCSD-Campus. Ich nehme an Abschlussseminaren teil, lese Fachliteratur über Genetik und führe Experimente durch. Ach ja, und ich bin Tutorin bei einem Grundlagenseminar in Biologie.«

»Klingt nach viel Arbeit«, sagte Blake.

Eine Weile fuhren sie schweigend weiter. »Ich weiß, dass Ihre Trauer noch sehr frisch ist«, sagte er dann behutsam, »aber es ist wichtig, dass wir ein bisschen über Nathan reden. Fühlen Sie sich dazu bereit?«

»Fragen Sie ruhig«, antwortete Jenna, beeindruckt von Blakes Sensibilität, die ihn ihr noch sympathischer machte.

»Hat Nathan ebenfalls unterrichtet?«

»Nur einen Kurs pro Jahr«, sagte sie. »Er hat eine Menge Zuschüsse bekommen und war seit zwei Jahren ordentlicher Professor – seit seinem siebenundzwanzigsten Lebensjahr. In dem Alter promovieren die meisten Physiker gerade erst.«

»Wie war er so?«

»Wunderbar«, sagte sie, entschlossen, so sachlich wie möglich zu bleiben. Sie hatte schon zu viel geweint. »Großzügig und witzig. Fürsorglich, allerdings auch häufig geistesabwesend. Es wäre bei ihm vollkommen denkbar gewesen, dass er für einen Freund einen umwerfenden, ganz persönlich gestalteten Geburtstagskuchen samt passender Folienballons bestellt und dann völlig vergisst, alles abzuholen. Und natürlich war er brillant.«

»Das sind Sie ebenfalls, nicht wahr? Ich weiß, dass man ein ganz schön helles Köpfchen braucht, um an der UCSD in Genetik zu promovieren. Aber ich hab da so das Gefühl, dass Sie sogar noch mehr auf dem Kasten haben dürften als die meisten Ihrer Kommilitonen.«

Jenna seufzte. »Auf das Risiko hin, unbescheiden zu sein: Das stimmt wahrscheinlich. Aber im Vergleich zu Nathan bin ich ein Nichts. Sein Verstand bewegte sich in einem ganz anderen Universum. Ich hatte immer eine große Vorliebe für kluge Menschen, aber zugleich kann ich versnobte Intellektuelle nicht ausstehen. Sie wissen schon, die Sorte Leute, die mit gerümpfter Nase auf alles Gewöhnliche herabsehen, weil sie dafür ja viel zu schlau sind. Die Sorte, die alles so kompliziert wie möglich ausdrückt und bei jeder Gelegenheit so viele Fremdwörter wie möglich benutzt.«

Blake nickte, ohne den Blick von der Straße abzuwenden.

»Verstehen Sie mich nicht falsch«, fuhr Jenna fort. »Ich habe nichts gegen Leute, die sich auszudrücken wissen. Ich glaube gern von mir, dass ich dazu auch imstande bin. Und manchmal braucht es ein ungewöhnlicheres Wort, um eine bestimmte Nuance auszudrücken oder einen bestimmten Grad an Präzision zu erreichen. Aber wenn man etwas ebenso gut mit einfachen Worten ausdrücken kann, dann sollte man das tun. Sich hochgestochen auszudrücken ist nichts Beeindruckendes. Kurz und bündig, aber mit großer Genauigkeit auf den Punkt zu kommen, hingegen schon.«

Sie machte eine Pause, und über ihr Gesicht zuckte der Schatten eines Lächelns. »Wie in diesem berühmten Zitat: *Hätte ich mehr Zeit gehabt, dann hätte ich Ihnen einen kürzeren Brief geschrieben.*«

»Das kenne ich nicht«, sagte Blake. »Aber es gefällt mir. Und ich weiß, welche Sorte Leute Sie meinen. Ich habe schon immer gefunden, dass ein wirklich genialer Mensch es nicht nötig hat, sich wichtig zu machen.« Er grinste. »Also einfach das Wort *benutzen* benutzen würde, statt das Wort *verwenden* zu verwenden.«

Jenna lachte. »Ganz genau das meine ich. Ein wirklich brillanter Mensch muss mit seiner Genialität nicht hausieren gehen. Nathan war das Gegenteil eines versnobten Intellektuellen. Er war niemals abgehoben, sondern in jeder Hinsicht ganz und gar bodenständig, und so war auch seine Sprache, auch wenn es manchmal schwer war, noch durchzusteigen, wenn er sich ganz formell ausgedrückt hat oder es notwendig war, dass er äußerst präzise formulierte. Er musste niemandem etwas beweisen. Wenn Sie ihn auf einer Party kennengelernt hätten, ohne etwas über ihn zu wissen, hätten Sie ihn zuerst für einen ganz normalen Typen gehalten. Aber es hätte nicht lange gedauert, bis Sie es bemerkt hätten. Seinen Scharfsinn. Die Tiefe seiner Gedankengänge. Die Geschwindigkeit, mit der er Neues erfasst hat. Die Art, wie er mit seiner Wortwahl der ganz gewöhnlichen Welt etwas Magisches verliehen hat.«

Sie verstummte, weil der Schmerz fast unerträglich wurde.

Wieder schwiegen sie beide minutenlang, und Blake war klug genug, um ihr Zeit zu lassen, sich zu fassen. Er fuhr weiter Richtung Mount Palomar und hielt dabei Ausschau nach eventuellen Polizeiwagen, weil er von Natur aus eine Neigung dazu hatte, zu schnell zu fahren.

»Fragen Sie weiter, Aaron«, sagte Jenna schließlich. »Jetzt geht es wieder.«

Blake wartete noch einen kurzen Augenblick, dann sagte er: »Okay. Nathans Entdeckung ist also der Knackpunkt, damit hat alles angefangen. Ich weiß, Sie haben keinen Schimmer, worum es gehen könnte. Aber es könnte hilfreich sein, wenn Sie mir erzählen würden, an welchen Themen er gearbeitet hat.«

»Soweit ich weiß, an allem und an nichts. Seine Arbeit bestand im Wesentlichen daraus, sich das Universum vorzustellen, physikalische und mathematische Annahmen zu entwickeln, auf die nie zuvor jemand gekommen ist. Er hat sämtliche aktuellen mathematischen und physikalischen Arbeiten in sich aufgesogen wie ein Schwamm. Und er hat sich gern mit mathematischen Überlegungen beschäftigt, die mit der konkreten Wirklichkeit nichts zu tun hatten. Völlig verrücktes Zeug. Ich glaube, man nennt das *abstrakte Mathematik*. Normalerweise habe ich nicht mal im Ansatz verstanden, worum es sich bei seinen Ergebnissen überhaupt dreht.«

Sie hob eine Hand und berührte gedankenverloren den glatten Metallreifen, der von ihrem linken Ohrläppchen herabbaumelte; sie hatte sich noch immer nicht daran gewöhnt, solche Ohrringe zu tragen. »In letzter Zeit hat er sich viel mit der Theorie von dunkler Materie und dunkler Energie beschäftigt. Wenn ich jemand wäre, der gern wettet, würde ich alles darauf setzen, dass seine Entdeckung irgendetwas mit diesem Thema zu tun hat.«

»Und Sie wissen, worum es auf diesen Gebieten geht?«

»Mehr oder weniger.« Jenna lächelte kurz. »Eher weniger«, gab sie dann zu. »Ich habe einige für Laien geschriebene Bücher über Kosmologie und Physik gelesen, damit Nathan und ich uns über seine Arbeit unterhalten konnten, wenigstens ganz allgemein. Und niemand erklärte komplizierte Konzepte so gut verständlich wie er.«

»Bestens. Ich bin bereit dazuzulernen.«

»Besonders viel weiß ich aber wirklich nicht darüber.«

»Nicht viel ist sehr viel mehr als das, was ich zurzeit weiß.«

Jenna lächelte. Sie sammelte sich und versuchte sich zu entsinnen, wie Nathan ihr das Thema zum ersten Mal nahegebracht hatte. »Also: Bis in die Siebziger und Achtziger glaubten Physiker, sie wüssten über Materie und Energie ziemlich gut Bescheid und könnten beides genau definieren. Im Wesentlichen war Materie etwas Sichtbares, etwas, das wir betrachten können. Selbst wenn sich irgendein Materiebrocken in einer dunklen Höhle befindet, sodass wir ihn mit bloßem Auge nicht sehen, oder wenn eine bestimmte Materie überhaupt nicht im Spektrum des Sichtbaren auftaucht, so konnten wir sie doch immerhin mit elektromagnetischer Strahlung aufspüren. Wir können sie mit UV-Licht sichtbar machen, und Radar- oder Funkwellen prallen davon ab. Man kann sie in der Mikrowelle erhitzen.«

»Wollen Sie sagen, bei dunkler Materie ist das anders?«

»Genau. Das Wort *dunkel* ist eine irreführende Bezeichnung, weil es impliziert, das Problem wäre das fehlende Licht, so als könnte man einfach eine Taschenlampe auf dunkle Materie richten, um sie sichtbar zu machen. Aber dieses Zeug lässt sich mit unseren heutigen wissenschaftlichen Methoden nicht aufspüren. Punktum. Nicht mit unseren Augen und nicht mithilfe irgendeines unserer Apparate. Wenn Harry Potter seinen Tarnumhang überwirft, kann man immer noch spüren, wenn man gegen ihn rennt. Bei dunkler Materie nicht. Sie geht wie ein Geist einfach durch gewöhnliche Materie hindurch. Es gibt Wissenschaftler, die, um Interferenzen zu vermeiden, tief unter der Erde Detektoren für dunkle Materie aufgebaut haben, aber auch nach Jahren gibt es keinen eindeutigen Beweis dafür, dass sie auch nur das kleinste Teilchen aufgespürt haben.«

Blake blinzelte verwirrt. »Und woher zum Teufel wissen sie dann, dass sie überhaupt existiert?«

»Weil sie trotzdem Einfluss auf die Gravitation nimmt. Anscheinend wirkt sich dunkle Materie erheblich auf die Bewegungen von Galaxien und Galaxienhaufen aus.« Sie hob eine Braue. »Erraten Sie, wie viel Prozent des Universums daraus bestehen? Ein wie großer Teil unseres Universums für uns vollkommen unsichtbar bleibt?«

Blake schüttelte den Kopf.

»Fünfundzwanzig Prozent. Aber auch diese Zahl ist irreführend, weil man 1998 noch eine weitere physikalische Entdeckung gemacht hat: dunkle Energie. Es stellte sich heraus: Während dunkle Materie Anziehungskräfte innerhalb und zwischen Galaxien zur Folge hat, handelt es sich bei dunkler Energie um Abstoßungskräfte. Wir wissen, dass es sie gibt, weil das Universum sehr viel schneller expandiert, als es das von Rechts wegen dürfte. Die Teams, die als Erste diese Entdeckung gemacht haben, bekamen 2011 den Nobelpreis dafür. Diese Entdeckung erstaunlich zu nennen ist eine Untertreibung. Nathan hat mir erklärt, es sei damit vergleichbar, dass man einen Apfel auf Brusthöhe hält und ihn loslässt, in der Erwartung, dass er zu Boden fällt, aber stattdessen sieht man verblüfft zu, wie er zur Decke emporsteigt. Und auch diese Runde geht an das Universum, das immer wieder irgendwelche Tricks aus dem Ärmel zaubert.«

Jenna machte eine Pause, um ihre Worte wirken zu lassen. »Nathan sagte mir, dass dunkle Materie und dunkle Energie zu den unglaublichsten Entdeckungen des Jahrtausends gehören«, fuhr sie dann fort. »Die meisten Kosmologen sind sich einig, dass dunkle Materie und dunkle Energie etwa fünfundneunzig Prozent des Universums ausmachen. All das, was wir wahrnehmen können, Milliarden von Galaxien mit ihren Milliarden von Sternen und Planeten, macht nur fünf Prozent des Universums aus. Fünf Prozent!«

»Hat die Wissenschaft eine Vorstellung davon, was dunkle Energie ist?«

»Zwei Theorien erfreuen sich der größten Beliebtheit. Die erste lautet, dass es um eine Manifestation von etwas geht, das man Nullpunktenergie nennt. Lange Geschichte, aber jedenfalls hat die Quantenphysik gezeigt, dass es ein Energiefeld gibt, das überall existiert, selbst in der Leere des Alls. Man nennt es das Nullpunktfeld. Die ausgestrahlte Energie ist zu flüchtig, als dass wir sie nachweisen könnten, aber sie ist trotzdem da. Das Problem dabei ist, dass dieses Nullpunktfeld Berechnungen zufolge nahezu endlos ist. Der Einfluss dunkler Energie auf das Universum ist unvorstellbar gewaltig, aber wenn das Nullpunktfeld dafür verantwortlich wäre, so glauben manche Wissenschaftler, müsste er sich sogar noch deutlicher bemerkbar machen.«

»Und die zweite Theorie?«, fragte Blake, offenkundig ernstlich fasziniert.

»Nun, es gibt in unserem Universum vier natürliche Grundkräfte. Den Elektromagnetismus, den jeder kennt. Die schwache Kernkraft, die die Fusion möglich macht, die die Sonne mit Energie versorgt. Und die starke Kernkraft, die im Wesentlichen für den Zusammenhalt der Atomkerne sorgt.«

»Ich glaube Ihnen das einfach mal«, sagte Blake trocken.

Jenna verzog das Gesicht. »Ich erzähle zu viele unwichtige Details, oder?«, fragte sie. »Tut mir leid. Nathan könnte das alles viel interessanter erklären als ich.«

»Nein, nein«, sagte Blake. »Sie machen das großartig. Bitte erzählen Sie weiter.«

»Okay. Ich wollte gerade sagen, dass man die Gravitation als vierte Grundkraft der Natur bezeichnen kann, obwohl sie ungefähr eine Trillion mal eine Trillion schwächer ist als jede der anderen.«

»Gravitation ist die *schwächste* der Kräfte?«

»Ich war auch überrascht, als Nathan es mir zum ersten Mal gesagt hat, aber eigentlich ist es offensichtlich. Wir neigen dazu, sie für sehr mächtig zu halten, weil wir auf einem massiven Materieball leben, mitten in einem Universum voller Sterne und Planeten, die Gravitation erzeugen. Aber wenn man näher darüber nachdenkt: Selbst ein nur wenige Gramm schwerer Magnet ist in der Lage, eine Büroklammer vom Boden aufzuheben, obwohl die Gravitationskraft, die von der gesamten Erde erzeugt wird, sie unten halten will. Fast sechstausend Trillionen Tonnen schierer Masse, besiegt von einem winzigen Magneten.«

»So viel wiegt die Erde?«

Jenna nickte.

»Wow. Das muss aber mal eine gewaltige Waage gewesen sein.«

Jenna lächelte. »Also, zurück zu unserer Frage. Die zweite Theorie ist, dass die dunkle Energie eine fünfte Elementarkraft ist. Eine, die bisher unbekannt war. Eine, die von Physikern Quintessenz getauft wurde, eine Kraft, die im gesamten Universum existiert, als sogenanntes Quintessenz-Feld. Ich weiß nicht genau, inwiefern es sich vom Nullpunktfeld unterscheidet, aber es durchdringt ebenfalls alles.«

»Das Quint in Quintessenz heißt also fünf, ja? So wie in Quintett?«

»Ja. Genau genommen haben die modernen Physiker das Wort von den alten Griechen geklaut. Die wussten natürlich noch nichts von den vier Elementarkräften, klar. Aber sie glaubten daran, dass alles aus vier Elementen besteht, vier Sorten Materie: Erde, Luft, Feuer und Wasser. Und dieser Glaube hat sich in vielen verschiedenen Kulturen ausgebreitet. Aber diese früheren Kulturen haben oft noch ein fünftes Element mit einbezogen, das nach ihrem Glauben das Universum jenseits der Erde erfüllte. Dieses Element haben sie Quintessenz genannt. Oder auch *Äther* im alten Griechenland, *Akasha* in Indien.«

»Und bei uns heutzutage *Quintessenz*«, sagte Blake, »was bedeutet: das denkbar vollkommenste Musterbeispiel. Der wesentliche und allem zugrunde liegende Kerngedanke.«

»Ganz genau«, sagte Jenna. Sie lernte immer mehr zu schätzen, dass Aaron Blake nicht nur eine Art schlagkräftiges Ein-Mann-Sondereinsatzkommando war, sondern noch weit mehr draufhatte. Wie Nathan neigte er nicht dazu, seine Tiefgründigkeit und Intelligenz zur Schau zu stellen, aber er verfügte über beides.

»Hochinteressantes Thema«, sagte Blake.

»Danke. Aber ich fürchte, das war auch schon alles, was ich darüber weiß.«

Sie näherten sich dem Berg, und Blake bog bei einer Tankstelle ein, damit sie sich auf dem Rückweg nicht damit aufhalten mussten. Er kaufte eine große Flasche Gatorade mit Orangengeschmack und Jenna eine Halbliterflasche mit – passenderweise – Quellwasser vom Mount Palomar, und dann setzten sie ihre Reise und das Gespräch fort.

»Wäre es möglich, dass Nathan herausgefunden hat, was dunkle Energie wirklich ist?«, fragte Blake, nachdem er einen großen Schluck der orangen Flüssigkeit getrunken hatte.

»Ja. Ich denke, das wäre möglich.«

»Was, wenn er einen Weg entdeckt hätte, diese Energie nutzbar zu machen? Das wäre, als hätte er den Heiligen Gral entdeckt.«

»Allerdings. Diese Energie ist überall. Eine Möglichkeit zu finden, sie zu nutzen, das wäre der Beginn einer allumfassenden Revolution. Früher hatte man keine Ahnung von Elektrizität und keine Möglichkeit, sie zu nutzen. Denken Sie nur daran, wie sehr es die gesamte Zivilisation verändert hat, als man entdeckte, wie man diese vorher unsichtbare Energiequelle anzapft. Das hier wäre dasselbe. Und noch mehr.«

»Vielleicht ist es ja das, was sich auf Ihrem Stick befindet.«

Sie schüttelte den Kopf. »Das kann nicht sein. Nathan sagte mir, er sei nicht ganz sicher, ob seine Entdeckung einen praktischen Nutzen hat. Wenn er entdeckt hätte, wie man diese Energie anzapft, hätte der immense praktische Nutzen ja auf der Hand gelegen. Nathan hat mir erzählt, dass die Physik einige Fortschritte dabei macht herauszufinden, was diese Energie eigentlich ist, aber er war sicher, dass es keine Möglichkeit gibt, sie zu nutzen. Man könnte sie anzapfen – vielleicht –, aber selbst dann wäre man Nathans Berechnungen und auch denen anderer zufolge niemals in der Lage, sie zu kontrollieren. Es wäre alles oder nichts. Eine gewaltige Überflutung. Man zapft das Feld an, und das *Minimum* an dabei freigesetzter Energie reicht aus, um die gesamte Erde zu pulverisieren, vielleicht sogar das gesamte Sonnensystem.«

Mit offensichtlicher Enttäuschung nickte Blake, und sie fuhren schweigend weiter und endlich aufwärts, den Berg hinauf.

Jenna fühlte sich, als stünden sie trotz aller sinnvollen Überlegungen wieder ganz am Anfang und kratzten sich ratlos den Kopf.

»Ich weiß, dass Sie sich in einem Laderaum befunden haben«, sagte Blake schließlich, »und dass es keine Fenster gab. Haben Sie vielleicht trotzdem eine Idee, wo der Truck die Straße verlassen haben könnte?«

»Ich würde sagen, fünfzehn bis zwanzig Minuten Fahrt von hier aus.«

»Okay, aber lassen Sie uns trotzdem beide schon in fünf bis zehn Minuten anfangen, Ausschau zu halten, nur um sicherzugehen.«

»Keine Sorge, ich werde die Stelle allein finden. Sie können sich ganz auf die Straße konzentrieren. Glauben Sie mir ... wenn ein achtzehnrädriger Sattelschlepper ins Schleudern kommt, dann sind die Folgen nicht zu übersehen.«

Fünfzehn Minuten später hörten sie inmitten der Stille das unverkennbare Kreischen von Kettensägen. Blake sah Jenna an und hob eine Braue. »Das ist interessant.«

Während sie sich der Lärmquelle näherten, betrachtete Jenna weiterhin aufmerksam den abschüssigen Hang neben der Fahrbahn, Blakes Blick hingegen schweifte unablässig umher.

Kurz darauf blieb er an der Straße vor ihnen hängen. Sein Instinkt verriet ihm, dass irgendetwas nicht stimmte, aber es dauerte ein paar Sekunden, ehe er den Finger darauflegen konnte: der Straßenabschnitt, dem sie sich näherten, kam ihm um eine Nuance heller vor als bisher.

Jemand hatte den Asphalt saubergeschrubbt. Und damit das auch nur im Geringsten sichtbar war, musste dieser Jemand allerstärkste Industriereiniger benutzt haben, um jedwede Bremsspur jedweder Sattelschlepper auszulöschen, die hier so hart gebremst hatten, dass sich ihr Frachtraum überschlagen hatte und in den Wald geflogen war.

Als sie besagten Straßenabschnitt erreichten, bremste Blake ab und folgte Jennas Blick. Unten am Abhang waren sechs Männer aufgetaucht. Vier von ihnen schufteten – einer mit einem

Rechen, zwei mit Kettensägen, und der vierte fegte Äste und Zweige in einen großen Nylonsack –, aber zwei der Männer machten anscheinend gerade Pause, den Blick auf die Straße gerichtet.

Zwischen den Männern und der Straße war ein breiter Streifen Wald gerodet worden, mehrere gefällte Bäume lagen noch am Boden. Die Männer trugen hellgelbe Hemden und weiße Schutzhelme, an den Ärmeln hatten sie Aufnäher: grün umrandete Schilde mit der Silhouette einer Kiefer darauf und den aufgestickten Worten *Forstdienst, US-Landwirtschaftsbehörde*.

»Nein!«, schrie Jenna laut auf, als sie vorüberfuhren. »Das ist die Stelle, wo wir von der Straße abgekommen sind. Das *muss* sie sein. Ich schwöre Ihnen, jedes Wort, das ich Ihnen gesagt habe, war die Wahrheit. Aber diese Arschgeigen haben die ganzen Beweise vernichtet, die ich Ihnen zeigen wollte.«

»Diese Arschgeigen reichen mir als Beweis«, sagte Blake, während die Männer hinter ihnen zurückblieben. »Einfach unfassbar«, fügte er ehrfürchtig hinzu. »Die haben die Straße geschrubbt, einen *Hostess*-Truck per Lufttransport weggeschafft und das ganze Gebiet geräumt, und das zwischen gestern Nacht und jetzt. Ich dachte, ich hätte Greg gegenüber vielleicht ein bisschen übertrieben, aber jetzt glaube ich das nicht mehr. Mit was um alles in der Welt haben wir es hier zu tun?«

Dann sah er Jennas verzagten Blick und zuckte zusammen. »Tut mir leid. Ich will die ganze Angelegenheit nicht noch schlimmer machen. Aber wie ich schon in meiner Wohn… in meinem Büro sagte: Jemand, der es fertigbringt, einen Schauplatz wie den, den Sie mir beschrieben haben, so sauber aufzuräumen, muss nahezu ein Magier sein. Diese Leute müssen über ungeheure Ressourcen verfügen.«

»Sie denken also nicht, dass diese Typen wirklich für den Forstdienst arbeiten?«

»Die beiden, die die Straße im Auge behalten haben, tun das auf keinen Fall. Die anderen vielleicht schon, aber ich schätze mal, die Chancen stehen gut, dass sie allesamt vom Militär sind. Oder zumindest mal beim Militär *waren* – für wen auch immer sie jetzt arbeiten. Beim Militär bildet man alle möglichen Spezialisten aus. Leute, die in einer einzigen Nacht Pontonbrücken von der Länge eines halben Fußballfelds hinstellen können, stark genug, um mit schwerer Artillerie darüberzufahren. Leute, die Tunnel oder sogar ganze unterirdische Anlagen errichten, schneller, als Sie es je für möglich halten würden. Und Leute, die Waldgebiete säubern.«

»Also ist es sogar noch schlimmer, als wir befürchtet haben«, sagte Jenna.

Gerade als sie das sagte, entdeckte Blake einen der Wendekreise, die sich in regelmäßigen Abständen neben der Hauptstraße befanden. »Kann sein«, sagte er und bremste ab. »Vielleicht aber auch nicht. Wenn ich meine Karten richtig ausspiele«, fügte er entschlossen hinzu, »erweist sich diese ganze Putzaktion für uns vielleicht sogar als Glück im Unglück.«

13

Blake steuerte den Wagen in den Wendekreis und hielt an. »Warten Sie hier«, sagte er zu Jenna. »Drehen Sie das Gesicht von der Straße weg und versuchen Sie, den Eindruck zu erwecken, dass Sie, Sie wissen schon ... Zwiesprache mit der Natur halten oder so. Ich sehe zu, dass ich in spätestens einer Stunde zurück bin.«

»In einer Stunde?«, wiederholte Jenna besorgt.

Blake nickte. »Ich gehe davon aus, dass ich ungefähr fünfzehn bis zwanzig Minuten brauche, bis ich einen guten Blick auf die Männer habe, die wir eben gesehen haben«, sagte er. »Ich filme sie und mache ein paar Fotos. Ein Freund von mir kann ihre Bilder durch eine Datenbank jagen.«

»Brauchen Sie dafür nicht eine Kamera mit richtig gutem Teleobjektiv?«

Blake lachte. Er streckte sich zu ihrer Seite hinüber und öffnete das Handschuhfach, aus dem er eine kleine, aber vor lauter teurer und hochentwickelter Technologie nur so strotzende Nikon-Kamera hervorholte.

Er zog Arm und Oberkörper wieder auf seine Seite des Wagens zurück und griff nach dem Türgriff, bereit zum Aufbruch. »Soweit ich weiß«, sagte er, »kann diese Kamera eigentlich nur fremdgehende Ehegatten filmen, die es gerade mit Kollegen oder Prostituierten treiben. Aber ich hatte da immer diese Theorie, dass es vielleicht auch möglich wäre, Leute damit aufzunehmen, die noch ihre Kleidung tragen.« Er zog die Brauen hoch. »Es gibt wohl nur eine Möglichkeit, das rauszufinden.«

Angewidert verzog Jenna das Gesicht. »Igitt«, sagte sie dann, als sie über diesen zwielichtigen Teil eines Privatdetektivlebens nachdachte.

»Ja«, stimmte er ihr zu. »Igitt trifft es ziemlich genau.« Er schwieg einen Augenblick. »Also, mein Plan ist, die benötigten Fotos zu machen und dann noch fünfzehn, zwanzig Minuten abzuwarten, ob ich vielleicht Glück habe.«

»Inwiefern Glück?«

»Vielleicht entfernt sich einer von ihnen von der Herde. Unwahrscheinlich, aber man weiß ja nie.«

»Und wenn einer das tut, dann schnappen Sie ihn sich?«

»Ja. Das wird wahrscheinlich nicht passieren, aber falls doch, könnte das unser Hauptgewinn sein. Ich habe keine Ahnung, wie viel diese Männer wissen, aber sicher eine ganze Menge mehr als wir. Es ist ein Schuss ins Blaue, aber eine Extraviertelstunde ist es auf jeden Fall wert.«

»Ich gehe davon aus, Sie sind gut bewaffnet«, sagte Jenna.

Blake lächelte. »Es könnte sein, dass genau in diesem Augenblick nur meinetwegen Metalldetektoren auf dem Lindbergh-Flughafen anspringen, so weit er auch entfernt ist.«

Besorgt sah Jenna ihm mehrere Sekunden lang in die Augen. Sie war immer sicherer, dass dieser Mann etwas ganz Besonderes war. Natürlich nicht annähernd so brillant wie Nathan, aber ebenfalls hochintelligent. Sie hatte ihn jetzt schon gern, und auch wenn sie es nicht so mit Metaphysik hatte – falls Menschen wirklich so etwas wie eine Aura besaßen, dann war seine rundum positiv.

»Seien Sie vorsichtig, Aaron«, sagte sie.

Er nickte und öffnete die Wagentür. »Das wissen Sie doch.«

Jenna sah ihm nach, während er die Steigung hinuntereilte, aber in nicht mal einer Minute war er bereits außer Sicht.

»Viel Glück«, flüsterte sie in den leeren Wagen. »Und komm bald zurück.«

14

Blake hastete bergabwärts, so schnell, wie der Neigungswinkel des Geländes und das oft dichte Unterholz es erlaubten. In der Ferne hörte er noch immer die Kreissägen jaulen, allerdings immer seltener, weil die Männer mittlerweile fast fertig waren. Wahrscheinlich zerlegten sie inzwischen die größeren Stämme der gefällten Bäume in kleinere Stücke, um sie leichter abtransportieren zu können.

Je schneller er einen guten Beobachtungsposten fand und die benötigten Bilder schoss, desto rascher konnte er zu Jenna Morrison zurückkehren. Er hätte darauf bestehen sollen, dass sie in seiner Wohnung blieb. Er war davon ausgegangen, hier oben Reifenspuren zu finden und einen Pfad aus niedergedrückter Vegetation und kleinen Bäumen, den der Trailer bei seiner Rutschpartie bergabwärts mit Sicherheit hinterlassen hatte, wie ein von göttlicher Hand geführtes Buttermesser. Und er hatte angenommen, dass der Trailer sich noch dort befand, wo er zum Stehen gekommen war, eingeklemmt zwischen einigen dicken Baumstämmen, die sich ihm widersetzt hatten.

Auch wenn er die Möglichkeit in Erwägung gezogen hatte, dass man den *Hostess*-Truck bereits geborgen hatte – mit einer so gründlichen, so schnellen Säuberungsaktion hätte er nie im Leben gerechnet. Und auch nicht damit, dass er Jenna würde allein lassen müssen. Vielleicht ließ er bereits nach. Vielleicht hatten die ganzen Scheidungsfälle ihn weich gemacht, hatten seine Instinkte abgestumpft.

Tja, dann schärfte er sie besser rasch wieder. In was auch immer er da hineingeraten war, es war eine große Sache. Wichtig. Und es war sehr wahrscheinlich, dass es ihm den Adrenalinrausch bescheren würde, nach dem er sich so sehnte, obwohl er wusste, dass es nicht gut für ihn war.

Und als Bonus obendrauf konnte er Jenna Morrison ziemlich gut leiden; eine Seltenheit, denn die meisten seiner Klienten verabscheute er. Falls es einen Gott gab, hatte er auf jeden Fall Sinn für Humor. Blake hatte sich eine anspruchsvollere Aufgabe gewünscht, ja, aber er war ziemlich sicher, dass er damit nicht gleich *so* ein Kaliber gemeint hatte.

Im Wald war es kühl, die Luft frisch und klar. Unzählige Nadeln und Zapfen bedeckten den Boden, und der Geruch von Harz und Kiefern stieg ihm in die Nase.

Endlich erreichte er sein Ziel: eine Lücke zwischen den Bäumen, verursacht durch eine sechs Meter hohe, fast kahle Felswand, die vor seinen Füßen abfiel und von der anderen Seite betrachtet aus dem Wald ragte wie ein Knie, das durch eine zerrissene grüne Hose stieß. Diese zerklüftete Wand hatte er vom Wagen aus erspäht, als sie an dem Kettensägen-Trupp vorbeigefahren waren. Sein Scharfschützentraining, das ihm ermöglichte, mit einem kurzen Blick geeignete Positionen zu erfassen, hatte ihm gute Dienste geleistet.

Er kauerte sich hin und spähte über den Fels hinweg den Abhang hinunter. Die Straße lag etwa dreißig Meter entfernt, und die Männer, hinter denen er her war, befanden sich noch zwanzig Meter weiter weg. Alle sechs waren geblieben, wo sie waren, sie wirkten aus der Entfernung winzig, befanden sich aber noch in Reichweite der Kamera.

Er benutzte seine Nikon als Spektiv, ging auf die höchste Vergrößerungsstufe und machte einen Haufen Standbilder, um sicherzugehen, dass er alle sechs Gesichter auf mindestens einem Bild gut erwischte. Als er glaubte, dass er dieses Ziel erreicht haben musste, filmte er sie dreißig Sekunden lang.

Perfekt. Er hatte alles benötigte Material zusammen.

Blake dachte darüber nach, noch eine Weile zu bleiben, in der Hoffnung, dass einer der sechs sich von der Gruppe entfernte, aber angesichts des Geländes und der Entfernung zwischen ihnen und dem Steinbruch, wo er kauerte, würde es ihn zu viel Zeit kosten, selbst wenn es klappen sollte. Er seufzte. Es war ohnehin sehr unwahrscheinlich. Zeit, zu Jenna zurückzukehren.

Direkt hinter ihm raschelte es im Unterholz.

Blake wirbelte herum, wollte instinktiv nach seiner Waffe greifen, aber dann wurde ihm bewusst, dass er nicht dazu kommen würde, die Bewegung zu vollenden – vor ihm stand ein Mann und richtete aus unmittelbarer Nähe eine Waffe auf ihn.

Blake wusste, dass seine Instinkte verkümmert waren, aber *so* sehr nun auch wieder nicht. Jemand, der sich derart erfolgreich an ihn heranschleichen konnte, musste sehr gut sein. Es war eine Kunst für sich, sich wie ein Geist durch den Wald zu bewegen, ohne auch nur das kleinste Ästchen abzubrechen oder einen Zapfen zu verrücken. Wenn dieser Angreifer hier nicht irgendein kleines Tier im Unterholz aufgescheucht hätte – was reines Pech war und unvermeidlich –, dann hätte er Blake auf die Schulter tippen können, ehe der ihn überhaupt bemerkte.

Blake riss die Arme in die Höhe, um klarzumachen, dass er sich ergab. »Was wollen Sie?«, plapperte er ängstlich und versuchte, wie ein unschuldiger Zivilist zu wirken, der sich vor Schreck fast in die Hose machte. »Sie können mein Geld haben. Nehmen Sie es. Nur tun Sie mir nichts.«

Der Mann zögerte. »Wer sind Sie, und was tun Sie hier?«

»Mein Name ist Don Barnes«, sagte Blake, während die Gedanken in seinem Kopf förmlich rasten. Schon immer hatte er unter Druck seine besten Ideen gehabt, das hatte ihm oft das Leben gerettet.

Er deutete mit einem Nicken auf die Nikon in seiner Hand. »Ich bin Vogelkundler. Bitte. Ich gebe Ihnen mein Geld. Meine PIN. Alles! Ich mache bestimmt keine Schwierigkeiten.«

»Vogelkundler, na klar, lecken Sie mich doch am Arsch«, raunzte der Mann.

Blake war klar, dass der Typ ein Späher sein musste, der mit der Mannschaft unten zusammenarbeitete, um dafür zu sorgen, dass niemand sie von oben ausspionierte oder unter Beschuss nahm. Dass Blake sich für beides in der perfekten Position befand, war ein zu großer Zufall, als dass dieser Bursche es ihm abkaufte. Trotzdem … je länger er das naive Landei mimte, desto mehr Zweifel säte er im anderen, und desto zögerlicher mochte sein Gegner werden, und vielleicht ließ er sich doch noch von Blakes harmlosem Erscheinungsbild einlullen und stufte ihn nicht als ernstliche Gefahr ein.

»Sie haben fünf Sekunden, um mir zu sagen, weshalb Sie wirklich hier sind.«

»Ich bin *Vogelkundler*«, beharrte Blake halb hysterisch. »Wirklich. Mein Club hat ein Rundschreiben geschickt. Es gab einige Sichtungen von …« Er zögerte, und ihm wurde klar, dass es wahrscheinlich kein anderes Thema gab, von dem er weniger verstand als von Vögeln. »Hier in der Gegend«, fügte er hinzu und zeigte in die genau entgegengesetzte Richtung als die, in der die Kollegen dieses Mannes gerade ihre Arbeit beendeten, um sein Zögern zu überspielen und so viel Zweifel an seinen Motiven zu säen wie irgend möglich.

Der bewaffnete Mann verdrehte die Augen. »Sichtungen von was?«, fragte er. »Sie haben Ihren Satz nicht beendet.«

»Es ist das erste Mal, dass jemand eine Waffe auf mich richtet«, sagte Blake, um Zeit zu schinden und sich einen möglichst exotisch klingenden Vogelnamen auszudenken. »Ich stehe also echt unter Stress hier. Ich wollte sagen: Sichtungen der Russischen Blauschwanz-Grasmücke. Sehr selten.«

Der Mann zückte ein Handy. »George«, sagte er, es war offensichtlich an seinen digitalen Assistenten gerichtet, »gibt es eine Vogelart namens Russische Blauschwanz-Grasmücke?«

»Es gibt über siebzig Grasmücken-Arten«, verkündete das Handy wenige Sekunden später. »Aber keine davon trägt diesen Namen.«

Blake stieß heftig die Luft aus und senkte langsam die Arme. »Verdammtes Google«, brummte er, obwohl er wusste, dass er selbst schuld war. Sein altes Ich hätte schnell genug gedacht, um zu begreifen, dass er einen Scheiß über Vögel wusste, und wäre nicht in diese Falle gegangen. Er hätte allgemeiner bleiben sollen. Er hätte einfach sagen sollen, dass er nach seltenen Vögeln suchte. Fertig. Was war er nur für ein Idiot. Nicht dass seine List dann sehr viel länger funktioniert hätte.

»Werfen Sie Ihre Brieftasche her«, sagte sein Angreifer. »Ganz vorsichtig.«

Er fing die lederne Frisbee auf und klappte sie hastig auf. Blakes Privatdetektiv-Lizenz war säuberlich in einem Fach mit Fenster verstaut und unmöglich zu übersehen. »Vogelkundler, Privatdetektiv, ist ja so ziemlich dasselbe, hm, Aaron?«

Blake antwortete nicht.

»Holen Sie mit zwei Fingern Ihre Waffe raus und werfen Sie sie mir zu.«

Blake überlegte zu behaupten, er habe keine Waffe, aber selbst der lahmarschigste Privatdetektiv hätte eine dabeigehabt, also hatte das wohl keinen Sinn. Und wenn er kooperierte, würde der Mann vielleicht nicht auf die Idee kommen, dass er eine zweite Waffe im Knöchelhalfter trug.

»Also, was machen Sie hier?«, fragte der Mann, nachdem ihm Blake seine Sig Sauer Neun Millimeter zugeworfen hatte. »Warten Sie, Moment«, fügte er dann hinzu, zog wieder das Handy heraus und tippte rasch darauf herum. Als er fertig war, legte er es behutsam auf ein Kissen aus braunen Fichtennadeln zu seinen Füßen. »Was tun Sie hier?«, wiederholte er.

»Mein Büro ist hier in der Nähe«, antwortete Blake, beeindruckt, dass der Mann geistesgegenwärtig genug war, ihr Gespräch aufzuzeichnen, sodass er bei folgenden Verhören selbst die kleinsten

Abweichungen in Blakes Story bemerken würde. »Letzte Nacht war ich hier und habe gesehen, wie ein Truck von der Straße abkam. Und heute waren alle Spuren verschwunden. Weil ich noch nie erlebt habe, dass der Forstdienst derart schnell reagiert, bin ich neugierig geworden. Momentan habe ich eine Auftragslücke und versuche, im Training zu bleiben.« Blake zuckte mit den Schultern. »Und ich wandere gern. Also schlage ich sozusagen zwei Fliegen mit einer Klappe. Oder zwei Grasmücken.« Während er es sagte, wurde ihm klar, dass er über Vögel nur wusste, dass man bei der Jagd auf sie besser seine Munition sparte.

»Na klar.« Der Mann warf ihm die Brieftasche wieder zu. »Warum nur glaube ich Ihnen nicht? Sie ist losgezogen und hat einen Privatdetektiv angeheuert, genau das hat sie getan. Sehr gut«, fügte er anerkennend hinzu.

Blake blieb stumm.

»Sie arbeiten für Jenna Morrison, stimmt's?«

Blake machte ein verwirrtes Gesicht. »Ich habe keine Ahnung, wer das ist.«

Der Mann streckte den Arm durch, die Mündung seiner Waffe war noch immer auf Blakes Stirn gerichtet. »Die nächste Lüge, die ich von Ihnen höre, ist Ihre letzte. Verstanden? Dann können Sie im Jenseits nach Ihrer Russischen Grasmücke suchen.« Seine Miene versteinerte. »Ich frage Sie jetzt noch mal: Sie arbeiten für Jenna Morrison, nicht wahr?«

Blake schluckte schwer. *»Ja«,* krächzte er und gab sein Bestes bei der Imitation eines zitternden Kaninchens kurz vor dem Zusammenbruch. »Okay, okay. Ich erzähle Ihnen, wie es war. Ich habe eine Detektei in der Nähe der mexikanischen Grenze, in San Diego. Diese Puppe kommt reinmarschiert, hat offenbar eine Riesenmeise, quasselt und schnattert irgendwas davon, dass hier oben auf dem Berg letzte Nacht die Hölle los war. Ich hab ihr keine Sekunde lang geglaubt, versteht sich. Völlig durchgeknallt, das Mädchen. Aber ich bin neu im Geschäft. Ich hatte bisher nur ein paar von diesen Scheidungsfällen, und sie bestand darauf, mir ein kleines Vermögen zu zahlen. Also hab ich versucht, sie bei Laune zu halten.«

»Wo ist sie?«, fragte der andere mit schneidender Stimme.

Blake schüttelte den Kopf, und in seinem Verstand formten sich die Umrisse eines Plans. »Ich weiß es nicht«, flüsterte er mit angstgeweiteten Augen. »Sie hat einen Ford Fusion gefahren. Einen blauen. Hat mir fünfhundert Dollar in bar gezahlt, damit ich hier hochfahre und irgendwelche Spuren eines verfluchten *Hostess*-Trucks suche. Aber sie hat mir nicht gesagt, wo sie unterkommt. Sie traut mir nicht. Sagte, ich solle ermitteln, und sie werde später wiederkommen und mir sagen, was ich als Nächstes tun soll. Mehr weiß ich nicht, das schwöre ich!«

»Kauf ich Ihnen nicht ab. Sie haben fünf Sekunden, um mir irgendwas Brauchbares zu erzählen. Vier. Drei ...«

Triumph wallte in Blake auf. Der ausgeworfene Haken saß so tief wie gehofft.

»Okay«, schrie er und bemühte sich um eine Träne im Augenwinkel. Das bekam er zwar nicht zustande, aber er hoffte, dass er trotzdem angemessen verängstigt und fertig mit den Nerven aussah. »Ich habe ein paar Fotos von dem Wagen gemacht, als sie weggefahren ist. Einschließlich einer Nahaufnahme vom Nummernschild.«

Der Mann überlegte. »Noch ein Bluff? Wollen Sie sich damit ein bisschen Zeit erkaufen?«

»Nein!«, protestierte Blake. »Ich habe die Bilder hiermit gemacht«, sagte er dann und hielt die leistungsfähige Kamera hoch. »Wirklich. Sehen Sie selbst.«

Er hielt ihm die Nikon hin. Gerade als sein Gegner danach griff, ließ er sie fallen. Der Mann war irrwitzig schnell und erwischte den Riemen, ehe die Kamera auf den Boden knallte, aber in diesem Moment trat ihm Blake mit einem präzisen Roundhouse-Kick die Waffe aus der Hand, sodass sie in den Wald davonflog. Ohne innezuhalten, rollte sich Blake nach links ab und zog die Reservepistole aus dem Knöchelhalfter.

»Keine Bewegung!«, brüllte er den Mann an, der die Kamera fallen ließ. »Hände hoch.«

Der Mann gehorchte.

Blake sammelte seine Sig Sauer und die Kamera vom Boden auf und wich einige Schritte zurück, um ein bisschen Distanz zwischen sich und diesen in Sachen Nahkampf sicherlich sehr versierten Typen zu bringen. Er steckte die Ersatzwaffe wieder zurück ins Knöchelhalfter, aber seine Augen und die Waffe blieben die ganze Zeit auf sein Ziel gerichtet.

»Sehr gut«, sagte der Mann. »Sie haben mich dazu gebracht, Sie zu unterschätzen. Das passiert mir nicht noch mal. Offenbar militärische Ausbildung. Jenna Morrison hat Sie gut ausgesucht.«

»Jetzt stelle ich hier die Fragen«, sagte Blake. Seine Stimme, eben noch absichtlich unterwürfig und voller Angst, klang jetzt selbstbewusst und sachlich. »Und wenn Sie lügen, werde ich Sie nicht töten. Ich werde Sie zum Krüppel machen. Ihnen Körperteile nehmen, die Sie noch brauchen, eins nach dem anderen. Kniescheiben. Hoden.« Er zuckte mit den Schultern. »Aber keine Sorge, nichts davon werden Sie zu sehr vermissen.«

Blake machte eine Pause, um seine Worte wirken zu lassen. »Wie heißen Sie?«

»Justin Hone.«

»Natürlich. Ich schätze, jetzt sind Sie dran. Werfen Sie Ihre Brieftasche her.«

Der Mann tat, was er verlangte.

Bis auf den Führerschein hatte der Typ nichts dabei, keinen Hinweis darauf, wer sein Arbeitgeber sein könnte, auch nichts, was Rückschlüsse darauf erlaubte, ob er vom Militär war oder nicht … nicht dass Blake da irgendwelche Zweifel hegte. »Sieht aus, als wären wir beide nicht ganz ehrlich zueinander. Hier steht, Ihr Name sei Mark Argent.« Blake machte eine Pause, er erwartete keine Antwort und bekam auch keine. »Wer also sind Sie, Mark Argent? Und worum geht es hier eigentlich?«

»Zuerst sollten Sie wissen, dass meine Drohung, Sie zu töten, nur ein Bluff war. Ich hätte das niemals wirklich getan.«

»Sagt sich leicht, wenn man am falschen Ende der Pistole steht, nicht wahr? Aber Sie haben meine Frage noch nicht beantwortet.«

»Sie wissen nicht, womit Sie es hier zu tun haben.«

»Wem sagen Sie das.« Blake verdrehte die Augen. »Weshalb ich ja auch Sie frage: Womit habe ich es hier zu tun?«

»Ich arbeite für eine Regierungsbehörde, die offiziell nicht existiert. Eine, über die nur diejenigen Bescheid wissen, die dort arbeiten, und der Präsident. Nicht einmal der Vorsitzende der Vereinigten Stabschefs ist eingeweiht. Wir verfügen sprichwörtlich über unbegrenzte Möglichkeiten. Sie können nicht gewinnen.«

»Ich habe Erfahrung mit Geheimdienstoperationen. Sie sind nicht unverwundbar.«

»Tja, wir sind noch geheimer als der Geheimdienst. Im Vergleich zu uns ist die durchschnittliche Geheimdienst-Truppe ungefähr so unauffällig wie der Micky-Maus-Club.«

»Was wollen Sie damit andeuten – dass Sie beim *Sector Seven* sind? Den verdammten *Men in Black?*«

Der Mann seufzte. »Hören Sie, ich rede ganz offen mit Ihnen. Jenna Morrisons Geschichte ist wahr, was Sie sich nach allem, was Sie hier gesehen und erlebt haben, vermutlich auch schon gedacht haben. Sie hatte gestern eine verdammt krasse Nacht. Wir haben sie und ihren Verlobten eingesammelt, aber wir wollten ihnen nichts Böses. Wir haben sie gut behandelt. Unser Auftrag war, die beiden an den Häuptling zu übergeben, damit er ihnen alles erklärt.«

»Und warum haben Ihre Leute dann Nathan Wexler kaltblütig ermordet?«, wollte Blake wissen.

Argent wirkte aufrichtig verwirrt. »Hat sie das etwa behauptet?«

»Behaupten Sie etwas anderes?«

»Ich weiß es nicht. Ich war nicht dabei. Niemand aus dem Exfiltrationsteam hat überlebt. Ich weiß also nicht, was genau passiert ist. Unsere Befehle lauteten, die beiden vollkommen unversehrt zu übergeben. Nathan Wexler war unheimlich wichtig.« Er machte eine Pause. »Aber das ist fürchterlich schiefgegangen. Wir haben nicht mit einem Angriff gerechnet. Wenn Sie mich zu Jenna Morrison bringen, kann ich alles erklären. Ich bin nicht Ihr Feind.«

Blake überlegte. Möglicherweise war jedes Wort, das Argent gerade gesagt hatte, eine Lüge gewesen. Es konnte aber auch alles wahr sein. Oder irgendwas dazwischen. Immerhin hatte auch er selbst in der gleichen Situation ohne jedes Zögern so überzeugend gelogen, wie er nur konnte. Was hatte der Mann also vor? Wollte er Zeit schinden, bis er es schaffte, das Blatt zu seinen Gunsten zu wenden?

Was jetzt? Argent kannte seinen richtigen Namen. Er konnte den Mann bewusstlos hier im Wald zurücklassen. Aber angesichts der Kapazitäten, über die seine Leute verfügten, war es im Grunde Selbstmord, jemanden am Leben zu lassen, der wusste, wie er hieß. Also hatte er die Wahl zwischen Mord und Selbstmord.

Blake schüttelte den Kopf. Es spielte keine Rolle. Er würde Argent nicht kaltblütig ermorden, selbst wenn es am klügsten wäre. Er würde ihn gefangen nehmen. Würde davon ausgehen, dass der Mann die Wahrheit sagte, und ihn mit Jenna sprechen lassen. Das war eine sehr riskante Strategie, und einen so gut ausgebildeten Mann wie Argent unter Kontrolle halten zu wollen war, als würde man förmlich nach Ärger schreien, aber ihm blieb keine andere Wahl.

»Fallen lassen!«, schrie jemand drei Meter hinter ihm. »Sofort.«

Scheiße, dachte Blake. Gab es überhaupt jemanden, der nicht in der Lage war, lautlos durch die Wälder zu schleichen?

Zum zweiten Mal an diesem Tag ließ er die Sig Sauer zu Boden fallen und drehte sich zu der neuen Bedrohung um. Wie erwartet hatte der Neuankömmling eine Waffe auf seine Brust gerichtet, diese hier war mit einem schlanken Schalldämpfer ausgerüstet.

»Rourk«, sagte Argent hörbar erleichtert. »Ich hatte früher mit dir gerechnet. Aber besser spät als nie.«

»Tut mir leid«, sagte der Mann namens Rourk. »Als ich ankam, hatte er schon die Waffe auf dich gerichtet, und als ich gehört habe, wie du Jenna Morrison erwähntest, dachte ich mir, ich warte noch ein paar Sekunden, um zu sehen, ob dein Freund hier irgendwas Interessantes zu sagen hat.«

Dann, ohne ein weiteres Wort, betätigte Rourk zweimal in rascher Folge den Abzug seiner Waffe.

Blake stolperte vorwärts, seine Gedanken überschlugen sich, und er konnte es nicht fassen, dass nach allem, was er in Übersee überlebt hatte, sein Tod ihn ausgerechnet hier auf einem schönen Berg in Kalifornien ereilte.

15

Blake krallte die Hände in die Brust, und zwei Erkenntnisse schossen ihm gleichzeitig durch den Kopf: Seine Hände blieben trocken und färbten sich nicht blutrot. Und hinter ihm war Mark Argent zusammengebrochen.

Blake wirbelte herum. Aus zwei Löchern in Argents Brust strömte Blut, und mit flatternden Lidern schlossen sich seine Augen zum letzten Mal. Blake war unversehrt.

Er drehte sich wieder zu Rourk um, der offensichtlich nicht so ganz der gute Kamerad war, den Argent in ihm gesehen hatte.

»Ich habe den ersten Teil Ihrer Unterhaltung mit Argent verpasst«, sagte der Killer gelassen. »Wer sind Sie, und woher kennen Sie Jenna Morrison?«

Blake fiel kein vernünftiger Grund ein, weshalb er lügen sollte. Also sagte er ihm, dass er ein Privatdetektiv sei und für sie arbeite, und Rourk hielt sich nicht damit auf, seine Brieftasche zu überprüfen, so wie Argent es getan hatte.

Rourk tippte eine Nummer in sein Handy ein, Ziffer für Ziffer, was man nur selten sah, und wartete.

»Rourk hier«, sagte er, als jemand den Anruf entgegennahm. »Ich bin noch immer auf Mount Palomar. Jenna Morrison hat einen Privatdetektiv angeheuert, der hier herumgeschnüffelt hat. Ich habe ihn, aber ich war gezwungen, Mark Argent zu töten.«

Er lauschte der knappen Antwort seines Gesprächspartners und fuhr dann fort: »Ich bin allein mit dem Detektiv. Noch. Aber der Rest des Teams wird in Kürze nach uns sehen. Ich bezweifle, dass ich meine Tarnung unter diesen Umständen noch lange aufrechterhalten kann. Ich wäre dafür, hier zu verschwinden und meinen Gefangenen dafür zu benutzen, das Mädchen zu erwischen. Und wir haben ja immer noch einen Mann drinnen, für den Fall, dass wir ihn brauchen.«

Mehrere Sekunden lang lauschte er aufmerksam. »Verstanden«, sagte er schließlich und legte auf.

Er nickte Blake zu, das Telefon noch immer in der Linken, die Waffe auf den Detektiv gerichtet. »Gehen wir. Bringen Sie mich direkt zu Jenna Morrison.«

Blake hatte keinen Schimmer, wer dieser Typ war oder was hier vor sich ging. Gerade hatte er gesehen, dass nicht mal die *Beteiligten* in dieser Sache sicher wussten, für welches Team die anderen wirklich spielten. Wenn Rourk also damit drohte, ihn umzubringen, konnte das durchaus ein Bluff sein. Ebenso gut aber konnte es täuschen, falls Rourk vorgab, sein neuer bester Freund zu sein.

Es war unmöglich zu sagen.

Was er allerdings mit Sicherheit sagen konnte: Rourk war bereit, kaltblütig zu töten, er hatte es eben unter Beweis gestellt. Bei Argent, dessen Blut jetzt die Wurzeln der Bäume aufsaugten, hatte sich Blake darauf eingestellt, das Spiel noch ein bisschen weiterzutreiben, aber bei Rourk musste er rasch handeln, ganz egal, wie gefährlich es war. Und je schneller er war, desto besser seine Chancen, Rourk zu überrumpeln.

Innerlich atmete Blake tief durch. »Ich kann Sie zu Jenna bringen. Aber ich wette darauf, dass Sie sie nicht wirklich brauchen.«

»Ach ja? Und was, glauben Sie, brauche ich?«

»Es wäre besser, wenn ich es ihnen *zeige*.«

»Wenn Sie mir was zeigen?«

»Ich greife jetzt in meine Tasche. Ganz langsam. Ich hole es mit zwei Fingern raus. Erschießen Sie mich bloß nicht.«

Ohne die Erlaubnis abzuwarten, griff Blake sehr behutsam in seine vordere Tasche und zog den falschen USB-Stick heraus. Dabei beobachtete er Rourks Körpersprache. Die Reaktion fiel nicht gerade subtil aus. Wäre der Mann ein Hund gewesen, unter ihm hätte sich eine Geiferpfütze gesammelt.

»Ich sehe, Sie erkennen, was das ist«, sagte Blake. »Darauf befindet sich die einzige noch existierende Kopie von Nathan Wexlers Arbeit. Jenna hat mir den Stick gegeben. Sie hat mir auch das Passwort gesagt. Interessiert?«

»Und wenn ich es wäre?«, fragte Rourk ausdruckslos.

»Ich will nur, dass Sie mir Ihr Wort geben, das Mädchen in Ruhe zu lassen. Wir wissen beide, dass Sie es eigentlich gar nicht auf sie abgesehen haben. Nur auf diesen USB-Stick. Lassen Sie uns zu einem Computer gehen. Ich sage Ihnen das Passwort. Sie vergewissern sich, dass es stimmt, und lassen mich gehen.« Blake machte eine Pause. »Deal?« Beim Sprechen bewegte er den Stick hin und her und stellte mit großem Interesse fest, dass Rourk nicht eine Sekunde lang den Blick davon abwandte. Wäre der Stick eine pendelnde Taschenuhr, der Mann wäre längst hypnotisiert gewesen.

»Deal«, sagte Rourk. Er deutete bergauf. »Gehen Sie voran.«

»Als Vertrauensbeweis gebe ich Ihnen den Stick sogar.«

Ohne auf eine Antwort zu warten, warf Blake den Stick in Rourks Richtung, so schwungvoll, dass er gut zehn Meter hinter seinem vermeintlichen Ziel landete. Rourk konnte nicht anders, er drehte sich um und verfolgte seine Flugbahn, um nicht zu riskieren, dass er im dichten Unterholz verloren ging.

Sobald er sich umwandte, um dem Stick hinterherzusehen, rollte sich Blake ab, zog zum zweiten Mal innerhalb weniger Minuten die Back-up-Waffe aus dem Knöchelhalfter, kam wieder hoch und feuerte. Er traf Rourk in den linken Unterarm, nur Sekundenbruchteile nach der Landung des USB-Sticks. Rourks Handy flog durch die Luft, und er ging hinter einem breiten Baumstamm in Deckung.

»Gottverdammt«, fluchte er lauthals, als er sich den angeschossenen Arm beim Aufprall auf dem Boden noch schlimmer verletzte.

Blake hätte seinem Gegner auch in den Kopf schießen können, aber er wollte ihn nicht töten – auch wenn es womöglich gerechtfertigt gewesen wäre –, ehe er nicht über alle Beteiligten und ihre Motive Bescheid wusste. Der Mann hatte Argent getötet, aber nach allem, was Blake wusste, war es durchaus möglich, dass Argent der Teufel in Person gewesen war, und vielleicht hatte Rourk ihm das Leben gerettet.

Aber jetzt hatte er Rourk zu einer Entscheidung gezwungen, so wie geplant. Der Mann konnte sich seinen kostbaren USB-Stick holen, der ein Stück hangabwärts lag. Oder er ließ ihn liegen und verfolgte Blake, der bewaffnet und offenkundig gefährlich war.

Wie erwartet, fiel Rourk die Entscheidung leicht. Zwar hatte der Mann noch immer seine Waffe, aber er hatte schlechte Aussichten, Blake, der mittlerweile hinter einem nahen Baum in Deckung gegangen war, zu treffen. Stattdessen machte sich Rourk auf den Weg nach unten, auf Zickzackkurs, immer hinter Bäumen von Deckung zu Deckung, um sich vor weiteren Schüssen zu schützen.

Sobald Blake sicher war, wie sich Rourk entschieden hatte, hob er das heruntergefallene Handy des anderen auf und trat bergaufwärts hastig den Rückzug an, um rasch so viel Abstand und so viele Bäume wie möglich zwischen sich und den Mann zu bringen, dessen Gefangener er eben noch gewesen war.

16

Aaron Blake war ausgezeichnet in Form, aber trotzdem war er, als er den Wagen erreichte, außer Atem, nachdem er acht Minuten lang über unebenes Gelände bergauf gerannt war.

»Runter«, wies er Jenna beim Einsteigen an und griff nach dem Lenkrad.

»Was ist passiert?«

Blake fuhr los, den Berg hinunter, und erzählte es ihr. Mühsam kämpfte er gegen seinen von Adrenalin befeuerten Drang an, die Schallmauer zu durchbrechen, und behielt ein Tempo bei, das nur knapp über der Geschwindigkeitsbegrenzung lag. Der von der Evolution perfektionierte Flucht-oder-Kampf-Reflex forderte, dass die Flucht in schnellstmöglicher Geschwindigkeit stattfand, nicht im behäbigen Schneckentempo. Aber die Leute, die ihn verfolgten, wussten nicht, welchen Wagen er fuhr, und den Berg hinunterzurasen, als stünde er in Flammen, wäre für sie ein willkommener Hinweis.

Als er mit seinem Bericht fertig war, schüttelte Jenna betroffen den Kopf. »Warum nur hab ich gerade ein Déjà-vu?«, fragte sie kläglich. Wie oft würde sie denn noch den Mount Palomar hinunterrasen und um ihr Leben fürchten müssen?

»Wie stehen die Chancen, dass wir lebend von diesem Berg runterkommen?«, fragte sie.

»Ausgezeichnet«, antwortete Blake, dessen Atem und Herzschlag sich rasch wieder normalisierten.

»Wie kommen Sie darauf?«

»Die Parteien, die hinter uns her sind, arbeiten gegeneinander. Und wie ich gesehen habe, gibt es hier und da Loyalitätskonflikte.

Es ist alles ein völliges Durcheinander, und das ist gut für uns. Wir treten gegen ein Boot voller hochkarätiger Ruderer an, aber sie rudern nicht alle in dieselbe Richtung. Ich glaube nicht …«

Blake brach mitten im Satz ab – sie waren um die Ecke gebogen, und am vor ihnen liegenden Straßenabschnitt sah er die Männer mit Forstdienst-Abzeichen und Schutzhelmen. Mit geübtem Blick erfasste er die Lage. Zwei der Männer waren geblieben, wo sie auch vorher gewesen waren, aber die vier anderen kletterten auf der anderen Straßenseite den Abhang hinauf und schwärmten aus.

»Tiefer runter«, wies er Jenna an. Er wollte nicht riskieren, dass einer der vier zur Straße und in ihren Wagen blickte. Dann entspannte er seine Züge und verwandelte sich für jeden Beobachter in ein Musterbeispiel lockerer Zufriedenheit.

»Okay, die Luft ist rein«, sagte er keine Minute später und bedeutete Jenna, dass sie den Kopf aus dem Schoß nehmen konnte. »Ich glaube, wir sind über den Berg.«

Jenna dachte darüber nach, ihn darauf hinzuweisen, dass die Redewendung wohl nicht die passendste war, wenn man sich gerade ganz eindeutig mitten *auf* einem Berg befand, entschied sich aber dagegen.

»Wie gesagt«, fuhr Blake fort und warf alle paar Sekunden einen Blick in den Rückspiegel, »ich schätze unsere Chance, lebend hier wegzukommen, sogar ohne weiteren Zwischenfall, als sehr gut ein. Diese Jungs werden ihren gefallenen Kollegen bald finden, aber nur Rourk weiß, dass wir hier sind. Und was den Mord an Mark Argent angeht, hält Rourk sozusagen noch die rauchende Knarre in der Hand, also muss er zusehen, so schnell wie möglich hier wegzukommen und sich nicht von früheren Kameraden sehen zu lassen. Da er außerdem davon ausgeht, dass er den echten Stick hat, wird er im Augenblick auf gar keinen Fall hinter uns herjagen. Er wird unterwegs sein, um den Stick so schnell wie möglich bei seinem Boss abzuliefern.«

Wieder einmal war Jenna beeindruckt von der Schnelligkeit und Gründlichkeit, mit der er die Situation erfasste, und das angesichts ihrer bedrohlichen Lage.

»Wie lange brauchen sie wohl, um das Passwort zu knacken und festzustellen, dass der Stick nur ein Köder ist?«, fragte sie.

»Zuerst einmal muss er ihn zu seinem Boss schaffen, was eine Weile dauern könnte. Das Passwort ist keine allzu harte Nuss, aber trotzdem wird es eine kleine Weile dauern. Ich nehme an, wir haben mindestens ein paar Stunden Zeit, bevor er sich wieder für uns interessiert.«

Jenna nickte.

Blake zog ein Handy aus der Tasche und reichte es ihr. »Das gehört Rourk. Notieren Sie so viele Namen und Nummern daraus, wie Sie können, und dann werfen Sie es in den Wald, damit man uns nicht darüber aufspüren kann.«

Jenna inspizierte es gründlich. »So ein Modell habe ich noch nie gesehen. Muss ein Wegwerfhandy sein, jedenfalls sind keinerlei Daten darauf gespeichert. Nicht dass die Kontaktliste verschlüsselt wäre oder so ... ich bin ziemlich sicher, dass es gar keine *gibt.*«

Blake runzelte die Stirn. »Bevor Greg Soyer mein Handy so modifiziert hat, dass man es nicht aufspüren kann, habe ich diese Sorte Handy ebenfalls verwendet. Aber solche wie das hier habe ich noch nie gesehen. Vielleicht eine Spezialanfertigung. Es überrascht mich nicht wirklich; immerhin hat Rourk die Nummer per Hand eingegeben, was selbst bei einem ganz einfachen Handy nicht nötig wäre.« Er machte eine Pause. »Aber wenn das Ding so ist wie die meisten Wegwerfhandys, wird es zumindest die letzte gewählte Nummer automatisch gespeichert haben. Sehen Sie mal nach, ob Sie sie finden können.«

Jenna kam der Aufforderung sofort nach. »Hab sie«, sagte sie keine Minute später.

»Ausgezeichnet.« Blake reichte ihr sein eigenes Handy. »Geben Sie die Nummer bitte für mich ein.«

Schnell tat sie wie geheißen, verkündete, sie sei fertig, und gab es ihm zurück. Dann öffnete sie das Fenster und warf Rourks Handy in den Wald hinaus.

Blake warf einen Blick auf die Uhr im Armaturenbrett. »Wir haben kein besonders üppiges Zeitpolster mehr, aber wir sollten es trotzdem noch rechtzeitig zur UCLA schaffen, um Dan Walsh abzupassen.«

Jenna seufzte. »Stimmt. Es sei denn, dass gleich, Sie wissen schon, Raketen auf unseren Wagen herabregnen. Oder uns unten am Fuß des Bergs eine Panzerdivision erwartet.«

»Stimmt«, sagte Blake mit angespanntem Lächeln. »Wenn so was passieren sollte, dann kommen wir wahrscheinlich ein, zwei Minuten zu spät.«

Er wandte sich zu Jenna um und sah ihr in die Augen. »Einer der Gründe, weshalb wir hergefahren sind, war, die Richtigkeit Ihrer Story zu bestätigen. Tja, ich kann jetzt jedenfalls ohne jeden Zweifel sagen, dass wir dieses Ziel erreicht haben. Ich glaube nun also jedes Wort. Sie sind nicht verrückt, Jenna Morrison. Diese ganze Sache ist derart verrückt, dass es nur so kracht, aber Sie sind es nicht.«

Obwohl es eine Aufmunterung hatte sein sollen, flammten Jennas Niedergeschlagenheit und Trauer wieder auf. »Ja. Allerdings wünschte ich, ich *wäre* verrückt. Ich wünschte, ich würde aus einer vorübergehenden Umnachtung erwachen und feststellen, dass die letzten vierundzwanzig Stunden niemals passiert sind.«

Sie wandte für ein paar Sekunden den Blick ab, um sich zu sammeln. »Ich wüsste zu gern, ob Greg es schon geschafft hat, Nathans Passwort zu umgehen«, sagte sie.

»Ja, ich auch. Ich wünschte, es gäbe eine Möglichkeit, das herauszufinden, ohne noch mal bei ihm vorbeizufahren, wofür wir gerade wirklich nicht die Zeit haben.«

Jenna nickte. Es war unmöglich, Sofortkommunikation nicht als selbstverständlich zu nehmen, obwohl sie in der Geschichte der Menschheit noch eine recht neue Entwicklung war. Blakes Weigerung, Soyer eine Nachricht zu schreiben oder ihn anzurufen, verschaffte ihr eine Ahnung davon, wie es sich im finsteren Mittelalter gelebt haben mochte. Wenn man wissen wollte, wie es einem Hunderte Kilometer entfernt lebenden Freund ging, hatte es keine andere Möglichkeit gegeben, als zu Fuß loszugehen, zu rennen oder darauf zu hoffen, dass man irgendwo ein Pferd auftrieb.

Wieder sah Blake auf die Uhr. »Wir müssen bei meiner Wohnung vorbeifahren. Es bleibt gerade mal genug Zeit, damit ich rasch duschen und ein paar Sachen zusammenklauben kann, dann müssen wir auch schon wieder los, um Dr. Walsh zu erwischen.«

»Sind Sie sicher, dass wir das wirklich durchziehen sollten? Weshalb noch jemand anderen mit hineinziehen?«

»Er steckt bereits mit drin.«

»Ja. Aber Sie haben selbst gesagt: Wenn die ihn umbringen oder entführen wollten, hätten sie es bereits getan. Und ich bin so eine Art Typhus-Mary. Der Kuss des Todes. Wenn er am Ende meinetwegen tot ist, werde ich mir das nie verzeihen.«

Blake seufzte. »Kann sein, dass Sie recht haben. Es kann sein, dass es seinen Status ändert, wenn wir ihn kontaktieren, und er mit einem Mal zur Zielperson wird. Aber wenn wir ihn ignorieren, ihn nicht warnen, ist er ganz der Gnade dieser Leute ausgeliefert. Er wüsste nicht mal, dass es sie gibt. Und was, wenn er sich Nathans Nachricht vornimmt und selbst weiter an seiner Theorie arbeitet? Er ist ein erstklassiger Physiker, richtig? Es könnte also jeden Augenblick beschlossen werden, ihn aus dem Spiel zu nehmen. Wenn wir ihn über die Lage informieren, hat er wenigstens eine Chance.«

Jenna verengte nachdenklich die Augen, antwortete aber nicht.

»Außerdem«, fuhr Blake fort, »brauchen wir jemanden, der uns, sobald Greg Soyer an die Daten herankommt, Nathans Arbeit erklärt. Und wahrscheinlich auch ihre Bedeutung. Als Einstein damals die Allgemeine Relativitätstheorie entwickelt hat, haben sogar einige Spitzenphysiker von Weltrang die Berechnungen und die volle Bedeutung der Angelegenheit nicht verstanden. Aber über dieses Thema wissen Sie mehr als ich. Glauben Sie, dass Sie das, was sich auf diesem Stick befindet, verstehen werden? Denn ich weiß, dass zumindest ich keinen Schimmer davon habe.«

Jenna runzelte die Stirn. »Nein. Sie haben recht. Ich habe einige von Nathans Publikationen gelesen, und ich würde wohl selbst einen auf Sanskrit geschriebenen Text noch besser verstehen als das.«

»Also müssen wir auf jeden Fall noch jemanden hinzuziehen. *Irgendwen* in Gefahr bringen. Tun wir das nicht, werden wir niemals wirklich verstehen, worum es überhaupt geht. Und woher wissen wir, ob es nicht Tausende Leben in Gefahr bringt, wenn wir es nicht schaffen, der Sache auf den Grund zu gehen? Da Dr. Walsh ohnehin schon in Gefahr ist, ist es nur folgerichtig, dass wir uns an ihn wenden.«

»Sie haben recht«, sagte sie missmutig. »Es gefällt mir nicht, aber Sie haben recht.« Sie stieß die Luft aus. »Dann statten wir also als Nächstes der UCLA einen Besuch ab.«

17

Dan Walsh lief die kurze Strecke zwischen seinem Büro und Kendall Hall, wo er von halb acht bis neun sein Seminar zur Quantenelektrodynamik abhielt, zu Fuß. Er gab nur ein Abendseminar, und zwar montags, aber die späte Stunde machte ihm nichts aus. Die Zeit davor verbrachte er meist auf dem Campus, aß mit Kollegen zu Mittag und erledigte zwischendurch ein bisschen Arbeit.

Außerdem mochte er den frühen Abend. Die Luft war kühl, und man musste nicht ständig Studenten ausweichen, die herumwuselten wie aufgescheuchte Ameisen – ein echtes Gesundheitsrisiko für jemanden, der zur Geistesabwesenheit neigte –, und der Lärm der allgegenwärtigen riesigen Baustellenmaschinerie war endlich verstummt.

Die UCLA war der drittälteste Campus in Kalifornien, 1919 gegründet, und seitdem war er ständig gewachsen. Inzwischen gab es hier mehr Studenten als an jeder anderen Universität des Staats, nämlich deutlich über vierzigtausend, und die vielfältige architektonische Mischung spiegelte unterschiedliche Epochen von Ausbau und Neubau wider. Es gab verblasste rote Ziegelgebäude, aufwendig gestaltete Parkhäuser, einen ausgedehnten Skulpturengarten und eindrucksvolle Verbindungshäuser. Faktisch war der Westwood-Campus so regelmäßig im Wandel, dass manche witzelten, UCLA stünde in Wirklichkeit für *Under Construction Like Always* – eine immerwährende Baustelle.

Walsh war gerade vierunddreißig geworden, und obwohl seine Karriere ganz gut lief, machte er sich in letzter Zeit Sorgen. Anders als Wein wurden Physiker und Mathematiker mit dem Alter meist schlechter. Es war nicht immer so, aber viele echte, überwältigende Eingebungen setzten einen jungen und kühnen Verstand voraus, der nicht von dem ständigen Bestreben behindert wurde, außerhalb der Box zu denken, weil er sozusagen schon zu lange *in* der Box steckte. Der nicht zu verseucht war von herkömmlichen Weisheiten oder der Angst, sich vor den Kollegen zum Gespött zu machen.

Einstein war das klassische Beispiel. Mit sechsundzwanzig hatte er, nachdem er an der Universität keine Arbeit gefunden hatte, vier Publikationen veröffentlicht, die heute die Grundlage der modernen Physik darstellten und frühere Konzepte von Raum, Zeit, Masse und Energie förmlich pulverisiert hatten; vier Publikationen, die so wichtig waren, dass man auch von den *Annus-mirabilis*-Arbeiten sprach, abgeleitet von der lateinischen Bezeichnung für *erstaunliches Jahr*, auch wenn die meisten Leute stattdessen lieber vom *Wunderjahr* sprachen.

Walsh gab allmählich die Hoffnung auf, dass er selbst bedeutsame Erkenntnisse hervorbringen und erfolgreich Karriere machen, dass er jemals mehr tun würde, als die Arbeit der echten Geistesgrößen aufzupolieren und zu ergänzen. Noch hatte er es nicht ganz aufgegeben, aber er musste es realistisch sehen.

Aber wenn er schon nicht selbst Einstein sein konnte, war es auch nicht das Schlechteste, ein enger Freund und Kollege eines großen Mannes zu sein. Und wenn Walsh Nathan Wexlers Potenzial richtig einschätzte, würde er eines Tages seinen wie gebannt lauschenden Enkelkindern von seiner Freundschaft mit dem größten Denker seines Jahrhunderts erzählen können.

Andererseits – wenn er Kinder haben wollte, ganz zu schweigen von Enkelkindern, dann hatte er noch einiges zu tun. Er war immer noch Single, allerdings hoffte er, dass sich das spätestens im Lauf der nächsten Jahre ändern würde. Tatsächlich gab es in einem seiner Abschlusskurse ein Mädchen, das er wirklich gernhatte, und er spürte, dass sie ihn ebenfalls mochte. Zwischen ihnen schien es wirklich Klick gemacht zu haben.

Und auch wenn es ein Klischee war, dass viele Studentinnen sich zu ihren Professoren hingezogen fühlten – es kümmerte ihn nicht. Sie war fünfundzwanzig, so riesig war der Altersunterschied also nicht, und er würde nicht die kleinste Andeutung ihr gegenüber machen, solange sie noch seine Studentin war.

Aber das hinderte ihn nicht daran, von ihr zu träumen. Die Macht des Sexualtriebs ließ ihn immer wieder staunen. Ganz gleich, wie intelligent und rational ein Mensch war, der Sexualtrieb stammte aus primitiveren Regionen und war imstande, selbst den brillantesten Denker der Welt in ein Tier zu verwandeln. Und er brachte ihn dazu, in der Hoffnung auf körperliche Freuden das Schicksal herauszufordern, obwohl er vom Verstand her wusste, dass ihm gerade nur das unverbesserliche limbische System einen Streich spielte.

Walsh betrat Kendall Hall und ging an einem Dutzend verschlossener Türen vorbei, darunter die zu zwei Hörsälen, in denen mehrere Hundert Studenten Platz fanden. Im Gang vor einem der Hörsäle saß ein Student in den Dreißigern mit dem Rücken an die Wand gelehnt und las, aber Walsh erkannte ihn nicht und hatte nicht das Bedürfnis, ihn zu stören.

Er war etwas zu früh dran, wie es seine Gewohnheit war. Er betrat den Raum, in dem bald seine zweiundzwanzig Studenten aus dem Abschlussjahr sitzen würden, und ging nach vorne zur Tafel, die sich über die gesamte Wand erstreckte.

Er stellte seinen Rucksack auf dem langen Tisch ab und wollte gerade Gleichungen an die Tafel schreiben, ehe seine Studenten eintrafen.

Da entdeckte er einen Tablet-PC, den jemand auf dem Tisch an der Stirnseite des Raums vergessen hatte. Er war kaum zu übersehen, denn er war noch eingeschaltet, der Monitor leuchtete hell. Da ihn wohl ein Student aus dem Kurs vorher vergessen haben musste, der vor einer Stunde zu Ende gewesen war, überraschte es Walsh, dass er nicht im Standby-Modus oder ihm der Saft ausgegangen war.

Als er hinüberging, um das Tablet einzusammeln, schrak er zusammen. Auf der oberen Hälfte des Bildschirms prangte ein Foto von Jenna Morrison, der Verlobten von Nathan Wexler. Es war ganz eindeutig sie.

Was um alles in der Welt?

Man musste kein Mathegenie sein, um zu wissen, dass die Wahrscheinlichkeit, dass auf einem zufällig hier herumstehenden Tablet ein Bild von Jenna Morrison zu sehen war, praktisch gleich null war. Was nahelegte, dass dies hier alles sein mochte, aber sicher kein Zufall.

Besorgt und verwirrt kniff er die Augen zusammen, während er den fettgedruckten Text unter dem Foto las.

Dan, hier ist Jenna. Das hier ist kein Witz. Sag kein Wort, es kann sein, dass du abgehört wirst. Bitte scroll runter und lies meine Nachricht.

Walsh sah sich im immer noch leeren Raum um und fragte sich, ob er bei der versteckten Kamera gelandet war oder gleich jemand hervorsprang und ihm sagte, dies hier sei ein Experiment aus der Psychologie-Abteilung. Als nichts geschah, richtete er den Blick wieder auf den Bildschirm und betrachtete ihn, als bestünde er aus instabilem Sprengstoff.

Erneut musterte er Jennas Foto, und schließlich streckte er zögernd die Hand aus und scrollte zur nächsten Seite weiter. Er atmete tief durch und las:

Dan, es tut mir leid, das Ganze muss dir wie eine Scharade vorkommen, aber ich stecke in Schwierigkeiten und brauche deine Hilfe. Damit du sicher sein kannst, dass ich es wirklich bin: Beim letzten Mal, als du und ich und Nathan uns getroffen haben, hattest du gerade *Guardians of the Galaxy* im Fernsehen gesehen und hast mir erzählt, dass du den Song »Hooked on a Feeling« nicht mehr aus dem Kopf bekommst.

Ganz gleich, was du vielleicht anderes gehört hast: Nathan ist tot. Unbekannte haben ihn letzte Nacht brutal ermordet.

»Was?«, flüsterte Walsh. Das war absurd. Nathan war doch nicht tot. Was für ein krankes Spiel sollte das hier werden?

Andererseits hatte er diesen verdammten Song wirklich nicht aus dem Kopf bekommen, und das hatte er Jenna bei ihrem letzten Treffen erzählt, als Nathan gerade kurz das Zimmer verlassen hatte, um einen Anruf entgegenzunehmen. Persönlich hatte er Nathan seit Wochen nicht mehr gesehen.

Wieder sah er auf das Tablet hinunter und las weiter.

Das Einzige, was ich ganz sicher weiß, ist, dass sein Tod und die darauffolgenden Ereignisse, die ich dir von Angesicht zu Angesicht erzählen werde, irgendwie mit seiner Entdeckung im Zusammenhang stehen. Er hatte keine Gelegenheit, mir zu erklären, worum es dabei ging, ehe man ihn getötet hat, aber er erwähnte, dass er dir per E-Mail eine Zusammenfassung geschickt hat, weil er hoffte, dass du einen prüfenden Blick darauf wirfst. Ich bin überzeugt, dass diese Mail abgefangen wurde und alles in Gang gesetzt hat.

Walsh hielt inne, um nachzudenken. Noch mehr als die Sache mit »Hooked on a Feeling« überzeugte ihn die zutreffende Beschreibung von Nathans Mail davon, dass diese Nachricht hier wirklich von Jenna Morrison stammte.

Angesichts der offenbar unbegrenzten Mittel der involvierten Organisationen – ja, Organisationen – sieht es danach aus, als ob Nathans Entdeckung aus irgendeinem Grund extrem wichtig ist. Ich bin diesen Männern entkommen, aber ich weiß ganz sicher, dass sie mit allem Nachdruck nach mir suchen. Selbst wenn du also bisher nicht abgehört oder überwacht wurdest, dann wirst du es jetzt.

Ich arbeite mit einem Privatdetektiv zusammen. Er hilft mir gerade dabei, diese Nachricht zu schreiben, und er hat den Plan ausgetüftelt, wie wir mit dir Kontakt aufnehmen können, ohne dass jemand etwas bemerkt. Er wird derjenige sein, der dir dieses Tablet in den Seminarraum stellt, denn ich kann es nicht riskieren, erkannt zu werden, wer auch immer dich beobachtet.

Er hat außerdem vor, sich in den Gang zu setzen, um sicherzugehen, dass du als Erster den Seminarraum betrittst und niemand außer dir das Tablet sieht. Eigentlich wollte er es dir persönlich geben, aber ich dachte, dass es vielleicht weniger bedrohlich auf dich wirkt, wenn du beim Lesen allein bist, und du hast mir mal erzählt, dass du immer fünfzehn bis zwanzig Minuten vor deinen Studenten da bist, also dachte ich, so wäre es am besten.

Wenn du diese Nachricht fertig gelesen hast, scroll bitte weiter und sieh dir das Foto an, auf dem du mich und den Privatdetektiv, mit dem ich zusammenarbeite, gemeinsam siehst. Ich trage übrigens eine scheußliche blonde Perücke. Ich habe das Bild mit angehängt, damit du ihn erkennen kannst und weißt, dass er wirklich ein Freund ist.

Nathan ist tot, und seine Festplatte wurde zerstört. Aber eine Sicherheitskopie seiner Arbeit befindet sich auf einem USB-Stick, den jetzt ich habe, allerdings mit einem Passwort geschützt, das ich nicht kenne. Deshalb sind sie hinter mir her. Ehe wir miteinander sprechen, habe ich keine Ahnung, was darauf sein könnte, was Nathan überhaupt entdeckt hat, und weshalb diese Leute bereit sind, alles zu tun, um die Daten an sich zu bringen.

Ich bitte dich also, die UCLA zu verlassen, ohne dass jemand dich sieht. Ich gehe davon aus, dass du in der Cloud ein E-Mail-Archiv eingerichtet hast, an das du herankommst, sobald du dort raus bist, um Nathans letzte Mail herunterzuladen. Aber bitte entferne vorher die SIM-Karte aus deinem Handy und steck sie ein, damit du deine Daten und Settings nicht verlierst, und verstau dein Handy ganz unten im Rucksack. Dann lass Handy und Rucksack im Seminarraum. Wenn dein Telefon überwacht wird, werden sie annehmen, du bist noch dort.

Um uns ein bisschen mehr Zeit zu erkaufen, wäre es gut, wenn deine Studenten noch dort bleiben würden, obwohl du nicht da bist. Wenn sie gleich wieder gehen, wird ein eventueller Beobachter, der das Gebäude im Auge behält, nachsehen, was los ist. Also schreib an die Tafel, dass du einen Anruf entgegennehmen musstest und in einer Dreiviertelstunde wieder zurück bist. Dann gib ihnen den Auftrag, einen Text zu lesen, bis du wieder da bist.

Bitte beeil dich.

Sobald du fertig bist, geh zur Herrentoilette am äußersten nördlichen Ende des Gebäudes. Mein Partner wartet dort auf dich.

Danke, Dan. Ich weiß, dass du dieser verrückten Nachricht misstrauen musst, aber bitte bedenke: Wenn du tust, worum ich dich bitte, und es stellt sich heraus, dass alles Unsinn war, dann hast du nur ein bisschen Unterrichtszeit verschwendet, und das Leben geht weiter. Aber wenn du nicht auf diese Nachricht reagierst, dann sind die Auswirkungen viel schlimmer. Bitte! Schreib die Nachricht an die Tafel und sieh zu, dass du da wegkommst. Den Rest erkläre ich dir von Angesicht zu Angesicht.

18

Blake kam sich wie ein Idiot vor, als er da neben den drei Pissoirs stand und die Klotür anstarrte. Er warf einen Blick aufs Handy und stellte fest, dass es inzwischen zwanzig nach sieben war, zehn Minuten vor dem Beginn von Walshs Seminar. Der Physiker war früh da gewesen, um alles vorzubereiten und schon mal etwas an die Tafel zu schreiben, genau wie Jenna es vorausgesagt hatte.

Um das Tablet zu finden und die Nachricht zu lesen, konnte er nicht lange gebraucht haben, was hieß: Wenn er nicht bald kam, dann kam er wahrscheinlich gar nicht mehr. Oder es war irgendetwas anderes fürchterlich schiefgelaufen. Blake hatte zwar einen Plan B, aber er hoffte inständig, er würde ihn nicht brauchen.

Knarrend und langsam öffnete sich die Tür einen Spalt, und Blake federte erwartungsvoll auf den Ballen.

Dan Walsh kam herein, seine Miene war ernst und besorgt. Blake sah ihm in die Augen und legte einen Finger an die Lippen, um ihm zu bedeuten, er solle schweigen. Dann zog er ein kleines elektronisches Gerät aus der Tasche, etwa so groß wie eine Zigarettenschachtel, und führte es in ein paar Zentimetern Entfernung an dem Physiker entlang, scannte ihn vom Scheitel bis zur Sohle. Die Kontrollleuchte blieb durchgehend grün.

Blake schaltete das Gerät aus. »Sie sind sauber«, sagte er. »Wir sind vollkommen sicher, dass Sie überwacht werden. Und ich habe den Verdacht, dass man Sie auch verwanzt hat, aber ich wusste nicht, ob Handy oder Brieftasche. Beides funktioniert gut, weil das Gegenstände sind, die Sie fast immer bei sich haben.« Er hielt kurz inne. »Haben Sie Ihr Handy ganz nach unten in den Rucksack gesteckt, so wie ich es gesagt hatte?«

Walsh nickte. »Ja. Warum ist das wichtig?«

»Wenn es verwanzt ist, dürfte der Rucksack den Empfang empfindlich stören, und man versteht nicht gut, was gesagt wird.«

»Ich verstehe«, sagte Walsh. »Wenn also meine Studenten über das reden, was ich an die Tafel geschrieben habe, hört man nur Stimmengewirr, weiß aber nicht, worum es geht.«

»Genau«, sagte Blake.

»Beeindruckend«, sagte der Physiker.

Blake streckte die Hand aus. »Mein Name ist übrigens Aaron Blake. Willkommen im, äh ... in der Toilette, Dr. Walsh. Danke, dass Sie Jennas Nachricht ernst genommen haben.«

»Freut mich, Sie kennenzulernen, Mr. Blake. Jedenfalls glaube ich, dass es mich freut.«

Blake lächelte. »Bitte, Dr. Walsh, nennen Sie mich doch Aaron. Und sagen Sie ruhig du zu mir.«

»Okay, wenn Sie mich Dan nennen.«

»Gebongt.«

»Ich nehme an, du würdest am liebsten erst mal das Gelände verlassen und mir später erzählen, was zum Teufel eigentlich los ist.«

»Du hast es erfasst«, sagte Blake. Mit Wissenschaftlern zusammenzuarbeiten gefiel ihm immer besser. Sie dachten logisch und verfügten über eine rasche Auffassungsgabe.

»Wie lautet der Plan?«, erkundigte sich Walsh.

»Ich gehe davon aus, dass du über das Tunnelsystem unter der Uni Bescheid weißt, richtig?«

Der Physiker nickte langsam. »Ja. Natürlich.«

»Wer auch immer dich beobachtet, er wird den Ausgang dieses Gebäudes im Auge behalten. Zu dieser Zeit ist nur noch eine Tür geöffnet. Stell dir nur ihre Überraschung vor, wenn du verschwindest, ohne sie zu benutzen.«

Die Möglichkeit, einen Tunnel zu nehmen, hatte Blake bei der Entwicklung dieses Schlachtplans als Erstes überprüft. Viele Hochschulen, die vor einem Jahrhundert oder sogar noch früher erbaut worden waren, verfügten über unterirdische Tunnelsysteme, die die Gebäude miteinander verbanden, und die UCLA war keine Ausnahme. Er war entzückt gewesen, als seine gründliche Internetrecherche rasch eine Menge Informationen über die hiesige Anlage zutage gefördert hatte.

Es war ein Labyrinth aus Zementröhren, drei Stockwerke unter der Erde. Das System transportierte den in einer Anlage nahe der Ronald-Reagan-Klinik produzierten Dampf und beherbergte Kommunikationsleitungen und Kaltwasserrohre, die meisten Gebäude auf dem Campus waren daran angeschlossen. Obwohl die Zugänge sorgsam verborgen waren, machten es sich abenteuerlustige Studenten seit Jahrzehnten zur Aufgabe, in die Tunnel einzubrechen, und seit es das Internet gab, posteten sie auch Karten und mögliche Einstiege.

Blake deutete auf das gegenüberliegende Ende der Herrentoilette, wo sich eine kleine Abstellkammer befand. »Einer der vielen Eingänge befindet sich dort«, sagte er. »Ich war so frei, das Schloss aufzubrechen, während ich auf dich gewartet habe.«

»Wie umsichtig«, befand Walsh und folgte Blake, der zur Abstellkammer vorausging und die Tür öffnete. Blake hatte bereits mehrere Behälter mit Reinigungsmitteln beiseitegeräumt und eine Falltür freigelegt, die ebenfalls schon offenstand.

»Ich gehe voran«, sagte Blake und stieg auf eine Stahlleiter hinunter, die senkrecht in die Tiefe führte. Er kletterte ein paar Sprossen hinab, um Walsh Platz zu machen, dann hielt er an.

Walsh verzog widerwillig das Gesicht, aber er folgte ihm dichtauf, und bald darauf erreichten sie das untere Ende der Leiter. Hier und da glommen matte Glühbirnen, aber trotzdem war es gespenstisch dunkel, muffig und beklemmend eng.

»Hier entlang.« Blake flüsterte, damit seine Stimme nicht widerhallte und das ganze Unternehmen noch unheimlicher machte, als es ohnehin schon war. Er entfaltete eine ausgedruckte Karte, auf der er in Rot den Weg markiert hatte, den er nehmen wollte, und richtete eine Stiftlampe darauf.

Sie liefen durch mehrere Nebentunnel, manche davon so eng und voller Rohre, Leitungen und Stahlkabel, dass sie sich mühsam hindurchquetschen mussten. Die nicht ganz so schmalen Tunnel waren mit Graffiti verziert, und Blake fühlte sich wie ein Archäologe in einer prähistorischen Höhle. Nur dass es hier keine groben Zeichnungen von Tieren und Speeren gab, sondern stattdessen männliche und weibliche Genitalien, außerdem jede Menge griechische Buchstaben, die für unterschiedlichste Studentenverbindungen standen, und so kreative Nachrichten wie »Joe Hempel war hier«. Bei manchen deutete das Datum darauf hin, dass sie bereits um 1940 herum geschrieben worden waren.

In manchen Abschnitten des Tunnelsystems wurde ihnen sehr heiß, aber nur kurz, denn sie liefen schnell weiter. Einmal kamen sie in eine große Höhle – die feuchten Eingeweide einer gemauerten Brücke direkt unter dem Campus-Zentrum; unter die Decke hatte jemand in Druckschrift WELCOME TO HELL gekritzelt.

Wenige Minuten später kamen sie in der Nähe eines Parkplatzes heraus, durch eine Tür, die strategisch geschickt hinter einem großen Gebüsch verborgen war. Blake hatte das Schloss geknackt, ehe er sich auf den Weg nach Kendall Hall gemacht hatte.

»Warte hier«, wies er den Physiker an und ließ ihn in noch tieferer Finsternis zurück, als sie unten im Tunnelsystem herrschte. Er überprüfte die Umgebung, um sicherzugehen, dass niemand sie beobachtete, und kehrte dann zurück.

»Alles in Ordnung?«, fragte Walsh, sobald Blake neben ihm auftauchte.

Blake nickte. »Die Luft ist rein. Dann gehen wir mal zu Jenna Morrison und finden heraus, worum es hier eigentlich geht.«

19

Dan Walsh umarmte Jenna kurz, dann glitt er auf die Rückbank von Blakes Wagen, den er auf einem Parkplatz ganz in der Nähe abgestellt hatte. Jenna hatte angespannt darauf gewartet, dass die beiden nach ihrem Ausflug durch die Katakomben unter der UCLA bei ihr eintrafen.

Endlich – endlich! – würden sie einen Blick auf die Wahrheit werfen. Jenna hoffte, dass sie heute gewaltige Fortschritte bei dem Vorhaben machen würden, die Verantwortlichen für Nathans Tod zur Rechenschaft zu ziehen.

»Es tut mir leid, dass ich dich in diese Sache hineinziehe, Dan«, sagte sie. »Aber wir hatten keine Wahl. Ich bin dir so dankbar, dass du auf meine Nachricht reagiert hast.«

»Natürlich habe ich das«, sagte Dan Walsh. »Aber du solltest wissen, dass Nathan letzte Nacht nicht ermordet wurde. Wie kommst du denn nur auf die Idee?«

Jenna spürte eine Träne im Augenwinkel und wischte sie mit dem Handrücken fort. »Ich habe ihn sterben sehen, Dan«, sagte sie leise. »Ich war direkt neben ihm. Ihm wurde aus nächster Nähe in den Kopf geschossen. Kein Irrtum möglich.«

Walsh sah ebenso entsetzt wie verwirrt drein. »Es tut mir so leid«, flüsterte er.

Eine Weile war er still, dann schüttelte er den Kopf. »Ich kann nicht mal ansatzweise begreifen, was für ein furchtbarer Verlust das ist«, sagte er. »Nathan war ein guter Freund und Kollege. Und ihm war Großes bestimmt, was die Tragödie nur noch gewaltiger macht. Ich kann es immer noch nicht glauben«, murmelte er mit einem Gesicht, als hätte ihm gerade jemand in den Magen geschlagen.

Jenna nickte und blinzelte ihre Tränen weg.

Sie musste damit aufhören, ermahnte sie sich. Sie musste ihre Trauer von sich abspalten, damit sie nicht immer gleich weinerlich wurde, sobald das Thema erwähnt wurde. »Danke, Dan. Aber wir müssen unsere Trauer vertagen«, sagte sie, womit sie ebenso sehr sich selbst überzeugen wollte wie ihn. »Wenn das hier vorbei ist, sorgen wir dafür, dass er eine anständige Beerdigung bekommt und eine richtige Grabrede. Aber im Moment können wir uns Trauer nicht leisten.«

Ehe Walsh antworten konnte, mischte sich Blake ein. »Tut mir leid, Dan, ich muss dich das fragen: Weshalb warst du so sicher, dass Nathan nicht tot ist?«

»Ich habe heute zwei Mails von ihm bekommen. Die letzte erst vor wenigen Stunden.«

Voller Abscheu schüttelte Jenna den Kopf. »Das war ein Schwindel«, erklärte sie. »Jemand, der vorgegeben hat, er sei Nathan.«

»Nun ja, wer auch immer das war, er war ziemlich überzeugend. Wusste Dinge, die eigentlich nur Nathan wissen kann.«

»Diese Leute sind hinterhältig«, sagte Jenna angewidert.

»Aber extrem fähig«, fügte Blake hinzu.

»Wer auch immer meine Mail beantwortet hat, verstand einiges von Nathans Fachgebiet«, sagte Walsh. »Ich kam bei einer Tensorgleichung nicht weiter, und niemand kann Nathan bei solchen Berechnungen das Wasser reichen. In meiner Mail habe ich ihm das Problem beschrieben, und nichts an seiner Antwort hat mich stutzig gemacht. Es gibt nicht gerade viele Leute, die mir da hätten weiterhelfen können.«

Jenna seufzte. »Sie wären nicht hinter Nathans Arbeit her, wenn sie nicht ihre Bedeutung verstehen würden. Das bedeutet, sie müssen mit einigen ausgezeichneten Physikern zusammenarbeiten. Einer von ihnen hat vorgegeben, Nathan zu sein.«

»Wo wir gerade von Nathans Arbeit sprechen«, sagte Blake, »ich kann dir gar nicht sagen, wie dringend ich wissen will, was in dieser Mail stand. Zu sagen, ich wäre in meinem ganzen Leben noch niemals so neugierig gewesen, wäre noch eine Untertreibung.«

»Ich könnte es euch zusammenfassen«, bot Walsh an.

»Nein«, sagte Blake. »Mir wäre es lieber, wenn du uns die Mail vorliest. Ich möchte es zum ersten Mal aus Nathans Perspektive hören, wortwörtlich.« Ohne den Blick von der Straße abzuwenden, streckte er den Arm nach hinten. In der Hand hielt er ein Tablet. »Geh hiermit ins Internet«, sagte er. »Das können die nicht zu uns zurückverfolgen.«

Rasch fand Walsh in der Cloud die richtige Seite, gab seinen Benutzernamen und das Passwort ein und fischte die Mail aus dem Archiv.

»Da ist sie«, verkündete er. »Ich lese langsam«, fügte er hinzu, räusperte sich und fing an.

Dan. Was macht das Leben so? Ich hoffe, es geht dir gut. Wie du am Zeitstempel dieser Nachricht sehen kannst, schreibe ich dir um zwei Uhr nachts.

Weshalb? Weil ich gerade mit der Arbeit an einer Entdeckung fertig geworden bin, die wie aus dem Nichts zu mir kam und in weniger als einer Woche kristallklar wurde. Vor einer Stunde bin ich damit fertig geworden, dem Paper noch den letzten Feinschliff zu verpassen, nachdem ich alles mehrere Tage lang gründlich auf Herz und Nieren geprüft habe. Obwohl es schon so spät ist (oder noch so früh, je nachdem) kann ich mich nicht mehr beherrschen. Ich muss einfach wenigstens einem Menschen davon erzählen, auch wenn du das hier erst lesen wirst, wenn du nachher aufwachst. Ich bezweifle ehrlich, dass viele Leute ihren Samstagabend (oder Sonntagmorgen) so verbringen, aber für mich passt es.

Ich fange mal am Anfang an. Jenna ist für eine Woche unterwegs, um ihre Schwester zu besuchen (lange Geschichte), und am nächsten Morgen bin ich gleich mit einem Heureka auf den Lippen aufgewacht. Vielleicht habe ich davon geträumt, oder vielleicht war es auch eine Art göttliche Eingebung, aber jedenfalls arbeite ich seitdem rund um die Uhr.

Es ist wirklich atemberaubend. Auch wenn du nicht in allen Bereichen, die damit zu tun haben, Experte bist, verstehst du von zwei der benötigten Disziplinen mehr als ich: topologische Mannigfaltigkeit der Dimension 5 und die Invarianten hyperbolischer Knoten. Ich habe alles vierfach überprüft und bin sicher, dass in den mathematischen Bereichen, in denen ich am meisten Erfahrung habe, keine Fehler stecken, aber es besteht die geringfügige Möglichkeit, dass ich in deinen Fachgebieten etwas übersehen habe. Ich hatte gehofft, dass du mir bei der finalen Ausarbeitung helfen und das Paper absegnen könntest, ehe ich versuche, Geschichte zu schreiben. Im Gegenzug werde ich dich nach Stockholm einladen, wenn ich mir den Nobelpreis abhole (nur ein Witz, so egoistisch bin ich nicht – eins der Dinge, die mich so großartig machen :)).

Spaß beiseite – wenn du bestätigst, dass mir keine Fehler unterlaufen sind, bin ich sicher, dass diese Theorie tragfähig ist. Wirklich tragfähig. Ich glaube so sehr daran, wie Einstein an die Relativität geglaubt hat, noch ehe sie experimentell bestätigt wurde, damals, als er seine berühmten Worte sagte, seine Theorie sei zu schön, um falsch sein zu können.

Ich würde dir am allerliebsten jetzt sofort das Paper anhängen, aber es wäre mir lieber, es nicht durchs Netz zu schicken. Ich weiß, das ist ziemlich paranoid, aber wir theoretischen Physiker haben die Lizenz für ein bisschen Exzentrik. Und ich tue viel dafür, nicht allzu normal zu sein, aus lauter Angst, den Erwartungen dann nicht gerecht zu werden.

Wie auch immer – ich weiß, dass du montagabends unterrichtest, also würde ich gern Montagvormittag vorbeikommen und dir persönlich einen Ausdruck geben. Nur zum Lesen, klar.

Du darfst zu niemandem ein Sterbenswörtchen darüber sagen, ehe es veröffentlicht ist. Ich kann mir kaum ausmalen, was für ein gewaltiger Ruck durch die Medien gehen wird, was für eine gewaltige Flutwelle, wenn die Öffentlichkeit davon erfährt.

Ich würde nachher noch vorbeischauen, aber Jenna kommt heute Abend nach Hause, und ich will sie mit fliegenden Fahnen empfangen und vom Flughafen abholen. Ich werde also meine Theorie ein letztes Mal überprüfen, eine Flasche teuren Wein kaufen und zusammen mit Jenna meine Entdeckung feiern, und du und ich, wir sehen uns dann am Montag. Wenn es dich so sehr umhaut, wie ich glaube, dann könnte mein Besuch ohne Weiteres bis Dienstag dauern.

»Moment mal«, unterbrach ihn Blake. »Nathan hat dich heute ja ganz offensichtlich nicht wie geplant besucht. Ich gehe davon aus, dass er dir in einer dieser gefälschten Mails abgesagt hat. Mit welcher Begründung?«

»Er schrieb mir heute Morgen, er hätte einen Fehler in seiner neuen Theorie gefunden. Er würde versuchen, ihn zu korrigieren, aber große Hoffnungen mache er sich diesbezüglich nicht, und selbst falls es doch noch klappt, sollte ich damit rechnen, dass es noch ein paar Wochen dauert, bis er sich deswegen bei mir meldet.«

Blake nickte und wechselte einen Blick mit Jenna. »Hübsch«, sagte er anerkennend. »So haben sie also Nathans Besuch abgesagt und zugleich seine Arbeit diskreditiert, und dich haben sie für ein paar Wochen aus dem Spiel genommen, alles in einem Abwasch. Damit haben sie dich nicht nur glauben lassen, dass Nathan noch lebt, sondern auch dafür gesorgt, dass du dich nicht weiter mit seiner Theorie befasst.« Blake schüttelte den Kopf. »Ich weiß ja, dass diese Leute skrupellose Arschlöcher sind, aber es fällt mir schwer, angesichts ihrer Fähigkeiten nicht doch ein bisschen Anerkennung zu empfinden.«

»Hast du in der Antwort auf diese Mail gefragt, ob er dir bei deiner Arbeit weiterhelfen kann?«, fragte Jenna.

»Erst ein paar Stunden später, aber ja. Und das werdet ihr beide sicher interessant finden: In der Antwort hieß es unter anderem auch, dass Jennas Computer mit der Mutter aller Viren infiziert sei. Dieser Virus habe ihre Kontaktliste kontaminiert und würde in regelmäßigen Abständen übel infizierte Nachrichten an all ihre Freunde schicken. Er sagte mir, ich solle sämtliche Nachrichten von Jenna Morrisons Mailadresse blocken, bis er Entwarnung gibt.«

Verwirrt verzog Jenna das Gesicht. »Das ergibt keinen Sinn«, sagte sie. »Wenn die dich überwachen, dann müssten sie doch *wollen*, dass wir Kontakt zueinander aufnehmen, damit du sie zu mir führst.«

»Denk dran«, sagte Blake, »dass hier zwei Gruppen involviert sind. Vielleicht war das ein Versuch der einen, die *andere* daran zu hindern, dich zu finden.«

»Soll ich weiterlesen?«, fragte Walsh.

»Unbedingt«, sagte Blake.

Der Physiker richtete den Blick wieder auf das Tablet und machte da weiter, wo er unterbrochen worden war:

Ein Teil von mir möchte warten, bis ich es dir persönlich erzählen kann, aber ich kann mich auf gar keinen Fall beherrschen. Wenn ich dir nicht wenigstens die Pointe erzähle, dann explodiere ich. Auch wenn ich damit ein bisschen die Überraschung verderbe, steckt in der eigentlichen Arbeit noch viel mehr davon. Ich glaube, du wirst völlig platt sein, wenn du siehst, wie alles mathematisch ineinandergreift, welche Prämissen und welche Logik allem zugrunde liegen. Also, hier ist es. Ein grober Überblick, um dir das Wasser im Mund zusammenlaufen zu lassen.

Trommelwirbel bitte (wow, gerade hatte ich eine Idee für einen Scherz, wenn Jenna zurück ist).

Sitzt du?

Wir beide haben mit unserer Arbeit zu der Ansicht beigetragen, dass das Quintessenz-Feld nicht beherrschbar ist. Nicht dass wir jemals eine Möglichkeit finden würden, auch nur die große Zehe hineinzustecken, aber selbst wenn doch, da waren wir uns einig, würde das die Erde vernichten, allermindestens, und wahrscheinlich ein Loch in die Raumzeit stanzen und ein stabiles schwarzes Loch entstehen lassen.

Es hat sich herausgestellt, dass wir uns geirrt haben. Dunkle Energie lässt sich anzapfen, und diese ganze irrwitzige Energie kann letzten Endes doch gespeichert und genutzt werden. Aber nur im richtigen Winkel zu den vier Dimensionen von Raum und Zeit. Indem man nämlich die genutzte Energie durch eine fünfte Dimension leitet.

Meine Berechnungen haben mich überzeugt, dass das Quintessenz-Feld angezapft werden kann, und statt diese unglaublichen Energien damit thermisch und kinetisch freizusetzen, kann man sie risikolos nutzen. Aber nur für einen ganz bestimmten Zweck: um Materie in der Zeit zurückzuschicken.

So, jetzt hab ich's gesagt.

Um es noch einmal ganz klar zu sagen: Es dürfte ein Leichtes sein, die dunkle Energie anzuzapfen, um Materie – auf transdimensionalem Wege – in der Zeit zurückzusenden, ganz ohne Explosionen oder sonstige unangenehmen Nebeneffekte. Die gesamte Energie wird für die Zeitreise verbraucht, es bleibt nichts davon übrig, um Verwüstungen anzurichten. Es wird eine vollkommen sichere Angelegenheit sein, dessen bin ich mir sicher.

Das erste stabile Zeitintervall liegt meinen Berechnungen zufolge bei T minus 0,00004515 Sekunden, oder 45,15 Mikrosekunden. Ich bin mehr als zuversichtlich, dass wir mithilfe dieser Theorie mit nur minimalsten Schwierigkeiten das dunkle Energiefeld anzapfen und Materie exakt um diese

Zeitspanne, und zwar nur diese Zeitspanne, zurückschicken können: 45,15 Mikrosekunden.

Um es noch mal ganz klar zu sagen und jedes denkbare Missverständnis auszuschließen: Ich sage nicht, ich könnte Materie Hunderte oder Tausende Jahre in der Zeit zurückschicken, aber diese Materie könne dann nur für fünfundvierzig Mikrosekunden dort bleiben. Ich sage, dass ich Materie nur um fünfundvierzig Mikrosekunden in die Vergangenheit schicken kann.

Ein interessanter Aspekt ist, dass es danach aussieht, als müsste ich noch weiter zurückgehen können, und zwar immer exakt im Intervall von 45,15 Mikrosekunden.

Weshalb dieses Intervall? Ich weiß es nicht, aber die mathematischen Berechnungen sind wunderschön, ebenso wie die Ergebnisse. Ich bin momentan nur zu fünfundneunzig Prozent sicher, aber ich glaube, dass sich meine Annahmen schon bald erhärten und ich es dann mit vollkommener Sicherheit sagen kann.

Wenn meine Annahmen zutreffen, wird man ebenso leicht fünftausend dieser Intervalle zurückgehen können wie einen einzigen. Aber es gibt eine unüberwindliche Grenze: Nach etwas über zehntausend dieser 45,15-Mikrosekunden-Schritte, also bei etwa einer halben Sekunde zurück in die Vergangenheit, ist Schluss. Keine Kraft dieses Universums kann irgendetwas weiter zurückbringen.

Das hängt mit einer Barriere zusammen, die so absolut ist wie die Lichtgeschwindigkeit. Ich kann nicht sagen, was genau diese ultimative Begrenzung ist, ebenso wenig, wie ich erklären kann, weshalb die Lichtgeschwindigkeit ausgerechnet 299 792,458 Kilometer pro Sekunde beträgt.

Wenn du dir die Theorie ansiehst, wirst du begreifen, wie revolutionär sie wirklich ist. Von dort aus eröffnen sich alle möglichen theoretischen Ableitungen, und das Ganze wird eine vollkommen neue Sicht auf die Wirklichkeit ermöglichen, so wie zuvor die Relativitätstheorie und die Quantenphysik.

Ich hatte noch nicht viel Zeit, um über praktische Anwendungsmöglichkeiten nachzudenken, ich war vollkommen mit der Perfektionierung der These beschäftigt, aber auch die Quantenphysik brachte keine praktische Anwendungsmöglichkeit mit sich – bis sie zum Kernstück moderner Computer- und Elektroniktechnologie wurde.

Wenn es möglich wäre, einen Börsentipp oder Lottozahlen auch nur um eine Stunde zurückzuschicken, wäre der praktische Nutzen unübersehbar. Aber eine halbe Sekunde verschafft einem nicht genügend Zeit, um irgendeine Information umzusetzen.

Im Augenblick bin ich mir nur einer Sache ganz sicher: der Umsetzbarkeit – der ziemlich unkomplizierten Umsetzbarkeit – des Vorhabens, etwas um exakt 45,15 Mikrosekunden zurückzuschicken. Ich würde es einen Lidschlag nennen, aber ich habe nachgeschlagen, und es stellte sich heraus, dass ein Lidschlag fast achttausend Mal länger dauert. Also wird es eine Herausforderung, an der Theorie zu arbeiten. Selbst die Entwicklung der Experimente wird eine Herausforderung, aber ich bin sicher, ich kriege das irgendwie hin. Und das wird mir ein Werkzeug an die Hand geben, mit dessen Hilfe ich so viele Fragen werde beantworten können.

Leben wir in einem Blockuniversum? Trifft Hawkings Chronologie-Schutz-Vermutung zu? Wie wirkt sich Gravitation auf Transferreaktionen aus? Verzweigt sich die Zeit, oder gibt es nur eine einzige Zeitachse? Und diese grundlegenden Fragen – beantwortbare Fragen! – sind zum Greifen nah.

So viel erst mal dazu. Ich bin ganz schön geschafft und falle gleich bewusstlos um, ob ich will oder nicht. Also lese ich nicht noch mal drüber, um zu sehen, ob diese Mail überhaupt Sinn ergibt. Falls nicht: Wir können uns ja noch viele, viele Stunden Zeit nehmen, um darüber zu diskutieren, beginnend mit Montag, wenn wir uns an der UCLA sehen.

Ich hoffe, es ist alles in Ordnung. Kann es nicht erwarten, dass ein zweites Paar Augen draufschaut (verbunden mit deinem Superhirn, versteht sich).

Nathan

Walsh hörte auf zu lesen, und lange herrschte Schweigen im Wagen. Nach der Hälfte der Mail war Jenna der Unterkiefer runtergeklappt, und sie hatte den Mund noch immer nicht wieder geschlossen. Blake war ebenso fassungslos über diese Enthüllungen wie Jenna, aber er musste sich wenigstens ansatzweise auf die Straße konzentrieren.

»Was um alles in der Welt?«, fragte Jenna Morrison mit weit aufgerissenen Augen. »Das sprengt ja jede Vorstellung!« Doch gleich darauf wurde ihre Miene nachdenklich. »Aber was daran könnte wichtig genug sein, um deshalb jemanden zu töten? Nathan hatte recht. Um weniger als einen Lidschlag in der Zeit zurückzugehen ist nutzlos.«

»Anscheinend nicht«, sagte Blake finster. »Irgendetwas muss uns entgangen sein. Etwas Großes.«

»Tja, wir sollten wohl besser herausfinden, was es ist«, sagte Jenna seufzend. »Und zwar schnell.«

ZWEITER TEIL

MYSTERIUM

Yesterday is history
Tomorrow is a mystery
But today is a gift
That's why they call it the present

VERFASSER UNBEKANNT

»Der Finger bewegt sich und er schreibt, und, hat er geschrieben, geht er fort. Weder werden all deine Frömmigkeit noch dein Geist ihn zurücklocken, um auch nur die Hälfte der Zeile zu löschen, noch werden deine Tränen ein Wort davon fortwaschen.«

OMAR KHAYYAM

20

Lee Cargill wartete ungeduldig auf Joe Allens Ankunft. Inzwischen hatte er die geplante Abflugzeit seines Privatjets schon mehrfach verschoben.

Was zum Teufel hält ihn auf?

Cargill hatte vorgehabt, pünktlich in D.C. einzutreffen, damit er noch ein bisschen schlafen konnte vor seiner privaten Zusammenkunft mit Alex Janney, dem Präsidenten der Vereinigten Staaten.

Wieder blickte Cargill auf die Uhr und fluchte laut. Endlich, zehn Minuten später, tauchte Allen auf, entschuldigte sich für seine Verspätung und wurde rasch in den Flieger geleitet, damit sie augenblicklich abheben konnten.

Neben der Landebahn raste der Golfstrom vorbei und erstreckte sich unendlich weit in die Ferne, dann blieb er unter ihnen zurück. Der Jet war ziemlich extravagant, aber man gab sich alle Mühe, Cargill als reichen Unternehmer aus der Tech-Branche erscheinen zu lassen, den Leiter einer privaten Firma namens *Q5 Enterprises*, also stand ein Militärjet nicht zur Debatte.

Auf den Sitzen im Flieger fanden bis zu zwölf Passagiere Platz, in so luxuriöser Bequemlichkeit, dass Erste-Klasse-Passagiere eines gewöhnlichen Flugs sich dagegen ausnahmen wie Bauern in einem vollgestopften Dritte-Welt-Bus. Aber auf diesem Flug waren Lee Cargill und Joe Allen die einzigen Passagiere. Der Pilot saß vorn im vollkommen schalldichten Cockpit, sodass Cargill ohne Bedenken während des Flugs geschäftlichen Angelegenheiten nachgehen konnte.

Nach dem Start lieferte Allen seinen Bericht ab. »Wir haben unseren Maulwurf gefunden«, erzählte er, allerdings mit weniger

Enthusiasmus, als Cargill erwartet hätte, und gleich darauf fand er heraus, weshalb, denn Allen fügte hinzu: »Aber ich fürchte, es gibt noch einen zweiten.«

Allen hatte seinen gepolsterten Kapitänssessel herumgeschwenkt, damit er Cargill ansehen konnte, der ebenfalls in einem solchen Sessel saß. Zwischen ihnen befand sich ein kleiner Tisch. Wären nicht die runden Fenster gewesen und dahinter der über neuntausend Meter tiefe Abgrund, hätte das Meeting ebenso gut in einem teuren Apartment oder einer VIP-Lounge stattfinden können.

»Eins nach dem anderen«, sagte Cargill. »Erst einmal: Wer ist der Maulwurf, den du gefunden hast?«

»Jack Rourk.«

»Bist du ganz sicher?«

»Vollkommen sicher.«

Cargill dachte darüber nach. Jack Rourk war ein guter Mann. Jedenfalls hatte er das vor einem Augenblick noch geglaubt. »Beweise?«, fragte er.

»Nachdem das Team Mark Argents Leiche hat verschwinden lassen, fiel mir auf, dass sie sein Handy nicht mit eingesammelt hatten. Also habe ich seine Nummer gewählt. Ich fand es drei Meter von der Stelle entfernt, wo er erschossen wurde, in einem Bett aus Kiefernnadeln. Er hatte es auf Aufnahme gestellt, also haben wir eine Aufzeichnung des gesamten Gesprächs.«

Allen zog ein schwarzes Handy hervor, Sonderanfertigung, leicht lädiert, und reichte es Cargill. Es war vom gleichen Typ wie jenes, das man Rourk zur Verfügung gestellt hatte. Zwar war es nicht anpeilbar und ohne jeden Schnickschnack, aber eine Kamera hatte es immerhin und konnte auch Audio- und Videoaufzeichnungen machen.

»Ich weiß, du willst es dir sicher selbst anhören«, sagte Allen, »aber lass es mich kurz zusammenfassen. Es sieht danach aus, als hätte Mark Argent einen Typen erwischt, der unseren Säuberungstrupp auf dem Mount Palomar beobachtet hat. Argent hat ihn mit gezogener Waffe gestellt. Der Mann behauptete, er sei Privatdetektiv und arbeite für Jenna Morrison. Was heißt, sie hat es also doch geschafft, lebendig vom Berg runterzukommen. Möglicherweise hatte er vor, sich jemanden von unserer Crew zu schnappen. Eine etwas wohlwollendere Interpretation der Situation wäre, dass er dort war, um eine Umgebung zu untersuchen, die er für den Schauplatz eines Verbrechens hielt.«

»Wie heißt er?«

»Weiß ich nicht. Argent hat ihn nicht beim Namen genannt, jedenfalls nicht nach Beginn der Aufzeichnung.«

Cargill runzelte die Stirn. »Erzähl weiter.«

»Der Detektiv hatte eine Kamera dabei. Er behauptete, Jenna Morrison würde ihren Aufenthaltsort geheim halten, sogar vor ihm, aber dass auf seiner Kamera Material sei, das Argent zu ihr führen würde. Aber dann hat er Argent überlistet und die Kontrolle übernommen.«

Cargill nickte nachdenklich. Das war überraschend. Wie alle Mitglieder des Teams war Argent ein Spitzenmann gewesen.

»Kurz darauf tauchte Rourk auf«, fuhr Allen fort. »Argent dachte, er sei gekommen, um ihm zu helfen.« Er stieß die Luft aus. »Aber dann hat Rourk ihn erschossen.«

Cargills Magen zog sich zusammen. Argents Tod war schlimm genug, aber dass er durch Verrat gestorben war, machte es noch übler. »Bist du sicher, dass nicht der Detektiv ihn erschossen hat?«

»Ganz sicher«, sagte Allen. »Zum einen hat Rourk ihn gezwungen, die Waffe fallen zu lassen, und ihn mit seiner eigenen Waffe bedroht. Und falls trotzdem noch Zweifel bestünden: Kurz darauf hat Rourk einen Vorgesetzten angerufen, um Bericht zu erstatten; ich gehe davon aus, es war Edgar Knight. Rourk hat in seinem Bericht erklärt, und das waren seine eigenen Worte, er sei gezwungen gewesen, Argent zu töten.«

Allen ließ Cargill einen Augenblick Zeit, um das zu verdauen, ehe er fortfuhr: »Rourk bat darum, sich zurückziehen zu dürfen, und erinnerte Knight daran, dass sie noch immer einen Mann drinnen hätten.«

»Seine Worte?«

»Ja.«

»Er hat also kein einziges Mal den Namen unseres zweiten Maulwurfs genannt?«

»Ich fürchte nicht.«

»Ist es denn zu viel verlangt von Rourk, seinen Partner bei seinem Scheißnamen zu nennen?«, donnerte Cargill frustriert los.

Allen schluckte schwer. »Wenigstens ein Gutes hat das alles: Immerhin wissen wir jetzt genau, womit wir es zu tun haben. Statt zu glauben, dass Rourk Knights einziger und letzter Maulwurf war, oder zu rätseln, ob wir es vielleicht doch noch mit mehreren zu tun haben, wissen wir jetzt wenigstens Bescheid.«

Cargill nickte. »Ja, wenigstens das.«

»Leider wird dir das, was ich dir als Nächstes zu sagen habe, noch weniger gefallen«, sagte Allen.

»Erzählst du es mir denn auch noch, oder willst du mich nur warnen?«

»Rourk hatte es auf Jenna Morrison abgesehen«, fing Allen an und verlagerte unbehaglich das Gewicht, weil er so schlechte Nachrichten überbringen musste. »Aber der Detektiv sagte Rourk, er habe einen USB-Stick dabei, angeblich hatte ihm das Mädchen den gegeben. Darauf seien Dr. Wexlers Arbeitsergebnisse gespeichert. Und jetzt hat Rourk diesen Stick.«

Cargill war zumute, als hätte jemand sein Herz in einen Schraubstock gespannt. Konnte das sein?

Er dachte näher darüber nach, dann schüttelte er den Kopf. »Ich schätze mal, die Chancen stehen fifty-fifty, dass es ein Bluff war«, sagte er schließlich. »Unseren Informationen zufolge ist es ausgeschlossen, dass Dr. Wexlers Arbeit noch irgendwo gespeichert ist.«

Andererseits, dachte Cargill, *Garbage in, garbage out, wie man in der Informatik so schön sagt.* Analyseergebnisse waren nicht immer verlässlich. Weshalb sollte er diesen Informationen mehr trauen können als seinem Team? Man hatte ihm mitgeteilt, dass Wexlers Arbeit nur auf einer einzigen Festplatte gespeichert gewesen sei, nur zur Sicherheit hatte man auch seine Cloud gelöscht.

Aber gab es vielleicht noch Kopien, über die er nicht informiert worden war?

»Kann sein, dass es ein Bluff war«, sagte Allen. »Hör dir die Aufnahme an und urteile selbst. Aber Rourk scheint diesen Typen sehr ernst genommen zu haben. Ich hatte sogar den Eindruck, dass Rourk irgendwoher bereits von der Existenz eines solchen USB-Sticks wusste. Er hat sich darauf eingelassen, den Detektiv gehen zu lassen, wenn er dafür den Stick bekam.«

»Es könnte trotzdem ein Bluff gewesen sein. Rourk musste es überprüfen; dass er den Detektiv hat laufen lassen, beweist gar nichts. Ich bezweifle, dass er vorhatte, sein Wort zu halten.«

Cargill fragte sich, wen er hier eigentlich gerade zu überzeugen suchte, Allen oder sich selbst. Falls dieser Privatdetektiv die Wahrheit gesagt hatte, war das eine riesige Katastrophe. Cargill bemerkte, dass er mit den Zähnen knirschte, ein unbewusstes Zeichen seiner Anspannung.

Wie hat dieser Wichser von Knight es eigentlich geschafft, Rourk auf seine Seite zu ziehen?

Gedankenverloren blickte Cargill aus dem Fenster hinaus in den dunklen Himmel. Dann drehte er sich wieder zu Allen um und sah seinem Untergebenen direkt in die Augen. Eine unmenschliche Zeitspanne lang blinzelte er nicht einmal.

Konnte er diesem Mann trauen? Schließlich hatte er auch geglaubt, Rourk trauen zu können. Und Edgar Knight war schon immer ein schräger Vogel gewesen, trotzdem hatte er auch ihm getraut. Bis er irgendwann eines Besseren belehrt worden war – auf die harte Tour.

Männer waren Schlangen. Wenn selbst Gott von einem seiner himmlischen Engel verraten worden war – einem Engel namens Satan, den er aus dem Himmel hatte verbannen müssen –, dann konnte ein Mensch mit Sicherheit jederzeit von jedem anderen Menschen hintergangen werden.

Immer noch starrte er Allen an, der seinen Blick ruhig erwiderte, obwohl er währenddessen ein halbes Dutzend Mal blinzeln musste.

Als Cargill erfahren hatte, dass die Männer, die Wexler abgeholt hatten, in einen Hinterhalt geraten waren, hatte er Allen geradeheraus gefragt, weshalb er ihm trauen sollte, und Allen hatte ihn an ihre gemeinsame Vergangenheit erinnert. Aber jetzt hatte Cargill sogar noch einen Grund mehr, diesem Mann zu vertrauen. Hatte nicht Allen Argents Handy gefunden? Würde auch er mit Knight gemeinsame Sache machen, hätte er einfach niemandem von der Aufnahme erzählen müssen und sie sogar löschen können. Stattdessen hatte er Cargill auf die Aufzeichnung aufmerksam gemacht, Rourk den Finger gezeigt und Argents Handy Cargill übergeben.

Und Allens erste Antwort war auch nicht von der Hand zu weisen. Cargill kannte ihn tatsächlich länger als all die anderen Männer, die mittlerweile auf sein Kommando hörten. Allen hatte seine Loyalität immer wieder unter Beweis gestellt. Genau deshalb hatte er ihn zum zweiten Befehlshaber bestimmt. Wenn Cargill sich entscheiden musste, wem er vertraute, dann konnte seine Wahl auf keinen besseren Mann fallen als auf Joe Allen.

Endlich wandte Cargill den Blick von seinem Gegenüber auf der anderen Seite des schmalen Tisches ab. »Ist das alles?«, brach er das lange Schweigen. »Ich nehme mal an, Rourk und der Detektiv sind beide abgehauen, und Rourk konnte sich der Aufgabe widmen, besagten Stick zu überprüfen. Oder hat Rourk diesen unglücklichen Burschen beseitigt, sobald er den USB-Stick hatte? Habt ihr den Wald nach der Leiche dieses Privatdetektivs durchsucht?«

»Nein. Ob du es glaubst oder nicht«, sagte Allen und schüttelte verblüfft den Kopf, »ich bin sicher, dass dieser Typ entkommen ist. Offenbar hat er den Stick nach Rourk geworfen, und im selben Augenblick war ein Schuss zu hören. Laut. Muss aus der Waffe des Detektivs stammen, denn die von Rourk abgefeuerten Schüsse, mit denen er Argent getötet hat, waren schallgedämpft. Ich tippe darauf, dass der Detektiv entkommen ist und Rourk sich den USB-Stick geschnappt hat.«

»Aber ganz sicher lässt sich das nicht sagen.«

»Nein.«

Cargill dachte über diese neuen Informationen nach. Wen auch immer Jenna Morrison da angeheuert hatte, er war gut, und je länger er darüber nachdachte, desto größer wurde seine Überzeugung, dass der Mann nicht wirklich Privatdetektiv war. Egal, wie sie auf ihn gekommen war, dieser Mann hatte bemerkenswert viel drauf.

Argent und Rourk waren Profis, und dass dieser Mann imstande gewesen war, sie beide kurz abzulenken und die Gelegenheit zu nutzen, um den Spieß umzudrehen, setzte Fähigkeiten und Erfahrung voraus, die ihre noch übertrafen.

Die Spannbreite der Fähigkeiten zwischen einem erfahrenen Experten und einem Anfänger war bei Menschen in nahezu jeder Disziplin gewaltig. Ein begeisterter Hobby-Tennisspieler mochte hundertmal gegen Roger Federer spielen und ausnahmslos jeden Satz verlieren. Ein durchschnittlicher Privatdetektiv konnte zwar versuchen, seinen Kopf aus der Schlinge zu ziehen, wenn jemand wie Argent oder Rourk die Waffe auf ihn gerichtet hielt, aber er würde verlieren, das war so gut wie sicher. Er hatte die erforderlichen Bewegungen nicht trainiert, verfügte nicht über die benötigte Geschwindigkeit, Entschlossenheit oder Kühnheit. Dieser Mann musste außerordentlich gut ausgebildet sein und ausnehmend erfahren.

»Okay, Joe, gute Arbeit«, sagte Cargill schließlich. »Ich höre mir die Aufnahme jetzt selbst an und denke dann ein bisschen darüber nach.«

Allen nahm mit einem Nicken zur Kenntnis, dass er entlassen war, schwang seinen Sessel herum und stellte ihn wieder fest, in derselben Blickrichtung wie sein Chef.

Mit großem Interesse lauschte Cargill der Aufnahme. Er musste zugeben, dass Allen eine ausgezeichnete Zusammenfassung der relevanten Informationen abgeliefert hatte.

Cargill hatte zwar nach Jenna Morrison suchen lassen, aber diese Suche hatte bisher untergeordnete Priorität gehabt. Es war vor allem um Nathan Wexler gegangen. Jenna Morrison war kaum mehr als eine zufällige Zuschauerin gewesen, die es einfach nur zur falschen Zeit mit dem falschen Genie getrieben hatte.

Aber jetzt sah alles ganz anders aus. Wenn Wexlers Arbeit wirklich überlebt hatte und seine mit ihm zusammenlebende Freundin wusste, wie man darankam, änderte das alles.

Dass Knight die Daten hatte, war schlimm genug. Aber dass Knight sie hatte und Cargill nicht, das war *undenkbar*.

Und es würde einen von Knights jüngsten Schachzügen erklären. Cargill hatte sowohl an die Physikabteilung der UCLA als auch an Dan Walsh E-Mails geschickt, die den Eindruck erweckten, Nathan sei noch am Leben, um sich mehr Zeit zum Aufräumen zu verschaffen.

Aber später war eine weitere Nachricht an Dan Walsh verschickt worden, ebenfalls angeblich von Wexler. Eine Nachricht, die von Edgar Knight stammen musste. Sie hatte besagt, Jenna Morrisons Computer sei infiziert, hatte eine Warnung an Dan Walsh enthalten und die Bitte, er möge alle von ihrer Adresse eingehenden Mails blockieren. Knight musste gewusst haben, dass Cargill den UCLA-Physiker noch überwachen ließ, und versuchte, es Cargill schwerer zu machen, das Mädchen wieder einzusammeln.

Cargill hatte nicht verstanden, weshalb Knight sich diese Mühe machte. Aber jetzt begriff er es womöglich doch.

Vielleicht hatte Knight gewusst, dass Jenna nicht nur den Überfall überlebt, sondern außerdem Zugriff auf eine weitere Kopie der Arbeit ihres Verlobten hatte.

Also musste Cargill sie finden, und zwar so schnell wie möglich, oder eine Kopie der Daten auftreiben. Das war seine einzige Hoffnung.

Noch immer war der Plan, Knight zu finden und zu eliminieren, seine Priorität Nummer eins. Aber Jenna Morrison zu finden rangierte ab sofort direkt dahinter.

Und dieser Privatdetektiv, oder was auch immer er in Wirklichkeit war, schien der Schlüssel dazu zu sein.

Cargill beschloss, das Ganze im Kopf einmal durchzuspielen, das durchzuführen, was die Wissenschaftler, mit denen er im Lauf seiner Karriere zusammengearbeitet hatte, ein Gedankenexperiment nannten. Er entschied sich dafür, sich vorzustellen, er sei Jenna Morrison und wäre Sonntagnacht gemeinsam mit Nathan Wexler aus dem eigenen Haus entführt worden. Niemand hatte ihnen gesagt, weshalb. Dann der Hinterhalt und ihre Flucht.

Es war sehr klug von ihr gewesen, nicht zur Polizei zu gehen, sondern stattdessen jemanden anzuheuern, auf den Cargill nicht so leicht Einfluss nehmen konnte. Einen Privatdetektiv zu engagieren, einen Söldner oder was auch immer dieser Bursche sein mochte, war genial.

Aber an wen sie sich auch gewandt und wie auch immer sie ihn aufgetrieben hatte, sie hatte ihm erklären müssen, was ihr zugestoßen war. Ob er ihr glaubte? Und was würde er als Nächstes tun?

Cargill stellte sich vor, wie Jenna Morrison aus ihrer Perspektive schilderte, was in dieser Nacht geschehen war. Wenn Cargill ohne irgendwelche Vorkenntnisse eine solche Geschichte gehört hätte, dann hätte er die Gegend, wo der Hinterhalt stattgefunden haben sollte, mit eigenen Augen sehen wollen. Und genau das hatte ihr Privatdetektiv getan.

Was würde er sonst noch getan haben? Was an ihrer Geschichte konnte er noch überprüfen?

Als Cargill eine interessante Möglichkeit in den Sinn kam, weiteten sich seine Augen. Wenn der Mann so gut war, wie Cargill mittlerweile annahm, dann würde er sich die Aufnahmen der öffentlichen Kameras rings um Wexlers Haus in La Jolla besorgen. Er würde den *Hostess*-Truck sehen wollen. Eine Bestätigung dafür, dass er wirklich dort gewesen war, sonntags um Mitternacht mitten in einer Wohngegend. Würde auf das Glück hoffen, das Nummernschild zu bekommen oder eine deutliche Aufnahme des Fahrers.

Cargill hatte dafür gesorgt, dass man sich augenblicklich um die Aufnahmen kümmerte, weil er darauf bestand, dass Q5 mit fanatischer Gründlichkeit hinter sich aufräumte. Und dann hatte er die Aufnahmen ganz vergessen.

Aber der Mann, der jetzt für Jenna Morrison arbeitete, würde nicht wissen, dass es sich um eine Sackgasse handelte. Also würde er versuchen, die Aufnahmen irgendwie zu bekommen. Damit Cargill den Mann auf diesem Wege ausfindig machen konnte, musste der Detektiv überhaupt erst einmal auf die Idee kommen und außerdem über die nötigen Verbindungen verfügen, um an die Aufnahmen heranzukommen. Es war zwar unwahrscheinlich, aber durchaus einen Versuch wert.

Cargill löste seinen Gurt und ging das kurze Stück zu Joe Allen hinüber, dessen Augen geschlossen waren. Vielleicht ruhte er sich nur aus, vielleicht war er aber auch tief und fest eingeschlafen, aber es hätte Cargill nicht egaler sein können. »Joe«, sagte er laut und wartete, bis Allen die Augen öffnete, was er fast augenblicklich tat.

»Ja?«, murmelte Allen.

»Ich will, dass du Erkundigungen einziehst, ob irgendjemand versucht hat, an die Aufzeichnungen der öffentlichen Kameras rings um Wexlers Haus zu kommen, aus der Nacht der Exfiltration. Falls du fündig wirst, will ich wissen, wer es war, und ich will alles wissen, was es über ihn zu wissen gibt. Alles.«

Er machte eine Pause, und seine Augen loderten. »Und Joe, ich muss wohl nicht extra sagen, dass es extrem dringend ist und extrem vertraulich. Ich will nicht, dass du mit irgendwem aus dem Team darüber sprichst.«

Allen nickte finster. »Verstanden«, sagte er.

21

Während der restlichen Fahrt zu Blakes Apartment setzte Jenna Walsh über alles, was seit ihrer Rückkehr aus Chicago geschehen war – letzte Nacht erst –, gründlich ins Bild.

Es war alles so unwirklich. Walsh gab sein Bestes, es richtig zu begreifen, und die Nachricht von Nathans Tod traf ihn immer wieder mit voller Wucht, weil er noch keine Zeit gehabt hatte, es zu verinnerlichen.

Jenna hatte schon eine ganze Weile nicht mehr richtig geschlafen, und obwohl es noch vor neun war, lief sie Gefahr einzudösen. Blake machte eine Kanne starken Kaffees, und Jenna war willens, sich den Inhalt der ganzen Kanne reinzuschütten, wenn es sie nur wachhielt. Vorausgesetzt, dass die ganze Kanne nur für sie war, aber angesichts der Tatsache, dass ihre Gefährten beide keine Kaffeetrinker waren, lag diese Möglichkeit durchaus nahe. Walsh nuckelte an einer Flasche Mineralwasser, und ihr Gastgeber trank gar nichts.

Blake druckte die aus Walshs Cloud-Account geborgene Mail von Nathan dreimal aus, damit sie sie alle vor Augen hatten, und sie setzten sich zu dritt an seinen Küchentisch.

»Okay, Dan«, fing Jenna an, sobald sie saßen und alle drei diese außergewöhnliche Mail noch einmal gelesen hatten. »Wir können wohl davon ausgehen, dass Nathan da wirklich auf etwas gestoßen ist und dass er in allen Punkten richtig lag, sind wir uns da einig?«

»Ich denke mal, im Rahmen dieser Unterhaltung wäre das sinnvoll«, stimmte ihr der Physiker zu.

»Und nehmen wir mal den Extremfall an«, sagte Jenna. »Gehen wir davon aus, dass er wirklich imstande gewesen wäre, etwas eine volle Halbsekunde in der Zeit zurückzuschicken.« Sie pfiff durch die Zähne. »Eine halbe Sekunde. Lasst uns drauflosspinnen. Das eröffnet nicht gerade die Möglichkeit, der Geburt Jesu beizuwohnen oder sich einen lebendigen Dinosaurier anzusehen, aber ich schätze mal, das Universum stellt hier die Regeln auf.«

»Lasst uns auf jeden Fall mit der Halbsekunde arbeiten«, sagte Blake. »In Begriffen von ...« Er verstummte mitten im Satz und zog Nathans Mail zurate. »... von fünfundvierzig Mikrosekunden zu denken«, redete er weiter, »das packe ich nicht. Das ist eine zu kurze Zeitspanne, um sie zu begreifen.« Er sah Dan Walsh an. »Ich nehme mal an, wenn eine Millisekunde das Tausendstel einer Sekunde ist, dann ist eine Mikrosekunde was genau, ein Millionstel einer Sekunde?«

»Genau richtig«, sagte der Physiker. »Nathan scheint vollkommen sicher zu sein, dass er um fünfundvierzig Millionstel einer Sekunde in der Zeit zurückgehen kann. Und fast sicher, dass es auf Grundlage dieser Intervalle gelingen kann, die Zeitspanne auf fast eine Halbsekunde auszudehnen. Ich stimme Jenna also zu – lasst uns davon ausgehen, dass eine Halbsekunde machbar ist.«

»Weshalb sollte sich dafür irgendwer interessieren?«, fragte Jenna. »Das ist die große Preisfrage.«

Geschichten über Zeitreisen waren, wie sie wusste, recht zahlreich. Es war eine der beliebtesten Literaturkategorien, vor allem in den letzten paar Generationen. Beinahe unendlich viele Bücher, Serien und Filmen rankten sich darum. Früher einmal hatten sich ausschließlich knallharte Science-Fiction-Stories damit beschäftigt, aber mittlerweile war es auch Thema in Abenteuergeschichten und Mystery, außerdem in Komödien und, am verblüffendsten, sogar im Genre der Liebesgeschichten.

Sie hatte noch nie darüber nachgedacht, aber was war es eigentlich, das dieses Thema so vielseitig machte, so beliebt?

Sie kam auf die Antwort, kaum dass sie die Frage formuliert hatte. Zum einen berührten Zeitreisen Fantasien, die jedes menschliche Wesen kannte. Wer hatte sich noch nie gewünscht, in der Zeit zurückgehen und einen Fehler korrigieren zu können, ein Unrecht wiedergutzumachen, den Ausgang der Dinge zu ändern? Wer wünschte sich nicht eine zweite Chance, das Mädchen für sich zu gewinnen oder einen Home-Run zu schaffen? Hitler zu töten oder in Apple oder Facebook zu investieren, als sie gerade noch in den Startlöchern steckten?

Die Möglichkeiten für Rettungen, für Profit und für Rache waren endlos und weitreichend.

Und dann waren da noch die Paradoxien. Man konnte Geschichten erfinden, die einem die Socken auszogen, konnte Möbiusschleifen konstruieren und ganz nach Belieben verdrehen und verbiegen, um das Publikum in den Bann zu schlagen. Eine Wendung jagte die nächste, mit lauter verwickelten und erschütternden Enthüllungen.

Zeit war, ebenso wie die Gravitation, eine Grenze, die einem das unerbittliche Universum auferlegte. Gegen diese beiden Barrieren hatte sich die Menschheit schon immer aufgelehnt und unermüdlich davon fantasiert, sie irgendwann zu besiegen.

Aber was die Möglichkeit anging, sich gegen den unaufhaltsamen Strom der Zeit aufzulehnen … es sah ganz so aus, als wäre es kein bloßer Tagtraum mehr.

»Nathan hatte natürlich recht«, fuhr Jenna fort. »Selbst eine Halbsekunde ist zu kurz, um sie wirklich sinnvoll zu nutzen. Fünf Minuten, na klar. Mit fünf Minuten ließe sich eine Menge anstellen. Man könnte im Lotto gewinnen. Eine Katastrophe abwenden. Aber eine halbe Sekunde?«

»Ich weiß ja, Nathan geht davon aus, dass es vollkommen ungefährlich ist, für Zeitreisen diese, hm … Quintessenz-Energie anzuzapfen«, sagte Blake, »aber können wir uns sicher sein, dass das stimmt? Was, wenn man auf diesem Weg die ultimative Bombe bauen könnte? Könnte das hinter diesem großen Interesse stecken?«

Er machte eine Pause. »Ich habe als Kind einen Roman gelesen, er hieß *Die Waffenschmiede von Isher*. Es war Science-Fiction, ja, aber wenn Nathans Entdeckung nicht an SF grenzt, was dann? In diesem Roman reist ein Mann viele, viele Jahre in der Zeit zurück. Aber für jedes dieser Jahre sammelt sich in ihm mehr Energie an, bis zu einem *unvorstellbaren* Niveau. Und schließlich, als er mehrere Milliarden Jahre in der Zeit zurückgereist ist, wird sie freigesetzt – durch eine *Explosion.*«

»Das Buch habe ich auch gelesen«, sagte Walsh enthusiastisch. »Apropos Paradoxien. Wenn ich mich recht entsinne, explodiert er nicht nur, sondern setzt derart viel Energie frei, dass er den sprichwörtlichen Urknall erzeugt. Also ist am Ende der Geschichte dieser Zeitreisende die Ursache für nichts Geringeres als die Geburt unseres Universums.«

Blake lächelte. »Genau der Roman ist es«, sagte er. »Jedenfalls ... ich weiß ja, dass wir es damit auf die Spitze treiben, aber Nathan schrieb selbst, dass für diese Zeitreisesache unfassbare Energien erforderlich sind. Genug, um den Planeten in Stücke zu reißen. Er sagt, dass seinen Berechnungen zufolge all diese Energie im Prozess aufgebraucht wird und keinen Schaden anrichten kann, aber was, wenn er sich irrt? Was, wenn es eher so ist wie in dieser Science-Fiction-Geschichte?«

Jenna trank den letzten Schluck Kaffee und dachte darüber nach. »Interessanter Gedanke«, sagte sie. »Und ich habe überhaupt keine Alternative anzubieten. Aber mein Bauchgefühl sagt, das ist es nicht. Erstens hat dieser Typ, der in meinem Haus war, gesagt, es sei potenziell gefährlich, aber es ginge nicht um Sprengstoff. Kann sein, dass er gelogen hat, aber aus irgendeinem Grund glaube ich ihm. Und Nathan hätte nicht geschrieben, er sei sicher, dass es ungefährlich ist, wenn er nicht, na ja ... wenn er nicht sicher gewesen wäre, dass es ungefährlich ist. Und würden diese Leute, die hinter uns her sind, wirklich mit solchem Eifer hinter etwas herjagen, wenn sie nicht überzeugt wären, dass es wirklich funktioniert?« Sie zuckte mit den Schultern. »Außerdem würde ich noch argumentieren, dass wir bereits Bomben haben, mit denen man die Welt zerstören kann. Selbst wenn also Zeitreisen zu noch größeren Explosionen führen würden ... na und?«

»Ich sehe es wie Jenna«, sagte Walsh.

Blake nickte. »Ich finde auch keinen Fehler in ihrer Argumentation.«

Jenna stand auf und schenkte sich Kaffee nach. Für den Augenblick hielt es sie auf den Beinen, aber sie wusste, dass sie später für diese künstliche Wachheit würde zahlen müssen.

Blake und Walsh wirkten gedankenverloren, aber ihren Mienen nach zu schließen kam keinem von beiden irgendeine Erleuchtung.

»Okay, wir gehen also von dieser Halbsekunde aus«, murmelte Blake und strich sich geistesabwesend übers Kinn. »*Wir* können mit dieser Zeitspanne nichts Vernünftiges anfangen. Aber was ist mit einem Computer? Für einen Computer ist eine Halbsekunde ungeheuer lang. Sagen wir also, wir haben einen Computer darauf programmiert, Börsenentwicklungen zu analysieren, und wenn eine Aktie hochschnellt, sendet er diese Information an sich selbst und kauft sie ein.«

»Ich bin kein Börsenfachmann, Aaron«, sagte Walsh, »aber ich bin trotzdem ziemlich sicher, dass es nicht funktionieren würde. Dein Computer wäre schnell genug, um die Information, die eine halbe Sekunde aus der Zukunft kommt, zu verarbeiten und auch eine Kaufanweisung rauszugeben, aber diese Anweisung könnte nie im Leben rechtzeitig umgesetzt werden. Selbst wenn es möglich wäre – die Schwankungen der Börsenpreise von einer Sekunde auf die andere sind minimal. Und selbst wenn man diese minimalen Aufwärtstrends erfassen würde, könnte der Preis in der *nächsten* Halbsekunde schon wieder sinken.«

Weil ihnen erst einmal nichts mehr einfiel, beschlossen sie, Nathans Mail noch mal zu lesen. Jenna hatte den nächsten Becher Kaffee schon fast geleert, aber sie gähnte inzwischen trotzdem regelmäßig und wusste, dass sie eine verlorene Schlacht kämpfte.

Sie las die Mail fertig und wandte sich an Dan Walsh. »Nathan erwähnt etwas namens *Hawkings Chronologie-Schutz-Vermutung*«, sagte sie. »Weißt du, was er damit meint?«

»Tu ich«, antwortete Walsh. »Lange Zeit glaubte die Wissenschaft, Zeitreisen seien vollkommen unmöglich. Aber in den letzten Jahrzehnten glauben immer mehr anerkannte Physiker von Eliteuniversitäten, dass es vielleicht doch möglich sein könnte, zumindest in der Theorie.«

»Weshalb dieser Sinneswandel?«, fragte Jenna.

»Nun, du musst wissen«, erwiderte Walsh, »es ist schon lange bekannt, dass die Gesetze der Physik in genau einer Zeitrichtung perfekt funktionieren: vorwärts *oder* rückwärts. In den Neunzehnhundertvierzigern zeigte Richard Feynman, dass Antimaterie – die es übrigens wirklich gibt und bei der es sich um eine ganz erstaunliche Angelegenheit handelt – mathematisch identisch ist mit gewöhnlicher Materie, die sich in der Zeit rückwärts bewegt. Diese Erkenntnis nutzte er zur Entwicklung einer bildlichen Darstellung, die man Feynman-Diagramme nennt, womit er nahezu jedes Teilgebiet der Theoretischen Physik revolutioniert hat. So umfassend, dass man ihm für seine Arbeit den Nobelpreis verliehen hat.«

»Zeitreisen könnten also möglich sein«, sagte Jenna, »in der *Theorie*. Aber hat je zuvor jemand es irgendwie experimentell nachgewiesen?«

»Es gibt einige Hinweise darauf, dass die Zukunft die Gegenwart beeinflussen kann. Den Effekt nennt man Retrokausalität. Die meisten dieser Experimente stammen aus dem Bereich der Quantenphysik und sind zu kompliziert, um sie zu beschreiben. Aber Yakir Aharonov und Jeff Tollaksen haben einen in meinen Augen großartigen Ansatz entwickelt, wie auch der Laie die Grundidee erfassen kann. Im Wesentlichen: Man weiß, dass zwei ganz gleichartige radioaktive Atome, die in jeder Hinsicht vollkommen identisch sind, nach dem Zufallsprinzip zerfallen. Das eine mag im nächsten Augenblick zerfallen, während es bei dem anderen eine Stunde dauert. Aber sie sind *identisch*, und es gibt keine Möglichkeit, den Zeitpunkt des Zerfalls vorherzusagen. Und die Wissenschaft hat bisher noch keine möglichen Ursachen für diese Effekte entdeckt. Also hat Aharonov argumentiert, dass die Information, von der das Verhalten der Partikel gesteuert wird, nicht aus der Vergangenheit oder der Gegenwart stammt, sondern vielleicht aus der Zukunft. Retrokausalität. Das umgekehrte Prinzip von Ursache und Wirkung.«

»Das ist ja alles ganz umwerfend«, sagte Blake. »Aber eine Sache finde ich verwirrend.« Er unterbrach sich und grinste. »Okay, ich finde das alles verwirrend, aber eine Sache am meisten. Du hast gesagt, dass die Gesetze der Physik sowohl vorwärts als auch rückwärts funktionieren. Wenn das der Fall ist, weshalb scheint dann die Zeit eine bestimmte Richtung zu haben?«

»Gute Frage«, sagte Walsh. »Dafür gibt es eine Reihe von Gründen. Einer davon ist dir gerade selbst aufgefallen: unsere Wahrnehmung. Wir erleben die Zeit so, als flösse sie nur in eine Richtung. Aber der wohl am häufigsten genannte Grund dafür ist die sogenannte Entropie, oder auch der zweite Hauptsatz der Thermodynamik, ein Konzept, das in der Physik gewaltige Bedeutung hat. Im Wesentlichen besagt dieser Hauptsatz, dass alles dazu neigt, von einem geordneten zu einem ungeordneten Zustand überzugehen – in nur eine zeitliche Richtung. Seit seiner Entstehung zerfällt das Universum, in gleichbleibender Richtung. Zum Beispiel wurde schon vielfach beobachtet, wie ein Kristallglas gegen einen gemauerten Kamin geworfen wurde und in tausend Scherben zersprungen ist. Das Glas geht von einem geordneten Zustand in einen ungeordneten über. Aber das funktioniert niemals andersherum. Niemand hat jemals gesehen, wie ein Haufen aus tausend Scherben, den man gegen einen Kamin wirft, sich spontan zu einem Kristallglas zusammensetzt.« Jenna und Blake versuchten, diese Informationen zu verdauen, allerdings mit begrenztem Erfolg.

»Das ist alles faszinierend«, sagte Jenna zu dem Physiker. »Aber du wolltest meine erste Frage beantworten, und dann sind wir abgeschweift.«

»Richtig«, sagte er. »Du hattest gefragt, was es mit der Chronologie-Schutz-Vermutung auf sich hat. Wie gesagt, renommierte Wissenschaftler nehmen das Thema Zeitreisen mittlerweile zunehmend ernst. Aber Kip Thorne und Stephen Hawking glauben nicht daran. Thorne sagt, seinen Studien zufolge würden sich alle Zeitmaschinen nach der Aktivierung selbst zerstören, was vielleicht die Antwort des Universums auf all diese spaßigen Zeitreiserätsel ist, über die wir uns die Köpfe zerbrechen. Hawking glaubt, dass das Universum sich der Quantenmechanik zum Trotz schlicht weigert, Zeitreisen zuzulassen, weil das bedeuten würde, dass es sich ordnen muss. Halb im Scherz nannte er das die *Chronologie-Schutz-Vermutung*. Diese Vermutung besagt im Wesentlichen, dass die Gesetze der Physik sich verschworen haben, um Zeitreisen zu verhindern. Was den Effekt hat, wie Hawkings sagt, dass die Historiker sich in Sicherheit befinden.«

Darüber lächelten Jenna und Blake.

»Eine weiter gefasste Definition dieser Vermutung hingegen *erlaubt* Zeitreisen«, fuhr Walsh fort, »aber nur dann, wenn sie keine Paradoxien hervorrufen. Lasst uns mal ein klassisches Paradoxon unter die Lupe nehmen. Sagen wir, jemand geht in der Zeit zurück und tötet seine Mutter, als sie noch ein kleines Mädchen ist. Wenn er das tut, wie wird er dann geboren? Und wenn er niemals geboren wurde, wie tötet er dann seine Mutter?«

Walsh trank einen Schluck Wasser und ließ den beiden anderen ein bisschen Zeit, um darüber nachzudenken. »Wenn er sie nicht töten kann, weil er niemals geboren wurde«, fuhr er fort, »dann *wird* er geboren. Jetzt kann er sie also doch töten. Es ist ein endloser Kreis ohne Anfang und Ende.«

Walsh zog eine Braue hoch. »Die weiter gefasste Version der Chronologie-Schutz-Vermutung besagt also, dass man in die Zeit zurückgehen kann, als die eigene Mutter noch ein kleines Mädchen war. Aber wenn man vorhat, sie zu töten, dann würde eins von zwei Ereignissen eintreten: Entweder wäre es einem sofort unmöglich, in der Zeit zurückzureisen, bis man zu dem Schluss kommt, Muttermord sei doch keine so gute Idee. Oder es würde funktionieren, aber irgendetwas würde einen an der erfolgreichen Ausführung des Vorhabens hindern. Hat einen immer gehindert. Wird einen immer hindern.«

»Ob du es glaubst oder nicht«, sagte Blake, »ich habe mal eine Geschichte über Hawkings These gelesen. Du hast gerade meiner Erinnerung auf die Sprünge geholfen. Sie hieß *The Chronology Protection Case* und stammt aus einer Anthologie mit Detektivgeschichten. Eine Physikerin heuert einen Privatdetektiv an, nachdem ein anderer Physiker unter merkwürdigen Umständen zu Tode gekommen ist. Binnen kurzer Zeit stellen sie fest, dass eine große Gruppe Physiker, die gemeinsam an einer Abhandlung gearbeitet haben, wie die Fliegen sterben, und zwar allesamt auf seltsame und ziemlich unwahrscheinliche Art. Schließlich kommt der Detektiv darauf, dass sie hier die Chronologie-Schutz-Vermutung in Aktion erleben. Es sieht so aus, als ob die Gruppe drauf und dran war, ihre Forschungsergebnisse zum Thema Zeitreisen zu veröffentlichen, und das Universum reagiert, um sich selbst zu schützen. Der Detektiv selbst hat zwei sehr eigenartige Unfälle, die er nur knapp überlebt, und allmählich wird ihm klar, dass das Universum ihn auffordert, die letzte Überlebende der Gruppe davon zu überzeugen, zu lügen, was die Arbeit betrifft, sie zu diskreditieren, um am Leben zu bleiben, damit Zeitreisen niemals stattfinden.«

»Großartige Idee für eine Geschichte«, sagte Walsh. »Anscheinend ist es besser, das Universum nicht zu reizen«, fügte er breit grinsend hinzu.

Auch Jenna lächelte. Sie hätte sich nie träumen lassen, das gesamte Universum einmal als eine Art Vollstrecker zu betrachten, der seine eigenen Interessen wahrte. »Könnte das der Grund für diese Halbsekundengrenze sein?«, dachte sie laut nach. »Sorgt das Universum auf diese Weise dafür, dass wir nicht genug Zeit haben, um ein Paradoxon zu erzeugen?«

Walsh schüttelte den Kopf. »Dafür würde die Halbsekundengrenze aber nicht zwingend sorgen«, sagte er. »Du hast sicher schon mal von der Chaostheorie gehört, oft auch *Schmetterlingseffekt* genannt. Er besagt nichts weiter, als dass in bestimmten Systemen selbst die winzigste Änderung der Anfangsbedingungen gewaltige Auswirkungen haben kann, sodass der Ausgang unvorhersehbar wird. Edward Lorenz war einer der frühesten Pioniere auf diesem Gebiet – versehentlich. Er hat Modellversuche zum Wetter durchgeführt, wollte eine bestimmte Analyse wiederholen und hat die Ergebnisse händisch eingegeben. Sein Computer hat mit Zahlen gearbeitet, die bis zur sechsten Dezimalstelle berechnet waren, aber Lorenz hat sie bei der Eingabe auf die dritte Nachkommastelle abgerundet, um Zeit zu sparen. Statt also beispielsweise ,546124 einzugeben, gab er nur ,546 ein. Nie in einer Million Jahren hätte er geglaubt, dass eine so geringfügige Änderung sich bemerkbar machen würde. Aber das hat sie. Sie hat sich massiv auf die Endergebnisse ausgewirkt – alles hat sich geändert.«

Jenna hatte diese Geschichte noch nie gehört, aber sie war fasziniert. »Du willst also sagen, dass die Auswirkungen, wenn man um weniger als eine Sekunde in die Vergangenheit zurückgeht und auch nur die allerkleinste Winzigkeit anders macht, unvorhersehbar sein könnten und womöglich sehr viel größer, als wir glauben?«

Walsh strahlte, ein stolzer Professor, der sich an einer begabten Studentin freute. »Ich hätte es nicht besser sagen können«, antwortete er. »Aber trotzdem glaube ich, dass du recht hast. Eine Halbsekundengrenze könnte durchaus größere Paradoxien verhindern, also ist das Universum nicht in Gefahr. Aber selbst wenn es gar keinen Chronologie-Schutz gibt, selbst wenn Zeitreisen quasi im Wildweststil funktionieren und alles möglich ist, legt die Chaostheorie nah, dass man sie nicht kontrollieren kann. Und man kann nie wissen, welche Auswirkungen eine Veränderung nach sich ziehen wird.«

Jenna war von der Diskussion wie gebannt, und ihr Körper beschloss, ihrem Enthusiasmus Ausdruck zu verleihen, indem er sie zu einem ausgiebigen Gähnen zwang, erst einmal und dann gleich noch mal. Sie warf Walsh einen entschuldigenden Blick zu, und er fuhr fort.

»Um den Gedanken zu Ende zu bringen«, sagte er, »lasst mich euch noch ein Kultbeispiel aus dem Film *Zurück in die Zukunft* erzählen. Ich liebe diesen Film, aber er dreht sich ganz und gar um die menschliche Wahrnehmung, und an seinem Beispiel lässt sich hervorragend illustrieren, dass man die Geschichte niemals wiederholen, niemals zweimal in denselben Fluss steigen kann.«

Walsh trank einen weiteren Schluck Wasser und fuhr fort: »Marty McFly ändert die Vergangenheit und muss sie wieder reparieren. Er muss dafür sorgen, dass seine Eltern doch noch heiraten, damit er und seine Geschwister gezeugt werden können. Aber das ist absurd. Selbst wenn Marty seine Eltern wieder zusammenbringt, werden sie sich auf eine ganz leicht veränderte Weise verlieben, zu einer anderen Zeit. Unzählige winzige Variablen werden verändert, was bedeutet, dass der Samenerguss seines

Vaters, bei dem Marty gezeugt wurde, genauso niemals stattfinden wird. Selbst wenn es nur eine einzige Veränderung gibt, sagen wir mal, der sprichwörtliche Schmetterling aus der Chaostheorie fliegt durchs Zimmer, während seine Eltern miteinander schlafen, könnte das die Ejakulation seines Vaters genau um fünfundvierzig Mikrosekunden verzögern. Selbst diese minimale Veränderung würde dazu führen, dass nicht Martys Spermium das Rennen macht, sondern irgendein anderes der Hundertmillionen Spermien die Eizelle befruchtet. Selbst wenn Marty seine Eltern wieder zusammenbringt – die Geister, die er rief, wird er nicht mehr los.«

Vor Jennas Augen verschwamm die Welt, und sie schüttelte heftig den Kopf, stand auf und schenkte sich zum dritten Mal Kaffee ein. Bei dem Gedanken, ihn hinunterzuwürgen, rümpfte sie angewidert die Nase, aber sie war fest entschlossen, wach zu bleiben, bis sie alle Möglichkeiten durchgegangen waren.

»Nathan hat außerdem noch etwas namens Blockuniversum erwähnt«, sagte Blake. »Was ist das?«

»Zeit ist nicht mein Spezialgebiet«, sagte Walsh, »ich bin nur mit den Grundlagen vertraut. Aber ich glaube, es wäre sinnvoller, wenn ich euch einen Crashkurs zur Natur der Zeit gebe, statt auf die in Nathans E-Mail angerissenen Fragen einzugehen. Dann könnt ihr beide alles in den richtigen Kontext setzen.«

Jenna sah zu Aaron Blake hinüber, der zustimmend nickte.

»Dann leg mal los«, sagte sie und kam nicht gegen ein weiteres Gähnen an. »Wir sind ganz Ohr.«

22

»Tut mir leid, dass ich nicht früher auf deine Anrufe reagieren konnte, Jack«, sagte Edgar Knight, ein dreidimensionales Abbild seines stets angespannten Gesichts schwebte über dem Handy, das Jack Rourk in einem glücklicherweise bis einundzwanzig Uhr geöffneten Ladens am Fuß des Mount Palomar erstanden hatte. »Mir ist, als müsste ich in größter Eile einen Brandherd nach dem anderen löschen und käme darüber hinaus zu nichts anderem mehr.«

»Ich verstehe das vollkommen«, sagte Rourk.

Und er verstand es tatsächlich nur zu gut. Genau deshalb kam er nicht gegen die Wut auf seinen Boss an, der gesehen haben musste, dass er vor zwei Stunden mehrfach versucht hatte, ihn anzurufen, aber offenbar beschlossen hatte, nicht darauf zu reagieren. Weil das, womit er gerade beschäftigt gewesen war, seiner Meinung nach wichtiger war als das, was Rourk zu berichten hatte.

Knight war sehr schlau und hatte sich vermutlich gedacht, dass es eine mühsame und zeitaufwendige Angelegenheit sein würde, bis Rourk seinen Privatdetektiv vom Berg runter an einen sicheren Ort gebracht hatte, und dass er seinen Gefangenen womöglich für längere Zeit bewusstlos halten würde, ehe er ihn wieder weckte und gründlicher verhörte. Knight hatte angenommen, dass Rourk angerufen hatte, um ihm den Zwischenstand mitzuteilen.

Aber das war ganz und gar nicht der Grund für seine Anrufe. Niemals würde Knight damit gerechnet haben, dass Rourk den Hauptgewinn gezogen hatte. Hätte er es gewusst, dann hätte keine Macht der Welt ihn davon abhalten können, sofort ans Telefon zu gehen.

Brandherde löschen, leck mich doch, dachte Rourk und hätte fast eine Grimasse geschnitten.

»Was haben Sie zu berichten?«, fragte Knight ungeduldig. Er beugte sich vor, als wollte er das Abbild von Rourks Gesicht auf seinem Bildschirm eingehender betrachten. »Was ist mit Ihrem Arm?«

»Der Privatdetektiv war besser als gedacht. Er hat mich angeschossen.«

Verärgert und voller Abscheu entblößte Knight die Zähne. »Was wollen Sie damit sagen?«, herrschte er ihn an. »Sie haben ihn verloren! Die perfekte Verbindung zu dem Mädchen!«

»Ich habe ihn nicht verloren«, antwortete Rourk, »ich habe ihn laufen lassen. Und nur deshalb habe ich jetzt ausgezeichnete Neuigkeiten, die die Suche nach Jenna Morrison überflüssig machen.«

Und vielen Dank auch, dass du fragst, ob es mir gut geht, nachdem ich angeschossen wurde, dachte er. *Ich habe einen Feldverband angelegt, und zwar einen dicken, aber bald bin ich wieder so gut wie neu.*

»Wovon reden Sie?«, verlangte Knight zu wissen, in einem Ton, als würde er gleich versuchen, das vor ihm schwebende holografische Abbild Rourks zu erwürgen.

»Ich habe den USB-Stick«, verkündete Rourk triumphierend. »Jenna Morrison hat ihn diesem Typen zur sicheren Verwahrung übergeben, und ich konnte ihn an mich bringen. Ich hatte die Wahl – entweder der USB-Stick oder der Detektiv.«

Augenblicklich hellte sich Knights Miene auf, und er lächelte breit. »Ausgezeichnete Arbeit, Jack«, sagte er erfreut. »Entschuldigen Sie, dass ich an Ihnen gezweifelt habe. Sie haben richtig entschieden.« Er schürzte die Lippen. »Ich kann doch davon ausgehen, dass der Stick unbeschädigt ist?«

»Ist er. Passwortgeschützt, wie Sie ja bereits wussten, aber in tadellosem Zustand.«

»Bringen Sie ihn her. So schnell es geht. Schlafen Sie ein paar Stunden, und seien Sie um acht Uhr morgens hier.«

»Das *sollte* ich schaffen«, sagte Rourk. »Aber dafür garantieren kann ich nicht. Ich muss noch diesen Wagen loswerden und mir ein neues Fahrzeug besorgen, ich bin sicher, dass meine ehemaligen Kollegen schon nach mir suchen.«

»Verstehe. Schätze mal, dann wird es wohl doch nichts mit dem Schlafen. Stehlen Sie keinen Wagen. Wir wollen nicht, dass noch mehr Leute nach Ihnen suchen. Suchen Sie sich eine Leihwagenfirma, die noch geöffnet hat. Falls in der Nähe keine ist: Die Firmen drüben am Flughafen von San Diego sind bis elf oder sogar bis Mitternacht offen, also fahren Sie dorthin, wenn es nicht anders geht. Ich nehme an, Sie haben falsche Papiere dabei, mit denen Sie problemlos einen Wagen mieten können?«

»Ja.«

»Gut. Besorgen Sie sich also einen Wagen und bewegen Sie Ihren Arsch und diesen USB-Stick hierher. Und beachten Sie unbedingt die Geschwindigkeitsbegrenzung. Verstanden?«

»Verstanden.«

»Prächtig. Und Jack … ausgezeichnete Arbeit.«

Knight wollte das Gespräch gerade beenden, als sein Blick noch einmal auf Rourks Arm fiel. »Oh, und Jack, versuchen Sie, nicht zu viel Blut zu verlieren. Ich brauche Sie hier. Ich sehe zu, dass bei Ihrer Ankunft ein Arzt bereitsteht, um Ihren Arm zu versorgen.«

»Das wäre hilfreich«, sagte Rourk, nicht gerade sonderlich überwältigt von Knights Sorge um seine Gesundheit.

23

»Die Zeit ist ein Albtraum«, sagte Dan Walsh sachlich. »Kein anderes Thema ist intuitiv so unmittelbar zu erfassen und widerspricht zugleich jeder Intuition. Es kann einem ernstes Kopfzerbrechen bereiten. Und das gilt umso mehr, je mehr man darüber weiß. Unsere intuitive Wahrnehmung von Zeit ist normalerweise so, dass wir in einem Augenblick gefangen sind, aber in einem, der sich in ständiger Bewegung befindet. Dieser Augenblick, genau der, in dem ich euch das hier erzähle, ist *jetzt*. Aber dieses *Jetzt* wird schon im nächsten Moment zur Vergangenheit, noch ehe ich mein nächstes Wort beendet habe. Wir sind die Nadel eines Plattenspielers. Wir stecken in der unermesslich schmalen Rille fest, die wir das *Jetzt* nennen, während Vergangenheit und Zukunft sich stets unerreichbar neben uns befinden. Wenigstens bis zu dem Zeitpunkt, in dem die Zukunft beschließt, sich mit unserer unermesslich dünnen Nadel zu überkreuzen und einen Ton zu erzeugen.«

Blake stieß die Luft aus. »Wow. Du hast gerade erst angefangen, und ich habe jetzt schon Kopfweh.«

Walsh lachte. »Keine Sorge, das wird noch viel schlimmer.«

Er dachte kurz nach, dann fuhr er fort: »Fünfhundert Jahre vor Christi Geburt entwickelte ein griechischer Philosoph namens Zenon bereits einige Gedankenspiele mit dem Ziel, das Phänomen Zeit zu begreifen. Mein Lieblingsbild gilt dem für immer erstarrten und zugleich in unablässiger Bewegung befindlichen *Jetzt*, das er mit einem fliegenden Pfeil vergleicht. Stellt euch zwei Pfeile vor. Einer dieser Pfeile wird mit einem mächtigen Bogen abgeschossen, der andere wird aus horizontaler Position einfach fallen gelassen. Jetzt stellt euch den Zeitpunkt vor, da sich der fallen gelassene Pfeil exakt über dem abgeschossenen Pfeil befindet. Macht einen Schnappschuss von genau diesem in der Zeit erstarrten Augenblick.«

Wieder hielt Walsh inne, damit Jenna und Blake es sich vorstellen konnten. »Okay. Auf eurem Foto werden zwei Pfeile zu sehen sein, beide vollkommen reglos, der eine schwebt über dem anderen. Und sie sehen in jeder Hinsicht gleich aus. In genau diesem Augenblick *sind* sie in jeder erdenklichen Hinsicht gleich. Wie also kommt man von dort aus zum nächsten Augenblick? Und woher weiß der eine Pfeil, dass er sich in diesem nächsten Zeitabschnitt vorwärts aufs Ziel zubewegen soll, während der andere weiß, dass er geradewegs nach unten zu fallen hat? Wenn Zeit wirklich in unendlich winzige Augenblicke unterteilt ist, in lauter winzige *Jetzts*, und in keinem davon bewegt sich der mit dem Bogen abgeschossene Pfeil auch nur das kleinste bisschen, was ist dann mit dem Zeitablauf, der den Pfeil darüber informiert, wo er im nächsten Augenblick sein soll?«

Jenna stöhnte. »Bitte sag uns, dass du nicht wirklich von uns erwartest, das zu beantworten.«

»Nein. Ich versuche euch nur zu vermitteln, was für Fragen in der Geschichte so aufgekommen sind. Um euch ins Thema einzuführen«, fügte er mit einem Lächeln hinzu. »Wenn wir Zenon erst mal beiseitelassen«, fuhr er fort, »dann ist Zeit das intuitivste Konzept, das es nur gibt. Richtig? Jedenfalls dann, wenn wir nicht zu sehr darüber nachdenken. Wer wüsste denn nicht, was Zeit ist? Einstein sagte mal, der einzige Zweck von Zeit wäre zu verhindern, dass alles gleichzeitig passiert. Aber wenn man genauer darüber nachdenkt, dann ist Zeit zugleich das am wenigsten intuitive Konzept von allen. Wie schnell bewegt sich die Zeit? Und bewegt sich Zeit überhaupt? Oder bewegt man sich durch die Zeit? Und wenn man sich durch die Zeit bewegt, in welcher Geschwindigkeit tut man das?«

Der Physiker zuckte mit den Schultern. »Letztendlich ist Geschwindigkeit dadurch definiert, wie weit wir uns in einer bestimmten Zeitspanne fortbewegen. Man fährt mit dem Auto hundert Kilometer … pro Stunde. Man geht zum Laden mit sechzig Zentimetern … pro Sekunde. Aber wie schnell bewegt sich die Zeit *selbst?*« Hilflos warf Walsh die Hände in die Höhe. »Mit einer Sekunde pro Sekunde?«

Er verdrehte die Augen. »Das ist, als würde man sagen, man geht mit einer Meile pro Meile. Ein völlig absurdes und nutzloses Konzept.«

»Na, nehmen wir mal das Einstein-Zitat«, sagte Jenna, die stolz darauf war, trotz ihrer Müdigkeit noch halbwegs zusammenhängend zu denken. »Das, was du eben zitiert hast. Er sagte, Zeit sei dazu da, um zu verhindern, dass alles gleichzeitig passiert. Was bedeutet, dass Zeit Veränderung ist. Ein Wagen bewegt sich vorwärts. Der Zeiger einer Uhr tickt voran. Und Zeit verstreicht, bewegt sich weiter.«

»Ausgezeichnet. Das nennt man das *relationale Verständnis* von Zeit. Wer daran glaubt, ist überzeugt, dass Zeit nur in Hinsicht auf Veränderungen messbar ist. Das ist eine absolut notwendige Bedingung. Ohne Veränderungen kann Zeit nicht existieren. Mit Veränderungen hingegen gibt es ein Davor und ein Danach. Erst hast du nicht ferngesehen. Jetzt tust du es.« Walsh lächelte. »Wenn du an diese Theorie glaubst, dann glaubst du zugleich, dass Zeit nicht existiert haben kann, ehe es ein Universum gab.«

Blake dachte eine Weile darüber nach und schüttelte den Kopf. »Ich verstehe, weshalb«, sagte er. »Aber meinem Bauchgefühl nach muss auch schon vor Anbeginn des Universums Zeit verstrichen sein.«

»Ich stimme mit der relationalen Theorie überein«, sagte Jenna. »Ohne Universum gibt es keine Veränderungen. Und ohne Veränderungen keine Zeit.«

»Sowohl die eine als auch die andere Sichtweise hat ihre Anhänger«, sagte Walsh. »Aber ihr seht schon, wie verzwickt es sein kann. Und es kommt mir vollkommen einleuchtend vor, dass Veränderung zumindest dafür vonnöten ist, dass Menschen das Verstreichen der Zeit wahrnehmen können. Wir speichern Erinnerungen. Unsere Erinnerungen wandeln sich, und wir wissen, dass Zeit verstrichen ist. Selbst wenn wir nur mit geschlossenen Augen vor uns hindenken, haben wir manche Gedanken, die zuvor nicht da waren, jetzt aber schon. Davor und danach. Stellt euch vor, man gibt euch eine Narkose, die euch für eine achtstündige Operation ausschaltet. Keine Träume, kein Denken, keine Beobachtungen. Habt ihr während dieser acht Stunden die Zeit wahrgenommen? Wenn ich euch sagte, dass ich euch die falsche Dosis gegeben habe und ihr nur für acht Minuten in Narkose wart, wüsstet ihr, dass ich lüge?«

»Ich bezweifle es«, sagte Blake. »Das ist ein sehr interessanter Gedanke.«

»Newton hielt die Zeit für eine absolute Größe«, fuhr Walsh fort. »Verlässlich. Aber Einstein hat alles auf den Kopf gestellt. Er kam darauf, dass Raum und Zeit nicht isoliert voneinander zu betrachten sind. Aus ihnen besteht das, was wir das Raum-Zeit-Kontinuum nennen. Nicht drei Dimensionen, sondern vier. Newton glaubte, dass zwei Menschen sich immer – immer – einig wären, was den Zeitpunkt eines Ereignisses betrifft, also die Frage, wann genau es eingetreten ist. Aber Einstein hat bewiesen, dass das so nicht stimmt. In *eurer* Wahrnehmung mag Ereignis A *vor* Ereignis B eintreten, während ich das genaue Gegenteil beobachte, jeweils in Abhängigkeit von unserer Geschwindigkeit und Position. Je schneller sich etwas durch den Raum bewegt, desto langsamer bewegt es sich durch die Zeit. Wenn man sich mit Lichtgeschwindigkeit bewegt, hält die Zeit ganz an.«

Jenna nickte. »Nathan sagte mir, das sei wiederholt bewiesen worden. Dass man mithilfe von Einsteins Theorie GPS-Satelliten einstellt, sonst funktionieren sie nicht richtig. Und Partikel, die sehr rasch zerfallen, bleiben sehr viel länger stabil, wenn sie sich annähernd mit Lichtgeschwindigkeit bewegen; die Verzögerung entspricht präzise Einsteins Gleichungen.«

»Genau«, sagte Walsh begeistert. »Es hat sich herausgestellt, dass sich Objekte zwar unterschiedlich durch Raum und Zeit bewegen können, aber durch die *Raumzeit* bewegen sie sich alle gleich: mit Lichtgeschwindigkeit. Immer.«

»Da komme ich nicht mehr mit«, sagte Blake. »Du kannst aber nicht meinen, dass wir drei uns hier und jetzt, da wir an diesem Tisch sitzen, mit Lichtgeschwindigkeit bewegen?«

»Durch die Raumzeit eben doch, ja, genau das wollte ich sagen. Wenn du dich im Raum überhaupt nicht bewegst, dann bewegst du dich sozusagen mit Lichtgeschwindigkeit durch die *Zeit* – die maximale Geschwindigkeit, die das Universum erlaubt. Wenn du dich mit Lichtgeschwindigkeit durch den *Raum* bewegst, dann hörst du auf, dich durch die *Zeit* zu bewegen. Und zwar vollständig. Es hat sich herausgestellt, dass die Geschwindigkeit, mit der man sich durch den Raum bewegt, und die Geschwindigkeit, mit der man sich durch die Zeit bewegt, addiert immer der Lichtgeschwindigkeit entspricht.«

»Ich kann dir nicht mehr folgen«, sagte Blake. »Wie addiert man denn die Geschwindigkeit, mit der man sich durch die Zeit bewegt und von der wir uns doch eben noch einig waren, dass man sie nicht messen kann, zu der Zeit, mit der man sich durch den Raum bewegt?«

»Gute Frage. Es ist ein bisschen kompliziert und momentan auch unwichtig. Wichtiger ist, was diese Theorie über das Wesen der Zeit aussagt. Sie legt die absolute Gleichzeitigkeit sowohl von Raum und Zeit nah. Diese Annahme nennt man das *Blockuniversum*, nach dem du ja gefragt hattest, Aaron. In diesem theoretischen Blockuniversum ist alles, was bereits passiert ist oder noch passieren wird, in Stein gemeißelt. Und kein bestimmtes *Jetzt* hat den anderen gegenüber irgendeinen Vorrang.«

»Was genau heißt das?«, fragte Jenna.

»Nehmen wir mal an, dass du dich hier befindest und ein Freund von dir in New York, dann nimmst du an, dass beide Orte gleichermaßen real sind, oder? Beide existieren, und keiner von beiden ist in irgendeiner Weise realer als der andere.«

Jenna und Blake nickten beide.

»Dasselbe gilt auch für die Zeit. Weshalb ist dieser Augenblick, dieses Jetzt, in irgendeiner Weise privilegiert? Weshalb sollte er in irgendeiner Weise realer sein als ein Augenblick, den ihr vor Jahren erlebt habt oder auch einer, den ihr mehrere Jahre in der Zukunft noch erleben werdet? Es ist alles da, die Gesamtheit der Zeit, die bereits vollständig existiert, nur ist unser Bewusstsein nicht dazu konzipiert, es zu erfassen. Einstein schrieb, dass für Physiker wie ihn die Unterscheidung zwischen Vergangenheit, Gegenwart und Zukunft nichts weiter ist als eine hartnäckige Illusion. Und wir reden hier von der gesamten Existenz des *Universums.* Vom Urknall bis zum Ende des Universums ist alles bereits festgelegt. Jeder erdenkliche Zeitpunkt existiert in diesem Blockuniversum neben allen anderen Zeitpunkten, und zwar gleichzeitig. Alle sind gleichermaßen real, und alle besitzen den gleichen Anspruch auf die Bezeichnung *Jetzt.*«

Blake schüttelte den Kopf, als wollte er es nicht glauben. »Und was bedeutet das dann für den freien Willen?«, fragte er.

»Hervorragende Frage. Klingt nicht gut, hm?«

»Ich habe früher ab und zu mal Footballspiele aufgenommen, um sie mir später anzusehen«, sagte Blake. »Ich habe sie angesehen und wusste, dass alles, was ich zu sehen bekam, bereits passiert war. Ich wusste nur noch nicht, was es gewesen war. Stück für Stück hat es sich vor mir ausgebreitet, und für mich war es vielleicht eine Überraschung, aber es war, wie du sagtest, bereits in Stein gemeißelt.« Er legte den Kopf schief und kramte eine Erinnerung hervor: »Einmal habe ich ein aufgenommenes Spiel gesehen, nachdem mir jemand versehentlich verraten hatte, dass die Saints gewonnen hätten. Ich sehe es mir also an, und als nur noch neun Minuten Spielzeit übrig sind, hängen die Saints dreiundzwanzig Punkte hinterher. Und obwohl ich wusste, wie es ausgehen würde, dachte ich, das könnte unmöglich stimmen. Bestimmt, dachte ich, hat es irgendeine Verschiebung in der Wirklichkeit gegeben. Bestimmt wird das Universum es jetzt korrigieren. Aber natürlich hat es das nicht getan. Die Saints haben noch einen blitzschnellen Touchdown hingelegt, danach einen Pick Six und einen Onside Kick abgefangen und so weiter. Und in der letzten Spielsekunde fiel dann das entscheidende Tor.« Sorge huschte über sein Gesicht. »Das ist also wirklich die Art, wie das Universum beschaffen ist? Ein vorherbestimmtes Spiel, das bereits stattgefunden hat? Wir können jemanden anfeuern, so sehr wir nur können, aber das Ergebnis beeinflussen wir nicht?«

»Durchaus denkbar, ja«, sagte Walsh. »Viele ausgezeichnete Wissenschaftler glauben das, genau wie Einstein. Und viele wiederum nicht. Die Football-Analogie gefällt mir sehr. Ein anderes mögliches Gedankenspiel wäre es, das Blockuniversum mit einem altmodischen Film zu vergleichen. Ein Film, der aus Tausenden und Abertausenden Einzelbildern besteht, die sich rasch durch den Projektor bewegen und Bewegung vorgaukeln. Wir sind wie Darsteller in diesem Film. Wir erleben ein Bild nach dem anderen, aber der Film als Ganzes ist bereits fertig gedreht und steckt im Projektor. Das letzte Bild existiert ebenso wie das erste, auch wenn wir es nicht sehen können. Aber es wird abgespielt. Unvermeidlich. Unausweichlich. Alles ist bereits auf der Filmspule und nicht mehr zu ändern.«

»Klingt echt furchtbar«, sagte Jenna.

»Das tut es wirklich«, sagte Walsh.

Blake sah mürrisch drein. »Aber du sagtest ja, es ist nicht *sicher*, dass es so ist, stimmt's?« Er betrachtete ihn fragend.

»Richtig. Einsteins Arbeit spricht dafür, aber sicher können wir uns nicht sein. Manchmal glaube ich, dass die Theorie vom

Blockuniversum zutrifft, und das macht mir Magenschmerzen. Aber hin und wieder finde ich die Vorstellung auch tröstlich. Wenn ich mich gerade mit einem Problem herumschlage, dann sage ich mir selbst: Spielt keine Rolle, entweder habe ich es gelöst oder eben nicht. Entweder hat alles geklappt, oder halt nicht. Aber so oder so ist es bereits passiert. Es steht bereits fest. Die Vergangenheit steht fest, ich kann sie nicht ändern, und so ist es auch mit der Zukunft. Ich weiß es nur noch nicht.«

Jenna seufzte. »Ich muss dem, was du anfangs sagtest, zustimmen, Dan«, sagte sie. »Die Zeit ist ein Albtraum. Deshalb also war Nathan so begeistert von der Aussicht, mithilfe seiner Entdeckung praktische Experimente durchzuführen und diese Theorien zu überprüfen.«

»Genau«, sagte Walsh. »Nathans Arbeit könnte uns helfen, die Sache mit der Zeit besser in den Griff zu bekommen, ebenso wie die Zeitreisefrage, was womöglich zu gewaltigen Durchbrüchen führt, die wir uns noch gar nicht ausmalen können.«

»Aber würden Leute darauf wirklich so sehr anspringen, und das so schnell?«, fragte Blake. »So sehr, dass sie bereit sind, wahllos zu töten? Nur damit sie ein paar Experimente durchführen können?«

»Sehr unwahrscheinlich«, stimmte Walsh zu.

Jenna war klar, dass sie nur noch wenige Minuten davon entfernt war, ins Koma zu fallen. Während Walshs Ausführungen hatte sie immer wieder gegähnt, und mehr Kaffee bekam sie nicht hinunter. Sie hoffte nur, sie würde noch ein klein wenig länger aushalten. Sie wandte sich an Walsh. »Welche Zeitreisetheorien könnte er denn zum Beispiel testen? In seiner Mail hat Nathan auch sich verzweigende Zeitlinien und so weiter erwähnt. Könntest du die Möglichkeiten kurz umreißen?«

»Ich bin alles andere als ein Zeitreise-Experte«, sagte Walsh. »Aber ich habe einiges an Filmen über Zeitreisen gesehen und Geschichten gelesen. Ich kann mir nicht vorstellen, dass die Science-

Fiction-Autoren in einem Jahrhundert voller Geschichten irgendeine Möglichkeit unerwähnt gelassen haben.« Er zuckte mit den Schultern. »Ich bin sicher, ihr beiden wisst darüber ebenso viel wie ich.«

Blake seufzte tief. »Das kann ja sein, Dan, aber ich bin sicher, dass du das alles besser analysieren und sortieren kannst als wir. Warum machst du nicht den Anfang?«

»Sehr gern«, sagte Walsh.

Lange schwieg er, in Gedanken verloren. »Eine Möglichkeit haben wir bereits besprochen: Die, dass das Universum keine Änderung der Vergangenheit erlaubt. Dass es sich selbst schützt. Die gegenteilige Möglichkeit ist, dass es solche Veränderungen erlaubt, und dass die kleinste Änderung sich mit der Zeit verstärkt und weitreichende Konsequenzen hat. Es gibt eine berühmte Geschichte von Ray Bradbury, darin geht es um eine Gruppe von Leuten, die um fünfundsechzig Millionen Jahre zurückgehen, bis ins Zeitalter der Dinosaurier. Sie debattieren über die möglichen Auswirkungen, die es nach sich ziehen könnte, wenn sie dort auch nur die allerkleinste Maus töten. Eine der Figuren hält das für keine große Sache, aber ein anderer erklärt, dass sie mit dieser Maus zugleich auch all ihre künftigen Nachkommen töten würden, was im Lauf der folgenden Millionen Jahre vielleicht Milliarden zukünftiger Mäuse sein könnten. Und mangels Mäusen sterben vielleicht andere Spezies innerhalb der Nahrungskette aus, was womöglich dazu führt, dass ein bestimmter Höhlenmensch verhungert, der sonst überlebt hätte. Ein wichtiger Höhlenmensch zu einem kritischen Zeitpunkt der menschlichen Entwicklung, als das Überleben der menschlichen Spezies gerade am seidenen Faden hing. Diese eine Maus zu töten, fünfundsechzig Millionen Jahre in der Vergangenheit, könnte also zur Auslöschung der gesamten Menschheit führen.«

»Wie gut, dass wir nur um eine halbe Sekunde in die Vergangenheit zurückkönnen«, sagte Blake lächelnd.

»Genau. Nicht mal Mäuse schaffen es, sich so schnell zu vermehren«, sagte Jenna trocken.

»Ebenso gut wäre das genaue Gegenteil möglich«, fuhr der Physiker fort. »Dass die Zeit Veränderungen ausgleicht, ganz gleich, wie groß oder wie klein sie sind. Dass sie eine Art Masseträgheit besitzt, solche Erschütterungen absorbiert und rasch zum ursprünglichen Kurs zurückkehrt. Als würde man einen Stein in einen reißenden Fluss werfen. Der Stein mag den Lauf des Flusses ganz leicht verändern, aber sein Effekt ist schon kurz darauf nahezu null.«

»Was ist denn mit diesen sich verzweigenden Zeitlinien?«, fragte Blake. »Ich glaube, ich habe durch Film und Fernsehen eine vage Vorstellung, aber ich würde gern hören, wie du es siehst.«

Walsh dachte eine Weile nach. »Mir scheint, es gibt im Wesentlichen zwei Möglichkeiten. Erstens: Es gibt nur eine Zeitlinie. Wenn man die Vergangenheit ändert, ändert man damit auch alle nachfolgenden Ereignisse, entweder auf dramatische Weise oder gegen erheblichen Widerstand. In diesem Fall, vorausgesetzt, das Universum lässt Änderungen zu, führt das Ganze zu unzähligen Paradoxien, weshalb diese Möglichkeit für Zeitreisegeschichten am interessantesten ist. Das führt zu allen möglichen großartigen Geschichten, wo ein Ereignis das andere bedingt und umgekehrt. Mann A schickt die Baupläne für eine Erfindung an Mann B in der Vergangenheit. Aber Mann A hatte diese Pläne nur deshalb, weil Mann B sie bereits geschrieben hatte. Der einzige Grund aber, weshalb Mann B auf seine Erfindung gekommen ist, sind die Pläne, die er von Mann A bekommen hat. Wo also liegt der Ursprung dieser Erfindung?«

»Die sauberste Lösung ist also die Theorie einer multiplen Zeitlinie«, sagte Blake.

»Ich denke ja«, stimmte Walsh ihm zu. »Denn so bekommt man es auf keinen Fall mit irgendwelchen Paradoxien zu tun. Sobald man in irgendeiner Weise die Vergangenheit ändert, spaltet sich die Zeitlinie auf, und man hat zwei unterschiedliche Universen. Eins, in dem die Veränderung geschehen ist, und eins, in dem es sie niemals gab. Wenn man also seine eigene Mutter tötet, ehe man selbst geboren wird, entsteht eine neue Verzweigung der Zeitlinie. Du bist in der Zeit zurückgegangen und hast deine Mutter getötet, aber *nicht* die Mutter in *deiner* Zeitlinie – also kannst du immer noch geboren werden. In dieser neuen Zeitlinie ist nahezu alles im Universum noch genauso wie zuvor, nur dass du nie geboren wurdest. Trotzdem bleibt die Originalzeitlinie, soweit es dich, den Mörder, betrifft, intakt, und dein Leben und deine Zeitlinie werden nicht verändert.«

»Inwiefern könnte denn Nathans Entdeckung benutzt werden, um diese beiden Möglichkeiten zu untersuchen?«, fragte Blake.

Walsh öffnete gerade den Mund, um darauf zu antworten, da sah er, dass Jenna die Schlacht verloren hatte und auf ihrem Sessel tief und fest eingeschlafen war, den Kopf zur Seite gekippt.

»Vielleicht sollten wir das wann anders weiterdiskutieren«, sagte Blake und achtete darauf, leise zu reden, obwohl er in Anbetracht von Jennas Erschöpfung wahrscheinlich auch hätte schreien können, ohne dass sie davon aufwachte.

Walsh nickte. »Wir haben alle eine Menge Schlaf nachzuholen. Vielleicht kommt uns ja im Schlaf eine Erleuchtung, und uns fällt etwas ein, das wir bisher übersehen haben.«

»Vielleicht«, sagte Blake, aber es war ihm deutlich anzuhören, dass er das auf keinen Fall auch nur eine Sekunde lang glaubte.

24

Während die Welt tief unter ihm dahinraste, nahm Lee Cargill einen guten alten College-Block zur Hand und machte sich mit einem echten Tintenfüller – eine immer seltener werdende Erscheinung im digitalen Zeitalter – Notizen.

Er musste sich gut auf sein Treffen mit Präsident Janney vorbereiten. Musste berichten, was vorgefallen war, und darauf bestehen, dass das Q5 eine neue Basis bekam, die eigens nach seinen strikten Sicherheitsbestimmungen erbaut wurde, damit sie nicht mehr von einer geheimen Basis zur nächsten huschen mussten wie Kakerlaken, die hastig flohen, sobald jemand das Licht einschaltete.

Dass die Q5-Zentrale am Mount Palomar aufgeflogen war und der Fuhrpark hastig umgesiedelt werden musste, seine Leute vorläufig in alle Winde verstreut waren, empfand er als Demütigung. Jetzt musste er also ein vorläufiges Hauptquartier vorschlagen, in dem Wissen, dass er erst der verbliebenen, im Verborgenen lauernden Schlange den Kopf abschlagen musste, ehe sie sich irgendwo dauerhaft einrichteten.

Und er brauchte Janneys Zustimmung, damit Q5 zur allergeheimsten aller Geheimorganisationen werden konnte. Was bedeutete, dass Janney der letzte Präsident sein würde, der von ihnen wusste. Wer auch immer sein Nachfolger im Weißen Haus sein mochte, man würde ihn nicht einweihen.

Präsidenten waren mitunter wankelmütig und launisch. Jeder neue begann sein Amt mit höchst unterschiedlichen Visionen und Prioritäten. Und unterm Strich betrachtet waren sie alle nichts weiter als Zivilisten, die es geschafft hatten, irgendwelche

Spender so sehr von sich zu begeistern, dass sie ihnen Geld gaben und anschließend einen Beliebtheitswettbewerb gewannen. Sie waren weder die klügsten noch die bestausgebildeten Leute, die die Menschheit zu bieten hatte, und auch mit ihrer Urteilsfähigkeit stand es meist nicht zum Besten. Die wirklich genialen Köpfe, die talentiertesten Leute, hatten mit Politik nicht viel am Hut.

Cargill runzelte die Stirn. Außerdem war das hier *sein* Schiff. *Er* war der Kapitän. Was ihn zur höchsten Autorität machte und ganz sicher nicht irgendeinen Fähnchen-nach-dem-Wind-Präsidenten.

Bisher hatte er dem aktuellen Repräsentanten des Weißen Hauses die Illusion gelassen, er habe das Sagen, hatte Wallfahrten zu diesem Mann unternommen wie ein Bittsteller, ein Bettler, der für ein paar Münzen Männchen machte. Im Augenblick hatte Cargill zu viele andere Baustellen, um diese Illusion fallen zu lassen, aber er würde nicht hinnehmen, dass ihm ein weiterer Politiker in die Quere kam, ein weiterer Oberbefehlshaber, der weniger über die tatsächlichen Erfordernisse wusste als der allergrünste neue Rekrut.

Als Joe Allen den Sessel herumschwang, um seinen Vorgesetzten wieder anzusehen, war Cargill noch immer in die Planung des Treffens am nächsten Morgen versunken. Er sah von seinem Block auf. »Ja?«

»Jemand hat sich Videomaterial von den öffentlichen Kameras in der Nähe von Wexlers Haus besorgt«, berichtete Allen. »Eine Frau namens R. Sylvia Tagert. Sie ist von der CIA. Abteilung Berichterstattung. Sie ist Zivilistin, hat aber beachtliche Felderfahrung. War in Jemen, Afghanistan und Syrien stationiert und Teil der dortigen Anti-Terror-Einsätze. Hat bei Bedarf mit ausgewählten Mitgliedern aus Spezialeinheiten unterschiedlicher Organisationen zusammengearbeitet. Ausgezeichnete Beurteilungen.« Er machte eine Pause. »Ich habe dir schon ihre ganze Akte auf den Rechner geschickt, dann kannst du dich so eingehend über sie informieren, wie du möchtest.«

»Klingt nach der Sorte Leute, zu denen unser Mann Verbindungen haben könnte. Wem hat sie das Material geschickt?«

Allen runzelte die Stirn. »Ich habe es bei einem Top-Computerspezialisten in Langley versucht, weil du ja wolltest, dass unsere eigenen Leute davon keinen Wind bekommen. Er hat sich in ihren Computer gehackt, aber es gab keine Hinweise darauf, an wen sie das Video geschickt haben könnte. Wir haben versucht, ihre Telefonate zu überprüfen, aber ihr Rang in der CIA-Hackordnung ist so hoch, dass ihr Telefon solche Zugriffe unterbindet.«

»Willst du mir damit sagen, dass sie keinerlei Spuren hinterlassen hat und du nicht weißt, für wen sie diese Aufzeichnungen besorgt hat?«

Unglücklich nickte Allen. »Ja, ich befürchte, genau das will ich dir sagen.«

Cargill brauchte einige Sekunden, bis er das verdaut hatte. »Ist sie in Langley stationiert?«

»Nein. Momentan befindet sie sich in Palm Springs, Kalifornien. Der Standort, an dem sie sich aufhält, ist als eine Art Ideenschmiede getarnt.«

»Kalifornien?« Cargill verdrehte die Augen. »Ernsthaft?«

Allen zuckte mit den Schultern. »Die CIA unterhält mehrere Büros in Kalifornien.«

»Das weiß ich, Joe. Ich dachte mir nur gerade, was für ein Pech das für dich ist.«

»Warum das denn?«

»Ich brauche dich bei ein paar Projekten in D.C., aber das hier hat Priorität. Und bis ich unserem momentanen Team wieder mehr Vertrauen entgegenbringe, bist du mir eine noch wichtigere Stütze als ohnehin schon. Ich will, dass du dir von ihr diese Information beschaffst. *Gestern.* Und wir können nicht darauf setzen, dass ein bisschen Wedeln mit dem Dienstausweis übers

Telefon ausreicht. Wir müssen ihr gegenüberstehen, ein einschüchternder Auftritt, bei dem sie gar nicht erst auf die Idee kommt, sie könne sich weigern.«

Er warf Allen einen entschuldigenden Blick zu. »Ich fürchte, ich muss einen Jet bestellen, der dich gleich bei unserer Landung in D.C. wieder nach Kalifornien zurückbringt.«

Allen seufzte. »Kein Problem«, sagte er. »Ich kann ja auf dem Rückflug ein paar Stunden schlafen. Ist ja nicht so, dass ich in der Touristenklasse fliege und hinter mir ein Kind brüllt oder so.«

»Ich weiß, dass ich Zeit verschenke, wenn ich dich schicke und nicht irgendwen aus dem Team, der sich bereits in Kalifornien befindet, aber die Sache ist zu wichtig, um jemanden damit zu betrauen, auf dessen Loyalität ich nicht bedingungslos vertrauen kann. Finde heraus, wem sie da einen Gefallen getan hat, und erstatte mir unverzüglich Bericht. Und falls ich gerade in einer heißen Diskussion mit dem Präsidenten stecke – stör mich. Jederzeit.«

»Verstanden«, murmelte Allen.

»Während du zurückfliegst, wähle ich nach dem Zufallsprinzip ein Team an der Westküste aus. Eins, mit dem wir noch nicht direkt zusammengearbeitet haben, damit wir sicher sein können, dass es noch nicht von Knight kontaminiert wurde. Ich weise sie an, auf Abruf bereitzustehen, dann kannst du sie bei Bedarf sofort hinzuziehen.«

»Ich gehe davon aus, dass ich dieses Team anführen soll, auf welchen Einsatz auch immer du es am Ende schicken wirst?«, fragte Allen.

»Ja. Und eins noch. Sobald du die Identität unseres Privatdetektivs kennst – oder des Mannes, der vorgibt, Privatdetektiv zu sein –, kannst du, das liegt wohl auf der Hand, nicht riskieren, dass diese Sylvia Tagert ihn vorwarnt, dass wir kommen.«

»Das liegt auf der Hand«, wiederholte Joe Allen finster entschlossen.

25

»Jack Rourk ist eingetroffen und wartet vor dem äußersten Tor«, sagte die tiefe männliche Stimme von Edgar Knights Persönlichem Digitalem Assistenten, den er angewiesen hatte, ihn zu informieren, sobald Rourk eintraf.

»Auf den Monitor«, sagte Knight zu Lazlo – so hatte er ihn getauft.

Lazlo tat, wie ihm geheißen, und auf dem dreidimensionalen Bildschirm, der in Knights Penthouse-Büro im zwanzigsten Stock eine ganze Wand einnahm, erschien ein Wagen.

»Willkommen zurück in Las Vegas, Jack«, flüsterte Knight aufgeregt in sich hinein. Er konnte es gar nicht erwarten, den USB-Stick endlich in Händen zu halten.

Die Sicherheitsvorkehrungen rings um Knights imposantes Hauptquartier am Lake Las Vegas waren ebenso unüberwindlich wie unsichtbar. Das weitläufige Gelände wirkte harmlos, sogar idyllisch, aber das hätte nicht gründlicher täuschen können.

Selbst die äußerste Grundstücksgrenze, kilometerweit von der Insel und den zahlreichen Gebäuden darauf entfernt, war abgesichert. Wurde sie von irgendjemandem überquert, ohne dass zuvor ein bestimmtes Armband oder ein Ring – eins von beidem trugen alle seine Leute –, ein Funksignal gesendet hatte, das bestätigte, dass dieser Jemand zum Überschreiten der Grenze berechtigt war, richteten sich augenblicklich elektronische und menschliche Augen auf den Eindringling. Überall waren Kameras, und die Gesichtserkennungssoftware war erstklassig.

Und das war nur der Anfang. Nach der Überquerung der zweiten äußeren Grenze wurden auch diejenigen überprüft, deren

Schmuck die korrekten Codes gesendet hatte. Knights *Brain Trust* hatte vor Kurzem einen gewaltigen Fortschritt beim biometrischen Scannen hingelegt, aus dem Knight mehrere Milliarden Gewinn hätte schlagen können, wenn er denn gewillt gewesen wäre, diese Technologie mit der Welt zu teilen.

So wie Highway-Scanner automatisch Gebühren von den vorbeifahrenden Autos einzogen, waren diese biometrischen Scanner in der Lage, auch in geschlossenen Fahrzeugen Netzhautscans vorzunehmen sowie Puls und sogar Gehirnaktivität zu erfassen, bei einem Tempo bis zu etwas über acht Stundenkilometern. Da sämtliche Fahrzeuge, die sich der Insel näherten, dank einer Reihe heimtückischer Bodenschwellen zum Schritttempo gezwungen waren, stellte das kein Problem dar.

Wenn die Sicherheit eine sich nähernde Person oder ein Fahrzeug als verdächtig einstufte, wurde der Eindringling von anderen Leuten und Fahrzeugen eingekesselt, die wie durch Zauberei aus dem Nichts auftauchten. Freundliche Leute in harmlos wirkenden Fahrzeugen.

Aber die Sicherheit verfügte auch über eine deutlich weniger freundliche Seite, und die Straße entwickelte bei Bedarf ein Eigenleben. Aus dem Pflaster schießende Stahlträger brachten Wagen ins Schleudern, und gut verborgene Geschütztürme schoben sich aus dem Boden.

Und es führte nur ein einziger Weg zu Knights Insel mitten in der Wüste – eine vierhundert Meter lange Brücke, die über den See führte, den Knight als seinen persönlichen Burggraben betrachtete. Natürlich war es keine altmodische Zugbrücke, die man wie zum Schutz einer Burg hochzog, aber in der Brücke verbarg sich die schwerste nur denkbare Bewaffnung. Überdies war sie vermint und wurde auf einen einzigen Befehl hin unpassierbar.

In den vergangenen Monaten hatte die Sicherheit ein paar Streuner verjagen müssen, aber größere Vorfälle hatte es nicht gegeben, und alle ungebetenen Besucher hatten der freundlichen

Aufforderung, das Gelände zu verlassen, Folge geleistet. Seine Leute hatten beim Lächeln nicht die Zähne zeigen müssen, und die Waffensysteme, die mit einer kleinen Armee fertiggeworden wären, waren nicht zum Einsatz gekommen.

Knight wollte, dass es genau so blieb, er nahm große Mühen auf sich, damit niemand Verdacht schöpfte. Die Sicherheitsmaßnahmen waren als Verteidigung für den Notfall gedacht, denn wenn sich ihr kleines paradiesisches Gelände in ein Kriegsgebiet verwandelte, würde das mehr als nur ein paar irritierte Fragen nach sich ziehen, obwohl ein unbegrenztes Vermögen natürlich sehr dabei half, in einem solchen Fall bei den entsprechenden Leuten eine Amnesie hervorzurufen.

Die Gegend um den Lake Las Vegas hatte eine sehr bewegte Vergangenheit, war mehrfach wie ausgestorben gewesen und wieder aufgeblüht, ehe sie 2020 erneut in eine Todesspirale geraten war, was Knight ermöglicht hatte, ein paar Jahre später das heutige Inselhauptquartier für einen Apfel und ein Ei aufzukaufen.

1980 hatte *Transcontinental Properties* über eintausendzweihundert Hektar Land erworben, samt der dazugehörigen Wasserrechte, fast dreißig Kilometer südlich vom Las Vegas Strip und direkt am Nationalerholungsgebiet am Lake Mead. Hier war später das Lake Las Vegas Resort entstanden, ein gewagtes und unfassbar teures Projekt.

Im September 1988 hatten die Bauarbeiten am Lake-Las-Vegas-Staudamm begonnen, einem achtzehn Stockwerke hohen und über anderthalb Kilometer langen Bauwerk, dessen Fertigstellung über zwei Jahre dauerte. Der See selbst entstand, indem man einen Canyon inmitten der Wüste mit über elf Milliarden Litern Wasser befüllte, eine acht Jahre währende Zerreißprobe, die schließlich mit einem fast hundertdreißig Quadratkilometer umfassenden See endete, der mit seiner Tiefe von bis zu hundertvierundvierzig Metern bei Weitem der größte von Menschenhand geschaffene See des gesamten Staats war.

Die Idee eines großen Ferienorts am See, so nah am Las Vegas Strip gelegen, hatte unzählige leichtsinnige Investoren angelockt, aber die meisten mussten ihre Investitionen am Ende verloren geben. Und obwohl die Bauherren Anziehungskraft und Potenzial eines solchen Ressorts massiv überschätzt hatten, hielt sie das nicht davon ab, weiterhin große Visionen zu pflegen und neue gewaltige Bauvorhaben in Angriff zu nehmen.

Als es fertig war, umfasste das Lake Las Vegas Resort knapp über sechzehn Kilometer Küstenlinie, erlesene Wohnanlagen, Golfplätze, Luxushotels, Thermalbäder, einen voll ausgestatteten Jachthafen, eine ausgedehnte Einkaufsmeile, über zwanzig Hektar mit Wander- und Radwegen durchzogenes Gelände und eine Vielzahl weiterer traumhafter Anlagen und Gebäude.

Aber als die Buchungen weit hinter den Erwartungen zurückblieben, legte das Resort eine spektakuläre Bauchlandung hin, und bald machte sich überall Verfall breit. Das Ritz-Carlton und andere wichtige Pächter schlossen ihre Pforten. Die Gegend wurde zu einer Geisterstadt, und ein Rechtsstreit folgte auf den anderen, weil jeder jeden für dieses katastrophale Scheitern verantwortlich machte.

Im Laufe der Jahre hatte das Resort mehrere Wiedergeburten erlebt, aber die Pleite von 2020 war wohl die schlimmste von allen gewesen. Bei seinen Recherchen wegen potenzieller Standorte für das Hauptquartier hatte Knight von dem ganzen Debakel erfahren, und ihm war rasch klar geworden, dass er womöglich gerade den perfekten Standort gefunden hatte. Vor neun Monaten hatte er dann für nur zweihundert Millionen Dollar das gesamte Resort aufgekauft, über Dritte, die man nicht mit ihm in Verbindung bringen konnte. Rasch hatte er seine Strohmannfirma ins Zentrum des Resorts verlegt, auf die Insel, die restlichen Grundstücke standen weiterhin leer.

Jetzt saß er also hier in aller Pracht mitten in der Wüste, während Lee Cargill im Untergrund suchte, überall dort, wo er nicht war.

Die meisten Gebäude wurden derzeit nicht genutzt, Knights Konzern war noch recht klein. Die belegten Gebäude befanden sich allesamt in der Inselmitte, die umliegenden Gebäude waren vollgestopft mit Sensoren, Elektronik, Sicherheitspersonal und Bewaffnung. Selbst wenn es eine ganze Heerschar Angreifer irgendwie schaffen sollte, die Insel zu erreichen, stand ihnen ein ordentlicher Kampf bevor, ehe sie zur Inselmitte vordringen konnten.

In der kurzen Zeit seit dem Bruch mit Cargill hatte er den fähigsten Trupp um sich versammelt, den die Welt je gesehen hatte. Er nannte seine Firma liebevoll *Brain Trust*. Seine Genies versorgte er mit unerschöpflichen finanziellen Mitteln, Kontakten zu den Besten der Besten und herausragender Ausrüstung, und er behandelte sie wie Götter. Wenig überraschend, schrieb *Brain Trust* bereits schwarze Zahlen, und die Aussichten auf einen unaufhörlichen Strom wegweisender Durchbrüche waren ausgezeichnet. Bereits so viel erreicht, und das in nur neun Monaten.

Wenn er selbst das so sagen durfte: Das waren aufsehenerregende Fortschritte. Wäre er Gott, so hätte er wohl schon am vierten oder fünften Tage ruhen können statt am siebten, was die gesamte Zeitrechnung ganz schön auf den Kopf gestellt hätte.

Fünfzehn Minuten später hatte Rourk endlich den Spießrutenlauf durch die Sicherheitsmaßnahmen hinter sich gebracht und betrat Knights Penthouse. Er sah beschissen aus. Voller Blut und Dreck, mit blutunterlaufenen Augen. Aber Knight war es egal, wie Rourk aussah. Ihn kümmerte nur der USB-Stick, den er mitgebracht hatte und den der heimkehrende Soldat jetzt aus der Tasche zog und ihm überreichte.

»Noch mal: Gut gemacht, Jack«, sagte Knight und hielt den Stick mit solcher Begeisterung ins Licht, als wären ihm soeben die Zehn Gebote direkt vom Berge Sinai übergeben worden, nicht nur ein schlichter USB-Stick vom Palomar Mountain.

»Ich denke, Dr. Jackson knackt das Ding binnen weniger Minuten«, sagte Rourk.

»Tatsächlich hatte ich nicht vor, dafür Jackson oder jemand anderen von *Brain Trust* heranzuziehen. Ich habe jemanden angeheuert, der in zwei Stunden eintreffen müsste.«

Rourk blinzelte verwirrt. »Ich verstehe nicht. Ist nicht Gary Jackson der versierteste Computerexperte der Welt?«

»Ja, aber das hier erfordert niemanden von seinem Format. Weshalb eine Atomrakete einsetzen, um eine Fliege zu erledigen? Außerdem versichert Jackson zwar, dass er uns gegenüber vollkommen loyal sei, aber das hier ist zu wichtig, als dass ich unnötige Risiken eingehen würde. Sabotage können wir auf keinen Fall gebrauchen. Also ist es am sinnvollsten, jemanden damit zu betrauen, der nicht weiß, wie wichtig die Sache ist.«

»Verstehe«, sagte Rourk.

»Ich halte Sie auf dem Laufenden.« Knight deutete auf die Tür. »Jetzt wartet in der Krankenstation erst einmal ein Arzt auf Sie. Eine Ärztin, Dr. Susan Schlesinger, sie ist neu und wird sich gut um Sie kümmern.«

»Das wäre schön«, erwiderte sein verwundeter Untergebener. »Es war eine lange Nacht.«

26

Jenna wachte auf und rieb sich den Schlaf aus den Augen. Sie schien sich in einem riesigen Konferenzraum zu befinden, in der Mitte stand ein langer Tisch, und an der Wand standen mehrere Sofas und Sessel. Sie selbst lag auf einem dieser Sofas, stellte sie fest, über sie hatte jemand eine weiße Decke gebreitet.

Der Raum war mit Pflanzen, kleinen Tischen und fröhlich bunten, gerahmten Postern geschmückt. Sie sah sich weiter um, während sich langsam ihr Blick klärte. An der Stirnseite des Tisches, ganz am anderen Ende des Raums, saßen Aaron Blake und Dan Walsh und unterhielten sich im Flüsterton.

Wieder rieb sie sich die Augen und erwartete, dass der Raum verschwunden war, wenn sie die Hände wegnahm, und sie sich wieder in der Realität befand. Erstaunlicherweise erwartete sie jedoch genau derselbe Anblick wie zuvor.

Sie erhob sich. Beide Männer hatten bemerkt, dass sie sich bewegte, und sahen sie an. »Leute«, rief sie. »Äh … wo genau sind wir? Und wie kommen wir hierher?«

Blake lachte, und sie machte sich auf den Weg, lief am absurd langen Tisch entlang und nahm auf einem leeren Stuhl Platz.

»Willkommen an Bord«, sagte Blake und rückte einen großen Nylon-Seesack beiseite, um ihr mehr Beinfreiheit zu verschaffen. »Es ist Dienstagmorgen, kurz nach acht. Dan und ich sind seit etwas über einer Stunde wach, aber wir wollten dich nicht wecken.«

»Danke«, sagte Jenna aufrichtig. Noch nie zuvor hatte sie so dringend Schlaf gebraucht.

»Um deine Frage zu beantworten«, fuhr Blake fort, »wir sind hier im Gemeindezentrum meiner Wohnanlage.« Mit einer Handbewegung umfasste er den großen Raum. »Nicht übel, was? Die Anwohner können den Saal zwischen elf Uhr morgens und neun Uhr abends reservieren lassen, für Kindergeburtstage, Erwachsenengeburtstage und andere Feierlichkeiten, Weinproben, Potluck-Partys, Kunst- und Gewerbeveranstaltungen, was auch immer. Es ist ein Konferenzsaal Schrägstrich Partyraum.«

Er grinste. »Wenn man in einer derart protzigen Wohnanlage lebt, gehören erlesene Annehmlichkeiten zum Gesamtpaket. Direkt vor der Tür gibt es auch einen Pool und einen Jacuzzi, und zwanzig Meter in die andere Richtung befindet sich ein Fitnessstudio.«

»Und du hattest ganz zufällig einen Schlüssel?«, fragte Jenna.

Blake lächelte schief. »Mehr oder weniger. Lass es mich so sagen: Alarmanlagen ausschalten und Schlösser knacken gehört zum Handwerkszeug eines guten Privatdetektivs. Und zur Frage, wie wir hergekommen sind: Ich habe dich getragen.«

Jenna schüttelte den Kopf. »Ich kann mich kein Stück dran erinnern.«

»Tja, du warst ziemlich weggetreten«, sagte Walsh.

Sie riss die Augen auf. »Gab es Probleme?«, fragte sie erschrocken. »Weshalb mussten wir woandershin?«

»Keine Probleme«, sagte Blake, aber gleich darauf fügte er hinzu: »Jedenfalls bisher. Nachdem du eingeschlafen bist, ging mir auf, dass dieser Typ namens Rourk mich oben am Mount Palomar aus der Nähe gesehen hat. Mit Sicherheit waren wir nicht mehr sonderlich weit oben auf seiner Prioritätenliste, sobald er den USB-Stick hatte. Aber sicher ist sicher. Ich schätze, wir hätten letzte Nacht in meiner Wohnung bleiben können, aber weshalb das Risiko eingehen? Und bald haben diese Typen uns auf jeden Fall wieder auf dem Radar.«

»Stimmt«, sagte Jenna. »Sobald sie das Passwort knacken und feststellen, dass der Stick nur ein Köder ist.«

»Ganz genau. Darüber werden sie alles andere als glücklich sein. Vielleicht ist es auch schon so weit. Und dann wird Rourk sich Fotos sämtlicher Privatdetektive in Kalifornien und drüber hinaus ansehen und mich suchen.«

»Ich glaube, es war klug umzuziehen«, sagte Jenna. »Ab sofort dürfte es ein Gesundheitsrisiko sein, in deiner Wohnung tief und fest zu schlafen.«

»Das sehe ich ähnlich«, sagte Blake. »Der Saal hier hat sich als perfektes Ausweichquartier erwiesen. Keine Fenster nach draußen, mehrere Gebäude zwischen uns und dem Haus, in dem ich wohne. Wir sind so gewagt nah an unserem alten Standort und zugleich so weit weg. Falls diese Leute letzte Nacht in meine Wohnung eingebrochen wären und festgestellt hätten, dass sie leer ist – ich würde mein Leben darauf wetten, dass sie nicht auf die Idee kämen, uns hier zu suchen.«

Unbehaglich verzog Walsh das Gesicht. »Gewissermaßen *hast* du dein Leben drauf verwettet«, bemerkte er.

Blake lächelte, antwortete aber nicht.

»Ich habe Aarons Website aus dem Netz genommen«, sagte Walsh, »und habe mein Bestes gegeben, sein Bild mitsamt aller Spuren aus dem Internet zu tilgen. Das sollte uns noch ein bisschen mehr Zeit verschaffen, aber nicht ewig. Sobald Informationen einmal im Internet sind, ist es schwierig, sie vollständig zu löschen. Ist wie mit Falschgeld, es kommt immer wieder zu einem zurück.«

»Als ich heute Morgen aufgewacht bin, habe ich die Kameras in meiner Wohnung und vor meiner Tür überprüft«, sagte Blake. »Und ich habe mich in der gesamten Wohnanlage umgesehen. Ganz vorsichtig. Meiner Meinung und Erfahrung nach würde ich sagen, dass letzte Nacht niemand hier war und auch jetzt niemand meine Wohnung überwacht. Aber wenn wir aufbrechen, müssen wir trotzdem vorsichtig sein, falls es sich bis dahin geändert hat.«

Er nahm einen kleinen Karton von einem leeren Stuhl, der neben ihm stand, und hielt ihn Jenna hin. »Müsliriegel?«, bot er ihr an. »Du kannst so viele davon haben, wie du möchtest, aber ich hoffe, ich verwöhne dich nicht zu sehr, nachdem wir gestern schon welche zu Mittag gegessen haben. Ich kann dich nicht zu *jeder* Mahlzeit solche Köstlichkeiten essen lassen.«

Jenna lachte und nahm sich einen Riegel. »Verstanden. Und nach dem hier bin ich bereit, für den Rest meines Lebens darauf zu verzichten, wenn es dich beruhigt«, fügte sie trocken hinzu.

Als sie lachte, stiegen Schuldgefühle in ihr auf, weil sie kurz so fröhlich war, trotz Nathans Tod. Sie hatte sich alle Mühe gegeben, den Gedanken daran aus ihrem Verstand zu verbannen, so zu tun, als wäre es niemals passiert, um ihre Überlebenschancen zu verbessern und damit auch die Chance, ihn zu rächen.

Aber war sie damit vielleicht *zu* erfolgreich?

Nach kurzem Grübeln befand sie: Nein, das war sie nicht. Wenn sie weiter hin und her schwankte zwischen niederschmetternder Trauer und Schuld, wenn sie mal kurz *nicht* trauerte, dann würde sie den Verstand verlieren.

Sie atmete tief durch, um ihre Gedanken zu ordnen. Das Schlafbedürfnis konnte zu einer furchtbaren Last werden, aber sie war dankbar, dass es den Schlaf überhaupt gab. Ohne ihn gäbe es keine richtige Erholung. So aber konnte man, ganz gleich, was in der Nacht zuvor geschehen war, aufwachen und einen neuen Tag angehen; ein Kapitel endete, und ein neues begann.

»So also fühlt es sich an, wenn man fast ein Mensch ist«, sagte sie zufrieden.

»Gut, dass du endlich ein bisschen richtigen Schlaf bekommen hast«, sagte Blake. »Und nur, dass du's weißt: Du hast die Täuschung wirklich ausgezeichnet hinbekommen, selbst unter Druck und Schlafentzug war deine Darstellung eines Menschen ziemlich überzeugend.«

»Danke«, antwortete sie.

Walsh nickte. »Aaron und ich haben uns darüber unterhalten, während du geschlafen hast. Wir beide haben gesehen, wie du gegähnt hast und manchmal weggedöst bist, während ich ein wirklich komplexes Thema erklärt habe, und trotzdem hast du immer wieder mal eine wichtige Beobachtung oder Erkenntnis geäußert oder eine großartige Frage gestellt. Du bist sogar als halber Zombie noch beeindruckend.«

»Das ist möglicherweise das seltsamste Kompliment, das ich je bekommen habe«, sagte sie. »Aber danke. Ist gekauft.«

Sie nahm einen großen Bissen von ihrem Müsliriegel und kaute. Nachdem sie alles runtergeschluckt hatte, deutete sie auf den Nylonsack zu Aaron Blakes Füßen. »Was ist denn da drin?«, fragte sie.

»Waffen, Munition, Wanzenscanner, Nachtsichtgeräte, ein Set Dietriche, Bolzenschneider.« In gespielter Unschuld zuckte Blake mit den Schultern. »Du weißt schon ... das Übliche.«

»Klar«, sagte Jenna lächelnd. »Und was jetzt? Besuchen wir deinen Freund Greg?«

Blake nickte. »Ganz genau. Inzwischen sollte er Zugang zu Nathans Daten gefunden und alles in die Cloud geladen haben, mit einem Auslöser, sodass wir die Informationen verbreiten können, wann immer wir wollen.«

»Ich verschaffe mir einen Überblick über Nathans Arbeit, so schnell ich kann«, sagte Walsh. »Mit etwas Glück kann ich es ausreichend erfassen, um die möglichen Auswirkungen einzuschätzen. Falls nicht, kann ich die richtigen Wissenschaftler auswählen, die in der Lage wären, uns dabei zu helfen. Ich wäre dafür, so schnell wie möglich einen davon aufzusuchen. Je schneller wir wissen, warum die Sache den Leuten, die Nathan getötet haben, so wichtig ist, desto besser, würde ich sagen.«

»Das sehe ich genauso«, sagte Blake. »Dann lasst uns aufbrechen.« Er wandte sich an Jenna. »Ich bin nicht nur hier eingebrochen, ich habe auch die Türen zu den Damen- und Herrenumkleideräumen beim Pool geknackt. Dan und ich haben schon geduscht, aber wir können noch kurz warten, wenn du auch noch rasch unter die Dusche möchtest. Ich habe aus meiner Wohnung ein paar frische Zahnbürsten und Hygieneartikel besorgt.«

»Du hattest einfach so ein paar noch verpackte Zahnbürsten zu Hause rumliegen?«

»Allerdings.«

»Ich habe keine Ahnung, was ich dazu sagen oder auch nur darüber denken soll«, sagte Jenna scherzhaft.

»So ist das also.« Blake lächelte. »Du begreifst komplexe physikalische Zusammenhänge und völlig irrwitzige Zeitreise-Logik, aber bei einem Mann, der zu Hause ein paar frische Zahnbürsten lagert, kommst du nicht mehr mit.«

Jenna lachte.

Blake ließ ihr einen Augenblick Zeit, diesen Moment voller Leichtigkeit auszukosten, dann sagte er: »So ungern ich die Stimmung versaue, wir müssen wirklich aufbrechen. Dan und ich hatten uns darüber noch nicht unterhalten, aber wir können auf keinen Fall meinen Wagen nehmen, weshalb es noch länger dauern wird, bis wir bei Greg sind.«

Jenna nickte. »Na klar. Falls sie herausfinden, wer du bist, dann finden sie auch deinen Wagen.«

»Richtig.«

»Wir könnten meinen nehmen«, bot Walsh hilfsbereit an.

»Danke, aber ich fürchte, das können wir nicht«, sagte Blake. »Sie werden sich schon fragen, wohin du gestern Abend verschwunden bist. Dein Wagen ist also ebenfalls zu heiß.«

»Mietwagen?«, fragte Walsh.

»Nein. Kann man zurückverfolgen.«

»Verstehe.« Walsh nickte weise. »Wir Physiker verstehen nicht viel von Nacht- und-Nebel-Operationen, aber jetzt verstehe ich. Du willst andeuten, dass wir einen Wagen stehlen müssen.«

Blake lachte. »*Nein!*«, sagte er mit Nachdruck. »Einen Wagen zu stehlen ist eine ganz schlechte Idee, wenn man untertauchen will.« Immer noch grinsend, nickte er Jenna zu. »Außerdem: *Einen* gestohlenen Wagen haben wir bereits.«

Ehe sie das als Kritik missverstehen konnte, fügte er rasch hinzu: »Nicht dass Jenna eine andere Wahl gehabt hätte. Sie hat genau das Richtige getan. Aber in diesem Fall *haben* wir eine Wahl.«

»Okay«, sagte Walsh. »Ich geb's auf. Welche andere Möglichkeit haben wir? Öffentliche Verkehrsmittel?«

»Ist das dein Ernst?«, fragte Blake. »Ein ordentlicher Physikprofessor von der UCLA, und du kommst nicht drauf?«

Walsh blinzelte ihn weiterhin dümmlich an.

Belustigt schüttelte Blake den Kopf. »Wir *kaufen* einen Wagen«, sagte er. »Ich wette, online finde ich im Radius von wenigen Kilometern mehrere Dutzend, die zum Verkauf stehen. Ich suche einen für ein paar Tausender aus, fahre mit dem Taxi zur Bank, sodass ich bar zahlen kann, und dann fahre ich mit dem Taxi hin und kaufe den Wagen. Und im null Komma nix sind wir bei meinem Freund.«

Walsh wirkte enttäuscht. »Na klar. Einen Wagen kaufen. Vermutlich habe ich zu viele Filme gesehen. Ich muss zugeben, ich hab mich schon darauf gefreut zu sehen, wie du einen klaust.«

»Aha«, scherzte Blake. »Nur eine abenteuerliche Wanderung durch ein unterirdisches Tunnellabyrinth, und schon bist du bereit, auf die dunkle Seite zu wechseln. Vielleicht hat der Schriftzug, den wir dort unten gesehen haben, den Nagel auf den Kopf getroffen – vielleicht sind wir *wirklich* durch die Hölle gereist.«

Walsh lachte, aber Jennas Gesicht blieb ernst. Denn sie zweifelte nicht daran, dass ihre eigene Reise durch die Hölle noch lange nicht vorbei war.

27

R. Sylvia Tagert war kein Morgenmensch. Sie musste erst in Schwung kommen, ihr Kreislauf kam nur langsam auf Touren. Ganze Nächte konnte sie durchmachen, ohne auch nur im Mindesten müde zu werden, aber morgens beim Aufwachen fühlte sie sich wie eine Schnecke.

Und das galt dann, wenn sie wie erwartet ausgeschlafen hatte.

An diesem Morgen jedoch wurde sie früher als üblich aus dem Schlaf gerissen und hatte kaum genug Zeit, um sich die Zähne zu putzen und einen weißen Frotteebademantel überzuwerfen.

Es klingelte an der Tür, auf die Minute pünktlich. Es war kurz vor sieben, und sie hatte noch nicht mal an ihrer ersten Tasse Kaffee genippt, was erklärte, weshalb sie so schlechte Laune hatte, dass sie jemanden hätte umbringen mögen. Am besten den ungeduldig wartenden Mann vor ihrer Tür, den sie auf dem kleinen Plasmabildschirm sah.

»Halten Sie Ihren Ausweis vor die rote Kontrollleuchte«, rief sie durch die geschlossene Tür.

Sie genoss die Verärgerung in seinem Gesicht. »Hat Ihr Vorgesetzter Sie nicht kontaktiert und Ihnen gesagt, dass ich komme?«, rief er zurück.

»Er sagte mir, dass jemand mit einem entsprechenden Ausweis kommen würde, ja.«

Er sah aus, als hätte er am liebsten die Zähne gefletscht, während er seine Brieftasche zückte, sie aufklappte und direkt vor die Kamera hielt. Der Ausweis, den er ihr zeigte, belegte seine Zugehörigkeit zu irgendeiner Regierungsbehörde, die sicherlich gar nicht existierte, und dass er wirklich Nathaniel Lubbers hieß, bezweifelte sie ebenfalls.

Sie entriegelte die Tür und öffnete. »Machen Sie schnell«, sagte sie und deutete auf ihren Bademantel. »Und vielen Dank für diesen kurzfristigen Überfall.«

Sylvia war klar, dass sie sich alles andere als gastfreundlich gab, dass diese Sache hier womöglich sehr wichtig war und dieser Mann nur seine Arbeit machte. Aber verdammt noch mal, sie war eben, wie sie war. Die Kombination aus frühem Morgen und Kaffeemangel machte sie unleidlich. Normalerweise war sie freundlich und gut gelaunt und bei allen beliebt, aber selbst ihre besten Freunde wagten es nicht, sie morgens zu wecken.

Der Mann betrat ihr kleines Haus und steckte die Brieftasche wieder hinten in die Gesäßtasche. »Tut mir leid, dass es so kurzfristig ist«, sagte Joe Allen und versuchte, freundlich zu sein. »Wir dürften eigentlich ganz schnell fertig sein.«

Im Wohnzimmer setzte sie sich auf einen Stuhl und bedeutete ihm, sich ihr gegenüber auf das kleine schwarze Ledersofa zu setzen. »Was kann ich denn für meine Freunde von der verdeckten Ermittlung tun?«, fragte sie, sobald er saß.

»Sie haben Montagmorgen Kameraaufnahmen aus einer Wohngegend in San Diego besorgt. Aus La Jolla, um genau zu sein. Ich möchte nur wissen, wem Sie dieses Material geschickt haben.«

Sie war nicht sicher, was sie erwartet hatte, *das* sicherlich nicht. Aaron Blake hatte ihr gesagt, er brauche die Aufnahmen für die Arbeit an einem neuen Fall, könne ihr aber nichts Genaueres sagen. Sie hatte sich für ihn gefreut, weil es immerhin nicht schon wieder um eine Scheidungsangelegenheit ging, und niemand verdiente Erfolg so sehr wie Blake.

»Was?«, fragte sie mit gespielter Verwirrung. »Weshalb um alles in der Welt interessiert Sie das?«

»Um ganz offen zu sein: Ihr Vorgesetzter sagte Ihnen, dass Ihre uneingeschränkte Zusammenarbeit erwartet wird, korrekt? Also lassen Sie meine Gründe mal meine Sorge sein und sorgen Sie sich nur darum, meine Fragen zu beantworten.«

Hastig erwachte Sylvias reger Verstand zum Leben. Sie brauchte eine Strategie, und zwar schnell. Sie hatte schon einige haarige Situationen erlebt, und bei der CIA kam man nicht weit, wenn man nicht imstande war, außerhalb der Box zu denken.

Aber was war in diesem Fall *in* besagter Box? In was war Blake da hineingeraten?

Was auch immer es war, eins wusste sie ganz sicher: Aaron Blake war ein feiner Kerl. In was er da auch verwickelt sein mochte, er war in diesem Spiel der Gute. Aber das bedeutete nicht zwingend, dass der Mann, der ihr gegenübersaß, ein übler Kerl war. Sie befand, dass sie weiter vorfühlen musste, ehe sie ihm entgegenkam. Um zu sehen, wie er reagierte.

»Ich habe es an niemanden geschickt«, antwortete sie so unschuldig, wie sie nur konnte. »Es ging um ein Projekt, an dem ich gerade arbeite, und zwar allein. Wie kommen Sie auf die Idee, dass ich das für jemand anderen getan hätte?«

»Und was für ein Projekt sollte das wohl sein?«, fragte Allen zweifelnd.

»Verschlusssache. Sie haben Ihre geheimen Projekte, und ich habe meine. Solange ich nicht Anweisung bekomme, Sie einzuweihen, fürchte ich, kann ich Ihnen dazu nichts sagen.«

»Hören Sie«, sagte Allen, »ich weiß, dass Sie mich anlügen. Ich *weiß* es. Was heißt, dass Sie versuchen, jemanden zu schützen. Aber es sieht folgendermaßen aus: Wen auch immer Sie beschützen wollen, er steckt überhaupt nicht in Schwierigkeiten. Ich muss nur mit ihm oder ihr reden. Ein paar Fragen stellen. Diese Person spielt eine Rolle in einer Ermittlung, die elementar ist für die Sicherheit unseres Landes. Wie wäre Ihnen zumute, wenn mitten in Chicago eine Atombombe hochgeht, nur weil Sie hier Ihre Spielchen spielen?«

Sylvia dachte nach. Wenn sie trotz einer direkten Anweisung die Kooperation verweigerte, sah es nicht gut aus für sie. Und sie hielt es für wahrscheinlich, dass er die Wahrheit sagte. Denn weshalb sollten sie hinter Blake her sein? Vielleicht also würde es wirklich zu einer Katastrophe wie der von ihm beschriebenen führen, wenn sie ihn Zeit kostete.

Aber nur für den Fall, dass er ihr Blödsinn erzählte und sie *doch* hinter Blake her waren, konnte sie ihn warnen, sobald der Mann hier verschwand. Damit ihr Freund wusste, dass jemand kam.

Jemand, der Aaron Blake überraschte, könnte mit ihm fertigwerden. Aber wenn er einen kommen sah, traute sie ihm zu, mit jedem nur erdenklichen Gegner fertigzuwerden. Und jeder nur erdenklichen Organisation. Sie hatte ihn in Aktion erlebt. Sein Überlebensinstinkt war außergewöhnlich. Wenn man ein paar schiefgelaufene Missionen überstand, die andere nicht überlebt hätten, konnte es reines Glück sein. Aber wenn jemand so wie Blake wieder und immer gegen alle Wahrscheinlichkeit dem Schicksal ein Schnippchen schlug, musste man davon ausgehen, dass es an seinem Können lag.

»Okay«, sagte Sylvia. »Sie haben recht. Der Mann, nach dem Sie suchen, heißt Aaron Blake. Ich habe damals, als ich im Jemen stationiert war, viel mit ihm zusammengearbeitet. Er war in einer Anti-Terror-Spezialeinheit. Mutig, klug und heldenmütig. Und sehr zielstrebig. Bei allen sehr beliebt, nicht nur bei den Kameraden. Aber auch selbstkritisch. Hat sich viel mit seinem Gewissen herumgeschlagen. Jemand, der immer auf der Hut war, um sich nicht in ein Monster zu verwandeln, *zu* gut zu werden, wenn es ums Töten geht.«

Allen nickte, als würde ihre Beschreibung von Blakes beruflichem Hintergrund und seinen Fähigkeiten ihn nicht im Mindesten überraschen. Er hob die Brauen. »Was macht er jetzt? Dient er immer noch beim Militär?«

»Nein, er hat aufgehört. Vor Kurzem erst. Jetzt ist er Privatdetektiv in L. A. Er hat mir gesagt, er braucht die Aufnahmen für einen Fall, an dem er gerade arbeitet.«

»Interessant. Und mehr hat er Ihnen nicht gesagt?«

»Das ist alles.«

Sylvia verstummte und betrachtete den Mann, der ihr gegenübersaß, eingehend. »Nur dass Sie es wissen: Wenn Sie mich verarscht haben und *doch* aus irgendeinem Grund hinter Aaron Blake her sind, dann liegen Sie falsch. Er ist ein feiner Kerl. Und ganz und gar auf unserer Seite. Zutiefst loyal. Welche Informationen Sie auch zu haben glauben – wenn sie darauf hindeuten sollten, dass er in irgendeiner Weise gegen die Interessen der Vereinigten Staaten agiert, dann sind diese Informationen einen Scheiß wert.«

Allen erhob sich vom Sofa. »Danke für Ihre Hilfe. Und auch für diesen Einblick.«

»Vergessen Sie nur nicht, was ich Ihnen über ihn gesagt habe«, sagte Sylvia unverblümt.

Aber als sie den Satz beendet hatte, stellte sie fest, dass sie in die Mündung einer Automatikpistole blickte, die auf ihre Brust gerichtet war.

Sylvias Herz raste wie verrückt los. »Ich habe Ihnen die Wahrheit gesagt«, versicherte sie ihm verzweifelt. »Sie können es überprüfen, dann sehen Sie es selbst. Es gibt keinen Grund, mich zu bedrohen.«

»Tut mir leid wegen der Waffe«, sagte Allen höflich. »Aber ich muss befürchten, dass Sie Aaron Blake kontaktieren, sobald ich zur Tür raus bin. Sie wissen schon, dass Sie ihn warnen, dass ich hier war und ihn sprechen will. Ich kann nicht riskieren, dass er untertaucht. Diese Angelegenheit ist zu wichtig.«

Entsetzt riss sie die Augen auf. »Also töten Sie mich?«, fragte sie.

R. Sylvia Tagert hatte sich schon in unzähligen gefährlichen Situationen befunden, aber nie hatte sie gedacht, dass sie in ihrem eigenen Haus sterben würde, in einem weißen Frotteebademantel. Ungebeten kam ihr der eigenartige Gedanke, dass sieben Uhr morgens, wenn sie noch keinen Kaffee gehabt hatte, immerhin die beste Zeit zum Sterben war, wenn es denn wirklich sein musste.

Aber ihr Besucher schüttelte den Kopf. »Natürlich töte ich Sie nicht«, sagte er. »Ich bin Ihnen wirklich dankbar für Ihre Hilfe. Und was würde Ihr Chef sagen, wenn er einer Partnerorganisation hilft und die ihm zum Dank dafür eine seiner besten Mitarbeiterinnen erschießt?«

Er holte zwei kleine gelbe Kapseln aus der Hemdtasche. »Schlucken Sie die hier runter«, sagte er. »Sie werden für etwa acht Stunden schlafen. So kann ich sicher sein, dass Sie niemanden vorwarnen. Ich habe die Dinger selbst schon auf Flügen genommen, und beim Aufwachen fühle ich mich immer, als könnte ich Bäume ausreißen. Auch wenn ich Ihnen eine höhere Dosis gebe, wird Ihnen nichts passieren.«

Sylvia nahm die angebotenen Pillen und schluckte sie. Sie wusste, dass sie keine andere Wahl hatte, und es war noch immer möglich, dass sie auf derselben Seite standen. Sie konnte es ihm kaum verübeln, dass er nichts riskieren wollte, wenn Blake für ihn eine wichtige Spur verkörperte.

»Öffnen Sie den Mund und strecken Sie die Zunge heraus«, sagte Allen höflich.

Sie tat wie geheißen, und schon kurz darauf wurde sie angenehm schläfrig, trotz des fremden Mannes in ihrem Haus, der offenbar nicht vorhatte zu gehen, ehe er sich nicht überzeugt hatte, dass sie schlief wie eine Tote.

Andererseits war das unendlich viel besser, als wirklich tot zu *sein*. Und immerhin hatte ihr Besucher ihr ja den Schlaf geraubt. Vielleicht war das hier nur seine Art zurückzugeben, was er ihr genommen hatte, mitsamt Zinsen.

Joe Allen ließ eine schlafende Sylvia Tagert zurück und ging wieder zu seinem Wagen. Nachdem er eine halbe Stunde lang seine Beziehungen hatte spielen lassen und sich durch Blakes Akte gearbeitet hatte, fühlte er sich bereit für den Anruf bei Lee Cargill und alle denkbaren Fragen, die ihm gestellt werden mochten.

Cargill nahm den reinen Audio-Anruf bereits beim ersten Klingeln entgegen. »Gutes Timing, Joe. Der Präsident kommt zu unserem Treffen über zwei Stunden zu spät.« Seine Worte trieften vor kaum gezügelter Wut. »Aber ich wurde gerade vorgewarnt, dass er in ein paar Minuten da ist, du musst also schnell machen.«

»Unsere CIA-Agentin hat keine Schwierigkeiten gemacht«, sagte Allen. »Sie hat die Aufnahmen für ein ehemaliges Mitglied einer Spezialeinheit besorgt, einen gewissen Aaron Blake, der bereits an so vielen Einsätzen teilgenommen hat, dass es für zehn Leben reichen würde.«

»Wenig überraschend«, bemerkte Cargill.

»Und stell dir vor, momentan ist dieser Blake wirklich Privatdetektiv und lebt und arbeitet in L. A. Er hat den Dienst quittiert, um sich als Schnüffler zu versuchen. Ich habe seine Akte besorgt und sie dir auf den Computer geschickt. Er ist so fähig, wie zu erwarten war. Ich habe seine Adresse, weiß, welchen Wagen er fährt, und habe Leute darauf angesetzt, seinen momentanen Aufenthaltsort herauszufinden.«

»Gut gemacht«, sagte Cargill. Dann entstand eine lange Pause. »Das Team, über das wir uns im Flieger unterhalten haben, steht auf Abruf bereit. Aber lass uns nichts überstürzen. Schließlich sind Jenna Morrison und ihr Detektiv nicht das eigentliche Ziel. Wir müssen herausfinden, ob dieser USB-Stick wirklich existiert, und ihn finden. Nur das spielt eine Rolle. Ich will also wissen, wo sich dieser Bursche gerade aufhält, aber ebenso dringend will ich erfahren, wo er seit Sonntagabend war, und ich will ausführliche Berichte über jeden, mit dem er seitdem gesprochen hat. Wenn er sich in einer Tankstelle einen Schokoriegel gekauft hat, dann will ich wissen, wann das war, und ich will den vollständigen Lebenslauf von demjenigen, der ihn dort bedient hat.«

»Verstanden. Ich besorge dir auf der Stelle die Aufnahmen der betreffenden öffentlichen Kameras und Satelliten.«

»Während du das alles ins Rollen bringst, schaff deinen Hintern nach San Diego, Camp Pendleton, damit du, wenn wir uns zum Handeln entschließen, gleich mit dem Team aufbrechen kannst. Melde dich, sobald du die Informationen hast, um die ich dich gebeten habe.«

»Verstanden«, sagte Joe Allen.

»Ich muss los. Zeit für das Treffen mit Präsident Janney«, sagte Cargill, mit der Sorte Abscheu in der Stimme, die bei den meisten Männern einem Termin beim Proktologen vorbehalten war.

28

Mit hochgestellter Rückenlehne saß Jack Rourk im Bett und sah sich auf dem Hauptbildschirm des Zimmers einen Film an. Der neunzehnte Stock im zwanzigstöckigen Gebäude wurde schlicht Krankenstation genannt, war aber eingerichtet wie ein Krankenhaus und ebenso gut ausgestattet.

Er sah aus dem Fenster auf den fernen See hinaus. Schwer vorstellbar, dass er sich inmitten einer der erbarmungslosesten Wüsten der Welt befand und weniger als eine Autostunde von den Neonreklamen, Spieltischen, glamourösen Shows und Nutten von Las Vegas entfernt.

Dr. Susan Schlesinger hatte sich sofort darangemacht, seinen Arm wieder zusammenzuflicken, und die Wunde so säuberlich genäht wie eine Schneiderin, dann hatte sie ihn an den Tropf gehängt, über den ihm Medikamente, Kochsalz- und Nährlösungen verabreicht wurden. Sie hatte keine Ahnung, was auf dieser von Menschenhand geschaffenen Insel vor sich ging, aber man zahlte ihr ein Vermögen dafür, nicht unangemessen neugierig zu sein und sich auch über das Funkloch oder die fehlende Internetverbindung nicht zu beklagen. Ihr war Anweisung erteilt worden, sich um jeden Patienten zu kümmern wie um den Präsidenten persönlich, und weil sie erst seit einer Woche hier war und Rourk ihr erster Patient war, hatte sie an seinem Bett gewacht, während er schlief.

Vor ein paar Minuten, nachdem Rourk aufgewacht war, war sie gegangen, und als er jemanden kommen hörte, nahm er an, dass sie wiederkam.

Aber er irrte sich. Es war nicht Susan Schlesinger.

Es war Edgar Knight.

Knight pflegte seine Untergebenen nicht am Krankenbett zu besuchen, um ihnen das Näschen zu putzen, also musste es um etwas Wichtiges gehen. Und nach einem Blick auf das Gesicht seines Bosses wusste er, dass es etwas Übles war.

»Der USB-Stick ist wertlos!«, bellte Knight unvermittelt drauflos, er war nicht der Typ, der es spannend machte. »Wir haben ihn geknackt, und es befindet sich nur eine Riesendatei mit jahrelang sorgfältig geführten Baseball-Statistiken darauf. Nur für den Fall, dass die echte Datei kodiert darin versteckt ist, hat der Fachmann jeden noch so kleinen Stein umgedreht.«

Er starrte Rourk mit beängstigender Intensität an. »Dieses Arschloch hat Sie da oben auf dem Berg verarscht, Jack. Wie den allerletzten Idioten.«

Rourk stieß die Luft aus. »Scheiße«, sagte er leise und enttäuscht. »Ich kann es Ihnen nicht verübeln, dass Sie wütend sind, Edgar. Aber der Mann war gut. Es war dieselbe Marke und derselbe Typ USB-Stick, auf dem sich auch die echte Datei befindet. Ich musste davon ausgehen, dass es der richtige Stick ist. Wenn ich dem Typen hinterhergejagt wäre, während Cargills Leute auf den Trichter kommen, dass ich Argent getötet habe, dann hätte ich beides verlieren können, den Detektiv und den Stick.«

»Was ja im Grunde dann auch passiert ist, oder nicht?«, blaffte Knight bissig.

Er machte eine Pause und bemühte sich sichtlich darum, sich zu beruhigen. »Ich sage ja nicht, dass es Ihre Schuld ist, Jack«, fuhr er etwas beherrschter fort, »oder dass Sie sich falsch entschieden heben. Aber ich dachte, wir hätten die Daten, den verdammten Heiligen Gral, und ich habe verflucht schlechte Laune bekommen, als ich herausgefunden habe, dass es nicht so ist. Also faulenzen Sie hier nicht weiter herum und treiben Sie mir diesen Privatdrecksack auf.«

»Sie wissen, dass er vielleicht gar nicht wirklich Privatdetektiv ist?«

»Danke, Jack. Noch irgendwelche genialen Gedanken, die Sie mit mir teilen möchten? Ich weiß, dass er wahrscheinlich gelogen hat. Aber wo sollten wir sonst anfangen? Also gehen Sie erst einmal davon aus, dass er wirklich Privatdetektiv ist. Wenn Sie damit fertig sind, alle Fotos von sämtlichen Privatdetektiven der Welt durchzusehen, probieren wir es mit etwas anderem.«

»Ich fange gleich damit an.«

»Tun Sie das. Ich muss wohl nicht extra sagen, dass ich es sofort erfahren will, sollten Sie etwas herausfinden.«

29

Joe Allen stand in einem abhörsicheren Konferenzraum in Camp Pendleton, einem Quartier der Marine-Infanterie in Oceanside, Kalifornien, genau zwischen San Diego und ihrem Ziel in Orange County. Blakes bisherige Aktivitäten nachzuvollziehen hatte sich als ausgesprochen effektiv erwiesen. Als sie herausgefunden hatten, dass er und Jenna Morrison einen Computerexperten aufgesucht hatten, mit dem Blake gemeinsam beim Militär gedient hatte, hatte es auf der Hand gelegen, was sie dort gewollt hatten.

Allens Tablet-PC war über WLAN mit dem Sechzig-Zoll-Monitor verbunden, der wie ein Gemälde an der Wand hing und Bilder und Videos in 3D darstellen konnte, ohne dass man dafür eine Spezialbrille brauchte.

Die Leute aus seinem vierköpfigen Team, die weder über Cargill Bescheid wussten noch über sein Geheimprojekt, sahen erwartungsvoll zu und fragten sich, weshalb man ein Green-Berets-Spezialeinsatzteam in einen Marinestützpunkt eingeflogen hatte. Die einzige Schlussfolgerung, die sie bisher gezogen hatten, war, dass es wohl darum ging, irgendwo auf US-amerikanischem Boden einen Einsatz durchzuführen, dieser Stützpunkt nah am Einsatzort lag und die Vorbereitungen deshalb hier stattfanden. Diese Aussicht schien sie zu beunruhigen.

Allen wischte mit den Fingern über den Tablet-Display, und in der Luft erschien das Abbild eines sanft dreinblickenden blonden Mannes. Es wirkte, als stünde er wirklich dort vor dem Monitor.

»Das ist Gregory Soyer«, legte Allen los. »Er ist inzwischen Zivilist, und er sieht aus wie ein Schwächling, aber lassen Sie sich davon nicht täuschen. Er war sechs Jahre lang bei den Rangers und ist ausgesprochen gefährlich. Er hat sich auf Computer und Elektronik spezialisiert, Hardware und Software, und hat dem Militär vor wenigen Jahren den Rücken gekehrt. Seitdem betreibt er ein höchst erfolgreiches Beratungsunternehmen.«

Er bewegte einen Finger, und das nächste Bild erschien. »Das hier ist sein Haus in Orange County. Er ist wohlhabend – und schrullig – und lebt sehr abgeschieden, was uns natürlich entgegenkommt. Das Haus ist einstöckig und recht klein und liegt ohne unmittelbare Nachbarn direkt an einem Canyon.«

Allen schickte eine rasche Abfolge von Bildern auf den Schirm, Satellitenaufnahmen der Rückseite von Soyers Haus. Einige zeigten es aus etwas Entfernung, andere von Nahem. Sie alle waren so gestochen scharf, als wären sie von einem Profifotografen aufgenommen worden, der keine zwanzig Meter vom Grundstück entfernt gestanden hatte.

»Bitte beachten Sie, dass das Haus hinten an eine zwölf Meter abfallende Klippe angrenzt«, sagte Allen. »Soyers Garten ist etwa zehn Meter lang und endet an einem schmiedeeisernen Zaun, der verhindern soll, dass jemand verunglückt, und dann geht es steil abwärts in den dahinterliegenden Canyon.«

Die Männer hörten aufmerksam zu, verzogen aber keine Miene.

»Unseren Informationen nach arbeitet Soyer überwiegend von zu Hause aus, und dank der Satellitenaufnahmen wissen wir, dass sein Sportwagen, ein weißer Mercedes C 300, vor dem Haus parkt, jetzt in diesem Augenblick. Wir vermuten, dass er dort auch noch einige Stunden lang bleiben wird. Mir ist klar, dass Sie nur vorübergehend meinem Kommando unterstehen und noch nicht eingeweiht wurden, um was es hier eigentlich genau geht. Ich würde es Ihnen gern erklären – aber das kann ich nicht. Seien Sie jedoch versichert, dass Ihr Einsatz der nationalen Sicherheit dient und Sie dabei helfen, eine der größten Bedrohungen abzuwenden, denen sich unser Land jemals gegenübergesehen hat.«

Mit düsterer Miene ließ Allen seine Worte einen Augenblick lang wirken. Dann fuhr er fort: »Wir haben bei dieser Mission drei Ziele. Das erste und wichtigste: Wir vermuten, dass Soyer sich im Besitz eines USB-Sticks befindet, der für die nationale Sicherheit eine wesentliche Rolle spielt. Ich brauche diesen Stick, und zwar unbeschädigt. Das macht die Mission zu einer haarigen Angelegenheit. Denn wenn es uns nicht gelingt, Soyer direkt auszuschalten, besteht das Risiko, dass er versucht, den Stick so schnell wie möglich zu zerstören. Also darf er nicht mal ansatzweise merken, dass wir kommen. In dem Augenblick, da er uns bemerkt, muss er bereits ausgeschaltet werden.«

Allen runzelte die Stirn. »Das Problem ist, dass er erfahren und recht gut vorbereitet ist. Wir haben uns Gebäudepläne und Satellitenbilder angesehen. Die Einfahrt zu seinem Haus wird von Kameras und Bewegungssensoren überwacht. Da er inzwischen als Zivilist in Südkalifornien lebt, macht er sich offenbar keine großen Sorgen, dass jemand über diesen kleinen Felshang hinter seinem Haus klettern könnte, jedenfalls gibt es in dieser Richtung keine Überwachungsmaßnahmen und keine Alarmanlagen. Es ist sein einziger blinder Fleck. Zumindest in elektronischer Hinsicht. Aus dem Büro blickt er durch eine große Glasschiebetür genau in diese Richtung, also muss man, wenn man von dort kommt, daran denken, dass er einen leicht auf die gute altmodische Weise entdecken könnte.«

Allen wandte sich an das drahtigste Teammitglied. Der Mann hatte kurzes schwarzes Haar, seine Gesichtszüge muteten spanisch an. »Leutnant Recinos, hier kommen Sie ins Spiel. Soweit ich weiß, haben Sie an mehreren Boulder-Wettkämpfen teilgenommen?«

Ricardo Recinos nickte. »Ja, Sir, das ist korrekt«, antwortete er.

Es gab unterschiedliche Stile beim Freizeit- und Sportklettern – beim Bouldern kletterte man nicht, wie in anderen Disziplinen üblich, mit Sicherungsseil, sondern stattdessen in Absprunghöhe, oft mit einer gepolsterten Bouldermatte darunter, die einen bei einem Absturz vor Verletzungen bewahren sollte.

»Was ist die schwierigste Outdoor-Route, die Sie in letzter Zeit geflasht haben?«, fragte Allen.

Es imponierte Recinos, dass Allen den Begriff kannte. Eine Route zu *flashen* bedeutete, dass man sie gleich im ersten Anlauf schaffte.

»V12, das war vor zwei Wochen, Sir«, antwortete Recinos, zuversichtlich, dass Allen ihn verstand. Einen Boulderparcours bewertete man zwischen V0 für Anfänger – die durchaus hervorragende Sportler sein konnten, denen es einzig an Klettererfahrung mangelte – bis zu V17 für die Besten der Besten.

»Ausgezeichnet«, sagte Allen. »Ich habe einen Kletterer damit beauftragt, anhand Dutzender Nahaufnahmen verschiedener Abschnitte des Felsens unter Soyers Garten den Schwierigkeitsgrad zu bewerten. Seiner Einschätzung nach wäre es als Boulderparcours etwa V4, vielleicht auch V5. Sie haben später noch Zeit, sich die Bilder selbst anzusehen. Für einen Anfänger wäre es unmöglich zu schaffen, aber Sie dürften das bequem packen. Nur dass es eben zwölf Meter sind, also müssen sie die Route unbedingt flashen. Und Sie werden einen Rucksack dabeihaben, also zusätzliches Gewicht, das ihren Körperschwerpunkt verändert.«

»Welche Ausrüstung wird erforderlich sein, Sir?«, fragte Recinos.

»Sie brauchen einen Gasgranatwerfer, etwa doppelt so groß wie Ihre augenblickliche Waffe, aber nicht schwerer. Damit können Sie einen baseballgroßen Behälter mit hochkomprimiertem Gas durch Soyers Glasschiebetür abschießen. Das Gas ist farblos, geruchlos und verteilt sich mit außerordentlicher Geschwindigkeit. Nicht tödlich, aber es wird ihn binnen eines einzigen Atemzugs ausschalten.«

»Verstehe«, sagte Recinos. »Also klettere ich mucksmäuschenstill den Fels hoch und schieße die Gasgranate durch die Schiebetür?«

»Ja. Warten Sie, bis Sie ganz sicher sind, dass Soyer in seinem Büro ist. Aber achten Sie auch darauf, dass er Sie nicht sieht.«

»Und falls er nicht in seinem Büro ist?«

Allen kaute auf seiner Unterlippe herum. »Dann warten Sie fünf Minuten ab. Seine gesamte IT-Ausrüstung befindet sich dort, also wird er sich nicht lange woanders aufhalten. Wenn er nach fünf Minuten nicht auftaucht, dann schießen Sie so viele Kanister durch mehrere Fenster ins Haus, wie Sie nur können. Wenn er sich irgendwo im Haus aufhält, erwischt ihn das Gas innerhalb von Sekunden.«

»Also brauche ich vermutlich eine Gasmaske«, sagte Recinos.

»Ja. Damit Sie überprüfen können, ob er bewusstlos ist. Tut mir leid, ich weiß, dass das zusätzliches Gewicht bedeutet und Ihre Aufgabe erschwert, aber es wird nicht allzu viel sein.«

»Ich bin sicher, ich komme damit klar«, sagte Recinos.

Allen deutete auf einen der anderen, einen Mann mit breitem Gesicht und zurückweichendem Haaransatz. »Captain Thompson fliegt beim Einsatz einen nun, nennen wir es einen experimentellen Helikopter, in dem sich der Rest des Teams befindet. Der Helikopter ist so leise, dass man ihn mitten in einer Bibliothek landen könnte, ohne dass jemand etwas bemerkt. Wir werden sehr hoch und außer Sicht fliegen, aber wir sind nur wenige Minuten entfernt. Also feuern Sie die Granate ab, Leutnant Recinos, und funken Sie uns an. Vor Soyers Haus ist genug Platz, um dort zu landen. Wir sammeln den Bewusstlosen ein, um ihn später zu vernehmen, und ich durchsuche das Haus nach dem USB-Stick, den ich brauche.«

»Ist das alles, Sir?«, fragte ein Leutnant namens Akke Wilmes, der sich zu Recht fragte, weshalb er und Leutnant Brandon Laub wohl dieser Mission zugeteilt worden waren. Mehr Leute als Recinos und Thompson schien man eigentlich nicht zu brauchen.

»Nicht ganz«, antwortete Allen. Er rief zwei weitere Fotos auf, die gleich darauf hinter ihm in der Luft schwebten, nebeneinander. »Sie suchen nach Aaron Blake, ehemals bei den Army Rangers, der Mann verfügt über bemerkenswerte Kampferfahrung. Und Jenna Morrison, Genetik-Studentin an der UCSD. Wir lassen Blakes Wagen per Satellit überwachen. Noch parkt er vor seinem Wohnkomplex in L. A., aber die Wahrscheinlichkeit, dass er noch heute aufbrechen wird, um Soyer einen Besuch abzustatten, ist sehr hoch. Wenn irgend machbar, wollen wir auch diese beiden einfangen, lebendig und unverletzt. Deshalb das etwas größere Team. Die Einsatzbesprechung für diesen Teil der Mission folgt später, sobald der erste, wichtigere Teil erledigt ist.«

Die beiden Männer nickten.

»Recinos, ich fürchte, jetzt sind erst einmal Sie unser wichtigster Mann«, sagte Allen. »Sehen Sie sich die Bilder an. Wenn Sie nicht sicher sind, dass Sie die Strecke flashen können, dann muss ich das wissen. Wir haben nur diese eine Chance.« Er zuckte mit den Schultern. »Mal ganz davon abgesehen, dass ein Sturz aus dieser Höhe auf zerklüftete Felsen fast sicher tödlich für Sie enden dürfte.«

»Vielen Dank, Sir«, sagte Recinos mit der Andeutung eines Lächelns. »Ob Sie es glauben oder nicht – das war mir auch schon aufgefallen.«

30

Leutnant Ricardo Recinos wurde mit dem Hubschrauber zum Sammelpunkt in der Nähe von Soyers Haus geflogen, wo ein Ford Raptor auf ihn wartete – das neueste Modell, bekannt für seine Geländegängigkeit. In das GPS des Fahrzeugs hatte man bereits die schnellste Route zum Canyon einprogrammiert, und er fuhr den größtmöglichen Teil der Strecke mit dem Wagen, ehe er ausstieg und den restlichen Weg zu Fuß zurücklegte.

Bei seinem Ziel angekommen, versenkte er sich in einen zenartigen Zustand innerer Ruhe und begutachtete die Felswand vor und über sich. Zuvor hatte er bereits die Nahaufnahmen gründlich betrachtet, außerdem hatte er ein Fernglas mitgebracht, um seine Kletterroute zu planen.

Unten am Fuß des Felsens legte er drei Bouldermatten aus, obwohl er sich fragte, ob sie im Falle eines Absturzes überhaupt etwas nützen würden. Er musste zugeben, dass es durchaus möglich war, dass sie ihm das Leben retteten, aber er war sich dessen keineswegs so sicher, dass er es ausprobieren wollte, denn wenn er von oben herabstürzte, dann landete er allermindestens eine Weile im Krankenhaus.

Es machte ihm nichts aus, sein Leben zu riskieren. Wenn er Angst vor schwierigen Aufgaben oder Risiken gehabt hätte, hätte er sich gar nicht erst dem unmenschlich harten Training der Green Berets unterzogen. Aber er wusste gern, wofür er sein Leben aufs Spiel setzte.

Man mochte über Terroristen sagen, was man wollte, aber immerhin war der Kampf gegen sie angenehm schwarz-weiß. Sie hingen einer Ideologie an, die keinerlei Widerspruch erlaubte. Wer sich nicht der Scharia und dem islamischen Gesetz unterwarf, gehörte vom Angesicht der Erde getilgt. Basta. Mit denen konnte man nicht vernünftig reden. Sie glaubten daran, dass ihr Gott von ihnen verlangte, einen umzubringen, und es spielte keine Rolle, wie sie zu dieser Überzeugung gelangt waren – bei Terroristen hieß es: die oder ich.

Wenn eine panische Rinderherde auf einen zurannte, war die Ursache für ihre Panik nicht mehr wichtig. Man musste sich nur darüber klar sein, dass kein Argument der Welt sie zur Umkehr bewegen würde, und wenn man ihnen im Weg stand, konnten einen Worte nicht mehr retten.

Recinos war bereit, sein Leben im Kampf gegen Extremisten zu riskieren, aber dass er momentan Joe Allen unterstand, von dem er wusste, dass der Mann zu einer inoffiziellen Geheimorganisation gehörte, die über unbegrenzten Einfluss verfügte und kaum jemandem Rechenschaft ablegen musste, das machte ihm Bauchschmerzen. An einem Einsatz auf amerikanischem Boden teilzunehmen, sogar noch mehr.

Was befand sich auf dem USB-Stick?

Es gab keine Möglichkeit, das in Erfahrung zu bringen. Vielleicht war dieser Stick wirklich so wichtig, wie Allen behauptete. Vielleicht befand sich darauf eine Liste mit den Verstecken von dreißig Atomsprengköpfen in den größten Städten Amerikas, die alle noch heute Abend hochgehen würden.

Andererseits war es aber nicht zwingend etwas so Wichtiges, nur weil Allen es sagte. Ebenso gut konnte es sein, dass sich auf dem Stick Beweise dafür befanden, dass Allens Freundin ihn betrog.

Allen schien ein anständiger Kerl zu sein, aber selbst Tyrannen konnten vorgeben, Heilige zu sein, wenn es ihren Zwecken diente. Die Motive seines Kurzzeit-Vorgesetzten mochten heldenmütig sein, aber vielleicht waren sie auch das genaue Gegenteil. Nach allem, was Recinos über diese Angelegenheit wusste, war es durchaus möglich, dass die Welt besser dran wäre, wenn er beim Erklimmen dieses Felsens abstürzte.

Und es gefiel ihm gar nicht, dass auch zwei Ranger mit von der Partie waren. Weshalb hatte Allen sie angefordert? Vermutlich, um sicherzugehen, dass die Mission genauso lief wie geplant und sie Soyer und Blake ohne irgendwelche Scherereien einkassierten. Ranger und Green Berets gehörten beide zu den Sonderkommandos der Army, und er fühlte sich diesen Männern fast ebenso kameradschaftlich verbunden, als wären sie Green Berets wie er selbst.

In seinem Ohr flüsterte Joe Allens Stimme, informierte ihn darüber, dass der Hubschrauber in Position war und hoch über ihm schwebte, knapp außer Sicht, und wies ihn an, mit dem Aufstieg loszulegen.

Der Leutnant atmete tief durch und sprang ab, seine Hände klammerten sich keine fünfzehn Zentimeter voneinander entfernt in die Felswand, mit einem so sicheren Griff, als hielte er sich an einer Leitersprosse fest. Es war gut, dass der erste Teil des Aufstiegs zugleich der leichteste war, so konnte er sich an das zusätzliche Gewicht und den veränderten Körperschwerpunkt gewöhnen.

Beim Klettern kam es nicht nur auf die Körperkraft an. Es ging darum, die Fingerspitzen darauf zu trainieren, sich auch an kleinsten Spalten im Fels mit übermenschlicher Beharrlichkeit festzuklammern, darum, dass sie so oft bluteten, bis sie kevlarharte Schwielen bildeten. Man musste seine Sehnen in Stahl verwandeln. Die Schuhspitzen selbst in winzigsten Unregelmäßigkeiten in der glatten Wand verankern und dort, wo das nicht möglich war, auch mal kopfüber klettern. Und es ging um Gleichgewicht und Körperbeherrschung.

Während des Aufstiegs wurde der Leutnant immer sicherer. Auf halber Höhe hing er an einem Arm und schüttelte die Verspannungen aus dem anderen, dann plante er ruhig und systematisch die nächsten Griffe, ganz als säße er zu Hause am Küchentisch über einem Kreuzworträtsel.

Seine Konzentration war so allumfassend, wie es einer Angelegenheit von Leben und Tod angemessen war, und einige Minuten später kam er oben an und hielt sich am schmiedeeisernen Zaun fest, der Soyers Grundstück umgab.

Um sicherzugehen, dass er nicht gesehen wurde, spähte er durch den Zaun, und dann kletterte er lautlos und behände hinüber.

Greg Soyer schlürfte eine Piña Colada und sann müßig darüber nach, wie ihn wohl seine Ranger-Kameraden aufziehen würden, wenn sie sehen könnten, was für ein Mädchengesöff er da gerade trank. Nicht dass es ihm etwas ausmachte. Er mochte, was er eben mochte, und das Beste daran, ein ehemaliger Ranger zu sein, war, dass nichts sein Männlichkeitsgefühl auch nur im Allergeringsten beeinträchtigen konnte, selbst wenn er sich im rosa Ballettröckchen und High Heels ein parfümiertes Schaumbad einlassen würde.

Er war gestern Abend mit der Arbeit an Aaron Blakes Projekt fertig geworden, das noch unkomplizierter gewesen war als erwartet, obwohl er mit größter Sorgfalt zu Werke gegangen war. Er hatte die Datei geöffnet und sich vergewissert, dass sich nicht nur Datenmüll darin befand, aber das schloss er einzig und allein aus einer Handvoll englischer Wörter, die sich zwischen all den unverständlichen mathematischen Symbolen und Diagrammen befanden. Sobald er fertig war, hatte er die Datei erneut gesichert, diesmal allerdings sehr viel gründlicher, und eine Sicherheitskopie in die Cloud geschickt.

Er sah auf die Zeitanzeige am unteren Bildschirmrand. Es war schon nach zehn Uhr. Er hatte Blake und seine Klientin bereits gestern zurückerwartet, spätestens jedoch bei Anbruch des Tages. Kein Grund zur Panik. Noch nicht. Er gab seinem Freund noch ein paar Stunden, ehe er sich gezwungen sah, Nachforschungen anzustellen.

Bei jedem anderen hätte er sich mehr Sorgen gemacht, aber nachdem er mehrere Jahre gemeinsam mit Aaron Blake gedient hatte, mit ihm durch die Hölle gegangen war und wieder zurück, war er zu dem Schluss gekommen: Wenn die Welt dereinst zugrunde ging, würde es nur zwei Überlebende geben – Aaron Blake und die Kakerlake.

BUMM!

Eine ohrenbetäubende Explosion riss Soyer aus seinen Gedanken, und er zuckte zusammen wie ein Rind, das den Treibstock zu spüren bekommt. Fast zeitgleich mit der Explosion ertönte das Klirren zerbrechenden Glases, und mitten in seiner Schiebetür befand sich mit einem Mal ein Loch wie von einer kleinen Kanonenkugel.

Instinktiv ging er in Deckung und zog die H&K, mit der er sich nach Blakes Besuch bewaffnet hatte. Rollte ab, kam wieder hoch und sah sich in fiebriger Eile nach einem Eindringling um. Aber stattdessen erblickte er einen kleinen Kanister, der gegen die Wand geprallt und mitten in seinem Büro liegen geblieben war, anderthalb Meter von ihm entfernt.

Im selben Augenblick, just bevor ihm schwarz vor Augen wurde, begriff er zwei Dinge auf einmal.

Erstens: Sein Instinkt hatte ihn getrogen. In Deckung zu gehen, half nicht im Geringsten gegen ein schnell wirkendes Gas. Sobald er das Klirren hörte, hätte er die Luft anhalten müssen, aber es war zu spät – er hatte bereits eingeatmet.

Und zweitens: Der von dem Mädchen vorgeschlagene Bluff – dass die Daten auf dem Stick im Fall seines Todes veröffentlicht wurden – würde nicht funktionieren.

Bluffen konnte nur, wer noch am Leben war.

31

Joe Allen und die drei anderen Mitglieder des kleinen Teams stiegen so unauffällig wie möglich vom Himmel hernieder. Der große Helikopter verfügte über zwei atemberaubende neue experimentelle Technologien; eine davon dämpfte die Geräuschentwicklung massiv, und die andere tarnte den Heli. Beides funktionierte so hervorragend, dass jemand, der nicht gerade nach einem Helikopter Ausschau hielt, oftmals gar nicht bemerkte, dass er überhaupt da war.

Captain Jason Thompson landete vor Soyers Haus. Recinos stand mit offenem Mund in sicherer Entfernung da. Wie um alles in der Welt hatte man es fertiggebracht, etwas so Großes so gut zu tarnen? Wie hatte man eine Maschine, die von Haus aus donnernden Lärm verbreitete, derart verstummen lassen? Gab es überhaupt irgendetwas, das die Menschheit mithilfe der Wissenschaft nicht eines Tages zustande brächte?

Allen stieg aus dem soeben gelandeten Luftfahrzeug. »Gute Arbeit, Leutnant Recinos«, sagte er. Sie gingen ins Haus, wo Laub und Wilmes auf seinen Befehl hin behutsam Greg Soyer vom Boden seines Büros aufsammelten und ihn in den Heli trugen, dann standen sie draußen Wache, um Allen zu warnen, falls sich irgendwer dem Haus nähern sollte.

»Recinos und Thompson«, sagte Allen, der drinnen geblieben war, »warten Sie hier. Ich suche das, weswegen wir hier sind.« Dann setzte er seine Suche fort, wütete querbeet durch Soyers Büro wie der wirbelnde Tasmanische Teufel aus den Looney-Tunes-Cartoons und ließ dabei keine Schublade, kein Bild, kein einziges Möbelstück heil.

Obwohl er wegen der Scherben aufpasste, schnitt er sich mittendrin doch an einem Stück Glas und blutete sehr viel heftiger, als man bei einer vergleichsweise geringfügigen Wunde eigentlich erwartet hätte. Dass er sich damit aufhalten musste, ein Handtuch aus Soyers Bad zu entwenden, um den Blutstrom zu stillen, schien ihn weit mehr aufzuregen als die Wunde selbst.

Fünfzehn Minuten später hatte er ein halbes Dutzend USB-Sticks gefunden, aber nur einer davon war mit einem Passwort gesichert. Er legte ihn gesondert in einen kleinen Stahlbehälter und steckte dann alle sechs Sticks ein.

Anschließend versammelten sie sich alle vor dem Haus, neben dem geparkten Helikopter. Joe Allens Hand war noch immer in ein Handtuch gewickelt.

»Okay, folgendermaßen gehen wir jetzt weiter vor«, sagte er. »Leutnant Wilmes und Recinos bleiben im Haus und lassen sich nicht blicken. Captain Thompson fliegt mich und Greg Soyer hier weg. Wir bringen Soyer sicher unter und kommen so schnell wie möglich zurück, landen ein paar Minuten von hier entfernt und warten auf das Signal.«

Er wandte sich an den turmhoch aufragenden Soldaten zu seiner Linken. »Leutnant Laub, ich möchte, dass Sie sich draußen verstecken und im Auge behalten, ob sich jemand dem Haus nähert. Aaron Blakes Wagen befindet sich noch immer in L. A., aber inzwischen wissen wir, dass er sich auch nicht in seiner Wohnung aufhält, also würde es mich nicht wundern, wenn er inzwischen in einem uns unbekannten Wagen hierher unterwegs wäre. Falls ein Paketbote oder irgendwelche Pfadfindermädels, die Kekse verkaufen wollen, vorbeikommen sollten, lassen Sie sie klingeln und achten Sie darauf, dass sie wieder gehen, wenn ihnen niemand öffnet. Wenn Sie Aaron Blake oder Jenna Morrison sehen, dann verständigen Sie sofort Leutnant Wilmes und Recinos und bleiben Sie in Deckung.«

Allen schwieg einige Sekunden lang. »Ich sollte wohl noch erwähnen, dass Soyer hier gemeinsam mit seiner Freundin lebt, Alisa Bonesteel – sie wird überwacht, und wir erwarten nicht, dass sie zum Problem wird. Falls sich das ändern sollte, setzen wir Sie darüber natürlich sofort in Kenntnis.«

Er wandte sich an Wilmes und Recinos, holte aus einem Rucksack zwei Gaskanister, die in der Form an eine Coladose erinnerten, allerdings dreimal so groß waren, und reichte sie den beiden Männern. »Sie beide zu benutzen wäre ganz schön übertrieben. Eigentlich ist angesichts der Größe des Hauses auch eine schon mehr, als nötig wäre. Aber da bei diesem Spezialgas die Überdosierung unproblematisch ist, nur keine falsche Scheu.«

Recinos begutachtete den Kanister, den er bekommen hatte. Die Handhabung hätte nicht einfacher sein können. Man zog den Stift und warf oder rollte den Behälter.

»Sobald Sie beide von Laub informiert werden, dass er die Zielpersonen sieht«, fuhr Allen fort, »öffnen Sie die Haustür einen Spalt, setzen Ihre Masken auf und verschwinden außer Sicht. Achten Sie darauf, dass die Tür zu Soyers Büro geschlossen bleibt, damit man von draußen nicht sieht, dass es durchsucht wurde. Wenn die Zielpersonen hineingehen, um nachzusehen, lassen Sie ihnen ein wenig Zeit, um weiter ins Haus vorzudringen, dann aktivieren Sie die Kanister.«

Er machte eine Pause, um sicherzugehen, dass sie alles verstanden hatten. »Sobald wir Ihr Signal bekommen, sind wir innerhalb weniger Minuten hier. Ich werde noch weitersuchen, das restliche Haus auseinandernehmen, einschließlich sämtlicher Sofakissen, Matratzen und Schubladen, nur um ganz sicher zu sein, dass ich wirklich den richtigen Stick habe. Aber danach brechen wir alle auf und bringen unsere bewusstlose Fracht zurück zur Basis.«

Recinos seufzte stumm. Schlimm genug, vorübergehend einem Vorgesetzten mit fragwürdigen Motiven unterstellt zu sein, aber noch schlimmer war es, wenn auch seine Kompetenz fragwürdig war. Fairerweise musste er zugeben, dass Allens Plan, was Soyer betraf, gut geklappt hatte, aber vielleicht war das auch nur Glück gewesen.

»Sir«, sagte er, »mit Verlaub, aber dieser Plan wird nicht funktionieren.«

Allen kniff die Augen zusammen. »Wie meinen Sie das, Leutnant?«, fragte er ruhig, und man musste ihm zugutehalten, dass er eher interessiert klang als verärgert.

»Bedenkt man Blakes Berufserfahrung und seine Vergangenheit, wird er nicht darauf reinfallen. Die Vordertür einen kleinen Spalt aufzulassen ist viel zu offensichtlich eine Falle. Wenn er das sieht, wird er alles Mögliche tun, aber ganz sicher betritt er dann nicht das Haus.«

»Sehen die anderen das genauso?«, fragte Allen.

Alle nickten.

»Was schlagen Sie also vor, Leutnant?«

»Wir müssen dafür sorgen, dass er etwas zu tun hat. Wenigstens ein bisschen. Wir wollen, dass er glaubt, dass wir bereits hier waren und nicht mehr da sind, sodass er keine Bedenken hat, das Haus noch mal abschließend zu durchsuchen. Lassen wir ihn selbst zu dem Schluss kommen, dass wir hier gewesen sind. Wenn er auch nur halb so gut ist, wie seine Akte vermuten lässt, dann wird es für ihn offensichtlich sein, auch ohne dass wir es ganz gezielt *zu* offensichtlich machen. Also lassen Sie die Vordertür zu und verschlossen. Wenn ihm klar wird, dass wir hier waren, wird er die nähere Umgebung auskundschaften. Sobald er zu der Schiebetür hinten kommt, sieht er, dass sie eingeschlagen und das Büro durchsucht wurde. Wir halten uns drinnen verborgen. Wenn es für ihn nicht danach aussieht, als würden wir ihn einladen, kommt er ganz von allein.«

Allen dachte darüber nach. »Danke, Leutnant. Ich glaube, Sie haben mit Ihrer Analyse recht. Bitte gehen Sie entsprechend vor.«

Recinos war verblüfft, wie gut er die Kritik aufnahm. »Ja, Sir. Danke, Sir.«

Da Allen seinem Rat so aufgeschlossen gegenüberzustehen schien, beschloss er, sein Glück noch ein bisschen weiter auszureizen. »Eins noch«, sagte er und deutete auf Allens Hand. »Ehe Sie den Erste-Hilfe-Kasten im Heli benutzen und Ihre Verletzung verbinden – wäre es für Sie denkbar, ein bisschen was von dieser roten Flüssigkeit für den guten Zweck zu spenden?«

Fragend hob Allen die Brauen.

»Und machen Sie sich keine Gedanken, Sir«, fügte Recinos hinzu. »Wir können auch aus einer kleinen Menge viel machen.«

32

Blake bog von der viel befahrenen Straße ab und steuerte den Wagen bergauf, den verschlungenen halben Kilometer entlang, der zum Haus seines Freunds führte, und hoffte, dass der alte, verbeulte Kia Optima Baujahr 2008, den er für zwei Tausender erstanden hatte, die kurze Steigung bewältigte, ohne zu kollabieren. Für eine richtige Probefahrt hatte er nicht wirklich Zeit gehabt, und der Typ, dem er den Wagen abgekauft hatte, hatte ungefähr so vertrauenswürdig gewirkt wie … nun ja, wie ein Gebrauchtwagenhändler eben.

»Du kommst mir ein bisschen angespannt vor, Jenna«, sagte Blake.

»Ich dachte, ich hätte mich besser verstellt.«

»Machst du dir Sorgen, ob Greg wirklich vertrauenswürdig ist?«

»Nein, kein bisschen. Ich bin nur nervös und frage mich, was wir auf diesem Stick wohl finden werden. Was es auch sein mag, es war schon Anlass für so viel Gewalt, so viel Unglück.«

»Das ist allerdings wahr«, stimmte Blake feierlich zu. »Aber wir wissen ja aus Nathans E-Mail schon, worum es geht. Jetzt stellt sich nur die Frage, wie man das praktisch nutzen kann, und das kann von uns dreien sowieso höchstens Dan herausfinden, hoffentlich jedenfalls.«

Sie waren da. Jenna nickte stumm.

Blake parkte neben Soyers Wagen, und die drei legten den kurzen Weg zur Tür schweigend zurück.

Blake konnte den Finger nicht richtig drauflegen, aber irgendetwas hier kam ihm nicht richtig vor. Als er die Haustür erreichte, drehte er sich langsam um die eigene Achse und sah sich um. Sein Blick fiel auf eine Stelle mitten auf dem Rasen vor Soyers Haus, und sein Magen zog sich krampfhaft zusammen.

Das also war es gewesen, was er aus dem Augenwinkel bemerkt, was sein Unterbewusstsein aufgeschreckt hatte. Entweder hatte sein Freund zwischenzeitlich Besuch von einem Drachen gehabt, oder irgendetwas anderes Großes war hier gelandet und hatte im weichen Boden verräterische Spuren hinterlassen.

Ansonsten sah alles ganz genauso aus wie immer. Da der Hubschrauber nicht mehr da war, musste das Einsatzteam, das Soyer aufgesucht hatte, schon wieder fort sein. Bei der Vorstellung, dass sein Freund in einer Blutpfütze dort drinnen lag und sein Tod ganz allein Blakes Schuld war, schmeckte er Galle im Mund.

Jenna war nichts aufgefallen, und sie hob die Hand, um zu klingeln. Mit verblüffender Geschwindigkeit packte Blake ihr Handgelenk, und sie zuckte zusammen. Zum Glück gab sie kein Geräusch von sich. Er beugte sich dichter zu den beiden hinüber. »Es war jemand hier«, flüsterte er. »Ist vielleicht schon wieder weg, aber wir sehen uns erst mal um, ehe wir reingehen.«

Er überlegte, ob er die beiden zum Wagen zurückschicken sollte, entschied sich aber dagegen. Vermutlich waren sie bei ihm am sichersten.

»Kommt mit«, flüsterte er, noch leiser als zuvor, sein Mund war nur wenige Zentimeter von ihren Ohren entfernt. »Bleibt wachsam. Ich sehe durch die Fenster ins Haus. Währenddessen müsst ihr die Umgebung gut im Auge behalten. Seid so leise wie möglich, und sprecht kein Wort. Tippt mich an, wenn ihr irgendetwas Bemerkenswertes seht.« Seine Mundwinkel hoben sich zu einem fast unmerklichen Lächeln. »Außer, jemand will auf uns schießen«, fügte er hinzu, »in dem Fall schreit, so laut ihr könnt.«

Mit gezogener Waffe umrundete Blake das Haus und spähte vorsichtig durch die Fenster, an denen er vorbeikam. Hinter dem

Haus schließlich entdeckte er die zerstörte Schiebetür, in der eine halbe Scheibe fehlte.

Blake biss die Zähne zusammen. Soyers Büro war ein scherbenübersätes Durcheinander. Jemand hatte es förmlich durch den Fleischwolf gedreht. Sie kamen zu spät. Die Angreifer hatten mit an Sicherheit grenzender Wahrscheinlichkeit gefunden, was sie suchten.

Er konnte die Leiche seines Freundes nirgendwo entdecken, und auch kein Blut. Nicht dass das irgendetwas zu bedeuten hatte. Ebenso gut konnte Greg Soyer in einem anderen Zimmer tot auf dem Boden liegen, wo man ihn vom Fenster aus nicht sah.

Blake bedeutete den beiden Zivilisten, ihm zu folgen, und zog vorsichtig einige große Scherben aus dem Türrahmen, um das gezackte Loch zu erweitern, damit sie hineinkonnten, ohne sich aufzuspießen.

Als sie alle drei drinnen waren, verwandte Blake ein paar Minuten auf die Untersuchung des Büros und lauschte auf verdächtige Geräusche, aber beides blieb ergebnislos. Schließlich öffnete er vorsichtig die Bürotür. Als er niemanden sah, winkte er Jenna und Walsh, damit sie ihm folgten.

Systematisch durchsuchte er das Haus, die Waffe stets im Anschlag. Im Wohnzimmer angekommen, riss er eine Schranktür auf, den Finger am Abzug, aber er fand nur ein paar dünne Jacken darin.

Als er sich der halb offenen Küchentür näherte, erblickte er Spuren eines blutigen Handabdrucks neben der Klinke, was ihn in noch größere Alarmbereitschaft versetzte. Geduckt huschte er hinein, aber die Küche war leer, und die gegenüberliegende Tür zum Esszimmer war fest geschlossen. Jenna und Walsh folgten ihm und starrten mit offenen Mündern auf die Blutspur, die zu Soyers riesigem Kühlschrank führte – eine dünne Blutspur, die allerdings aussah, als wäre es ursprünglich eine ganze Menge

Blut gewesen, das jemand bei der hastigen Säuberung nicht ganz hatte wegwischen können.

Alle drei bewegten sich vor Entsetzen wie Zombies auf den Kühlschrank zu.

Blake, der voranging, hob eine Hand, aber seine Begleiter übersahen sein Signal und liefen weiter, blieben erst stehen, als sie gegen ihn prallten.

Wieder meldete sich Blakes Intuition warnend zu Wort. Das hier kam ihm falsch vor. Entweder wäre es dem Einsatzteam egal gewesen, ob sie Spuren hinterließen, oder sie hätten richtig hinter sich aufgeräumt. Etwas dazwischen sollte es eigentlich nicht geben. Und weshalb würde ein so fähiger Trupp Soyers Leiche in den Kühlschrank stopfen?

Das Ding war vermutlich verdrahtet worden, wurde ihm klar. Wenn sie die Tür öffneten, würde die kleine Glühbirne darin nicht das Einzige sein, was ansprang.

Ein lautes Krachen ertönte, als etwas Großes auf dem schimmernd schwarzen Kochfeld landete, genau zwischen den vier großen, in die Platte geätzten Kreisen. Blake wirbelte herum, um das Feuer auf die kleine Kücheninsel in der Mitte zu eröffnen, und entdeckte den gerade gelandeten Kanister.

In derselben Sekunde, als er ihn sah, unterdrückte er instinktiv den Impuls, Luft zu holen. Falls das Gas mehr oder weniger harmlos war, erkaufte er sich so ein wenig Zeit. Falls nicht, war er sowieso tot.

Ewig konnte er die Luft allerdings nicht anhalten.

Jenna Morrison und Dan Walsh reagierten wie jeder andere Zivilist: Sie keuchten vor Schreck auf, ihre Herzen schlugen rasend schnell und veranlassten sie, noch mehr Luft zu holen als sonst. Beide brachen direkt neben Blake zusammen.

Blake hastete zur halb offen stehenden Tür, die zum Wohnzimmer führte. Von dort hatte jemand den Kanister geworfen. Er drückte sich flach gegen die Wand und wartete, die Waffe noch immer in der Hand. Er hatte nur eine Chance, wenn er es schaffte, lange genug die Luft anzuhalten, bis wer auch immer in die Küche kam, um das Ergebnis seiner Arbeit zu begutachten.

Aber schon nach dreißig Sekunden schienen Blakes Lungen förmlich in Flammen zu stehen. Vielleicht war er bei der falschen Spezialeinheit gewesen. Als Navy Seal hätte er die Luft bis zum Sonnenuntergang anhalten können, aber leider zählte Luftanhalten nicht gerade zu seinen Stärken.

Endlich, fünfzehn qualvolle Sekunden später, trat ein Mann vorsichtig durch die Tür, und Blake schlug zu, hieb ihm seine Waffe über den Kopf, aber er hatte nur aus dem Augenwinkel gezielt, und der andere war noch bei Bewusstsein. Blake war klar, dass er höchstens noch zehn, fünfzehn Sekunden die Luft anhalten konnte, wenn überhaupt. Inzwischen schrien sämtliche Zellen seines Körpers nach Sauerstoff, und einzig seine kampfgestählte Willenskraft bewahrte ihn davor, seinem gewaltigen, unwiderstehlichen Drang nachzugeben.

Als der Mann gegen Blakes Arm schlug, sodass die Waffe quer durch die Küche flog und klappernd auf dem Boden landete, riss Blake ihm die Maske vom Gesicht.

Der Mann riss panisch die Augen auf, aber gerade als er die Maske wieder überziehen wollte, versetzte Blake ihm einen Stoß in den Magen und löste damit ein reflexhaftes Ausatmen aus, gefolgt von einem reflexhaften Einatmen.

Das Gas wirkte sofort.

Als der Mann zusammenbrach, riss Blake ihm erneut die Maske runter und drückte sie sich auf den Mund. Holte Luft, klammerte sich mit letzter Kraft ans Bewusstsein. Die in seine Lungen strömende Luft entfachte das Leben wieder in ihm, und nach einigen gierigen, tiefen Atemzügen war er rasch wieder bei sich.

Sein Verstand arbeitete auf vollen Touren. Gab es noch mehr Gegner?

Wenn er diesen Einsatz leiten würde, dann hätte er zwei Trupps eingesetzt. Er hätte gewartet, bis sich seine Beute in einem geschlossenen, fensterlosen Raum befand, so wie sie es auch getan hätten. Aber die Küche hatte zwei Eingänge. Also würde er für beide Eingänge jemanden abstellen, für den Fall, dass jemand wie Blake es schaffte, rechtzeitig die Luft anzuhalten und zum nächsten Fenster zu rennen und hindurchzubrechen, nach draußen, wo er atmen konnte. Also ging Blake davon aus, dass sich im Esszimmer ein weiterer Mann aufhielt, einer, der so klug war, etwas länger zu warten, ehe er die Küche betrat.

Blake sammelte seine Waffe auf und schoss zur gegenüberliegenden Tür hinüber, presste sich wieder flach gegen die Wand, aber diesmal trug er eine Maske und bekam Luft.

Seit der Kanister durch die Luft geflogen war, war kaum eine Minute vergangen, aber ihm kam es vor wie zehn. Vage war er sich bewusst, wie sich seine Zeitwahrnehmung verdichtet hatte, während sein Verstand mit übermenschlicher Geschwindigkeit arbeitete und alles wie in Zeitlupe geschah – einer der Gründe, weshalb er so ein Adrenalinjunkie war.

Dann, wie auf ein Stichwort hin, öffnete der zweite Mann die Tür zwischen Esszimmer und Küche und kam herein.

»Keine Bewegung!«, schnauzte Blake ihn an und drückte ihm die Mündung seiner Waffe in den Rücken.

Er überlegte, dem Mann die Maske vom Gesicht zu reißen, entschied sich aber dagegen. »Waffe fallen lassen«, herrschte er ihn durch die Maske an, aber während er es noch sagte, wurde ihm klar, dass der Mann gar keine in der Hand hatte. »Waffe mit zwei Fingern rausholen und weit wegwerfen«, verlangte er.

Der Mann tat es.

»Wer sind Sie?«

»Mein Namen ist Recinos.«

»Wie viele?«, blaffte Blake.

»Nur wir zwei«, sagte Recinos und deutete mit dem Kopf auf seinen gestürzten Kameraden am anderen Ende der Küche.

»Lügen Sie mich noch mal an, und ich jage Ihnen eine Kugel in den Kopf. Wie viele?«

»Nur zwei«, wiederholte der Mann, ohne zu zögern.

Blake entdeckte ein kleines, unscheinbares Tattoo am Hals des Mannes, über den Schultern. Kermit der Frosch, keine anderthalb Zentimeter groß.

Blake begriff sofort. Der Mann gehörte zu einer Spezialeinheit. Green Beret.

Auch wenn es in Film und Fernsehen oft anders dargestellt wurde: Mitglieder von Spezialeinheiten begeisterten sich heutzutage ganz und gar nicht mehr so sehr für Tattoos, anhand derer man sie identifizieren konnte. Oft trugen diese Soldaten auf Übersee-Missionen lange Haare und Bärte, um nicht aufzufallen. Als Angehöriger des Militärs erkannt zu werden konnte katastrophale Folgen haben. Ging eine Mission schief, war ein eintätowierter SEAL-Dreizack oder eine Spezialeinheiten-Pfeilspitze wenig hilfreich, wenn man sich als Student ausgeben wollte, der gerade nur zu Besuch in einem aufregenden Dritte-Welt-Land war und dort gefangen genommen wurde.

Manche Soldaten waren dazu übergegangen, Tattoos zu tragen, die nur andere Mitglieder ihrer Einheit würden zuordnen können. Terroristen würden Kermit den Frosch – wenn sie denn überhaupt etwas damit anfangen konnten – nicht mit den Green Berets in Verbindung bringen. Blake schon. Das Motto des Froschs sagte alles: *Es ist nicht leicht, grün zu sein.*

Was zum Teufel taten ein Army Ranger und ein Green Beret hier im Haus eines Zivilisten mitten in Orange County? Das war doch der reinste Irrsinn.

Aber Blake hatte keine Zeit, über die Absurdität der Situation nachzusinnen. Er hatte noch jede Menge zu tun.

»Nehmen Sie die Maske ab«, befahl er, »und atmen Sie ein.«

»Auf keinen Fall«, sagte Recinos. »Da müssen Sie mich schon erschießen.«

Blake seufzte. »Hören Sie, ich weiß, dass Sie zu den Green Berets gehören. Sind Sie sich darüber im Klaren, dass ich ein Ranger war?«

»Ja.«

»Warum um alles in der Welt greifen Sie mich dann an?«

»Das hat man mir nicht gesagt. Und mir wurde zugesichert, dass Ihnen nichts passiert. Sonst hätte ich nicht an diesem Einsatz teilgenommen, ganz gleich, wie meine Befehle lauten, solange man mir nicht überzeugend darlegt, dass Sie ein Staatsfeind sind.«

»Man hat Sie reingelegt«, sagte Blake. »Ich weiß nicht, was hier gespielt wird, aber ich bin in diesem Drama einer von den Guten. Also nehmen Sie die Maske ab und holen Sie Luft. Ich verspreche Ihnen, wenn Sie aufwachen, sind Sie so gut wie neu. Ich schwöre es Ihnen.«

Recinos starrte ihm lange und nachdrücklich in die Augen, als blickte er ihm direkt in die Seele. »Okay«, sagte er endlich und griff nach seiner Maske. »Und falls meine Vorgesetzten *wirklich* falschliegen, wünsche ich Ihnen viel Glück.«

»Es wäre hilfreich, wenn Sie mir sagen würden, ob dort draußen noch jemand ist.«

Statt einer Antwort nahm Recinos die Maske ab, holte tief Luft und brach bewusstlos zusammen.

Blake vergewisserte sich, dass Jenna und Walsh noch am Leben waren, und hastete zur Haustür. Er öffnete sie ein Stück, blieb aber in Deckung, falls jemand das Feuer eröffnen sollte. Als nichts passierte, duckte er sich tief und brüllte so laut, wie er konnte, durch die offene Tür: »Ihre beiden Kameraden sind bewusstlos. Ich weiß von Recinos, dass Sie dort draußen sind. Ergeben Sie sich innerhalb der nächsten zehn Sekunden, und alle bleiben am Leben. Wenn Sie bleiben, wo Sie sind, jage ich Ihren beiden Freunden jeweils eine Kugel in den Kopf.«

Blake hoffte, dass seine schauspielerischen Fähigkeiten etwas brachten. Zum einen konnte es gut sein, dass er gerade Selbstgespräche führte, denn schließlich war nicht gewiss, dass dort draußen wirklich jemand war. Und außerdem würde er die beiden Männer, die hilflos und ohne Bewusstsein in der Küche lagen, unter gar keinen Umständen verletzen.

»Na dann«, brüllte er. »Ihre Schuld! Sie werden Ihnen sicher fehlen. Vor allem, weil Sie wissen, dass *Sie* sie getötet haben.«

Mit diesen Worten machte er sich daran, die Tür zu schließen.

»Halt!«, schrie jemand, und hinter Soyers Mercedes schoss ein Mann heraus, die Hände über den Kopf erhoben. »Ich gebe auf.«

»Kluge Entscheidung«, sagte Blake und stieß die Tür weit auf. Es überraschte ihn ein wenig, dass wirklich noch ein anderer Gegner da war. Guter Recinos. Er hatte seinen Kameraden beschützt, ohne mit der Wimper zu zucken, trotz der Drohung, Blake würde ihn erschießen. Blake war klar, dass sich draußen wahrscheinlich noch mehr Leute verbargen, aber das Risiko musste er wohl oder übel in Kauf nehmen.

Er forderte den Neuankömmling auf einzutreten. Während der Mann gehorchte und langsam hereinkam, sah er rasch und verstohlen nach oben, himmelwärts, aber Blakes Blick war wie eine lasergesteuerte Wärmesuchrakete auf seine Augen geheftet, und so entging es ihm nicht.

Ihm war sofort klar, was das bedeutete. Sie mussten ihren Piloten zurückgerufen haben. Was hieß, ihm blieb nicht mehr viel Zeit. Der Mann zögerte die Sache absichtlich hinaus. *»Bewegung!«*, befahl Blake.

Um seinen Worten Nachdruck zu verleihen, feuerte er mehrere Kugeln über den Kopf seines Gefangenen hinweg ab, der daraufhin spürbar beschleunigte. Als er ihn etwas tiefer ins Haus hineingelotst hatte, zwang Blake ihn, das Gas einzuatmen, das sich noch immer nicht ganz verflüchtigt hatte, und er gesellte sich zu seinem bewusstlosen Freund auf dem Fußboden.

Blake eilte in die Küche und trug mithilfe des Feuerwehrgriffs erst Jenna, dann Walsh zu ihrem neuen Wagen, wobei er immer wieder zum Himmel hinaufsah.

Erst als er beide Fahrgäste auf dem Rücksitz untergebracht und sie angeschnallt hatte, so fest er konnte, sah er in weiter Ferne etwas. Es war, als würde ein kleines Stück des Himmels verschwimmen, und der verschwommene Fleck bewegte sich. Verwirrt legte er den Kopf schief, unsicher, was er da sah, und da endlich ging ihm auf: Es war der Hubschrauber, nach dem er Ausschau hielt.

Er war flüsterleise, und irgendwie brachte er es fertig, das Auge auszutricksen, sodass es sekundenlang keine Notiz von ihm nahm. *Unglaublich.*

Aber Blake hatte keine Zeit, um mit offenem Mund den Helikopter anzugaffen. Verblüffung hin oder her, der Pilot hatte ihn mit Sicherheit längst entdeckt, und der Hubschrauber näherte sich mit beunruhigender Zielstrebigkeit.

Blake startete den Motor und raste bergab, in Richtung der belebteren Straße weiter unten, und hinter ihm senkte sich der Heli aus dem Himmel herab wie ein Falke, der eine hilflose Beute erspäht hatte.

33

Joe Allen ging in Gedanken ihre verbleibenden Möglichkeiten durch, während der Pilot neben ihm Aaron Blake folgte.

Wie zum Teufel hat Blake das geschafft?

Vor nicht einmal fünf Minuten hatte Allen die Nachricht bekommen, dass die Zielpersonen den Köder geschluckt hatten, und er war sicher gewesen, dass Blake und seine beiden Begleiter sehr bald auf dem Fußboden liegen und im Traumland weilen würden.

Aber für einen Bewusstlosen konnte Blake ausgezeichnet mit einem Auto umgehen. Und keiner der drei Männer, die den Auftrag gehabt hatten, ihn einzufangen, beantwortete Allens Anrufe.

Blake raste in einer Geschwindigkeit die Straße hinunter, die ordentlich Eier und beeindruckendes Fahrgeschick erforderte; beflügelt von dem Entsetzen eines Menschen, der am Boden war und einen bewaffneten Militärhubschrauber über sich wusste. Er näherte sich einem Straßenabschnitt, wo der Wagen zum Teil von überhängenden Bäumen verdeckt wäre, und kurz darauf würde er die Hauptstraße erreichen.

»Abbruch!«, rief Allen, das Gesicht voller Abscheu darüber, dieses Wort sagen zu müssen. »Ich wiederhole, brechen Sie ab.«

»Ich soll abbrechen, Sir?«, fragte Jason Thompson und zog den Knüppel ganz sachte zurück, um ihre meteorgleiche Geschwindigkeit zu verringern, aber wirklich nur ganz sachte; er war nur widerwillig bereit, seine Klauen wieder einzufahren.

»Ja, Abbruch«, wiederholte Allen. »Jetzt!«, brüllte er dann, und endlich zog Thompson die Maschine hoch.

»Was erwarten Sie denn von mir, Captain?«, fragte Allen missmutig. »Dass wir ihn mit einem Hubschrauber für militärische Geheimeinsätze, der so futuristisch ist, dass man ihn für ein verdammtes UFO halten könnte, mitten in ein belebtes Einkaufsviertel verfolgen? Er täuscht das Auge, ja, aber nicht ewig. Welche Risiken soll ich denn noch eingehen, mit einer Technologie, die eigentlich noch gar nicht existieren sollte – und das im heimischen Luftraum.«

Er schüttelte den Kopf. »Selbst wenn wir mit Standardausrüstung unterwegs wären, könnte ich keinen derartigen Aufruhr mitten im verschissenen Orange County veranstalten. Und wenn wir ihn nicht töten wollen, können wir ihn ohnehin nicht aufhalten.«

»Ja, Sir«, sagte Thompson, der während der Ansprache seines einstweiligen Vorgesetzten den Heli weiter nach oben gezogen hatte.

»Landen Sie vor Soyers Haus«, sagte Allen.

Er musste herausfinden, was passiert war. Nachsehen, ob einer der Männer noch am Leben war. Und die gründlichere Hausdurchsuchung stand ihm auch noch bevor.

Allen ballte eine Hand zur Faust, und seine Kiefermuskeln traten hervor. »Aber hören Sie mir gut zu, Captain: Wir erwischen diesen Burschen noch. Jetzt haben wir Bilder des Wagens, mit dem er unterwegs ist. Wir können die Polizei hinzuziehen und mit Satellitenüberwachung arbeiten. Lange kann er sich nicht vor uns verstecken.«

»Glauben Sie das wirklich, Sir?«, fragte Thompson.

Allen biss die Zähne zusammen. Nein, das tat er nicht. Wie auch? Blake hatte sich inzwischen schon zu oft als ungewöhnlich clever und einfallsreich erwiesen, als dass Allen noch davon ausgehen konnte, ihm mit dem Standardvorgehen beizukommen. Er wusste nicht einmal selbst, weshalb er etwas so Dummes überhaupt gesagt hatte. Dann wurde ihm klar, dass er wahrscheinlich einfach nicht wollte, dass Thompson ihn für einen Schwächling hielt, weil er die Verfolgung abgeblasen hatte.

Was sollte er jetzt antworten? Sollte er Thompson die Wahrheit sagen – dass er selbstverständlich nicht daran glaubte, dass sie ihn so einfach erwischten? Oder sollte er Zuversicht vortäuschen und dadurch umso mehr wie ein naiver Idiot dastehen?

»Landen Sie einfach den Heli, Captain«, sagte Allen schließlich. »Vielen Dank für Ihre Hilfe, aber schon bald wird Aaron Blake nicht mehr Ihre Sorge sein.«

34

Blake bretterte mit einem Tempo die Straße entlang, als hätte jemand die Bremskabel durchtrennt. Jetzt wusste er, wie sich eine Feldmaus fühlte, wenn sie von oben angegriffen wurde. Vollkommen unterlegen und hilflos.

Halb erwartete er, dass jede Sekunde ein Zäpfchen mit Raketenantrieb auf sie loszischte, aber nichts passierte. Mit rauchenden Reifen bog er auf die Hauptstraße ab und riskierte einen Blick über die Schulter, weil sein Gehör ihm beim Heli gerade keine guten Dienste leistete, und achtete nicht auf das Hupen, das Geschrei und die ausgestreckten Mittelfinger anderer Fahrer, die sich von seinem Fahrverhalten und den eingebrannten Gummispuren, die er auf der Straße hinterlassen hatte, nicht gerade begeistert zeigten.

Der Hubschrauber war nicht mehr hinter ihnen her.

Blake stieß die Luft aus, das Herz raste ihm noch immer in der Brust. Er hatte gehofft, dass ihre Verfolger keinen solchen Stunt hinlegen und sie mitten am Tag auf einer belebten Straße angreifen würden. Aber trotzdem – angesichts der Gegner, mit denen er es hier zu tun hatte, blieb ihm höchstens eine Stunde, ehe sie einen Satelliten umprogrammiert und ihn auf dem Radar hatten. Er musste den Wagen loswerden. Jede Minute zählte.

»Myla«, sagte er zu seiner digitalen Assistentin. »Wo ist hier das größte Parkhaus in einem Umkreis von fünfzehn Kilometern?«

Gleich darauf lieferte ihm sein Handy eine Adresse: ein fünfstöckiges Parkhaus, sechs Kilometer entfernt. Er bat seine Digitale Assistentin, ihn hinzulotsen, und sein Telefon wies ihm mit einer angenehmen weiblichen Stimme die Richtung.

Bei der Weiterfahrt verfinsterte sich seine Stimmung zusehends. Ja, in Soyers Haus hatte er so etwas wie ein kleines Wunder vollbracht, auch wenn man darüber streiten konnte, ob nicht seine eigene Unfähigkeit und Selbstüberschätzung ihn überhaupt erst in diese Lage gebracht hatten. Aber ihre Gegner hatten Nathan Wexlers USB-Stick und auch Greg Soyer in ihrer Gewalt. Wenn er nicht bereits tot war.

Und Blake wäre dafür verantwortlich. Es war seine Entscheidung gewesen, diesen feinen Kerl in etwas hineinzuziehen, von dem er gewusst hatte, dass es kaum gefährlicher hätte sein können.

Er brüllte laut auf; ein Schrei, der sich schon seit geraumer Zeit in ihm aufgestaut hatte, so laut und lange, dass er fast erwartete, seine beiden Fahrgäste würden davon aufwachen.

Mal vorausgesetzt, dass Greg Soyer noch am Leben war: Blake würde ihn dort rausholen, und zwar um jeden Preis.

Unterwegs hielt er kurz an einem kleinen Supermarkt und erstand zwei Decken in Übergröße, dann fuhr er den Wagen in das Parkhaus, in dem emsiger Betrieb herrschte. Jetzt war er für die Satelliten unsichtbar.

Er parkte am äußersten Ende des Parkhauses, der Wagen wirkte wie eine Insel inmitten eines Meers aus leeren Parkplätzen. Er klappte Vor- und Rücksitze um, verwandelte sie in Sofas für seine beiden schlafenden Passagiere und legte sie ausgestreckt darauf. Dann erleichterte er sie um ihr Geld und verbarg sie vollständig unter den Decken.

Jenna hatte zwei Zwanziger dabei, außerdem die fünfhundert Dollar, die sie gestern von der Bank abgehoben hatte, und bei Walsh fand er fast zweihundert. Blake selbst hatte fünf Zwanziger, was insgesamt knapp über achthundert Dollar machte, mit denen er arbeiten konnte.

Zu Fuß verließ er das Parkhaus und bestellte ein Taxi, das in fünfzehn Minuten sieben Blocks weiter auf ihn warten sollte. Nach fünf Minuten Fußweg kam er an einem kleinen Lebensmittelladen vorbei und hob mit seiner Karte fünfhundert Dollar ab, was die zur Verfügung stehende Summe auf tausenddreihundert erhöhte. Mehr Geld würden sie in nächster Zeit nicht zur Verfügung haben – mit Sicherheit wurden ihre Konten bald eingefroren, und man würde jeden Versuch, an das Geld heranzukommen, mit großem Interesse zurückverfolgen.

Während er auf das Taxi wartete, bat er Myla um eine Liste der in näherem Umkreis zum Verkauf stehenden Gebrauchtwagen. Diesmal begrenzte er das Budget auf nur tausend Dollar, damit ihnen wenigstens noch dreihundert blieben. Der Schrotthaufen, den er für diesen Preis bekommen würde, hatte sicher schon seine dreißigtausend Kilometer auf dem Buckel, dagegen würde sich der zerbeulte Kia wie ein Ferrari ausnehmen.

Er hatte vor, einen Wagen zu kaufen und innerhalb von einer Dreiviertelstunde wieder zu seinen beiden Gefährten im Parkhaus zurückzukehren, hoffentlich sogar früher. Mit etwas Glück bekam er sie rasch im neuen Wagen verstaut, und sie waren schon in einer halben Stunde wieder unterwegs.

Es war noch nicht ganz Mittag, aber schon jetzt war es ein sehr langer Tag gewesen. Und ihm war vollkommen klar, dass er noch sehr viel länger werden würde.

35

Gegen vier Uhr nachmittags erlangten Jenna und Dan endlich das Bewusstsein wieder. Im Abstand von fünf Minuten und fast eine Stunde nachdem Blake sie ins schäbige Motelzimmer getragen hatte, für das er bar im Voraus bezahlt hatte – im *Best Border Inn*, ein Name, der ironisch gemeint sein musste.

Das Motel befand sich in San Ysidro, einem Distrikt von San Diego, der südlich an Mexiko grenzte. Niemand würde annehmen, dass sie in Südkalifornien blieben, und selbst wenn, dann ganz gewiss nicht in einer der übelsten Gegenden, ganz in der Nähe des wohl größten Grenzübergangs der Welt, wo sich der Highway in fünfundzwanzig Fahrspuren teilte, jede mit einem eigenen Abfertigungshäuschen, um die fast zwanzig Millionen Fahrzeuge und zehn Millionen Fußgänger zu bewältigen, die pro Jahr in die Staaten strömten.

Blake spielte gerade eine Art Hütchenspiel. Den Spielstein unter dem Hütchen in San Ysidro zu verstecken war ein ungewöhnlicher Schritt, und zwar hoffentlich einer, der ihnen allen helfen würde, noch eine kleine Weile länger am Leben zu bleiben.

Er brachte seine benommenen Gefährten auf den neuesten Stand, erzählte ihnen, was passiert war, seit sie in Greg Soyers Küche zusammengebrochen waren, und wie sie in diesem schäbige Motel in San Ysidro gestrandet waren. Beide waren aufrichtig dankbar und brachten ihre Bewunderung für seine Fähigkeiten zum Ausdruck, dank derer er einer fast perfekten Falle hatte entkommen können.

Während sie noch geschlafen hatten, war Blake bei einem Sandwich-Imbiss gewesen, und jetzt bot er den beiden eine Auswahl an Sandwiches, Chips und Getränken an, was sie dankbar annahmen. Bewusstlos gewesen zu sein schien ordentlich Appetit zu machen, auch wenn Jenna witzelte, es koste sie große Überwindung, eine Mahlzeit zu sich zu nehmen, die nicht aus Müsliriegeln bestand.

Als sie satt und wieder ganz beieinander waren, sagte Blake: »Ich werde es nicht beschönigen. Wir haben diese Runde haushoch verloren. Die einzige positive Nachricht: Ich habe Gregs Cloud überprüft, und er hat, ehe sie da waren, Nathans Dateien hochgeladen. Mit dem Passwort konnte ich darauf zugreifen. Die haben zwar jetzt die Dateien, aber wenigstens haben wir sie ebenfalls.«

»Also, was jetzt?«, fragte Jenna. »Wir können ja immer noch weitermachen wie ursprünglich geplant – Dan sieht sich Nathans Arbeit an, und dann entscheiden wir, wie wir weiter vorgehen.«

»Noch nicht«, sagte Blake finster. »Ehe ich irgendetwas anderes mache, hole ich Greg da raus. Und ich muss euch ganz ehrlich sagen: Es ist mir völlig egal, um welchen Preis.«

»Wie?«, fragte Walsh.

»Indem ich mir den Scheißkerl greife, der ihn sich geschnappt hat«, antwortete er und hielt sein Telefon hoch.

Jenna nickte zustimmend. »Das hatte ich ganz vergessen«, sagte sie.

»Was vergessen?«, fragte Walsh.

»Sorry«, antwortete Blake. »Ich hatte dir ja von meinem Zusammenstoß mit diesem Killer namens Rourk erzählt. Ich hätte erwähnen sollen, dass ich ihm das Handy abgenommen habe. Er hatte seinen Vorgesetzten angerufen, und Jenna hat seine Nummer auf meinem Handy abgespeichert.«

»Verstehe«, sagte Walsh.

»Ich wollte diese Nummer noch nicht benutzen«, sagte Blake. »Ich wollte abwarten, bis wir Genaueres darüber wissen, mit was wir es hier zu tun haben. Genaueres über Nathans Entdeckung und das eine oder andere über unsere Gegenspieler und ihre Motive.«

Seine Miene verfinsterte sich. »Aber jetzt ist alles anders«, knurrte er. »Sie wissen, wer wir sind. Und sie haben Greg.«

Er nickte Jenna zu. »Also rufen wir diesen Typen an. Und dann tun wir, was getan werden muss.«

»Kann er den Anruf zurückverfolgen?«, fragte Jenna.

»Nein. Als ich mein Detektivbüro eröffnet habe, hat Greg mein Telefon modifiziert. Ich kann es in einen Modus schalten, in dem es laut Greg nicht aufgespürt werden kann.«

»Das reicht mir«, sagte Jenna.

Blake wandte sich an den Physiker. »Dan«, sagte er. »Ich möchte, dass du bei dem Gespräch zuhörst, aber lass sie nicht deine Stimme hören. Sie wissen, dass Jenna mich angeheuert hat und dass wir gemeinsam unterwegs sind. Sie wissen mit an Sicherheit grenzender Wahrscheinlichkeit auch, dass du ebenfalls involviert bist, aber warum sollten wir ihnen das bestätigen? Und sie können nicht sicher wissen, dass wir uns nicht inzwischen schon wieder getrennt haben. Geben wir ihnen am besten nicht mehr Informationen an die Hand als unbedingt nötig.«

»Verstanden«, sagte Walsh. »Ich bin mucksmäuschenstill.«

»Okay«, sagte Blake. »Dann mal los. Finden wir raus, worum zum Geier es hier eigentlich geht.«

36

Blake stellte sein Handy auf Lautsprecher und reine Audio-Übertragung und wies Myla an, es mit Mikrofon und Soundanlage des moteleigenen Fernsehers zu verbinden. So konnten er und Jenna in normaler Lautstärke Richtung Fernseher sprechen, der ihre Stimmen problemlos übertrug, und sie alle drei hörten oder sahen Audio- und Videoübertragungen vom anderen Ende der Leitung, wer auch immer den Anruf entgegennehmen mochte.

Wie erwartet musste Blake zunächst eine Nachricht hinterlassen, weil der, den sie anriefen, die fremde Nummer nicht zuordnen konnte und deshalb die Mailbox zwischenschaltete. Aber kurz darauf, ebenfalls wie erwartet, klingelte Blakes Telefon.

Er hatte schon vermutet, dass sein Anruf rasch Aufmerksamkeit erregen würde.

Blake und Jenna hatten auf der dicken beigen Tagesdecke am Fußende des Kingsize-Betts Platz genommen, Blick zum Fernseher, und Walsh saß daneben an einem kleinen Schreibtisch und sah in dieselbe Richtung.

Blake warf Jenna einen Blick zu, und sie nickte – sie war bereit.

Der Privatdetektiv nahm den Anruf entgegen. »Hier spricht Aaron Blake.«

»Ich habe Ihre Nachricht bekommen«, antwortete eine tiefe Baritonstimme. Auch am anderen Ende der Leitung war die Videoübertragung ausgeschaltet, es war also ein ganz altmodisches Telefonat, eine reine Audio-Übertragung. »Ich muss schon sagen, dass Ihr Timing nicht ironischer hätte sein können, da wir bis vor etwa einer Stunde nicht wussten, wo Sie stecken.«

»Natürlich«, gab Blake skeptisch zurück.

»Ich heiße Edgar Knight. Haben Sie etwas dagegen, wenn ich Sie Aaron nenne?«

»Wie ausnehmend höflich«, grollte Blake kühl. »Na klar, nennen Sie mich Aaron. Und wo wir gerade beim Thema Höflichkeit sind, ich hätte da eine Idee: Versuchen Sie doch nicht mehr ständig, Jenna Morrison und jeden, mit dem sie zu tun hat, umzubringen.«

»Es lag niemals in meiner Absicht, Jenna oder irgendwen anders, der in diese Angelegenheit verwickelt wurde, zu verletzen. Gehe ich richtig in der Annahme, dass sie gerade bei Ihnen ist?«

»Das ist sie«, sagte Blake. »Aber reden wir nicht länger um den heißen Brei herum. Ich sage Ihnen, weshalb ich Sie angerufen habe. Sie haben Greg Soyer. Behalten Sie den USB-Stick, für etwas anderes haben Sie sich ja ohnehin nie interessiert, auch wenn ich nicht weiß, weshalb. Aber lassen Sie Greg Soyer unverletzt gehen. Sie brauchen ihn nicht. Und übrigens habe ich ebenfalls eine Kopie der Daten. Sie sind in der Cloud gespeichert und mit einem Sicherungssystem versehen. Wenn mehr als eine Woche vergeht, ohne dass ich oder Jenna Morrison einen bestimmten Code eingeben, werden die Daten automatisch in alle Himmelsrichtungen freigegeben. Diese Freigabe kann selbstverständlich auch jederzeit gezielt von uns ausgelöst werden.« Er beugte sich dichter zum Fernseher und dem Mikrofon darin. »Ich biete Ihnen also hiermit einen Tausch an. Sie geben mir Greg Soyer. Und im Gegenzug werde ich darauf verzichten, Nathan Wexlers Datei durch das gesamte Internet zu jagen.«

Darauf folgte eine lange Pause. »Ich habe ehrlich gesagt keine Ahnung, wovon Sie da reden.«

»Stellen Sie sich nicht dumm«, donnerte Blake ihn an. »Das bringt Sie auch nicht weiter. Sie haben ein Team Green Berets geschickt, um Nathan Wexlers USB-Stick zu holen und meinen Freund Greg Soyer gefangen zu nehmen.«

»O Scheiße«, sagte Knight, als hätte er gerade erfahren, dass er unter einem unheilbaren Hirntumor litt. »Sie sprechen mit dem falschen Mann. Damit habe ich nichts zu tun. Dahinter steckt jemand namens Lee Cargill. Und das sind wirklich außerordentlich schlechte Nachrichten«, schloss er düster.

»Wer ist Lee Cargill?«

»Hören Sie, Aaron«, sagte sein Gesprächspartner, »Sie haben recht. Es wird Zeit, Klartext zu reden. Es wird Zeit, dass ich Ihnen alles erkläre. Denn es geht hier um eine ganz große Sache, und Sie haben einige grundfalsche Schlüsse gezogen. Als Zeichen meines guten Willens werde ich jetzt auch Videodaten senden.«

Kurz darauf erschien auf Blakes Handy-Display und dem Dreißig-Zoll-Monitor des Motels das Bild eines Mannes. Er war leger gekleidet und schien in den Vierzigern zu sein; mit braunem, in der Mitte gescheiteltem Haar, das bereits dünner wurde, und leuchtend dunkelblauen Augen. Er sah aus wie jemand, der es seit Langem gewohnt war, das Sagen zu haben, und sich nicht auf der Nase herumtanzen ließ. Sein schmales Gesicht war ein bisschen pockennarbig, vielleicht die Narben einer ausgeheilten Pubertätsakne. Er blickte ruhig in die Kamera, ohne etwas zu sagen, als wüsste er, dass sein Publikum eine kurze Pause zu schätzen wusste, um ihn sich genauer anzusehen.

»Ich denke, Sie können mich jetzt sehen«, sagte das Bild auf ihrem Fernseher kurz darauf. »Lassen Sie mich Ihnen noch einmal versichern, mit ganz klaren Worten, dass ich Ihren Mann nicht habe, diesen … Greg Soyer. Tatsächlich weiß ich nicht einmal, wer das ist. Und auch wenn ich Dr. Wexlers USB-Stick gern hätte, ich habe ihn nicht.«

»Weshalb sollten wir Ihnen auch nur ein Wort glauben?«, blaffte Blake.

»Ich verstehe ja, wie Ihnen zumute ist«, antwortete Knight. »Und ich kann mir ansatzweise vorstellen, was Sie durchgestanden haben müssen. Vor allem Sie, Jenna.«

»Nein, das können Sie nicht«, zischte Jenna – es war das erste Mal, dass sie sich ins Gespräch einmischte. »Versuchen Sie bloß nicht, so zu tun.«

Knight nickte ernst, aber Blake hatte den Eindruck, als erfreute ihn diese Bestätigung, dass Jenna wirklich mithörte.

»Ich weiß, dass es für Sie der reinste Albtraum gewesen sein muss«, sagte Knight, »und dafür bitte ich um Entschuldigung.« Er machte eine Pause. »Aber lassen Sie es mich von Anfang an erklären, ich erzähle Ihnen alles. Und dann werden Sie hoffentlich verstehen, was in den letzten Tagen geschehen ist und weshalb.«

Dan Walsh blieb weiterhin vollkommen still, rückte aber leise und behutsam seinen Stuhl weiter vor, damit er auf Höhe seiner Gefährten war, ihre Mienen sah und ihnen bei Bedarf etwas signalisieren konnte.

»Zuerst einmal«, sagte Knight, »ich selbst bin Experimentalwissenschaftler. Meiner nicht ganz bescheidenen Meinung nach der beste, den es je gab. Ich habe ein intuitives Gespür dafür, wie alles funktionieren könnte – und welche technologischen Ziele erreichbar sind. Stellen Sie sich mich als eine Art autistischen Savant vor, einen dieser seltsamen Leute, die in der Lage sind, sich ganze Telefonbücher einzuprägen oder Quadratwurzeln mit derselben Geschwindigkeit zu berechnen wie ein Computer. Oder wie ein Schachgenie, in dessen Wahrnehmung sich all die Figuren auf dem Brett in Kraftlinien verwandeln und der sich die Aufstellung von dreißig Spielen zugleich merken und sie alle gewinnen kann, und zwar blind.«

»Na schön.« Blake verdrehte die Augen. »Wir halten also fest: Sie wissen, was Sie tun. Wollen Sie auf irgendetwas Bestimmtes hinaus?«

Knight lächelte. Entweder war er nicht beleidigt, oder er gab sein Bestes, um den Eindruck zu erwecken, stets gelassen zu bleiben, ganz egal, was man ihm vor die Füße warf. »Mit dreizehn

Jahren habe ich bereits einige Erfindungen gemacht, die mir Millionen einbrachten. Die Presse nannte mich den neuen Edison. Um es kurz zu machen: Der Leiter der geheimdienstlichen Forschungs- und Entwicklungsabteilung bekam Wind von meinen Fähigkeiten und hat sich mich gleich geschnappt, sobald ich meinen Master in der Tasche hatte. Sie machten mir ein Angebot, das ich nicht ablehnen konnte. Unbeschränkter Zugang zu einer schwindelerregenden Zahl teurer Spielzeuge – darunter viele, von denen die Öffentlichkeit nichts wusste – und ein unbegrenztes Budget, dazu die Gelegenheit, an den interessantesten wissenschaftlichen und technologischen Problemen der Welt zu arbeiten. Außerdem Lizenzansprüche für sämtliche von mir erfundenen Technologien, die schließlich für den Markt freigegeben wurden, was unterm Strich Summen in Milliardenhöhe einbringen mochte. Nachdem ich mich im Lauf der Jahre bewährt hatte, wurde mir schließlich die Freiheit zugestanden, ganz nach eigenem Ermessen an den Projekten zu arbeiten, die mich am meisten interessierten.«

Er machte eine Pause und beugte sich zu seinem unsichtbaren Publikum vor. »Vor vier Jahren schloss ich mich einer Organisation unter der Leitung eines gewissen Lee Cargill an, der beeindruckende Erfolge zu verzeichnen hatte, wenn es um die Zusammenstellung von Teams ging und die Ergebnisse, die sie erzielten. In diesem Fall ging es darum, einen Weg zu finden, um dunkle Energie praktisch zu nutzen.«

»Dunkle Energie kann man nicht praktisch nutzen«, sagte Jenna. »Das hat mir Nathan oft erklärt.«

»Genau das war zu Beginn des Projekts die allgemeine Ansicht – dass es unmöglich ist, diese Energie anzuzapfen. Trotzdem war ich bei einem derart speziellen Thema natürlich begierig darauf, meine gesamte außergewöhnliche Genialität in das Projekt zu stecken. Wie es beim Geheimdienst manchmal gehandhabt wird, hatte Cargill auch in diesem Fall eine Scheinfirma aufgebaut, unter deren Deckmantel wir operierten. Er taufte sie *Q5 Enterprises*.«

»Steht das Q für Quintessenz?«, erkundigte sich Blake. Nach allem, was ihm Jenna über diese mutmaßliche fünfte Elementarkraft der Natur erzählt hatte, erschien ihm der Name sehr passend.

»Sehr gut«, sagte Knight und nickte ob dieser Demonstration von Blakes Sachkenntnis anerkennend.

»Ich bin also Q5 beigetreten«, fuhr er fort. »Unter Cargills Leitung. Wäre es eine echte Tech-Firma, könnte man sagen, er war Geschäftsführer und ich Leiter der technologischen Abteilung.«

Knight seufzte laut. »Ich weiß, die meisten Leute glauben, dass sich beim Militär, insbesondere beim Geheimdienst, alles um Krieg und Militär dreht. Aber das ist nicht wahr. Ja, das Militär wird bevorzugt behandelt und kann verlangen, dass gewisse Entdeckungen vorerst geheim gehalten werden, aber viele der größten technologischen Fortschritte der Geschichte sind ehemals geheime Militärprojekte gewesen. Während des Zweiten Weltkriegs haben heimliche Forschungen zu Radarwellen zahlreiche nichtmilitärische Erfindungen hervorgebracht, beispielsweise die Mikrowelle. Der Versuch, Codes der Nazis zu entschlüsseln, legte zum großen Teil den Grundstein für die Entwicklung unserer heutigen Computer. Militärraketen waren der Beginn der Raumfahrt. Die Entwicklung von Jet-Motoren führte zu ... nun ja, zu Jets. Und sowohl das Internet als auch GPS-Peilung wurden ursprünglich vom US-Verteidigungsministerium entwickelt.«

»Wir haben's ja kapiert«, sagte Jenna scharf. »Nachdem das Militär sämtliche Möglichkeiten ausgelotet hat, zu töten und zu zerstören, lässt es manchmal zu, dass die eine oder andere Technologie auch konstruktiver genutzt wird. Sie haben also im Geheimen geforscht, in einem Team aus lauter Geheimdienstlern, aber Sie haben uns diese kleine Ansprache gehalten, damit uns klar wird, dass Sie Ihr großes Herz stets am rechten Fleck getragen haben.« Ihre Stimme troff nur so vor Abscheu.

»Genau das wollte ich Ihnen damit vermitteln«, gab Knight gelassen zu, »wenn auch ohne den Sarkasmus. Aber nur weil das, was ich gerade gesagt habe, mich mehr als Menschenfreund denn als Monster dastehen lässt, beweist das ja noch lange nicht, dass es wahr ist.«

»Allerdings nicht«, sagte Jenna skeptisch. »Aber reden Sie weiter.«

»Kommen wir zum Punkt. Nach jahrelangen Bemühungen erzielte ich endlich den Durchbruch – das ist inzwischen fast zwei Jahre her. Auf die Details der Entwicklung meines Apparats will ich hier nicht weiter eingehen, auch nicht auf die Frage, wie ich intuitiv wissen konnte, dass es funktionieren wird, aber genau das tat es. Und zwar ganz anders, als irgendwer erwartet hätte. Es stellte sich heraus, dass ich gefahrlos die Quintessenz anzapfen konnte – aber nur zu einem Zweck.« Er machte eine Pause, um die Spannung zu erhöhen. »Um Materie in der Zeit zurückzuschicken.«

Für ein paar Sekunden senkte sich tiefes Schweigen über das Motelzimmer. »Wollen Sie damit etwa sagen, dass Sie das bereits getan haben?«, platzte Blake ungläubig heraus.

»Das habe ich«, sagte Knight. »Glauben Sie mir, es hat eine ganze Weile gedauert, bis wir verstanden haben, was da eigentlich gerade passiert, und wir haben Monate gebraucht, ehe wir so weit waren, das Verfahren routinemäßig durchzuführen.« Er zog eine Braue hoch. »Möchte jemand raten, über welchen Zeitraum wir hier sprechen?«

Jenna stand der Mund offen, sie war zu mitgenommen, um zu sprechen.

»Eine Winzigkeit mehr als fünfundvierzig Mikrosekunden?«, flüsterte Blake.

»Ausgezeichnet«, sagte Knight. »Das war ein kleiner Test. Es sieht ganz so aus, als wären Sie tatsächlich mit Nathan Wexlers Arbeit vertraut. Ja, fünfundvierzig Millionstel einer Sekunde.«

»Wollen Sie damit sagen«, fragte Jenna, »dass Nathan gewissermaßen nur über etwas gestolpert ist, das Sie längst entdeckt hatten?«

»Ja und nein«, sagte Knight kryptisch. »Aber gestatten Sie mir, diese Frage vorerst beiseitezuschieben, ich komme später darauf zurück.«

»Ist ja Ihre Vorstellung«, sagte Jenna.

»Wir konnten also Materie in der Zeit zurücksenden«, fuhr Knight fort. »Alles, was in meinen Apparat passte – meine Zeitmaschine, genauer gesagt –, also alles bis zu einer Größe von Rubiks Zauberwürfel. Schon bald vergrößerte ich den Apparat bis zu seinem theoretischen Maximum. Die größtmögliche Zeitmaschine ist etwa so groß wie die klassische Schatztruhe, die man aus Filmen kennt, oder auch eine dieser großen Kühlboxen, mit denen viele Leute am Strand ihre Getränke kühlen.«

»Ihre wissenschaftliche Präzision ist beeindruckend«, warf Jenna bissig ein.

»Ich könnte Ihnen die exakte Größe in Kubikzoll nennen, bis zur fünften Nachkommastelle genau, aber ich wollte Ihnen ein plastisches Bild an die Hand geben, das Ihnen eine genauere Vorstellung liefert.«

»Das also ist der aktuelle Stand?«, erkundigte sich Blake. »Alles, was Sie in Ihren Zeitreisekoffer reinbekommen, können Sie um einen Sekundenbruchteil zurückschicken?«

»Es ist ein wenig komplexer als ein Koffer«, sagte Knight, »aber im Großen und Ganzen ist das korrekt. Fünfundvierzig Mikrosekunden.«

»Also ein Sekundenbruchteil im wahrsten Sinne des Wortes. Sie zerbrechen sozusagen eine Sekunde in Millionen von Einzelteilen. Aber … was dann? Weshalb sind Sie bereit, Unschuldige abzuschlachten, um diese Information zu beschützen?«

»Ich verwahre mich gegen die Bezeichnung *abschlachten*«, protestierte Knight energisch, »und auch gegen Ihre Unterstellung, ich wäre bereit, Menschen etwas anzutun. Aber meine Verteidigung muss noch warten, bis ich Sie ganz ins Bild gesetzt habe.«

»Bleibt immer noch die Frage«, sagte Blake, »was es Ihnen nützt, etwas um einen so kurzen Zeitraum in die Vergangenheit zu schicken.«

Knight erlaubte sich ein winziges Lächeln, kaum mehr als ein Zucken der Mundwinkel. »Fast niemand begreift sofort, was das bedeutet«, sagte er. »Es scheint vollkommen nutzlos zu sein, um eine Zeitspanne, die kürzer ist als ein Blinzeln, in der Vergangenheit zurückzugehen. Aber das ist es nicht. Sie stellen es sich falsch vor, Sie packen es am falschen Ende an. Denken Sie dabei nicht an eine *Zeit*maschine.«

Wieder machte er eine Pause, um den Effekt zu verstärken. »Denken Sie dabei an eine *Dupliziermaschine*.«

37

Die drei Menschen in Zimmer siebenundzwanzig des *Best Border Inn* starrten den Bildschirm an, als hätten sie sich verhört.

»Was?«, flüsterten Jenna und Blake gleichzeitig.

»Eine *Dupliziermaschine?*«, wiederholte Blake dümmlich.

»Ja«, sagte Knight. »Sie haben richtig gehört. Eine Dupliziermaschine. Sie verstehen es besser, wenn wir das mit den Mikrosekunden erst einmal vergessen. Stellen Sie sich vor, Sie könnten Ihr Handy um eine Woche zu Ihrem früheren Selbst zurückschicken. Hätte dann dieses frühere Ich nicht *zwei* Handys?«

Es entstand eine Pause, während die drei darüber nachdachten.

»Na ja, schon«, sagte Jenna. »Aber da reden wir von einer Woche. Wenn ich mein Telefon nur um einen Millionstelbruchteil einer Sekunde zurückschicken kann, habe ich zwei Telefone, die versuchen, denselben Platz einzunehmen. Würde das nicht zu einer Explosion führen? So wie eine Materie-Antimaterie-Explosion, nur noch gewaltiger?«

»Nicht im Entferntesten«, sagte Knight selbstgefällig. »Da lassen Sie sich von der ganzen Science-Fiction, mit der Sie Ihr Leben lang gefüttert wurden, in die Irre leiten. Die Science-Fiction liegt zur Hälfte richtig, aber eben nicht ganz. Wer durch die Zeit reist, der reist durch die Zeit. Nicht durch den Raum.«

»Ich habe keinen Schimmer, worauf Sie hinauswollen«, sagte Blake.

»Sagen wir mal, Sie befinden sich an einem bestimmten Tag in Kalifornien. Sie buchen einen Flug und kommen am nächsten Tag in Australien an. Nehmen wir weiterhin an: Sobald sie da unten sind, aktivieren Sie eine Zeitmaschine und gehen einen Tag zurück. Wo befinden Sie sich?« Er wartete nicht auf Antworten. »Laut der gängigen Science-Fiction wären Sie in Australien, und zwar einen Tag später. Richtig? Sie würden nicht in Kalifornien landen, nur weil sie am Vortag dort gewesen sind. Der Weg wird nicht gewissermaßen zurückgespult. Sie würden sich durch die Zeit bewegen, aber nicht durch den Raum. Wo auch immer Sie sind, wenn Sie die Zeitmaschine aktivieren, dort tauchen Sie auch wieder auf, nur zu einer früheren Zeit.«

»Und Sie sagen, das stimme nicht?«, fragte Jenna.

»Nein. Ich sage, es stimmt. Sie behalten präzise Ihre Position im Raum bei. Das Einzige, was sich ändert, ist Ihre Position in der Zeit. Aber so einfach ist es dann auch wieder nicht. Und das ist der Punkt, wo die Science-Fiction meistens zu kurz greift. Denn Australien selbst bewegt sich. Täte es das nicht, dann würden Sie tatsächlich dort landen. Aber die Erde steht nicht still. Sie wären an Ort und Stelle im Raum verhaftet. Aber einen Tag zuvor war Australien nicht einmal ansatzweise in der Nähe Ihrer Position. Sie aktivieren Ihre Zeitmaschine und gehen um einen Tag zurück. Sie kommen an genau derselben räumlichen Position im Universum an. Das einzige Problem ist, dass zu dieser Zeit die Erde Millionen Kilometer entfernt gewesen ist. Würden Sie dann nicht mitten im Weltall landen?«

Er hat recht, dachte Blake mit weit aufgerissenen Augen. Und aus den Mienen seiner Gefährten zu schließen, waren sie ebenso überwältigt wie er.

Als Knight keine Antwort bekam, redete er weiter. »Die Erde rotiert mit etwa tausendsiebenhundert Kilometern pro Stunde um sich selbst. Sie bewegt sich mit über hundertsiebentausend Stundenkilometern um die Sonne. Unser Sonnensystem wirbelt mit mehr als siebenhundertachtzigtausend Stundenkilometern um das Zentrum unserer Galaxie. Unsere Nachbargalaxien rasen ebenso wie wir auf etwas zu, das man den Großen Attraktor nennt und der eine Masse hat, die die unserer Sonne um das einhundertbilliardenfache übersteigt und hundertfünfzig Millionen Lichtjahre von uns entfernt ist.«

Knight machte eine Pause. »Wie wirkt sich all diese Bewegung letztendlich aus? 1989 wurde der COBE-Satellit gestartet, der etwas namens kosmische Hintergrundstrahlung misst. Weil diese Strahlung das gesamte Universum durchdringt, wenn auch nicht überall gleich stark, ist es Wissenschaftlern gelungen, die genaue Erdgeschwindigkeit und ihre Richtung zu berechnen. Es stellte sich heraus, dass wir laut der kosmischen Hintergrundstrahlung mit fast dreihundertneunzig Kilometern pro Sekunde unterwegs sind. Pro Sekunde«, wiederholte er.

Blake warf Dan Walsh einen raschen Blick zu, und der bestätigte es mit einem Nicken.

»Ich gebe zu«, sagte Knight, »dass meine Zeitmaschine bisher nur die erste Elektronenbahn schafft, sozusagen die erste Landeplattform, die Nathan erwähnt hatte, nämlich fünfundvierzig Mikrosekunden in der Vergangenheit. Aber in dieser Zeitspanne hat sich die Erde bewegt. Ich erspare Ihnen mal die genauen Berechnungen und sage es Ihnen einfach: Es sind etwas über siebzehneinhalb Meter. Zu diesem früheren Zeitpunkt haben Sie somit zwei vollkommen identische Handys, um diese Entfernung voneinander getrennt.«

Walsh erhob sich und legte einen Schreibblock auf den Tisch, kritzelte eilig etwas darauf und hielt ihn hoch, damit Blake es lesen konnte. *Materialisiert es sich dann nicht mitten in der Luft?*

»Materialisiert es sich dann nicht mitten in der Luft?«, fragte Blake.

»Gute Frage«, sagte Knight. »Eigentlich müsste es das tun. Uns ist noch nicht ganz klar, wie es funktioniert. Unsere beste Erklärung ist bisher, dass es sich zwar eigentlich nicht durch den Raum bewegt, sondern nur durch die Zeit, aber auch die Gravitation eine Rolle dabei spielt – inwiefern, haben wir noch nicht genauer herausfinden können –, sodass es etwas über siebzehneinhalb Meter entfernt in derselben Entfernung zum Boden wieder auftaucht, die es auch beim Start hatte. Zudem sollte es eigentlich nicht möglich sein, die genaue Richtung zu bestimmen. Die Erde bewegt sich so durchs Universum, wie sie es nun einmal tut, und wir sollten eigentlich keinen Einfluss auf die Richtung nehmen können. Aber wir können es trotzdem. Wenn wir die Polarität des Zeitreisefelds und seine Ausrichtung anpassen – was wir tun, indem wir den Apparat in einer bestimmten Weise ausrichten, in Kombination mit der Erzeugung eines spezifischen dynamischen Felds –, können wir gewissermaßen mehr oder weniger zielen.«

Walsh verzog in tiefster Verwirrung das Gesicht und sah Blake an, als hätte Knight ihnen gerade erklärt, zwei plus zwei sei fünf. Wenn das schon den UCLA-Physiker derart durcheinanderbrachte … wie sollte Blake es dann verstehen?

»Das ergibt überhaupt keinen Sinn«, sagte Blake.

Knight lächelte. »Ich verstehe es selbst noch nicht ganz. Das alles haben wir auf experimentellem Wege herausgefunden. Wir haben immer wieder Vermutungen angestellt und sie dann überprüft, monatelang. Zeitreisen scheinen nicht per se über die Raum-Zeit-Achse zu laufen, also die vierte Dimension, sondern durch eine fünfte. Wenn sich etwas durch diese Dimension bewegt, übersetzt es sich auf unerwartetem Wege in die unsere, sodass wir Ergebnisse sehen, die, gelinde gesagt, nicht besonders intuitiv sind, sogar unmöglich erscheinen.«

»Wenn Sie es sagen«, kapitulierte Blake.

»Aber wie genau haben Sie das angestellt?«, fragte Jenna. »Sie haben ernsthaft Materie durch die Zeit zurückgesandt?«

»Oft, sehr, sehr oft«, antwortete Knight. »Inzwischen ist das eine Routineangelegenheit.«

Blake las eine weitere auf den Block gekritzelte Nachricht von Walsh und wiederholte sie. »Und was, wenn Sie, nachdem Sie etwas zurückgeschickt haben, beschließen, es *nicht* zurückzuschicken?«

Knight grinste erfreut. »Ausgezeichnet, Mr. Blake. Sie verfügen über einen ausgezeichneten wissenschaftlichen Instinkt. Kein Wunder, dass Sie ein guter Detektiv sind. Jenna zuliebe, die vielleicht gerade nicht ganz mitkommt, lassen Sie uns annehmen, dass wir Dinge um eine Stunde zurückschicken könnten, einfach nur, weil das Denken in Mikrosekunden einen ziemlich durcheinanderbringt und alles schwerer verständlich macht.

Also, Aarons Frage lautet: Sagen wir, ich würde in genau einer Stunde beschließen, mein Handy um eine Stunde zurückzusenden. Die Stunde verstreicht, und ich drücke wie geplant den Knopf. Weil ich das getan habe, erscheint eine Stunde früher wie durch Zauberhand ein Handy vor meinem früheren Ich. Um die Vorstellung ein klein wenig zu vereinfachen, stellen Sie sich vor, das Handy erscheint genau neben seiner früheren Version. *Cool*, denkt mein früheres Ich, sobald das Handy erscheint. *Ich muss es mir wohl aus der Zukunft geschickt haben, ganz wie geplant. Jetzt habe ich* zwei *Handys.*«

Knight zog eine Braue hoch. »Aber was, wenn mein früheres Ich dann seine Pläne ändert? Was, wenn es beschließt, das Handy *doch* nicht zurückzuschicken? Was geschieht *jetzt*? Verschwindet das zweite Handy im gleichen Moment, in dem er das beschließt, wie ein Foto von Marty McFly und seinen Geschwistern? Oder bleibt es da? Und falls ja, wie ist das möglich? Immerhin habe ich es in dieser Version der Wirklichkeit nicht zurückgeschickt, wie also kann es immer noch da sein?«

»Was der Theorie einer einzigen Zeitlinie entspräche«, sagte Jenna. »Die Theorie, nach der ein solches Paradoxon möglich wäre. Wie auch immer – wenn hier die Chronologie-Schutz-Vermutung wirken würde, dann wäre das Telefon überhaupt gar nicht erst in der Vergangenheit aufgetaucht, weil das Universum *gewusst* hätte, dass Sie es sich anders überlegen würden. Oder, wenn es doch erschienen wäre, dann *würden* Sie es nach Ablauf der Stunde auch zurückschicken. Nichts könnte Sie davon abhalten, einschließlich der Änderung Ihrer Pläne.«

Verwundert schüttelte Knight den Kopf. »Ich muss schon sagen, Sie erfassen die Zeitreisetheorie auf beeindruckende Weise.«

»Wie also lautet die Antwort?«, fragte Jenna, ohne darauf einzugehen. »Was geschieht?«

»Man *kann* es sich anders überlegen«, sagte Knight. »Und das zweite Handy bleibt trotzdem da, ganz so, als ob man es niemals zurückgeschickt hätte.«

»Was beweist, dass es mehrere Zeitlinien gibt«, sagte Jenna.

»Ja und nein«, antwortete Knight. »Ich verstehe, dass Sie denken müssen, das sei die einzige Alternative. Die Antwort auf mehr als ein Jahrhundert voller Zeitreisespekulationen. Sobald man die Vergangenheit ändert, spaltet sich die Zeit in zwei klar voneinander abgegrenzte Wirklichkeiten. Das Ich aus der ursprünglichen Zeitlinie sendet stets das Handy zurück. Das Ich aus der neuen Zeitlinie hingegen besitzt nun zwei Handys, unverrückbar, und kann sich frei entscheiden, eins davon zurückzuschicken oder auch nicht, ohne dass es daran etwas ändern würde.«

»Aber Sie sagen, das wäre auch nicht die Auflösung?«, fragte Jenna.

»Richtig. Es hat sich herausgestellt, dass eine Kombination beider Theorien korrekt ist. Ich will hier jetzt nicht ausbreiten, welche Experimente uns zu diesem Schluss geführt haben. Vorerst genügt es, Folgendes festzuhalten: Wenn wir die Vergangenheit ändern, entsteht eine neue Zeitlinie. Aber die alte Zeitlinie existiert dann nicht mehr. Keine Spaltung. Man resettet das Universum ab dem Zeitpunkt der Änderung.«

»Sie haben doch vor, uns das anhand eines Beispiels zu erklären, oder?«, fragte Blake.

»Ja. Sie drücken also auf den Knopf und schicken Ihr Telefon um eine Stunde zurück. Jetzt haben Sie in der Vergangenheit zwei Telefone. Aber das, was in der Stunde, die darauf folgt, geschehen ist, wird ausgelöscht. Das Universum wird auf den Stand zurückgesetzt, auf dem es eine Stunde zuvor gewesen ist, und da macht es dann weiter. Die ursprüngliche Zeitlinie ist ausgelöscht. Und es gibt keine Spaltung.«

»Was uns zur ursprünglichen Frage zurückbringt«, sagte Jenna. »Wenn die ursprüngliche Zeitlinie ausgelöscht wurde und Sie das Handy nicht zurückschicken, wie kann es dann sein, dass Sie zwei Handys haben?«

»Ja«, sagte Knight. »Darüber kann man sich ganz schön den Kopf zerbrechen. Wie dem aber auch sei, das zweite Handy bleibt, und das Universum macht einfach weiter, als hätte man schon immer zwei Handys gehabt, und schert sich nicht um das Paradoxon. Ich schätze mal, ihm sind Paradoxa lieber als unendlich viele Zeitlinien. Was die Halbsekundengrenze erklären könnte. So muss es nicht allzu große Zeiträume resetten und nicht zu viel zukünftige Geschichte ausradieren. Das Wesentliche aber ist: Wenn eine Zeitlinie ihre eigene Vergangenheit beeinflusst, bleiben ihre Effekte auch dann erhalten, wenn sie sich dabei selbst auslöscht.«

»Wenn man also in der Zeit zurückgeht und seine eigene Mutter tötet«, sagte Jenna, »wird die Geschichte ab dem Augenblick ihres Todes neu geschrieben. Die eigene Geschichte, wie man sie erlebt hat, existiert nicht mehr und hat auch niemals existiert. Man ist nie geboren worden. Aber das Universum schert sich nicht um die Frage, dass man eigentlich nicht existieren sollte und sie nicht getötet haben kann. Es akzeptiert einfach die Existenz eines Universums, in dem man trotzdem existiert und sie tot ist. Es beachtet das Paradoxon gar nicht weiter und macht von diesem Zeitpunkt an einfach weiter.«

»Bemerkenswert«, sagte Knight strahlend. »Der eine oder andere Physiker von Weltrang hätte das nicht so schnell begriffen.«

Jenna schnaubte nur kurz Richtung Fernseher, dann fuhr sie fort: »Ich rede nicht gern vom Universum, als wäre es ein Lebewesen, aber es kommt mir vor, als ob es auf möglichst effiziente Weise mit Änderungen in der Zeitlinie verfahren möchte. Und es will nur eine einzige Zeitlinie, weil unendlich viele Zeitlinien sehr ineffektiv wären.«

»Und dem Universum zweifelsohne ebensolche Kopfschmerzen bereiten würden wie mir«, warf Blake trocken ein.

Knight lächelte. »Ganz genau. Eine andere Herangehensweise, um es sich vorzustellen, eine Analogie, die weniger zeitreisebedingte Verwirrung stiftet, wäre wie folgt: Stellen Sie sich vor, Sie schreiben einen Roman, und Sie können nur eine einzige Version davon veröffentlichen. Sie beenden Ihren Roman und stellen fest, dass Sie zwei Figuren zu ähnlich klingende Namen gegeben haben: John Doe und John Dode. Zu verwirrend. Also beschließen Sie, John Doe in Steve Smith umzubenennen, und sagen Ihrem Textprogramm, es soll alle vorkommenden John Does suchen und sie in Steve Smith ändern. Sie drücken den Knopf, und mit einem Mal ist überall dort, wo sich zuvor ein John Doe befand, ein Steve Smith.«

Er machte eine Pause, damit seine Zuhörer es sich vorstellen konnten.

»Jetzt wollen Sie Ihre Datei vor der Veröffentlichung abspeichern«, fuhr er fort. »Erst einmal stört es den Computer nicht, die gesamte Datei noch einmal abzuspeichern, zumal ja nur ein paar Namen geändert wurden, im Großen und Ganzen bleibt alles beim Alten. Es speichert also nur die neuen Namen ab, wo immer sie auftauchen. Und zweitens: Sobald diese neue Version gesichert und veröffentlicht ist, ist es gerade so, als hätte die ursprüngliche Fassung nie existiert. Steve Smith ist einfach nur Steve Smith. Es gibt keine Hinweise mehr darauf, dass er jemals John Doe gewesen ist. Ein Leser wird keinen Hinweis darauf finden, weshalb der Name Steve Smith gewählt wurde, und weiß nicht, dass es an einer älteren Version der Geschichte liegt, die nicht mehr existiert.«

Jenna nickte nachdenklich. »Dieser Analogie zufolge«, sagte sie, »ist der Autor Gott, und der Roman ist das Universum.«

»Ja. Oder vielleicht ist auch das Universum beides, der Roman und der Autor. Wie auch immer. Ich gebe zu, die Analogie ist nicht sehr belastbar und unvollständig, aber hoffentlich hilft sie trotzdem ein bisschen.«

Blake fand, das tat sie, auch wenn er der Ansicht war, dass er niemals ganz begreifen würde, wie das Ganze funktionierte. Dass niemand es je täte.

Er warf Walsh einen Blick zu. Dem Physiker war die Begeisterung deutlich anzusehen. Ihm wurden gerade Antworten auf existenzielle physikalische Fragen geliefert, wie man sie höchstens einmal pro Generation bekam. Wenn überhaupt.

»All das mag ja sehr faszinierend sein«, ergriff Knight wieder das Wort. »Aber zugleich ist es für uns auch ein potenzielles Problem. Denn wenn man die Zeitlinie ändert, dann ändert das Universum nur so viel wie unbedingt nötig. Man hat jetzt zwei Handys, aber alles andere bleibt gleich.«

»Richtig«, sagte Blake. »Man hat nur einen Namen geändert, der restliche Roman bleibt davon unberührt und genauso wie zuvor.«

»Ja. Ein sachtes Kräuseln an der Oberfläche, dort, wo die Geschichte geändert wurde, aber der mächtige Fluss selbst strömt unbeeindruckt weiter voran. Wenn ich mein Handy in der Zeit zurücksende, wird nur ein sekundenbruchteilkurzer Abschnitt der Geschichte verändert, aber alles andere im Universum, das nicht direkt von diesem Ereignis berührt wird, entwickelt sich genauso weiter wie zuvor.«

»Sie schicken also Ihr Handy um einen Sekundenbruchteil zurück«, sagte Jenna, »und das Universum macht ab diesem Zeitpunkt weiter. Aber wenn ein Mann in diesen fünfundvierzig Mikrosekunden, die ausgelöscht werden, einen Orgasmus hatte, dann wird er, wenn das Universum sich weiter vorwärtsbewegt, ganz genau denselben Orgasmus haben, und exakt dasselbe Spermium wird das Rennen gegen die anderen gewinnen und als Erstes das Ei erreichen.«

Knight blieb der Mund offen stehen. »Das stimmt«, sagte er. »Hervorragendes Beispiel, um das Konzept noch mal zu verdeutlichen. Allerdings muss ich hinzufügen, dass es nicht gerade der erste Gedanke wäre, der den meisten Leuten in den Sinn käme«, fügte er mit einer Betonung hinzu, die klarmachte, was für eine Untertreibung das war. »Solange das Handy, das ich zurückschicke, ihm nicht genau in dem Moment, in dem er … ejakuliert, gegen den Kopf knallt … dann werden seine Ejakulation und auch alles andere im Universum sich exakt genauso entwickeln wie zuvor.«

»Und weshalb ist das ein potenzielles Problem für Sie?«, erkundigte sich Blake.

»Um das zu erklären, muss ich noch einige weitere Beispiele heranziehen. Sagen wir, es ist elf Uhr morgens, und ich programmiere meinen Apparat, damit er mir mein Handy eine Stunde in die Vergangenheit zurückschickt, und zwar genau um zwölf Uhr. Es wird Mittag, und der Apparat schickt das Handy zurück zu elf Uhr. Jetzt hat also das Ich um elf Uhr zwei Handys, und das Universum macht zu diesem Zeitpunkt einen Neustart. Die alte Zukunft existiert nicht mehr. Aber …«, wieder machte er eine effektvolle Pause, »weil sich das restliche Universum weiterhin entwickelt wie zuvor, befindet sich mein Originalhandy noch immer in der Kammer, und der Apparat ist noch immer darauf programmiert, es um zwölf Uhr zurückzuschicken. Das hat sich nicht geändert. Selbst wenn ich jetzt also zwei Handys habe – wenn ich nichts unternehme, wird der Computer das Originalhandy *noch* einmal zurücksenden.«

»Aber wenn Sie bemerken, dass Sie bereits zwei Telefone haben«, sagte Blake, »können Sie den Befehl doch einfach widerrufen.«

»Das ist ein Leichtes, wenn einem eine Stunde zur Verfügung steht«, sagte Knight. »Aber in fünfundvierzig Mikrosekunden hat man ganz schlicht nicht die Zeit, den Befehl abzubrechen. Also, hat man zwei Handys, und in der neuen Realität hat man, was auch passiert, immer noch zwei. Aber die Zeitmaschine existiert in dieser neuen Realität ebenfalls und ist programmiert und einsatzbereit. Also vergehen fünfundvierzig Mikrosekunden, und schon wird der Knopf wieder gedrückt, und einen Augenblick früher besitzt man auf einmal drei Handys. Und diese drei sind hier in der neuen Zeitlinie und bleiben auch da, ganz egal, was passiert. Aber dann löst die Maschine erneut aus, und einen Sekundenbruchteil vorher hat man auf einmal vier Handys.«

Bestürztes Schweigen senkte sich über das Motelzimmer.

Knight wartete geduldig, bis sein Publikum das verdaut hatte.

»Es ist also nicht nur einfach eine Dupliziermaschine«, sagte Blake schließlich. »Es ist eine Dupliziermaschine, die endlos viele Duplikate herstellt.«

»Ja, in der Theorie. Zum Glück geschieht in der Praxis Folgendes: Das erste zurückgesandte Handy landet etwas über siebzehneinhalb Meter von sich selbst entfernt auf seinem ganz eigenen Fleck. Aber beim zweiten Mal, wenn das Originalhandy zurückgeschickt wird, also beim zweiten Mal, wenn es diese Schleife durchläuft, taucht es an genau derselben Stelle auf wie beim ersten Mal, als es zurückgeschickt wurde. Das könnte zu der größten nur denkbaren Explosion führen, wie Jenna angedeutet hat, aber das tut es nicht. Das verhindert die Kernabstoßung. Materie übt eine so starke Abstoßung aus, dass andere Materie, die den gleichen Raum einzunehmen versucht, umgeleitet wird zu einer anderen, gewissermaßen aufnahmebereiteren Stelle. Es ist so, als wollte man zwei Magnete zusammenführen, die sich gegenseitig abstoßen. Sobald man loslässt, stoßen sie einander fort. Bei der dritten Schleife wird das neue Handy bei seiner Ankunft sogar in noch größere Entfernung umgeleitet, weil es jetzt zwei anderen Handys ausweichen muss. Und so weiter.

Schließlich muss das neu eintreffende Handy um eine so große Distanz von seinen eigentlichen Zielkoordinaten abweichen, dass die Zeitreise nicht mehr funktioniert. Es scheint, als verfüge das

System nicht über ausreichend Energie, um etwas, das so weit umgelenkt werden müsste, zurückzuschicken. Deshalb kann sich das Handy auch nicht in einer Wand oder einem Berg materialisieren. Im Falle einer Wand geht es den Weg des geringsten Widerstands und erscheint genau neben der Wand. Im Falle eines Bergs ist es so, dass, wenn in der Nähe kein freier Platz verfügbar ist, die Zeitreise nicht funktioniert.«

»Also endet diese Unendlichkeitsschleife irgendwann«, sagte Jenna, »aber mit wie vielen Handys bekommt man es zu tun, bis das passiert?«

Knight zuckte mit den Schultern. »Das müsste ich genau ausrechnen, aber es läuft darauf hinaus, dass man etwa das Achtzigfache des Raumvolumens füllen kann, das die Zeitmaschine einnimmt. Ich kann also alles zurückschicken, was in meinen etwa koffergroßen Apparat hineinpasst, und etwa das Achtzigfache an Volumen mit Handys füllen, ehe die Zeitreise nicht mehr funktioniert.«

»Es gibt also keine Möglichkeit, nur eine Kopie herzustellen?«, fragte Blake.

»Doch, die gibt es. Man kann genauso viele herstellen, wie man möchte. Menschen sind nicht in der Lage, im Bereich von Mikrosekunden gezielt zu agieren, aber Computer schon. Also weise ich den Computer an, das Handy um fünfundvierzig Mikrosekunden in die Vergangenheit zu schicken, von einer – nennen wir es mal eine *Sendestation*. An der Empfangsstation erscheint das Handy in der Vergangenheit. Jetzt gibt es zwei Handys, siebzehneinhalb Meter voneinander entfernt. Der Empfänger ist so präpariert, dass in dem Augenblick, da ein Sensor die Ankunft des Handys verzeichnet, ein Signal an die siebzehneinhalb Meter entfernte Sendestation geht und ihr befiehlt, den Befehl, das Handy zurückzuschicken, zu widerrufen. In der Praxis schickt man also das Handy zurück, hat dann zwei Handys und schaltet den Apparat ab.«

Blake schüttelte den Kopf. »Wie kann das alles denn überhaupt möglich sein?«, fragte er. »Wie kann das Universum auf diese Weise funktionieren?«

»Wie kann überhaupt irgendetwas möglich sein?«, antwortete Knight mit einer Gegenfrage. »Wie kann unser Universum mit seinen mehr als einer Billion Galaxien, von denen jede hundert Milliarden Sterne und mehr beherbergt, aus einem winzigen Fleck hervorgegangen sein, kleiner als ein Atom?«

»Das war alles sehr faszinierend ... Edgar«, sagte Jenna. »Wirklich. Aber genug der Zeitreisetheorien. Kommen wir zu dem Teil, wo Nathan ins Spiel kommt. Weshalb ist er tot? Weshalb wurden wir gejagt?«

Knight seufzte. »Ich verstehe Ihre Ungeduld, Jenna, ich verstehe sie wirklich. Und ich verspreche Ihnen, dazu kommen wir gleich.«

38

Seit Edgar Knight auf dem Bildschirm des Fernsehers im *Best Border Inn* aufgetaucht war, studierte Blake ihn gründlich und versuchte, sein in Spezialkursen in Fort Benning erworbenes Wissen über Körpersprache anzuwenden. Es handelte sich selbst unter optimalen Umständen nicht um eine exakte Wissenschaft, und es wurde noch schwieriger durch die irrwitzigen Enthüllungen, mit denen Knight seinen Verstand bombardierte, und die Anstrengung, die ihn der Versuch kostete, Konzepte zu begreifen, die ihn überforderten und eigentlich mindestens ein Schaubild erfordert hätten, damit er sie besser verstand.

Trotzdem glaubte er immerhin feststellen zu können, dass der Mann größtenteils die Wahrheit sagte. Er wirkte aufrichtig. Nicht, als würde er insgeheim einen fiesen Plan verfolgen. Jedenfalls nicht offensichtlich. Aber ein Mensch konnte seine wahre Natur mitunter gut verbergen, und wer geschickt war, konnte durchaus nah an der Wahrheit bleiben, sie dabei aber zugleich gewaltig verbiegen. Was diesen Mann betraf, war das letzte Wort noch längst nicht gesprochen.

Jenna war bis in die tiefste Seele verwundet, und Blake war klar, dass sie verzweifelt versuchte, Knight als Verbrecher zu enttarnen, als jemanden, gegen den sie all das Gift in sich speien, an dem sie Rache nehmen konnte.

Und der arme Dan Walsh. Blake war noch immer der Ansicht, es sei die richtige Entscheidung gewesen, dass er nicht selbst am Telefonat teilnahm, aber der Mann sehnte sich so sehr danach mitzureden, dass er vor Ungeduld fast aus der Haut fuhr.

Wenn er so darüber nachdachte, war es ein Glück, dass der Physiker nicht mitredete. Wer weiß, wie lange das Gespräch wohl gedauert und wie sehr es seinen eigenen Horizont überstiegen hätte, wenn Walsh und Knight die Angelegenheit mit wissenschaftlicher Gründlichkeit plattgewalzt hätten.

»Zuerst dachten wir, Zeitreisen seien eine Art wahr gewordene Utopie«, nahm Edgar Knight den Faden wieder auf, das pockennarbige Gesicht leicht geneigt, die dunkelblauen Augen leuchteten. »Die Antwort auf alle Gebete der Menschheit. Wir zapfen die nahezu grenzenlos vorhandene dunkle Energie an und stoßen mit ihrer Hilfe etwas durch eine höhere Dimension, nur um eine Winzigkeit, und haben auf einmal einen Materiegenerator. Einen Materieduplikator. Stellen Sie sich nur einmal vor, was man damit alles Gutes für die Menschheit tun könnte.«

»Warum habe ich das Gefühl, da kommt noch ein Aber?«, fragte Jenna.

»Weil noch eins kommt. Nahezu kostenlose Duplizierung und die Möglichkeit, gewaltige Mengen von was auch immer herzustellen, hat auch eine Schattenseite, so wie fast alles. Der Weltmarkt würde zusammenbrechen. Goldbarren könnten so oft dupliziert werden, bis sie ganze Stadien füllen. Diamanten wären möglicherweise bald so gewöhnlich wie Sand. Öl und Rolex-Uhren. Seltene Briefmarken. Und am problematischsten von allem: Computerchips und Elektronik.«

Knight räusperte sich. »Stellen Sie sich vor, Apple bringt sein neuestes elektronisches Spielzeug auf den Markt, dessen Entwicklung Milliarden verschlungen hat«, fuhr er fort, »oder auch einen Chip von Intel, bei dem es um zig Milliarden geht. Und dann wird einer davon verkauft und binnen weniger Tage mehrere Millionen Male dupliziert, praktisch kostenlos, weil die dafür benötigte Energie nahezu unbeschränkt vorhanden ist. Weshalb etwas kaufen, wenn man es auch durch Piraterie bekommt? Wenn man es duplizieren kann?«

»Und weshalb sollte sich jemand die Mühe machen, etwas zu entwickeln, wenn er weiß, dass er nur ausgeraubt wird?«, fügte Blake hinzu.

»Ganz genau«, sagte Knight. »Aber am allerbedrohlichsten ist die Produktion von hoch angereichertem Uran. Uran anzureichern ist ein komplizierter Prozess und verschlingt viel Zeit, und es ist unverzichtbar für den Bau von Atombomben. Die Schwierigkeit, an angereichertes Uran heranzukommen, ist das Einzige, was dafür sorgt, dass nicht jeder Terrorist auf diesem Planeten seine eigene Atombombe besitzt – und glauben Sie mir, die würden nicht zögern, sie einzusetzen. Aber was, wenn eine mikroskopisch kleine Menge angereichertes Uran ausreichen würde, um innerhalb nur eines einzigen Tages einen ganzen Berg davon zu produzieren?«

Er ließ seine Worte eine Weile wirken. »Was ist mit Heroin? LSD? Schwierig zu produzierenden chemischen Giftstoffen?«

Blake hatte gedacht, dass es wirklich einer Utopie gleichkam, dass die Welt sich schon anpassen würde, dass die Wirtschaft sich anpassen würde, und die Vorteile die Nachteile überwogen – bis Knight mit dem Uran angefangen hatte. Blake hatte genug mit Fanatikern zu tun gehabt, um zu wissen: Wenn diese Leute wie durch Magie Waffen und Uran duplizieren könnten, wäre die menschliche Rasse kurz darauf ausgelöscht. Allmählich begriff er, was hier auf dem Spiel stand.

»Noch ein letztes Beispiel«, sagte Knight, »ein theoretischer nichtatomarer Sprengstoff. Von dem manch einer glaubt, dass er sich schlussendlich als noch gefährlicher erweisen könnte als Uran, wenn man ihn über den Apparat duplizieren könnte. Kohlenstoff ist in der Lage, sehr unterschiedliche Verbindungen mit jeweils unterschiedlichen Winkeln zu formen. Bei Diamanten beispielsweise sind die Kohlenstoffatome in einem Winkel von einhundertneun Grad miteinander verbunden. Es ist jedoch möglich, Kohlenstoff in noch engere Winkel zu zwingen, nämlich neunzig Grad. Möglich, aber furchtbar schwierig. Man kann also einen Kohlenstoffwürfel synthetisieren, bei dem acht Kohlenstoffatome jeweils die Würfelecken bilden. Das ist das sogenannte Cuban. Diese Molekülstruktur speichert von allen Kohlenstofferscheinungsformen mit Abstand die meiste Energie und steht unter enormer Spannung. Fügt man an den richtigen Stellen noch ein wenig Stickstoff und Sauerstoff hinzu, bekommt man einen wahren Wundersprengstoff. Oc-ta-ni-tro-cu-ban.« Er betonte jede Silbe.

»Das Problem ist«, fuhr er dann fort, »dass die Herstellung der allerkleinsten Menge eine vierzigstufige Synthese erfordert, und die meisten dieser vierzig Schritte sind sehr heikel. Trotz jahrelanger Bemühungen hat man selbst in Militärlabors niemals ausreichend Octanitrocuban herstellen können, um es auch nur zu testen, und nur deshalb ist dieses Molekül so lange ein theoretischer Sprengstoff geblieben.«

»Bis jetzt«, sagte Blake. »Jetzt könnte man im Handumdrehen einen Riesenhaufen davon herstellen.«

»Ich fürchte, ja«, sagte Knight ernst. »Je länger wir über das Missbrauchspotenzial des Apparats nachgedacht haben, desto überzeugter waren Lee Cargill und ich, dass die ganze Sache komplett unter Verschluss gehalten werden muss. Wir mussten Präsident Janney mit ins Boot holen, damit Q5 mit seiner Unterstützung der geheimste nur denkbare Geheimdienst wird und dafür gesorgt ist, dass diese Entdeckung niemals an die Öffentlichkeit gerät. Kein leichtes Unterfangen angesichts der Verlockung von unbegrenztem Reichtum. Aber wir waren uns einig, dass wir diese Entdeckung dazu nutzen würden, den Kampf gegen den Terror zu unterstützen. Dass wir Gold und Diamanten duplizieren und damit Waffen für Kämpfer aus der Dritten Welt kaufen würden, die uns in diesem globalen Konflikt unterstützen. Und wir haben eine weitere Scheinfirma gegründet, die sich darauf spezialisiert hat, Medikamente herzustellen, die von der Pharmaindustrie aufgegeben wurden, weil sie keine Möglichkeit sehen, sie herzustellen.«

»Kommt das häufig vor?«, erkundigte sich Blake.

»Jedenfalls nicht selten«, erwiderte Knight. »Es gibt Medikamente, die hocheffektiv sind, sich aber nicht in größerer Menge herstellen lassen. Vor mehreren Jahrzehnten entdeckte man beispielsweise ein hocheffektives Medikament gegen Krebs, Taxol, das ausschließlich aus der Rinde der Pazifischen Eibe gewonnen werden konnte. Bei der Gewinnung wurde der Baum abgetötet. Nach zwanzigjähriger Forschungsarbeit und Hunderten von Millionen investierter Dollar entwickelte man endlich einen Prozess, wie man das Medikament auch aus den Nadeln des Baums herstellen kann. Und letztendlich fand man heraus, wie man es im Labor synthetisieren kann, sodass man nicht mehr auf den Baum angewiesen ist.«

Nachdenklich rieb sich Blake das Kinn. »Sie gehen also zu den Pharmafirmen und sagen ihnen, gebt uns eure Wundermedikamente, die ihr nicht herstellen könnt, und wir liefern sie euch?«

»Genau das. Wir können ihnen natürlich nicht verraten, wie wir das bewerkstelligen. Aber wir nehmen diese Medikamente und gestatten ausnahmsweise Zeitreisen, also Duplikation, einzig zu diesem Zweck. Die Pharmafirmen werden sich angesichts unseres Erfolgs nicht sträuben und davon ausgehen, dass wir irgendein ultrageheimes neues chemisches Wunderverfahren entwickelt haben.«

»Aber wenn Sie etwas immer und immer wieder zurücksenden«, sagte Blake mit verstörter Miene, »setzen Sie damit nicht auch das Universum zehntausendfach zurück? Millionenfach? Nur um ein Medikament herzustellen.«

Knight zuckte mit den Schultern. »Ja. Aber auf die restliche Wirklichkeit hat das nahezu keine Auswirkungen. Man kann seine Figuren im Roman tausendmal umbenennen, aber den Roman selbst ändert das kaum. Der Leser weiß nicht – und es interessiert ihn auch nicht –, dass es neunhundertneunundneunzig andere Versionen gab, die letztendlich zum endgültigen Namen geführt haben. Versionen, die nicht mehr existieren.«

Gerade öffnete Knight wieder den Mund, da unterbrach ihn Jenna.

»Sie sagten, Sie kommen bald zu dem Punkt, wo Nathan ins Spiel kommt«, sagte sie eisig. »Das war vor fünf Minuten.«

»Nur noch ein paar Hintergrundinformationen, und es geht los«, sagte Knight. »Wir haben also unsere neue Geheimorganisation auf die Beine gestellt«, fuhr er rasch fort, »so geheim, dass Area 51 sich dagegen ausnimmt wie ein öffentlicher Fernsehsender. Und neben dem Einsatz des Apparats für edle Zwecke mussten wir auch dafür sorgen, dass kein anderer dieses Patent entwickelt. In den frühen Tagen der Atombombe haben die USA das schon einmal getan. Stellen Sie sich vor, nach dem Zweiten Weltkrieg hätten irgendwelche Studenten eine Anleitung erstellt, wie man ganz einfach zu Hause im Backofen eine Atombombe herstellen kann – eine Anleitung, die wirklich funktioniert. Meinen Sie nicht, dass die Regierung notfalls Berge versetzen würde, um das zu verhindern?« Ohne auf eine Antwort zu warten, fügte er hinzu: »Und zwar zu Recht. Also haben wir die führenden Physiker unserer Zeit überwacht«, sagte er, und seiner Miene war anzusehen, dass er sich deshalb schuldig fühlte. »Hunderte Männer und Frauen in der ganzen Welt, denen wir zugetraut haben, dass sie eines Tages auf eigene Faust über das Zeitreiseprinzip stolpern könnten – oder, wenn Sie so wollen, über das Duplizierprinzip. Ich bin darauf nicht stolz. Aber zu unserer Verteidigung möchte ich anfügen, dass wir mit Computern gearbeitet haben, die nach bestimmten Schlüsselwörtern suchten, sodass niemals ein menschlicher Blick die Privatsphäre der von uns Beobachteten verletzt hat, es sei denn, es bestand Anlass zu der Vermutung, dass jemand dieselbe Entdeckung gemacht hatte wie ich. Und noch einmal: Bitte stellen Sie sich vor, wenn diese Informationen veröffentlicht würden und jeder auf der ganzen Welt damit arbeiten könnte.«

Jenna, die jetzt wusste, wie alles mit Nathan zusammenhing, nahm das mit einem Nicken zur Kenntnis, unterbrach ihn aber nicht.

»Vor einem Jahr«, erzählte Knight weiter, »fand ich heraus, dass Cargill gegen die Spielregeln verstößt. Er benutzte die Technologie, um sich selbst zu bereichern, um mehr Einfluss zu gewinnen. Er schwächelte. Ich konfrontierte ihn mit meiner Entdeckung, und er versuchte, mich umzubringen. Ich habe nur überlebt, weil ich einige andere aus dem Team eingeweiht hatte, sie hatten die Beweise mit eigenen Augen gesehen. Man konnte ihm die Technologie nicht anvertrauen. Ich wollte mich an den Präsidenten wenden, aber Cargill war mir zuvorgekommen und hatte mich als denjenigen dargestellt, der gegen die Regeln spielt.«

Blake dachte nach. Er war glühender Fan des Marvel-Universums, und das Ganze klang verflixt nach einer Situation wie zwischen *Hydra* und *Shield*. Zwei Organisationen, die einst zusammengehört hatten, mittlerweile jedoch erbitterte Feinde waren.

»Also haben wir uns von Cargill losgesagt. Ich habe mehrere Leute mitgenommen und einige meiner Apparate. Durch Duplikation habe ich genügend Geld generiert, um eine Denkfabrik von Weltrang auf die Beine zu stellen, dazu noch ebenso erstklassige Söldnerteams, alles im Geheimen. Aber Cargill ist fest entschlossen, mich aufzuspüren und zu vernichten, denn ihm ist klar, dass ich niemals aufgeben werde, bis ich ihn zu Fall gebracht habe.«

Knight bedachte seine unsichtbaren Zuhörer mit einem langsamen Nicken. »Und jetzt endlich kommen wir zu Ihnen, Jenna. Zu einer Nacht, die erst wenige Tage zurückliegt. Nathan Wexler schrieb Dan Walsh eine E-Mail mit einer Zusammenfassung seiner Entdeckung. Und Cargills Computer hat Alarm ausgelöst, so laut, dass er Tote hätte wecken können. Denn Wexler hat nicht nur Vermutungen über Zeitreisen angestellt. Er hat nicht nur einfach behauptet, eine bahnbrechende Entdeckung gemacht zu haben. Nein, er schrieb die magischen Worte auf: fünfundvierzig Komma fünf Mikrosekunden! Unmöglich, dass er auf diese genaue und überdies korrekte Zahl kommt, wenn seine Theorie nicht stimmt.«

»Okay, das erklärt, weshalb Cargill ein Team zu Nathans Haus geschickt hat«, sagte Blake. »Aber wenn es bei der ganzen Sache einzig und allein darum geht, die Verbreitung der Information zu verhindern, weshalb wurde dann nicht einfach Dr. Wexler getötet und alles zerstört? Weshalb hat man die Daten mitgenommen und den Mann entführt?«

»Weil es eben nicht nur darum geht, die Verbreitung der Information zu verhindern. Nicht in diesem Fall. Dr. Wexler ist allein durch theoretische Überlegungen auf die Fünfundvierzig-Sekunden-Regel gekommen. Das ist gigantisch. Außergewöhnlich! Cargill und ich würden beide Arme und Beine dafür geben, es uns einmal anzusehen. Wer weiß, welche Erkenntnisse da noch warten?«

»Weshalb ist das so wichtig?«, fragte Blake. »Sie haben Ihren Apparat doch bereits perfektioniert.«

»Ich sagte bereits, ich bin Experimentalphysiker. Kein Theoretiker. Ich habe meinen Apparat mithilfe von Experimenten und Intuition gebaut und festgestellt, dass ich einen Gegenstand um fünfundvierzig Mikrosekunden in die Vergangenheit geschickt habe. Aber Nathan Wexler hat diese Zeit theoretisch *hergeleitet*. Er hat es auf einer grundlegenden mathematischen Ebene *verstanden*. Wer weiß, welche Einsichten uns das ermöglichen würde? Ich habe das System zum Laufen gebracht, aber es war gewissermaßen eine Blindfahrt. Das ist ein Unterschied wie zwischen dem Lösen einer Gleichung durch Versuch und Irrtum oder aber der Anwendung der entsprechenden Rechenmethode.«

Knight konnte seine Begeisterung nicht bezähmen. »Es ist eine genaue Analogie zu Michael Faraday und James Clerk Maxwell«, sagte er, die Augen so weit aufgerissen wie ein Kind im Bonbonladen. »Mit mir als Faraday und Nathan Wexler als Maxwell.«

»Und damit wollen Sie uns was genau sagen?«, fragte Blake.

Die Frage schien Knight wieder auf den Boden der Tatsachen zu bringen. »Von Einstein weiß man, dass an seiner Wand die Fotos von drei Wissenschaftlern hingen«, erklärte er. »Isaac Newton, Michael Faraday und James Clerk Maxwell. Bevor es mich gab, war Michael Faraday der größte Experimentalphysiker der Geschichte. Er hatte im Grunde überhaupt keine richtige mathematische Ausbildung genossen, und trotzdem waren seine Experimente zu Elektrizität und Magnetismus wegweisend für die Entwicklung des Elektromotors und haben Elektrizität und Technologie miteinander vereint.«

Knight machte eine Pause. »Aber so beeindruckend diese Leistung auch war, Maxwell hat diese Arbeit auf eine ganz neue Ebene gehoben. Er war in der Lage, Faradays Experimente in die *Theorie* zu übertragen. Sie in einen Satz Gleichungen zu übersetzen, die zeigten, dass es sich bei Elektrizität, Magnetismus und Licht um Manifestationen ein und desselben Phänomens handelt. Mithilfe dieser Gleichungen wurde die Existenz von Radiowellen erkannt. Sein Genie und seine theoretischen Einblicke haben den Weg für sämtliche Entdeckungen der modernen Physik bereitet, einschließlich der Relativitätstheorie und der Quantenmechanik, die ihrerseits wieder Grundlage für einen Großteil unserer modernen Technologien sind.«

Blake warf Dan Walsh einen raschen Blick zu, der ihm mit einem Nicken die Richtigkeit dessen bestätigte, was Knight sagte.

»Ich bin stolz auf meine Rolle als Michael Faraday«, sagte Knight. »Und vor ein paar Nächten tauchte auf einmal Nathan Wexler als möglicher neuer James Clerk Maxwell auf. Wer weiß, wozu seine Einblicke führen könnten?«

»Okay«, sagte Jenna knapp, und die Verachtung in ihrer Stimme hatte von der offensichtlichen Verehrung, die dieser Mann für Nathan Wexler empfand, einen hörbaren Dämpfer bekommen. »Cargill hat also angefangen zu sabbern, als er Nathans Nachricht gelesen hat. Weil er wusste, dass Nathan den Jackpot geknackt hatte. Er hat ein Team zu uns nach Hause geschickt. Aber wie haben *Sie* von der Sache erfahren?«

»Ich hatte einen Maulwurf in seiner Organisation. Jack Rourk. Den Mann, dem Aaron auf dem Mount Palomar begegnet ist – und den er übrigens angeschossen hat.«

Blake nickte langsam, erfreut, dass sich ein weiteres Puzzlestück ins Bild fügte.

»Jack Rourk hat mich regelmäßig auf dem Laufenden gehalten«, fuhr Knight fort. »Ich wusste, dass Cargill in eine unterirdische Basis unter dem Mount Palomar umgesiedelt war, und ich wusste, auf welcher Route sie Dr. Wexler dort hinbringen wollten. Also habe ich den Wagen überfallen lassen. Allerdings war das Ganze, wie ich fürchte, ausgesprochen schlecht ausgeführt.«

»Schlecht ausgeführt!«, schrie Jenna Morrison völlig außer sich. »Schlecht ausgeführt! Das ist alles, was Ihnen dazu einfällt?«

Knight zuckte zusammen. »Wir wollten sie überrumpeln. Meine Männer hatten vor, Gas einzusetzen und weitere nichtletale Waffen, um Sie und Dr. Wexler aus der Gewalt von Cargills Leuten zu befreien und sie beide zu mir zu bringen. Ich hätte Ihnen alles erklärt. Ich hätte Dr. Wexler mit Hochachtung behandelt. Mein Plan war, Ihrem Verlobten die Schlüssel zum Königreich anzubieten, wenn er sich mir anschließt.«

»Stattdessen ist die Hölle losgebrochen«, sagte Jenna. »Cargills Männer haben sich gedacht, wenn *sie* Nathans Entdeckung nicht bekommen, dann soll sie keiner bekommen, vor allem nicht Sie. Also haben sie Nathans Daten vernichtet und ihn umgebracht.«

»Ich fürchte ja. Das Wort Tragödie wird den Ereignissen nicht einmal ansatzweise gerecht. Und dafür übernehme ich die Verantwortung. Der Überfall war ganz offensichtlich schlecht geplant, oder vielleicht hatte Cargill auch jemanden in meinem Team. Ich weiß nur, dass es die reinste Katastrophe war.«

Knight wirkte aufrichtig verstört. Und das aus gutem Grund. Für ihn war Nathan Wexler nicht weniger als ein Messias gewesen, der Nachfolger von James Clerk Maxwell.

»Danach habe ich jemanden zu Ihrem Haus geschickt«, fuhr er fort. »Um Sie zu mir zu holen. Aber als er feststellte, dass Sie noch eine Kopie der Daten besitzen, ist er nach eigenem Ermessen vorgegangen. Und er wurde dafür bereits scharf getadelt. Aber selbst wenn er Ihnen erklärt hätte, dass er mit Ihnen reden wollte und dass wir die Guten sind ... ich bezweifle, dass Sie sich zu dem Zeitpunkt darauf eingelassen hätten.«

»Nein, ich hätte nicht mit ihm kooperiert«, gab Jenna zu.

»Cargills Leute haben die Spuren des Hinterhalts auf dem Mount Palomar beseitigt«, sagte Knight, »und Jack Rourk war gezwungen, sich zu offenbaren, als einer von Cargills Männern Aaron geschnappt hat. Jack hat diesen Mann getötet, ja, aber die Leute, die Cargill treu ergeben sind, treibt vor allem die Gier nach Macht und Reichtum an, und sie sind skrupellos und verabscheuungswürdig. Auf den ersten Blick merkt man es ihnen vielleicht nicht an, aber glauben Sie mir, ich weiß, wozu sie in der Lage sind. Und Cargill hat den Präsidenten der Vereinigten Staaten sauber gelinkt.«

Blake beschloss, dass es nur noch einen weiteren losen Faden zu verknüpfen gab – jedenfalls im Augenblick. Er suchte Blickkontakt zu dem Physiker, der ganz in der Nähe saß, und nickte ihm langsam zu. »Nathans Nachricht an seinen Freund an der UCLA war also der Auslöser für alles, richtig?«, fragte er und drehte den Kopf wieder zum Fernseher, um Edgar Knights Gesicht zu betrachten.

»Richtig. Seine Nachricht an Daniel Walsh.«

»Bereitet es Ihnen keine Sorgen, dass Walsh diese E-Mail gesehen hat? Was, wenn er Nathans Arbeit reproduziert?«

»Dr. Walsh ist ein hochtalentierter Mann«, sagte Knight, »aber er hat keine Chance, allein anhand dieser E-Mail Dr. Wexlers Arbeit nachzuvollziehen. Nein, das macht mir keine Sorgen.«

»Sie haben also nicht vor, ihn aus dem Spiel zu nehmen? Um zu verhindern, dass dieses gefährliche Geheimnis an die Öffentlichkeit dringt?«

Nachdrücklich schüttelte Knight den Kopf. »Noch einmal: Walsh ist harmlos. Obwohl er die Mail gelesen hat. Rourk sagte mir, dass Cargill den Mann beobachten lässt, falls Jenna ihn kontaktieren sollte. Es ist eine lange Geschichte, aber jedenfalls habe ich Walsh eine Nachricht geschickt, in der ich ihn aufforderte, alle eingehenden Nachrichten von Jenna Morrison zu blockieren, damit Cargill nicht so leichtes Spiel hat. Aber offenbar hat Cargill Sie auf anderem Wege gefunden, deshalb denke ich, er wird inzwischen das Interesse an Dan Walsh verloren haben.«

In Walshs Miene spiegelte sich ein ganzes Kaleidoskop unterschiedlicher Regungen. Blake hätte nicht zu sagen vermocht, ob er ein bisschen gekränkt ob der Einschätzung war, er sei harmlos; entsetzt, weil er beobachtet worden war; oder erleichtert, weil das nicht mehr der Fall war, selbst wenn er trotzdem noch gemeinsam mit ihnen bis zum Hals in dieser Sache drinsteckte.

»Nehmen wir einmal an, wir glauben Ihnen«, sagte Jenna. »Was würden Sie uns jetzt vorschlagen?«

»Ich wäre sehr froh, wenn Sie und Aaron zu mir kämen. Dann könnten wir uns persönlich unterhalten, und Sie könnten sich auch den Duplizierprozess ansehen. Sie stünden unter meinem Schutz und wären vollkommen sicher vor Cargill.«

Knight seufzte. »Und ich kann unmöglich beschreiben, wie viel es mir bedeuten würde, eine Kopie der Arbeit Ihres Verlobten anzusehen«, fügte er hinzu und klang wie ein kleines Mädchen, das von einem Einhorn schwärmt. »Dass Cargill die Daten hat, ist eine Katastrophe, aber so könnte ich wenigstens gleichauf ziehen. Andernfalls ist er nicht mehr aufzuhalten, und das würde diesem Land und letztendlich der gesamten Zivilisation großen Schaden zufügen.«

Blake warf Jenna einen raschen Blick zu, vermochte ihre Miene jedoch nicht zu deuten.

»Und um den Bogen zurückzuschlagen«, sagte Knight, »ich habe den Burschen nicht, von dem Sie sagten, er sei entführt worden. Ich weiß nicht, wer er ist. Und ich habe erst vor einer Stunde erfahren, wer *Sie* sind, als nämlich Jack Rourk Sie endlich anhand eines Fotos identifizieren konnte. Wir waren erstaunt, dass Sie wirklich Privatdetektiv sind. Aus irgendwelchen Gründen hatte Cargill bei seinen Nachforschungen mehr Erfolg.«

»Jenna und ich müssen uns darüber beraten«, sagte Blake. »Darüber nachdenken. Wir haben Ihre Nummer. Falls wir uns also entschließen sollten, Ihr Angebot anzunehmen, rufen wir Sie an.«

»In Ordnung«, sagte Knight. »Und wenn Sie noch irgendwelche Fragen oder Sorgen haben, oder wenn ich irgendetwas tun kann, um Ihnen meinen guten Willen zu zeigen, zögern Sie nicht und sagen Sie einfach Bescheid. Wenn Sie möchten, lasse ich eine Video-Demonstration besagter Technologie aufzeichnen, und wir gehen es am Telefon miteinander durch.«

»Wir behalten das im Hinterkopf«, sagte Blake unverbindlich, dann unterbrach er die Verbindung.

39

»Das war verdammt noch mal unglaublich«, platzte Dan heraus, sobald Knight nicht mehr zuhörte.

Blake grinste. Die Notwendigkeit, still zu sein, seine Fragen und seine Begeisterung zurückzuhalten, hatte Walsh fast in ein Bündel Octanitrocuban-Sprengstoff verwandelt, wie Knight es beschrieben hatte.

»Es ist irgendwie so *hey, wie kann das überhaupt wahr sein?*«, fuhr Dan fort, vor lauter Begeisterung redete er wie ein ausgelassener Teenager. »Ist es wirklich möglich, dass ich das alles nicht nur geträumt hab?«

»Gute Frage«, sagte Blake. »Glaubst du, es ist wahr? Ergibt das, was Knight gesagt hat, in deinen Ohren Sinn?«

Jenna beobachtete den Physiker mit gespannter Aufmerksamkeit und fieberte seiner Antwort förmlich entgegen.

»Ja!«, sagte Walsh, ohne zu zögern. »Wenn er es sich nur ausgedacht hat, dann hat er eine Menge Zeit in die Ausarbeitung gesteckt. Weil er wirklich weiß, wovon er da redet. Es ist irrwitzig komplex, und er hat sich trotzdem ohne jeden Fehler hindurchmanövriert. Und dieser Faraday-Maxwell-Vergleich kommt mir auch ausgesprochen passend vor. Ich würde mein letztes Hemd darauf verwetten, dass er die Wahrheit gesagt hat, zumindest was den wissenschaftlichen Teil betrifft.«

Blake nickte nachdenklich. »Was ist mit dir, Jenna?«, fragte er. »Irgendwelche Gedanken dazu? Dein Eindruck?«

Jenna seufzte. »Ich weiß nicht so recht. Ich sehe es wie Dan. Mich reinzulegen wäre nicht weiter schwierig, aber der wissenschaftliche Teil klingt überzeugend. Seine Motive, was Nathan betrifft, klangen überzeugend. Und auch seine Erklärung, was eigentlich passiert ist. Wenn ich auf irgendetwas wetten müsste, dann würde ich darauf setzen, dass er tatsächlich die Wahrheit gesagt hat, so gern ich ihn auch hassen würde. Aber was ist mit dir, Aaron? Was meinst du dazu?«

»Ich weiß nicht, was ich denken soll«, entgegnete er. »Das ist alles komplett verrückt. Und trotzdem klingt es völlig plausibel. Früher einmal habe ich an Gott geglaubt«, fuhr er nach einer kurzen Pause fort, »aber nachdem ich meine engsten Freunde verloren und dem Bösen ins Gesicht geblickt habe, war ich mir meiner Sache nicht mehr so sicher. Aber wenn es einen Gott gäbe, wie kann es dann sein, dass er die Existenz eines derart verrückten Universums gestattet? Eines Universums, das jedes Mal um Sekundenbruchteile einen Neustart hinlegt, wenn Knight seinen Apparat benutzt? Ungebremste Duplizierung. Und wie könnte Gott einer so unvollkommenen Spezies wie der Menschheit erlauben, über so eine das ganze Universum verändernde Macht zu gebieten? Eine Fähigkeit mit einem derart gewaltigen Missbrauchspotenzial zu entwickeln, solchem Zerstörungspotenzial?«

Walsh runzelte die Stirn. »Weshalb würde Gott – oder das Universum – die Wasserstoffbombe erlauben?«, fragte er düster, »die ohne Weiteres unseren Planeten leerfegen könnte? Die Antwort ist, dass Kernfusion eine Energiequelle ist, die benötigt wird, damit es Sterne geben kann. Wenn man also eine Sonne will, dann muss man auch das destruktive Potenzial für Bomben hinnehmen. Vielleicht wirkt hier genau dasselbe Prinzip. Vielleicht sind Zeitreisen Teil des Stoffs, aus dem das Universum besteht, und wenn es nicht möglich wäre, dann könnte wohl auch das Universum nicht existieren.«

»Kann sein«, sagte Blake, nicht ganz überzeugt.

»Oder Gott ist der Meinung, das alles macht das Universum interessanter«, schlug Jenna vor.

»Damit hätte er jedenfalls definitiv recht«, sagte Blake. »Aber allmählich frage ich mich, ob er nicht einen ganz schön kaputten Humor hat und es einfach für witzig hält, uns eine Menge echt kranke Scheiße vor die Füße zu werfen. Ich würde mal sagen, er hat uns schon ganz schön drangekriegt damit, dass ein Großteil des Universums aus Materie und Energie besteht, die für uns unsichtbar ist. Wir wissen bereits, dass die Zeit langsamer läuft, je schneller wir uns bewegen. Warum also nicht auch noch das hier? Warum denn nicht Zeitreisen erlauben, die bewirken, dass ein Handy von einem Filmbild zum vorigen zurückspringt und seiner früheren Inkarnation Gesellschaft leistet?«

»Das ganze Konzept ist ein einziges Durcheinander«, sagte Jenna und nickte. »Das ist nicht zu leugnen. Aber vergessen wir mal für eine Weile den wissenschaftlichen Teil – was hältst du von Edgar Knight?«

»Ich bin mir noch nicht ganz sicher. Es würde mich nicht überraschen, wenn sich herausstellt, dass er die Wahrheit gesagt hat. Und ebenso wenig würde mich das Gegenteil überraschen.«

»Die eigentliche Frage ist doch: Nehmen wir sein Angebot an?« Jenna sah ihre beiden Gefährten an.

»Fragst du mich ebenfalls danach?«, fragte Walsh. »Er wusste nicht, dass ich hier bin, sein Angebot schließt mich also nicht mit ein.«

»Du bist ein unverzichtbarer Teil unserer Drei-Mann-Armee«, sagte Jenna lächelnd. »Was meiner Ansicht nach bedeutet, dass das Angebot dich mit einschließt. Es steht dir frei, entweder in dein normales Leben zurückzukehren oder, äh, weiter mit uns rumzuhängen. Deine Entscheidung.«

»Machst du Witze?«, fragte Walsh eifrig. »Ich bin dabei. Ich bin dabei, ganz egal, wie ihr entscheidet.«

Beide wandten die Gesichter Blake zu und hoben fragend die Brauen.

»Ich fürchte, wir können seine Einladung nicht annehmen«, sagte er. »Jedenfalls jetzt noch nicht. Wir haben Greg Soyer noch nicht dort rausgeholt. Aber jetzt wissen wir, worum es geht und wer ihn hat. Und weshalb. Bevor wir also etwas unternehmen, müssen wir ihn aus Lee Cargills Gewalt befreien.«

»Vielleicht könnte Knight uns dabei helfen«, sagte Walsh.

Blake schüttelte den Kopf. »Kann sein, aber wir können ihn nicht darum bitten. Ich bin noch nicht ganz sicher, ob ich ihm traue. Aber selbst wenn jedes Wort die Wahrheit war, kann es immer noch sein, dass es in seinem Lager ein oder zwei Spione gibt. Das hat er selbst zugegeben. Maulwürfe unter Maulwürfen. Das Einzige, was wir im Augenblick mit Sicherheit wissen: Wir können einander vertrauen.«

»Das ist wohl nicht zu bestreiten«, gab Jenna zu.

»Wir müssen unseren Freund zurückholen«, sagte Walsh. »Aber hast du auch eine Idee, wie wir das anpacken sollen?«

Blake lächelte. »In der Tat«, antwortete er und nickte zufrieden, »die habe ich.«

40

Vor mehr als drei Stunden hatten Lee Cargill und Joe Allen Cheyenne Mountain fast gleichzeitig erreicht. Cargill war direkt nach seinem Treffen mit Präsident Janney in aller Eile dorthin aufgebrochen, Allen war nach seinem erfolgreichen Einsatz mit dem Ziel, Nathan Wexlers USB-Stick zu beschaffen, hier eingetroffen.

Cargill war durchaus bewusst, dass sein zweiter Befehlshaber bei dem Versuch, Jenna Morrison und ihren Detektivfreund festzusetzen, gnadenlos gescheitert war, aber schlussendlich war der Stick derart wichtig, dass es Cargill schwerfiel, Allens Mission als etwas anderes zu betrachten als einen durchschlagenden Erfolg.

Während die Basis auf dem Mount Palomar noch geheimer war als geheim, war der Militärstützpunkt Cheyenne Mountain die wohl berühmteste unterirdische Anlage der Welt. Man hatte sie während des Kalten Krieges erbaut, ursprünglich als Verteidigung vor den Sowjet-Raketen. Doch als die unterirdische Stadt 1967 fertiggestellt war, wurde sie als Hauptzentrale des Nordamerikanischen Luft- und Weltraumverteidigungskommandos in Betrieb genommen, weithin als NORAD bekannt. Später war die Basis heimlich noch weiter ausgebaut worden und hatte sich mittlerweile in der Größe fast vervierfacht, aber über die Baupläne der Originalanlage war inzwischen vieles an die Öffentlichkeit durchgesickert.

Die Anlage, die man unter einer Granitdecke in der Höhe von sieben Footballfeldern in den Fels getrieben hatte, war erbaut worden, um der Explosion einer Dreißig-Megatonnen-Atombombe zu trotzen. Drinnen gab es mehrere fünfundzwanzig Tonnen schwere Sprengschutztüren, einen Stausee und allermodernste Luft- und Wasserfilteranlagen. Zur ursprünglichen Anlage gehörten fünfzehn dreistöckige Gebäude; der gesamte Komplex war auf einem gewaltigen Sprungfedersystem gelagert, das ihn vor Erdbeben und Explosionen schützte. Schon in den Sechzigern hatte es hier bereits eine Krankenstation, Geschäfte, eine Cafeteria, ein Fitnessstudio und Unterkünfte gegeben, und mit der Expansion auf das Vierfache war noch so viel mehr hinzugekommen.

Cargill wurde es nicht müde, die Ingenieursfähigkeiten der menschlichen Rasse zu bestaunen. Der längste je erbaute Tunnel, das Delaware-Aquädukt, war 1945 fertiggestellt worden, verlief hundertsiebzig Kilometer weit durch Felsgestein und deckte tagtäglich die Hälfte des New Yorker Wasserbedarfs.

Seit der Fertigstellung von Projekten wie diesem und des Cheyenne-Mountain-Stützpunkts hatte die für den Tunnelbau und die Erbauung unterirdischer Anlagen verwendete Technologie sprunghafte Fortschritte gemacht, so wie die meisten anderen Technologien auch. In den späten Achtzigerjahren hatte man mit riesigen Bohrmaschinen, die mehrere Millionen Kilo wogen, einen fast fünfzig Kilometer langen Tunnel zwischen Großbritannien und Frankreich gebohrt, mit einem Umfang von fast dreißig Metern, der überwiegende Teil lag unterhalb des Ärmelkanals. Die heutigen Maschinen ließen die Maschinen der damaligen Zeit alt aussehen.

Doch von allen unterirdischen Anlagen, die je erbaut worden waren – mithilfe von Techniken, von denen frühere Generationen nur hatten träumen können –, war Cheyenne noch immer die bekannteste. Die Vorstellung, dass ein solcher Stützpunkt unter einem guten halben Kilometer massivem Granit erbaut worden war, faszinierte die Öffentlichkeit wie nichts anderes. Auch Fotos von der Anlage transportierten diese Faszination, und oft sagten die Leute nur ein Wort dazu: cool.

Filme wie *War Games* und *Independence Day*, und auch in Serien wie *Stargate – Kommando SG-1* waren unter anderem in Cheyenne Mountain gedreht worden.

Cargill hatte die Anlage trotz ihrer Berühmtheit zum zeitweiligen Hauptquartier auserkoren, denn kein Stützpunkt auf der Welt war so sicher, so uneinnehmbar. Und obwohl seinen Leuten gewissermaßen ein eigener Flügel zur Verfügung stand, waren sie hier nur ein militärischer Trupp von vielen, die hier stationiert waren, einige geheim, andere nicht. Das bedeutete, dass die Sicherheitsmaßnahmen diverser Gruppierungen einander überlappten, und wenn sich in einer dieser Organisationen Krebszellen verbargen, waren sie nicht imstande, das System in seiner Gesamtheit zu schwächen.

Derzeit waren Cargill und Allen die beiden einzigen Mitglieder der inzwischen etwa achthundert Mann starken Q5, die sich hier in der granitenen Umarmung Cheyenne Mountains aufhielten, aber bald würden zwanzig weitere zu ihnen stoßen – die zwanzig, die am meisten über ihre derzeitige Operation wussten, auch wenn niemand bis auf Cargill wirklich alles wusste, was auch seinen zweiten Befehlshaber einschloss.

Spätabends würde ein Team aus einem Dutzend erstklassiger Wissenschaftler anrücken und anfangen, die auf Nathan Wexlers USB-Stick gespeicherten Geheimnisse zu entschlüsseln. Und binnen weniger Tage würden acht ihrer hochrangigsten und vertrauenswürdigsten Leutnants folgen. Sie alle waren von ihren Einsätzen zurückbeordert worden und wohnten momentan in Colorado Springs in Hotels ihrer Wahl, bis ihre Unterkünfte im Innern des Bergs bereit waren.

All diese Männer, die Cargill als seinen Inneren Kreis bezeichnete, verfügten über Kommandoerfahrung an allen möglichen Einsatzorten weltweit, und sie alle waren zutiefst loyal. Zumindest waren sie es mal gewesen. Es war gut möglich, dass sich das bei einem von ihnen inzwischen geändert hatte.

Vor nur wenigen Tagen hatte der Innere Kreis noch sieben weitere Mitglieder gehabt. Fünf von ihnen hatten sie bei dem Hinterhalt auf dem Mount Palomar verloren. Jack Rourk war der sechste. Und der von ihm skrupellos ermordete Mark Argent vervollständigte die Liste der erschütternden Verluste.

Die anderen gut zweihundertachtzig Mitglieder ihrer Gruppierung würden vorerst auf dem Mount Palomar bleiben – ihre Kenntnis des großen Ganzen war sehr begrenzt, und sie nahmen nur an ausgewählten und sehr unterschiedlichen Einsätzen teil. Erst in ein paar Wochen würden auch sie nach Cheyenne übersiedeln und dort sechs bis acht Monate lang bleiben, bis das neue Quartier – von Präsident Janney bereitwillig unterstützt – bezugsfertig war. Jene weniger hochrangigen Mitglieder hatten keine Ahnung, dass Q5 sich damit beschäftigte, Materie um Sekundenbruchteile in die Vergangenheit zurückzusenden.

Auf dem Flug von Colorado Springs hierher hatte Cargill ein Rundschreiben an alle Mitglieder seiner Gruppierung geschickt und ihnen dieses neue Arrangement detailliert auseinandergesetzt. Falls Knight überlegt hatte, den Stützpunkt am Mount Palomar anzugreifen, während Cargill und Allen und die fünfzehn ranghöchsten Offiziere dort waren – nun, dafür war es jetzt zu spät.

In einer Hinsicht war Cargills Rundschreiben absichtlich irreführend. Er hatte behauptet, dass sein und Allens Aufenthaltsort der Geheimhaltung unterliege, und dass sie bei Bedarf über verschlüsselte Nachrichten- und Videokanäle mit dem Team kommunizieren würden, aber in Wirklichkeit waren sie ebenfalls in Cheyenne stationiert. Die in den Fels gegrabene Stadt war so groß und so labyrinthisch verschlungen, dass sie sich problemlos in einem abgeschlossenen Bereich mit eigenem Zugang aufhalten konnten, ohne fürchten zu müssen, dass jemand von Q5 sie sah. Knight und sein Maulwurf würden sie anderswo suchen, und auf diesem Wege blieb Cargills restliches Team unbehelligt.

Cargill war klar, dass Knight sich zurückhalten würde, bis er ganz sicher war, ihn zu erwischen. Den Kopf der Schlange abschneiden, das war ein viel bemühtes Klischee, aber aus gutem Grund. Und in diesem Fall hätte der Vergleich nicht passender sein können: Edgar Knight und Lee Cargill waren die beiden einzigen, die zählten.

Nachdem Cargill und Joe Allen in Cheyenne eingetroffen waren, hatten sie eine Runde durch ihre neue Unterkunft gedreht und sich dann ihre Quartiere angesehen. Dann, als der Effekt des schnell wirkenden Gases abgeklungen war, hatten sie sich knapp zwei Stunden lang mit Soyer befasst und ihm ihre ungeteilte Aufmerksamkeit geschenkt, und Cargill war überzeugt, dass diese zwei Stunden nicht besser hätten investiert werden können.

Nachdem sie bei Soyer fertig gewesen waren, gingen sie in Cargills neues Büro. Von dort aus würde er in der nächsten Zeit Q5 leiten, auch wenn es eher nach einem Kriegsbüro aussah mit all seinen technologischen Finessen, die unter anderem dafür sorgten, dass Anrufe nicht hierher zurückverfolgt werden konnten.

»Ich hatte bisher noch keine Gelegenheit, dich das zu fragen«, sagte Allen, nachdem sie beide an einem kleinen ovalen Besprechungstisch Platz genommen hatten, »aber wie ist denn dein Meeting mit Janney gelaufen? Ich weiß, dass er unseren Anträgen offenbar stattgegeben hat, aber wie war es ansonsten so?«

»Ich habe *alles* bekommen, was ich wollte«, antwortete Cargill triumphierend. »Und am wichtigsten: Er stimmte mir zu, dass wir zu wichtig seien, um zu riskieren, dass uns zukünftige Präsidenten eventuell in die Quere kommen. Wenn er also am Ende seiner Amtszeit das Weiße Haus verlässt, sind wir vollkommen eigenständig und nur noch uns selbst Rechenschaft schuldig.«

»Perfekt«, sagte Allen.

Cargill wollte gerade antworten, da klingelte sein Telefon. Er warf einen Blick auf die ID des Anrufers. »Das ist eine Frau namens

Amy Adams-Vanliew«, erklärte er. »Vom Heimatschutz. Ich hatte sie gebeten, mich sofort zu verständigen, sobald sie irgendwelche verlässlichen Hinweise darauf hat, wo sich Aaron Blake oder Jenna Morrison aufhalten.«

»Hi Amy«, sagte er und schaltete den Anruf auf einen der größeren Monitore. Das dreidimensionale Abbild einer attraktiven Blondine erschien. »Was haben Sie für mich?«

»Ich habe gerade erfahren, dass Aaron Blake einen Geldautomat in San Ysidro, Kalifornien genutzt hat«, sagte seine Anruferin. »Vor weniger als zehn Minuten.«

»Hervorragend«, sagte Cargill. »Wo genau ist das?«

»Im südlichen Teil von San Diego«, antwortete Adams-Vanliew. »Direkt an der mexikanischen Grenze nahe Tijuana.«

»Danke. Wie lange wird es dauern, bis Ihnen die Videoaufzeichnungen der Transaktionen vorliegen?«

»Ein paar Minuten, vielleicht auch nur Sekunden«, antwortete sie. »Sobald ich sie habe, schicke ich Sie Ihnen aufs Handy. Ich habe darum gebeten, mir auch die fünf Minuten vor und nach der Transaktion zuzusenden.«

»Perfekt. Noch mal danke, Amy«, sagte er und legte auf.

Auf seinem Gesicht breitete sich ein Lächeln aus. »Das ist der Durchbruch, auf den wir gehofft haben«, erklärte er seinem zweiten Befehlshaber begeistert. »Ich weiß, dass dieser Blake gut ist. Ich weiß, dass es dich nicht besonders überrascht hat, als er nach dem Aufbruch aus Soyers Haus völlig von unserem Radar verschwunden ist. Aber niemand ist vollkommen. Endlich hat er einen Fehler gemacht.«

»Das glaube ich erst, wenn ich es sehe«, sagte Allen wenig überzeugt.

»Er ist nicht Superman«, sagte Cargill. »Wie schnell haben wir ein Team in San Ysidro?«

»San Diego ist voller Militärbasen«, sagte Allen. »In fünf Minuten habe ich ein Team zusammengetrommelt und vor Ort.«

Cargill wollte gerade antworten, da informierte ihn sein digitaler Assistent über das Eintreffen der angeforderten Aufzeichnungen.

Er wies ihn an, das Video auf den Hauptschirm zu schicken und in Echtzeit abzuspielen, ab Minute vier.

Anfangs hatten die Kameras niemanden aufgezeichnet, ganz wie erwartet. Aber dreißig Sekunden später näherte sich ein kleiner spanischer Junge mit rabenschwarzem Haar und alten, abgetragenen Klamotten vorsichtig dem Geldautomaten. Er konnte nicht älter sein als zwölf.

»Was zum Henker?«, sagte Cargill.

Der Junge schob eine bunt bedruckte Plastikkarte in den Schlitz. Sorgfältig studierte er einen Zettel, den er in der Hand hielt, und gab eine PIN ein. Sobald er damit fertig war, wurde in einer Ecke des Bildschirms der Name Aaron Blake eingeblendet; der Junge hatte die richtige PIN eingegeben, und der Geldautomat hatte ihn als den Ex-Army-Ranger identifiziert, hinter dem sie her waren.

Als Nächstes versuchte der Junge, fünfhundert Dollar abzuheben, was der Geldautomat ihm verweigerte. Er grinste spitzbübisch – ganz, als wäre ihm das vorher gesagt worden, aber probieren musste er es trotzdem. Dann versuchte der Junge, eine kleinere Summe abzuheben, mit demselben Ergebnis. Endlich gab er sich damit zufrieden, dass er der Maschine kein Geld würde entlocken können, und forderte den Kontostand an, den der Automat pflichtschuldigst auf einen schmalen Papierstreifen druckte und ihm in die Hand spuckte. Er steckte den Ausdruck ein, dann drehte er den mitgebrachten Zettel um. Hielt ihn hoch und vor die Kamera.

In säuberlichen Großbuchstaben hatte jemand eine Nachricht darauf geschrieben.

LEE CARGILL, WIR MÜSSEN UNS UNTERHALTEN.

Danach folgte eine Telefonnummer.

Die Nachricht endete mit den Worten: SCHICKEN SIE RUHIG EIN TEAM HIERHER. SIE WERDEN MICH NICHT FINDEN.

Der Junge warf den Zettel weg und rannte davon, zweifellos wollte er sich den Lohn für seinen sauber ausgeführten Auftrag abholen.

»Vielleicht macht dieser Typ doch keine Fehler«, sagte Cargill und konnte nicht verhindern, dass man seiner Stimme die Bewunderung anhörte.

Allen nickte. »Wie er in Soyers Haus den Hals aus der Schlinge gezogen hat – etwas Beeindruckenderes habe ich noch nicht erlebt.«

»Hast du mir schon mal gesagt.«

»Hast du vor, ihn anzurufen?«

»Natürlich«, sagte Cargill. »Aber zuerst lass uns ein paar schlachtentscheidende Überlegungen anstellen. Wir durchdenken die Sache aus jeder vorstellbaren Perspektive, überlegen, welche Wendungen dieses Telefonat nehmen könnte, und planen alles gründlich durch.«

»Er wird erwarten, dass wir ihn umgehend anrufen.«

»Das macht nichts. Er wird schon noch etwas warten können.« Cargill neigte den Kopf und betrachtete nachdenklich die Decke. »Und vielleicht ist es an der Zeit, dass wir damit aufhören, immer das zu tun, was man von uns erwartet.«

41

Im billigen Motelzimmer des *Best Border Inn* hatte sich Jenna an das Kopfteil des Kingsize-Betts gelehnt, die blonde Perücke lag achtlos auf dem Nachttisch. Ihre Augen waren geschlossen, aber sie war hellwach. Dan trommelte rhythmisch mit den Fingerspitzen auf dem Schreibtisch herum, und Aaron Blake tigerte auf und ab wie ein Raubtier im Käfig, was in diesem schäbigen, vollgestellten Raum gar nicht so einfach war.

Es war über dreißig Minuten her, seit das Kind zurückgekommen war und ihm versichert hatte, es habe seinen Auftrag ausgeführt.

Wo blieb Cargills Anruf?

»Wäre es möglich, dass Cargill gar nicht mitbekommen hat, dass der Junge deine PIN eingegeben hat?«

»Nein«, erwiderte Blake bestimmt. »Zeitreisen, okay, darüber lasse ich mit mir reden. Aber ich bin nicht bereit zu glauben, dass Cargill so nachlässig wäre, Zugriffe auf unsere Konten nicht überwachen zu lassen. Beim ersten Mal heute bin ich nur damit durchgekommen, weil sie nach unserer Flucht aus Gregs Haus noch alle Hände voll zu tun hatten. Aber sobald sie ein bisschen Zeit hatten, um nachzudenken, wird das eins der ersten Dinge gewesen sein, die sie in die Wege geleitet haben.«

»Und du bist sicher, dass der Junge es nicht vermasselt hat?«, fragte Jenna.

»Sagen wir, ich bin zuversichtlich. Er hat mir den Ausdruck meines Kontostands mitgebracht, um den ich ihn gebeten hatte, also weiß ich, dass er mit meinen Daten ins System gegangen ist. Er hat gesagt, dass er den Zettel mit meiner Nachricht darauf in die Kamera gehalten hat. Ich spreche nicht perfekt Spanisch, aber gut genug, um sicher zu sein, dass *er* sich sicher war. Vielleicht ist Cargill gerade nicht erreichbar, oder er will im Augenblick auf keinen Fall gestört werden. Allerdings würde es mich überraschen, wenn er nicht Anweisung gegeben hätte, ihn unter allen Umständen sofort zu verständigen, sobald es eine Spur von uns gibt.«

Blake seufzte. »Warten wir noch eine Stunde ab. Wenn wir dann noch immer nichts von ihm gehört haben, überlegen wir uns was Neues.«

Er nahm seine unruhige Wanderung quer durchs Motelzimmer wieder auf. Eine Viertelstunde ging ins Land, und beim Gedanken daran, diese Warterei noch fünfundvierzig weitere Minuten lang aushalten zu müssen, verlor er fast den Verstand.

Sein Handy klingelte.

Blake hatte seine digitale Assistentin bereits instruiert, den Anruf auf den moteleigenen Fernseher umzuleiten, allerdings nur die Audiospur. Mittlerweile wusste Cargill zwar bestimmt, wie sie aussahen, aber der Blick ins Motelzimmer könnte ihm Rückschlüsse darüber liefern, wo sie sich befanden, und das wollte Blake lieber vermeiden.

Alle drei nahmen dieselben Positionen wie beim letzten Telefonat ein – Jenna und Blake auf der Bettkante, Walsh auf dem Stuhl am Schreibtisch.

Blake nahm den Anruf entgegen und bestätigte, dass er tatsächlich Lee Cargill am anderen Ende der Leitung hatte. Anders als Knight sendete der Mann von Anfang an auch eine Videospur. Er saß in einem Büro, das aussah wie eine hochtechnisierte Zentrale, die dem Häuptling einer Militärorganisation oder einer Firma die Leitung komplexer Einsätze ermöglichte. Cargill schien in seinen frühen Fünfzigern zu sein, mit grau meliertem Haar, braunen Augen und einer Miene, als sei er des Lebens reichlich überdrüssig.

Blake stellte sich vor und informierte Cargill darüber, dass Jenna Morrison ebenfalls zuhörte.

»Darf ich annehmen, dass auch Dan Walsh bei Ihnen ist?«

Blake dachte darüber nach, sah aber keinen Sinn darin zu leugnen, was für diesen Mann offensichtlich sein musste. »Ja.«

»Ich muss schon sagen, dass Sie mich sehr beeindruckt haben, Mr. Blake. Und ich bin nicht leicht zu beeindrucken.«

»Gut zu wissen«, erwiderte Blake kühl. »Aber ich rufe nicht an, um mit Ihnen zu plaudern. Sie haben Greg Soyer in Ihrer Gewalt.« Jetzt nahm seine Stimme einen drohenden Unterton an. »Ich will ihn zurückhaben. *Sofort!* Andernfalls sorge ich dafür, dass Nathan Wexlers Arbeit überall verbreitet wird.«

Cargill seufzte tief. »Na schön«, sagte er. »Sie können ihn haben. Ihm ist nichts geschehen.«

Angesichts der Schnelligkeit, mit der er nachgab, war Blake überzeugt, dass er mit dieser Forderung bereits gerechnet hatte.

»Zunächst einmal möchte ich Ihnen erklären, worum es hier eigentlich geht«, fügte Cargill hinzu. »Es war nicht geplant, dass irgendwem etwas zustößt. Ich nehme es Ihnen nicht übel, dass Sie mir nicht trauen, aber lassen Sie mich erklären, was hier wirklich vor sich geht.«

Jennas Miene verzerrte sich vor Wut. »Waren *Sie* es, der den Befehl gegeben hat, Nathan und mich aus unserem Haus zu entführen?«, spie sie aus. »Waren es *Ihre* Männer in diesem *Hostess*-Lieferwagen?«

»Ja«, sagte Cargill. »Bitte, lassen Sie es mich Ihnen erklären.«

»Was genau wollen Sie mir erklären?«, schrie sie. »Dass einer Ihrer Männer Nathan aus allernächster Nähe mitten ins Gesicht geschossen hat? Ist es das, was Sie mir gern erklären wollen? Haben Sie vor, mir zu sagen, ich hätte mir das alles nur eingebildet? Denn ich war dort. Ich habe alles mit angesehen!«

Cargill machte ein langes Gesicht. »Niemand aus dem Exfiltrationsteam hat überlebt«, sagte er niedergeschlagen. »Bis zu diesem Zeitpunkt wusste ich nicht genau, was in diesem Truck wirklich geschehen ist, obwohl ich zugeben muss, dass ich es bereits vermutet habe. Und das geht auf meine Kappe. Das ist mir klar. Ich sollte dafür sorgen, dass man Sie beide heil und sicher zu mir bringt, also bin ich auch für seinen Tod verantwortlich.«

»Sie sind nicht für seinen Tod verantwortlich, weil es Ihre Aufgabe war, für unsere Sicherheit zu sorgen«, brüllte Jenna ihn an. »Sie sind dafür verantwortlich, weil einer Ihrer Männer ihn getötet hat!«

»Es steckt sehr viel mehr hinter allem, als Sie wissen können. Lassen Sie mich ganz am Anfang beginnen, und dann …«

»Nein«, blaffte Blake. »Keine Geschichten. Keine langen Unterhaltungen. Es ist mir egal, was Sie mir zu sagen haben. Ich will Greg Soyer.«

»Aber wenn ich es Ihnen erst einmal erklärt habe, dann sehen Sie die Sache mit ganz anderen Augen. Und es ist wichtig, dass Sie herkommen, damit ich Sie beschützen kann. Sie befinden sich in großer Gefahr.«

»Ach was«, sagte Blake. »*Sie* sind eine große Gefahr für uns.«

»Nicht ich. Ein Mann namens Edgar Knight.«

Blake hob eine Braue. »Ja«, sagte er. »Wir hatten bereits das Vergnügen miteinander. Woher, glauben Sie wohl, weiß ich, dass Sie Greg haben?«

»Scheiße.« Cargill schüttelte den Kopf. »Sagen Sie mir, dass Sie ihm nicht Dr. Wexlers Daten gegeben haben.«

»Einen Scheiß sage ich Ihnen«, höhnte Blake.

»Hören Sie mal, nach allem, was wir über Sie und Ihre berufliche Laufbahn wissen, gehe ich davon aus, dass Sie so umsichtig waren, die Daten nicht gleich herauszugeben. Was bedeutet, dass Knight Himmel und Hölle in Bewegung setzen wird, um Sie zu finden und an diese Daten zu kommen. Sie können ihm nicht trauen, auch wenn ich sicher bin, dass er dasselbe über mich gesagt hat. Aber hören Sie sich bitte meine Version der Geschichte an – die *wahre* Geschichte –, und dann entscheiden Sie selbst.«

»Sobald ich Greg Soyer habe.«

»Aber ich bin der Einzige, der in ausreichendem Maß für Ihren Schutz sorgen kann.«

»Hören Sie«, sagte Blake, »ich weiß nicht, wem ich trauen kann, und ich bin nicht in der Stimmung für eine weitere Diskussion über fünfundvierzig Mikrosekunden lange Zeitreisen. Aber sobald ich meinen Freund wiederhabe, tu ich Ihnen den Gefallen. Dann dürfen Sie uns gern anrufen und uns mit Ihrem Erzähltalent erfreuen, okay?«

Sichtlich frustriert schüttelte Cargill den Kopf. »Mich nicht anzuhören ist ein Fehler. Und Sie setzen weit mehr aufs Spiel als nur Ihr eigenes Leben.«

»Das Risiko nehme ich in Kauf«, sagte Blake.

Cargill seufzte. »Sieht aus, als bliebe mir keine Wahl«, sagte er resignierend. »Sie haben gewonnen. Dann machen wir es so, wie Sie wollen.«

42

Brian Hamilton saß ganz allein in einer Sitznische im Steakhouse im Hinterland von Colorado Springs und säbelte ein kleines Stück seines pfundschweren Rindersteaks ab, fest entschlossen, jeden Bissen zu genießen. Er hob die Gabel zum Mund, und allein der Duft ließ ihm das Wasser im Mund zusammenlaufen. Gerade als das köstliche Aroma über seine Geschmacksknospen hinwegflutete, summte sein Handy, um ihn darüber zu informieren, dass über eine gesicherte Leitung eine Textnachricht hereinkam, und zwar von niemand Geringerem als Lee Cargill persönlich.

Aus Gewohnheit blickte er sich um und vergewisserte sich, dass keine neugierigen Augen zusahen, aber das war unnötig – er saß ganz allein in seiner Nische, mit dem Rücken zur Wand.

Er schaufelte einen weiteren Bissen in den Mund und fing an zu lesen.

Diese Nachricht ist ausschließlich für Mitglieder des Inneren Kreises von Q5 bestimmt. Wir haben vor Kurzem erfahren, wo sich Jenna Morrison und Aaron Blake aufhalten. Um wen es sich bei Jenna Morrison handelt und weshalb Sie so wichtig ist, wissen Sie bereits, aber was Aaron Blake betrifft, habe ich Sie absichtlich nicht informiert, deshalb wird dieser Name Ihnen nichts sagen.

Blake ist ein ehemaliger Army-Ranger, den sie angeheuert hat, und unserer Erfahrung nach zählt er selbst unter den Besten noch zu den Besten. Außerdem hat er sich als ausgesprochen tüchtig und einfallsreich erwiesen und ist sehr bewandert in der Kunst des Untertauchens. Man könnte die Aufgabe, sie einzusammeln, dennoch für eine Routineangelegenheit halten, aber diesen Fehler haben wir schon einmal begangen. Bei unserem versuchten Zugriff auf Jenna Morrison und Nathan Wexler waren wir ebenfalls überzeugt, es würde ein Spaziergang werden. Und am Ende haben wir dabei über ein Dutzend Leute verloren, einschließlich fünf Männer aus dem Inneren Kreis.

Aus diesem Grunde will ich Sie alle acht bei diesem Einsatz, den Joe Allen und ich leiten werden, dabeihaben, auch wenn auf den ersten Blick eine derartige Mannstärke unnötig erscheinen mag.

Morrison und Blake befinden sich in einem Motelzimmer, gemeinsam mit einem Wissenschaftler namens Dan Walsh. Den Namen des Motels und die Zimmernummer erfahren Sie am Ende dieser Nachricht. Sie alle sind bereits in der Nähe von Cheyenne Mountain, Joe Allen und ich befinden uns gerade auf dem Flug dorthin. Zwei Stunden nach Erhalt dieser Nachricht, also um acht Uhr abends, treffen wir uns alle an Landebahn drei, wo eine abflugbereite Maschine auf uns wartet. Eine umfassende Einsatzbesprechung erfolgt auf dem Weg zum Motel.

Ich muss Ihnen unseren Verdacht mitteilen, dass es in unserer Organisation einen Maulwurf gibt. Wir glauben nicht, dass es einer von Ihnen ist, können es aber auch nicht ganz ausschließen. Das ist einer der Gründe dafür, dass wir Sie alle mitnehmen – falls einer von Ihnen beschließen sollte, Schwierigkeiten zu machen, wird er sich einer hoffnungslosen Übermacht gegenübersehen. Und aus diesem Grunde muss ich Sie alle bitten, die anderen aufmerksam im Auge zu behalten. Und Joe und ich werden Sie während der gesamten Mission ebenfalls stets im Blick behalten.

Das Ganze widerstrebt mir zutiefst, denn nichts erschwert einen gemeinsamen Einsatz so sehr, als seinem Team nicht bedenkenlos das eigene Leben anvertrauen zu können, aber mir bleibt keine andere Wahl. Noch einmal: Ich kann mir nicht vorstellen, dass der Maulwurf, sollte er sich überhaupt unter Ihnen befinden, es wagen würde, sich selbst nach dieser Warnung und angesichts der Größe des Teams zu offenbaren, aber bitte machen Sie sich klar, dass die Möglichkeit nicht ganz auszuschließen ist.

Das war alles. Unter der Nachricht befand sich Lee Cargills elektronische Unterschrift und darunter die Adresse des Motels, in dem sich die Zielpersonen aufhielten.

Erstaunt schüttelte Hamilton den Kopf. Perfekt!

Er leitete die Nachricht an Edgar Knight weiter, an die Adresse mit der allerhöchsten Dringlichkeit, die er noch nie zuvor benutzt hatte und deren Missbrauch nicht auf die leichte Schulter genommen wurde, weil Knights digitaler Assistent ihn augenblicklich sogar von den Toten erwecken würde, sobald über diesen Kanal eine Nachricht eintraf. Falls Knight später befinden sollte, dass die Wichtigkeit der Nachricht keinen Großalarm rechtfertigte, würden Köpfe rollen. Oder, in diesem Fall, ein Kopf: seiner.

Aber Hamilton wusste, dass Knight das hier nicht als falschen Alarm einstufen würde.

Er würde es als eine der wichtigsten Nachrichten betrachten, die er je erhalten hatte.

Hochzufrieden beendete Hamilton seine Mahlzeit. Er hatte noch jede Menge Zeit, um den Treffpunkt zu erreichen, während sich Cargill im Anflug befand. Er schluckte den letzten Bissen hinunter, schmatzte zufrieden und bestellte dann ganz gemütlich noch ein großes Stück Käsekuchen.

Endlich rundum satt, hinterließ er seiner hübschen jungen Kellnerin ein großzügiges Trinkgeld und fuhr zurück zum Colorado Springs Hilton, in dem er wohnte, bis es an der Zeit war, ins Innere des Bergs umzusiedeln.

Dreißig Minuten vor dem geplanten Aufbruch zum Stützpunkt ruhte er sich noch ein bisschen in seinem Hotelzimmer aus, da kündigte sein Handy erneut eine dringliche Nachricht von Cargill an. Rasch begann er zu lesen.

An die Mitglieder des Inneren Kreises. Ich widerrufe meine letzten Anweisungen. Ich hatte mit Aaron Blake eine Übergabe vereinbart, über die ich Sie noch in Kenntnis gesetzt hätte, aber es hat sich herausgestellt, dass das Ganze nur ein Test war, ein weiteres Täuschungsmanöver. Ich erwähnte bereits, wie aalglatt und umsichtig Blake ist. Es hat sich erwiesen, dass er sich nicht wie behauptet im besagten Motel aufhält, und jetzt besteht er auf einem neuen Treffpunkt und einem veränderten Ablauf.

Angesichts dieser Änderungen und seiner gewissenhaften Sorgfalt habe ich beschlossen, keinerlei Risiken mehr einzugehen. Deshalb werden Joe Allen und ich die Angelegenheit selbst in die Hand nehmen.

Bitte entschuldigen Sie die Planänderung. Ich werde Sie in Kürze kontaktieren, um Ihnen Näheres zu Ihren neuen Unterkünften und Aufgaben mitzuteilen.

Lee Cargill

»Gottverdammt!«, polterte Hamilton angewidert. So viel also zum Thema Glück.

Rasch leitete er auch diese Nachricht an Edgar Knight weiter, wieder an die Adresse mit der höchsten Dringlichkeitsstufe. Seinem Boss würde klar sein, dass diese Entwicklung nicht in seiner Hand lag und er sich vollkommen korrekt verhalten hatte, aber erfreut würde er trotzdem nicht sein.

43

Als Blake im schwindenden Tageslicht sah, wie Greg Soyer aus dem kleinen Zivilhubschrauber stieg, war ihm zumute, als lösten sich Hände, die sich bis eben um seine Kehle geklammert hatten. Seit der Entführung seines Freunds hatte er das Gefühl gehabt zu ersticken, und jetzt endlich konnte er wieder durchatmen.

Soyer war offenbar unverletzt und in guter Verfassung, so wie angekündigt.

Blake hatte Cargills Hubschrauber zunächst zu zwei anderen Standorten geschickt und war erst im allerletzten Augenblick auf den Landeplatz beim Torrey-Pines-Naturschutzgebiet umgeschwenkt, um sicherzugehen, dass ihre Gegenspieler keinen Trupp am Boden hatten, der ihm folgte. Er hatte sich auch bereits einen Plan zurechtgelegt, wie sie trotz der Satellitenüberwachung davonschlüpfen würden, sobald er Soyer erst einmal eingesammelt hatte.

Jenna und Walsh befanden sich noch immer in Sicherheit im *Best Border Inn* in San Ysidro, wo er sie abholen würde, nachdem er seine Verfolger abgeschüttelt hatte.

Die Übergabe an diesem Hubschrauberlandeplatz stattfinden zu lassen war Jennas Idee gewesen – Torrey Pines gehörte zu La Jolla, wo sie wohnte, und sie kannte sich dort gut aus.

Die Gegend war stark bewaldet, überall standen die namensgebenden Torrey-Kiefern, die es nur auf diesem schmalen Abschnitt der Küstenlinie gab, was sie zur seltensten Kiefernart der gesamten USA machte. Zudem befanden sich hier ein renommiertes Krankenhaus, eine florierende Biotech-Szene, ein spektakulärer Golfclub, der oben an den Klippen lag, mit Ausblick auf den Pazifik, und über achthundert Hektar Naturschutzgebiet mit fast dreizehn Kilometern Wanderwegen.

Rings um den Hubschrauberlandeplatz standen Bäume und spendeten sowohl Schatten als auch Schutz vor Blicken, aber ganz in der Nähe befand sich eine viel genutzte Straße. Die kühle Luft war frisch, und die schöne Umgebung wirkte ruhig und beschaulich, aber Blake konzentrierte sich ausschließlich auf seinen Freund und den kleinen Hubschrauber.

Als Soyer gemäß Blakes Anweisungen rasch in nördlicher Richtung von dem Heli wegstrebte, erhob sich der Hubschrauber wieder in die Luft und flog gen Osten davon. Blake behielt ihn sorgsam im Auge, bis er außer Sicht verschwand.

Nicht dass er ernstlich befürchtete, Cargill würde versuchen, ihn auszutricksen. Er hatte dem Mann klar zu verstehen gegeben, dass er und seine beiden Gefährten nicht zusammen unterwegs sein würden, also konnten sie, falls ihm etwas zustieß, jederzeit Nathans Arbeit veröffentlichen, was genau die Drohung war, mit der sie Soyers Freilassung überhaupt erst erwirkt hatten.

Blake saß am Steuer eines rostigen gelben Chevy Impala, bereits dem zweiten Wagen, den er heute gekauft hatte, und parkte parallel zur Straße zwischen einem Mercedes Cabrio und einem Lexus Sedan. Als Soyer auf zwanzig Meter heran war, stieg Blake aus und winkte ihm. Rasch kam sein Freund auf ihn zu, und sie umarmten einander kräftig und voller Herzlichkeit.

»Es tut mir so leid, dass ich dich in diese Sache mit hineingezogen habe«, sagte Blake.

»Das muss es nicht«, sagte Soyer. »Du hattest mich ja gewarnt, dass so etwas passieren könnte.«

Das half zwar nicht wirklich gegen Blakes schlechtes Gewissen, aber sie mussten sich beeilen. »Haben sie dich verwanzt?«, fragte er.

»Ich glaube nicht. Aber da ich dich kenne, nehme ich an, du hast alles dabei, um es zu überprüfen.«

Blake grinste. »Du kennst mich einfach zu gut, Greg«, sagte er und zückte den Wanzendetektor, mit dem er auch Dan Walsh abgesucht hat. Eine Minute später wusste er, dass sein Freund sauber war.

Beide stiegen in den Wagen und schlossen die Türen, aber Blake startete noch nicht den Motor. »Was ist passiert, nachdem sie dich gefangen genommen haben?«, fragte er. »Hat Cargill dir irgendetwas darüber verraten, was los ist? Hat er es geschafft, den USB-Stick zu knacken?«

Zudem fragte sich Blake, ob Cargill zu Folter gegriffen oder sie zumindest angedroht hatte, um Soyer zur Herausgabe des Passworts zu nötigen, aber vermutlich war er dafür zu klug. Cargills Informationen zufolge hatte Soyer ein Passwort installiert, mit dem man die sofortige Selbstzerstörung des Sticks auslösen konnte, also barg jedes unter Zwang aus Soyer herausgeholte Passwort die Gefahr, dass es ihnen gewissermaßen direkt ins Gesicht explodierte. Besser, es selbst zu knacken.

»Ehe ich dir erzähle, was passiert ist ...«, sagte Soyer, »... gehe ich recht in der Annahme, dass wir bald deine Freundin wiedertreffen? Du weißt schon«, sagte er amüsiert, »Jane Smith.«

»Nicht sofort«, antwortete Blake, »aber bald. Erst einmal habe ich eine Menge lustiger Unternehmungen geplant, um sicherzugehen, dass wir alle menschlichen und elektronischen Beobachter abschütteln, ehe wir auch nur in ihre Nähe kommen.«

»Wo ist sie?«

»Im *Best Border Inn* in San Ysidro. Nur das Beste für meine Klienten.«

»Oh ja, das Wort *Best* im Namen des Inns ist mir durchaus nicht entgangen.«

»Und es heißt aus gutem Grund so«, sagte Blake grinsend. »Es ist das allervornehmste Ein-Sterne-Motel, in dem man sich nur einmieten kann.«

Blake startete den Wagen, um mit seinen sorgsam geplanten Anti-Überwachungsmaßnahmen loszulegen. Er war zwischen den beiden Luxuswagen regelrecht eingekeilt, vorn und hinten waren nur wenige Zentimeter Platz.

Ihr Gefährt war so alt, dass es keine Heck-Kamera besaß, also behalf er sich mit einem Blick in den Rückspiegel und manövrierte den Wagen aus der Parklücke heraus. Er war optimistischer als je zuvor, seit diese ganze Sache ihren Anfang genommen hatte. Vielleicht wendete sich das Blatt jetzt endlich zu ihren Gunsten. Knight hatte ihnen ein großzügiges Angebot gemacht, sich mit ihm zu verbünden, und wollte sie vor Cargill schützen. Sein Freund war unversehrt und in Sicherheit. Und sie verfügten über ein Druckmittel, das sich gerade als hochwirksam erwiesen hatte.

Blake sonnte sich noch in seinen positiven Gedanken, da hörte er ein lautes Ploppen und spürte im gleichen Augenblick, wie sich ein Dolch in seine Eingeweide bohrte.

Er krampfte eine Hand in seinen Bauch, aber statt eines klaffenden Lochs fand er einen Betäubungspfeil.

Ihm blieb gerade noch genug Zeit, um aufzublicken und die Waffe in Greg Soyers Hand zu sehen.

Mit einem Mal begriff er, was geschehen war. Der Mann, den er als seinen engsten Freund betrachtet hatte, hatte aus allernächster Nähe auf ihn geschossen.

Ihm blieb keine Zeit, über diesen Verrat nachzudenken, denn die Droge rauschte durch sein Blut, und er brach bewusstlos über dem Lenkrad zusammen.

DRITTER TEIL

DIE BÜCHSE DER PANDORA

»Ich persönlich gehe davon aus, dass Zeitreisen eines Tages möglich sein werden, denn wenn die physikalischen Gesetze, die allem zugrunde liegen, ein bestimmtes Vorhaben nicht verbieten, dann finden wir für gewöhnlich früher oder später einen technologischen Weg, es auch zu tun.«

DAVID DEUTSCH (OXFORD-PHYSIKER, QUANTENCOMPUTER-PIONIER)

»Technology … eine echt vertrackte Angelegenheit. Mit der einen Hand reicht sie dir die herrlichsten Geschenke, und mit der anderen rammt sie dir ein Messer in den Rücken.«

CARRIE SNOW

»Beam mich rauf, Scotty. Kein intelligentes Leben auf diesem Planeten.«

UNBEKANNT (HÄUFIGER AUFDRUCK AUF T-SHIRTS)

44

Als er erwachte, hatte Blake keinen Schimmer, wie lange er bewusstlos gewesen war. Er war nicht gefesselt und befand sich in einem Raum von der Größe eines kleineren Klassenzimmers, an der Decke hingen mehrere deutlich sichtbare Kameras. Neben ihm auf dem Boden lagen Jenna Morrison und Dan Walsh, beide bewusstlos, aber offensichtlich unverletzt. Nachdem er das Motel verlassen hatte, schien Jenna den Lidschatten entfernt zu haben, und wer auch immer sie hier abgelegt haben mochte, hatte ihr den Gefallen getan, die scheußliche blonde Perücke im Motel zu lassen.

Seine Erinnerungen kehrten zurück, und er sortierte, was geschehen war. Soyer hatte einen Betäubungspfeil auf ihn abgeschossen, und er war hierhergebracht worden – wo auch immer *hier* sein mochte. Er hatte Soyer gesagt, wo sich Jenna und Dan aufhielten, was erklärte, wie man sie gefunden hatte. Die beiden einzusammeln, wenn Blake nicht da war, um sie zu beschützen, war ein Leichtes gewesen.

Hatte Soyer von Anfang an mit Cargill zusammengearbeitet?

Das erschien ihm unmöglich.

Aber das konnte man auch von vielen anderen Dingen sagen, die ihm in letzter Zeit begegnet waren. Seine Definition von *unmöglich* wurde momentan jedenfalls kräftig aufgemischt.

Er sah an sich hinunter und erblickte einen Zettel, der mit durchsichtigem Klebeband an seiner Brust befestigt war; darauf hatte jemand mit blauer Tinte säuberlich eine Nachricht geschrieben.

Touché, dachte er. Offenbar verdiente eine nichttechnische, handgeschriebene Nachricht eine ebensolche Antwort.

Sehr geehrter Mr. Blake,

wenn Sie dies hier lesen, sind Sie sicher erst vor Kurzem aufgewacht. Wir nehmen an, dass Sie der Erste sein werden, aber wir haben versucht, alles so zu timen, dass auch Ihre Freunde bald erwachen werden. Sie haben eine so hohe Dosis bekommen, dass Sie die ganze Nacht durchschlafen werden, jetzt ist also Mittwochmorgen.

Da Sie sich in einem harmlos wirkenden Raum befinden und nicht gefesselt sind, ziehen Sie vielleicht einen Fluchtversuch in Erwägung, aber das wäre wenig ratsam. Mit Sicherheit haben Sie die Kameras bemerkt. Die Tür ist abgeschlossen und wird von Männern bewacht, die ebenso gut ausgebildet sind wie Sie.

Falls das noch nicht ausreicht, um Sie von der Idee abzubringen, sollten Sie wissen, dass Sie sich derzeit auf dem wohl sichersten Militärstützpunkt der gesamten USA befinden: Cheyenne Mountain. Falls Ihnen das kein Begriff ist und Sie keinen der Filme gesehen haben, in denen dieser Stützpunkt vorkommt: Es handelt sich um eine kleine Stadt im Innern eines Granitbergs in Colorado Springs. Glauben Sie mir: So gut Sie auch sind, Sie haben keine Chance, von hier zu entkommen.

Bitte entschuldigen Sie unser Vorgehen, aber Sie haben sich geweigert, sich telefonisch meine Erklärungen anzuhören, und ich bin zu dem Schluss gekommen, dass mir keine andere Wahl bleibt. Aber sobald auch Ihre Freunde wach sind, das verspreche ich Ihnen, bringe ich Sie alle auf den neuesten Stand und beantworte all Ihre Fragen.

Ich freue mich darauf, Sie persönlich kennenzulernen.

Lee Cargill

Blake sah noch einmal zu den auf ihn gerichteten Kameras hoch, dann zur Tür. So groß die Versuchung, einen Fluchtversuch zu unternehmen, auch war, er glaubte Cargill. Immerhin hätte der Mann ihn auch problemlos an die Wand ketten können. Er hatte es nicht nötig zu bluffen.

Aber Blake musste zugeben, dass er alles erwartet hätte, nur nicht, sich als Gefangener in Amerikas bekanntester Festung wiederzufinden.

Er seufzte. Vielleicht waren seine üblichen Aufträge, bei denen er Leuten mit Affären hinterherschnüffeln musste, alles in allem doch gar nicht so übel.

45

Wie von Cargill angekündigt, kam, sobald alle Gefangenen wach waren, ein Mann namens Joe Allen und begleitete sie zu einem großen Konferenzraum mitten im Berg.

Blake konnte nicht anders, als mit offenem Mund die Anlage anzugaffen, von der er nie erwartet hätte, sie einmal mit eigenen Augen zu sehen, und Jenna und Dan taten es ihm gleich. Zuerst liefen sie einen breiten Tunnel entlang, der von einer der berühmten fünfundzwanzig Tonnen schweren Sprengschutztüren geschützt wurde, die man nur im Notfall schloss. Blake schätzte, dass die Stahltür über neunzig Zentimeter dick, drei Meter hoch und etwas mehr als drei Meter breit war.

Nach dem Tunnel kamen sie durch mehrere Abschnitte der Anlage, unter anderem zu einer schimmernd gepflasterten Betonstraße, so breit wie eine Landebahn, durch beklemmend enge und von zahllosen Türen gesäumte Gänge und ausgedehnte braune, noch nicht fertig gestellte Höhlen, in denen man Decken und Wände zwar geglättet, aber ansonsten natürlich belassen hatte, nur für den Fall, dass jemanden Zweifel plagten, ob er sich wirklich im Berg befand.

Endlich erreichten sie einen Konferenzraum, der so gewöhnlich wirkte, dass er sich in jeder beliebigen erfolgreichen Firma hätte befinden können. Opulente Ledersessel umringten einen schier endlosen lackierten Konferenztisch aus Mammutbaumholz, so glatt und glänzend, dass er fast radioaktiv wirkte. Übergroße Plasmabildschirme bedeckten die Wände, und an jedem Platz stand ein sauberes umgedrehtes Glas und schien darauf zu warten, aus einem der in regelmäßigen Abständen platzierten

Krüge mit Eiswasser gefüllt zu werden, die auf großen gusseisernen Untersetzern standen.

Nachdem die drei Gefangenen sich nebeneinander etwa auf halber Höhe des Tisches hingesetzt hatten, verließ die bewaffnete Eskorte den Raum, und Joe Allen nahm ihnen gegenüber Platz. Kurz darauf kam Lee Cargill herein und streckte ihnen über den Tisch hinweg die Hand entgegen.

Blake tat, als würde er es nicht sehen, und konzentrierte seine Aufmerksamkeit stattdessen auf den Mann, der gemeinsam mit Cargill hereingekommen war: Greg Soyer.

Der Privatdetektiv sprang auf und sah aus, als würde er im nächsten Augenblick quer über den Tisch hechten. Cargill und Soyer wichen unwillkürlich zurück.

»Du gottverdammter Scheißkerl«, zischte Blake seinen einstigen Freund an. »Hast du etwa von *Anfang* an mit ihnen unter einer Decke gesteckt?«

Soyer schüttelte den Kopf. Er sah aus, als wäre ihm übel. »Wie sollte das denn möglich sein, Aaron?«, brachte er nur mühsam heraus.

Dieser Mann, der kühn und furchtlos grausamen Terroristen die Stirn geboten hatte, war vollkommen aufgelöst, als er jetzt einem Freund gegenüberstand, den er verraten hatte. »Ich habe von alldem nichts gewusst, ehe du mich mit ins Boot geholt hast.«

Soyer holte tief Luft. »Aber nachdem sie mich gefangen genommen haben«, fuhr er fort, »waren sie sehr überzeugend. Du wirst verstehen, was ich meine. Ich kann es dir nicht verübeln, dass du mich im Augenblick hasst. Aber bei allem, was ich getan habe, lag mir dein Wohlergehen am Herzen, und ich wollte niemandem etwas Böses.«

Blake starrte Soyer tief in die Augen und sah dort nichts als Schmerz und Aufrichtigkeit. Er löste die geballten Fäuste. Er hatte diesem Mann zu nahe gestanden, um ihn jetzt nicht wenigstens anzuhören. Und so gut wie alles andere war glaubwürdiger als der Gedanke, dass Soyer ihm absichtlich schaden wollte.

Er setzte sich wieder neben seine beiden Gefährten, die die kurze Auseinandersetzung angespannt beobachtet hatten und sichtlich erleichtert waren, dass das Pulverfass nicht hochgegangen war, zumindest vorerst nicht.

Cargill deutete auf Soyer, der noch immer neben ihm stand. »Ich kann mir vorstellen, was Sie im Augenblick von diesem Mann halten müssen«, sagte er zu Blake. »Aber versetzen Sie sich einmal in meine Lage, in die Lage Ihres Freunds. Edgar Knight hat es geschafft, Sie davon zu überzeugen, dass er Mutter Theresa ist und ich Darth Vader. Ich habe keine Ahnung, was er Ihnen erzählt hat, welches Gift er Ihnen eingeflößt hat. Ich weiß nur, dass Sie sich rundheraus geweigert haben, sich meinen Standpunkt wenigstens einmal anzuhören.«

»Sie hätten mir sagen können, dass Sie Greg überzeugt haben. *Er* hätte es mir sagen können. Das hätte alles geändert.«

»Vielleicht. Ich habe darüber nachgedacht. Aber wenn ich Ihnen das am Telefon gesagt hätte, wären Sie möglicherweise überzeugt gewesen, er habe es nur unter Zwang behauptet. Oder dass wir ihn mit lauter Lügen getäuscht haben. Sie hätten keine Ahnung gehabt, wem Sie trauen sollten. Sie wissen es immer noch nicht. Und Greg Soyer war mein Ass im Ärmel. Wenn ich Ihnen gesagt hätte, dass er sich auf meine Seite geschlagen hat, und Sie sich trotzdem geweigert hätten, mich persönlich zu treffen, dann hätte die Taktik, mit der ich Sie jetzt tatsächlich hergelockt habe, nicht mehr funktioniert.«

Blake musterte Soyer, blieb aber stumm.

»Edgar Knight darf man auf keinen Fall unterschätzen«, sagte Cargill. »Ich habe diesen Fehler schon mehrfach gemacht. Er ist brillant und tüchtig, und er verfügt über unbegrenzte Mittel. Glauben Sie mir, es besteht kein Zweifel daran, dass er Ihnen bereits dicht auf den Fersen war. Hätte er Sie gefunden, dann hätte das, wie ich bereits sagte, entsetzliche Konsequenzen für Sie und den Rest der Welt gehabt. Nach allem, was ich weiß, sind Sie ihm nur um Haaresbreite entgangen. Ich habe Greg erklärt, in welcher Gefahr Sie sich befinden, und er hat mir geglaubt.«

Jetzt endlich nahm Cargill neben Joe Allen Platz, direkt den drei Gefangenen gegenüber, und Soyer tat es ihm rasch gleich.

»Wären Sie in seiner Lage gewesen«, fuhr Cargill fort, »was hätten Sie wohl getan? Sie gehen davon aus, dass Ihr bester Freund womöglich beim nächsten Schritt auf einer Landmine steht, aber man hat ihn belogen, und er ist gerade nicht bereit, auf irgendwen oder irgendetwas zu vertrauen. Gehen Sie das Risiko ein und nehmen Sie sich die Zeit, es mit Überzeugungsarbeit zu versuchen, während er derweil weiter munter mitten durchs Minenfeld latscht? Oder betäuben Sie ihn, ehe er noch einen weiteren Schritt tun kann, und schaffen seinen Hintern auf sichereren Boden?«

Als Cargill geendet hatte, bemerkte Blake, dass Soyers Augen feucht geworden waren, als hätte er mit Gefühlsaufwallungen zu kämpfen, die er nicht ganz bezähmen konnte. Anscheinend hatte sein Verrat ihm selbst ebenso sehr zu schaffen gemacht wie Blake.

Aber das bewies ja noch immer nicht, dass man seinen Freund nicht möglicherweise hereingelegt hatte.

»Interessante Argumentation«, sagte Blake, »aber alles steht und fällt mit der Frage, ob es dieses Minenfeld tatsächlich gibt. Also bilde ich mir dazu kein endgültiges Urteil – vorerst.« Er deutete auf Cargill. »Sie wollten Ihre Geschichte erzählen. Okay, die Bühne gehört Ihnen.«

»Ehe ich anfange«, sagte Cargill, »müssen Sie mir noch verraten, was genau Edgar Knight Ihnen gesagt hat.«

»Und wenn wir uns weigern?«, fragte Blake.

»Dann weigern Sie sich. Ich werde nicht versuchen, Sie zu zwingen, es mir zu erzählen. Aber wenn ich weiß, welche Informationen – und Lügen – Sie zu hören bekommen haben, kann ich Ihnen alles besser erklären, und vor allem weiß ich dann, welche Teile seiner Darstellung ich als Lüge entlarven muss.« Er zuckte mit den Schultern. »Die Entscheidung liegt bei Ihnen.«

Blake blickte nach links und nach rechts, und sowohl Jenna als auch Walsh nickten zustimmend. »In Ordnung, ganz, wie Sie wollen«, sagte er. »Warum nicht?«

Im Wechsel berichteten die drei Gefangenen von ihrer Unterhaltung mit Edgar Knight, so gut sie sich gemeinsam daran erinnerten. Soyer wirkte fasziniert, während Cargill und Allen durchgehend undurchschaubare Mienen bewahrten.

»Das war alles«, sagte Blake, als sie fertig waren.

»Danke«, sagte Cargill.

»Ich nehme an, jetzt werden Sie uns sagen, dass alles von vorn bis hinten gelogen war, richtig?«

Cargill lächelte müde. »Nein«, antwortete er, »weil es nicht so ist. Was Knight Ihnen über Zeitreisen um fünfundvierzig Mikrosekunden in die Vergangenheit erzählt hat, ist wahr, ebenso wie seine Darstellung der ursprünglichen Aufgabe von Q5 und das, was sich geändert hat, nachdem er es geschafft hat, die dunkle Energie anzuzapfen und Materie zurückzusenden.« Nachdrücklich schüttelte er den Kopf. »Aber es war Knight, der sich losgesagt hat, nicht ich. Er hat Q5 verlassen und dabei einige sehr wichtige Leute umgebracht. Er war paranoid geworden, war dem Größenwahn verfallen, das allerdings ist mir erst deutlich später klar geworden. Zweifelsohne ist er brillant, durch und durch vom gleichen Erfindergeist beseelt wie einst Faraday. Aber manchmal trennt nur ein Hauch Genie und Wahnsinn. Es gab mal einen Burschen namens Ted Kaczynski, der mit sechzehn Jahren in Harvard zum Studium zugelassen wurde, ein brillanter Mathematiker. Aber er zog sich immer mehr zurück und wurde zum verrückten Einsiedler, und im Lauf der Jahre hat er durch Briefbomben drei Menschen getötet und Dutzende verletzt.«

»War das der Typ, den sie den Unabomber genannt haben?«, fragte Blake.

»Genau. Und Bobbie Fisher galt als bester Schachspieler aller Zeiten, und doch hat er am Ende jeden Bezug zur Realität verloren. John Nash, der Begründer der Spieltheorie, litt unter paranoider Schizophrenie. Es gibt noch jede Menge anderer Beispiele für brillante Menschen, die eine geistige Störung entwickelt haben.«

»Na und?«, fragte Blake schroff. »Ich kann Ihnen weit mehr Beispiele von dummen Leuten aufzählen, die eine geistige Störung entwickelt haben. Das beweist gar nichts.«

»Ich sagte nicht, es würde irgendetwas beweisen. Ich wollte nur darauf hinweisen.«

»Und das haben Sie ja jetzt getan«, sagte Jenna barsch. »Also sagt Knight, dass Sie ein Schuft sind, und Sie sagen, er sei einer. Woher sollen wir wissen, wer die Wahrheit sagt und wer lügt?« Sie schüttelte den Kopf und starrte ihn finster an. »Das Einzige, was ich sicher weiß, ist: Es waren Ihre Leute, die Nathan kaltblütig ermordet haben.«

»Zum einen bin ich im Besitz eines Videos, das zeigt, wie Knight mich von seiner Sichtweise zu überzeugen versucht, ehe er die Sache selbst in die Hand genommen hat. Unter anderem war es dieses Video, das Greg Soyer überzeugt hat. Aber das Video ist gar nicht nötig. Nachdem Sie mir von Ihrer Unterhaltung mit Knight erzählt haben, weiß ich, dass er Sie auch bezüglich einiger anderer Punkte belogen hat, und ich kann es beweisen.«

»Und welche Punkte wären das?«, fragte Jenna.

»Zunächst einmal hat er gelogen, was die maximale Größe seines Zeitreiseapparats betrifft. Es ist möglich, ihn so groß zu bauen wie ein ganzes Zimmer. Zweitens hat er Sie über die Gründe, weshalb er hinter Dr. Wexlers Arbeit her ist, belogen. Er will den Prozess nicht optimieren. Es funktioniert bereits tadellos.«

»Und warum dann?«, fragte Blake.

»Weil es bisher nicht geklappt hat, über die besagten fünfundvierzig Mikrosekunden hinauszugehen. Aber er will es dringend schaffen, um diese volle Halbsekunde zurückzugehen, die Dr. Wexler für möglich hielt.«

»Ich kapier's immer noch nicht.« Blake schüttelte den Kopf. »Warum spielt das eine Rolle?«

»Ich frage mich das auch«, stimmte Walsh zu. »Inwiefern hilft es Edgar Knight weiter, uns in diesen Punkten Lügen aufzutischen?«

»Weil er auf diesem Wege genau das erreicht hat, was er wollte«, sagte Cargill. »Wie immer hat er ausgezeichnete Arbeit geleistet. Er hat dafür gesorgt, dass Sie fast durchdrehen angesichts der Möglichkeiten von Zeitreisen, Duplikation, er hat Ihnen eine Begründung präsentiert, weshalb seine Erfindung für immer geheim bleiben muss, und Sie davon überzeugt, dass ich allein aus Größenwahn und Gier handle.«

Cargill beugte sich vor, und in seiner Stimme lag noch mehr Nachdruck als zuvor. »Aber Knight hat nicht einmal an der Oberfläche des Möglichen gekratzt. Er hat Sie glauben lassen, sein Apparat sei gerade mal koffergroß, und hat seine Beispiele ausschließlich auf Handys beschränkt.« Er machte eine Pause. »Und dafür hatte er einen sehr guten Grund.«

»Welchen?«, fragte Blake, der noch immer nicht verstand.

»Er hat Sie abgelenkt. Ganz im Stil eines guten Magiers hat er Sie dazu gebracht, sich auf ein Detail zu konzentrieren, statt das große Ganze zu sehen. Und weshalb? Weil ein Mensch niemals in diesen Koffer passen würde. Wenn er die Vorstellung hätte aufkommen lassen, dass der Apparat auch die Größe eines Raums haben könnte, dann hätten Sie schon bald gefragt: Können Sie auch Leute in der Zeit zurückschicken? Genauer gesagt also: Können Sie nicht nur Handys duplizieren, sondern auch Menschen?«

Blake blieb der Mund offen stehen, und seine beiden Gefährten reagierten ebenso fassungslos.

»Falls es Sie interessiert«, fuhr Cargill fort, »die Antwort auf beide Fragen lautet Ja. Wenn Sie der Meinung sind, dass die Duplizierung von Octanitrocuban, angereichertem Uran und komplexer Elektronik die Büchse der Pandora öffnet, dann grübeln Sie mal ein paar Tage lang darüber nach, was es bedeuten würde, wenn man Menschen einfach duplizieren kann.«

Keiner der drei Gefangenen antwortete, sie alle waren zu erschüttert.

»Und ja«, sagte Cargill, »ich kann Ihnen den Apparat zeigen, der sehr viel größer ist als das von Knight behauptete Maximum, Ihnen den Vorgang demonstrieren und damit beweisen, dass er gelogen hat.«

Walsh erlangte allmählich seine Fassung halbwegs zurück, und sein scharfer wissenschaftlicher Verstand erwachte wieder zum Leben. »Okay, das erklärt, weshalb er vorgegeben hat, der Apparat sei sehr viel kleiner«, sagte er. »Aber wozu die Halbsekunde? Damit kann er Materie kein Stück besser duplizieren als in fünfundvierzig Mikrosekunden.«

Cargill zog die Brauen hoch. »Nur ein Wort«, sagte er gelassen. »Teleportation.«

46

Das Wort schlug ein wie eine Fünfzig-Megatonnen-Bombe. Wieder stand Blake der Mund offen, und er rang um Fassung.

Teleportation?

Natürlich, Teleportation, dachte er. Wie konnte es sein, dass sie nicht selbst darauf gekommen waren?

Weil sie, wie Cargill bereits gesagt hatte, von Knight äußerst geschickt in die Irre geleitet worden waren. Sie hatten ausschließlich in kleinen Dimensionen und über Handys nachgedacht, und das hatte sie vom nächsten logischen Schritt abgehalten. Wie Magier schon lange wussten, war der menschliche Verstand ausgesprochen leicht abzulenken.

»Die Erde rast mit einer Geschwindigkeit von dreihundertneunzig Kilometern pro Sekunde durchs All«, dachte Walsh laut vor sich hin. »Also wären es bei einer halben Sekunde …« Der Physiker verstummte, offenbar nicht sicher, ob er den Satz wirklich beenden sollte.

»An die hundertfünfundneunzig Kilometer«, flüsterte Jenna.

Die drei Neuankömmlinge im Mount Cheyenne plapperten gleichzeitig drauflos.

Cargill hob die Hand wie ein Stoppschild. »Bevor wir noch völlig außer Rand und Band geraten«, sagte er laut genug, um sich trotz des Tumults Gehör zu verschaffen und das aufgeregte Durcheinandergeschnatter zu unterbrechen, »lassen Sie mich noch mal von Anfang an erzählen.«

»Gute Idee«, sagte Blake, sobald sich der Aufruhr auf seiner Tischseite gelegt hatte.

Er erhob sich und schenkte sich aus einer in der Nähe stehenden Kanne Wasser ein, dann füllte er auch die Gläser seiner beiden Gefährten. Walsh kippte den Inhalt seines Glases sofort hinunter, und seiner Miene war anzusehen, dass er sich wünschte, es wäre Alkohol.

»Anfangs, wie Sie bereits wissen, hatten wir vor, die dunkle Energie anzuzapfen«, sagte Cargill. »Und dann machte Edgar Knight seine Entdeckung, und wir haben über die sich ergebenden Möglichkeiten nachgedacht. Einschließlich der Duplikation von Menschen. Aber ehe wir viel Zeit auf die Diskussion verwendeten, haben wir erst einmal eine Reihe Experimente angestellt.«

»Natürlich«, sagte der UCLA-Physiker. »Weil sie nicht sicher sein konnten, ob man den Zeitreisevorgang überhaupt überlebt.«

»Korrekt. Wir hatten keine Ahnung, wie es sich auf einen lebendigen Organismus auswirken würde, vor allem, was das Bewusstsein betrifft. Also haben wir mit einer Reihe Insekten angefangen. Einem Mistkäfer, einer Ameise, einer Spinne. Wir erhielten perfekte Kopien sämtlicher Exemplare, und alle waren in ausgezeichneter Verfassung.« Er hielt inne. »Und nur, um das ganz klar zu sagen: Die Begriffe *Kopie* oder *Duplikat* verwenden wir ausschließlich aus praktischen Gründen.«

»Wir verstehen schon«, sagte Walsh. »Im Grunde handelt es sich ja gar nicht um eine Kopie. Sie nehmen eine ältere Version von etwas und schicken sie in der Zeit zurück, wo sie sich zu einer um einen Sekundenbruchteil jüngeren Version ihrer Selbst gesellt.«

»Ganz genau. Nachdem wir es also mit Insekten ausprobiert hatten, gingen wir zu Hamstern über. Auch bei ihnen ging alles glatt. Und schließlich stellten wir eine Kopie von Joes Hund her, einem schwarzen Cocker-Pudel-Mischling namens Dash.« Er nickte dem neben ihm sitzenden Joe Allen zu. »Das war der wichtigste Test von allen.«

»Weshalb?«, fragte Blake.

»Weil sich jede Änderung in Dashs Gehirn«, mutmaßte Walsh, »auch in seinem Verhalten niedergeschlagen hätte. Und ein Mann kennt seinen eigenen Hund. Joe hätte es gemerkt, wenn irgendetwas an ihm anders wäre.«

Cargill nickte. »Es wird Sie sicher freuen zu hören«, sagte Allen, »dass Dash alles ganz ausgezeichnet überstanden hat. Die fünfundvierzig Mikrosekunden lange Zeitreise hatte überhaupt keine spürbaren Auswirkungen auf ihn.«

»Und das Duplikat ist noch am Leben?«, erkundigte sich Jenna.

»Und wie. Dash ist inzwischen Dashs allerbester Freund.«

Jenna konnte nicht anders, sie musste lächeln. »Das ist nicht das erste Mal, dass Sie diesen Spruch bringen, oder?«

Allen grinste. »Erwischt. Aber ich finde es immer wieder lustig.«

Walsh wandte sich wieder an Cargill. »Haben Sie es danach mit einem Menschen versucht?«

»Nein«, sagte Cargill. »Bei diesem Thema sind Edgar und ich aneinandergeraten. Ich bin der Meinung, dass man sich bei der Duplizierung eines Menschen nicht nur ethisch gesehen ganz schön aufs Glatteis begibt. Es ist fast so, als würde man sich selbst mit einer Kanone ins Herz eines Gletschers schießen.«

Er schwieg kurz. »Stellen Sie sich vor, es gäbe von Ihnen beiden je zwei Ausgaben. Zwei genau gleiche Kopien, beide sind *Sie*, nur dass Sie aus unterschiedlichen Abschnitten Ihres Lebens stammen. Da fünfundvierzig Millionstel einer Sekunde zu kurz sind, um ihr Verstreichen auch nur wahrzunehmen, wäre es, als hätten Sie sich mit einem Mal urplötzlich einfach verdoppelt. Was, wenn einer von Ihnen einen Mord begeht und einen Fingerabdruck hinterlässt? Würden Sie davonkommen, indem Sie behaupten, dass das Ihr anderes Ich gewesen ist? Und wer von Ihnen hat die Zeichnungsbefugnis? Wem von Ihnen beiden gehören Ihr Auto und Ihr Geld? Ihre Kinder? Ihre Freundin oder Ehefrau? Wer ist der echte Daniel Walsh oder Aaron Blake oder die echte Jenna Morrison?«

Blake pfiff durch die Zähne. »Ich verstehe, was daran knifflig werden könnte. Und ich wette, je länger ich darüber nachdenke, desto mehr mögliche Komplikationen fallen mir ein.«

»Allerdings«, sagte Cargill. »Stellen Sie sich vor, es gäbe zehn Kopien Ihrer selbst. Das ist mittels Knights Verfahren ebenso leicht zu bewerkstelligen wie eine einzige.«

»Aber Sie sagten, dass Knight es trotzdem probieren wollte«, wandte Jenna ein. »Trotz dieser Bedenken.«

»Ja. Er gab zu, dass diese Skrupel berechtigt waren und thematisiert werden mussten. Aber er war wie besessen von dem Potenzial. Seine Intuition sagte ihm, dass es eine Möglichkeit geben musste, den Apparat so zu konstruieren, dass er mehr als fünfundvierzig Mikrosekunden schaffte. Es wurde zu seinem heiligen Gral. Als ihm klar wurde, dass Nathan Wexler diese Nuss mit an Sicherheit grenzender Wahrscheinlichkeit geknackt hatte, muss er schier aus dem Häuschen gewesen sein vor Aufregung.«

»Aber es ist und bleibt ja trotz allem nur eine halbe Sekunde«, merkte Walsh an. »Und Nathans Berechnungen deuten darauf hin, dass es sich dabei um das absolute Maximum handelt.«

Cargill zuckte mit den Schultern und sagte: »Am liebsten würde er noch weiter zurückgehen können, was natürlich eine größere Entfernung ermöglichen würde, aber auch schon hundertfünfzig Kilometer und etwas mehr würden seinen Zwecken ausgesprochen dienlich sein. Als Kind war er ein glühender Fan von *Star Trek* und der ganzen Technologie in dieser Serie, und am meisten von allem beflügelte ihn die Vorstellung eines Transporters. Er träumte davon, eine Technologie zu perfektionieren, die ihm erlaubte, sich von hier nach dort zu beamen. Er hat viele Jahre lang an einem solchen Apparat gearbeitet, aber dann kam er zu dem Schluss, dass es unmöglich sei, jedenfalls für die nächsten hundert Jahre.«

»Bis zu dieser Sache hier«, sagte Blake.

Cargill nickte.

»Aber dieser Apparat ist kein Transporter wie aus *Star Trek*«, protestierte Walsh. »Ja, man kann sich selbst hundertfünfzig, hundertsechzig Kilometer weit wegschicken, aber währenddessen dupliziert man sich ja zugleich. Also bekomme ich es jedes Mal, wenn ich mich zum Supermarkt um die Ecke beame, mit dieser lästigen Komplikation zu tun, dass dabei eine andere Version von mir entsteht, die denselben Anspruch auf meine sämtlichen Besitztümer hat wie ich selbst.«

»Ja«, stimmte Cargill müde zu. »Aber Edgar sah das anders. Ihm schwebte die Entwicklung eines Apparats vor, der Zeitmaschine und Verbrennungsanlage in einem ist.«

»Soll das ein Witz sein?«, fragte Jenna.

»Ich fürchte nicht. Ich erläutere Ihnen mal, wie er sich das vorstellte. Sagen wir, bei diesem Raum hier handelt es sich um eine Zeitmaschine. Stellen Sie sich weiterhin vor, Sie stehen hier und haben einen elektronischen Transmitter in der Tasche. Er ist darauf programmiert, in dem Augenblick auszulösen, da er per GPS registriert, dass er sich nicht mehr in diesem Raum befindet. Nun schicken Sie sich also selbst um eine halbe Sekunde in der Zeit zurück, was Sie effektiv über hundertfünfzig Kilometer durch den Raum befördert – auch wenn es in Wirklichkeit eigentlich die Erde ist, die sich bewegt, nicht Sie selbst.«

»Ja, das haben wir schon begriffen«, sagte Jenna ungeduldig.

»Sobald Sie ankommen«, fuhr Cargill fort, »registriert Ihr Transmitter, dass Sie sich nicht mehr im selben Raum befinden wie zuvor, und sendet augenblicklich ein Signal an die Zeitmaschine hier. Das Signal löst zwei Ereignisse aus. Zum einen weist es den Computer an, den eingegebenen Befehl zu widerrufen, damit Sie nicht ein zweites Mal in der Zeit zurückgeschickt werden. Und«, er machte eine bedeutungsvolle Pause, »es sorgt dafür, dass der Apparat Ihr *altes* Ich, das gerade darauf wartet, in der Zeit zurückzureisen, augenblicklich einäschert.«

Er hob eine Braue. »Es gibt da einige Schwierigkeiten, für die man noch eine Lösung austüfteln müsste. Und Knight müsste die Verbrennungstechnologie noch ein bisschen weiterentwickeln. Aber ich denke mal, das alles sollte keine allzu große Herausforderung sein.«

Blake wusste, dass er nicht die gesamten Verwickelungen erfasste, aber die grundlegende Botschaft war klar. Und entsetzlich. »Also, Teleportation erzeugt eine Kopie des Teleportierten, und Edgar Knights Lösung für dieses Problem ist es«, seine Stimme klang ungläubig, »jedes Mal eine dieser Kopien zu töten?« Angewidert schüttelte er den Kopf. »Im Ernst?«

»Im Ernst«, bestätigte Cargill.

»Das ist widerwärtig«, sagte Jenna bestürzt. »*Jenseits* von grauenhaft. Mir fehlen dafür die Worte.«

»Da kann ich dir nur zustimmen«, sagte Walsh.

»Mir geht es genauso wie Ihnen«, sagte Cargill. »Aber Knight sieht das anders. Er hat argumentiert, dass der Transporter bei *Star Trek* auf demselben Weg funktioniert, was nie jemanden sonderlich gestört zu haben schien.«

»Aber so funktioniert es bei Star Trek eben nicht«, sagte Blake. »Das hatten wir doch eben schon.«

»Ich fürchte, das tut es eben doch«, sagte Cargill. »Es war mir auch nicht klar, ehe Knight mich mit der Nase daraufgestoßen hat. Physiker haben etliche Folgen analysiert und sind sich weitestgehend einig, dass der Transporter mehr oder weniger genau nach diesem Prinzip funktioniert. Wie so eine Maschine funktionieren müsste. Stellen Sie sich vor, Sie treten auf die Transporterplattform der *Enterprise*. Der Computer scannt sämtliche Informationen über Sie, Ihr Muster. Und dann werden Sie vernichtet, regelrecht zusammengeschmolzen. Und im nächsten Augenblick wird eine Kopie von Ihnen auf dem unter der Enterprise liegenden Planeten wiederhergestellt.«

»Das kann so nicht stimmen«, sagte Blake. »Es ist immer noch derselbe Mensch unten auf dem Planeten.«

»Nein, ist er nicht. Einige Folgen zeigen das deutlich. Folgen, in denen die Informationen eines Crewmitglieds im Musterspeicher festhängen und die Wiederherstellung mit Verzögerung stattfindet. Oder *zwei* Kopien des transportierten Crewmitglieds hergestellt werden. Oder der Transporter bei Fehlfunktionen des Computers Kopien im Kindesalter erzeugt.« Cargill schüttelte den Kopf. »Selbst in der Serie ist also derjenige, der dann unten auf dem Planeten auftaucht, nicht mehr derselbe, der eben noch auf dem Schiff war. *Diese* Version wurde in ihre Bestandteile aufgelöst.«

»Wow«, sagte Jenna entgeistert. »Kein Wunder, dass Dr. McCoy so eine Abneigung gegen das verdammte Ding hatte.«

Cargill lächelte. »Amen, sage ich dazu. Und während dieses Prinzip uns aus Sicht der blitzartig gegrillten Version als etwas ganz Schreckliches erscheint, argumentiert Edgar, wäre es in der Praxis so, dass man zum Computer sagt: *Ich möchte zum sechzehn Kilometer entfernten Supermarkt.* Der Computer berechnet die benötigte Anzahl der Fünfundvierzig-Mikrosekunden-Intervalle und richtet das Energiefeld entsprechend präzise aus. Man gibt den Befehl, und im nächsten Augenblick ist man beim Supermarkt. Die Verbrennung Ihres Alter Egos findet genau gleichzeitig statt, und Sie bekommen davon überhaupt nichts mit.«

»Aber der andere würde Schmerzen leiden, während er gegrillt wird«, sagte Blake.

»Nicht, wenn es schnell genug geschieht. Kein Schmerz. Nur die Auflösung, so wie bei *Star Trek*. Es wäre wirklich genau dasselbe. Sie bekommen nur mit, dass Sie in dem einen Moment noch auf der Transporterplattform stehen und im nächsten auf dem Planeten – oder in einem Supermarkt.«

»Käme das Signal bei einer Ankunft in hundertfünfzig Kilometer Entfernung wirklich rechtzeitig an, ehe der Zeitreiseapparat ein zweites Mal auslöst?«, fragte Jenna. »Immerhin sprechen wir hier nur von einer halben Sekunde.«

»Das wäre kein Problem«, sagte Cargill. »Moderne Handys nehmen Ihre Stimme auf, digitalisieren sie, schicken sie über Satelliten und rekonstruieren sie, sodass Ihr tausend oder zweitausend Kilometer entfernter Freund hört, wie Sie Hallo sagen, mit einer Verzögerung, die weit weniger als eine halbe Sekunde beträgt. Zugegeben, vor einigen Jahren gab es mit solchen Verzögerungen noch etliche Schwierigkeiten, aber seitdem wurde die Technologie erheblich verbessert.« Er zuckte mit den Schultern. »Nicht dass man dafür wirklich ein Handy benutzen würde. Aber das Entscheidende ist: Eine Halbsekunde ist vollkommen ausreichend, um eine Anweisung über eine Entfernung von hundertfünfzig Kilometern zu übermitteln.«

»Also ist Knight davon überzeugt, dass ein solcher Teleporter technisch umsetzbar ist«, sagte Jenna.

Cargill nickte. »Für die Feinabstimmung, bei der die sofortige Verbrennung die einzige echte Hürde war, rechnet er mit fünf Jahren bis zur vollen Funktionsfähigkeit.«

»Das ist also seine persönliche Utopie?«, fragte sie. »Eine Welt mit *Stark Trek*-Transportern, die Autoverkehr und Staus obsolet machen und nur einen klitzekleinen unschönen Nebeneffekt haben – dass man jedes Mal sterben muss, um die Dinger zu benutzen?«

»Das ist zumindest Teil seiner Utopie, ja«, antwortete Cargill. »Aber zudem schwebt ihm eine Welt vor, in der jeder Mensch freien und unbegrenzten Zugang zu Energie, Nahrung und Wohlstand hat. Das Potenzial dafür erkennt man bereits in der Version mit dem nur koffergroßen Apparat, die er Ihnen aufgetischt hat.«

Cargill schwieg eine Weile, bevor er weitersprach. »Aber er hat noch so viel mehr vor. Eine Welt mit unendlich vielen Kopien von Einstein. Von Mozart. Von DaVinci. Sie mögen der Ansicht sein, dass ein Tennisfinale zwischen den beiden größten Tennislegenden der Geschichte, Federer und Nadal, ein Kampf zwischen ausgesprochen gleichwertigen Gegnern wäre. Knight hingegen fragte sich wie wohl ein Match zwischen Federer und Federer aussähe.«

»Es klingt verrückt«, sagte Jenna, »aber es lässt sich nicht leugnen, dass tausend Einsteins große Vorteile hätten. Aber wenn man endlos viele Kopien der besten Fachleute herstellen könnte, was wäre dann mit all den anderen? Wie sollten die dann noch Arbeit finden?«

»Das ist nur eins von zahlreichen ethischen Problemen, mit denen wir es zu tun bekämen«, sagte Cargill, folgte Blakes Beispiel und schenkte sich und den beiden Männern neben ihm Eiswasser ein.

»Ein anderes Problem ist die Frage, wer diese Entscheidungen überhaupt trifft«, warf Walsh ein. »Wer bestimmt, wie viele Kopien von Einstein hergestellt werden? Wer bestimmt, welche Menschen wichtig genug sind, um ihre Duplizierung zu rechtfertigen?«

Blake staunte darüber, wie schnell sie alle darauf umgeschaltet hatten, das Ganze nicht mehr als Zeitreisephänomen zu betrachten, sondern als Duplikationsprozess.

»Ich nehme mal an, Knight wollte derjenige sein, der diese Entscheidungen trifft«, sagte Jenna.

»Auf jeden Fall«, sagte Cargill. »Wenn schon jemand Gott spielen musste, fand er, dann wohl am ehesten er. Er *ist* eines der größten Genies dieser Generation, und er war es, der diesen Apparat entwickelt hat.«

»Und was wollen *Sie* mit dieser Technologie anstellen?«, fragte Blake. »Und mit *Sie* meine ich: Q5. Wozu würden Sie Nathans Arbeit verwenden?«

»Was Edgar über meine Projekte und Vorhaben sagte, entspricht weitestgehend den Tatsachen«, sagte Cargill. »Bis auf den Teil, wie bösartig und gierig ich bin und dass ich meinen Einfluss vergrößern und mir die Taschen füllen will.«

Cargill trank einen Schluck aus seinem soeben frisch gefüllten Wasserglas und redete dann weiter: »Die Gründung der Scheinfirma, die Medikamente herstellt, deren industrielle Produktion nicht möglich ist, war übrigens meine Idee. Und dass wir den Apparat nutzen wollen, um Finanzmittel und Waffen für den Kampf gegen den Terror bereitzustellen, ist korrekt. Was Knight aber nicht erwähnt hat, weil er nicht wollte, dass das Gespräch diese Richtung nimmt, ist der mögliche militärische Nutzen der Teleportation, selbst wenn die Teleportation von Menschen verboten sein sollte.«

»Natürlich.« Blake nickte langsam und dachte darüber nach. »Man könnte Sprengstoff hinter die feindlichen Linien teleportieren. Man müsste nur die Bombe so einstellen, dass sie nach kurzer Zeit hochgeht, sodass man genügend Zeit hat, das *eigene* Exemplar noch auszuschalten, sobald die teleportierte Kopie sicher eingetroffen ist. Man könnte Bomben mitten in Festungen hineinteleportieren, in den Unterschlupf von führenden Terroristen, überallhin.«

»Sie sagen es«, sagte Cargill. »Aber noch einmal: Knight wollte die militärische Nutzung dieser Technologie bis zum Äußersten treiben. Stellen Sie sich vor, Sie hätten keine Skrupel, Menschen in die Vergangenheit zurückzuschicken, sie zu kopieren. Stellen Sie sich vor, zu was Sie imstande wären. Sie könnten Hunderte Kopien von SEAL Team Six hinter die feindlichen Linien entsenden oder in den Wohnsitz eines Terroristenführers. Sie wären sogar entbehrlich, denn die Originale würden ja gewissermaßen noch immer im Hauptstützpunkt am Pool herumhängen.«

Walsh kniff die Augen zusammen. »Aber man müsste den Apparat auf die genau richtige Zeit einstellen und höchst präzise ausrichten«, gab er zu bedenken. »Sie wissen schon, Feldausrichtung, Polarität, all das, was nach Knights Erklärung dafür zu berechnen ist. Was bedeutet, man muss erst einmal nah genug ans Ziel herankommen.«

»Wir haben sowohl stationäre als auch mobile Apparate«, sagte Cargill. »Das stellt also kein Problem dar.«

Jenna nickte. »Sie bauen die Maschinen in Sattelschlepper ein, oder?«

»Ja. Das war Knights Idee. Wegen der Mobilität und weil man sie dann genauer ausrichten kann. Und außerdem, um auf siebzehneinhalb Meter ans Ziel heranzukommen, was unser derzeitiges Limit ist. Bisher haben wir den Apparat auf diesem Wege noch nicht als Waffe benutzt, aber es erschien uns sinnvoll, einige Apparate in Sattelzugmaschinen bereitzuhalten, damit wir so flexibel sind wie nur irgend möglich.«

Er trank noch einen Schluck. »Aber zurück zu der aggressiveren militärischen Nutzung, die Knight im Auge hatte: Er wollte die Technologie auch für den Geheimdienst einsetzen. Jemanden in Kim Jong-uns Schlafzimmer teleportieren, während er schläft. Dafür sorgen, dass er nicht aufwacht, indem man ihn mit Chloroform oder Gas betäubt. Dann eine Kopie von ihm nach draußen teleportieren.«

Blake nickte. »Und wenn der furchtlose Führer am nächsten Morgen aufwacht, ahnt er nicht, dass jemals jemand dort war. Aber Sie haben eine Kopie von ihm. Können ihn foltern. All seine Geheimnisse aus ihm herausholen. Sämtliche Passwörter und Codes. Alles. Und niemand käme auf die Idee, was Sie da getan haben, niemand würde nach ihm suchen. Denn er wäre ja gar nicht verschwunden.«

»Richtig«, sagte Cargill. »Die Möglichkeiten sind nahezu unerschöpflich. Knight war dafür, solche Einsätze wirklich umzusetzen. Und auch wenn man mit hundertsechzig Kilometern Reichweite sehr viel mehr Möglichkeiten hat, lassen sich auch mit der Begrenzung auf siebzehneinhalb Meter eine ganze Menge von seinen Ideen umsetzen.«

»Waren diese Pläne nicht bereits ein Anzeichen für seinen beginnenden Größenwahn?«, fragte Blake.

Cargill legte die Stirn in tiefe Falten. »Ja, aber nicht in dem Maße, wie Sie jetzt vielleicht denken. Er hat seine Ideen auf heiter klingende, intellektuelle und abstrakte Weise vorgetragen. Er hat zwar für das plädiert, was er für das Beste hielt, gab jedoch vor, hin- und hergerissen zu sein. Er hat mich mit großem Geschick manipuliert.«

»Zu Lees Verteidigung: Er hat Bedenken geäußert«, warf Joe Allen ein. »Wir haben darüber diskutiert. Und Lee hat damit angefangen, Knight während unserer Sitzungen heimlich zu filmen – während der versucht hat, die Grenzen zu verschieben, die nach Ansicht der meisten von uns nicht diskutabel waren.«

Jetzt klinkte sich auch Greg Soyer mit ins Gespräch ein. »Die beiden haben mir das alles in aller Gründlichkeit erklärt«, sagte er. »Ich habe ihnen kein Wort geglaubt. Bis ich die Duplikation mit eigenen Augen gesehen habe. Sie haben mir auch die eben erwähnten Videoaufzeichnungen von Knight gezeigt. Ich bin sicher, ihr bekommt das alles auch noch zu sehen, wenn wir hier fertig sind. Aber worauf ich hinauswill: Ich habe das, was sie euch gerade erzählt haben, selbst überprüft.«

Blake streckte ihm über den Tisch die Hand entgegen. »Sieht ganz so aus, als ob ich dir eine Erklärung schulde, Greg«, sagte er ernst. »Es tut mir leid, dass ich an dir gezweifelt habe.«

Soyer ergriff die dargebotene Hand und schüttelte sie. »Danke, Aaron. Aber du musst dich nicht entschuldigen. Wer könnte es dir denn verübeln? Und selbst wenn ich meine Gründe dafür hatte, trotzdem habe ich dein Vertrauen missbraucht. Und ich habe aus nächster Nähe einen Betäubungspfeil auf dich abgeschossen. Ich nehme an, das hat nicht nur einfach ein bisschen gekitzelt.«

Blake grinste. »Nee. Das war teuflisch unerfreulich«, sagte er. »Aber dir lagen überzeugende Beweise dafür vor, dass wir uns in Gefahr befanden, und das, was du gemacht hast, war die erfolgversprechendste Strategie.«

Damit war das Thema vom Tisch, und alle Blicke wandten sich wieder dem Oberhaupt von Q 5 zu.

Cargill räusperte sich. »Knight hat immer behauptet, er betrachte unsere kleinen Streitereien als kleine intellektuelle Fingerübungen und wisse sie zu schätzen«, fuhr er fort. »Er sagte, ihm sei klar, dass er mich niemals überzeugen würde, und dass es wahrscheinlich eine glückliche Fügung sei, dass ich das Sagen hätte, denn er sei sich bewusst, dass er es hier womöglich mit der Büchse der Pandora zu tun hätte. Trotzdem habe ich kurze Zeit später angefangen, nicht nur unsere Sitzungen aufzuzeichnen, sondern ihn auch genau im Auge zu behalten.«

»Offenbar nicht genau genug«, sagte Blake.

Cargill biss die Zähne zusammen. »Nein. Nicht mal ansatzweise«, sagte er voller Abscheu. »Ich habe nicht begriffen, dass die Verwendung der Technologie, zu der er mich drängte, nur die Spitze des Eisbergs war. Ganz persönlich verfolgte er noch erheblich größere Pläne, seit er beschlossen hat, auf eigene Rechnung zu arbeiten. Und ich habe nicht bemerkt, dass er es geschafft hatte, einige meiner besten Leute auf seine Seite zu ziehen.«

»Wenn man jemanden von Leuten beschatten lässt, die in Wirklichkeit auf der Seite des anderen sind«, sagte Allen, »bekommt man nicht gerade besonders nützliche Informationen aus ihnen heraus.«

»Also wurde Ihnen berichtet, dass er sich benimmt«, vermutete Blake, »und ungefähr so harmlos sei wie ein neugeborener Hundewelpe, stimmt's?«

»Leider ja. Bis dann er und seine Rekruten eine Art Bürgerkrieg ausgerufen, sich mit einem Großteil der mobilen Einheiten abgesetzt und viele meiner besten Leute getötet haben. Das war vor einem knappen Jahr.«

»Sie sagten eben, dass er sogar noch kühnere Pläne verfolgt, als er vorher hat durchblicken lassen«, erinnerte ihn Blake.

»Ja. Während unseres kleinen Bürgerkriegs haben wir einige seiner Verbündeten gefangen genommen, also wissen wir, worauf er hinarbeitet, seit er sich von uns losgesagt hat.«

Cargill schwieg einen Augenblick, als könnte er selbst nicht fassen, was er gleich sagen würde. »Im Wesentlichen läuft es darauf hinaus, dass Knight die Weltherrschaft anstrebt. Er will sich selbst zur unangefochtenen globalen Autorität erheben.«

Jenna schüttelte den Kopf, als hätte sie sich verhört. »Sie wissen aber schon, wie lächerlich das klingt, oder?«, fragte sie.

»Ja, durchaus. Aber ist Ihnen klar, wie denkbar es ist, dass er damit Erfolg hat? Vor allem dann, wenn Nathans Arbeit ihm ermöglicht, die Zeitspanne auf eine Halbsekunde auszudehnen? Die nötigen klugen Köpfe zusammenzubekommen ist kein Problem. Sie wollen fünfzig Teams zusammenstellen, die an unterschiedlichen Projekten arbeiten, und jedes Team soll über seinen eigenen Job und Edison und Zuckerberg und Einstein verfügen? Kein Problem. Geld ist kein Thema«, fügte Cargill hinzu und zählte die unterschiedlichen Punkte an den Fingern ab. »Selbst wenn Knight nicht in der Lage wäre, sein Vermögen einfach selbst herzustellen – was er kann –, könnte er einfach die reichsten Menschen der Welt kopieren und sie per Folter zur Herausgabe ihrer Passwörter und Bankdaten zwingen. Er könnte sie dazu zwingen, Geld von ihren Konten abzuzweigen. Während andere Versionen derselben Menschen nichtsahnend ihren Geschäften nachgehen. Und dasselbe könnte er mit jedem Diktator oder Terroristen, jeder führenden politischen Größe machen, einschließlich des Präsidenten der Vereinigten Staaten.«

»Präsident Janney wurde sicher schon eingeweiht?«, fragte Blake.

»Ja«, antwortete Cargill, »aber ich gehe vorsichtig vor. Ich sorge dafür, dass er nur über begrenzte Informationen verfügt, für den Fall, dass Knight es schafft, ein Duplikat von ihm zu erzeugen. Die auf Q5 lastende Verantwortung ist zu groß und zu weitreichend, um ein so offensichtliches Ziel wie einen Präsidenten zu involvieren. Und es ist wichtig, dass wir nicht von politischer Willkür abhängig sind. Zum Glück bin ich mir da mit Präsident Janney einig, also wird er der letzte Präsident sein, der von uns weiß.«

»Was bedeutet, dass Sie keinerlei Kontrolle mehr unterliegen«, sagte Blake.

Cargill atmete tief durch. »Dass wir jemanden brauchen, der mich – uns – regelmäßig überprüft, ist mir sehr bewusst. Ich arbeite an einer Lösung. Aber im Augenblick ist das Wichtigste, dass wir jenen ganz bestimmten großen Geist zurück in seine Flasche stopfen, so gut es nur geht, und uns bereithalten, falls die einzigartigen Möglichkeiten von Q5 vonnöten sein sollten, um eine Katastrophe zu verhindern.«

Blake wollte gern ausführlich mit Cargill über die notwendigen Kontrollmöglichkeiten sprechen, aber im Augenblick war Edgar Knight tatsächlich das dringlichere Problem. »Also zurück zu Knight«, sagte er. »Ich stimme Ihnen zu – mit etwas Vorbereitungszeit könnte er durchaus in der Lage sein, über die ganze Welt zu herrschen. Er verfügt über Möglichkeiten, mit denen er selbst die dunkelsten Geheimnisse eines jeden Staatsoberhaupts herausfinden könnte. Und auch die entsprechenden Leute, eine ganze Armee, stünden ihm bei Bedarf zur Verfügung. Eine Armee aufzubauen ist deutlich leichter, wenn man, Sie wissen schon, wortwörtlich eine Armee aufbauen kann.«

»Und was für eine«, sagte Cargill. »Er könnte sich das moderne Äquivalent von hundert Sunzis zusammenkopieren. Tausend Pattons. Fünftausend MacArthurs. Zehntausend Kopien des weltbesten Scharfschützen, der besten Kommandotruppe, dem besten Piloten.«

»Einmal das«, sagte Blake, »und dazu kann er sie wie durch Magie einfach jederzeit überall auftauchen lassen. Alles andere als ein faires Spiel.«

»Und genau das ist der entscheidende Punkt«, sagte Cargill. »Diese Möglichkeiten machen ihn zu einem derart überlegenen Gegner, dass er es womöglich gar nicht nötig hat, sie wirklich einzusetzen. Er müsste nur damit drohen. Er könnte aus dem Hintergrund die Fäden seines Weltimperiums ziehen, er müsste nur den führenden Staatsoberhäuptern eine Kostprobe seiner Fähigkeiten geben. Wenn er einem von ihnen ein Einsatzteam mitten ins Schlafzimmer teleportiert, wird der sich nie wieder sicher fühlen. Ab da an ist der andere sein Spielball. Ganz abgesehen davon, dass Knight sich Duplikate der mächtigsten Leute der Welt beschaffen kann, die dann nahezu wortwörtlich sein Spielball sind. Mit der richtigen Mischung aus Geld, Einfluss, Einschüchterung und Nötigung kann er Stück für Stück alle Staatsoberhäupter dazu bringen, sich zu einer Weltregierung zusammenzuschließen, an deren Spitze er selbst steht. Ohne dass er einen einzigen Schuss abgeben muss.«

»In meinen Augen ist das Perfideste daran«, sagte Joe Allen, »mit welch glühendem Eifer seine Jünger ihm folgen. Obwohl sie ihn persönlich teilweise nicht leiden können, teilen sie alle seine Ideale.«

»Seine Ideale?«, fragte Jenna angewidert. »Die Weltherrschaft ist ein Ideal?«

»Nein. Er behauptet, das sei nur Mittel zum Zweck«, erklärte Cargill. »Um die Welt zu stabilisieren. Er werde ein gütiger Herrscher sein. Den Terrorismus besiegen, was für viele Leute angesichts des immer weiter anwachsenden Problems sehr verlockend ist.«

Blake musste zugeben, dass das in der Tat eine verlockende Vorstellung war. Die Welt von dieser Pest zu befreien würde womöglich die ganze Menschheit retten.

»Er werde totalitäre Regimes niederreißen«, fuhr Cargill fort. »Der Welt die Demokratie bringen. Na ja, jedenfalls zum Teil. Alle werden in der Illusion von Selbstbestimmtheit leben, aber die wahre Macht wird in seinen Händen liegen. Seine von uns gefangenen Anhänger sagen, dass er seine Macht so sparsam ausüben will wie irgend möglich. Also ... *nachdem* er die gesamte Welt zu einer einzigen Nation unter seiner Führung gemacht, den Terrorismus ausgelöscht, die Kriminalität gesenkt und der Gesellschaft die Zivilisation zurückgebracht hat. Und mithilfe der technologischen Durchbrüche, die sein aus lauter duplizierten Genies bestehendes Team erzielt, wird er einen Industriezweig nach dem anderen revolutionieren. Im Zusammenspiel mit der Möglichkeit, Nahrung, Wasser, kostbare Rohstoffe oder was auch immer zu produzieren, wird das dazu führen, dass die Lebensqualität und der Wohlstand aller Menschen auf Erden drastisch steigen.«

»Ich verstehe durchaus, weshalb diese Vision einen gewissen Reiz ausübt«, sagte Walsh

»Wenn nur beim Hobeln nicht so furchtbar viele Späne fliegen würden«, sagte Cargill, »würde es tatsächlich gar nicht so übel klingen. Nur leider glaubt er auch, dass sich die dümmsten Menschen auf diesem Planeten sehr viel schneller vermehren als die intelligentesten.«

»Idiocracy«, flüsterte Jenna, aber zu leise, als dass irgendwer es hörte.

»Und weil er davon überzeugt ist«, fuhr Cargill fort, »hat Knight vor, jeden zu sterilisieren, der nicht zu den obersten zehn Prozent gehört, was die Intelligenz betrifft, und ganz allgemein das Bevölkerungswachstum zu bremsen.«

»Warum auch nicht?« Angeekelt schüttelte Blake den Kopf. »Er muss ja schließlich Platz für all die Albert-Einstein-Kopien schaffen.«

»Ja«, sagte Cargill. »Das auch. Jeder hat eine andere Vorstellung von seinem ganz persönlichen Utopia. Knight könnte viel Gutes tun, was einer der Gründe ist, weshalb seine Anhänger ihm so treu ergeben sind. Unbegrenzter Wohlstand, das Ende des Terrorismus, und die ganze Welt ist von lauter klugen, gebildeten Menschen bevölkert. Klingt gut, wären da nicht die vielen Opfer, die andere dafür bringen müssen. Und wenn wir uns bei allem nicht ganz und gar auf seine Freundlichkeit und Herzensgüte verlassen müssten. Als damals Ted Kaczynski durchgedreht ist und zum Unabomber wurde, hätte man ihm in dem Augenblick nicht unbedingt die Geschicke der Welt in die Hand geben mögen.«

Es wurde still, und sie alle stellten sich vor, wie es wohl wäre, unter der Herrschaft eines labilen Genies zu leben.

»Müssten dann alle seine Transporter benutzen?«, fragte Walsh schließlich. »Sie erwähnten vorhin, dass er davon schon lange träumt.«

»Nein, das wohl nicht«, sagte Cargill. »Anfangs war er von der Vorstellung ganz begeistert, aber ihm ist klar, dass die Zeitreise sein wohlgehütetes Geheimnis bleiben muss. Er würde darauf achten, dass es nur eine begrenzte Zahl solcher Apparate gibt, und es hätten nur sehr ausgewählte Personen überhaupt Zugang zu diesem Wissen.«

»Würde es den Leuten nicht dämmern, wenn sie tausend Pattons vor sich hätten?«, fragte Walsh.

»Früher oder später vielleicht, aber dann wüssten sie immer noch nicht, wie er das anstellt. Sie würden eher vermuten, dass er sie klont, als dass sie an Zeitreisen denken. Und sie wüssten nicht, wo er seine Apparate versteckt hält. Außerdem würde er mit aller Härte dafür sorgen, dass niemand anders diese Technologie entwickelt.« Cargill machte eine kurze Pause. »Was, wie ich wohl nicht extra betonen muss, wir ebenfalls tun werden.«

»So ungefähr der einzige Punkt, über den Sie sich ganz einig sind«, kommentierte Blake.

»Es ist besser so, ganz gleich, wer über diese Technologie herrscht«, sagte Cargill. »Hätten Sie lieber einen Menschen, dessen Finger über einem Knopf schwebt, mit dem sich eine Atombombe zünden lässt, oder zehntausend? Bei zehntausend besteht statistisch gesehen ein sehr viel höheres Risiko, dass einer von ihnen den Knopf wirklich drückt.«

»Und wer hat Zugang?«, fragte Blake.

»Was Q5 betrifft: Niemand außer mir. Ich bin der Einzige, der alle nötigen Codes kennt, um einen der Apparate zu aktivieren. Knight hat die Technologie entwickelt, und ich war sein Vorgesetzter. Wir haben dafür gesorgt, dass die Software, über die man die Apparate steuert, untrennbar mit der Begrenzung auf nur zwei Leute verknüpft ist, die sie bedienen können. Punkt und aus. Ich bin sicher, dass Knight daran nichts geändert hat. Er muss sich absichern. Was würde seine Untergebenen davon abhalten, hinter seinem Rücken auf eigene Faust die Apparate zu benutzen, wenn sie es könnten? Er muss sie im Griff behalten. Manche sind wirklich von seiner Sache überzeugt, anderen wiederum steht der Sinn vor allem nach Geld und Macht. Und die meisten wissen natürlich überhaupt nicht, worum es in Wirklichkeit geht, so wie auch bei Q5.«

»Dann gehe ich mal davon aus, dass dort draußen kein duplizierter Edgar Knight herumrennt«, sagte Blake.

»Kaum vorstellbar«, sagte Cargill. »Ein Größenwahnsinniger wie er könnte sich, äh ... selbst niemals trauen.«

»Tja«, sagte Jenna. »Also möchte Roger Federer am Ende vielleicht gar nicht mit Roger Federer um den Titel kämpfen.«

Blake deutete auf Cargill. »Könnten Sie immer noch seine Apparate benutzen?«, fragte er.

»Höchstwahrscheinlich. Und er kann immer noch meine benutzen. Man kann die Zugriffsrechte für den jeweils anderen nicht aus der Software rupfen, ohne zu riskieren, sie dabei zu beschädigen. Dann müsste man das gesamte Steuersystem neu aufsetzen. Weshalb sollte man riskieren, etwas so gut Funktionierendes zu beschädigen? Er kann seine Apparate einsetzen, wann immer er möchte, was also sollte er mit meinen?«

»Und andersrum«, sagte Blake.

»Ja«, sagte Cargill. »Und selbst wenn er es irgendwie geschafft haben sollte, meinen Zugang zu blockieren – ich habe ohne sein Wissen eine Hintertür einbauen lassen. Ich wollte in der Lage sein, jederzeit auf die Apparate zuzugreifen, auch gegen seinen Willen. Ich hege den Verdacht, dass er zusätzliche Apparate gebaut oder dupliziert hat, aber auch die hätten dann besagte Hintertür.«

»Haben Sie es je geschafft, einen der Apparate zurückzubekommen?«, fragte Blake.

»Noch nicht. Sie geben zwar eine verräterische Strahlung ab – nennen wir es mal die Hintergrundstrahlung von dunkler Energie –, aber man muss auf anderthalb bis drei Kilometer heran sein, um sie zu orten. Sie ist sehr schwach.«

»Gibt es noch irgendetwas Wichtiges zu wissen?«, fragte Blake. »Oder sind wir jetzt mehr oder weniger auf dem neuesten Stand?«

»Nah dran. Alles Wesentliche habe ich Ihnen erzählt.«

»Ich muss zugeben«, sagte Jenna, »so absurd und fürchterlich es auch ist, es erklärt alles, was geschehen ist, seit ich in die Sache verwickelt wurde.« Sie schwieg kurz, rief Erinnerungen wach, und eine Woge aus Traurigkeit stieg in ihr auf. »Also stimmt es, was Knight uns darüber erzählt hat, wie Nathan und ich ins Bild passen, oder?«

Cargill nickte, es wirkte, als sei ihm sehr unbehaglich zumute. »Ja«, sagte er. »Wir lassen sämtliche Wissenschaftler, denen wir auch nur im Geringsten zutrauen, dieselbe Entdeckung zu machen wie Knight – oder in diesem Fall: sie zu erklären und zu erweitern –, per Computer überwachen. Als Nathan die fünfundvierzig Mikrosekunden erwähnte, war es in etwa, als hätte er damit einen Atomraketenalarm ausgelöst. Aber wir hatten nie vor, ihm etwas anzutun«, beteuerte er. »Wir wollten ihm alles zeigen, ihm von Knight erzählen und ihn für unsere Arbeit gewinnen.«

»Aber Knight hatte bei Ihnen einen Maulwurf«, sagte Jenna, »und hat die ganze Zeit nur darauf gewartet, dass Sie jemanden wie Nathan finden.«

»Ja. Ich habe gewissermaßen am Steuer gepennt. Das war unverzeihlich. Knight hatte sich seit seinem Weggang kein einziges Mal gemeldet. Ich nahm an, dass er damit beschäftigt wäre, sein Team aufzubauen und Ressourcen anzusammeln, und darauf achtete, nicht auf meinem Radar aufzutauchen, ganz egal, wie gründlich ich nach ihm suchen ließ. Ich habe mich in der trügerischen Sicherheit gewiegt, er werde alles vermeiden, was ihn verraten konnte. Ich war nachlässig geworden und dumm. In Kurzform: Er hat mich eingelullt. Ich muss wohl nicht sagen«, fügte er mit lodernden Augen hinzu, »dass ich jetzt wieder hellwach bin.«

»Aber um den Preis von Nathans Leben«, sagte Jenna.

Cargill senkte den Blick. »Ja. Knights Leute hätten Dr. Wexler nach dem Hinterhalt um ein Haar in ihre Gewalt gebracht. Meinen Männern war klar: Falls Knight ihn erwischte, könnte ihn nichts und niemand mehr aufhalten.«

Fast eine Minute lang herrschte Schweigen im riesigen Konferenzraum, und alle versuchten das zu verdauen.

»Und was jetzt?«, brach Blake schließlich den Bann.

»Ich würde mich sehr freuen, wenn Sie sich uns anschließen würden«, antwortete Cargill.

Er wandte sich an Greg Soyer und nickte ihm zu, damit er wusste, dass die Einladung auch ihm galt. »Erstens deshalb, weil Sie jetzt wissen, was auf dem Spiel steht, und das können nicht viele von sich behaupten. Jene Menschen, die Bescheid wissen, sind für uns sehr kostbar. Da ich ihre Zahl begrenzt halten möchte, würde es zwei Fliegen mit einer Klappe schlagen, wenn Sie sich unserem Team anschließen.«

»Und zweitens?«, fragte Blake.

»Sie haben mich unsagbar beeindruckt, Mr. Blake. Ich habe Ihnen am Telefon nichts vorgemacht. Ich könnte jemanden wie Sie gut gebrauchen. Als den dritten im Bunde, im Rang direkt nach Joe.«

Nachdenklich musterte Blake ihn, antwortete jedoch nicht.

»Und wir würden sehr gern einen weiteren erstklassigen Physiker wie Dr. Walsh mit an Bord haben. Gregs Computerkenntnisse und auch seine Kenntnisse des Arabischen sind ebenfalls höchst beeindruckend und wären für uns sehr hilfreich. Und auch wenn Jenna eigentlich Genetikerin und keine Physikerin ist, verfügt sie über einen brillanten Verstand, und da sie Bescheid weiß, worum es hier wirklich geht, könnte sie ebenfalls einen wichtigen Beitrag leisten. Wer wäre besser dazu geeignet, die ethische Seite unserer Situation abzuklopfen und nach einem Weg zu suchen, meine Redlichkeit zu überprüfen und zu gewährleisten?«

Aaron Blake sah die anderen reihum fragend an. »Ich gehe davon aus, dass ich für uns alle spreche, wenn ich sage, dass wir eine Weile in uns gehen müssen, ehe wir irgendwelche Entscheidungen treffen. Und wir müssen mehr über Ihre Arbeit und Ihre Ziele erfahren.«

»Natürlich«, sagte Cargill. »Vielleicht lassen Sie sich ja auf unser Angebot ein, einige Wochen hierzubleiben und es sich währenddessen zu überlegen. Betrachten Sie es als eine Art Probezeit. Wir können unsere Beziehungen dafür nutzen, eine überzeugende Geschichte zu konstruieren, sodass es keine Probleme mit Ihren Vorgesetzten gibt und Ihnen alle Optionen weiterhin offenstehen.«

»Mal sehen«, sagte Blake unverbindlich. »Wir haben jetzt eine ganze Menge Stoff zum Nachdenken. Es hängt nur davon ab, inwieweit wir Ihnen vertrauen wollen.«

»Das verstehe ich«, sagte Cargill, stand auf und bedeutete den anderen, es ihm gleichzutun. »Dann führe ich Sie jetzt herum und zeige Ihnen den Duplizierungsprozess. Danach können Sie sich Videoaufnahmen ansehen, die Knight dabei zeigen, wie er auf einen aggressiveren Einsatz der Technologie drängt. Und andere Aufnahmen von Leuten aus seinem Team, die wir gefangen genommen haben. Ich bin nicht ganz sicher, ob ich Knight überzeugend genug als das Monster beschrieben habe, das er ist, aber ich denke, dass Sie es sehr erhellend finden werden, sozusagen aus erster Hand zu erfahren, was ihn wirklich antreibt – sehr erhellend und ausgesprochen verstörend.«

»Und das alles machen wir jetzt sofort?«, fragte Jenna.

»Allerdings«, antwortete Cargill. »Je schneller ich Sie überzeugen kann, desto besser.«

Er stieß einen langen, tiefen Atemzug aus. »Denn wir haben es hier mit Edgar Knight zu tun, der wieder ins Spiel einsteigt. Auf uns wartet eine Menge Arbeit.«

47

Die Führung durch Cheyenne Mountain – zumindest durch drei Viertel der Anlage, weil sie, wie Cargill erklärte, nicht riskieren konnten, in den südlichen Quadranten vorzustoßen und dort eventuell gesehen zu werden – war der faszinierendste Rundgang, den Jenna Morrison je erlebt hatte. Und trotzdem war sie nicht ganz bei der Sache.

Der Teil ihres Verstands, der sich ausgeklinkt hatte, raste wild herum wie ein Kolibri nach einer Überdosis Koffein, flatterte wie verrückt von einem Gedanken zum nächsten. Seit Sonntagnacht wurde sie von den Ereignissen förmlich überrollt; nicht mal zweiundsiebzig Stunden, in die ausreichend Schmerz und Trauma und Enthüllungen hineingequetscht worden waren, um für zehn Leben auszureichen. Ihre ganze Welt war vernichtet worden, sie hatte mehrfach um ihr Leben fürchten müssen, und ihr Horizont hatte sich auf unvorstellbare Weise erweitert.

Und jetzt wurde sie von dem Mann, dessen Leute Nathan getötet hatten, durch die wohl erstaunlichste Anlage ganz Amerikas geführt. Konnte sie wirklich mit ihm zusammenarbeiten? Das Kriegsbeil einfach begraben und vergessen? Sollte sie sagen: »Na klar arbeite ich mit Ihnen zusammen. Seit Sie meinen Verlobten getötet haben, bin ich viel flexibler geworden«?

Sie verübelte es sich selbst zutiefst, dass sie Lee Cargill nicht bis aufs Blut hasste.

Aber er wirkte wie ein aufrichtiger, guter Mensch. Jemand, der sich bemühte, die Welt zu schützen, und unter vielem litt, was er im Lauf der Zeit dafür hatte tun müssen. Jemand, der gezwungen war, das Leben Unschuldiger gegeneinander abzuwägen und unmögliche Entscheidungen zu treffen.

Aber dasselbe hatte sie auch über Edgar Knight gedacht, was bewies, wie leicht sie sich täuschen ließ.

Der Unterschied war, dass Lee Cargill ihnen anbot, es zu beweisen. Und sie war hilflos, vollkommen in seiner Gewalt, und er hatte das nicht im Geringsten ausgenutzt. Wenigstens bis jetzt nicht.

Selbst falls sie am Ende zu dem Schluss kommen sollte, dass es unter den gegebenen Bedingungen die einzig verbleibende Option gewesen war, Nathan zu töten – ein großes *Falls* –, würde sie es ihm jemals verzeihen können? Und sah sie sich wirklich imstande, jetzt vollkommen umzusatteln, nach all den Jahren, in denen sie auf ihren Traum, Experimentalgenetikerin zu werden, hingearbeitet hatte? Und hatte Lee Cargill es wirklich ernst gemeint, als er sagte, eine ihrer Aufgaben würde es sein, Möglichkeiten aufzutun, den Machtmissbrauch durch ihn und die Q5 zu verhindern? Auch wenn es nicht allein in ihrer Verantwortung liegen würde, es wäre dennoch eine unglaublich schwierige Aufgabe voller Fallstricke und ohne endgültige Lösungen.

Aber war die Arbeit für Q5, insbesondere die ihr angebotene, nicht wichtiger als alles andere, was sie mit ihrem Leben sonst anstellen könnte? Und auch wenn sie innerhalb eines größeren Teams arbeiten würde – die Zahl der Leute, die wussten, was genau hinter dieser Organisation steckte, war relativ überschaubar, was hieß, dass sie viel mit Dan Walsh und Aaron Blake zu tun haben und eng mit ihnen zusammenarbeiten würde, was sie zu ihrer eigenen Überraschung ungeheuer reizvoll fand.

Sie hatte von dem unzerreißbaren Band, das im Krieg manchmal zwischen Waffenbrüdern entstand, schon gehört, aber nie hätte sie gedacht, so etwas jemals selbst zu erleben. Aber genau das tat sie gerade. Sie empfand außergewöhnlich tiefe Zuneigung, Loyalität und Freundschaft für die beiden Männer, mit denen sie die Herausforderungen der letzten Tage Seite an Seite bewältigt hatte.

»So. Jetzt, da wir mit dem Rundgang soweit durch sind«, hörte sie Lee Cargill wie aus weiter Ferne sagen, »wird es Zeit für die Demonstration.«

Seine Worte holten Jenna in die Gegenwart zurück. Was, wenn nicht die Demonstration einer Zeitreise, war es wert, dass man mit voller Aufmerksamkeit dabei war?

Cargill führte die anderen durch ein verstärktes Tor in einen riesigen Raum, ein perfektes Quadrat mit deutlich über zwanzig Metern je Kante. Die Decke bestand aus grobem Granit und war so niedrig, dass man sie im Sprung fast mit dem ausgestreckten Arm hätte erreichen können, vor allem Cargill, der von ihnen allen am größten war.

Walsh blickte hinauf und verzog das Gesicht. »Liegt es an mir, oder ist es irgendwie verstörend, unter einer so niedrigen Decke zu stehen? Es fühlt sich an, als ob ... na, als ob das Gewicht eines ganzen Bergs darauf lastet.«

Jenna und Blake nickten, während Cargill einen Blick mit Joe Allen wechselte und lächelnd antwortete: »Ich will es nicht beschönigen. Das Gefühl wird ein bisschen besser, aber ganz verschwindet es nie.«

»Gut zu wissen, dass ich damit nicht allein bin«, sagte der Physiker.

Cargill ging voran bis zu einem rechteckigen Gebilde an der Wand, etwa so groß wie ein gewöhnliches kleines Bad. Es bestand im Wesentlichen aus einem Material, das wie fünf Zentimeter dickes Plexiglas aussah. Das Plexiglas wiederum umschloss Innenwände aus zehn Zentimeter dickem weißem Plastik. Auf Brusthöhe war ein Sichtfenster herausgeschnitten worden. Quer über Boden und Wände der Kammer verliefen rote Gitterlinien und mehrere Pfeile. Das interessanteste Detail des Gebildes war die dicke Plexiglastür mit einem drehbaren Rad statt einer Klinke, wie bei einem Banktresor.

Neben dem Gebilde befand sich ein Tisch, auf dem ein hochmoderner Supercomputer stand, dazu mehrere Monitore.

»Wenn das hier Ihr Zeitreiseapparat sein soll«, sagte Jenna, »dann sieht er aber nicht sehr beeindruckend aus. Sollte es nicht ein paar Laser und Generatoren geben und ein paar coole rotierende Helices oder so?«

Cargill lachte. »Sie haben die elektrischen Funken und gleißenden Lichter vergessen«, sagte er. »Ich fürchte, im Vergleich zur Hollywood-Vorstellung von Zeitreisen sind wir eine ziemliche Enttäuschung.«

»Ganz zu schweigen davon«, sagte Greg Soyer, »dass die Leute in den Filmen meist weiter zurückgehen als nur fünfundvierzig Millionstel einer Sekunde. Wissen Sie, zumindest so ein klitzekleines bisschen.«

»Mal im Ernst«, sagte Jenna, »ich hätte gedacht, dass man einen viel komplexeren Apparat braucht, um etwas derart Unmögliches möglich zu machen.«

»Unter dem Plastik verbergen sich ein ausgefeiltes Stromnetz und eine Menge Elektronik«, sagte Joe Allen. »Der Apparat erzeugt ein Kraftfeld und kann seine Polarität und Ausrichtung verändern. Aber wenn man erst einmal weiß, wie es geht, ist es erstaunlich einfach.«

»Was die ganze Sache noch viel gefährlicher macht«, sagte Cargill. »Atomwaffen haben wenigstens den Anstand, dass sie sich kaum im heimischen Keller bauen lassen.«

»Stellen Sie es sich mal so vor«, sagte Allen. »Der Apparat bezieht seine Energie aus dem Quintessenz-Feld, und das ist überall. Der Trick besteht darin, es anzuzapfen, dann stehen schier unbegrenzte Energiemengen zur Verfügung. Es ist ein bisschen, als stünde man unter dem stärksten Magneten der Welt – vor der Entdeckung der Metalle. Man würde glauben, dass es riesige Generatoren und komplexe Elektronik erfordert, diese geheimnisvolle Magnetkraft anzuzapfen, aber in Wirklichkeit reicht ein einfaches Stück Metall, mehr braucht man nicht.«

»Schöne Analogie«, sagte Jenna.

Cargill wartete ab, ob weitere Fragen gestellt wurden. Als es nicht danach aussah, sagte er: »Lassen Sie es mich Ihnen demonstrieren. Möchte jemand etwas spenden, das wir durch die Zeit zurückschicken können? Einen Schuh? Ein Schmuckstück?«

Blake zog ein abgenutztes braunes Lederportemonnaie aus der Gesäßtasche. »Wie wäre es damit?«

»Perfekt«, sagte Cargill. Er nahm die Brieftasche und betrat die Kammer. Dort legte er sie auf eine bestimmte Stelle auf dem Boden und richtete sie mithilfe der Gitterlinien sorgfältig aus, ehe er eine kleine leuchtende Scheibe darauf platzierte, die etwa die Größe eines sehr dick geratenen Vierteldollars hatte und eindeutig elektronisch war. Dann kam er wieder heraus und drehte das Rad an der Tür, bis der Computer mit einem Summen vermeldete, dass der Raum luftdicht abgeschlossen war.

Cargill ging zum Tisch hinüber und setzte sich an den Computer. »Joe, zeig ihnen, wo es landet. Ich stelle den Timer auf eine Minute.«

Cargills Hände flogen über die Tastatur, und sein zweiter Befehlshaber begleitete ihre Gäste zum anderen Ende des Raums, siebzehneinhalb Meter entfernt. Dort hatte jemand mit rotem Klebeband ein X von der Größe eines Stoppschilds auf den Boden geklebt.

Jenna stand mit den anderen zusammen in einem vagen Kreis rings um das X und schüttelte den Kopf. Dass sie gleich Zeugin eines der größten wissenschaftlichen und technologischen Durchbrüche aller Zeiten werden würde, während sie hier stand und auf ein handgeklebtes X auf dem Boden starrte, war so absurd, dass sie es nicht fassen konnte.

Keine zwanzig Meter von ihnen entfernt fing Cargill an, laut runterzuzählen. »Fünf Sekunden. Vier. Drei. Zwei. Eins. Jetzt.«

Aus drei Kehlen ertönte ein Keuchen. In der Mitte des X war Blakes Portemonnaie aufgetaucht, die elektronische Scheibe lag noch darauf.

Greg Soyer, der es inzwischen schon ein paarmal gesehen hatte, grinste nur, und Joe Allen verzog keine Miene.

Vom Verstand her hatte Jenna erwartet, dass genau das passieren würde, aber es war trotzdem völlig verrückt, ganz und gar unwirklich. Es hatte keine elektrische Entladung gegeben, keine Fanfaren, überhaupt kein Geräusch. Im einen Moment war da kein Portemonnaie gewesen, im nächsten lag es einfach vor ihren Füßen.

»Beachten Sie, dass wir hier nur ein Portemonnaie sehen«, sagte Allen, während die drei Neuankömmlinge es immer noch mit offenem Mund anstarrten. Er bückte sich nach der elektronischen Scheibe und hielt sie hoch. »Das heißt, der Transmitter hat getan, was er tun sollte. Sobald er registriert hat, dass er sich nicht mehr innerhalb der von uns programmierten Koordinaten befindet, hat er dem Computer ein Signal geschickt und damit verhindert, dass der Apparat noch einmal auslöst.«

Er hob das Portemonnaie auf und reichte es Blake. »Kommen Sie mit«, sagte er und machte sich auf den Rückweg zu Cargill.

Als sie ankamen, drehte Cargill das Rad, öffnete die Tür und winkte Blake hinein.

Drinnen lag noch immer das Portemonnaie auf dem Boden, genau dort, wo Cargill es hingelegt hatte. Blake nahm es mit hinaus und legte beide Brieftaschen auf den Tisch. Es bestand kein Zweifel: Sie waren vollkommen identisch. Bis hin zur kleinsten abgeschabten Stelle, jeder abgestoßenen Kante, jedem Kratzer.

Er öffnete die Brieftaschen, und sie waren auch von innen vollkommen gleich, enthielten beide dasselbe. Er zog aus beiden Brieftaschen ein dünnes Geldbündel und verglich den obersten Schein beider Stapel. Die beiden Fünfer waren in jeder Hinsicht identisch. Die Seriennummer natürlich, aber auch sämtliche Eselsohren, Verschmutzungen, die Farbe und alles andere, bis hin zum allerletzten Atom.

Cargill bat ihn darum, ihm eins der Bündel zu reichen. Blake tat es, und Cargill zückte ein Feuerzeug und zündete die Scheine an. Als es ihm zu heiß wurde, warf er sie in einen Papierkorb aus Metall, der neben dem Tisch stand. »Wir vermeiden es nach Möglichkeit, Scheine mit der gleichen Seriennummer in Umlauf zu bringen«, erklärte er.

»Könnten Sie die Demonstration noch einmal wiederholen«, fragte Blake, »sodass wir diesmal sehen, was in der Kammer geschieht?«

Cargill lachte. »Das können wir machen, aber es gibt nichts zu sehen. Ich weiß nicht, wie gründlich Knight es Ihnen erklärt hat, aber es ist so, dass man niemals sieht, wie etwas in der Zeit zurückgeschickt wird. Man sieht es nicht verschwinden. Denn das Universum startet noch einmal neu, es rebootet direkt nach der Ankunft des Zurückgesandten in der Vergangenheit. Das zukünftige Universum, aus dem es stammt, wird also niemals existieren. Und dann sendet der Transmitter das Signal, das System auszuschalten.«

»Also existiert nur noch das Universum, in dem die Brieftasche in der Kammer darauf *wartet*, zurückgeschickt zu werden«, fügte Allen hinzu. »Aber das Universum, aus dem es tatsächlich gesendet wurde, wird es in Wirklichkeit niemals geben.«

»Das ist so ein wirrer Scheiß«, rief Blake verzweifelt aus, und Jenna, Dan und Soyer nickten zustimmend.

»Ich habe einen Rat für Sie alle«, sagte Cargill. »Am besten vergessen Sie den Teil mit der Zeitreise und grübeln nicht allzu viel über die paradoxen Verwicklungen nach. Wenn Sie das nämlich tun, explodiert Ihnen früher oder später der Kopf«, fügte er mit einem schiefen Lächeln hinzu. »Betrachten Sie den Vorgang einfach als eine Kombination von Duplikation und Teleportation. Aber behalten Sie dabei immer im Hinterkopf, dass das Universum offenbar dafür sorgt, dass es keine unendlich vielen, verzweigten Zeitlinien gibt. Was also geschieht: Wir haben immer nur dieses eine Universum.«

Er seufzte. »Also sehen wir besser zu, dass wir es nicht kaputt machen.«

48

Brian Hamilton verabscheute Cheyenne Mountain. Es mochte ja sein, dass es weltweit eins der interessantesten Ziele für eine Besichtigung war, aber hier zu *leben* war nur dann praktikabel, wenn man zufällig eine Fledermaus war. Der Palomar-Stützpunkt war ebenfalls unterirdisch gewesen, aber das war nicht mal ansatzweise vergleichbar. Der Sicherheitsbereich ringsum war erheblich größer, also fanden öfter Ausflüge an die Oberfläche statt.

Nicht dass es wirklich eine Rolle spielte. Schon bald würde er sowieso einen anderen Auftrag bekommen und hier verschwinden, und dann würde er irgendwo in einem Hotelzimmer unterkommen. Am liebsten hätte er jedoch gemeinsam mit Edgar Knight Seite an Seite auf das gemeinsame Ziel hingearbeitet. Er war es leid, Knights Spion zu sein und zuzusehen, wie Lee Cargills Q5 ihre reichlich vorhandenen Ressourcen und Möglichkeiten verschwenderisch in den Wind blies. Zuzusehen, wie er wie ein krankes Baby mühsam über den Boden robbte, obwohl er ebenso gut geradewegs zum Himmel hätte emporsteigen können.

Cargill war ein Idiot.

Er könnte die Welt ändern, aber dafür war er zu schwach. Er könnte das dreckige Terroristenpack auslöschen, das nichts anderes im Sinn hatte, als die Wehrlosen abzuschlachten. Wenn man das ultimative Heilmittel gegen Krebs in Händen hielt, dann benutzte man es auch, um die Krankheit ein für alle Mal auszurotten. Man hielt dieses Heilmittel nicht für den absoluten Notfall zurück und setzte es erst ein, wenn der Krebs einem schon fast sämtliches Leben aus den Knochen gesaugt hatte.

Edgar Knight hingegen war ein Mann mit einer *Vision.* Er war in der Lage, schwierige Entscheidungen zu treffen. Wenn man am Steuer eines Rettungsboots mit zehn Plätzen saß, dann war es nicht weiter schwierig und ganz sicher keine Heldentat, fünf Leute aus einem sinkenden Schiff mit an Bord zu nehmen. Aber was, wenn es fünfzig Passagiere gab? War es eine Heldentat, sie alle mitzunehmen und damit auch *alle* zum Tode zu verurteilen? Oder war es eine Heldentat, wenn man notfalls mit Gewalt dafür sorgte, dass nur so viele Leute auf das Boot gelangten, dass wenigstens diese Wenigen überlebten?

Natürlich sah es von außen betrachtet kaltherzig aus, während die Alternative mitfühlend wirkte. Aber tatenlos zuzusehen, wie die Welt auf den Abgrund zutaumelte, nur weil man ein Weichei war und sich vor schwierigen Entscheidungen drückte, war ein Verbrechen.

Das Überleben der Stärksten – das war nun mal eine Tatsache. Im Tierreich hieß das, fressen oder gefressen werden. Wenn ein Haufen Irrer nur darauf wartete, bei der erstbesten Gelegenheit die ganze Welt ins Dunkle Zeitalter zurückzukatapultieren – Leute, die glaubten, dass ihr Äquivalent des Erlösers, der zwölfte Imam, erst dann wieder zurückkehren würde, wenn Israel gefallen und das weltweite Armageddon entfacht war –, dann *löschte man sie aus.* Bis zum letzten Mann.

Sonst taten sie genau das mit einem selbst.

Es war drei Tage her, dass Cargill erklärt hatte, er sei kurz davor, Jenna Morrison und Aaron Blake zu erwischen. Seitdem hatte Hamilton fast nichts mehr von ihm gehört. Er ging davon aus, dass Cargill es geschafft hatte, denn sämtliche Versuche Knights, Blake und Morrison aufzuspüren, waren gescheitert. Wären sie noch auf der Flucht gewesen, dann wäre ihnen inzwischen mindestens ein Fehler unterlaufen, ganz egal, wie gut sie waren.

Hamilton und seine Q5-Kameraden aus dem Inneren Kreis hatten im Südquadranten von Cheyenne Quartier bezogen, und sie hatten den Befehl, diesen Quadranten nicht zu verlassen. Als wäre es nicht schon schlimm genug, auf einem derart die Klaustrophobie befördernden Stützpunkt festzusitzen. Aber dazu auch in einem begrenzten Abschnitt dieses Stützpunkts eingesperrt zu sein war noch viel schlimmer.

Edgar Knight hatte sich sehr klar ausgedrückt: Hamiltons erste und einzige Priorität war es, eine Kopie von Nathan Wexlers Arbeit zu besorgen, und Knight war willens, ihm im Fall des Falles so viel Hilfe und Unterstützung zur Seite zu stellen wie nur nötig.

Wenn sie nur die erforderlichen Informationen bereits hätten, dann müssten sie nicht mehr untätig abwarten. Bei Bedarf hätten sie eigentlich ein Team ins Innere dieses beknackten Bergs beamen und den ganzen Stützpunkt auseinandernehmen können. Aber dafür mussten sie erst einmal ihre achtzehnrädrigen Sattelschlepper auf siebzehneinhalb Meter heranbringen, und zwar nicht nur auf diese Entfernung zum Berg selbst, sondern zu ihrem Ziel in seinem Innern. Da Cargill den aktuellen Stützpunkt von Q5 stets mit Sensoren spickte, die sofort Alarm schlugen, wenn sie die unverwechselbaren Energie-Emissionen der Apparate registrierten, kamen sie nicht einmal ansatzweise so nah heran.

Hamilton brütete darüber, während er in einem kleinen Trainingsraum auf dem Gelände Gewichte stemmte, und versuchte sich eine Strategie auszudenken, um seine Mission zu erfüllen. Die Datei war besser gesichert als sämtliches Gold in Fort Knox. Die Physiker, die Cargill mit der Analyse der Informationen betraut hatte, waren irgendwo anders untergebracht worden, wo genau, wusste er nicht, und mit Sicherheit wurden sie schwer bewacht und so gründlich unter Verschluss gehalten wie ein Geschworenengericht in einem besonders vertrackten Fall, das sich nicht einigen konnte.

Ohne Kontakt zu Cargill hatte Hamilton wenig Aussicht darauf, irgendetwas herauszufinden. Und dass Cargill ahnte, dass es einen weiteren Maulwurf gab, und nicht in der Stimmung war, irgendjemandem zu vertrauen, erschwerte Hamiltons Arbeit umso mehr.

Gewissermaßen hing er also gerade in der Warteschleife. Lauerte darauf, dass etwas passierte. Irgendwas. Es war fast, als wäre Cargill abgetaucht. Hamilton hätte seine Seele dafür gegeben, etwas von diesem Schlappschwanz zu hören.

Genau in diesem Moment summte sein Handy und teilte ihm mit, dass er eine Nachricht von Cargill erhalten hatte.

Bittet, so wird euch gegeben, dachte er erfreut.

Die Nachricht bestellte alle acht verbliebenen Mitglieder des Inneren Kreises in einer Stunde zu einem der geräumigsten Konferenzräume des Cheyenne-Stützpunkts – so groß wie die Aula einer Schule. Gründe waren nicht angegeben, und auch sonst gab es keine weiteren Informationen.

Sehr interessant.

An der Tür zum Konferenzraum wurde Hamilton abgetastet, und man nahm ihm seine Waffen ab. Beunruhigt fragte er sich, ob er entlarvt worden war, aber man teilte ihm mit, dass auf Cargills Anweisung hin alle Eintreffenden demselben Prozedere unterzogen wurden.

Sobald sich alle acht verbliebenen Mitglieder des Inneren Kreises im Konferenzraum befanden, traten Lee Cargill und Joe Allen ein und schlossen die Tür hinter sich.

Hamilton beobachtete Cargill aufmerksam und fragte sich, welches Spiel hier eigentlich gespielt wurde.

Der Raum war karg und funktionell eingerichtet, mit einem glatten Betonboden wie in einer Garage, hier und da standen ein paar Stühle. An einer Wand erblickte er einen Kasten, der wie eine stählerne Wahlkabine oder eine mobile Toilettenkabine aussah.

Hamilton und seine sieben Kameraden standen in einem losen Grüppchen in der Raummitte herum, und als Cargill und Allen an ihnen vorbei zur anderen Wandseite liefen, drehten sich alle um und wandten ihnen die Gesichter zu.

»Ich hoffe, Sie fühlen sich in Ihren neuen Quartieren wohl«, fing Cargill an, »und haben sich hier auf dem Stützpunkt schon ein wenig eingelebt. Ich bin sicher, dass Ihnen ein bisschen langweilig ist und Sie sich fragen, weshalb Sie bis jetzt nichts mehr von mir gehört haben.«

Sein Publikum lauschte ihm aufmerksam.

»Wie Sie aus meiner letzten Nachricht vor drei Tagen wissen, muss ich davon ausgehen, dass Edgar Knight einen treuen Anhänger als Spion bei Q5 eingeschleust hat. Ich weiß nicht mit Sicherheit, dass er Teil des Inneren Kreises ist, aber bis ich Gewissheit habe, liegt unser gesamtes Projekt auf Eis.«

»Aber«, fuhr er fort, »machen Sie sich keine Sorgen. Das Glück war uns hold. Wir alle kennen den klassischen Lügendetektor-Test, und uns allen ist klar: Jeder von uns, der weiß, was er tut, kann ihn problemlos austricksen. Aber in einem geheimen Forschungsprojekt einer Schwestergruppe arbeitet ein Team an einem täuschungssicheren System, und ich habe mich mit ihnen in Verbindung gesetzt.« Er bedachte seine Leute mit einem strahlenden Lächeln. »Sie werden es schon erraten haben: Vor Kurzem hat man einen gewaltigen Durchbruch erzielt. Natürlich nicht ganz so beeindruckend, wie Materie um fünfundvierzig Millionstel einer Sekunde in die Vergangenheit zu schicken«, fügte er hinzu, »aber nichtsdestotrotz gar nicht übel.«

Cargill machte eine Pause. Im Raum war es vollkommen still.

»Sie waren ganz und gar nicht begeistert von der Vorstellung, einen ihrer nur zwei funktionstüchtigen Prototypen aus den Augen zu lassen«, erklärte er. »Aber ich habe sehr deutlich gemacht, dass es sich um einen Notfall handelt. Und Präsident Janney hat dafür gesorgt, dass meiner Bitte stattgegeben wird. Wir haben also Glück. Wir verfügen jetzt über ein unfehlbares Lügendetektorsystem. Heute werden wir endlich erfahren, wer von uns bereit ist, den anderen das Messer in den Rücken zu stoßen. Wer bereitwillig schluckt, was Edgar Knight ihm auftischt. Wer uns sabotieren will, um diesem Wahnsinnigen dabei zu helfen, eine globale Regierung aufzubauen und die Macht an sich zu reißen.«

»Vorausgesetzt natürlich, der Maulwurf befindet sich in unserem Inneren Kreis«, warf Joe Allen neben ihm ein.

»Richtig«, sagte Cargill. »Und ich hoffe inständig, das ist nicht der Fall. Aber so oder so werden wir danach wissen, wem wir trauen können, und dann kann es endlich wieder vorangehen.«

Cargills Züge verhärteten sich. »Keiner von Ihnen verlässt diesen Raum, ehe sich nicht jeder dem Test unterzogen hat. Sie sollten sich geehrt fühlen, dass Sie Teil dieses ersten Feldversuchs sein dürfen. Also: Wenn ich Ihren Namen aufrufe, kommen Sie mit mir in unsere kleine Kammer hier, und wir schreiben gemeinsam Geschichte.«

49

Brian Hamilton hämmerte das Herz gegen die Rippen, aber er war froh, dass er da keine Ausnahme war – bei Cargills Worten zeigten auch seine Kameraden deutliche Anzeichen von Stress. Und *die* waren alle unschuldig.

Einer von ihnen, Chris Entwistle, kam ihm besonders angespannt vor, und Hamilton fragte sich, welche schmutzigen Geheimnisse er wohl haben mochte – nicht dass er sich deshalb Sorgen machen müsste, denn Cargills Fragen würden nur auf eine ganz bestimmte Verfehlung abzielen.

Hamilton wusste, dass er nichts tun konnte. Sie waren hier eingeschlossen, und die Tür wurde mit Sicherheit bewacht. Nur Cargill und Allen waren bewaffnet. Außerdem hätte selbst der verdammte Unglaubliche Hulk Schwierigkeiten, aus diesem Berg zu fliehen, wenn erst einmal die Alarmsirenen schrillten.

Er hatte keine andere Wahl, er musste den Test über sich ergehen lassen. Die alles entscheidende Frage war, ob Cargill ihnen gerade ein Märchen aufgetischt hatte. Je länger Hamilton darüber nachdachte, desto überzeugter war er davon.

Das Timing war ein bisschen zu glücklich. Eine Schwesterorganisation, die ausgerechnet dann einen unfehlbaren Lügendetektor erfand, wenn Cargill dringend einen brauchte? Nicht gerade besonders glaubwürdig.

Cargill war ein schlauer Fuchs und bekannt für seine Kniffe. Höchstwahrscheinlich war das hier mal wieder einer davon.

Auch wenn die Öffentlichkeit etwas anderes glaubte – Lügendetektoren waren sehr unzuverlässig, und wer wusste, was er tat, konnte sie ohne Weiteres austricksen. Die Leute hingegen, die solche Tests durchführten, waren geschickt darin, Täuschungen zu erkennen, und entlarvten viele Täter, die ansonsten den Test glatt überstanden hätten.

Beispielsweise könnte der Testleiter der Versuchsperson sagen, sie solle sich gründlich mit Seife die Hände waschen, um zu verhindern, dass der Handschweiß die Testergebnisse verfälschte, und dann über eine versteckte Kamera beobachten, ob der Aufforderung Folge geleistet wurde oder nicht. Falls nicht, sprach das Bände, denn ein Unschuldiger würde seine Hände schrubben, bis sie wund waren, um eine Falschmessung um jeden Preis zu vermeiden.

Der Lügendetektortest war ein nützliches psychologisches Instrument, um Geständnisse aus Leuten herauszubekommen. Und am erfolgreichsten provozierte man die Leute zu Geständnissen oder dazu, Fehler zu machen, wenn die Testpersonen davon überzeugt waren, dass der Test nahezu unfehlbar war. Wer fest daran glaubte, dass er gleich überführt werden würde, reagierte meist impulsiv und beging Dummheiten, und auf diesen Effekt setzten die Testleiter.

Und deshalb war das hier womöglich ebenfalls eine psychologische Finte. Diese erfundene Geschichte über einen narrensicheren Test sollte Hamilton Angst einjagen, damit er einen Fehler machte. Cargill hoffte darauf, dass er ihn dazu bringen konnte, sich zu verraten, ohne dass er auch nur eine Frage stellen musste.

Tja, darauf fiel Hamilton nicht rein. Er würde das Ganze einfach als ganz normalen Lügendetektortest betrachten und die erlernten Techniken anwenden, um ihn auszutricksen. Wenn Cargill doch nicht bluffte, war er am Arsch. Aber er hätte glatt darauf gewettet, dass er den Kopf noch mal aus der Schlinge würde ziehen können.

Drei lange Stunden verstrichen, drei andere Mitglieder des Inneren Kreises waren vor ihm an der Reihe. Und dann trat Lee Cargill aus der Metallkabine und rief den Namen Brian Hamilton.

Der Moment der Wahrheit war gekommen.

Er folgte Cargill in den behelfsmäßigen Verhörraum. Cargill war so dumm, ihm den Rücken zuzuwenden und ihn ganz nah heranzulassen. Wenn sie sich nicht mitten in einer Festung befänden, hätte Hamilton sich Cargills Waffe schnappen und fliehen können, ohne auch nur ins Schwitzen zu geraten. Für einen klugen Mann war Cargill mitunter ein ganz schöner Schwachkopf.

Hamilton betrat die Kabine, die größer war, als sie von außen aussah, und setzte sich an einen Glastisch. Cargill und Allen nahmen beide auf der gegenüberliegenden Seite Platz. Sorgfältig schloss Allen Hamilton an die Maschine an, befestigte Kabel an Fingern, Stirn und Brust, derweil Cargill einen großen Monitor betrachtete und hin und wieder nickte.

Und dann fing der Test an. Allen hatte Notizen dabei und sah offenbar wenig Anlass, davon abzuweichen. Das war ausgezeichnet, wurde Hamilton klar. Er wusste genau, was sie da gerade taten, und das machte es ihm noch leichter, den Test auszutricksen. Es war leicht zu erkennen, welche die Kontrollfragen waren – mit ihrer Hilfe ermittelten sie die Normwerte von Atmung, Puls, Blutdruck und Schweißabsonderung –, und bei welchen Fragen es ernst wurde.

Der Trick war, kurze Antworten zu geben. Und bei den Kontrollfragen musste man seine Atmung verzögern, den Kreislauf unter Stress setzen und sich wirklich üble Situationen vorstellen, zum Beispiel, dass man gerade lebendig verbrannte oder unter einem Riesenberg Feuerameisen begraben wurde. Wenn man es schaffte, bei den Kontrollfragen Stress im eigenen Körper zu erzeugen, fielen die schwachen Stressreaktionen beim Lügen nicht mehr so sehr ins Gewicht, weil sie vom ermittelten »Normwert« nicht groß abwichen. Außerdem gab es ein paar Kniffe, um sich selbst davon zu überzeugen, die Wahrheit zu sagen, obwohl man gerade log.

Allen befragte ihn dreißig Minuten lang, während Cargill den Monitor beobachtete und keine Miene verzog. Je länger der Test dauerte, desto selbstsicherer wurde Hamilton. Wäre der Test so gut, wie Cargill behauptete, hätten sie ihn inzwischen längst entlarvt.

Endlich war es vorbei, und Cargill sagte ihm, er solle sich zu den anderen gesellen, bis alle mit dem Test durch waren. Einige seiner Kameraden vertrieben sich die Zeit, indem sie miteinander plauderten, aber Hamilton schloss sich ihnen nicht an.

Als Nächster war ein Mann namens Joe O'Bannon an der Reihe. Nach ihm kamen nur noch zwei weitere. Jetzt, da die meisten von ihnen den Test überstanden hatten, war die Stimmung erheblich besser, nur Chris Entwistle, der Hamiltons erfahrenem Auge schon vorher nervös erschienen war, wirkte jetzt noch fertiger, fast als würde er sich jeden Moment übergeben. Hamilton fragte sich, wie sich wohl eine Magen-Darm-Grippe auf die Testergebnisse auswirken würde.

Als O'Bannon durch war, wurde endlich Entwistle aufgerufen. Cargill kam aus der Kabine und bat ihn, ihm zu folgen, so wie er es auch bei den anderen getan hatte.

Sie waren noch drei Meter von dem Verhörraum entfernt, als Entwistle vorschnellte – mit einem klaren Vorhaben.

Er bewegte sich so schnell, dass er vor ihren Augen verschwamm, riss Cargills Waffe aus dem Holster und wich zurück, die Waffe auf Cargills Brust gerichtet, ehe irgendwer reagieren konnte.

Im nächsten Augenblick griffen die anderen alle nach ihren Waffen, einem jahrelang trainierten und verfeinerten Instinkt gehorchend … nur um sich daran zu erinnern, dass sie nicht mehr bewaffnet waren.

Aber Entwistle war es.

Mehrere Leute aus dem Inneren Kreis gingen auf ihn zu, schweigend und mit tödlicher Konzentration, aber Cargill bedeutete ihnen hastig, sie sollten bleiben, wo sie waren.

Es waren nur wenige Sekunden vergangen, seit Entwistle vorwärtsgehechtet war.

»Geh zum Teufel, Lee Cargill«, zischte er. »Ja, ich sympathisiere mit Edgar Knight. Na und? Das tut jeder, der seinen Verstand noch beisammenhat. Das heißt aber nicht, dass ich Sie hintergangen hätte.«

»Nehmen Sie die Waffe runter.« Cargill bemühte sich, ruhig zu bleiben.

»Leck mich am Arsch«, brüllte Entwistle. »Von Ihnen nehme ich keine Befehle mehr an. Edgar Knight hat eine Technologie entwickelt, mit der man dieses ganze Blutvergießen auf der Welt beenden könnte. Tausenden unserer Waffenbrüder, die da draußen gegen diese Barbaren kämpfen, könnten wir das Leben retten. Die Leben von echten Helden. Aber nein, Sie hocken hier zitternd im Dunkeln und vergeuden das Geschenk, das Knight uns gemacht hat. Sie sind eine Schande!«

»Hören Sie, Chris, lassen Sie uns darüber reden. Sie wissen, dass Sie hier nicht rauskommen.«

»Das werden wir ja sehen«, erwiderte Entwistle trotzig. »Joe Allen!«, brüllte er dann und drehte sich zu dem behelfsmäßigen Verhörraum um, den sie eben fast betreten hätten. »Wenn diese Tür sich auch nur um einen Millimeter öffnet, ist Cargill tot. Und wenn irgendwer in diesem Raum auch nur daran denkt, irgendwas zu versuchen, gilt das Gleiche.«

»Ich habe genug gehört«, sagte Cargill, und plötzlich lag wieder die übliche Befehlsgewohnheit in seiner Stimme. »Vielen Dank, dass Sie bei *Lockt die verräterische Kakerlake aus ihrem Versteck heraus* mitgespielt haben. Das kleine Spiel habe ich übrigens selbst entwickelt. Wissen Sie, Chris, bei diesem Lügendetektor handelt es sich um die Standardausführung, er ist nur ein bisschen verkleidet. Ich habe darauf gesetzt, dass Sie unter Druck einen Fehler machen.«

Ungläubig starrte Entwistle ihn an, aber nur kurz. »Gratuliere, Arschloch«, sagte er. »Aber ich werde Sie jetzt als lebenden Schild benutzen, um hier rauszukommen. Wie schlau fühlen Sie sich jetzt, Sie Genie, hm?«

Langsam bückte sich Cargill. »Sie glauben aber nicht wirklich, dass ich zulasse, dass Sie eine geladene Waffe stehlen, oder? Es sind Platzpatronen drin, damit das Gewicht stimmt, aber sie war nur ein Köder. Und Sie haben zugeschnappt.«

Im nächsten Augenblick geschah alles Mögliche gleichzeitig, in einer Geschwindigkeit, dass die meisten Leute mit dem bloßen Auge nicht hätten folgen können; aber Hamilton war nicht die meisten Leute.

Im selben Moment, da sich die Tür zur Kabine öffnete, bückte sich Cargill nach der Waffe in seinem Knöchelhalfter, und Entwistle feuerte dreimal auf Cargills Kopf. Die Platzpatronen explodierten mit wütendem Krachen, ganz als wäre es echte Munition, aber Cargill hatte nicht geblufft.

Entwistle erfasste die Situation sofort und handelte kurz entschlossen: Er packte Cargill, der soeben die Waffe gezogen hatte, und verdrehte ihm mit einer flüssig ausgeführten ausgefeilten Kampftechnik den Arm, sodass Cargill gezwungen war, die Waffe loszulassen, andernfalls hätte es ihm den Ellbogen zerlegt.

Sobald Entwistle seine nicht geladene Pistole gegen die funktionstüchtige ausgetauscht hatte, wirbelte er Cargill herum, sodass der Q5-Chef sich zwischen ihm und der Tür befand, benutzte seinen ehemaligen Vorgesetzten als Schild. Allen stürmte mit gezogener Waffe aus dem Lügendetektor-Raum heraus.

»Fallen lassen, oder er ist tot«, brüllte Entwistle, und Allen erstarrte mitten in der Bewegung.

Ehe Allen jedoch dazu kam, die Waffe wegzuwerfen, ließ sich Cargill fallen, sodass sein zweiter Befehlshaber freies Schussfeld auf den Mann hinter ihm hatte, setzte sein Leben darauf, dass Allen schneller war als Entwistle.

Es war sehr knapp, aber tatsächlich reagierte Allen als Erster und pumpte drei Kugeln in Entwistles Körper, zwei in die Brust und die letzte in den Kopf. Entwistle gelang es, noch einen Schuss abzugeben, nachdem er schon getroffen worden war, aber er verfehlte Allen um mehrere Zentimeter.

Sobald Entwistle zusammenbrach, das Gesicht bis zur Unkenntlichkeit zerstört, stürmten vier Wachen mit gezückten automatischen Pistolen durch die Tür.

»Waffen weg!«, rief Cargill den vier Neuankömmlingen zu.

Die vier Männer begutachteten die Lage und ließen dann wie verlangt die Waffen sinken.

»Danke für Ihre schnelle Reaktion«, sagte Cargill, »aber die Lage ist unter Kontrolle.«

Als die Wachen wieder hinausgingen, bemerkte Hamilton, wie entgeistert alle ringsum dreinsahen. Er setzte exakt dieselbe Miene auf, obwohl er am liebsten gegrinst oder sogar einen Freudentanz aufgeführt hätte.

Es war tragisch, einen Mann verloren zu haben, der seine Verachtung für Cargill geteilt hatte, aber ein so hässliches Ende wie das von Entwistle mit anzusehen war für Hamilton keine neue Erfahrung.

Anfangs hatte er nur darauf gehofft, Cargills Falle zu entgehen, aber jetzt war etwas noch viel Besseres geschehen: Entwistle, ein ausgezeichneter Soldat, hatte mit Knight sympathisiert, hatte womöglich schon überlegt, auf welchem Wege er ihn erreichen und ihm seine Dienste anbieten könnte. Aber er war so dumm gewesen, sich von Cargill ins Bockshorn jagen zu lassen und es auf die denkbar dämlichste Art zu vermasseln.

Cargills List war nicht vergebens gewesen, so wie Hamilton erwartet hatte. Im Gegenteil: Der Mann hatte seinen gesuchten Maulwurf schließlich doch noch gefunden.

Hamilton hatte Cargill für einen Idioten gehalten, weil er zugelassen hatte, dass die Männer während des Tests in Reichweite seiner Waffe gelangten. Aber er hatte vorschnell geurteilt. Es war Absicht gewesen.

Cargill hatte sich klüger angestellt, als Hamilton es ihm zugetraut hatte.

Zu klug sogar, wie sich herausgestellt hatte.

Denn er hatte den falschen Mann aus seinem Versteck gelockt. Und jetzt würde er wieder sein gewohnt vertrauensvolles Verhalten an den Tag legen, würde sich wieder voll und ganz auf seinen Inneren Kreis verlassen. Jetzt ging der Spaß erst richtig los.

50

Sechs Tage waren seit Cargills Lügentest-Stunt vergangen, Hamilton war die ganze Zeit mit einem Auftrag draußen unterwegs gewesen und gerade erst zum Stützpunkt zurückgekehrt, um an einer Konferenz teilzunehmen. Knights Geduldsfaden wurde zusehends dünner, und Hamilton selbst ging es nicht anders. Seinem Ziel, eine Kopie von Wexlers Daten zu ergattern, war er noch keinen Millimeter nähergekommen.

Als er in Konferenzraum D eintraf, hatte er zwar einige halbgare Ideen, wie er sich womöglich dichter an die Daten heranschlängeln könnte, aber eine konkrete Strategie hatte er noch nicht ausgearbeitet. Mit ihm befanden sich drei weitere Mitglieder des Inneren Kreises im Konferenzraum: Joe O'Bannon, Tom TenBrink und Eric Beal.

Kurz nach ihnen kamen Lee Cargill und Joe Allen herein, und alle setzten sich an den großen Konferenztisch.

Cargill hielt sich nicht mit Höflichkeitsgeplänkel auf. »Ich habe Sie heute hier zusammengerufen, weil eine ausnehmend wichtige Mission ansteht. So wichtig sie jedoch ist, handelt es sich im Grunde um einen Routineeinsatz – einen langweiligen sogar. Vor neun Tagen haben wir, wie Sie sich mit Sicherheit erinnern, Jenna Morrison und Aaron Blake gefunden. Auch wenn mein Vertrauen in Sie alle wieder voll hergestellt ist, möchte ich Ihnen nur die unbedingt nötigen Informationen zur Verfügung stellen, deshalb haben Sie bis zu diesem Zeitpunkt noch nicht erfahren, dass der Einsatz erfolgreich war und die besagten Personen sich jetzt hier auf dem Stützpunkt befinden.«

»Herzlichen Glückwunsch«, sagten TenBrink und Beal einstimmig.

Arschkriecher, dachte Hamilton angewidert.

»Danke«, sagte Cargill. »Es gibt noch einige weitere Informationen, die ich Ihnen bis zu diesem Zeitpunkt vorenthalten habe. Zum einen haben Joe und ich schon die ganze Zeit im nördlichen Quadranten Quartier genommen. Wir wollten das unter Verschluss halten, bis wir den Maulwurf gefunden haben.« Er schwieg einen Augenblick. »Zusätzlich zu Blake und Morrison haben wir zwei weitere Männer auf den Stützpunkt geholt, einen UCLA-Physiker namens Dan Walsh und einen Computerexperten namens Greg Soyer. Inzwischen sind alle vier über Q 5 voll im Bilde.«

»*Voll* im Bilde?«, wiederholte O'Bannon in einem Tonfall, als würde er hoffen, dass es nicht stimmte, und als wäre er ganz und gar nicht erbaut, wenn es wirklich so war.

»Die vier wissen jetzt ebenso viel wie Sie auch«, antwortete Cargill. »Wir haben alle vier dazu eingeladen, sich uns anzuschließen. Walsh, der Physiker, befasst sich mittlerweile außerhalb des Stützpunkts gemeinsam mit dem Rest des Teams mit der Analyse von Wexlers Arbeit. Er ist so selig wie ein Kind am Weihnachtsmorgen. Die drei anderen sind noch hiergeblieben, jedenfalls bis heute.«

»Was ist heute passiert?«, fragte TenBrink.

»Greg Soyer lebt mit seiner Freundin zusammen. Wir haben ihm Zeit verschafft und ihr erzählt, dass er vom Militär für eine geheime Mission rekrutiert wurde, dazu hat sie eine lahme Erklärung für den Zustand bekommen, in dem sie ihr gemeinsames Haus vorfand. Aber jetzt möchte er zu ihr zurück. Er wird gerade wieder nach Hause gebracht. Die gute Nachricht: Er ist bereit, weiterhin mit uns zusammenzuarbeiten, sollten wir ihn brauchen.«

»Weiß Knight über ihn Bescheid?«, fragte TenBrink. »Und, noch wichtiger, ist anzunehmen, dass er hinter ihm her ist?«

»Unwahrscheinlich«, sagte Joe Allen. »Knight interessiert sich nur für Nathan Wexlers Durchbruch, und dabei kann Soyer ihm nicht weiterhelfen. Soyer hat die Datei in der Cloud gespeichert, übrigens äußerst gut gesichert, und zusätzlich einen weiteren Sicherungsmechanismus installiert. Wenn Jenna und ihr Freund, der Privatdetektiv, nicht alle beide wöchentlich ihr jeweiliges Passwort eingeben, werden die Daten automatisch veröffentlicht, was weder wir noch Edgar Knight zulassen können. Dasselbe passiert, wenn irgendjemand versucht, auf die Datei zuzugreifen oder sie zu löschen. Ursprünglich hatte Soyer ebenfalls Zugang zu der Datei, aber er hat seine beiden Freunde dazu veranlasst, die Codes zu ändern, sodass er mittlerweile selbst nicht mehr an die Informationen herankommt.«

»Was bedeutet, dass im Augenblick ausschließlich Jenna Morrison und Aaron Blake für Knight von irgendeinem Wert sind«, fügte Cargill hinzu.

Es durchfuhr Hamilton wie ein elektrischer Schlag. Hatte er richtig gehört? Das konnte nicht sein. »Ich habe noch nicht ganz verstanden«, sagte er. »Sie sagen, dass diese beiden schon über eine Woche lang hier sind. Aber Sie sagen, diese Datei ist immer noch in der Cloud? Noch immer mit dieser Notfallsicherung versehen?«

Cargill schaute düster drein. »Ja. Q5 ist für den Tod des Mannes verantwortlich, den Jenna Morrison geliebt hat, und Aaron Blake hat einige sehr unerfreuliche Erfahrungen mit politisch motivierten Militärentscheidungen gemacht, weshalb er nicht so schnell bereit ist, auf die Urteilsfähigkeit der Regierung zu vertrauen. Wir haben versucht, sie davon zu überzeugen, diese Datei zu zerstören, aber sie weigern sich, ehe sie nicht voll und ganz davon überzeugt sind, dass sie uns vertrauen können.«

Hamilton traute seinen eigenen Ohren nicht. Was für ein Weichei dieser Cargill doch war. Es war sogar noch schlimmer, als er ohnehin schon angenommen hatte.

»Mit Verlaub«, sagte Eric Beal, »aber wenn diese Datei in Edgar Knights Hände oder an die Öffentlichkeit gerät, dann ist die Welt gründlich am Arsch. Wenn diese Angelegenheit nicht den Einsatz etwas ... *erweiterter* Überredungskunst rechtfertigt, wüsste ich nicht, was es dann täte.«

Fast hätte Hamilton gegrinst. Wenn sogar ein Schlappschwanz wie Eric Beal einen für einen Schlappschwanz hielt, dann war man *wirklich* ein Schlappschwanz.

»Guter Einwand«, sagte Cargill. »Erstens: Solange sich die Datei noch in der Cloud befindet, ist meine höchste Priorität, dass die beiden jede Woche ihre Passwörter eingeben und den Sicherungsmechanismus zurücksetzen, was sie übrigens gerade erst heute getan haben. Zweitens bin ich ganz sicher, dass sie noch einlenken werden, denn ich war sehr offen mit ihnen, und sie beide würden für unser Team wertvolle Mitglieder abgeben. Wenn wir aber Gewalt anwenden, um sie zu zwingen, werden sie sich uns niemals anschließen. Ja, jetzt wissen sie über Amerikas geheimstes Geheimprojekt Bescheid. Und was nun? Sollen wir sie umbringen? Hat Jenna Morrison nicht genug durchgemacht? War es nicht schlimm genug, dass wir Nathan Wexler erschossen haben, und zwar vor ihren Augen?«

Cargill blickte Männer an, die ihm gegenübersaßen, aber sie alle zogen es vor, darauf nicht zu antworten.

»Bisher«, fuhr er fort, »sieht Jenna keinen Grund, der dagegenspricht, sich uns anzuschließen. Aber sie wünscht sich noch zwei Wochen Bedenkzeit. So lange möchte sie uns besser kennenlernen und mehr Zeit mit mir und Joe verbringen. Aber nicht hier. Sie fühlt sich hier unten zunehmend klaustrophobisch. Das Wissen, dass sich direkt über ihrem Kopf ein ganzer Berg befindet, macht ihr immer schwerer zu schaffen. Und hier zu leben, fern von jedem Tageslicht, macht sie noch niedergeschlagener, als sie ohnehin schon ist – und glauben Sie mir, das heißt schon etwas, wenn man bedenkt, dass sie gerade erst jemanden verloren hat, den sie sehr geliebt hat.«

»Ich verstehe«, sagte TenBrink. »Das heißt also, Sie haben ihr zugesagt, sie woanders unterzubringen?«

»Ja. Und Aaron Blake ebenfalls. Er empfindet ihr gegenüber große Loyalität, und wo sie auch hingeht, er geht mit, um sie zu beschützen.«

»Wir haben uns dafür entschieden, sie während ihrer zweiwöchigen Bedenkzeit auf einem anderen Militärstützpunkt hier in der Nähe unterzubringen«, sagte Joe Allen. »Nah genug, dass wir oft vorbeischauen und dafür sorgen können, dass sie sich mit dem Ganzen zunehmend wohlfühlt. Es handelt sich um den Luftwaffenstützpunkt Schriever.«

»Es gibt hier in der Nähe gleich mehrere Stützpunkte«, sagte Cargill, »aber Schriever ist nur achtundvierzig Kilometer weit entfernt. Für diejenigen unter Ihnen, die den Stützpunkt nicht kennen: Dort ist der 50th Space Wing stationiert, der für die Satelliten verantwortlich ist. Frühwarnsatelliten, Navigation, Kommunikation, Spionage – alles, was man sich nur denken kann. Fast sechstausend Leute insgesamt. Außerdem befindet sich auf Schriever die Steuerzentrale für GPS-Satelliten, ebenso wie die Hauptuhr, über die sie alle synchronisiert werden.«

»Schriever ist für unsere Zwecke optimal«, sagte Allen. »Der Stützpunkt liegt mitten im Nirgendwo, umgeben von nichts als flachem Ödland, also ist es unmöglich, sich heranzupirschen. Niemand dort wird wissen, wer die beiden sind oder weshalb sie eine so wichtige Rolle spielen, aber sie sind so rundum abgesichert, dass selbst ein Präsident neidisch werden könnte.«

»Und an diesem Punkt kommen Sie ins Spiel«, sagte Cargill. »Wir brechen morgen um punkt sieben Uhr auf. In einem mittelgroßen Truck, gut genug gepanzert, um selbst nach einem direkten Treffer durch eine Rakete noch weiterzufahren, als wäre nichts gewesen. Auf der Außenseite steht *Colorado Carpeting Discounter*. Ich werde selbst fahren, damit ich unseren beiden Gästen direkt nach der Ankunft den Stützpunkt zeigen kann. Sie vier fahren mit hinten im Wagen und haben ein Auge auf unsere Gäste. Sobald wir den Stützpunkt erreichen, werden auch sie dort stationiert, als zusätzlicher Schutz für Morrison und Blake.«

»Reichen ein gepanzerter Truck und fünf Männer dafür denn aus?«, fragte O'Bannon. »Knight würde sich bereitwillig ein Ei dafür abhacken lassen, die beiden zu erwischen. Sollten wir sie nicht lieber per Panzerkonvoi und mit Kampffliegereskorte transportieren?«

Cargill schüttelte den Kopf. »Nein. Knight dürfte inzwischen wissen, dass wir sie haben, aber er muss davon ausgehen, dass sie keinen Zugang mehr zu Wexlers Daten haben, also nützen sie ihm nichts. Und ihm sind die Maulwürfe ausgegangen, also kann er nicht wissen, wo sie stecken. Das Ziel ist, das Ganze ohne Aufsehen über die Bühne zu bringen, damit wir keine Aufmerksamkeit auf uns ziehen. Diesmal ist es ausgeschlossen, dass wir in Schwierigkeiten geraten. Es wird einer der einfachsten Einsätze sein, auf denen Sie je waren.« Er lächelte. »Aber bewaffnen Sie sich trotzdem bis an die Zähne.«

»Auch wenn wir uns nicht vorstellen können, dass Knight immer noch hinter ihnen her ist«, sagte Allen, »oder auch nur weiß, wo sie stecken, wir machen trotzdem auf paranoid und bringen rings um den Stützpunkt Dunkle-Energie-Sensoren an. So sind wir auch in dem unwahrscheinlichen Fall eines Irrtums abgesichert, und er kann mit seinen mobilen Zeitreiseeinheiten nicht bis auf die erforderliche Entfernung von siebzehneinhalb Metern herankommen und die Basis infiltrieren.«

»Das heißt also, in den kommenden zwei Wochen spielen wir Babysitter?«, beklagte sich Tom TenBrink.

»Betrachten Sie es nicht als zwei lange Wochen«, erwiderte Cargill lächelnd, »sondern als vierzehn kurze Tage.«

TenBrink erwiderte das Lächeln nicht. »Ich weiß ja, dass Sie davon ausgehen, dass sich Jenna Morrison uns am Ende anschließen wird«, sagte er. »Aber was, wenn nicht? Was, wenn sie sich dafür entscheidet, wieder in ihr früheres Leben zurückzukehren und die Notfallsicherung einfach so zu lassen, wie sie ist?«

»Ich werde sie wohl davon überzeugen müssen, dass das keine Option ist«, sagte Cargill. »Dass sie zu angreifbar wäre, was Edgar Knight betrifft. Selbst wenn er davon ausgeht, dass sie keinen Zugriff mehr auf Nathans Arbeit hat – ich kenne ihn zu gut. Wenn sie ungeschützt ist, wird er noch den allerletzten Stein umdrehen, um ganz sicherzugehen.«

»Und wenn Sie sie nicht überzeugen können?«, fragte O'Bannon.

»Es reicht«, blaffte Cargill, dem von einem Augenblick auf den anderen der Geduldsfaden riss. »Sie wird sich uns anschließen! Aber verlassen Sie sich darauf: Falls ich mich irre, dann werde ich tun, was ich tun muss. Selbst wenn es hässlich wird. Also Schluss jetzt mit den Fragen. Seien Sie morgen früh startklar.«

Hamiltons Kameraden blickten allesamt finster drein, aber er konnte vor Begeisterung kaum an sich halten. Dieser Transport war genau die Chance, auf die er gewartet hatte. Das hier war seine Gelegenheit. Nicht nur eine Gelegenheit, ein Held zu sein, nein, es wäre auch bald Schluss mit diesem beschissenen Doppelagentendasein.

Nur noch ein Tag, dann konnte Hamilton endlich Seite an Seite mit Edgar Knight kämpfen und mit ihm gemeinsam auf eine verheißungsvolle Zukunft hinarbeiten.

51

Jenna Morrison und Aaron Blake saßen mit dem Rücken zur Trennwand in dem mittelgroßen Truck, die Gesichter zur Hecktür gewandt. Cargill am Steuer war keinen Meter weit weg, aber die Wand trennte den Fahrerraum vom Laderaum, und sie konnten ihn nicht sehen. An der rechten Wand saßen Hamilton und O'Bannon, an der linken Beal und TenBrink. Trotz seiner anderslautenden Beschriftung, die ihn als Fahrzeug eines Teppich-Discounters auswies, war der Truck abgesehen von seiner menschlichen Fracht leer.

Hamiltons Haut kribbelte vor lauter Erwartung. Er musterte das Mädchen gründlich und stellte fest, dass sie schlecht aussah, fast als wäre sie krank.

»Alles in Ordnung?«, fragte er sie. Es konnte ja nicht schaden, ein bisschen den guten Samariter zu spielen.

Sie zwang sich zu einem Lächeln. »Ja, klar. Es ist nur, dass es Erinnerungen weckt, hier mit einem Haufen Soldaten in einem Lastwagen zu sitzen. Erinnerungen, an die ich lieber nicht denken würde. Letztes Mal ist das nicht so besonders gut ausgegangen.«

»Keine Sorge, Ma'am«, sagte Eric Beal. »Ich verspreche Ihnen, dass es diesmal anders läuft.«

»Das weiß ich«, sagte sie und seufzte. »Danke.«

Zehn Minuten lang sagte niemand ein Wort. Neben Hamilton und seinen Kameraden standen Rucksäcke voller Waffen, genau wie bei dem Team, das damals den Auftrag erhalten hatte, Jenna Morrison und Nathan Wexler zu extrahieren. Und genau wie dieses Team waren sie angewiesen worden, keine offen sichtbaren Waffen zu tragen, um ihren Gästen nicht unnötig Angst einzujagen.

Das trug nur dazu bei, Hamiltons geringe Meinung über Lee Cargill noch weiter zu verfestigen. Wenn das Mädchen sehen würde, dass sie alle eine MP 5 auf dem Schoß hatten, dann hätte es *weniger* Angst, nicht mehr.

Und was Aaron Blake betraf: Hamilton hatte seine Akte gelesen. Dieser Mann geriet niemals in Panik. Und selbst jetzt wirkte er hoch konzentriert und sehr, sehr aufmerksam.

Der Truck rollte aus und kam zum Stehen. Fast eine Minute später aktivierte Cargill ein Mikrofon, das seine Stimme in den Laderaum übertrug. Anscheinend hatten sie es nicht nur mit einer roten Ampel zu tun.

»Ein Stück vor uns hat es, wie es aussieht, einen kleinen Unfall gegeben«, erklärte er. »Der Abschleppwagen ist schon da, und spätestens in fünf Minuten müsste es weitergehen. Das ist kein Hinterhalt. Die Fahrer der fraglichen Fahrzeuge und des Abschleppwagens sind harmlose Zivilisten, und ich behalte sie aufmerksam im Auge. Keine verdächtigen Fahrzeuge oder Fußgänger in Sicht. Außerdem habe ich von hier aus einen guten Überblick, und falls nötig, kann ich den Umfall einfach umfahren.«

Hamilton kniff die Augen zusammen. »Wie hoch ist die Wahrscheinlichkeit, dass uns ausgerechnet jetzt der Weg durch einen Unfall versperrt wird?«, fragte er, an niemand Besonderen gerichtet.

»Ich würde sagen, eins zu einer Million«, antwortete TenBrink unruhig.

»Es ist ein ungewöhnlicher Zufall«, sagte Joe O'Bannon, »aber Cargill weiß das auch, und er scheint sich deshalb keine Sorgen zu machen.«

Hamilton spürte, wie sich TenBrink eine Antwort darauf verkniff, vermutlich etwas darüber, was er in solchen Angelegenheiten von Cargills Urteilsfähigkeit hielt, aber anscheinend wollte er es in Gegenwart ihrer beiden Gäste nicht laut sagen.

»Wie auch immer«, sagte Hamilton, öffnete den Reißverschluss seines Rucksacks und zog seine H&K 45. »Ich gehe mal nachsehen. Nur um sicherzugehen.«

»Gute Idee«, sagte Blake, dessen Instinkt ihm offensichtlich ebenfalls trotz Cargills Beruhigungsversuchen laut zubrüllte, dass es Schwierigkeiten gab.

Die zweiflüglige Hecktür öffnete sich nach außen. Hamilton öffnete eine der Türen einen Spalt und spähte hinaus. Dann drehte er sich zu den anderen um. »Sieht alles gut aus, völlig ruhig. Wenn ich zurückkomme, klopfe ich zweimal, mache eine Pause und klopfe dann noch dreimal, damit ihr wisst, dass ich es bin.«

Ohne auf Antwort zu warten, sprang er hinaus und schloss die Tür. Rasch lief er zur Beifahrerseite der Fahrerkabine und bedeutete Cargill mit einem Winken, er solle die Fensterscheibe runterlassen.

Cargill tat es, starrte Hamilton aber wütend an. »Was machen Sie denn da?«, blaffte er ihn an. »Gehen Sie zurück in den Wagen.«

Außerhalb seiner Sicht, unterhalb des Fensters, schraubte Hamilton einen Schalldämpfer an seine Waffe. »Ich wollte nur kurz nachsehen, ob alles in Ordnung ist«, sagte er unschuldig. »Ob es, Sie wissen schon, wirklich kein Hinterhalt ist.«

»Das habe ich Ihnen doch schon gesagt!«, antwortete Cargill. »Manchmal ist ein Unfall einfach nur ein Unfall. Und Knight hat keine Ahnung, dass wir überhaupt hier sind.«

»Beides falsch, Vollidiot«, sagte Hamilton, hob die Waffe und zog den Abzug dreimal in rascher Folge durch, und drei Kugeln zerfetzten Cargills Brust.

Bevor er geschossen hatte, hatte er sich umgesehen. Niemand hatte diese lange überfällige Exekution bemerkt. Knight hatte den am harmlosesten aussehenden Zivilisten, die er auftreiben konnte, eine königliche Summe dafür gezahlt, diesen Unfall vorzutäuschen, und andere Leute aus ihrem Team hatten außer

Sicht Straßensperren aufgebaut, um weitere potenzielle Zeugen nach Möglichkeit zu vermeiden.

Hamilton ging wieder zur Hecktür hinüber und holte tief Luft. Zog aus einer Tasche ein verstärktes Vorhängeschloss, aus der anderen eine kleine Gasgranate. Er wusste, dass seine Kameraden – seine baldigen Ex-Kameraden – keine Gasmasken dabeihatten.

Er hob die Hand. *Klopf-klopf.* Pause. *Klopf-klopf-klopf.*

Er wartete noch ein paar Sekunden, dann öffnete er die Tür, sicher, dass von drinnen keine Waffen auf ihn gerichtet waren. Zog den Stift aus der Granate, warf sie hinein, knallte die Tür wieder zu und sicherte sie mit dem Vorhängeschloss.

Er kehrte zur Fahrerkabine zurück, stieß Cargills leblosen Körper auf den Beifahrersitz hinüber und sah auf die Uhr.

Genau im Zeitplan.

Nun musste er nichts mehr machen, als einen kleinen Abstecher in den Wald zu unternehmen, wo andere Mitglieder von Knights Team darauf warteten, Hamilton und seine beiden Gefangenen zurück zum Lake Las Vegas zu bringen und dabei gut darauf zu achten, alle möglichen Sicherheitsmaßnahmen zu ergreifen, damit niemand ihren Weg verfolgen konnte. Dabei würden ihnen einige neue, frisch von Knights Denkfabrik ausgetüftelte Methoden gute Dienste leisten.

Während sich der Truck in Bewegung setzte, musterte Hamilton Cargills blutüberströmte Leiche. Er wusste nicht, wann er zum letzten Mal so guter Laune gewesen war.

»Es macht Ihnen doch nichts aus, wenn ich fahre?«, fragte er breit grinsend.

52

Jenna und Blake bekamen etwas gespritzt, um die Wirkung von dem Zeug aufzuheben, das man ihnen verpasst hatte, was auch immer es gewesen war. Die Wirkung war beeindruckend und setzte sofort ein – im nächsten Augenblick waren sie wieder bei vollem Bewusstsein.

Ihre Handgelenke waren mit fest zusammengezurrten Plastikhandschellen gefesselt, und man führte sie mit vorgehaltener Waffe in einen Raum, den sie schon auf dem Bildschirm in ihrem Motelzimmer im *Best Border Inn* gesehen hatten: das Büro von Edgar Knight.

Es befand sich in einem zweiundzwanzig Stockwerke hohen, sehr imposanten Gebäude: modern, hell und verschwenderisch prunkvoll eingerichtet. Mehrere Stockwerke des ehemaligen Luxushotels waren in Luxusbüros und -wohnungen umgebaut worden. Andere hatte man entkernt und in regelrechte Oasen für die Wissenschaftler umgewandelt, einschließlich Einzelbüros, Konferenzräumen, Virtual-Reality-Sälen, wo die Entwickler und Erfinder in 3D-Repräsentationen ihrer aktuellen Projekte eintauchen konnten, und ausgedehnten Labortrakten – Biologie, Physik, Chemie, Elektronik, Künstliche Intelligenz und so weiter, alles vollgestopft mit der allermodernsten Ausrüstung und Technologie, die man für Geld nur kaufen konnte.

Mit einem Büro ausgestattet, das wie das elektronische Nervenzentrum eines ganzen Imperiums wirkte und sehr viel größer war, als sie bei dem kurzen Blick während des Telefonats geglaubt hatten, glich Knights Residenz im zweiundzwanzigsten Stock einem ungeheuer noblen Penthouse. Sie erstreckte sich über die gesamte Etage, Hunderte und Aberhunderte Quadratmeter groß, und genügte selbst exklusivsten Ansprüchen. Eine ganze Außenwand bestand aus einer einzigen Fensterscheibe, durch die man auf mehrere kleinere Gebäude und eine Brücke hinabblickte, die einen Pfad durch sanft schimmerndes blaues Wasser schlug. Die Architektur war offen und großzügig, wunderschöne Bögen wölbten sich über den Durchgängen. Es gab Schlafzimmer, eine Küche, die jeden Chefkoch glücklich gemacht hätte, und sogar einen kleinen Innenpool samt Jacuzzi.

Knights Lakaien führten sie zu vier Stahlstühlen in einer Ecke des Büros, die jeweils anderthalb Meter voneinander entfernt am Boden festgeschraubt waren. Sie standen in hässlichem Kontrast zu der modernen Einrichtung und erzeugten mitten in der ansonsten so erlesenen Eleganz eine misstönende, psychopathisch anmutende Gefängnisatmosphäre.

Sie mussten sich setzen, man fesselte ihre Beine mit unzerreißbaren Nylon-Strapsen an die Stühle und zurrte alles gut fest, dann wurden ihre Hände befreit. Knight dankte seinen vier Untergebenen, und sie verließen rasch das Büro und ließen ihn mit seinen beiden Gefangenen allein.

Eine ganze Weile lang musterte Knight sie nachdenklich. Der Privatdetektiv, der mal ein Army-Ranger gewesen war, faszinierte ihn sehr. Er sah nach nichts Besonderem aus, aber seine Akte sprach eine ganz andere Sprache. Die äußere Erscheinung konnte mitunter wirklich sehr trügerisch sein.

»Jenna Morrison und Aaron Blake«, sagte er erfreut. »Wie schön, Sie endlich persönlich kennenzulernen. Ich muss gestehen, ich bin enttäuscht, dass Sie mein großzügiges Angebot ausgeschlagen haben und nicht aus freien Stücken gekommen sind. Aber jetzt sind Sie ja hier, so oder so.«

Er deutete auf die Stühle, an die man sie gefesselt hatte. »Als ich erfahren habe, dass Sie unterwegs sind, habe ich die hier extra Ihretwegen installieren lassen.«

Blake deutete mit einem Nicken auf die beiden leeren Stühle neben ihm. »Rechnen ist nicht so Ihr Ding?«, erkundigte er sich.

Knight zuckte mit den Schultern. »Man weiß nie, wozu man zwei Extrastühle vielleicht noch gebrauchen kann.«

»Wie lange waren wir bewusstlos?«, fragte Blake.

»Sechs Stunden.«

»Wo sind wir?«, verlangte der Detektiv zu wissen.

Knight überlegte. Da er sie gründlich auf Wanzen und Sender hatte überprüfen lassen, bestand eigentlich kein Grund, es ihnen nicht zu sagen. »Sie befinden sich auf einer Insel inmitten des Lake Las Vegas.«

»Lake Las Vegas?«, wiederholte Jenna. »Ist das irgendein blöder Witz?«

»Nein. Warum sollte es denn keinen riesigen, von Menschenhand erzeugten See mitten in der Wüste geben?«, erwiderte er trocken.

Irritiert sahen Jenna und Blake einander an, aber jetzt war nicht die richtige Zeit für eine Lektion in Sachen Landschafts- und Immobilienkunde.

»Hamilton hat also schon die ganze Zeit für Sie gearbeitet?«, fragte Blake.

»Ja. Besonders beeindruckt hat er mich bislang übrigens nicht. Bis heute jedenfalls.«

»Wo sind die anderen, die vorhin bei uns waren?«, fragte Jenna.

»Ich befürchte, die sind alle tot«, antwortete Knight sachlich. »Einschließlich meines alten Freundes Lee Cargill«, fügte er dann hinzu, diesmal mit großer Genugtuung.

»Nein!«, flüsterte Jenna erschüttert. »Sie alle? Warum? Sie waren völlig hilflos.«

»Ich hatte niemals vor, zum Feind von Q5 zu werden«, erwiderte Knight. »Immerhin bin ich es, dem die Organisation ihre Existenz verdankt.« Er schüttelte den Kopf. »Aber diese Männer hatten vor, mich zu töten. Also verzeihen Sie mir bitte, wenn mich ihr Tod nicht allzu wehmütig stimmt.«

Er zog sich einen Stuhl heran und setzte sich zwei Meter von ihnen entfernt hin. Die langen Reihen der Monitore ringsum zeigten die augenblicklichen Aufenthaltsorte diverser Mitglieder seiner Organisation an, außerdem Informationen über die Sicherheitszone, die sie umgab, und alles Mögliche sonst, aber er hatte nur Augen für Jenna und Blake.

»Es hat mich nicht gerade erfreut, als ich hören musste, dass Sie sich auf die Seite von Q5 geschlagen haben«, sagte er. »Eine schlechte Wahl, die Sie da getroffen haben.«

»Wer hat Ihnen denn gesagt, wir seien auf der Seite von Q5?«, fragte Blake, als könnte Knight sich nicht mehr irren.

»Brian Hamilton.«

»Dann hat Cargill ihn belogen«, sagte Blake, ohne zu zögern. »Cargill hat versucht, uns davon zu überzeugen, uns ihm anzuschließen, aber wir haben uns alles offengehalten. Tatsächlich ist es so, dass wir uns zuerst mit Ihnen unterhalten, uns Ihren Standpunkt anhören wollten, ehe wir uns entscheiden. Hätten Sie uns schon am Telefon die Wahrheit gesagt, statt uns anzulügen, wären wir für Ihre Sichtweise sehr viel offener gewesen.«

»Und wehrlose Menschen zu ermorden bringt Ihnen jetzt auch nicht so direkt Pluspunkte ein«, stieß Jenna hervor.

»Erst einmal: Es interessiert mich nicht mehr, ob Sie auf meiner Seite sind oder nicht. Ich will Nathan Wexlers Datei von Ihnen haben, und es ist mir egal, ob Sie sie freiwillig rausrücken oder anders. Und ich würde niemals wehrlose Menschen ermorden. Wenn man von einem Löwen gejagt wird und es sich ergibt, dass man ihn schlafend erwischt, dann tötet man ihn. Der Unterschied zwischen Lee Cargill und mir ist, dass ich bereit bin, auch unangenehme Entscheidungen zu treffen, und mich unerfreulichen Tatsachen stelle, statt sie zu leugnen.«

Knight erhob sich und verschränkte die Hände hinter dem Rücken, dabei beugte er sich leicht vor. »Mitgefühl ist etwas Wunderbares. Ich bin sehr dafür zu haben. Aber wenn wir uns davon lähmen lassen und nicht mehr in der Lage sind, vernünftige, logische ... notwendige Entscheidungen zu treffen, dann verdienen wir es, dass unsere Spezies ausgelöscht wird.«

»Ganz im Gegenteil«, sagte Jenna. »Mitgefühl sorgt dafür, dass wir eben nicht ausgelöscht werden.«

Knight lachte. »Gut gesprochen, ganz wie ein Idiot, der den Kopf tief in seinem eigenen Arsch vergraben hat«, sagte er. »Wenn jeder Mensch mitfühlend wäre, dann träfe das zu. Aber es gibt in dieser Welt skrupellose Menschen. Menschen, die Gefallen an der Vision eines Armageddon finden und nur wenige Schritte davon entfernt sind, es wahrmachen zu können. Angesichts dessen ist Mitgefühl der reinste Selbstmord, und genau diesen Pfad beschreiten wir derzeit. Sie sind wie ein Weizenhalm mitten in einem Weizenfeld, das zu seinen Landsleuten ringsum sagt: *Mitgefühl und Liebe sind die Antwort auf alles. Wenn wir nur der auf uns zuschwirrenden Wolke aus Millionen von Heuschrecken sagen, wie freundlich und warmherzig wir sind, dann werden sie uns sicher in Frieden lassen.*«

»In vielerlei Hinsicht stimme ich Ihnen zu«, sagte Blake. »Ja, das tue ich. Aber die Antwort kann nicht sein, dass ein Mann sich zum Diktator über alles aufschwingt.«

»Warum nicht? Im Augenblick haben wir weltweit zahlreiche Demokratien, aber es gibt auch zahllose Länder, die von Diktatoren und Schlimmerem regiert werden. Irrationale, machthungrige Leute, die sich nur um ihre ganz persönlichen Belange scheren. Wenn ich das Sagen habe, dann werden die Entscheidungen wenigstens nach rationalen Gesichtspunkten getroffen.«

»Etwa solche Entscheidungen wie die Sterilisation von allen unterhalb eines bestimmten IQs?«, fragte Jenna.

»Ja. Als Erstes werden die barbarischen, zerstörerischen Extremisten vom Angesicht der Erde getilgt. Eine einfache Entscheidung, etwa so wie die, wie mit Ihren Freunden aus dem Truck zu verfahren ist: Töte sie, oder sie töten später dich. Dieses Terroristenpack ist großartig darin, um *Ihre* Gnade zu flehen, an *Ihr* Mitgefühl zu appellieren, so lange, bis man dumm genug ist, ihnen den Rücken zuzuwenden, denn dann vernichten sie Sie mit einer Skrupellosigkeit, die ihresgleichen sucht. Glauben Sie mir, von denen haben Sie weder Mitleid noch Gnade zu erwarten, auch wenn *Sie* ihnen noch eine Sekunde zuvor beides gewährt haben.«

Knight seufzte. »Was die Frage anbelangt, wie mit den zukünftigen Scharen dummer, ignoranter Leute zu verfahren ist: Jemand sagte einmal, die Erde sei ein Raumschiff, und wir seien seine Passagiere. Unser Planet ist ein winziges Rettungsboot im unermesslichen Ozean des Universums. Aber dieses Boot ist zunehmend überfüllt und leckgeschlagen. Wenn die Crewmitglieder, die nicht in der Lage sind, Wasser abzuschöpfen, sich zehnmal schneller vermehren als die, die es können, dann muss man kein Genie sein, um zu begreifen, dass das Boot früher oder später sinken wird. Es ist nur eine Frage der Zeit. Und ich bin ja nicht dafür, die betreffenden Crewmitglieder über Bord zu werfen. Ich will nur dafür sorgen, dass ihre endlose Vermehrung aufhört, damit sie nicht irgendwann die fähigen Crewmitglieder überrennen und unter sich begraben.«

Zu Knights Überraschung reagierte Jenna Morrison darauf nicht, schrie ihm nicht lauthals ihre Meinung dazu ins Gesicht. Vielleicht wusste sie eigentlich doch, dass er recht hatte.

»Entscheidungen aus Vernunft und Entscheidungen aus Mitleid sind oft unvereinbar«, fuhr er fort. »Manchmal wirken rationale Entscheidungen grausam. Dagegen kann ich nichts tun. Als mitfühlende Wesen dünnen wir bestimmte Tierherden aus, weil uns die Gefahren, die ihnen durch Überpopulation drohen, bewusst sind. Wenn ein Wald zu dicht wird, legen wir kontrollierte Feuer, um ihn vor den Verwüstungen eines *unkontrollierten* Waldbrands zu schützen. Aber wir weigern uns, unserer eigenen Spezies mit derselben Vernunft zu begegnen, die wir anderen Spezies angedeihen lassen.«

»Ich bin ganz sicher, dass sich auch der Unabomber viel auf seine Vernunft eingebildet hat«, sagte Blake bitter.

Knight lachte. »Der Unterschied ist, dass ich weiß, dass ich tatsächlich rational denke. Die Wahrheit ist nun mal: Das tun nicht viele. Sie beispielsweise halten sich für rational, aber Sie lügen sich selbst in die Tasche. Leute wie Sie schrecken entsetzt zurück, weil ich meine Entscheidungen anhand von Logik und nicht anhand von Gefühlen treffe. Für mich ist alles eine reine Rechenübung. Ein Zug rast auf fünf unschuldige Menschen zu und wird sie töten. Sagen wir, Sie hätten die Möglichkeit, in letzter Sekunde die Weiche umzustellen, aber dadurch wird Ihre Mutter sterben. Sollten Sie es trotzdem tun?«

Knight wartete mehrere Sekunden lang. Die angespannten Mienen seiner Gefangenen und ihr Schweigen reichten ihm als Antwort.

»Natürlich sollten Sie es trotzdem tun«, sagte er. »Einer statt fünf. Ganz schlichte Logik. Mir fallen solche Entscheidungen leicht, und das macht mich zum Monster. Sie können solche Entscheidungen nicht treffen, deshalb brauchen Sie jemanden wie mich am Ruder.«

Blake seufzte. »Ich muss zugeben, dass ich das nicht ganz von der Hand weisen kann.«

»Netter Versuch, Mr. Blake, aber ich wollte Ihnen nur meine Sichtweise vermitteln. Ich werde Ihnen nie abnehmen, dass Sie mir in diesem Punkt zustimmen. Ihr Zögern bei meiner Frage wegen des Zug-Dilemmas verrät mir alles, was ich wissen muss. Ich bin bereit, alles Erforderliche zu tun, um das Raumschiff Erde zu retten. Wenn das heißt, dass ich tausend Leute in kleine Würfel schneiden muss, dann werde ich genau das tun. Es macht mir keinen Spaß. Ich wünschte, es wäre nicht nötig. Aber ich habe stets das große Ganze im Blick. Töte tausend Menschen und rette die Welt.«

»Cargill hat uns erzählt, dass Sie an Größenwahn leiden«, sagte Jenna angewidert. »Damit hat er den Nagel auf den Kopf getroffen.«

»Dass ich ein großer Geist bin, ist eine Tatsache, kein Wahn«, erwiderte Knight amüsiert. »Ich *bin* außergewöhnlich. Und ich gebe mich keinerlei Illusionen hin, was das Überleben unserer Spezies betrifft, wenn wir nicht drastische Maßnahmen ergreifen. Es ist leicht, den Kopf in den Sand zu stecken und mitfühlenden Gedanken nachzuhängen, während ringsum die Welt brennt, um nur ja keine schwierigen Entscheidungen treffen zu müssen. Es ist schwer, der hässlichen Wahrheit ins Gesicht zu blicken und die unerfreulichen Entscheidungen zu treffen, die das mit sich bringt.«

»Was wollen Sie von uns?«, fragte Jenna.

»Sie haben eine Kopie von Wexlers Arbeit in der Cloud. Ich will, dass Sie darauf zugreifen, mir die Datei geben und sie dann zerstören, mitsamt Ihrem Sicherungsmechanismus.«

»Diese Datei gibt es nicht mehr«, sagte Jenna. »Als wir uns Cargill angeschlossen haben, haben wir sie gelöscht.«

Er hob die Brauen. »Interessant. Ich hätte schwören mögen, dass Sie am Anfang unserer Unterhaltung behauptet haben, dass sie noch nicht zu Q5 gehören.«

Jenna schwieg.

»Ich weiß, dass es diese Datei noch gibt«, sagte Knight gereizt. »Hamilton hätte sich nicht selbst enttarnt, um Sie hierherzubringen, wenn er nicht gewusst hätte, dass sie noch existiert. Scheint so, als hätte sich Cargill diesbezüglich beim letzten Meeting sehr unmissverständlich geäußert. Sie wissen schon – das Meeting, dass er abgehalten hat, einen Tag ehe Hamilton ihm das Licht ausgepustet hat.«

»Höhnische Bemerkungen wie diese finden Sie also rational?«, fragte Jenna. »Ihn zu töten mag ja möglicherweise rational gewesen sein, wenn Sie überzeugt waren, dass er mit Ihnen dasselbe vorhat und ihm zuvorkommen wollten – möglicherweise. Aber wie geht die sadistische Schadenfreude, mit der Sie Salz in unsere Wunden reiben, bei Ihnen noch als rational durch?«

»Weil ich nichts ohne Kalkül tue«, antwortete Knight sofort. »Hohn kann einschüchternd wirken, und Sie fragen sich ängstlich, zu was ich wohl imstande bin. Wenn ich Sie davon überzeuge, dass ich ein Sadist bin, kooperieren Sie leichter und leisten weniger Widerstand.«

»Na, dann kalkulieren Sie mal *damit*«, fuhr Jenna ihn barsch an, »wir geben Ihnen die Datei nämlich nicht. Basta. Wir beide sterben lieber, ehe wir das zulassen.«

Knight lächelte. »Sie hat sich vorher nicht mit Ihnen abgesprochen, nicht wahr, Mr. Blake?«

»Das musste sie nicht. Sie kennt mich gut genug, um zu wissen, dass wir uns da einig sind.«

»Japp, ich kenne Sie ebenfalls gut genug. Sie sind ganz offensichtlich das stärkere Kettenglied von Ihnen beiden. Aber Jenna ...« Er schüttelte den Kopf. »Nein, nicht wirklich.«

Jenna konnte ihre Angst nicht ganz verbergen, aber sie schaffte es, ihre Entschlossenheit zu bewahren. »Angesichts dessen, was hier auf dem Spiel steht, werde ich Ihnen beweisen, dass Sie sich irren. Wir alle müssen mal sterben«, fügte sie stur hinzu.

»Lassen Sie mich raten: Sie sind bereit, notfalls tausend Tode zu sterben im Namen Ihrer Überzeugung.«

»Ja«, sagte Jenna.

Knight gab seinem digitalen Assistenten einen Befehl, und keine Minute später betraten zwei Wachen seine Penthouse-Suite und brachten zwei weitere Gefangene herein. Ihre Hände waren gefesselt, und beide waren mit grauem Klebeband geknebelt.

Fast wären Jenna die Augen aus dem Kopf gefallen.

Den ersten Gefangenen erkannte sie sofort: Nathan Wexler. Er war am Leben und sah erstaunlich gesund aus.

Die zweite Gefangene war eine Frau, und Jenna kannte sie irgendwoher, aber sie konnte nicht gleich zuordnen, wer es war.

Als sie es schließlich begriff, stieg ihr bittere Galle in die Kehle, und die Welt fing an, sich um sie zu drehen.

Denn die zweite Gefangene war sie selbst.

53

»Nathan?«, sagte Jenna zu dem ersten Gefangenen.

Er nickte, und mehr brauchte es nicht. Tränen strömten ihr über die Wangen.

»Lassen Sie uns mit dem freudigen Wiedersehen noch kurz warten, bis die beiden richtig angekommen sind«, sagte Knight. Er winkte seinen Männern zu, und sie verstauten die beiden frisch eingetroffenen Gefangenen auf den beiden leeren Stühlen und banden auch ihnen die Beine fest.

»Sollen wir das Klebeband von ihren Mündern entfernen?«, fragte einer der Männer.

»Nein, lassen Sie es ruhig da, wo es ist«, befahl Knight und entließ sie mit einer Handbewegung. »Danke, das wäre dann alles.«

Als die Wachen den Raum verlassen hatten, wandte sich Jenna an Knight. Noch immer liefen ihr Tränen übers Gesicht. »Wie?«, fragte sie schlicht.

»Kommen Sie schon, Jenna. Nun sehen Sie nur, was Gefühle mit Menschen anrichten. Das können Sie doch wirklich so viel besser.«

»Sie haben ihn dupliziert. *Uns* dupliziert«, sagte sie voller Entsetzen. »Aber wann?«

»Das ist doch schon eine deutlich intelligentere Frage. Vor etwa drei Monaten. Er ist Teil meines Projekts *Brain Trust* – so nenne ich meine Denkfabrik. Ein kleines Unternehmen, für das ich die hellsten Köpfe der Welt dupliziere.«

Blake runzelte die Stirn. »Cargill hatte uns erzählt, dass Sie davon fantasiert haben, die Einsteins unserer Zeit zu kopieren. Wir hätten wissen sollen, dass Sie es nicht abwarten können, damit loszulegen.«

»Was du heute kannst besorgen, das verschiebe nicht auf morgen«, sagte Knight grinsend. »Gewissermaßen ein kleiner Zeitreisewitz, falls Ihnen das nicht aufgefallen sein sollte«, fügte er hinzu.

Beide Gefangenen starrten ihn an, nicht in der richtigen Stimmung für Scherze.

»Tatsächlich«, sagte Knight, »hat sich mein Projekt *Brain Trust* bereits gewaltig ausgezahlt. Diese Leute haben atemberaubende Durchbrüche erzielt.«

»Aber wie haben Sie es geschafft, uns zu kopieren?«, fragte Jenna, die ihre Tränendrüsen endlich wieder in den Griff bekam.

»Vorsichtig«, sagte Knight. »Ganz, ganz vorsichtig. Ich habe einige achtzehnrädrige Trucks mit Zeitmaschinen ausstatten lassen. Wir stellen pro Ziel jeweils zwei Trucks bereit. Auf einem Feld oder Parkplatz in der Nähe markieren meine Männer die korrekte Entfernung. Als Sie beide geschlafen haben wie Babys, sind sie bei Ihnen eingebrochen und haben Sie mit Gas betäubt. Sobald Sie bewusstlos waren, wurden Sie in dem Truck abgelegt, in dem sich der Apparat befand, und er wurde siebzehneinhalb Meter von dem anderen entfernt geparkt und korrekt ausgerichtet. Ich habe per Fernbedienung den Apparat ausgelöst, und *voilà*, wir hatten von Ihnen beiden je eine Kopie.«

Blake nickte langsam. »Dann haben Ihre Männer die beiden ins Bett zurückgelegt, und als sie aufwachten, wussten sie von nichts.«

»So sieht es wohl aus«, sagte Knight, »denn sie hatten ganz offensichtlich keine Ahnung, was passiert ist. Meine Männer verfügen bei dieser Aufgabe über großes Geschick, sie haben es schon oft getan, überall im Land und immer mit vergleichbar großem Erfolg. Derzeit beschränken wir uns zwar noch auf Nordamerika, aber es kommen so viele Wissenschaftler von Übersee zu Besuch, dass die Beschränkung auf diesen Kontinent faktisch gar keine allzu große Einschränkung darstellt.«

Knight grinste spöttisch. »Ich gehe davon aus, dass Cargill Sie über derartige Duplikationsstrategien bereits ins Bild gesetzt hat«, fügte er hinzu, »und mit Sicherheit hat er dazu sein Lieblingsbeispiel herangezogen: Kim Jong-un. Der Unterschied zwischen uns ist, dass Cargill zu weich ist, um es tatsächlich durchzuziehen. Nur ein weiterer Idiot, der über die Gefahren von Abgründen schwafelt, während unser Schiff gerade einen Eisberg rammt.«

Jenna blickte ihrer Doppelgängerin in die Augen, in ihre eigenen Augen, und erschauerte – beide Versionen ihrer selbst taten es, im selben Augenblick. »Ich verstehe, was Sie von Nathan wollen. Aber warum haben Sie mich dupliziert?«

»Ich bin außerordentlich praktisch veranlagt«, sagte Knight. »Ich will, dass diese Geistesgrößen der Wissenschaft das beste nur denkbare Arbeitsumfeld vorfinden, das sie sich vorstellen können, damit ihre Effektivität so gut gefördert wird wie irgend möglich. Sowohl Männer als auch Frauen sind leistungsfähiger, wenn sie ihre Sexualität ausleben können, Genie hin oder her. Und wenn ein Mann jemanden liebt, so wie Nathan, dann ist die Trennung vom Objekt seiner zärtlichen Gefühle nahezu ein Garant dafür, dass er die Kooperation verweigert. Die Mitglieder meiner Denkfabrik sind Gefangene, ja, aber es ist ein goldener Käfig, in dem sie leben. Die meisten sind trotz allem sehr gern hier. Wo sonst könnten sie ihrem genialen Geist freien Lauf lassen, ohne dass sie Forschungsgelder auftreiben müssten oder anderen Ablenkungen ausgesetzt wären? Wo sonst könnten sie mit anderen, ebenso brillanten Köpfen eng zusammenarbeiten? Ich habe hier die klügsten Menschen der Welt versammelt, und sie arbeiten an den größten Herausforderungen unserer Zeit, mit unbeschränktem Zugang zu allen Gerätschaften, die sie sich nur wünschen, in den am besten ausgestatteten Laboratorien der Welt.«

Jenna wandte sich von ihrer Doppelgängerin ab und richtete den Blick auf Nathan Wexler. »Ich habe dich so sehr vermisst«, sagte sie, und ihre Augen wurden wieder feucht. »Ich liebe dich.«

Wexlers Blick glitt von Jenna zu der geknebelten Version von Jenna – der Frau, mit der er die letzten drei Monate verbracht hatte – und wieder zurück. Jetzt waren auch seine Augen feucht, und er nickte ihr zu, nicht fähig zu sprechen, und ganz eindeutig nicht sicher, wie er mit dieser unlösbaren Situation umgehen sollte.

»Wenn Sie Nathan Wexler haben«, sagte Blake, »wozu brauchen Sie dann noch seine Datei? Ihr Wexler verfügt über einen identischen Verstand und die gleichen Möglichkeiten wie das Original. Da wird doch dieser Nathan Wexler sicherlich imstande sein, dieselbe Entdeckung hervorzubringen?«

»Das sollte man annehmen«, sagte Knight mit einem Anflug von Verärgerung. »Aber offensichtlich ist dem nicht so. Und das, obwohl ich mir den Luxus erlauben kann, gleich mehrere Exemplare auf dasselbe Problem anzusetzen.«

»Wie viele von ihm gibt es denn?«, flüsterte Jenna voller Entsetzen.

»Acht«, sagte Knight. »Jeder von ihnen mit seiner eigenen Jenna Morrison, die er nachts besteigen kann«, fügte er unverblümt hinzu. »Ich wollte eigentlich noch mehr, aber ich muss hier pragmatisch denken, und wenn acht nicht reichen, dann helfen mehr wohl auch nicht weiter. Und weil sie alle wissen, worauf das Ganze hinausläuft, und weil sie allesamt eingeschworene Pazifisten sind, haben sie es noch mehr als alle anderen darauf abgesehen, von hier zu fliehen. Sie wissen schon, nichts verleiht einem mehr Ansporn als ein großes Ziel.«

»Und wirklich keiner von den acht hat das Problem gelöst?«, vergewisserte sich Blake.

Knight zog ein finsteres Gesicht. »Nein. Sie sind alle Dr. Wexler, sie alle verfügen über dasselbe herausragende Genie wie der Mann, der diesen Durchbruch erzielt hat, aber bei keinem von ihnen kam es zu jener zufälligen Inspiration, die unser Genie auf den richtigen Weg zu dieser Revolution gebracht hat. Allerdings ist das gar nicht so verwunderlich, wie es auf den ersten Blick scheint. Kreativität ist ein zickiges Miststück. Man weiß nie, welches zufällige Ereignis einen Heureka-Moment anstößt. Alexander Fleming hat das Penicillin entdeckt, weil eine seiner Bakterienkulturen versehentlich kontaminiert wurde. Ohne dieses Schlüsselereignis hätten selbst eine Million Flemings diese Entdeckung niemals gemacht.«

Er schwieg eine Weile. »Wenn man hundert Einsteins kopiert, würde trotzdem nur der eine auf die Relativitätstheorie kommen. Weshalb? Weil die anderen ein anderes Umfeld hätten. Sämtliche Einsteins in universitärem Umfeld hätten an anderen Projekten gearbeitet, was ihr Denken auf das jeweilige Problem verengt hätte, und solche wahnwitzig erscheinenden Ideen hätten bei ihnen keine Chance gehabt. Nur der Einstein, der als technischer Experte beim Patentamt arbeitete, konnte auf die Relativitätstheorie kommen. Erstens war er frei von akademischen Fesseln. Zweitens war es zufällig so, dass er Fälle bearbeitet hat, bei denen es um Patente im Bereich der elektronischen Übermittlung von Signalen und elektromechanische zeitliche Synchronisation ging. Beides spielte eine wichtige Rolle bei den Gedankenspielen, die ihn zu seinen radikalen Erkenntnissen geführt haben.«

»Sie haben also Zugang zu endlos vielen Nathan Wexlers«, sagte Blake, »aber nicht zu dem einen, den Sie brauchen. Mit dem Begriff Ironie wird man dieser Situation nicht einmal ansatzweise gerecht.«

Knight würdigte den Seitenhieb keiner Reaktion. »Es war denkbar, dass er es nicht richtig versuchte«, sagte er, »oder dass er bereits gefunden hatte, wonach ich suchte, aber es mir nicht verraten hat. Also habe ich ein paar von ihnen zu Tode gefoltert, nur um sicherzugehen. Es hat sich herausgestellt, dass sie die Wahrheit gesagt hatten.«

Nathan Wexler konnte die Lippen nicht bewegen, aber in seinen Augen spiegelte sich tiefste Abscheu.

Knight lächelte. »Das ist das Schöne daran, wenn einem mehrere Ausgaben der gleichen Person zur Verfügung stehen«, sagte er. »Das lässt viel Raum für Kreativität. Einige kann man behandeln wie Könige. Andere kann man herumschubsen und foltern. Und dann sieht man, welche Behandlung effektiver ist. Dieser Mann hier wurde bisher wie ein König behandelt und hatte keinen blassen Schimmer, dass es noch andere Ausgaben seiner selbst gibt, die an derselben Problemstellung arbeiten oder zu Tode gefoltert wurden.«

»Sie sind ein kranker, durchgeknallter Sadist«, stieß Jenna hervor, und aus ihrer Stimme triefte reines Gift. »Sie wissen zwar nicht, was der entscheidende Funke war, der Nathans Durchbruch hervorgebracht hat, aber Sie wissen mit *absoluter* Sicherheit, es war keine Folter. Und trotzdem haben Sie es damit versucht. Aber ganz sicher hatten Sie dafür Ihre rationalen Gründe, stimmt's? Weil Sie nämlich kein erbärmlicher Psychopath sind, sondern der reinste Ausbund an rationalem Denken.«

»Ich hatte nicht vor, die Initialzündung für eine Entdeckung zu befeuern. Ich wollte nur sichergehen, dass er mir nichts verschweigt.«

Angewidert schüttelte Blake den Kopf. »Aber in diesem Fall ...«

»Schluss mit den Diskussionen«, unterbrach ihn Knight und erhob sich. »Es ist Zeit, dass wir zur Sache kommen.« Er musterte die Jenna, die er heute Morgen hatte gefangen nehmen lassen. »Na, was sagen Sie, Jenna? Ich brauche die Datei. Aber ich bin bereit, uns allen diese Angelegenheit zu erleichtern. Ich mache Ihnen ein einmaliges Angebot. Geben Sie mir diese Datei, und Sie bekommen von mir den Mann zurück, den Sie lieben.«

»Das alles ist so ... grundfalsch«, sagte Jenna. »Was Sie tun, was Sie vorhaben ...« Sie verstummte kurz und rang um die richtigen Worte. »Es ist abstoßend. Es ist grotesk. Ich bin entschlossener als je zuvor, dass ich Ihnen dabei nicht helfen werde.«

Knight drehte sich zu der geknebelten Jenna Morrison um, zog eine Waffe und schoss ihr zweimal in die Brust. Sie sackte nach vorn, von den Beinfesseln auf dem Stuhl gehalten. Blut strömte aus den Wunden und bildete eine immer größer werdende Pfütze rings um den Stuhl.

Jenna und Nathan schrien gleichzeitig auf, allerdings wurde Nathans Aufschrei durch das Klebeband über seinem Mund gedämpft.

»So ist es schon besser«, sagte Knight ganz ruhig. »Immerhin möchte niemand seinen Mann teilen müssen. Selbst dann nicht, wenn derjenige, mit dem man ihn teilen würde, man selbst ist. Jetzt also, da er ganz Ihnen gehört, Jenna, was sagen Sie nun dazu?«

»Sie sind der geistesgestörteste Scheißkerl, den die Welt je gesehen hat!«, schrie Jenna am Rand der Hysterie.

»Ich bin nichts weiter als ein Mann, der zu allem bereit ist, um seine Spezies zu retten«, sagte Knight und klang, als würde er eigentlich erwarten, dass man ihn dazu beglückwünschte. »Und was Sie betrifft«, fügte er dann drohend hinzu, »Sie sagten doch, Sie wären bereit, tausend Tode zu sterben, ehe Sie mir helfen.«

Er nickte in Richtung der Leiche von Jenna Morrison. »Nun, dann habe ich gute Nachrichten für Sie ... sieht ganz so aus, als ob Sie Ihre Chance bekommen.«

54

Knight schien sich an der Gegenwart einer im Stuhl nach vorn gesackten Leiche nicht weiter zu stören, ebenso wenig wie an der riesigen Blutpfütze, die sich zu ihren Füßen auf dem Boden sammelte.

»Sie begreifen sicher, wie es läuft«, sagte er zu Jenna. »Sie können nicht gewinnen. Ich kann Sie kopieren und dann zu Tode foltern. Wenn Sie mir nicht helfen, dann probiere ich mit Ihrer Kopie etwas anderes aus. Irgendwann finde ich heraus, wie ich Sie dazu bekomme zu kooperieren.«

Knight deutete auf Nathan. Das Gesicht des Physikers war ebenso tränenüberströmt wie Jennas, und er sah aus, als hätte ihn ein Güterzug gerammt. »Warum eigentlich eröffne ich das fröhliche Fest nicht damit, diesen Mann dort zu foltern, diesen frischgebackenen Witwer, während Sie zusehen. Den Mann, den Sie mehr lieben als ihr eigenes Leben. Den Mann, den Sie für immer verloren glaubten. Danach kann ich eine weitere Kopie von ihm herbringen lassen und wieder von vorn anfangen.« Er lächelte. »Sind Zeitreisen nicht ein großer Spaß?«

Jenna hatte aufgehört zu weinen, fast als wären ihr die Tränen ausgegangen, und sie sah ebenso verstört aus wie Wexler. »Ich helfe Ihnen«, sagte sie. »Ich tu es. Aber nur unter einer Bedingung: Sie lassen diese Nathan-Version und Aaron Blake frei. Sobald die beiden mich anrufen und mir sagen, dass sie in Sicherheit sind, gebe ich Ihnen, was Sie wollen.«

Enttäuscht schüttelte Knight den Kopf. »Tja, das wird nichts. Tut mir leid. Ich wette darauf, dass ich Sie auch mit den anderen Methoden, die ich eben erwähnte, knacken kann, und zwar eher früher als später. Aber ist es nicht spannend, wie irrational Sie sich gerade benehmen? Sie sind davon überzeugt, dass ich ein Monster bin und die Welt zugrunde richten werde. Und doch sind Sie auf einmal bereit, die ganze Menschheit im Tausch für nur zwei Männer ans Messer zu liefern. Das würde mir niemals passieren.«

»Tja, Sie sind ein echter Held«, brachte Jenna zwischen zusammengebissenen Zähnen heraus.

Eine ganze Weile lang schwieg sie und atmete tief durch, um sich zu beruhigen. »Ich bin nicht bereit, die Menschheit ans Messer zu liefern«, sagte sie schließlich. »Aber ein Teil von mir glaubt, dass das, was Sie vorhaben, tatsächlich notwendig sein könnte. Dass wir uns selbst zugrunde richten werden, wenn nicht ein Verrückter wie Sie das Ruder übernimmt. Also stelle ich ebenfalls meine Berechnungen an. Ich muss zugeben, dass die Liebe, die ich für Nathan empfinde, dabei schwer ins Gewicht fällt, aber vielleicht, möge uns Gott behüten, sind Sie wirklich die Antwort.«

Ihre Miene versteinerte. »Ich mache Ihnen jetzt ein letztes Angebot«, sagte sie. »Machen Sie die beiden los und lassen Sie sie aus dem Gebäude. Geben Sie ihnen dreißig Minuten Vorsprung. Sie können hier oben meinetwegen Dutzende Wachen aufstellen, sodass sie nicht hierher zurückkommen können. Aber geben Sie ihnen dreißig Minuten. Danach sind sie Freiwild, im wahrsten Sinne des Wortes, dann können Sie sie jagen.«

»Ihr Angebot an mich beinhaltet, dass ich sie wie Tiere zur Strecke bringe ... und Sie halten *mich* für geistesgestört?«

»Ich vertraue auf Aaron Blakes Fähigkeiten. Haben Sie dasselbe Zutrauen, was Ihre Sicherheitskräfte betrifft? Und Sie profitieren gleich doppelt. Sie bekommen Ihren Heiligen Gral, ohne dass Sie den Fußboden Ihres Büros mit noch mehr Blut besudeln müssen. Und Sie haben Gelegenheit, Ihre Sicherheitsmaßnahmen einem Test zu unterziehen. Sie scheinen mir ein großer Fan des Prinzips zu sein, dass der Stärkste überlebt. In diesem Fall stünde ein unbewaffneter Mann allein gegen Hunderte. Tausende. Ihre Leute werden es doch sicherlich schaffen, einen einzigen Ex-Ranger und einen Eierkopf von einem Physiker daran zu hindern, das Gelände zu verlassen, oder?«

»Nur damit Sie es wissen«, sagte Knight, »die beiden werden es nicht schaffen, Ihren Verbündeten eine Nachricht zu überbringen, falls es das ist, was Sie vorhaben. Ich habe hier einige der klügsten Köpfe der gesamten Menschheitsgeschichte versammelt, und viele von ihnen tragen sich ganz sicher mit dem Gedanken an die Flucht. Deshalb habe ich sämtliche Kommunikation unterbinden lassen, die Insel ist vollkommen isoliert, man erreicht niemanden. Weder über Festnetz noch über Handy noch über Computer. Handys empfangen weder Audiosignale, Textnachrichten noch E-Mails, und man kann auch nicht ins Internet.«

Knights Miene nach zu schließen, war er auf diesen Schachzug ausgesprochen stolz. »Neunundneunzig Prozent der Leute auf der Insel haben keine Ahnung, worum es hier in Wirklichkeit geht«, fuhr er fort, »also habe ich dafür gesorgt, dass alle glauben, wir befänden uns schlicht und einfach in einem Funkloch. Das ist für meine Angestellten eine große Unannehmlichkeit, und ihnen allen dürfte klar sein, dass die Geschichte nicht stimmt, aber die Bezahlung ist so gut, dass sie sich nicht beklagen. Wenn es also irgendjemandem, der hier gegen seinen Willen festgehalten wird, gelingen sollte, ein Handy zu stehlen, kann er trotzdem keine Hilfe rufen. Und die Internetverbindung funktioniert nur in eine Richtung«, fuhr Knight fort. »Die Wissenschaftler meiner Denkfabrik und alle anderen hier auf der Insel können Suchbegriffe bei Google eingeben, aber damit hat sich die mögliche Kommunikation mit der Außenwelt auch schon erschöpft. Sie können ihre Suchergebnisse öffnen und herunterladen, aber andersherum funktioniert es nicht.« Er lächelte. »Das alles war nicht leicht zu bewerkstelligen, aber es ist ein ziemlich narrensicheres System.«

Knight schwieg einen Augenblick lang. »Aber machen Sie sich keine Sorgen, Jenna. Ich weiß ja, Sie müssen einen Code eingeben, um an die Datei heranzukommen. Aber auf diesem Stockwerk und auf dem direkt unter uns – beides die am schwersten bewachten Bereiche der gesamten Anlage – gibt es keine Beschränkungen, was Internet und Telefonate betrifft, da wird es also keinerlei Schwierigkeiten geben.«

»Danke für die Aufklärung«, sagte Jenna und verdrehte die Augen. »Aber nichts könnte mich weniger interessieren. Ich wiederhole mein Angebot noch einmal: Geben Sie den beiden dreißig Minuten Vorsprung«, sie deutete auf Blake und Wexler. »Im Gegenzug verschaffe ich Ihnen Zugang zu dem Durchbruch, auf den Sie so wild sind. Die Arbeit der Inkarnation James Clerk Maxwells.«

»Fünfzehn Minuten.«

Jenna schwieg eine Weile. »Sie müssen einen fairen Vorsprung bekommen.«

»Natürlich. Mit Ausnahme dieses und des darunterliegenden Stockwerks werde ich Anweisung geben, dass sich sämtliches Sicherheitspersonal zurückzieht, es sei denn, sie werden angegriffen. Nicht nur, dass meine Männer hier die beiden nicht verfolgen werden, sie werden zudem die restlichen Sicherheitskräfte draußen auf der Insel nicht alarmieren.« Er zuckte mit den Schultern. »Nicht dass das überhaupt nötig wäre.«

Jenna dachte eine Weile darüber nach. Schließlich nickte sie. »Einverstanden.«

»Warum tun Sie das?«, fragte Knight.

»Haben Sie mir nicht zugehört? Ich sagte Ihnen doch bereits: Ich halte es für möglich, dass das, was Sie vorhaben, ein notwendiges Übel ist. Ihnen diese Informationen zu geben rettet möglicherweise die Welt. Und ich vertraue auf Aaron Blake. Er wird einen Weg finden, Nathan in Sicherheit zu bringen.«

»Sie leiden unter ziemlich ernsthaften Wahnvorstellungen«, sagte Knight. »Aber warum nicht? Ich freue mich tatsächlich über diese Gelegenheit, meine Sicherheitsmaßnahmen auf Schwachpunkte zu testen. Je weiter Blake kommt, desto mehr hilft er mir damit.«

Er lächelte. »Dann haben wir einen Deal.«

55

Knight erteilte seinem digitalen Assistenten einige Anweisungen, und bald darauf traten mehrere Mitglieder seiner Organisation in Aktion. Innerhalb kürzester Zeit war der leblose Körper von Jennas Doppelgängerin fort, und das, was nach mehreren Litern Blut ausgesehen hatte, war aufgewischt und hinterließ kaum Spuren.

Zwei schwer bewaffnete Männer geleiteten Nathan Wexler und Aaron Blake hinaus. Sobald sie die Etage verlassen hatten, wurden zwei zusätzliche Wachen an den Fahrstuhltüren im zweiundzwanzigsten Stock postiert, vier weitere Männer direkt vor dem Zugang zu Knights Suite.

Knight wies die Männer an, ihn unter gar keinen Umständen zu stören, und erläuterte Jenna, dass die Innenwände des Penthouses verstärkt und regelrecht undurchdringlich waren, also sollte sie besser keine heroischen Aktionen eines zu ihrer Rettung eilenden Blakes erwarten. Acht Plasmabildschirme umringten den Bürobereich der Suite, einer größer als der andere. Direkt über Jenna, die noch immer an den Stuhl gefesselt war, befand sich ebenfalls ein Monitor. Knight ließ über seinen digitalen Assistenten Videos darauf einblenden, nur für den Fall der Fälle: zwei unterschiedliche Ansichten des zweiundzwanzigsten Stocks, einmal die in einer Reihe angeordneten vier Fahrstühle, außerdem der Eingang zu seinem persönlichen Bereich.

Auf einen zweiten Bildschirm, den sowohl er als auch Jenna gut im Blick hatten, ließ er Bilder schicken, die Aaron Blake und Nathan Wexler mitsamt Eskorte auf ihrem Weg nach unten zeigten.

»Okay, Jenna«, sagte Knight. »Sie bekommen, was Sie wollten. In den nächsten fünfzehn Minuten wird keiner meiner Männer hier im Gebäude die beiden behelligen, es sei denn, *sie* greifen zuerst an. Der Sicherheitsdienst auf der restlichen Insel wurde nicht verständigt. Ich überlasse es meinen Leuten dort draußen, zu merken, dass diese Männer hier nichts zu suchen haben, und entsprechend mit ihnen zu verfahren.«

»Aaron Blake wird Ihren Sicherheitsdienst überlisten und lebend hier rauskommen«, sagte Jenna überzeugt.

Knight lachte. »Nicht einmal mithilfe einer kleinen Armee könnte Aaron Blake diese Insel lebend verlassen«, konterte er. »Aber wenn ich mich recht erinnere, hatten wir eine Abmachung getroffen. Meinen Teil habe ich hiermit erfüllt.« Erwartungsvoll sah er sie an. »Jetzt sind Sie dran.«

Sie beobachtete auf dem Monitor, wie Blake und Wexler um die Gebäudeecke verschwanden.

»Okay. Setzen Sie sich an einen Computer, und ich sage Ihnen, was Sie zu tun haben«, sagte Jenna. »Aber erst nach Ablauf der vollen fünfzehn Minuten. Nicht, dass ich nicht darauf vertrauen würde, dass Sie den beiden fünfzehn Minuten Vorsprung lassen«, fügte sie hinzu, »es ist nur so, dass ich auf *gar* nichts vertraue, was Sie sagen.«

Knight lächelte, offenbar nicht beleidigt. »Na schön«, sagte er und ging auf einen drei Meter entfernt stehenden Computer zu. »Sie haben noch knapp dreizehn Minuten.«

»Schürzen Sie die Lippen«, wies Blake Wexler an, sobald sie allein unten vor Knights Gebäude standen.

Der Physiker wirkte verwirrt.

»Haben Sie sie geschürzt?«, fragte Blake ungeduldig und erntete ein Nicken.

Er streckte die Hand aus und riss das Klebeband von Wexlers Mund, sehr kräftig und sehr schnell.

Der Physiker schrie vor Schreck und Schmerz, aber dann atmete er erleichtert auf – seine Lippen waren dank des Ratschlags seines Gefährten noch heil und ganz.

In seinem Blick spiegelte sich tiefe Verzweiflung, nicht nur wegen der Lage, in der sie sich befanden. Gerade eben war die Frau, die er liebte, vor seinen Augen erschossen worden. Zu wissen, dass die echte Jenna Morrison immer noch lebte und sich hier auf der Insel befand, war ein gewisser Trost, aber die Frau, die man erschossen hatte, war diejenige gewesen, mit der er die letzten drei Monate verbracht hatte.

»Wir müssen wieder zurück«, sagte Blake und zeigte auf das Gebäude, das sie eben erst verlassen hatten. Er steckte das Stück Klebeband, das er eben von Nathans Gesicht gerissen hatte, in die Tasche. »Kommen Sie! Schnell!«

»Weshalb?«, fragte Wexler.

»Die erwarten, dass wir von hier abhauen, so schnell und so weit weg wie möglich. Aber dort draußen sind wir leichte Beute. Ganz sicher ist in diesem Augenblick irgendeine Kamera auf uns gerichtet. Aber wenn wir erst mal drinnen sind, können wir eine Toilette oder eine Abstellkammer oder auch ein Labor plündern und uns einen Besenstiel oder meinetwegen eine Saugglocke oder so etwas besorgen, um damit die Kameras auf so vielen Stockwerken wie möglich zu zertrümmern, bis unsere fünfzehn Minuten Vorsprung abgelaufen sind. Und dann haben wir eine Menge Platz zur Verfügung, wo wir uns verstecken und planen können. Dann müssen sie alles Raum für Raum absuchen.«

»Wozu der ganze Aufwand?«, fragte Wexler, während sie wieder ins Gebäude gingen und Blake im Fahrstuhl auf den Knopf für die fünfte Etage drückte. »Ich bin froh, dass Jenna auf diese Abmachung bestanden hat, so wird er sie wenigstens nicht foltern. Ich liebe sie noch mehr als ohnehin schon, weil sie versucht, uns zu beschützen. Aber ich bin jetzt seit drei Monaten hier und habe in dieser Zeit einen Eindruck von den Sicherheitsmaßnahmen dieses Irren gewonnen. Glauben Sie mir, wir können nicht entkommen.«

Sie kamen im fünften Stockwerk an, und Blake sah sich im langen, von Büros und Laboratorien gesäumten Gang um. Niemand war zu sehen. »Kommen Sie«, flüsterte er und verließ den Fahrstuhl.

»Haben Sie mir nicht zugehört? Knight gewinnt sowieso. Wir sollten uns einfach ergeben. Was wollen Sie denn eigentlich bezwecken?«

»Ich erkläre es Ihnen«, sagte Blake. »Aber hören Sie mir aufmerksam zu, denn ich muss mich kurzfassen und habe keine Zeit, mich zu wiederholen.«

Vor drei Minuten war die Viertelstunde abgelaufen, und inzwischen waren Blake und Wexler zum Abschuss freigegeben, aber Knights Blick war noch immer auf die Bildschirme gerichtet. »Unfassbar«, sagte er. »Er ist wirklich so gut, wie Sie behauptet haben. Sie sind wieder ins Gebäude zurückgekommen, und er hat es geschafft, die Kameras im ersten, fünften, siebten und neunten Stockwerk zu zerstören. Ganz zu schweigen von allen vier Fahrstühlen. Nicht übel.«

Endlich wandte er sich vom Monitor ab, auf dem mehrere Männer von der Gebäudesicherheit zu sehen waren, die sich übers Treppenhaus vorsichtig an die fraglichen Stockwerke heranpirschten. Kurz bevor er sich ganz zu Jenna umgedreht hatte, flammte erneut eine rote Warnleuchte auf und wies darauf hin, dass es auch im elften Stock keine Videoüberwachung mehr gab.

»So interessant diese Menschenjagd auch ist«, sagte Knight, »es wird Zeit für die Datei. Zeit dafür, dass ich erfahre, wie ich meine Reichweite ausbauen kann.« Er runzelte die Stirn. »Ich wünschte nur, das Universum würde ein- oder zweiminütige Zeitreisen zulassen – das würde wirklich atemberaubende Möglichkeiten eröffnen –, aber ein Bittsteller kann sich nicht erlauben, wählerisch zu sein. Ich werde mich wohl mit der knappen Halbsekunde zufriedengeben müssen, die Dr. Wexler möglich machen wird.«

Jenna versorgte ihn mit einer Anleitung, wie er an die Datei in der Cloud herankam und sie öffnete. Es war ein langes Prozedere, und sie führte Knight schmerzhaften Schritt um schmerzhaften Schritt hindurch.

Die Sachkenntnis und Geschwindigkeit, mit der sein Begleiter Entscheidungen traf, nötigte Nathan Wexler größten Respekt ab. Der Mann hatte keine Zeit gehabt, ihm zu erklären, was er mit der Angelegenheit zu tun hatte, Wexler wusste nur, dass er für jemanden namens Lee Cargill arbeitete und dessen Organisation, die Knight aufhalten wollte.

Mit gespannter Aufmerksamkeit hatte Blake alles aufgesogen, was ihm der Physiker über den Grundriss des zweiundzwanzigstöckigen Gebäudes erzählen konnte.

Sie stiegen in einen der Fahrstühle, und Blake drückte den Knopf für den neunzehnten Stock.

»Unsere Gegner hatten jetzt eine Menge Zeit, um mobil zu machen«, sagte Wexler. »Weshalb benutzen wir den Fahrstuhl und fahren zu einer Etage, wo es immer noch Kameras gibt?«

»Auch wenn ich die Kameras in den Fahrstühlen zerstört habe«, erklärte Blake, während der Fahrstuhl sich in Bewegung setzte, »werden sie erwarten, dass wir die Treppen nehmen. Und sie werden dasselbe denken, was Sie eben gesagt haben. Dass wir in den Stockwerken bleiben, wo sie blind sind.«

»Und warum fahren wir nicht direkt in den ersten Stock? Ich habe Ihnen gesagt, dass wir dort hinmüssen.«

»Sie haben mir auch die Sicherheitsmaßnahmen dort unten beschrieben. Zuerst müssen wir unseren Vorteil ausbauen. Und außerdem habe ich noch etwas anderes zu erledigen. Sie sind ganz sicher, dass sich die Krankenstation im neunzehnten Stock befindet?«

»Positiv.«

Die Fahrstuhltüren öffneten sich. Draußen war niemand zu sehen.

»Wenn irgendjemand diesen Gang gerade im Auge hat«, flüsterte Blake, »was ich bezweifle, dann hält er Ausschau nach zwei Männern, die gemeinsam unterwegs sind. Also müssen wir uns aufteilen. Ich gehe zuerst. Sie warten eine Minute, dann folgen Sie mir. Sehen Sie zu keiner Kamera hoch und gehen Sie langsam, als hätten Sie alle Zeit der Welt. Suchen Sie die Ärztebüros. Halten Sie Ausschau nach einem Stück Klebeband auf dem Boden, dann wissen Sie, wo Sie mich finden.«

Ohne auf Antwort zu warten, schlenderte Blake los, den Gang entlang, und sah dabei auf seine Hände hinunter, die er nah an der Brust zusammengelegt hatte, als würde er darin ein Handy halten und gerade das Display betrachten.

Mit rasendem Herzen wartete Wexler eine Minute, dann folgte er ihm. Im Flur begegnete er zwei Leuten, die zufällig gerade dort entlangkamen, nickte ihnen kurz zu, dann erreichte er einen Nebengang mit drei Sprechzimmern, die Ärzten in Knights Diensten gehörten.

Obwohl sich insgesamt drei Ärzte um das medizinische Wohl der Leute auf der Insel kümmerten, war normalerweise nur einer von ihnen im Dienst, und dieser eine hatte oft nur wenig zu tun. Wexler fand das Stückchen grauen Klebebands, das Blake von seinem Mund entfernt hatte, knapp über dem Boden an einer der Türen. Auf dem Türschild stand der Name *Dr. Martin P. Fricke.*

Wexler atmete tief durch und trat ein. Bis auf Blake, der gewaltsam hier eingebrochen sein musste, war das Sprechzimmer leer. Blake legte einen Finger an die Lippen, um ihm zu bedeuten, er solle still sein. Mit der anderen Hand umklammerte er ein Skalpell mit einer fünf Zentimeter langen, bedrohlich spitz zulaufenden Klinge aus rostfreiem Edelstahl, das er vermutlich aus irgendeinem Schrank gestohlen hatte.

Blake legte das Skalpell auf dem Schreibtisch ab und durchwühlte hastig sämtliche Schubladen in Frickes Büro. Seine Miene verriet, dass er nicht fand, wonach er suchte.

»Warten Sie hier«, flüsterte er und griff nach dem Skalpell. »Am anderen Ende des Korridors ist noch ein leeres Sprechzimmer. Ich breche dort ein und markiere es wieder mit Klebeband. Kommen Sie in einer Minute hinterher.«

Wexler wartete die volle Minute ab und machte sich dann wieder auf die Suche nach Blake. Diesmal fand er ihn im Büro einer gewissen Dr. Allene Rohrer, wo er ebenfalls zielstrebig alle Schubladen durchwühlte. Als er schließlich einen USB-Stick fand, der wahrscheinlich seit Monaten nicht mehr benutzt worden war, wenn überhaupt, leuchteten seine Augen auf.

Er steckte den Stick in Rohrers Computer und öffnete den Browser.

»Knight hat die Wahrheit gesagt«, flüsterte Wexler. »Man kann Suchbegriffe eingeben und Dateien runterladen, aber ansonsten kann man nichts durch den Cyberspace schicken, nicht einmal ein Passwort.«

»Wird auch nicht nötig sein«, flüsterte Blake. »Zwei Türen weiter ist das Sprechzimmer einer gewissen Dr. Susan Schlesinger. Ich habe gelauscht, sie ist gerade mit einer Routineuntersuchung beschäftigt. Klang, als wäre sie bald damit fertig. Während ich suche und herunterlade, was ich brauche, öffnen Sie die Tür einen Spalt und sagen Sie mir Bescheid, wenn ihr Patient geht.«

Wexler nickte und tat, worum Blake ihn gebeten hatte. Schon zwei Minuten später vermeldete er, dass die Ärztin wieder allein in ihrem Sprechzimmer war. Blake beeilte sich fertig zu werden, steckte den USB-Stick in die Tasche und ging hinaus, Wexler im Schlepptau.

Rasch ging Blake zu Dr. Schlesingers Sprechzimmer und klopfte zweimal. Die Frau öffnete die Tür ein Stück und wirkte besorgt, als sie feststellte, dass sie keinen ihrer beiden unerwarteten Besucher kannte. »Kann ich Ihnen helfen?«, fragte sie.

»Bitte entschuldigen Sie die Störung, Dr. Schlesinger«, sagte Blake höflich, »wir kommen vom Sicherheitsdienst. Es gibt Grund zu der Annahme, dass heute jemand in Ihr Sprechzimmer eingebrochen ist. Dürfen wir hereinkommen und uns kurz umsehen?«

Sie öffnete die Tür weiter und blickte ihn nervös an. »Weshalb sollte jemand das tun?«, fragte sie.

»Ich weiß es nicht«, antwortete Blake und trat ein.

Sobald er sich im Büro befand, war es mit der Höflichkeit vorbei, und mit einem Mal wirkte er unmissverständlich bedrohlich. »Sie sind jetzt ganz leise«, sagte er und hob den rechten Arm, den er bis zu diesem Augenblick hinter den Rücken gehalten hatte. In der Hand hielt er das Skalpell. »Wenn Sie schreien oder irgendein anderes lautes Geräusch machen, töte ich Sie sofort.«

»Was wollen Sie von mir?« Ihr Flüstern klang, als bekäme sie die Worte kaum über die Lippen.

»Ich will Ihnen nichts tun«, sagte Blake. »Aber ich will, dass Sie etwas für mich tun.«

Sie nickte nur, offensichtlich traute sie ihrer eigenen Stimme nicht.

»Rufen Sie den Sicherheitsdienst an«, sagte er. »Sagen Sie, Sie hätten vor fünf Minuten zwei verdächtig aussehende Männer in der Nähe Ihres Büros gesehen. Liefern Sie ihnen eine Beschreibung von uns. Behaupten Sie, die beiden wären im Treppenhaus verschwunden, aber Sie glauben, dass sie vorher an Ihrem Computer waren.«

»Und Sie tun mir nichts?«, flüsterte Schlesinger und bemühte sich offenbar, nicht in Panik zu geraten.

»Ich kann Ihnen gar nicht sagen, wie sehr ich mir wünsche, dass ich Ihnen nichts tun muss«, versicherte ihr Blake aufrichtig. »Also reißen Sie sich zusammen, tun Sie, was ich Ihnen sage, und schon sind Sie uns wieder los.«

Sie hob das Telefon ans Ohr, während Blake noch einmal wiederholte, was sie sagen sollte.

»Tief durchatmen«, versuchte Blake sie zu beruhigen.

Gehorsam holte die Ärztin ein paarmal tief Luft, dann wählte sie die Null und bat darum, mit dem Sicherheitsdienst verbunden zu werden. Ihre Stimme klang zittrig, aber schließlich rief sie an, um mögliche Eindringlinge zu melden, also würde niemand es seltsam finden, wenn sie ein bisschen durch den Wind war.

Nachdem sie zum Sicherheitsdienst durchgestellt worden war, erstattete sie wie angewiesen Bericht, lauschte dann einen Augenblick lang, dankte dem Mann am anderen Ende der Leitung und legte auf.

»Wie hat er reagiert?«, fragte Blake. »Klang er eifrig oder gelangweilt?«

»Eifrig«, sagte Susan Schlesinger. »Er hat mir versprochen, er würde den Mann finden.«

»Das war alles?«, fragte Blake.

Sie nickte.

»Und Sie sind ganz sicher, dass er nicht sagte, dass gleich jemand herkommt, um sich Ihren Computer anzusehen?«, fragte Blake. »Immerhin haben Sie ja gemeldet, wir hätten uns daran zu schaffen gemacht.«

»Hat er nicht«, flüsterte sie.

Blake seufzte. »Mal ehrlich, wer könnte es Ihnen verdenken, wenn Sie mir eine solche Information vorenthalten? Sie hatten allen Grund, von mir das Schlimmste zu befürchten. Ich verstehe das. Aber ich verspreche Ihnen noch einmal, dass ich Ihnen nichts tun werde, wenn Sie kooperieren. Ich frage also ein letztes Mal: Schicken die jemanden her?«

»Ja«, sagte sie und kämpfte gegen die Tränen. »Ja, Sie haben recht.«

»Danke«, sagte Blake und klang fast erleichtert.

Wexler bestaunte noch immer das Geschick seines Begleiters. Blake hatte den Sicherheitsdienst ausgedünnt, indem er dafür sorgte, dass sie auf mehreren blinden Stockwerken ausschwärmten und jeden Stein umdrehten, und jetzt, nach dem Anruf der Ärztin, würden sie alle herbeiströmen und die Etagen über und unter dem neunzehnten Stock durchsuchen.

Aber Wexler war nicht entgangen, dass Blake *wollte*, dass jemand vom Sicherheitsdienst hierherkam. Das schien der Hauptgrund für die ganze Aktion gewesen zu sein. Wexler dachte: Wenn nicht so viel auf dem Spiel gestanden hätte, wäre es eine wahre Freude gewesen, diesem Aaron Blake bei der Arbeit zuzusehen.

»Wenn der Mann klopft«, sagte Blake zu der Ärztin, »dann seien Sie ganz still. Sie haben es schon fast geschafft«, fügte er hinzu, »also halten Sie jetzt durch.«

Er öffnete die Tür um ein paar Zentimeter und baute sich daneben auf. Das Skalpell reichte er Wexler. »Bleiben Sie bei der Ärztin«, sagte er. »So, dass Sie von der Tür aus nicht zu sehen sind. Falls sie ein Geräusch macht, töten Sie sie.«

Wexler erinnerte sich selbst daran, dass es nur Show war, aber die ihm zugedachte Rolle hätte ihm trotzdem nicht tiefer widerstreben können. Er bemühte sich um eine passende Antwort. »Roger«, sagte er und fragte sich, ob Leute das wirklich so sagten oder nur in Filmen.

Keine Minute später kam der Mann vom Sicherheitsdienst an und griff nach dem Knauf der noch immer ein Stück weit offen stehenden Tür. »Dr. Schlesinger?«, rief er.

Als keine Antwort kam, öffnete er die Tür weiter und kam herein; mit gezückter Waffe, obwohl man ihm gesagt hatte, dass Blake und Wexler schon längst wieder weg waren.

Mit verblüffender Geschwindigkeit und Gewandtheit setzte sich Aaron Blake in Bewegung, nutzte die Vorwärtsbewegung des hereinkommenden Mannes aus, um ihn mit einer Hand weiter ins Büro hereinzuziehen und ihm zugleich mit der anderen einen Schlag gegen den Kehlkopf zu versetzen. Ohne zu überprüfen, ob das schon gereicht hatte und der Mann bewusstlos war, packte Blake ihn am Kopf, riss ihn ein paar Schritte mit sich zum

Schreibtisch und rammte den Kopf des anderen kraftvoll auf die unbarmherzig harte Oberfläche.

Der Mann ging zu Boden wie ein Sack Blei.

Blake verlor keine Sekunde. Er nahm dem Wachmann die halb automatische Pistole, Kampfmesser und Handy ab.

Er erhob sich und durchtrennte mit dem Kampfmesser Schlesingers Telefonkabel. Da ihr Handy hier nicht funktionierte, konnte sie jetzt nicht mehr beim Sicherheitsdienst anrufen.

»Danke für Ihre Hilfe«, sagte er.

Wexler hielt immer noch das Skalpell in der Hand und fragte sich, ob er so sehr nach Hochstapler aussah, wie er sich fühlte.

Blake deutete auf ihn. »Mein Kollege bleibt noch fünf Minuten lang vor Ihrer Tür und achtet darauf, dass Sie das Büro nicht verlassen, um mir etwas Zeit zu verschaffen. Nach fünf Minuten können Sie unbehelligt gehen. Und wenn Sie möchten, können Sie dann gern den Sicherheitsdienst verständigen und erzählen, was passiert ist. Aber da Sie Ihnen bereits von uns erzählt haben, würde ich damit keine Zeit verschwenden. Ich empfehle Ihnen dringend, diese Insel so schnell wie möglich zu verlassen. Glauben Sie mir, Sie möchten nicht hier im Gebäude bleiben.«

Sie nickte fügsam, sagte aber kein Wort.

Blake bedeutete Wexler, das Büro zu verlassen, dann schloss er hinter ihnen die Tür.

»Gehen Sie zum Fahrstuhl«, flüsterte er dem Physiker zu. »Ich komme in dreißig Sekunden hinterher.«

»Sagten Sie nicht, dass ich die Tür bewachen soll?«

Blake grinste. »Wirklich?«, flüsterte er. »Sie dachten, das meine ich ernst? Glauben Sie mir, in den nächsten fünf Minuten wird sie auf gar keinen Fall einen Schritt aus dem Büro heraus machen, ganz egal, was passiert.«

Er deutete den Gang hinunter. »Gehen Sie«, sagte er ungeduldig. »Und sehen Sie nicht zu den Kameras hoch.«

56

Ehe er die Datei auf seinem Computer öffnete, hielt Edgar Knight kurz inne. Wenn das hier wirklich *die* Datei war, stand ihm einer der monumentalsten Augenblicke seines Lebens unmittelbar bevor. Ihm war klar: Sobald er sich hineinstürzte, würde er sich auf nichts anderes mehr konzentrieren können.

Also musste er zuvor noch rasch das eine oder andere überprüfen. Er rief David Robinson an, den Mann, der die Suche nach Blake und Wexler leitete. Im Gegensatz zu den einfachen Soldaten hatten die Mitglieder des Sicherheitsdiensts Handys dabei, die so programmiert worden waren, dass sie auf der Insel als Walkie-Talkies fungierten.

»Wie ist der Status?«, fragte er.

Am anderen Ende gab es eine kurze, zögerliche Pause. »Wir haben sie noch immer nicht gefunden«, antwortete Robinson dann angespannt. »Inzwischen haben wir jeden Quadratzentimeter der Stockwerke, auf denen Blake die Kameras zerstört hat, abgesucht – keine Spur von ihnen. Es gab eine Meldung, dass man sie im neunzehnten Stock gesehen hat, von wo sie ins Treppenhaus gegangen sind. Es kann sein, dass sie in einem der Sprechzimmer auf der Krankenstation am Computer waren. Wir haben jemanden geschickt, der sich das betreffende Sprechzimmer mal ansieht, alle anderen durchsuchen das Treppenhaus und die angrenzenden Stockwerke.«

»Besteht die Möglichkeit, dass die Zielpersonen das Gebäude inzwischen verlassen haben?«, fragte Knight.

»Das kann ich mir nicht vorstellen«, sagte Robinson. »Die Kameras draußen sind noch aktiv, und wir haben nichts gesehen.

Aber es ist auch schwer vorstellbar, dass sie noch immer auf freiem Fuß sind, also halte ich alles für möglich. Ich sorge dafür, dass wir auch draußen die Augen offen halten.«

Knight runzelte die Stirn. Blake hielt seinen Sicherheitsdienst auf Trab, ganz wie Jenna es prophezeit hatte, aber es war nur eine Frage der Zeit. Und Knight trennten nur noch wenige Sekunden davon, endlich die Informationen zu sichten, die seinen Erfolg sicherten und die Welt für immer ändern würden.

»Okay. Kontaktieren Sie mich nicht mehr, es sei denn, es gibt guten Grund zur Annahme, dass mir persönlich Gefahr droht. Ganz gleich, was geschieht.« Auf Knights Gesicht erschien ein ausgesprochen zufriedenes Lächeln. »Ich bin jetzt erst einmal sehr beschäftigt.«

Blake und Wexler fuhren zum fünften Stock hinunter, wo es keine Videoüberwachung mehr gab.

Die Türen öffneten sich. Einen halben Meter vor ihnen stand ein Mann vom Sicherheitsdienst und sah sie an, als hätte er gerade auf den Fahrstuhl gewartet. Blake und der andere hoben im gleichen Augenblick die Waffen und erstarrten, die Waffen aus nächster Nähe auf den Kopf ihres Gegners gerichtet.

Keiner von ihnen wandte den Blick vom Gesicht des anderen ab, sie blinzelten nicht einmal, und keiner von ihnen schenkte Nathan Wexler auch nur die allergeringste Beachtung.

»Sieht ganz so aus, als hätten wir hier ein Patt«, sagte der Mann, der Blake anstarrte wie eine Katze die Maus.

Blake zog den Abzug durch, und der Kopf des Mannes explodierte förmlich. Leiche und Waffe fielen zu Boden.

Idiot, dachte Blake und verließ den Fahrstuhl.

Pattsituationen waren was für Filme. Selbst wenn man den Finger schon so fest am Abzug hatte, dass die Waffe nur um Haaresbreite noch nicht auslöste, reichte das menschliche Reaktionsvermögen nicht einmal ansatzweise aus, falls der andere beschloss, als Erster zu schießen. Es war wie bei dem Spiel, bei dem man Daumen und Zeigefinger um zwei, drei Zentimeter auseinanderhielt, während ein Freund einen Bleistift dazwischen hielt und ihn irgendwann fallen ließ. Wenn man abwartete, bis man ihn fallen sah, war man nie im Leben schnell genug, ihn aufzufangen.

Das Gleiche galt in einer vermeintlichen Pattsituation. Wer sich als Erster zum Schießen entschloss, gewann und blieb unversehrt.

Blake schnappte sich Waffe und Handy des Mannes; jetzt hatte er beides in doppelter Ausführung. Er drückte auf Wahlwiederholung, und am anderen Ende meldete sich jemand.

So gut er konnte, imitierte er die Stimme des Mannes, den er gerade erschossen hatte. »Ich bin angeschossen worden«, keuchte er dumpf – wenn er vorgab, dem Tode nah zu sein, würde sein Gesprächspartner über eventuelle stimmliche Unterschiede sehr viel eher hinweghören. »Hab sie nicht kommen hören«, ächzte er schwach, als würde er in den nächsten Sekunden verbluten. »Die wollen Knight töten. Alles andere ist ihnen egal. Sie nehmen den Fahr…«

Seine Stimme erstarb, und er ließ das Handy fallen. Dann ging er in den Fahrstuhl zurück, drückte den Knopf für den zwanzigsten Stock und verließ die Kabine wieder, ehe sich die Türen schlossen.

»Kommen Sie«, sagte er zu Wexler. »Wir gehen übers Treppenhaus nach unten in den ersten Stock. Mit ein bisschen Glück rotten sich die Sicherheitsleute jetzt alle oben zusammen, um ihren Boss zu beschützen.«

Stumm begutachtete Edgar Knight die Informationen aus der Datei. Es war die richtige! Fast hatte er schon geglaubt, er befände sich in einem endlosen Traum, dazu verurteilt, sich immer wieder im letzten Augenblick seinen Heiligen Gral entreißen zu lassen, aber da war er.

Schon bei der Einleitung wusste er, dass es sich wirklich um Wexlers Arbeit handelte. Er hatte sich mit seinen vorigen Arbeiten vertraut gemacht, und er hatte etliche Analysen der anderen Wexlers gelesen, die versucht hatten, den Durchbruch des Originals zu wiederholen.

Die Berechnungen waren elegant, die Gedankengänge von großer Tiefe. Wexlers Ausführungen drehten sich um einen völlig neuen Ansatz, die fünfte Dimension zur Interaktion mit den übrigen vier zu zwingen. Knight wusste, es würde ihn Jahre kosten, die zugrunde liegende Mathematik zu verstehen, falls es ihm denn überhaupt jemals gelang, aber schon jetzt überzeugte ihn die innewohnende Logik.

Er war euphorisch.

Und im Gegensatz zu Nathan Wexler wusste er so einiges über die praktische Umsetzung solcher Zeitreisen. Auch wenn Nathan sich noch nicht darüber im Klaren gewesen war, ob es wirklich möglich sein würde, den Effekt von fünfundvierzig Mikrosekunden auf fast eine halbe Sekunde auszudehnen, Knight war sich dessen jetzt ganz sicher. Möglicherweise würde es sogar ganz einfach sein, eventuell musste man nur bestimmte Vibrationsmuster im Feld erzeugen, wenn man es aktivierte.

Fasziniert las Knight weiter, und die Räder in seinem Kopf drehten sich emsig.

»Durch diese Türen dort«, flüsterte Nathan Wexler, »und dann links.«

Blake nickte und hoffte inständig, dass seine Ablenkung dafür gesorgt hatte, dass der Raum, in den sie hineinmussten, wenigstens ein bisschen weniger schwer bewacht wurde als normalerweise. Auf dem Weg zum ersten Stock und bis hierher, etwa zwanzig Meter von ihrem Ziel entfernt, waren sie auf keinerlei Widerstand getroffen, was hieß, dass die Leute, die sonst dieses Stockwerk bewachten, irgendwo über ihnen beschäftigt waren.

Blake bedeutete dem Physiker, ein Stück hinter ihm zu warten, dort, wo der Korridor einen Knick machte. Er stieß einen Flügel der Doppeltür auf und rollte sich ab, in der Annahme, dass seine Gegner auf der anderen Seite bereits auf der Lauer lagen.

Das dröhnende Gewehrfeuer, mit dem er begrüßt wurde, ließ darauf schließen, dass er mit seiner Vermutung richtiggelegen hatte, doch die Gegner zielten auf Brusthöhe und verfehlten ihn. Er kam wieder auf die Beine und erwiderte das Feuer, seine Kugeln fanden ihr Ziel und töteten die drei Männer sofort.

Blake wich einige Schritte zurück und winkte Wexler zu, aber als der Physiker schon fast die Doppeltür erreicht hatte, kam hinter ihm ein weiterer Bewaffneter um die Biegung des Korridors. Blake riss Wexler zu Boden und fing sich die für den Physiker bestimmten Kugeln ein. Ein Geschoss zertrümmerte ihm die linke Schulter, das andere traf ihn ins linke Bein.

Blutüberströmt schoss Blake eine Salve auf den Neuankömmling ab, aber der Mann schaffte es, zurück in Deckung zu hechten, und blieb am Leben. Aber er musste schwer verletzt sein, und Blake blieb nichts anderes übrig, als darauf zu hoffen, dass er sie nicht mehr würde verfolgen können.

»Los«, sagte er, stützte sich auf den Physiker, und sie machten sich wieder auf den Weg durch die Doppeltür. Sie hielten sich sieben Meter weit links, dann bogen sie Wexlers Weisung folgend rechts ab.

Blakes Schulter tat so entsetzlich weh, dass er die Schusswunde in seinem Bein kaum spürte. Das Blut floss aus ihm heraus wie aus einem Sieb, und er hinterließ eine breite Spur hinter sich, als wäre er eine Schnecke.

Halb trug, halb zog ihn Wexler die letzten zehn Meter zu der Tür, die von Anfang an ihr Ziel gewesen war. Sie war abgeschlossen, aber Blake nahm seinen rechten Arm von Wexlers Schultern, lehnte sich gegen die Wand und schaffte mit einer Salve mitten ins Schloss Abhilfe.

Normalerweise wurde die Tür von einem Dutzend Männer bewacht, das Schloss war also eigentlich nur pro forma. Vor allem, da es eigentlich sowieso kein Problem darstellte, wenn jemand es schaffte, hier einzudringen. Der Raum war nur einem einzigen Mann von Nutzen: Edgar Knight.

Sie betraten den Raum, der Knights stationäre Zeitreisekammer beherbergte. In Blakes Augen glich der Apparat bis ins Detail dem, der sich unter dem Cheyenne Mountain befand. Wie Cargill vorhergesagt hatte, schien Knight es nicht für nötig zu befinden, an einem guten Design etwas zu verändern.

Wexler gelang es, sie beide zur Sendestation zu schleppen, und Blake sackte auf dem Stuhl vor dem Steuerungscomputer zusammen. Er reichte dem Physiker eins der erbeuteten Handys, das überall außerhalb der Insel gute Dienste leisten würde.

»Ich habe Cargills Nummer einprogrammiert«, flüsterte Blake mühsam. »Rufen Sie ihn an ... sofort nach Ankunft.«

Wexler nickte. »Verstanden.«

Blake griff an seinen Gürtel und löste ein elektronisches Gerät von der ungefähren Größe eines dickeren Vierteldollars, der mit einem Mal von innen her leuchtete. »Stecken Sie das in ... Ihre Tasche«, keuchte er.

»Was ist das?«

»Wenn Sie ... ankommen«, antwortete Blake, der stetig schwächer wurde, sodass das Sprechen zu einer immer größeren Herausforderung geriet. »Sendet Signal. Bricht Befehl ab. Damit Sie ... nur einmal ... geschickt werden.«

»Klar«, sagte Wexler, als hätte er eigentlich von selbst darauf kommen müssen.

Blake verlor so rasch so viel Blut, dass ihm klar war: Ihm blieben nur noch wenige Minuten, wenn überhaupt. Er gab Wexler den USB-Stick, den er in Dr. Rohrers leerem Sprechzimmer gefunden hatte – er selbst war nicht mehr in der Lage, ihn in den

Computer zu stecken. Der Physiker fand den richtigen Anschluss und schob ihn hinein.

Als die von Blake heruntergeladene Datei auf dem Monitor angezeigt wurde, öffnete Wexler sie, und augenblicklich führte der Computer ein Programm aus, für das er keinerlei menschliche Anweisungen mehr benötigte.

»Gehen Sie ... in die Kammer«, flüsterte Blake, dessen Stimme inzwischen so schwach war, dass man ihn kaum mehr verstand.

Wie er Wexler zuvor bereits erklärt hatte, hatten Cargills Leute den Durchbruch des anderen Nathan Wexler analysiert, und nach nur vier Tagen waren sie in der Lage gewesen, das Feld so zu regulieren, dass es exakt jene Vibrationen aufwies, die eine größere Reichweite ermöglichten, sowohl bezüglich der Zeit als auch der Entfernung. Und die einzige Anpassung, die dafür notwendig war, erledigte gerade die Software.

Q5 hatte in aller Eile Experimente durchgeführt, eins nach dem anderen, hatte blitzschnell dazugelernt und die Technik perfektioniert.

Und genau in diesem Augenblick wirkte diese Q5-Software ihre Magie. Sie nutzte Cargills Hintertür, um den Computer zu übernehmen, und würde den Apparat auslösen, sobald sie registrierte, dass sich in der Kammer jemand befand und die Tür versiegelt war. Der Apparat würde Wexler so weit in der Zeit zurückschicken, dass er etwa hundert Kilometer entfernt landen würde – eine recht willkürlich gewählte Entfernung.

Sie hatten nicht gewusst, wo Knights Hauptquartier war, und wenn sich in hundert Kilometern Entfernung zufällig ein Berg befand und die Zeitreise deshalb nicht stattfand, würde das Programm die Polarität des Felds ändern und damit die Richtung, und wenn nötig, danach direkt noch einmal, ein neuer Versuch pro Sekunde, bis es schließlich klappte.

Wexler drehte das Rad der Kammertür, um sie zu öffnen, und zog Blake von seinem Stuhl hoch, lehnte ihn gegen den Apparat.

Sobald Wexler sich sicher im Innern befand, machte sich Blake unter Aufbietung seiner gesamten gewaltigen Willenskraft daran, das Rad wieder in die andere Richtung zu drehen. In dem Augenblick, da die Tür fest verschlossen war, würde der Apparat auslösen.

Blake fragte sich, wie es wohl sein mochte, wenn von einem Augenblick auf den anderen sämtliche Zellen im Leib verdampften. Zwar hatte er keine Notwendigkeit gesehen, es Wexler zu sagen, aber der Transmitter in seiner Tasche würde *zwei* Befehle ausführen, sobald er die veränderten GPS-Daten bemerkte.

Nicht nur würde er den Befehl widerrufen und den Apparat stoppen, er würde auch zugleich den octanitrocubanbasierten Sprengstoff zünden, der sich in seinem Gürtel befand. Es war nur eine winzige Menge, aber sie reichte aus, um gleich zwei Räume dieser Größe in einen Feuerball zu verwandeln.

»Danke«, sagte Wexler von drinnen. »Ich werde Ihnen das niemals vergessen.«

Blake antwortete mit einem kaum noch merklichen Nicken.

Die Tür flog auf, und mehrere Männer draußen eröffneten zugleich das Feuer. Dutzende Kugeln durchsiebten Blakes Leib.

Mit einem letzten monumentalen Willensakt umklammerte er das Rad, und als er tot zu Boden stürzte, versetzte er ihm damit den allerletzten Schwung, mit dem sich die Kammer versiegelte.

57

Edgar Knight schien vor Begeisterung so hell zu glühen, dass man ihn glatt mit einem Leuchtturm hätte verwechseln können. Jenna Morrison und der Rest der Welt waren völlig vergessen.

Er kam zu dem Schluss, dass er die mathematischen Prinzipien, die Wexlers Theorie zugrunde lagen, nie ganz verstehen würde, aber das war auch nicht nötig. Er begriff ja auch die Bedeutung der Allgemeinen Relativitätstheorie, obwohl er die abartig komplexe Mathematik, die zu meistern Einstein so viele Jahre Arbeit gekostet hatte, nicht zur Gänze erfasste.

Wexlers Leitidee – jedenfalls die Leitidee eines *bestimmten*, so tragisch zu Tode gekommenen Nathan Wexlers – war mehr als nur genial, mehr als nur elegant. Er hatte einen Zugang zu den höheren Dimensionen gefunden, der originell war, derart *out of the box*, dass nicht einmal jemand auf einem LSD-Trip verdreht genug dachte, um daraufzukommen. Kein Wunder, dass keiner der anderen Wexlers, ungeachtet ihres identischen Verstands, auf genau diesen Ansatz gestoßen war, dank dem sich alles andere ins Bild fügte.

Aus dem Nichts ertönte ein markerschütterndes Krachen und hallte ohrenbetäubend in Knights Schädel wider.

Fast wäre er aus dem Stand an die Decke gesprungen. Ihm war, als wäre er von einer Kanonenkugel getroffen worden.

Das gesamte Gebäude schwankte heftig.

Eine Explosion erschütterte die gesamten zweiundzwanzig Stockwerke; gegen das gewaltige Donnern hätte sich selbst das heftigste Gewitter zahm ausgenommen, fast wie ein Flüstern. Knight verlor das Gleichgewicht und krachte gegen die Wand, sein aufgeschrecktes Hirn rief den Notstand aus und pumpte so viel Adrenalin in sein Blut, dass er fast in Stücke barst.

Noch vor einer Sekunde war er im Himmel gewesen, und auf einmal befand er sich zu seiner Verwirrung mitten in der Hölle. Nachdem die Druckwelle durch den Raum vibriert war, dauerte es ganze fünf oder sechs Sekunden, bis er wenigstens ansatzweise wieder einen klaren Gedanken fassen konnte; es war fast, als hätte sich sein Verstand vor lauter Schreck wie ein Fötus zusammengerollt.

»Was zum Henker ist los!«, brüllte Knight. Auf einem der Monitore sah er mehrere Leute vom Sicherheitsdienst, die sein Penthouse bewachten und nun darauf drängten, hereingelassen zu werden, um sich zu vergewissern, dass ihr Boss unverletzt war.

»Lazlo, was ist passiert?«, fragte er seinen digitalen Assistenten.

»Irgendwo im Haus gab es eine Explosion.«

»Was du nicht sagst. Aber wo und warum?«

»Das versuche ich gerade herauszufinden.«

»Sie müssen Ihren digitalen Assistenten nicht fragen, was passiert ist«, sagte Jenna Morrison selbstzufrieden. »Das kann ich Ihnen auch verraten.«

Die Explosion hatte Knight so sehr erschüttert, dass er Jennas Anwesenheit ganz vergessen hatte. Jetzt drehte er sich zu ihr um. Sie hatte das Erdbeben besser überstanden als er, immerhin war sie an einen Stuhl gefesselt, der am Boden festgeschraubt war.

Und ihrer triumphierenden Miene nach zu schließen, bluffte sie nicht. Sie wusste ganz genau, was passiert war und warum. Wie konnte das sein?

»Lazlo«, sagte er. »Sag dem Sicherheitsdienst Bescheid, dass ich in Ordnung bin, sie sollen weiter Wache halten.«

»Anordnung wird ausgeführt«, antwortete der digitale Assistent.

Knights Gefangene hatte die Hände zusammengelegt, der rechte Zeigefinger ruhte ganz leicht auf dem einzigen Schmuckstück, das sie trug: einem Diamantring, den ihr Nathan Wexler geschenkt haben musste. »Wissen Sie, was das war?« Auf Jennas Gesicht breitete sich langsam ein Lächeln aus. »Das war das Signal, auf das ich gewartet habe.«

»Was wird hier gespielt?«, verlangte er zu wissen.

»Was hier gespielt wird? Sie sind erledigt«, zischte sie mit vor Hass sprühenden Augen. »Sie mögen ja der moderne Faraday sein, aber Cargill hat Sie hereingelegt wie den letzten Vollidioten. Er steckt hinter allem.«

»Unmöglich.«

»Wirklich? Und warum? Weil Sie einen vertrauenswürdigen Maulwurf eingeschleust hatten, Brian Hamilton? Cargill wusste, dass es einen Maulwurf gibt. Er hat Sie ausgetrickst und Sie dazu gebracht, ihm die Identität Ihres Mannes zu verraten, sogar noch ehe er uns in Gewahrsam genommen hat.«

»Wie?«

»Er hat seinen acht wichtigsten Männern eine Textnachricht geschickt, behauptet, er hätte Aaron und mich gefunden, und ihnen eine Adresse genannt. Und dann sagte er, der Einsatz würde erst in einigen Stunden beginnen.«

Knight hatte sich inzwischen von der Explosion ganz erholt, wusste aber trotzdem nicht, worauf sie hinauswollte.

Jenna sah, dass er es noch nicht begriffen hatte, und schüttelte den Kopf, als täte er ihr leid. »Sind Sie wirklich sicher, dass Sie schlau genug wären, Ihr eigenes Eugenik-Programm zu überleben?«, spottete sie, ehe sie erklärte: »Die acht Männer haben alle denselben Text bekommen. Bis auf ein kleines Detail: Ihnen allen wurde eine andere Adresse genannt.«

Endlich fiel in Knights Verstand alles an seinen Platz. Fast hätte er aufgeschrien.

Cargill hatte ihn ausgetrickst, jedenfalls diesmal. Ihm war klar gewesen: Wenn einer dieser acht Männer für Knight arbeitete, würde er nicht anders können, als diesen Köder zu schlucken.

Der Maulwurf würde Knight sofort mitteilen, dass Cargill die beiden Leute gefunden hatte, die Knight so dringlich suchte, woraufhin Knight ein Team zu der besagten Adresse schicken würde, um Cargill zuvorzukommen.

Cargill verfügte über unbegrenzte Befugnisse und konnte genügend Polizisten, Militär und Regierungsagenten dazu abstellen, ihm an allen acht Adressen als Augen und Ohren zu dienen. Als dann Knights Team sich an einer davon umgesehen und über die Gegend kundig gemacht hatte, um einen Überfall vorzubereiten, hatte Cargill gewusst, wer sein Maulwurf war: der Mann nämlich, dem genau diese Adresse genannt worden war.

Im Rückblick war alles ganz klar. Es erklärte, weshalb Cargill die Nachricht so lange vor dem geplanten Einsatzbeginn geschickt hatte, und auch, weshalb er danach in einer zweiten Nachricht behauptet hatte, der Einsatz sei abgeblasen worden, weil Blake bezüglich seines Aufenthaltsorts gelogen hätte.

»Ich sehe schon, so langsam kapieren Sie es«, sagte Jenna. »Wie gesagt: Cargill hat schon früh über Hamilton Bescheid gewusst. Aber er hat ihn nicht damit konfrontiert, damit er ihn mit falschen Informationen füttern konnte. Ihn manipulieren. Das Problem war, dass alle von dem Maulwurf wussten, und es wäre verdächtig gewesen, wenn Cargill auf einmal so getan hätte, als würde er Hamilton oder irgendeinem anderen aus dem Team voll und ganz vertrauen. Also musste er einen Weg finden, um vorzugeben, er hätte den Maulwurf gefunden und wäre wieder ganz der gute alte, vertrauensselige Trottel. Er brauchte einen Vorwand, um so tun zu können, als würde er Hamilton wieder bedingungslos vertrauen. Denn wenn er das ohne Anlass getan hätte, dann wären Sie misstrauisch geworden und womöglich auf die Idee gekommen, dass Ihr Spion an der Nase herumgeführt werden soll.«

Knight bleckte die Zähne. »Also hat der Mann, der sich beim Lügendetektortest selbst verraten hat, der behauptet hat, er würde mit meinen Ansichten sympathisieren, nur geschauspielert«, sagte er, »richtig? Was er getan hat und die ganze darauffolgende Schießerei, das war nur gestellt?«

Jenna nickte.

So wütend es ihn auch machte, dass man ihn manipuliert hatte, er kam nicht umhin, die Raffinesse seines alten Freunds zu bewundern. Der Lügendetektortest war eine doppelte Finte gewesen, und zwar eine ausgesprochen einfallsreiche. Es war gar kein schieres Glück gewesen, dass die Entdeckung einer anderen Schwachstelle Hamilton davor bewahrt hatte aufzufliegen, und ihm ermöglicht hatte, weiter bei Q 5 zu spionieren.

»Blake und ich haben nach unserem zweiten Tag dort mit Cargill zusammengearbeitet«, fuhr Jenna fort. »Als Erstes hat er uns übrigens angewiesen, Nathans Datei aus der Cloud zu löschen. Nachdem wir unseren Plan fertig ausgearbeitet hatten, hat er dann gestern eine Einsatzbesprechung mit vier seiner Männer anberaumt, darunter Hamilton. Ihm war klar: Was Hamilton erfährt, erfahren auch *Sie*. Er behauptete, ich wäre immer noch nicht ganz überzeugt davon, mich ihm anzuschließen. Dass ich darauf bestanden hätte, woanders untergebracht zu werden. Und dass die Datei noch immer in der Cloud sei. Damit Sie glauben, die Beute sei noch immer erreichbar.«

Mit verächtlicher Miene schüttelte sie den Kopf. »Ist Ihnen wirklich nie der Gedanke gekommen, dass das alles ein kleines bisschen zu glatt für Sie läuft?«

»Sie haben also erwartet, dass man Sie gefangen nimmt«, sagte Knight. »Na und? Jetzt sind Sie hier. Aber inwiefern hilft Ihnen das weiter?« Als er es fragte, wurde ihm klar, dass er sich fast vor der Antwort fürchtete. Die dumpfe Ahnung, dass da noch mehr kam – die gewaltige Explosion sprach eindeutig dafür –, verursachte ihm Übelkeit.

Jenna antwortete nicht. Sie saß reglos da, die Hände noch immer zusammengelegt.

Ihm kam ein anderer Gedanke. »Warten Sie mal«, sagte er. »Wenn Cargill hier der große Drahtzieher hinter der ganzen Geschichte war, dann hat er die Sache ziemlich in den Sand gesetzt. Denn ich weiß mit Sicherheit, dass er tot ist, er und einige seiner wichtigsten Getreuen.«

»Kommen Sie schon, Edgar«, sagte Jenna und imitierte spöttisch, wie er zuvor mit ihr geredet hatte. »Das können Sie doch wirklich so viel besser.«

Ungläubig schüttelte Knight den Kopf. Sie alle waren Duplikate gewesen?

Unmöglich. Aber was sollte sie sonst meinen?

»Lee Cargill würde niemals zulassen, dass ein Mensch durch die Zeit zurückgeschickt wird«, widersprach er. »Nie im Leben würde er menschliche Duplikation dulden. Er hat einen derartigen Stock im Arsch, dass der schon als Laternenpfahl durchgeht. Das war seine verdammte allererste Grundregel. Ich weigere mich, das zu glauben.«

»Glauben Sie es ruhig«, schnauzte Jenna ihn an. »Er war bereit, eine Ausnahme zu machen, um Sie aufzuhalten. Und er würde immer noch nicht dulden, dass zwei Ausgaben desselben Menschen herumlaufen, aber ihm war klar, dass Sie alle bis auf Aaron und mich töten würden. Er und alle Männer, die beim Einsatz dabei waren, haben der Duplizierung zugestimmt, angefangen bei Chris Entwistle, dem Mann, der beim Lügendetektortest so getan hat, als wäre er ein durchgedrehter Knight-Sympathisant. Sie alle haben diesem Kamikaze-Auftritt zugestimmt, obwohl sie wussten, dass zwar ihr einzigartiges Bewusstsein weiterleben, aber eine Version ihrer selbst getötet werden würde. Joe Allen hatte strikte Anweisung, jedes Duplikat zu töten, das Sie eventuell am Leben lassen.«

Knight nickte. Das passte zu dem Cargill, den er kannte. Als letzten Ausweg würde er Duplikation zulassen, aber nur dann, wenn er ganz sicher war, dass die Kopien nicht lange lebten.

»Okay«, sagte er. »Ich glaube Ihnen. Aber ich weiß immer noch nicht, wozu das Ganze.«

»Natürlich nicht. Wenn Sie erlauben, kläre ich Sie auf: Aaron Blake und mir war klar, dass wir niemals sicher sein würden, solange Sie am Leben sind. Noch wichtiger: Die Welt würde niemals sicher sein. Also habe ich mich bereit erklärt, den Köder zu spielen. Mich zu opfern, um Sie zu erwischen. Aaron hat ebenfalls zugestimmt. Unsere einzige Bitte war, dass wir vor Abschluss unserer Mission alles Menschenmögliche versuchen dürfen, um Nathan zu retten.«

»Sie wussten, dass es Duplikate von ihm gibt?«

»Nicht mit Sicherheit, aber wir hielten es für wahrscheinlich. Dan war zutiefst erschüttert, als er erfuhr, dass Nathan getötet worden war. Nach dessen Tod hatte er von ihm noch eine E-Mail erhalten, mit einer Antwort auf eine wissenschaftliche Frage, von der er glaubte, kein anderer als Nathan könnte sie geschrieben haben. Und als wir die volle Wahrheit über die Zeitreisen erfuhren, also über die mögliche menschliche Duplikation, ging uns auf, dass die Mail womöglich wirklich von Nathan stammte. Dass Sie womöglich ein Duplikat von ihm erstellt und ihn damit beauftragt hatten. Cargill hielt das angesichts ihrer ausufernden Fantasien über das Kopieren von Genies für wahrscheinlich, während Sie noch für Q 5 gearbeitet haben.«

»Woher wussten Sie, dass ich Nathan mit ins Spiel bringen würde, sobald ich Sie habe?«

»Wussten wir nicht. Das war reines Glück. Ursprünglich hatte ich vorgehabt, Ihnen anzubieten, dass Sie die Datei bekommen, wenn Sie dafür Aaron gehen lassen und ihm eine halbe Stunde Vorsprung geben. Die Zeit hätte er genutzt, um nach Nathan zu suchen. Cargill hat mir versichert, dass Sie sich darauf einlassen würden; er sagte, dass Sie der Gelegenheit, die Datei zu bekommen und zugleich Ihre Sicherheitsmaßnahmen einem Test zu unterziehen, sicher nicht widerstehen könnten. Indem Sie

Nathan hergeholt haben, haben Sie es uns allerdings leichter gemacht.«

»Wenn Sie erwartet haben, dass er noch am Leben ist – wie haben Sie es dann geschafft, bei seinem Anblick so überzeugend in Tränen auszubrechen?«

»Wow, Sie haben ja tatsächlich keinen Funken Gefühl und Empathie im Leib. Ich dachte mir, dass er wahrscheinlich noch lebt, aber sicher war ich nicht. Und ich hatte zugesehen, wie er vor meinen Augen getötet wurde. Den Mann wiederzusehen, den ich liebe, hat mich emotional wahnsinnig mitgenommen. Die Tränen waren echt.«

Jenna schwieg einen Augenblick. »So gut Aaron auch sein mag«, fuhr sie dann mit ehrfürchtiger Miene fort, »ich bin davon ausgegangen, dass seine Erfolgschance maximal ein oder zwei Prozent beträgt. Aber er hat es geschafft!«, fügte sie dann strahlend hinzu. »Er ist wirklich unglaublich.«

Knight hatte Jennas Bericht so gebannt gelauscht, als wäre das Ganze nichts weiter als ein faszinierendes Rätselspiel, aber ihre letzten Sätze brachten ihn urplötzlich wieder in die Wirklichkeit zurück. Denn es *war* nicht nur ein Rätselspiel. Irgendwie hatten sie ihm Schaden zugefügt, und sie konnten es wieder tun.

Aber inwiefern? Selbst wenn Blake und Wexler irgendwo im Gebäude etwas in die Luft gejagt hatten, sie hatten trotzdem keine Chance, von der Insel zu fliehen.

Als er begriff, keuchte Knight auf, als hätte ihn ein Rammbock getroffen.

»Cargill hat eine Möglichkeit gefunden, die Zeitreisen auf mehr als fünfundvierzig Mikrosekunden auszudehnen«, sagte er. »Habe ich recht? Q5 hat sich Wexlers Theorie zunutze gemacht und innerhalb einer Woche das geschafft, worauf ich seit Jahren hinarbeite.«

»Stimmt«, sagte Jenna. »Aber das ist noch nicht alles. Das Beste kommt erst noch. Cargill hat Ihre Sicherheitsmaßnahmen richtig eingeschätzt. Sie beide haben im Lauf der Jahre schließlich viele, viele Stunden damit zugebracht, über Sicherheitsfragen zu diskutieren. Er wusste ganz genau, wie es hier mit Handynutzung und Internet aussehen würde. Also musste Aaron nichts weiter tun, als sich einen Computer zu suchen und etwas aus dem Netz herunterzuladen. Eine Datei, die völlig belanglos aussah und kein Passwort erforderte, sodass er nichts eingeben musste.«

Knight war zumute, als würde er sich jeden Augenblick übergeben. Er hatte Cargills Passwort nicht geändert. Also hatten Cargills Leute ohne Weiteres ein Programm schreiben können, mit dem sie auf jeden beliebigen seiner Apparate zugreifen und Wexler und Blake in Sicherheit hatten teleportieren können.

»Woher wusste Blake, wo sich meine Zeitreiseapparate befinden?«

»Gar nicht. Er hat darauf gehofft, dass Nathan wenigstens von einem weiß, wo er ist. Für den Fall, dass nicht, befand sich in seinem linken Schuh verborgen ein Dunkle-Energie-Sensor. Cargill hat uns versichert, dass man damit auf vier, fünf Kilometer Entfernung sämtliche Apparate aufspüren kann. Ich habe keine Ahnung, ob er ihn benutzt hat oder nicht.«

Wieder schwieg Jenna kurz. »Wir wollten Aaron so viel Zeit verschaffen wie irgend möglich, also haben wir Nathans Datei wieder in die Cloud geladen, um Sie abzulenken. Damit Sie beschäftigt sind und nicht aufpassen.«

»Wie können Sie so sicher sein, dass er es geschafft hat?«

»Wegen der Explosion. Sie konnte nur durch eine erfolgreiche Teleportation ausgelöst werden. Den Sprengstoff dafür hatte Aaron ebenfalls dabei. Wir haben dafür übrigens etwas benutzt, auf das *Sie* uns gebracht haben: Octanitrocuban. Klingelt's? Die explosivste nichtnukleare Substanz, die der Menschheit bekannt ist, herstellen kann man sie allerdings nur mithilfe einer Zeitmaschine.«

Jetzt war Knight alles klar. Cargill, Jenna und Blake hatten ihre Karten meisterlich gespielt. Und er zweifelte nicht daran, dass das, was er gespürt hatte, eine Octanitrocuban-Explosion in voller Pracht gewesen war. Sie musste unten stattgefunden haben, dort, wo sich der einzige Zeitreiseapparat des ganzen Hauses befand.

Verächtlich musterte er Jenna. »Es kann ja sein, dass Cargills Plan reibungslos geklappt hat, und ja, das *wird* mich zurückwerfen, aber er kann trotzdem nicht gewinnen. Ich bin sicher, dass die teleportierte Version von Nathan Wexler ihm genau jetzt bereits erzählt, wo ich mich aufhalte. Aber was Cargill nicht weiß: Ich habe auch die besten Waffenexperten des gesamten Planeten kopiert. Meine Denkfabrik erstreckt sich nicht nur auf die Hälfte dieses Hauses, sondern auch auf die drei umliegenden Gebäude. Und sie haben Durchbrüche erzielt, von denen das US-Militär nur träumen könnte. Die Flug- und Raketenabwehr dieser Insel ist besser als alles, was irgendein beliebiges Land der Erde auffahren könnte. Also wird Cargills erste Angriffswelle scheitern. Und ich habe die erforderlichen Mittel, um spurlos zu verschwinden, lange bevor er unsere Verteidigungsanlagen auch nur ankratzt.«

»Sie kapieren es immer noch nicht, oder?«, fragte Jenna eisig. »Sie armes, psychopathisches Arschloch.« Sie schüttelte den Kopf. »Folgendermaßen sieht es aus, Sie Genie: Blake und ich sind ebenfalls Duplikate. Unser Ziel war es, Nathan hier rauszuholen, wenn möglich, und Sie auszulöschen. Wir hatten nie vor, von dieser Mission wieder zurückzukehren.«

Zum ersten Mal fragte sich Knight, weshalb Jennas Zeigefinger seit Beginn der Unterhaltung auf ihrem Diamantring lag. Er hatte es für eine nervöse Angewohnheit gehalten, aber jetzt wusste er es besser. Nein, diesen Ring hatte ihr nicht Nathan Wexler geschenkt.

Entsetzt riss er die Augen auf.

»Jetzt dämmert es Ihnen endlich, hm?«, fragte Jenna. »Sie glauben, die Explosion, die *Aaron* ausgelöst hat, war gewaltig? Tja, ich habe hundertmal so viel Sprengstoff dabei. Wenn ich fest auf diesen Diamanten drücke, zünde ich damit ausreichend Octanitrocuban, um dieses ganze Gebäude einzustampfen und dazu mindestens noch die drei weiteren hier in der Nähe, in denen Ihre Denkfabrik sitzt.«

»Aber Sie selbst sterben dann ebenfalls«, spielte Knight die einzige ihm noch verbleibende Karte aus. »Auf schreckliche Weise. Ihr Körper wird in lauter kleine Stücke zerfetzt. Mag ja sein, dass eine andere Jenna weiterlebt, aber *Sie* befinden sich mitten im Zentrum der Explosion. *Sie* werden verdampfen. Es wird kein bisschen weniger wehtun, nur weil eine andere Ausgabe von Ihnen sich in Cheyenne Mountain befindet.«

Tränen rannen ihr über die Wangen. »Ich weiß«, sagte sie. »Und ich habe furchtbare Angst. Ich will nicht sterben. Ich bin keine Heldin.«

»Dann tun Sie es nicht«, flehte Knight. »Sie sagten selbst, dass ich vielleicht recht habe.«

»Das habe ich nur gesagt, damit Sie Aaron und Nathan einen Vorsprung geben.«

»Die Welt ist völlig im Arsch. Die Häftlinge haben die Kontrolle über das Gefängnis an sich gerissen. Sie wissen, dass ich recht habe. Ich bin der Einzige, der die Menschheit vor sich selbst retten kann.«

»Das kann schon sein«, flüsterte Jenna, die inzwischen heftig schluchzte, mit vor Angst und Trauer verzerrtem Gesicht. »Aber ich hoffe inständig, dass es nicht so ist.«

Und mit diesen Worten drückte sie fest auf ihren Diamanten, und für einen kurzen Augenblick verwandelte ein gewaltiger Feuerball das Innere der Insel in das Innere der Sonne, und eine Druckwelle rollte Dutzende Kilometer in alle Himmelsrichtungen.

Sämtliche Menschen in den vier Hauptgebäuden verdampften augenblicklich ... alle mit Ausnahme einer Ärztin namens Susan Schlesinger, die die Insel gerade verlassen hatte. Sie hatte beschlossen, auf den Rat eines Fremden zu hören. Er hatte zwar mehrmals gedroht, sie zu töten, aber trotzdem hatte seine Anständigkeit es irgendwie geschafft, durch sein bedrohliches Auftreten hindurchzuscheinen.

58

Unvermittelt fand sich Nathan auf dem trostlosesten Fleckchen Erde wieder, das er je gesehen hatte. Ringsum reichte die Wüste auf allen Seiten wie ein endloses Meer bis zum Horizont, und er erblickte nicht den kleinsten Hinweis darauf, dass die Menschheit überhaupt jemals existiert hatte. Seiner Umgebung nach zu urteilen wäre es ganz und gar denkbar gewesen, dass er um Jahrmillionen in der Zeit zurückgeschleudert worden war statt nur um einen Lidschlag.

Im einen Augenblick hatte er sich in der Kammer einer der Zeitmaschinen Edgar Knights befunden, im nächsten war er hier.

Er versuchte, nicht an die andere Version seiner selbst zu denken, die noch immer in der Kammer stand, in dem Apparat, der soeben durch den Transmitter ausgeschaltet worden war, während blutgierige bewaffnete Söldner hereinschwirrten wie ein Schwarm wütender Wespen.

Und vor allem versuchte er, nicht an Aaron Blake zu denken. Wer immer er auch sein mochte, der Mann war einfach unglaublich. Kreativ, mutig und nahezu unaufhaltsam. Man hatte ihm Schulter und Bein zerschossen, und trotzdem hatte er es irgendwie fertiggebracht, ihn loszuschicken, was Nathan ganz besonders unglaublich fand, weil er gesehen hatte, wie der Mann von mehreren Kugeln getroffen worden war, noch während er dem Rad die letzte Vierteldrehung verpasste, um die Tür zu versiegeln.

Er betrachtete das Handy, das Blake ihm gegeben hatte. Trotz der Ödnis ringsum war die Signalstärke ausgezeichnet. *Gott segne Amerika*, dachte er erleichtert und rief augenblicklich Cargill an, wie man es ihm aufgetragen hatte.

Cargill nahm seinen Anruf mit großer Freude entgegen und veranlasste, dass ein Militärhubschrauber Nathan abholte, nur zehn Minuten nachdem Cargill seine Position zurückverfolgt hatte. Nach einem kurzen Zwischenstopp auf dem Nellis-Luftwaffenstützpunkt wurde Nathan in einen Jet verfrachtet und direkt zum Cheyenne Mountain geflogen – dort landeten sie keine drei Stunden nach seiner Teleportation in die Wüste.

Auf dem Landeplatz direkt am Berghang warteten vier Leute auf ihn, drei Männer und eine Frau. Zwei der Männer waren ihm fremd, allerdings nahm er an, dass es sich bei einem von ihnen um den geheimnisvollen Lee Cargill handelte. Der dritte war Aaron Blake.

Und die Frau hätte er immer und überall erkannt.

Jenna.

Sie fiel ihm um den Hals, Freudentränen strömten ihr über die Wangen, und er fing ebenfalls an zu weinen. In beiden tobte ein unmöglicher Gefühlsaufruhr, wie ihn in der gesamten Geschichte der Menschheit noch niemals jemand empfunden hatte.

»Es ist also wirklich wahr«, sagte Jenna nach einem langen Kuss. »Knight hat dich wirklich dupliziert. Aber wie? Und wann?«

»Ich erzähle dir alles ganz genau«, sagte Nathan, »doch vielleicht sollte ich mich vorher unseren Freunden vorstellen. Wobei ich diesen Mann hier schon kenne«, fügte er vergnügt hinzu und streckte Aaron Blake eine Hand entgegen. »Oder zumindest eine andere Ausgabe von ihm.«

Blake schüttelte dem Physiker die Hand. »Es ist mir eine Ehre, Sie kennenzulernen«, sagte er. »Sie noch einmal kennenzulernen, könnte man sagen.«

Nathan lächelte. »Es wäre eine Riesenuntertreibung, wenn ich behaupten würde, die Ehre sei ganz meinerseits. Ich erzähle Ihnen noch alles, was passiert ist, aber jedenfalls kann ich Ihnen schon einmal sagen, dass es auf der ganzen Welt unmöglich jemanden geben kann, der kühner und heldenhafter ist als Sie.«

Er schwieg einen Augenblick. »Ich kann Ihnen gar nicht genug danken.«

»Das weiß ich zu schätzen«, sagte Blake, »aber das ist nicht nötig. Wie Sie ja wissen, bin ich nicht der Mann, der Sie aus Knights Gewalt befreit hat.«

»Stimmt, aber wir beide wissen, dass Sie und er von gleichermaßen heroischem Wesen sind und den gleichen Dank verdienen.«

Blake akzeptierte das Kompliment mit einem Nicken. »Ich bin jedenfalls sehr froh, dass offenbar alles gut gegangen ist«, sagte er schlicht.

Nathan verzog das Gesicht. Ja, es war gut gegangen ... jedenfalls für *diese* Version seiner selbst.

Aber der Aaron Blake und der Nathan Wexler, die er zurückgelassen hatte, waren inzwischen mit Sicherheit tot. Und noch immer befanden sich unzählige Mitglieder von Knights sogenannter Denkfabrik auf der Insel, die er als Geiseln einsetzen konnte, um Cargill von einem Angriff abzuhalten. Gleich zu Anfang hatte Nathan Cargill den Standort von Knights Hauptquartier genannt, aber der Mann schien die Angelegenheit aus irgendeinem Grund nicht allzu dringend zu finden.

Nathan wartete, bis Cargill sich und seinen zweiten Befehlshabenden Joe Allen vorgestellt hatte, dann fragte er: »Kann ich davon ausgehen, dass es umgehend einen Angriff auf Knights Anlage geben wird?«

Cargill schüttelte den Kopf. »Wir haben einen Säuberungstrupp losgeschickt, um so viele Knight-Unterstützer wie möglich zu erwischen. Aber dank des Octanitrocubans ist kein Angriff nötig.«

»Octanitrocuban?«, fragte Nathan.

»Der Sprengstoff, Sie wissen schon.«

Nathan schüttelte den Kopf. »Ich weiß nicht, was Sie meinen.«

Cargill verzog das Gesicht. »Warum vertagen wir dieses Thema nicht auf später? Wir wollten Sie unbedingt alle gemeinsam begrüßen, aber mir ist klar, dass Sie und Jenna viel zu bereden haben. Und nach den jüngsten Ereignissen haben wir alle Hände voll zu tun. Jenna kann Sie auf den neuesten Stand bringen, und Sie beide machen sich wieder richtig miteinander vertraut. Am besten treffen wir uns alle morgen zu einer Besprechung, und dann können wir einander richtig kennenlernen. Ich führe Sie noch rasch im Berg herum, und dann haben Sie beide ein bisschen Zeit für sich.«

»Im Berg?«, fragte Nathan unsicher.

Cargill lächelte. »Ja, ganz eindeutig müssen Sie noch ein klein wenig auf den aktuellen Stand gebracht werden.«

59

Nathan bestaunte Cheyenne Mountain mit offenem Mund und derselben Ehrfurcht wie alle anderen, die zum ersten Mal hier unten waren. Nach einem sehr kurzen Rundgang schüttelten Cargill, Blake und Allen ihm herzlich die Hand und zogen sich zurück.

Jenna wusste, wie sehr sich Cargill danach sehnte, alles über die Ereignisse in Knights Hauptquartier zu erfahren, aber er hatte sich entschlossen zu warten, weil er fand, dass es wichtiger war, dass sie und Nathan in Ruhe ein wenig Zeit miteinander verbringen konnten.

Sie mochte diesen Mann allmählich richtig gern.

Sie fragte sich, was ihr anderes Ich wohl über Edgar Knight gedacht haben mochte, ehe sie ihn getötet hatte – und sich selbst. Bei dem Gedanken daran, wie entsetzlich es für sie gewesen sein musste, den Auslöser der Bombe zu drücken, in dem Wissen, dass sie gerade ihren letzten Atemzug tat, erschauerte sie.

Als sie in ihrer engen Unterkunft allein waren, schmiegte sich Jenna fest an Nathan, umarmte ihn mit aller Kraft, um sich zu vergewissern, dass er echt war.

»Wann hat Knight dich kopiert?«, fragte sie, als sie sich schließlich voneinander lösten.

»Vor drei Monaten. Seine Leute haben uns im Schlaf mit Gas betäubt.«

»Uns?«, fragte Jenna ungläubig. »Du willst aber doch nicht sagen …« Aus irgendeinem Grund brachte sie es nicht fertig, den Satz zu beenden.

»Ja. Er hat uns beide kopiert.« Nathan schwieg eine Weile, seine Augen wurden feucht. »Aber nachdem du und Blake auf Knights

Insel eingetroffen seid, hat er die andere Jenna erschossen. Die Jenna, mit der ich die letzten drei Monate zusammengelebt habe. Direkt vor meinen Augen.«

»Es tut mir so leid«, sagte Jenna leise.

»Danke. Aber jetzt hier zu sein, mit dir ... ich weiß nicht, was ich empfinden soll. Ich bin nicht ganz sicher, ob das menschliche Hirn in der Lage ist, mit so einer Situation fertigzuwerden. Ich habe gerade gesehen, wie die Frau, die ich liebe, getötet wurde. Aber jetzt stehst du vor mir. Die Frau, die ich liebe. Und es ist, als wollte mein Unterbewusstsein mich mit aller Kraft davon überzeugen, dass alles andere gar nicht wirklich geschehen ist. Dass es nichts weiter war als eine besonders lebhafte Halluzination.«

Jenna seufzte. Auch wenn er es noch nicht wusste: Was er meinte, konnte niemand besser verstehen als sie. Es war irrwitzig. Der Nathan Wexler, mit dem sie die letzten drei Monate zusammengelebt hatte, war vor ihren Augen getötet worden, ebenso wie die Jenna Morrison, mit der er die letzten drei Monate verbracht hatte, vor seinen Augen umgebracht worden war. Es war eine völlig bizarre Symmetrie, fast wie in einem Spiegellabyrinth.

Und doch waren sie noch immer Nathan Wexler und Jenna Morrison. Von den letzten drei Monaten abgesehen, teilten sie sämtliche Erinnerungen miteinander. Und obwohl sie mit angesehen hatte, wie Nathan auf dem Mount Palomar starb, wusste sie, dass sie diesen Nathan hier liebte. Drei Monate gemeinsamer Erinnerungen waren ausgelöscht worden, aber das änderte nichts an der Chemie zwischen ihnen, daran, dass sie einander jahrelang geliebt hatten, ehe ein Verrückter sie voneinander getrennt hatte.

Jenna erklärte ihm, was auf dem Mount Palomar passiert war. Erzählte ihm alles.

Nachdem sie geendet hatte, war er eine ganze Weile zu erschüttert, um zu sprechen, und sie fragte sich, wie er auf all das reagieren würde. Trotz allem, was passiert war – sie war sicher, dass sie damit fertigwerden würde. Dass sie ihre verlorene Beziehung wiederaufnehmen konnte. Aber konnte *er* das auch?

»Okay«, sagte er schließlich. »Das alles ist wirklich fürchterlich. Und ich will gar nicht erst anfangen, über all die philosophischen und ethischen Aspekte auch nur nachzudenken. Das ist zu viel für mich. Wir haben Menschen verloren, die wir zutiefst geliebt haben. Und sie haben genauso am Leben gehangen wie wir, und ihr Tod war entsetzlich schmerzhaft.«

Er hielt inne und sah ihr tief in die braunen Augen. »Und doch sind wir beide noch da«, sagte er schließlich. »Unser Wesen, das, was uns ausmacht, hat sich nicht verändert.«

Jenna nickte. »Ich war noch nie zuvor so furchtbar durcheinander. Ich glaube, es kommt darauf an, dass wir es irgendwie schaffen, uns von dem zu lösen, was passiert ist. Uns nicht dafür schuldig zu fühlen, dass wir einander immer noch lieben.«

Nathan seufzte, dann nickte er. »Das glaube ich auch«, sagte er. »Wir haben also beide gesehen, wie der andere kaltblütig ermordet wurde. Und selbst wenn das bestimmt keine Strategie ist, die einem bei der Paartherapie dringend ans Herz gelegt wird«, fügte er dann ironisch hinzu, und Jenna sah das vertraute Funkeln in seine Augen zurückkehren, »du musst schon zugeben, dass *das* nicht viele Paare voneinander behaupten können.«

Jenna lachte laut auf.

Ein Teil von ihr wusste, dass es für Galgenhumor noch zu früh war, aber zugleich war ihr klar, dass sie beide ganz dringend ein wenig Heiterkeit brauchten, um angesichts dieser irrwitzigen Situation nicht den Verstand zu verlieren.

Und Jenna hatte soeben eine Antwort auf ihre Frage bekommen. Der Mann, den sie liebte, war wieder zurück. Sie beide würden ihr Leben lang um die trauern, die sie verloren hatten, aber es war Teil der menschlichen Natur, Schlimmes zu verdrängen und irgendwie weiterzumachen. In einigen Monaten oder Jahren würde es ihnen vorkommen, als wären sie niemals voneinander getrennt gewesen. Es würde ihnen so unwirklich vorkommen wie ein Albtraum.

Instinktiv gingen sie dazu über, in ihren zahlreichen gemeinsamen Erinnerungen zu schwelgen, und nicht einmal zehn Minuten später fühlten sie sich fast wieder so vertraut miteinander wie immer. Die Monate, in denen sie ganz Unterschiedliches erlebt hatten, so traumatisch es auch gewesen sein mochte, hatten nichts am Kern ihres Wesens geändert und somit auch nichts daran, wie sehr sie sich zueinander hingezogen fühlten.

Jenna hätte nicht zu sagen vermocht, wie es dazu gekommen war, aber im einen Moment unterhielten sie sich noch, im nächsten liebten sie sich mit besinnungsloser, animalischer Wildheit, und sie wusste nicht, ob fünf Minuten verstrichen waren oder fünf Stunden.

Später lagen sie zufrieden nebeneinander, die Gesichter einander zugewandt und eine wärmende Decke über sich gebreitet. Am liebsten hätte Jenna einfach schweigend dagelegen und in Nathans Nähe geschwelgt, ohne sich um irgendetwas anderes zu kümmern, aber diesen Luxus konnte sie sich nicht erlauben.

Sie war nicht allzu überrascht, dass Aaron Nathan nichts von dem auf Knights Insel geschmuggelten Sprengstoff erzählt hatte. Als Ein-Mann-Armee hatte er alle Hände voll zu tun gehabt. Und sie vermutete, dass Nathan bereits wusste, was Cargill mit seiner Andeutung gemeint hatte, aber für den Augenblick war es einfach zu viel gewesen, und Nathan hatte es erst einmal weggeschoben.

Aber jetzt war es an der Zeit, dass er alles erfuhr.

Jenna erzählte ihm, was geschehen war und was sie sich dabei gedacht hatten. Dass die Welt in Gefahr gewesen wäre, solange Edgar Knight am Leben war, und niemand namens Nathan Wexler oder Jenna Morrison sich je wieder hätte sicher fühlen können.

Cargill hatte einige Vermutungen darüber angestellt, was sie und Blake wohl nach der Gefangennahme erwarten mochte, aber sicher hatte er es natürlich nicht sagen können. Also hatte Jenna eine solche Menge Sprengstoff mitbekommen, dass es selbst dann noch ausgereicht hätte, wenn man sie in einen Bleikäfig gesperrt und Knight sich weit weg befunden hätte.

Die Explosion hatte sämtliches Leben im Hauptgebäude und in den drei weiteren Gebäuden ringsum ausgelöscht, selbst in weiterer Entfernung hatte es noch vereinzelt Tote gegeben. Sie erklärte Nathan, dass Lee Cargill während Nathans Flug von Nellis nach Cheyenne Mountain mit anderen Regierungsbeamten daran gearbeitet hatte, den Presseberichten den richtigen Dreh zu verleihen – man stimmte großes Wehklagen über eine Tragödie mit so vielen Toten an, ließ die Ursache im Dunkeln und versicherte mit Nachdruck, dass keinerlei Strahlung freigesetzt worden war und niemandem mehr Gefahr drohte.

Aber zuvor hatte er mehrere Teams entsandt, die aufräumten, nach weiteren Zeitreiseapparaten auf der Insel suchten und jeden einkassierten, der mit Knight zusammengearbeitet hatte.

Während ihres Berichts verfinsterte sich Nathans Miene. Es war nicht zu übersehen, wie traurig und entsetzt er wegen des Massakers war, das die andere Jenna entfesselt hatte.

»Nur daran zu denken macht mich ganz krank«, sagte er, als sie fertig war. »In diesen vier Gebäuden haben sich Tausende Menschen aufgehalten«, flüsterte er dann. »Tausende. Mit einigen von ihnen habe ich zusammengearbeitet. Ihr konntet nicht wissen, wie viele Leute Knight kopiert hatte, von mir mal abgesehen, aber wahrscheinlich habt ihr sie alle getötet. Seine gesamte Denkfabrik. Das waren alles brillante Wissenschaftler aus allen erdenklichen Fachrichtungen.«

»Ich weiß«, sagte Jenna leise. »Bevor du hier eingetroffen bist, hatten Cargills Teams bereits ein paar Schlüsselfiguren von Knights

Organisation festgesetzt und von ihnen erfahren, dass all diese Wissenschaftler ausgelöscht wurden.«

»Für die Welt ist das ein riesiger Verlust. Und ich hatte es dir noch gar nicht gesagt – Knight hatte offensichtlich noch weitere Duplikate von uns beiden angefertigt, die ebenfalls getötet wurden.«

Jenna seufzte. »Ich weiß nicht, Nathan. In dieser schönen neuen Welt, in der Zeitreisen möglich sind, gibt es keine einfachen Antworten mehr. Die Ethik erreicht eine ganz neue Dimension. Wir wussten nichts Genaueres über Knights Denkfabrik, aber uns war klar: Wenn er dich bereits vor deinem Durchbruch dupliziert hatte, dann würdest du wahrscheinlich nicht der Einzige sein. Wir haben darüber gesprochen, dass er all diese Leute vielleicht ganz nahe bei sich behält und die Explosion deshalb auch sie umbringen würde.«

»Und?«

»Und wir wussten nicht, was wir darüber denken sollen. Nicht einmal, worauf wir eigentlich hoffen sollten. Stell dir vor, sie alle hätten überlebt. Und dann? Sollten wir sie dann alle befreien? Wenn wir das getan hätten, dann würden von einer ganzen Menge Wissenschaftler jeweils mehrere Ausgaben herumlaufen. Die rechtlichen und ethischen Verwicklungen wären unabsehbar gewesen. Wem gehört was? Wer hat ein Anrecht auf welchen Job? Zahlen alle vier Ausgaben desselben Mannes Alimente an seine Exfrau? Sind drei identische Frauen rechtlich gesehen alle die Mütter ein und desselben Kindes?«

Mit angespannter Miene dachte Nathan darüber nach.

»Und hätten wir sie wirklich alle freilassen können?«, fuhr Jenna fort. »Wäre dann die Sache mit der Zeitreise nicht publik geworden?«

»Wäre sie«, sagte Nathan. »Auf der ganzen Welt hätten Wissenschaftler versucht, Knights Erfindung nachzubauen.«

»Ganz genau. Und du hast gesehen, was für eine gefährliche Waffe das bereits in den Händen eines einzigen Mannes ist. Was,

wenn Dutzende Leute über diese Möglichkeiten verfügten? Oder Hunderte?«

»Du hast recht. Es gibt keine einfachen Antworten mehr.«

»Wenn also die von Knight duplizierten Wissenschaftler nicht umgekommen wären, hätten wir sie dann ebenso einsperren müssen, wie er es getan hat? Hätten sie wie Hamster im goldenen Käfig leben müssen, eine Art Elfenwerkstatt, die für die Welt ein Wunder nach dem anderen hervorbringt?«

»Moralisch gesehen ist das eine vertrackte Situation«, sagte Nathan frustriert. »Vielleicht wäre es wirklich nicht anders möglich gewesen. Und ich war selbst einer dieser Gefangenen, das sage ich also nicht einfach leichtfertig dahin. Aber wenn man, indem man einige Tausend duplizierte Wissenschaftler gefangen hält, dafür sorgt, dass die Sache mit der Zeitreise mehr oder weniger unter Verschluss bleibt, und wenn ihre vereinte Genialität zu wichtigen wissenschaftlichen und medizinischen Durchbrüchen führt und die Lebensqualität von Milliarden Menschen auf der ganzen Welt verbessert, dann könnte man auch argumentieren, dass es unmoralisch wäre, es *nicht* zu tun.«

»Ich sehe schon, du verstehst allmählich, mit was für Problemen wir uns hier herumschlagen.«

»Komplizierter geht es nicht.«

Jenna stieß die Luft aus. »Jedenfalls haben wir am Ende beschlossen, Knight um jeden Preis zu eliminieren. Wenn die duplizierten Wissenschaftler überlebt hätten, hätten wir uns darüber später Gedanken gemacht. Aber es hat niemand überlebt. So tragisch das auch ist, vielleicht ist es so am besten. Kaum zu glauben, dass ich so etwas sage, aber vielleicht ist es wahr. Weil all diese Leute noch am Leben sind. Woanders.«

Ihre Miene wurde noch nachdenklicher. »Weißt du, es gab ja schon immer Leute, die jeglichen Fortschritt ablehnen. Die gesagt haben: Wenn Menschen fliegen sollten, dann wären ihnen Flügel gegeben. Als Wissenschaftler waren wir immer vom Gegenteil überzeugt. Dass dem Menschen, wenn er *nicht* fliegen sollte, auch kein Hirn gegeben wäre, das in der Lage ist, Flugzeuge zu erfinden.«

»Aber diese Sache hier geht irgendwie darüber hinaus, oder?«

»Ja. Weil irgendwie etwas … Unnatürliches daran ist, wenn es mehr als eine Ausgabe derselben Person gibt. Ich kann nicht leugnen, dass das Duplizieren von Menschen auch gewisse Vorteile mit sich bringt, aber trotzdem. Vielleicht ist es in diesem Fall wirklich so, dass es dem Menschen nicht bestimmt ist, mehrere Kopien seiner selbst herstellen zu können.«

Nathan nickte. »Vor drei Monaten gab es uns beide nur jeweils einmal im gesamten Universum. Und jetzt ist es wieder so. Es fällt mir schwer, nicht zu sagen, dass es genau so gehört und nicht anders.«

»Nach allem, was geschehen ist, kann man sagen: Wenigstens müssen wir jetzt erst mal keine weiteren unmöglichen Entscheidungen übers Knie brechen. Wir können uns mehrere Wochen oder Monate Zeit dafür nehmen, alles gründlich zu bedenken. Und zu versuchen, unsere neue Wirklichkeit irgendwie zu begreifen.«

»Und das möchte ich tun«, sagte Nathan, »ganz gleich, wie komplex das Thema auch ist. Aber ich muss zugeben, dass ich es kaum erwarten kann, einen Blick auf die Entdeckung meines anderen Ichs zu werfen. Knight hat mich rund um die Uhr schuften lassen, aber ich bin ums Verrecken nicht auf den zündenden Gedanken gekommen, den ich offenbar gehabt habe.«

Jenna grinste. »Glaub mir, Q5 fängt bei der Aussicht, dich mit im Team zu haben, schon fast an zu sabbern.«

»Q5?«

»Wir bekommen heute wohl echt kein Auge mehr zu, hm?«

»Wegen dem ganzen Sex?«, fragte Nathan grinsend, wohlwissend, dass sie das nicht gemeint hatte.

»Na klar.« Sie erwiderte sein Lächeln. »Das und die ganzen Erklärungen, bis du auf dem Stand der Dinge bist.«

»Q 5 ist der Name von Cargills Organisation, richtig? Das hätte mir gleich klar sein müssen. *Q* für Quintessenz und *fünf* wegen der fünften Grundkraft.«

»Sehr gut. Ich hatte schon befürchtet, dass du vor lauter Trauma nicht mehr der Schnellste bist«, sagte sie belustigt. »Jedenfalls kann Q 5 es gar nicht mehr erwarten, dass du mit einsteigst. Du wirst der Einzige sein, der wirklich jedes Detail versteht.« Ihre Augen funkelten vor Begeisterung. »Und vor wenigen Tagen erst hatte einer der Physiker aus dem Team eine großartige Idee. Bei der Ausarbeitung könnte er deine Hilfe dringend gebrauchen.«

»Du bist ja völlig Feuer und Flamme.«

»Allerdings«, sagte Jenna. »Bei deiner Theorie geht es darum, mithilfe dunkler Energie – einer grotesken Menge an dunkler Energie – Materie über eine fünfte Dimension entlang der Zeitachse der Raumzeit in die Vergangenheit zu schicken. Aber dieser Bursche hat gefragt: Was, wenn man stattdessen entlang des Raums die Raumzeit überbrückt?«

Besagter Physiker, Daniel Tini, verehrte Nathans Arbeit und hatte behauptet, dass Nathan mit Sicherheit dieselben Fragen gestellt hätte, wenn man ihn nicht aus dem Spiel genommen hätte, noch ehe er die grundlegende Theorie fertig ausgearbeitet hatte. Nathan hatte weder Gelegenheit gehabt, die Bedeutung seiner Entdeckung gründlich zu analysieren, noch hatte er sich Gedanken über weitergehende Anwendungsmöglichkeiten machen können, was der nächste logische Schritt gewesen wäre. Tini seinerseits hatte mehr als eine Woche lang über Nathans fertiger Arbeit gebrütet, ein Luxus, der Nathan nie vergönnt gewesen war.

»Er ist davon überzeugt, dass es machbar ist«, fuhr Jenna fort. »Und dass es am Ende darauf hinausläuft, dass interstellare Reisen möglich werden. Aber er sagt, es ist so verwickelt und komplex, dass niemand außer dir die Theorie so ausarbeiten kann, dass es funktioniert.«

Nathan riss die Augen weit auf und setzte sich mit einem so heftigen Ruck kerzengerade im Bett hin, als wäre er mit einem Katapult abgeschossen worden. Jenna hatte ihn noch nie so außer sich vor Begeisterung gesehen.

»*Das* nenne ich mal etwas, für das es sich zu schuften lohnt«, rief er entzückt. »Ich habe keine Ahnung, was ich von diesem ganzen Zeitreisekram und seinen Auswirkungen halten soll. Aber ich weiß ganz genau, was ich über interstellare Reisen denke. Da bin ich dabei.«

Jenna lachte. »Das dachte ich mir.«

»Stell dir nur vor, was interstellare Raumfahrt bedeutet. Die Menschheit könnte zu den Sternen aufbrechen. In die Unendlichkeit. Ihre Pubertät überleben. Und selbst wenn ein Edgar Knight eine ganze Welt zerstören würde, die Spezies würde es überleben und gedeihen.«

»Und wer weiß«, sagte Jenna, »vielleicht dauert es bis dahin überhaupt nicht mehr lange. Morgen lernst du Lee, Joe und Aaron richtig kennen, und wenn du voll und ganz im Bilde über alles bist, wird Lee dir einen Platz im Team anbieten.« Sie grinste. »Und mit *anbieten* meine ich, er wird dich anflehen. Und mit *Platz* meine ich, dass er dich zum Leiter der wissenschaftlichen Abteilung seiner Organisation machen will, mit Zugang zu unbegrenzten Mitteln.«

Nathan nickte nachdenklich.

»Jetzt, wo es keinen Edgar Knight mehr gibt«, redete Jenna weiter, »könnten wir natürlich zurück in unser altes Leben, wenn wir wollen. Aber ich habe diese Leute inzwischen wirklich gern. Aaron ist einfach nur umwerfend, als Detektiv, als Militäreinsatzkommando und als Mensch. Ich kann es kaum erwarten zu hören, wie er dich da rausgeboxt hat, und ich habe auch selbst noch ein paar Aaron-Blake-Anekdoten auf Lager. Und soweit ich es beurteilen kann, haben Lee und Joe ebenfalls das Herz auf dem rechten Fleck.«

»Du wärst also dafür, dass wir uns ihnen anschließen?«

»Ja. Aber ich habe sie ja auch schon etwas besser kennengelernt. Also nimm dir Zeit. Lern sie besser kennen. Und dann entscheide dich.«

»Abgemacht.«

»Gut. Und wenn wir schon mal dabei sind: Ich glaube, wenn du dich dafür entscheidest, dich Q5 anzuschließen, sollten wir heiraten. Ganz offiziell.«

Nathan fiel fast der Unterkiefer auf den Schoß. »Hört sich nach einer guten Idee an«, sagte er dann nach dem ersten Schreck. »Wenn ich mich recht erinnere, warst du es immer, die es damit nicht überstürzen wollte. Ich tu schon seit einem Jahr so, als wären wir verheiratet.«

»Dann ist es abgemacht.« Jenna begriff, dass ihre plötzliche Entschlossenheit daher rührte, dass sie Nathan hatte sterben sehen. Vielleicht war es wirklich eine gute Methode für die Paartherapie. »Aber wenn wir heiraten, hätte ich einen Wunsch.«

»Was immer du willst«, sagte Nathan.

»Ich darf mir aussuchen, wo wir unsere Flitterwochen verbringen.«

»Einverstanden«, antwortete er, ohne zu zögern, und zog die Brauen hoch. »Hast du irgendetwas Bestimmtes im Sinn?«

»Ja, das habe ich tatsächlich«, sagte sie, und auf ihrem Gesicht breitete sich ein Grinsen aus. »Direkt vor den Ringen des Saturn. In einem experimentellen Raumschiff, das wir dort hinbeamen. Natürlich müsstest du erst herausfinden, wie man die fünfte Dimension für Raum- statt für Zeitreisen nutzen kann.«

»Natürlich«, erwiderte Nathan amüsiert. »Ich hätte ja gedacht, dass du unsere Flitterwochen in einer Ferienanlage auf Hawaii verbringen möchtest. Aber gleich als Nächstes hätte ich auf den Saturn getippt.«

Jenna lachte. »Und um dich nicht unter Druck zu setzen«, sagte sie, »bin ich bereit, die Flitterwochen solange zu verschieben, bis du es geschafft hast. Mir ist klar, dass du für den größten wissenschaftlichen Durchbruch der gesamten Menschheitsgeschichte einen Augenblick brauchen könntest.« Gespielt streng sah sie ihn an. »Aber lass dir nicht *zu* viel Zeit.«

Nathan Wexler grinste. »Zu Befehl, Ma'am«, sagte er mit funkelnden Augen. »Ich mache mich gleich an die Arbeit.«

NACHWORT

SPLIT SECOND

Fakten und Fiktion

Ich stelle für all meine Romane ziemlich umfangreiche Recherchen an, denn ich will nicht nur so spannende Geschichten erzählen wie irgend möglich, sondern dazu auch Konzepte vorstellen und genaue Informationen liefern, von denen ich hoffe, dass sie meine Leser faszinieren, sie gedanklich herausfordern und vielleicht sogar kontroverse Diskussionen hervorbringen.

Auch wenn es sich bei *Split Second* um einen Roman handelt und die Geschichte zu einem großen Teil auf spekulativen Annahmen aufgebaut ist, greift sie in einigen Punkten durchaus auf die Wirklichkeit zurück. Weil es sich um einen Thriller handelt, kann ich mich nicht jedem angerissenen Thema in der gebührenden Tiefe und Ausführlichkeit widmen und auch nicht alles aus jedem denkbaren Blickwinkel beleuchten. Interessierte Leser möchte ich ermutigen, sich in die unterschiedlichen Gebiete einzulesen, um einen tieferen und detaillierteren Einblick zu gewinnen und die widersprüchlichen Informationen, Sichtweisen und Interpretationen selbst gegeneinander abzuwägen. Auf diesem Wege können Sie sich selbst ein Bild davon machen, wie akkurat meine Darstellung war, und jeweils Ihren eigenen Standpunkt entwickeln.

Vielleicht sollte ich noch anmerken, dass ich während des Schreibens dachte, ich müsse verrückt geworden sein, mich ausgerechnet an dieser Geschichte zu versuchen.

Zeitreisen sind ein komplexes Thema, aber wenn man mit einer Zeitspanne von nur fünfundvierzig Mikrosekunden arbeitet – und dazu noch Duplikation, Teleportation, Paradoxien, die möglichen Verzweigungen der Zeitlinie berücksichtigen muss –, dann kann man darüber wirklich den Verstand verlieren. Ich habe viele Stunden mit dem Erstellen von Tabellen und Schaubildern zugebracht und musste mehrmals den Plot ändern, weil ich merkte, dass er logisch so nicht funktionierte. Und als wäre es nicht schon schwierig genug, die komplexen Hintergründe zu verstehen, auf denen die Handlung basiert, war es eine mindestens ebenso große Herausforderung, es auf weniger als tausend Seiten wenigstens halbwegs verständlich zu erklären.

Da niemand weiß, wie Zeitreisen wirklich funktionieren würden, nahm ich mir beim Schreiben notgedrungen einige Freiheiten heraus, die nicht durch konkrete Fakten gestützt werden, und ich kann nicht dafür garantieren, dass mir dabei keine Fehler unterlaufen sind. Ich kann nur versichern: Ich habe mein Bestes gegeben.

Douglas E. Richards